BESTSELLER

Jorge Molist (Barcelona, 1951) es uno de los grandes maestros de la narrativa histórica de nuestro país. Tras una larga carrera profesional en importantes multinacionales, decidió retomar su vocación de escritor y en el año 2000 publicó *Los muros de Jericó*, a la que seguirían *Presagio* (2003) y *El anillo* (2004), traducida a más de veinte idiomas. En 2007 ganó el prestigioso Premio de Novela Histórica Alfonso X el Sabio con *La reina oculta*, y continuó su reconocida carrera literaria con la bilogía *Prométeme que serás libre* y *Tiempo de cenizas* (2011 y 2013).

En el año 2018 obtuvo el Premio de Novela Fernando Lara con *Canción de sangre y oro*. Tras este galardón, llegarían *La reina sola* (2021), *El latido del mar* (2023) y *El Español* (Grijalbo, 2025).

JORGE MOLIST

Tiempo de cenizas

DEBOLS!LLO

Papel certificado por el Forest Stewardship Council®

MIXTO
Papel | Apoyando la silvicultura responsable
FSC® C117695
www.fsc.org

Penguin Random House Grupo Editorial

Primera edición: julio de 2025

Travessera de Gràcia, 47-49. 08021 Barcelona
Diseño de la cubierta: Penguin Random House Grupo Editorial / Claudia Sánchez
Imagen de la cubierta: © José Luis Paniagua

Printed in Spain – Impreso en España

ISBN: 978-84-663-8146-8
Depósito legal: B-8.842-2025

Compuesto en Comptex & Ass., S.L.
Impreso en Black Print CPI Ibérica
Sant Andreu de la Barca (Barcelona)

P 3 8 1 4 6 8

A Paloma, mi inspiración y mi amor

BRITANNIA
OCEANUS AQUI TANICUS.
OCEANUS CANTABRICUS
Viana
Zaragoza
Barcelona
Valencia
Sinus Gallicus
Balearides Insul
MARIS
AFRICÆ

Ferrara
Vernazza
Pisa
Florencia
Senigallia
Bracciano
Roma
Ostia
Nápoles
Barletta
Gaeta
Ceriñola
Isquia
MARE ADRIATICUM
MARE HETRUSCUM
CORSICA
MARE IONI
MEDITER
RANE
PARS
PARS

BARCELONA EN 1492
Copia de S. Sanpere y Miquel
1 Portal de Sant Daniel
2 Plaza de les Falsies
3 Plaza del Rey
4 Librería Serra
5 Iglesia de la Trinitat
6 Convento de Santa Anna
7 Fragua de Eloi
8 Casa de Francina
9 Portal de Sant Antoni
10 El Canyet
Rambla
Casa del Infant D. Enric
Bressana
Torre de Sta Eulalia o de les Puces

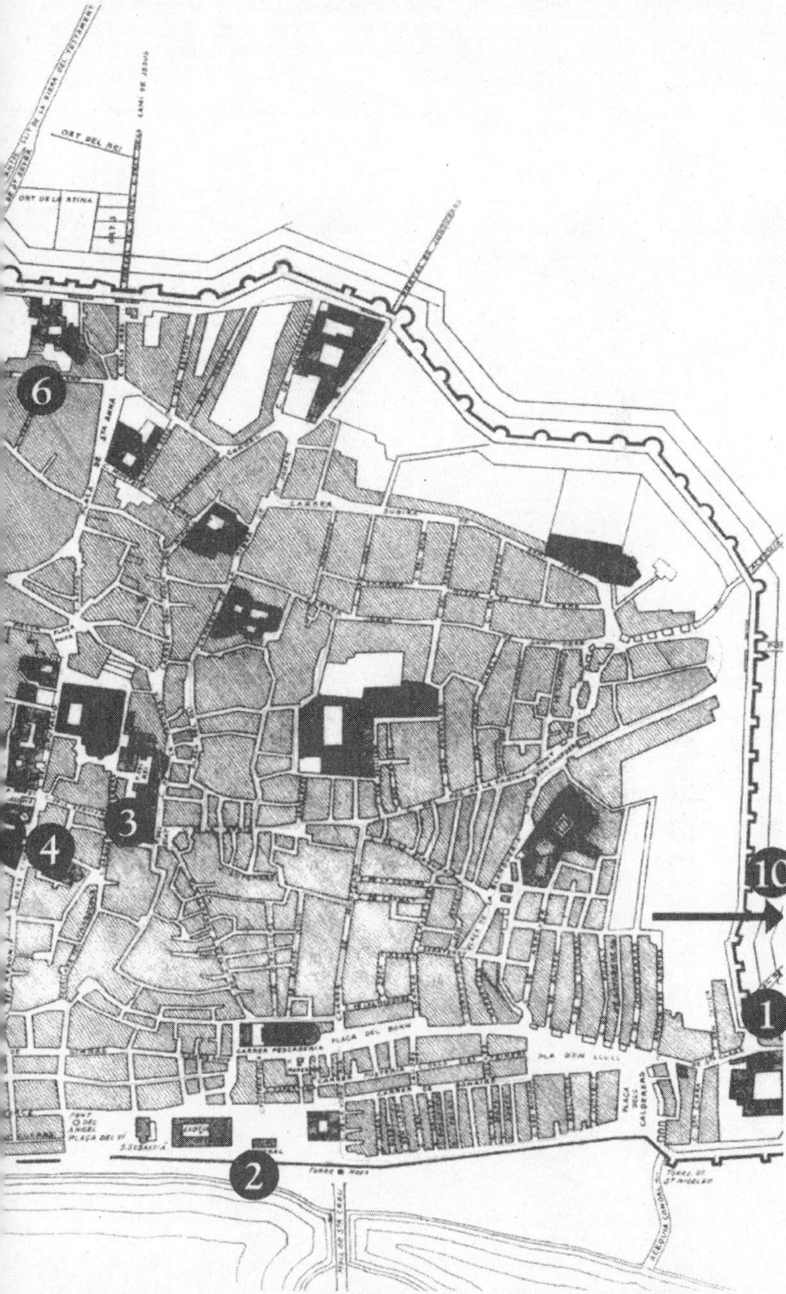

ORT DEL REI
ORT DE LA REINA
6
1
3
4
10
1
PLAÇA DEL BORN
CARRER PESCADERIA
PLA D'EN LLULL
PLAÇA DELS CALDERERS
S. SEBASTIÀ
2

PRIMERA PARTE

1

—¡El reo ha jurado decir verdad! —clamó el alguacil.

Y el eco de sus palabras rebotó en las paredes del enorme espacio del Tinell de Barcelona, la gran sala de ceremonias de los antiguos reyes de Aragón. Su grandiosidad estaba destinada a empequeñecer e intimidar a los visitantes, fueran embajadores o vasallos. Sin embargo, el rey ya no estaba allí.

El lugar desde donde antes el monarca impartía justicia se había convertido en la madriguera del dragón, la cueva de la fiera de múltiples cabezas que aterrorizaba a la ciudad: la Inquisición. El sitio del trono lo ocupaban ahora una silla y una robusta mesa situadas sobre una tarima elevada tres escalones por encima del suelo de piedra. Un dosel de tela negra colgaba por la espalda y los costados del entarimado protegiendo el sitial del frío y las corrientes de aire. Allí se encontraba el inquisidor.

El fraile dominico, con hábito blanco y capucha negra calada, parecía indiferente a lo que ocurría a su alrededor y movía los labios en un rezo silencioso leyendo su libro de oraciones. La luz mortecina de aquella tarde lluviosa, que penetraba por los grandes ventanales situados a su derecha, no le bastaba y se ayudaba con un candil apoyado en la mesa.

No fue hasta poco después de oír al alguacil que el monje levantó la vista para clavar sus ojos en el reo. El candil le iluminaba el rostro desde abajo y resaltaba una pronunciada barbilla, una nariz ganchuda y unas cejas de pelos largos.

—¿Quién eres? —interrogó con voz áspera.

El hombre que se erguía frente a él percibió un revuelo de plumas que rasgaban el papel: los funcionarios de la Inquisición se apresuraban a anotar el interrogatorio.

—Joan Serra. —Y al decir su nombre se irguió un poco más. Aquella sala le traía recuerdos trágicos de cuando apenas era un niño encogido de terror. Habían transcurrido muchos años y él había cambiado. Ahora miraba al juez a los ojos, casi desafiante.

—Joan Serra ¿qué? —preguntó el fraile.

—Joan Serra de Llafranc —repuso el hombre con voz firme.

El inquisidor contempló al reo con interés. Los acusados solían mirarle temerosos, pero aquel no parecía sentir miedo. Era alto y fornido, mostraba una poderosa nariz que debía de haber achatado ligeramente un golpe y que le confería un aspecto audaz, y lucía el pelo castaño cortado a media melena y unas pobladas cejas sobre unos ojos oscuros de aspecto felino que le miraban fijamente.

—¿A qué te dedicas?

—Soy librero.

—¡Ah, librero! —repitió el inquisidor. Su tono era amenazante, como si aquella afirmación le hubiera hecho ya culpable.

Joan miró a su derecha. Anna, su amada esposa, se encontraba de pie, flanqueada por dos oficiales de la Inquisición. Pensó en las argollas de hierro, que estarían hiriéndole las muñecas. Sus hermosos ojos verdes estaban húmedos y ambos se miraron unos instantes con ternura. ¡Qué intenso fue el intercambio! Como si quisieran recordarse sus largos años de amor. Después, el hombre volvió sus ojos al fraile, que le contemplaba desde detrás de su mesa, en lo alto de la tarima. Le observaba igual que un ave carroñera lo haría con su presa.

—Sí. Librero e impresor.

—¡Impresor! —El tono del inquisidor se hizo más duro.

—Sí. Librero e impresor —insistió Joan—. Y por cada libro que vos hicisteis quemar, yo imprimí e hice circular diez.

La barbilla del fraile pareció caer. Le miraba boquiabierto. Nadie se atrevía a hablarle así a él. Nadie desafiaba a un inquisidor. Aquel loco le decía a la cara lo que a otros les tenía que sacar con tortura.

Pero Joan no miraba al fraile, sino a Anna, que había soltado un quejido ahogado al oír sus palabras. Movía la cabeza con incredulidad y pesar; acababa de comprender lo que su esposo pretendía con aquella declaración suicida. Él trató de confortarla con una sonrisa que apenas se dibujó en su rostro, pues de inmediato su atención fue hacia uno de los individuos que la custodiaban. Era un pelirrojo enorme y panzudo que le miraba con sus oscuros ojos sanguinolentos y una sonrisa de triunfo en la boca. Era Felip Girgós, el fiscal de la Inquisición, su odiado enemigo, que contemplaba satisfecho la derrota final del librero. Sin embargo, aquel matón había dejado de tener importancia para Joan. Dirigiéndose de nuevo al fraile, que aún no había reaccionado, dijo:

—Y cuando yo muera, los de mi gremio seguirán haciendo lo mismo hasta que los libros y la cultura destruyan vuestra Inquisición.

El inquisidor cerró la boca y apretó los dientes. Le costaba creer lo que veía y oía. Le asombraba el desparpajo de aquel hombre, su coraje. Frunció el ceño mientras aquellas palabras resonaban en su interior. Contempló al que sería su próxima víctima, que le miraba erguido, en silencio y con la cabeza alta.

Por un momento pudo ver en sus ojos el futuro que le vaticinaba, un tiempo nefasto en el que los libros libres derrotarían a la Inquisición y acabarían con ella. De pronto, el fraile tuvo la certeza de que aquel tiempo llegaría, y sintió temor. Después, rabia.

—¡Arderás en la hoguera! —rugió.

Joan afirmó con la cabeza y al inquisidor le pareció que una sonrisa asomaba en los labios de aquel hombre que debería temblar de miedo en lugar de mirarle desafiante.

Se levantó de su asiento, encolerizado, y de un manotazo apartó los papeles y el libro, que cayeron al suelo. La llama del candil osciló peligrosamente mientras este se balanceaba al borde de la mesa. Su luz proyectaba sombras lúgubres en la faz del fraile.

—¡Quemado! —insistió gritando—. ¿Te enteras? ¡Serás quemado vivo!

El reo hizo otro gesto de asentimiento. Lo entendía perfectamente y eso era lo que había estado buscando. Su actitud tranquila, casi complacida, enrabietó más al juez, que descargó un puñetazo sobre la mesa.

El candil cayó ocultando al fraile en las sombras que producían su capucha y el dosel. El aceite se desparramó sobre el libro y los papeles de la Inquisición caídos al suelo, que empezaron a arder. Los soldados corrieron a apagar el fuego mientras el inquisidor parecía gruñir dentro de su oscura madriguera, y Joan volvió su atención a su esposa, que le miraba con una tierna tristeza. La amaba desde el día en que la vio por primera vez, anheló con desesperación compartir con ella su vida, y ahora la acompañaría en la muerte. Sabía que la acusación que le había llevado frente al inquisidor le hubiera condenado a una muerte rápida, benévola; la que no tendría su esposa por culpa de aquel maldito fiscal pelirrojo.

Ella sería ejecutada en la hoguera sin la clemencia que aplicaban a los que reconocían sus culpas: morir antes al garrote. Estaba destinada a ser quemada viva. Ahora él, después de su desafío, también. Temía al fuego, aunque mucho más dejarla sola en sus últimos instantes. Anna le miraba llorosa negando con la cabeza mientras trataba de sonreírle con cariño. Sabía que él lo había hecho todo para acompañarla en la más horrible de las muertes. Para estar juntos hasta el final.

Joan se incorporó del lecho sobresaltado. Jadeaba y tenía el cuerpo cubierto de sudor. Aquella pesadilla era angustiosamente real y recordaba haber sentido algo semejante al despertarse unos días antes. ¿Serían premoniciones, avisos de un trágico futuro?

Se dijo que se encontraban a salvo en Roma, que la Inquisición y Felip, el matón pelirrojo, estaban muy lejos, en España, donde seguramente él jamás regresaría.

Era finales de octubre, la luz del amanecer se filtraba ya por los ventanucos de la habitación y Joan contempló en la cálida penumbra a Anna, dormida con su melena azabache abierta cual abanico sobre las almohadas. Estaba bellísima. Quiso acariciarla con las manos, pero, temiendo despertarla, lo hizo solo con la mirada.

¡Había luchado tanto por ella! No se cansaba de contemplarla, se decía que era suya y le costaba creer su fortuna. Hacía solo unos meses que era su esposa y despertarse a su lado era una sorpresa dichosa. Al verla en la mañana, al sentir su calor, al comprender que estaban juntos, su corazón daba brincos de felicidad.

Al lado de Anna dormía, en su cuna, un niño de ocho meses de aspecto sano que sonreía en su sueño. El día anterior había abierto la boca, en la que se empezaban a mostrar los primeros dientes, para balbucir algo parecido a «papá». Joan deseaba que el pequeño abriera los ojos, que le contemplara de aquella forma suya, tan particular, y que volviera a sonreírle. Aquella mirada que al principio le turbaba ahora le daba paz, le bendecía, le perdonaba.

Sin embargo, el recuerdo de la pesadilla regresó y con él la inquietud. ¿Le advertía de algo? Miró hacia la puerta de la habitación, que mantenía atrancada por la noche a pesar de estar en su casa, rodeado de gentes que le eran fieles. Y contempló la azcona que estaba sujeta en la pared de al lado. Era una lanza corta, semejante a un arpón de pescador. Había visto morir a su padre con ella en las manos mientras defendía a su familia de los piratas que asaltaban su aldea de Llafranc, en la costa norte catalana. Jamás olvidaría aquellos momentos, ni las últimas palabras de su padre, ni la promesa de ser libre que le hizo. Aquella arma era el símbolo de su familia y de la libertad.

Joan se levantó del lecho, se acercó a la azcona para acariciarla y percibió en ella aquella vibración especial que le hacía sentir más fuerte y seguro. Él lucharía por los suyos tal como había hecho su padre, los mantendría a salvo y aquella pesadilla jamás se haría realidad.

—¡Nunca! —musitó tratando de ahuyentar las trágicas imágenes—. ¡Jamás ocurrirá!

2

Un fuerte estampido hizo que Joan se despertara sobresaltado, de madrugada, dos días después. Conocía demasiado bien el sonido, era un disparo de arcabuz. Ramón empezó a llorar en su cuna.

—¿Qué ocurre? —inquirió Anna alarmada.

—Es un arma de fuego. Y ha sonado aquí mismo.

Después se oyeron gritos y más disparos. Joan se levantó con precaución para acercarse a la ventana y ver qué pasaba.

—Id con cuidado. ¡Os lo suplico! —dijo su esposa.

Cuando entreabrió los postigos vio que amanecía y que un grupo de hombres armados gritaba en la calle.

—¡Vivan los Orsini! ¡Mueran los *catalani*!

En aquel momento aparecieron un muchacho con un tambor y un niño con un pífano. Improvisaron una marcha militar y todos desfilaron entre disparos de arcabuces y gritos hacia el Campo de' Fiori. Las ventanas de las casas de enfrente se abrían a su paso y algunos participaban en el jolgorio. De pronto sonó un golpe y luego otro más.

—¡Muerte a los *catalani*! —gritaron de nuevo desde el exterior.

—¿Qué está pasando? —quiso saber Anna.

—Parece que los Orsini se han alzado en armas, y unos

niños nos apedrean. Pero no temáis, no se detienen, van hacia el Campo de' Fiori.

—Allí tienen los Orsini uno de sus palacios —razonó ella mientras tomaba al bebé en brazos acunándolo para que dejara de llorar—. Será donde se reúnan y está a pocos pasos de aquí...

Joan entornó los postigos y se vistió a toda prisa.

—Volverán —concluyó Anna alarmada. Miró a su hijo con ternura y un presentimiento hizo que se le acelerase el corazón—. ¡Volverán a por nosotros!

—No os mováis de aquí, ni os asoméis a la ventana —le advirtió él mientras se colocaba encima de la camisa un coselete, una ligera coraza de cuero endurecido reforzada con chapas metálicas.

Se puso la espada y la daga al cinto, cogió una llave escondida debajo del colchón y después de besar a su esposa se apresuró a salir de la estancia. Pero antes lanzó una mirada fugaz a la azcona de su padre, que continuaba sujeta a la pared al lado de la puerta. Era un arma antigua, aunque, si se manejaba como sabía hacerlo Joan, resultaba muy efectiva tanto en la lucha cuerpo a cuerpo como arrojándola. Se dijo que ojalá no tuviera que usarla.

Recordaba bien las advertencias que con frecuencia le hacía el capitán de la guardia vaticana, su amigo Miquel Corella. «No importa lo que hagas o digas en Roma, ni lo bien que hables el italiano, aquí siempre serás un *catalano*». «Cuando muera el papa vendrán a por nosotros y a por nuestras familias, no tendrán misericordia». «Habrá que luchar o huir. Si es que te dejan huir, claro».

Los papas habitualmente eran italianos y accedían al solio pontificio gracias a sus conexiones familiares y políticas, que en ocasiones se remontaban a muchas generaciones atrás. Esas familias, como era el caso de los Orsini, poseían castillos y ejércitos con los que imponían su ley. Rara vez un extranjero alcanzaba el papado y cuando lo lograba, solía ser gracias a los ejércitos de su país de origen. Durante el periodo de setenta años en el que los papas se establecieron en Aviñón, todos los pontífices habían sido franceses, y la cabeza de la Iglesia se convirtió en un títere en manos del rey de Francia.

No era esta la situación del papa Alejandro VI, valenciano de Játiva. No contaba con el apoyo de los reyes de España, y se enfrentaba a ellos con frecuencia. Solo sus extraordinarias dotes diplomáticas, su carisma personal y la fuerza de las armas de los *catalani* le permitían mantenerse en el papado, siempre en un precario equilibrio. Los italianos llamaban *catalani* a los fieles al papa, un grupo de aventureros y mercenarios mayoritariamente españoles, aunque también los había italianos —en especial sicilianos y napolitanos— y de otras nacionalidades.

La librería de los Serra se había convertido en lugar de reunión de los partidarios del papa. Era un símbolo del poder *catalano* y, por lo tanto, cualquier insurrección en Roma la exponía a un grave peligro. Si aquella celebración se debía a la muerte del papa, no solo se levantaría en armas la familia Orsini —en franca rebeldía contra Alejandro VI y los suyos—, sino que también lo haría el resto de las grandes familias romanas. Y azuzado por ellas, el populacho se iba a lanzar, cual manada de lobos, al pillaje de los hogares y las posesiones de los *catalani*. Los asaltantes robarían, violarían, asesinarían y las casas de los vencidos serían pasto de las llamas.

Esos pillajes eran costumbre en Roma cuando un papa fallecía, sin importar que fuese italiano, y con más motivo ocurriría con el papa Borgia, pues el odio acumulado contra los *catalani*, extranjeros que imponían su ley con dureza, era enorme. No habría piedad.

Los ruidos y voces en la casa indicaban que los estampidos habían despertado a todos. Joan fue hacia un armario situado en el comedor, al lado de la puerta de su habitación, y lo abrió con la llave. Allí guardaba una docena de arcabuces y otras tantas ballestas, espadas y dagas.

—Dadme un arcabuz —oyó a sus espaldas.

Era Anna, que le tendía la mano con una mirada intensa y gesto enérgico; no había atendido sus instrucciones de permanecer en la habitación. Allí aún lloraba Ramón.

Sin apenas vacilar, Joan le dio el arma, una bolsa con doce balas de plomo y un cinto de los que usaban los arcabuceros en el ejército, del que colgaban los «doce apóstoles». Los «apóstoles» eran unos saquitos de tela que contenían la carga de pólvora necesaria para un disparo. Joan sabía que si la librería era asaltada, Anna, desde su habitación o desde donde hiciese falta, no vacilaría en disparar. Ella también tenía derecho a defender su vida, su honra y a su familia.

—Id con cuidado —le dijo.

Anna afirmó con la cabeza y Joan se quedó mirándola mientras ella regresaba al dormitorio cargando trabajosamente con el arcabuz, el correaje y la munición. Amaba a aquella mujer con desesperación y hubiera deseado tener tiempo de besarla y abrazarla, pero había que organizar de inmediato la defensa. No le gustaba que su esposa manejase aquella arma y no se perdonaría si le pasaba algo en el combate, pero sabía lo obstinada que era y que no habría forma de disuadirla.

En los talleres, Joan se encontró con sus empleados —treinta entre maestros, oficiales y aprendices— y se reunieron en el patio. Podía ver el temor y el sobresalto de un brusco despertar en sus miradas. Alguno aún terminaba de vestirse, otros se cubrían con los coseletes y todos iban armados; con espadas al cinto los mayores y puñales y lanzas los más jóvenes. Esperaban sus instrucciones. La mayoría eran florentinos exiliados del régimen de Savonarola y el resto, romanos *procatalani*. Joan sabía que podía contar con ellos. Había tratado aquella eventualidad varias veces con Giorgio, el maestro encuadernador, con Antonio, el maestro impresor, y con su amigo Niccolò dei Machiavelli, al que a veces llamaban Maquiavelo, que atendía al público en la librería y gozaba de experiencia militar. Todos, hasta el más joven de los aprendices, habían sido instruidos sobre el uso de arcabuces, ballestas y espadas.

—Es posible que traten de asaltar la librería —los advirtió.

—Nosotros la defenderemos —repuso Niccolò en voz alta. Y después, dirigiéndose a sus compañeros, dijo—: Si alguno tiene miedo y quiere irse, que lo haga ahora.

Los aprendices y los oficiales se miraron entre ellos y hubo un silencio. Sabían que irse representaba abandonar a la familia y que no serían aceptados de vuelta. El florentino interpretó el silencio como muestra de fidelidad.

—Estamos todos con vos —le dijo a Joan.

—Subid al piso y repartid las armas —respondió este.

Eulalia y María, la madre y la hermana de Joan, habían bajado al taller. Joan las instruyó para que permanecieran en el primer piso junto a las criadas y los niños, alejadas de las ventanas. Ellas decidieron reunirse con Anna.

Joan ordenó disponer como primera línea de defensa una barricada en la calle; utilizaron las mesas que usaban para exponer los libros reforzadas con sacos de tierra. Detrás se situaron varios aprendices a cargo de Giorgio con ballestas, lanzas y espadas. Cuando terminaron, las ventanas de la casa y la barricada estaban erizadas de lanzas, arcabuces y ballestas.

Entonces Joan se plantó en el centro de la calle, bien asentado sobre sus piernas entreabiertas, y, ante la expectación de los vecinos, disparó un arcabuzazo al aire. Un aprendiz corrió a recoger su arma y le entregó otra cargada. Joan no había tenido tiempo de peinarse y su media melena revuelta, sus hirsutas cejas, su poderosa mandíbula y su mirada felina le daban un aspecto feroz. Esperó unos momentos para que todos los vecinos, incluso los más temerosos, se decidieran a curiosear desde las ventanas entreabiertas. Entonces disparó de nuevo. No dijo nada; no hacía falta. Todos sabían que cualquier intento de asalto a su establecimiento costaría muy caro.

Después se inició la espera y transcurrido un tiempo sin que nada ocurriera, Niccolò, aburrido, le pidió a Joan que le dejase ir a indagar. Al ser italiano y tener muchos amigos en Roma, no correría peligro.

A su regreso, se reunió con Joan y con los maestros, que le esperaban ansiosos.

—Los Orsini se han sublevado —les explicó—. El grupo que pasó frente a la librería iba a reunirse con otros en el palacio Orsini del Campo de' Fiori para después marchar sobre el Vaticano y asaltarlo. Por el camino se les unirán más tropas.

—¿Qué hay con respecto al papa? —quiso saber Joan—. ¿Está aún vivo?

—No hay noticias del papa. Pregunté, nadie respondió y no quise significarme demasiado. Es bien sabido que pertenezco a esta casa.

—Habrá que esperar con las armas en la mano —dijo Giorgio.

—Así es —afirmó Joan—. Dios quiera que fracasen en su intento. De lo contrario, nuestra situación se haría desesperada.

—Aunque fracasen, continuaremos en peligro —advirtió Niccolò—. Estamos alejados del Vaticano y los Orsini, frustrados, buscarán venganza en enemigos más fáciles. Como nosotros.

—Pues se sorprenderán —dijo Joan alzando la barbilla—. No somos fáciles y menos si nos obligan a luchar por nuestras vidas.

Giorgio y Antonio dejaron oír un gruñido de aprobación y Niccolò afirmó con la cabeza al tiempo que sonreía.

Joan almorzó de forma precipitada, casi de pie y alerta, junto con Anna, su madre, su hermana y sus sobrinos, cuidando de dejar las armas fuera del alcance de estos. Los niños contaban ya con diez y doce años, y para ellos aquella inusual actividad bélica era como un juego de guerra en el que participaban con sombreros de papel y espadas de madera. Sus gritos divertidos le hicieron recordar a Joan que su hermano y él tenían las mismas edades cuando los piratas asaltaron su aldea y su padre murió defendiéndolos sin poder evitar que su madre y su hermana fueran secuestradas y convertidas en esclavas. Aquel hecho acabó de forma trágica con su infancia. La guerra no era un juego, sino el vientre que paría la desdicha y la miseria. Contempló a Anna, a su hermana y a su madre con amor y notó el corazón encogido de sentimiento. No quería transmitirles su inquietud, pero quizá aquella fuera su última comida y por la noche estuvieran todos muertos. ¿Era aquel el peligro del que le advertían los malos sueños que sufría últimamente? Joan no temía por su vida. Su miedo, el pensamiento que le angustiaba era la idea de presenciar cómo su esposa y su hermana eran violadas por los asaltantes, que rebanarían después sus gargantas. Y también la de su madre, la del pequeño Ramón y la de sus sobrinos, degollándolos, tal como acostumbraban a hacer los forajidos que asaltaban las casas de sus enemigos políticos. Tragó saliva y renovó la promesa hecha a su padre en el día de su muerte.

—Cuidaré de ellas —murmuró sin que le oyeran—. Y las mantendré libres.

3

Las horas transcurrían en una tensa espera, ningún cliente se dejó ver por la librería y muy pocos vecinos se aventuraron a salir de sus casas. Joan mantuvo a media docena de sus empleados de guardia y el resto regresó a sus ocupaciones en los talleres, con las armas al alcance de la mano. Fue a media tarde cuando varios hombres empezaron a agruparse en el extremo de la calle que daba al Campo de' Fiori.

—¡Al arma! —gritó Joan.

Todos abandonaron sus tareas para acudir a los puestos que tenían asignados, y tras la barricada y en las ventanas aparecieron los cañones de los arcabuces y las ballestas.

—¡Mueran los *catalani*! —empezaron a gritar en la calle. Un muchacho con una ballesta se separó del grupo para acercarse a la librería y disparó un dardo que fue a dar en la pared, cerca de la ventana del comedor desde donde Joan observaba.

—¡No tiréis hasta que yo lo ordene! —vociferó Joan—. Quiero evitar que haya muertos.

Y a continuación, apuntó delante de los pies del chico y disparó su arcabuz. Sonó el estruendo, en el aire se extendió el olor a pólvora y el muchacho, al ver el suelo levantarse a sus pies, dio un brinco y corrió cojeando de regreso al grupo. Hubo unos momentos de silencio y al poco los gritos contrarios al papa y a los suyos tomaron mayor fuerza.

—Se está juntando una multitud en el extremo de la calle —le comentó Joan, preocupado, a Niccolò.

—Deben de haber fracasado contra el Vaticano.

—Eso sería una gran noticia.

En aquel momento, la multitud se apartó para dar paso a un carro cargado de maderos y paja, que fue acercándose. Quienes lo empujaban se cubrían tras él para evitar que los alcanzaran los disparos.

—¡Quieren quemarnos! —exclamó Joan alarmado—. ¡Prenderán fuego a la leña del carro y lo empujarán contra la librería!

—Habrá que tirar a matar —murmuró Niccolò inquieto.

El carro se detuvo a medio camino y, tras él, los sublevados mostraron sus ballestas y arcabuces y dispararon contra la casa. Los defensores se resguardaron y, aprovechando la circunstancia, un hombre abandonó el grupo situado al inicio de la calle y corrió hacia el carro con una tea encendida.

—¡Disparad! —gritó Joan a los suyos.

Los asaltantes se cubrieron a excepción del individuo de la antorcha, que no había alcanzado aún el carro y que fue herido por una saeta en un hombro. Dejó caer la tea, que continuó ardiendo en el suelo, para refugiarse junto a sus compañeros tras los maderos del vehículo.

—¡Mirad, preparan otro carro! —dijo Niccolò señalando al extremo de la calle.

—Lo veo.

Joan se secó el sudor de la frente con un pañuelo, deseaba rezar. Desconocía el número de atacantes y su determinación, pero estaba seguro de que no sería fácil sobrevivir. Su intención de no matar a nadie para evitar rencores y venganzas era ya secundaria. La vida de los suyos había pasado a ser su primera y única responsabilidad.

El segundo carro emprendió lentamente su camino hacia la librería entre gritos de los asaltantes, redobles de tambor y cornetines. Los del extremo de la calle parecían estar de fiesta. Tras el vehículo cargado de maderas y materiales inflamables se elevaba el humo de las teas, y el olor a brea quemada llegó hasta Joan y Niccolò.

—Esta vez vienen mejor preparados —murmuró el florentino.

—Hay que detener a los carros en la barricada para que las llamas no alcancen el edificio —dijo Joan—. Si prenden fuego a la casa, moriremos abrasados en ella o nos masacrarán en la calle cuando tratemos de huir de las llamas.

—Pues ya podemos empezar a disparar —respondió Niccolò—. Y al cuerpo, no como hasta ahora.

—De acuerdo.

Cuando los del segundo carro llegaron a la altura del primero, a solo veinte pasos de la barricada, los asaltantes prendieron fuego a ambos vehículos y los empujaron a la vez hacia la librería mientras desde esta les disparaban a discreción. Los carros toparon con la barricada y allí se detuvieron. El fuego iba prendiendo en ellos y el calor se hizo insoportable para Giorgio y sus aprendices, que tuvieron que abandonar su posición tras el parapeto y entrar en la casa. El calor del fuego empezó a notarse dentro. Joan podía oír el rezo de las mujeres desde la habitación contigua mientras apuntaba entre las llamas a las siluetas que se movían tras ellas. Iba repitiendo, de forma inconsciente, las oraciones.

—¡Cerrad la puerta y atrancadla bien! —gritó desde el primer piso.

El calor y el humo que procedían de las hogueras en que se habían convertido los carros dificultaban la respiración. Joan se felicitó por la idea de levantar una barricada; esta había servido de tope a los carros, aunque estaban lo suficientemente cerca como para que las llamas lamieran el edificio. La librería podía incendiarse de un momento a otro. Sin embargo, el peligro más inmediato lo representaban los hombres que, parapetados tras unos grandes escudos del tamaño de puertas, disparaban a las ventanas de la casa desde más allá de los carros. Observó que el choque había tumbado una de las mesas que formaban la barricada, dejando el paso despejado.

—¡Tratarán de derribar la puerta! —murmuró inquieto.

Anna conocía bien el peligro de muerte que se cernía sobre ella y su familia. Joan no le había ocultado los riesgos que comportaría su vida en Roma. Aun así, nunca imaginó que solo gozarían de cinco meses de felicidad y esplendor antes de sufrir una agresión de tal calibre.

Había rezado con su suegra y su cuñada para que la librería no sufriera ningún ataque. Sin embargo, comprendió que este era inevitable cuando a media tarde Joan dio la alarma. De inmediato corrió a su habitación para dejar a Ramón en la cuna; enternecida, le vio sonreír después de besarle musitando una oración para que aquel no fuera su último beso. Eulalia, María y los niños también se refugiaron en la alcoba del matrimonio. Anna se puso a cargar el arcabuz. Antes de su peligroso viaje de Nápoles a Roma por unos caminos llenos de bandoleros y en guerra, le pidió a Joan que le enseñara el manejo del arcabuz y, a pesar del peso del arma y del resto de los utensilios, aprendió a usarla con cierta habilidad. Nunca había disparado contra una persona, la idea le repugnaba; pero defendería su vida y la de su familia como fuera. Observó que María y Eulalia, a falta de mejor arma, blandían cuchillos de cocina; ellas también estaban dispuestas a luchar y aquel sería su último recurso si las oraciones se mostraran inútiles.

Anna había visto alarmada cómo los carros en llamas chocaban contra la barricada, y desde la ventana de su dormitorio notaba el calor asfixiante del fuego. Hasta allí llegaban las pavesas. Detrás oía los rezos a media voz de Eulalia y María y el llanto de su hijo en la cuna, asustado por el griterío. Sabía que si aquellos hombres vociferantes entraban en su hogar, no habría misericordia para la familia. Ni siquiera tendrían piedad de las mujeres y los niños. Ellos no habían hecho mal a nadie, pero Anna era consciente de que su librería representaba el poder de los Borgia, y que los fieles al papa habían impuesto su ley en la ciudad a la fuerza, cometiendo a veces injusticias y todo tipo de tropelías. Los Orsini los odiaban y no habría compasión. Aquel no era tiempo de recogerse a rezar. Era tiempo de rezar y luchar. Por su hijo, por su marido y por su vida. Sentía miedo y leía también el miedo en los ojos de su suegra y de su cuñada, y sin embargo, al igual que ellas, estaba dispuesta a pelear, aunque fuera con un cuchillo de cocina, hasta su último aliento.

Apoyó el arcabuz en la ventana; a través del aire caliente y del humo del fuego, apuntó a un individuo que estaba medio descubierto tras uno de los parapetos y apretó el gatillo. Oyó el siseo de la mecha lenta al encender la pólvora de la cazoleta y a continuación un gran estampido. A pesar de que lo esperaba, el golpe del retroceso le hizo dar varios pasos atrás.

—Dejádmelo —le dijo su cuñada María, que se hizo con el arma y aplicó un paño mojado a la parte externa del cañón para enfriarlo.

Mientras Anna se asomaba para ver los efectos de su disparo, su cuñada abrió uno de los «apóstoles» e introdujo la pólvora en el cañón del arcabuz, después puso un poco de papel y con la baqueta lo presionó. A continuación metió una de las balas de plomo y un poco más de papel, que de nuevo presionó con la baqueta.

Anna no veía al hombre al que había disparado; quizá le había alcanzado o tal vez se hubiera parapetado detrás de la protección de madera. Pero observó que los atacantes preparaban un ariete.

—¡Van a derribar la puerta! —exclamó—. María, dadme el arcabuz, por favor.

Apoyó el arma en el alféizar y buscó a los hombres del ariete; puso el dedo en el gatillo y esperó el estampido tratando de mantener la puntería y contener el retroceso del arma. Al oír la detonación fue a asomarse para comprobar su puntería, pero un disparo, esta vez desde fuera, y un gran golpe en la piedra de la ventana hicieron que se encogiera atemorizada. A su espalda, Eulalia se desplomó con un quejido. Al volverse, Anna la vio tendida en el suelo con una herida en la cabeza de la que manaba sangre.

—¡Dios mío! —gritó María—. ¡Una bala rebotada ha matado a mi madre!

—¡Joan! —gritó Anna con desgarro—. ¡Vuestra madre! ¡Está muerta!

En aquel momento se oyó el estruendo del ariete de los asaltantes al chocar contra la puerta de la librería y el crujido de la madera al romperse.

—¡Están entrando! —susurró Anna sintiendo que se le encogía el corazón.

Eran muchos, demasiados. Murmuró una oración; sin un milagro, la vida de su hijo, la de Joan, la suya y la de todos los de la librería se extinguiría en unos instantes.

4

Desde la ventana del comedor, en la que se apostaba junto a un aprendiz armado con una ballesta, Joan vio, impotente, cómo un grupo de asaltantes que se protegían con un caparazón de madera cubierto con chapas de hierro se disponía a cargar contra la puerta con un ariete. Comprendió que no podrían evitar su entrada y la angustia le atenazó. ¿Qué sería de los suyos?

El calor que despedían las hogueras era asfixiante, olía a humo y pólvora, y a los gritos de los combatientes se unía el sonido de los tambores y cornetines que llegaba del extremo de la calle.

—Apártate de la ventana —le advirtió al aprendiz, que después de disparar una saeta montaba de nuevo su arma. Y tiró de él hacia un lado—. Te van a alcanzar.

Se puso a cargar su arcabuz diciéndose que notaría el impacto contra la puerta antes de tener su arma lista. El muchacho se asomó para disparar y en aquel momento Joan oyó el estruendo de maderas que se rompían en el piso de abajo.

«Ya están aquí», pensó. Y, acto seguido, la mano que sujetaba la baqueta con la que empujaba la bala al interior del cañón del arcabuz se detuvo. Justo antes del impacto le había parecido oír gritos de mujer en la habitación contigua, la suya. ¿Era Anna? ¿Qué ocurría con su madre? ¿Muerta? A pesar del calor agobiante sintió un escalofrío.

Sabía que en unos instantes la lucha sería cuerpo a cuerpo, que no habría clemencia y que él debía dar ejemplo bajando a pelear al frente de los suyos, pero el grito de su esposa hizo que dejara caer el arma a medio cargar y se precipitase hacia el dormitorio.

Vio a su madre tendida en el suelo, pálida y con los ojos cerrados. Una gran zozobra atenazó su corazón. Tenía el pelo recogido en un moño y su hermana trataba de contener con su toca la hemorragia de una herida en el lado derecho de la cabeza. Anna estaba arrodillada sujetándole una mano mientras los hijos de María lloraban asustados en un rincón y el bebé berreaba desesperado en su cuna, como si comprendiera lo que ocurría. La mirada de Joan se cruzó con los ojos arrasados en lágrimas de su hermana.

Por un instante, las imágenes y emociones de la muerte de su padre en el asalto a su aldea regresaron, aterradoras. Sentía una angustia espantosa, doce años antes había perdido a su padre con violencia y ahora, era a su madre. Se arrodilló junto a María para tomar la mano de Eulalia.

—¿Qué ha ocurrido? —inquirió—. ¿Está…?

—Aún está viva —repuso Anna.

Eulalia entreabrió los ojos, movió los labios tratando de hablar y con gesto cansado volvió a cerrarlos.

—Una bala hizo saltar un trozo de piedra del marco de la ventana y la ha golpeado —le explicó María.

Interrogó con la mirada a su hermana y ella le devolvió un gesto triste, ambiguo, desesperanzado. Su padre había muerto en sus brazos y quizá su madre se estuviera muriendo en aquellos momentos; su lugar estaba junto a ella, hablándole en sus últimos instantes mientras le acariciaba la mano.

Los Orsini habían entrado ya en la librería. Se luchaba en la planta baja y pronto los pasarían a todos a cuchillo. Anna se arrepentía de haber llamado a su marido. ¡No debería estar allí! Niccolò apenas tenía experiencia militar en comparación con Joan, que había tenido buenos maestros en la lucha cuerpo a cuerpo en galeras, donde participó en varios abordajes. Su lugar estaba combatiendo al frente de los suyos en el piso inferior. Vio a su hijo Ramón, que, incorporado, se agarraba llorando a los barrotes de la cuna, y notó un temblor de miedo. Su mirada se cruzó con la de su marido y sus pupilas se dilataron cuando le dijo lo que él ya debía de saber:

—Han entrado.

El temor que Joan vio en los ojos de su amada le hizo despertar de la pesadilla en la que veía morir a su madre y asumió una realidad aún peor: en unos momentos estarían todos muertos. Su obligación era proteger a los suyos o morir intentándolo.

El desconsuelo que sentía, el coraje, el miedo, los terribles recuerdos de su infancia, la mirada agónica de su madre, la súplica en los ojos de Anna; todo ello se transformó en un instante en un coraje, en una rabia infinita, contra aquellos que penetraban en su casa para destruir a los suyos. Su mirada buscó la azcona de su padre, que continuaba sujeta al lado de la puerta de su habitación, protegiendo simbólicamente el lecho donde se amaba con Anna, y recordó la actitud gallarda de su progenitor al defender a la familia. ¡Él no podía ser menos! Sentía que el odio hacia sus enemigos crecía en sus entrañas, y con un rugido se precipitó sobre el arma, que arrancó de su soporte de un tirón. Aullando como una fiera se lanzó escaleras abajo.

Un solo vistazo le permitió comprender que la situación era crítica: los atacantes entraban en tropel por la puerta reventada. Niccolò y Giorgio, junto a los oficiales de los talleres y los aprendices, habían establecido una segunda línea de defensa parapetándose tras unas mesas en el medio de la sala de ventas, antes de la entrada a los salones. Un par de asaltantes yacían en el suelo rodeados de montones de libros esparcidos, algunos manchados de sangre. El enemigo, con espadas y lanzas, estaba a punto de desbordar a los suyos, que se defendían tras sus improvisadas barricadas. Todo aquello le importó poco a Joan, que irrumpió en la escena bramando y maldiciendo con una furia suicida. Solo se frenó un corto instante para lanzar su azcona. Desde pequeño había practicado con el arma de su padre y la manejaba con destreza; la corta distancia que le separaba de los asaltantes hizo de ellos un blanco fácil. De nada le sirvió al individuo que parecía estar al mando la media armadura de acero con la que se protegía el torso. La lanza le penetró por un ojo y le traspasó el cráneo arrancándole el casco, que saltó por los aires. Cayó de espaldas, con los brazos abiertos, sin proferir siquiera un lamento. Su cuerpo aún no había tocado el suelo cuando Joan, rugiendo como un león rabioso, brincaba por encima del parapeto, espada y daga desenfundadas, y la emprendía a cuchilladas con el primero que encontró, sin importarle que le hirieran. El hombre, confundido y temeroso ante tanta agresividad, empezó a retroceder para evitar el filo de las armas de Joan, sin conseguirlo. Al poco caía con un gemido.

Ante aquella inesperada aparición, el enemigo pasó del valor al asombro y después al miedo. Por su parte, los libreros se sintieron contagiados por la loca audacia de su jefe y con un clamor triunfal apartaron los parapetos con los que se protegían y acometieron a sus enemigos. El primero en llegar al lado de Joan para cubrirle el flanco izquierdo fue Niccolò, seguido de Giorgio y de los oficiales y aprendices, que acudieron en manada imitando a sus maestros. Dos de los atacantes soltaron las armas para rendirse, otros cayeron heridos, y los que quedaban recularon hasta la entrada tratando de no darles la espalda. Si antes se empujaban para entrar, ahora lo hacían para salir.

Al poco, Joan, secundado por los suyos, perseguía a los partidarios de los Orsini fuera de la librería, entre los carros convertidos en hogueras y ante el asombro de los vecinos, que contemplaban el espectáculo desde sus ventanas entreabiertas. Entonces se oyó un cornetín que provenía del Campo de' Fiori y un aprendiz gritó desde una de las ventanas del *scriptorium* situado en el segundo piso:

—¡La caballería vaticana! ¡Llega la caballería del papa!

Aquello evitó que los huidos se reagruparan y escaparon como pudieron en todas direcciones. Joan hizo ademán de perseguirlos, pero Niccolò le sujetó del brazo.

—¡Ya basta! Ya ha habido suficiente sangre.

—Ojalá sea la última que se derrame —gruñó Joan al detenerse.

Notaba que la rabia que había sustituido al dolor desaparecía y era reemplazada por una angustiosa inquietud. Se preguntaba si su madre aún viviría y cuántos más de los suyos habrían caído en la lucha.

5

El interior de la librería recordaba a los restos de un naufragio: mesas destrozadas, libros deshojados, sangre, lanzas, espadas y dagas, cuerpos inertes y otros que aún se movían. Joan reconoció apenado el cadáver de uno de los aprendices de la imprenta. Su mirada fue al rincón donde se encontraban los rendidos. Levantaban las manos frente a las lanzas con las que los aprendices los apuntaban y suplicaban piedad. Eran dos chicos jóvenes, ni siquiera tenían barba.

—Mantenedlos ahí. Ahora regreso —les dijo.

Y se lanzó escaleras arriba hacia el dormitorio. Encontró a Eulalia acompañada por María y por Anna; la habían tendido en la cama y llevaba un aparatoso vendaje en la cabeza. María se levantó al verle y le susurró al oído:

—Creo que vivirá.

Joan cerró los ojos, llenó los pulmones de aire y dejó ir un suspiro de alivio.

—Gracias, Señor —musitó.

—¡Joan! —Su madre le llamaba con voz tenue. Tenía los ojos entreabiertos.

Él acudió a besarla y se sentó en el lecho. Le tomó la mano y acariciándola empezó a hablarle. Le decía que estaban ya a salvo y que pronto se recuperaría.

Anna aguardó comprensiva a que Eulalia cerrara los ojos

para descansar. Entonces Joan se levantó y la abrazó, y a ella no le importó que su vestido se manchara con la sangre que le cubría a él.

—¿Os encontráis bien? —le preguntó.

—Sí.

—No. Pues no lo estáis. Tenéis varias heridas que hay que curar. Venid conmigo.

Y sin esperar respuesta le cogió de la mano y, tirando de él, le condujo a la cocina. Joan estaba asombrado, no recordaba haber sido alcanzado por sus contrarios y solo creía tener pequeños rasguños. Sin embargo, cuando Anna le quitó el coselete, el jubón y la camisa, vio sus prendas ensangrentadas y hechas jirones y, por primera vez, sintió el intenso dolor de sus heridas. La enorme tensión sufrida y la convicción de que luchaba por su supervivencia y la de los suyos le habían hecho ignorar el dolor, que ahora aparecía junto con el cansancio.

—La sangre se os escurría por los calzones y dejabais huellas al andar —le dijo ella mientras le lavaba con un paño mojado en agua y le aplicaba otro empapado en aguardiente.

Él gruñó al sentir el escozor. Tenía heridas en la espalda, en ambos brazos y una particularmente dolorosa y sangrante en el costado. Sin embargo, ninguna parecía grave y Anna supo contener las hemorragias con vendas.

—Miquel Corella quiere hablar con vos —los interrumpió un aprendiz enviado por Niccolò.

—Pídele al capitán que tenga la bondad de esperarme junto a su tropa —respondió Joan.

Cuando el aprendiz salió se unieron de nuevo en un abrazo que Anna no estrechó demasiado por temor a reabrir las heridas. Notó un calor tenue y sintió un alivio infinito. Una pesadilla, se dijo. Todo había sido una horrible pesadilla.

—¡Qué afortunados hemos sido! —murmuró ella.

Joan se reunió con los maestros para analizar la situación. Además del aprendiz muerto había varios heridos, aunque solo uno de consideración. Se decidió dejar al herido grave bajo el cuidado de María y las criadas y que los demás permanecerían en los talleres una vez que se efectuaran las curas. Y se dispuso una capilla ardiente para el fallecido.

Después Joan se dirigió a los muchachos prisioneros, que permanecían de pie, custodiados por los aprendices, y sin mediar palabra agarró al primero del jubón con la mano izquierda retorciéndolo con rabia y con la derecha sacó su daga. El chico chilló tratando de protegerse del filo del arma con los brazos.

—¡Piedad! —sollozó tembloroso—. ¡Perdonadme, os lo ruego!

—¿No eras todo un hombre para matar a mi familia? —le gruñó Joan mostrándole los dientes—. ¡Pues aprende a ser un hombre para morir!

El chico temblaba y con un hilo de voz suplicó compasión de nuevo. Joan mantuvo la daga en alto y después lo soltó.

—Diles a tus amigos que nosotros también matamos, pero en defensa propia. —Hizo una pausa—. Os perdono la vida.

—Gracias, señor —murmuraron los chicos, cabizbajos.

—¿Qué hacemos con los enemigos heridos? —quiso saber Giorgio.

—Montad unas parihuelas y, con la protección de la caballería vaticana, dejadlos frente al palacio Orsini del Campo de' Fiori. Haremos lo mismo con sus muertos. Y no solo con los de dentro de la librería, sino también con los que están esparcidos en la calle. Que esos chicos os ayuden como condición a su libertad.

—Por un momento pensé que ibais a matar a ese muchacho —comentó Niccolò—. Me alegro de que solo le asustarais. —Y después de sonreír irónico añadió—: Aunque no creáis que vuestra misericordia va a evitar nuevos asaltos de los

Orsini. Será todo lo contrario. Los hombres agreden antes a quienes aman que a quienes temen. No pudieron con nosotros, tienen ocho muertos y numerosos heridos, lo han pagado muy caro. La exposición de sus cadáveres en el Campo de' Fiori, y no la misericordia, es el mejor mensaje que les podemos enviar. Que nos teman, porque nunca nos amarán.

Joan meneó la cabeza disgustado. ¿Le estaba insinuando Niccolò, con sus maneras diplomáticas, que debería haber matado a aquellos chicos a sangre fría?

Al salir a la calle, Joan se encontró con el escuadrón de jinetes vestidos con los colores amarillo y grana vaticanos. Sostenían bien alto el estandarte del toro de los Borgia. Varios habían desmontado y entre ellos estaban su amigo el valenciano Miquel Corella, que comandaba el grupo, y el gigantón extremeño Diego García de Paredes. El cuerpo más bien pequeño y delgado de Miquel contrastaba con el de su compañero, aunque todos sabían que, a pesar de su tamaño, el valenciano poseía una fuerza extraordinaria que provenía más de su nervio que de su músculo. En su cara bien afeitada destacaba una nariz mucho más aplastada que la de Joan, consecuencia de múltiples roturas. A Miquel Corella le llamaban don Michelotto y era temido en Roma. Cuando se mostraba enfadado o agresivo, su faz se asemejaba a la del toro de la enseña de sus amos a punto de embestir. Entonces producía verdadero terror.

Miquel fue a abrazarle, pero Joan le detuvo, dándole solo la mano.

—Tengo heridas en todo el cuerpo —dijo—. Lo siento.

—Me alegro de que estés vivo. —Y haciendo un gesto que abarcaba la calle entera, añadió—: Cuéntame.

Joan les relató lo ocurrido.

—Esos estúpidos creyeron poder asaltar el Vaticano —explicó Miquel—. Pretendieron forzar el puente de Sant'Angelo con su caballería y cruzar el Tíber con barcas.

—Y no consiguieron ni lo uno ni lo otro —continuó García de Paredes—. Después de rechazar su primer ataque salimos del Vaticano y los hemos ido desbaratando choque tras choque.

—Se han vuelto a atrincherar en sus reductos —dijo Miquel—. Y, aunque estamos recuperando el control del resto de la ciudad, sería imprudente entrar en sus feudos. Nos hemos acercado hasta aquí para asegurarnos de que los nuestros de esta zona estáis bien.

—¿Está vivo el papa? —quiso saber Joan—. ¿Cómo se encuentra?

—Alejandro VI goza de buena salud —repuso Miquel Corella—. ¡Alabado sea el Señor!

—Entonces ¿cómo se han atrevido los Orsini a sublevarse?

Miquel se encogió de hombros.

—Ya sabes que el clan es muy poderoso. Controlan barrios enteros en Roma y fuera de la ciudad poseen extensos territorios cuajados de fortalezas. Son aliados de Francia y por lo tanto enemigos de nuestro papa. Aunque la invasión francesa fracasó, los Orsini continúan recibiendo dinero y refuerzos franceses, se ven poderosos y se envalentonan. Pero esta vez calcularon mal.

—¿Sabéis qué otras casas han sido asaltadas? ¿Algún amigo ha sufrido daños?

—El palacio de uno de nuestros cardenales ha sido saqueado e incendiado —contestó Miquel—. Por suerte pudo huir. No tuvieron tanta fortuna un mercader valenciano y otro siciliano. Murieron junto a sus familias y solo pudieron escapar un par de sus criados. Y me temo que, conforme patrullemos la ciudad, nos encontraremos con algún saqueo más.

—Uno de mis chicos murió, pero no mostraremos temor —dijo Joan con firmeza—. Haremos vida normal, aunque con las armas al alcance de la mano y a la vista de todo el mundo.

—Me alegro de que mantengáis los ánimos —contestó el capitán vaticano—. Estoy seguro de que no esperaban encontrar esa resistencia. —Y señalando los carros convertidos en hogueras añadió—: Iban en serio.

—No podemos entretenernos —les recordó Diego García de Paredes—. Habrá más compatriotas que precisen ayuda.

—No os molestarán por el momento —aseveró Miquel—. La revuelta ha fracasado y regresan a sus casas.

Y tras desearles buena suerte, los lanceros vaticanos se alejaron. Joan se quedó contemplando los restos de los carros, que aún ardían frente a la librería; le recordaban que la tragedia se podía repetir en cualquier momento.

Sin dejar que se descuidara la guardia, Joan reunió a todos los de su casa que no estaban cuidando de los heridos; había mucho que lamentar y rezaron frente al cadáver del chico muerto. Después ordenó subir un barril de vino de la bodega. También había mucho que celebrar. Ni más ni menos que la vida de los supervivientes.

«Tiene razón Niccolò cuando dice que la suerte de mi casa depende de las armas de los *catalani* —escribió Joan en su libro—. Y también está en lo cierto Miquel Corella. Soy uno de ellos, me guste o no».

6

Al día siguiente, la librería abrió como de costumbre, aunque con crespones en señal de luto en las ventanas. El trabajo de limpieza y reconstrucción era enorme y todos se aplicaron con energía a recuperar el local. En aquel primer día ya se dejaron ver algunos de los fieles al papa, habituales, que vivían cerca. Acudían en grupos o acompañados por criados, y armados hasta los dientes, en busca de noticias. No les importaba el estado del local, sino que, al contrario, lo consideraban un motivo de orgullo, el escenario de una batalla ganada por los suyos. Y conforme los *catalani* dieron muestras de controlar la mayor parte de la ciudad, la concurrencia aumentó, primero tímidamente, para recuperar al cabo de una semana su aspecto cotidiano.

Eulalia fue curando, los demás heridos también sanaron, y en pocos días la vida parecía haber retornado a la normalidad, aunque para Joan la revuelta de los Orsini y el ataque a su librería representaban una demostración de su fragilidad y un claro aviso de lo que en cualquier momento podía desatarse. Estaba inquieto, no tanto por el peligro que suponían los enemigos del papa como por algo más oscuro y oculto. Los Orsini eran una amenaza, pero estaban a la vista y podía tomar medidas para protegerse de ellos. No ocurría lo mismo con aquel otro temor, relacionado con su esposa, que aún no se había concretado.

—¿Qué tal pasasteis la noche? —inquirió Anna con los párpados aún llenos de sueño una mañana, semanas después.

—Bien —mintió Joan mientras mojaba una rebanada de pan en un cuenco de leche.

Una pesadilla semejante a la de la Inquisición le había despertado, angustiado, en la noche.

Desayunaban en el comedor familiar situado en el primer piso, mientras que el personal de la librería, maestros, oficiales y aprendices, lo hacía en la planta baja. A través de la ventana que daba al patio interior le llegaba al matrimonio Serra el ruido de los cacharros que se mezclaba con las conversaciones, las bromas, risas y gritos de los aprendices, que los maestros acostumbraban a reprimir cuando se hacían excesivos. Aquellos sonidos que anunciaban un nuevo día de trabajo, lo cotidiano, la realidad presente aliviaban al librero del recuerdo de su pesadilla.

—Y ¿vos? —quiso saber él.

Anna afirmó con la cabeza al tiempo que cerraba los ojos, sonriendo. Bien, había dormido bien, se dijo Joan. Así debía ser, y ese era el motivo por el que él no compartía con ella la inquietud que le causaban aquellos sueños, demasiado recurrentes en los últimos días. Sin embargo, se dijo que quizá también ella sintiera que el peligro acechaba y disimulase para no preocuparle.

Cuando regresaron al dormitorio, Anna se puso a amamantar al bebé y Joan se vistió con camisa blanca y un jubón de terciopelo verde oscuro para bajar a la planta de calle. Todavía se le hacía extraño aquel lujo; hacía solo tres años se cubría con los harapos de un esclavo de galeras y apenas habían transcurrido dos desde que recuperó la libertad. Quizá fuera el cambio radical, la increíble bonanza experimentada en su existencia, lo que le producía aquel vértigo, aquella inquietud.

Todo parecía demasiado hermoso para ser cierto. Tal vez porque su vida había sido una lucha continua contra el infortunio, no estaba acostumbrado a aquella felicidad y temía que algo la truncara.

No solo había logrado casarse con la mujer a la que tanto amaba, sino que, a punto de cumplir los veinticinco años, poseía, gracias al apoyo de Miquel Corella y sus amigos de Nápoles, una librería; su sueño desde que entró a trabajar de aprendiz con los libreros Corró en Barcelona cuando tenía solo doce.

Bajó a la trastienda y después de cruzar una habitación cuyas paredes estaban recubiertas con anaqueles en los que almacenaban papel, plumas, tinta y distintos materiales de escritura, llegó al taller, que estaba abierto al patio, para saludar a los operarios que encuadernaban los libros. Muchos eran refugiados florentinos y cantaban tonadas de su tierra al trabajar. Le recibieron los olores familiares de papel, cola y cuero, y tomó en sus manos un ejemplar terminado para observar su acabado mientras adivinaba los cosidos interiores y acariciaba la piel de la cubierta. Gruñó satisfecho y después de inspeccionar un par más le propinó al maestro una palmadita cariñosa.

—Muy bien, Giorgio. Excelente. ¿Quiénes hicieron este trabajo?

Le escuchó atentamente a la vez que contemplaba la actividad de oficiales y aprendices que cosían los pliegos de papel, los encolaban y trabajaban el cuero de las cubiertas. Recordaba el tiempo en el que él realizaba aquel mismo trabajo en Barcelona.

Después se acercó a la imprenta, que ocupaba la parte trasera de la casa que se unía a la primera por los patios. Allí se encontró con Antonio, el maestro impresor, que inspeccionaba con ojos críticos los pliegos recién impresos. El olor a tinta fresca, que los aprendices distribuían sobre las planchas, impregnaba el lugar.

—Los chicos se esfuerzan —le dijo Antonio—. Fijaos en lo uniforme de la tinta y lo claras que se distinguen las letras sobre el papel.

Joan observó el trabajo. Aquellos pliegos pertenecían a la *Divina comedia*, de Dante Alighieri. Era uno de los libros que el fraile Savonarola había condenado a la quema en sus «hogueras de las vanidades».

No estaba escrito en latín, sino en lengua vulgar; el toscano antico, muy semejante al florentino del momento y que las gentes cultas de Italia entendían a pesar de que su italiano fuera otro. Joan reservaba la mayor parte de los ejemplares impresos para su propia librería; destinaba una partida a sus amigos libreros de Nápoles, Génova y Barcelona con los que mantenía intercambios, y el resto lo haría llegar clandestinamente a Florencia a través de sus empleados florentinos, para paliar la quema de libros en las hogueras de Savonarola.

Joan estaba satisfecho con el progreso de aquella edición, tanto en su impresión como en su encuadernado, y cruzó de nuevo la trastienda para dirigirse a la librería. Le gustaba conversar con los clientes y atenderlos, aunque de esta labor se ocuparan de forma habitual Niccolò y Anna, asistidos por un aprendiz. Observó la estancia con atención y apenas pudo distinguir señal alguna de la tragedia ocurrida allí mismo semanas antes.

—Buenos días, Joan —le saludó Niccolò con una sonrisa y una observadora mirada de ojos oscuros en la que bailaba una eterna chispa de ironía.

Joan le devolvió el saludo con cariño. Niccolò era un refugiado florentino contrario a la dictadura represiva impuesta en su tierra por el fraile Savonarola. Pertenecía a la pequeña nobleza rural toscana, había sido educado para la diplomacia y la milicia y tenía una sólida formación en gramática, retórica y latín. Sin embargo, cuando aún no se cumplía un año de su ingreso en la administración de Florencia, la revolución de Savonarola le hizo perder su trabajo, y se unió a los opositores al fraile. Fue Miquel Corella, interesado en derrocar a Savonarola, quien le presentó a Niccolò y a su primo Giorgio, el maestro encuadernador.

Cuando le relataron las atrocidades, entre las que figuraba la quema de libros, que los seguidores del fraile, llamados «llorones», cometían en Florencia, Joan, indignado, les había prometido: «Por cada libro que queme Savonarola, nosotros imprimiremos diez». Aquella afirmación les llegó al corazón a los florentinos, que se unieron entusiastas al proyecto de Joan y le ayudaron a establecer aquella magnífica librería, imprenta y taller de encuadernación. De esta forma, Niccolò, que apenas era tres años mayor que Joan, se convirtió a la vez en su mano derecha y en su mejor amigo en Roma.

Aquella no era una librería cualquiera, sino que se trataba de la mayor y más hermosa de la Roma del papa Alejandro VI. Ocupaba la parte delantera de la planta baja de dos casas situadas en la esquina del Largo dei Librai con la Via dei Giubbonari; esta conducía al bullicioso Campo de' Fiori, que, con sus mercados, posadas y permanente ajetreo, era uno de los centros neurálgicos de la ciudad. Por su parte, el Largo dei Librai era una plazoleta que gozaba a la vez del intenso tráfico de la Via dei Giubbonari en uno de sus extremos y de la paz de quedar cerrada en el otro por la iglesia de Santa Barbara dei Librai, lugar de reunión de la cofradía de los libreros. Había tenido razón su amigo Miquel Corella al recomendarle que se instalara allí; era un lugar prestigioso y céntrico.

La librería contaba con mesas donde se vendía material de escritura y algunos libros, que se sacaban cada mañana a la calle y se recogían por la noche. En el interior, detrás de la amplia zona destinada a la venta, se abría un gran salón iluminado con luz natural gracias a dos ventanales, protegidos por gruesas rejas. Allí sus clientes podían consultar los libros con calma e incluso mantener una conversación relajada alrededor de una mesa. Disponía además de un segundo salón, más discreto, por si la charla se hacía privada. Aquella disposición era el resultado de la insistencia tanto de Miquel Corella como de Niccolò. Ambos tenían un sentido de la política mucho más desarrollado que Joan y le convencieron de la necesidad de un ambiente íntimo para atraer a los poderosos de Roma. No en vano, la librería estaba auspiciada por los partidarios del papa Alejandro VI y el local era un lugar ideal para mantener contactos políticos informales.

Joan se codeaba en su establecimiento con cardenales, nobles y embajadores. Se manejaba con soltura, aunque a veces aquellas alturas le producían, a él, el hijo de un pobre pescador, un cierto vértigo.

En aquellas ocasiones, Joan se repetía sus méritos, en muchos aspectos mayores que los de la nobleza, que heredaba poder y gloria. Su azarosa vida le había llevado a convertirse en un excelente artillero y un buen espadachín. No había acudido a ninguna universidad y sin embargo, gracias a su facilidad con los idiomas, a su pasión por la lectura y a Abdalá, su sabio maestro en Barcelona, aparte de su lengua materna, el catalán, tenía un excelente dominio del latín y del toscano. También podía presumir de un castellano y un francés fluidos. Además, no solo conocía los secretos de la encuadernación y de la imprenta, sino que era un lector insaciable que gustaba de las conversaciones literarias. Era mucho para alguien de su edad, y lo tenía todo para desempeñar su trabajo de forma brillante.

Aun así, a veces, aquellos individuos cargados de títulos, honores y poder que le miraban por encima del hombro y que incluso le trataban de forma displicente le recordaban sus humildes orígenes y le hacían sentir inferior. Entonces él disimulaba, se erguía y trataba a su oponente con la misma arrogancia.

Aquel mediodía se levantó antes de la mesa aduciendo fatiga, y mientras Anna daba de comer a Ramón se refugió en su dormitorio. Seguía sin identificar qué le producía aquella inquietud. Había una amenaza en el aire de la que en ocasiones detectaba indicios y que, sin embargo, no sabía concretar.

Buscó su libro de notas. Era pequeño y tenía tapas de cuero. Lo acarició mientras pensaba; amaba aquel objeto, era su confidente. El primero que tuvo lo fabricó en la librería de los Corró cuando era aprendiz, usando material sobrante, y el maestro dejó que se lo quedase, pues no alcanzaba la calidad requerida por el gremio para su venta. Aprendió a escribir con él, llenándolo de anotaciones con la hermosa caligrafía que su maestro Abdalá le enseñaba. Ya había perdido la cuenta de cuántos como aquel primero había completado. Escribir en su libro le obligaba a reflexionar y tenía un efecto tranquilizador, casi mágico.

Aquella tarde anotó: «¿De dónde viene mi inquietud? ¿Habré llegado demasiado alto con demasiada rapidez?». Y después de pensar en ello, añadió: «No, no es solo eso. Es algo que tiene que ver con Anna».

7

Joan se encontraba aquella tarde sentado en la mesa situada en uno de los rincones de la librería y que, colocada sobre una tarima, dominaba toda la sala. Era pronto, Anna se encontraba en el primer piso, solo había un cliente y Joan aprovechaba que Niccolò le estaba atendiendo para leer *El discurso sobre la dignidad del hombre*, obra de la que pensaba imprimir trescientos ejemplares. Coincidía plenamente con las tesis de Pico della Mirandola, en especial con las referentes al derecho a la discrepancia y el respeto a otras culturas y religiones, y se alegraba de que Alejandro VI le hubiera absuelto del delito de herejía por el que papas anteriores le habían excomulgado, haciéndole sufrir pena de cárcel. No conocía personalmente al papa Borgia, pero le caía bien por la tolerancia mostrada con Pico y por su gesto de acoger en Roma a los judíos y conversos que huían de la Inquisición en España.

Una risa cantarina distrajo a Joan de la lectura que le tenía absorto, y de inmediato reconoció a su propietaria. Era Sancha de Aragón, sobrina del rey de Nápoles, princesa de Esquilache y esposa de Jofré Borgia, el menor de los hijos del papa, que acudía a la tertulia de señoras que aquella tarde se celebraba en la librería.

—No sois ni lo suficientemente guapo ni rico ni noble para mí —le decía a Niccolò mirándole a los ojos.

Sancha tenía dieciocho años, pero el aplomo y la seguridad de alguien mucho mayor. Pese a no ser la dama más bella de Roma, destacaba entre las mujeres por el encanto y la fuerza sensual que irradiaba. Tenía unos ojos oscuros y vivaces, piel clara, una sonrisa que se transformaba fácilmente en risa y una hermosa melena de cabello azabache que no ocultaba con velos según costumbre de muchas damas y que tampoco teñía de rubio como hacían otras. Ella simplemente lo recogía con unas trenzas que partiendo de las sienes se anudaban atrás, y dejaba que su cabello se ondulara en la espalda. A veces lo adornaba con flores o joyas y de cuando en cuando se cubría con un sombrero al estilo de los caballeros.

Vestía con frecuencia a la moda valenciana del Vaticano, y sus trajes de terciopelo, oro y pedrerías lucían generosos escotes que mostraban parte de sus senos.

—Pero os hago reír, señora —repuso él tomándola de la mano—. Y eso invita al amor.

El florentino sonreía y observaba a la dama con sus ojillos pícaros, y su cara afilada le recordaba a Joan la de un gran ratón a la vez audaz, astuto y sabio. Era bien sabida su afición por las mujeres, hasta el punto de que sus amigos le apodaban Il Machio tanto por su apellido —Machiavelli— como por sus aventuras con féminas de distinta condición y edad, de las que le gustaba presumir.

Sancha rio de nuevo y apartó su mano de las del florentino después de permitir el contacto por unos momentos. Antes de contestarle le miró pícara de pies a cabeza.

—Es cierto que sois ingenioso, amigo Niccolò, quizá si fuerais más alto…

Y volvió a reír al ver la expresión del florentino. Joan se decidió a intervenir y se acercó para saludar y dar la bienvenida a la princesa. Odiaba el papel de aguafiestas, pero pensaba que su amigo, que por lo común mostraba una exquisita prudencia y diplomacia, estaba yendo demasiado lejos con Sancha.

—Esta dama no os puede traer más que problemas —le advirtió a Niccolò cuando la princesa pasó al gran salón, donde tendría lugar la tertulia con el resto de las señoras, que fueron llegando—. Bien sabéis que está casada con Jofré, el hijo del papa.

—Y es, y ha sido, amante de los otros dos hijos del pontífice —añadió el florentino—. Primero de César Borgia y ahora de Juan.

—Razón de más. No os busquéis complicaciones. Coqueteará con vos; no le importa hacerlo en público y frente a testigos. Sin embargo, no irá más allá, le halagan vuestra devoción y vuestros cumplidos, pero ha sido muy sincera. No sois lo suficientemente noble ni rico.

—Ni lo suficientemente guapo —se lamentó Niccolò—. Sé que tenéis razón, pero esa mujer me alborota y no puedo evitar hablarle así.

—No sé cómo logra salir ella indemne de sus coqueteos y escarceos amorosos —continuó Joan—. Pero los mismos que son indulgentes con la princesa, quizá porque representa una alianza entre el Vaticano y Nápoles, no lo serán con vos. Una madrugada vuestro cuerpo puede aparecer flotando en el Tíber.

—Tenéis razón, patrón —concedió Niccolò cariacontecido—. Trataré de reportarme.

Joan cruzó más tarde frente al salón donde tenía lugar la tertulia. Allí estaban, aparte de Sancha, Lucrecia Borgia, hija del papa y amiga íntima de la princesa, y otras grandes damas de la corte vaticana, incluida la esposa del embajador de España. De pie, elegante y con pose de gran señora, su esposa, pausada y con excelente pronunciación, leía unos poemas en latín de Jacopo Sannazaro. Sannazaro era amigo personal del rey de Nápoles, y Sancha, que también escribía poesía, adoraba su obra.

Anna lucía con estilo un vestido de terciopelo rojo con un discreto escote cuadrado con bordados que terminaban lejos del nacimiento de los senos. Por un momento, sus miradas se encontraron y ella continuó con su lectura.

A Joan le admiraba la forma en la que su esposa, de la mano de la princesa, había encajado en el grupo de damas de la alta sociedad vaticana. Anna, pese a tener orígenes burgueses, era viuda de un noble napolitano, y Sancha, nostálgica de su tierra, la había acogido de inmediato como amiga, tratándola como si su anterior esposo hubiera pertenecido a la alta nobleza. El buen hacer y la clase de Anna hicieron el resto.

Sin embargo, él distaba mucho de ser aceptado por la aristocracia. Le apreciaban como comerciante, respetaban su conocimiento sobre libros e incluso, después del asalto a la librería, le consideraban un hábil hombre de armas. Y eso era todo. Le veían como a un villano. Joan se dijo que quizá aquello formara parte de su inquietud. Su esposa estaba encumbrándose demasiado, y presentía que ese hecho, unido a su belleza y su gracia, acarrearía problemas.

Anna vio cruzar a su esposo frente a la sala y observó que la miraba sin sonreír. Parecía mohíno y se dijo que algo debía de preocuparle. Sin embargo, continuó su lectura con seguridad y aplomo, aunque sus pensamientos volaron a algo que Sancha de Aragón le repetía con frecuencia:

—Vuestro marido es un guapo mozo, intelectual, tiene buen trato y debe de ser tan potente en la cama como ha demostrado serlo con las armas. Lo veo bien para vos como amante, pero no como marido.

—Fue mi amor de la infancia —respondía Anna—. Y sigo amándole.

—Y ¿qué tiene que ver el amor con el matrimonio? —insistía la princesa—. Los amantes son para el amor, el matrimonio es un negocio. Y vos hicisteis un mal negocio. El mío es una alianza política que al papa le interesa conservar, y yo, por mi parte, hago lo que quiero.

—Vos sois muy audaz, señora.

—Y vos podríais ser la reina de Roma. La gracia y la belleza en una mujer cotizan mucho más que en un hombre. Son poder. Y vos lo desperdiciáis casada con un villano. ¿En qué estabais pensando para aceptar semejante boda?

Anna recordaba muy bien las circunstancias en las que Joan le había pedido matrimonio. Había guerra, acababa de enviudar, estaba embarazada, el palacio de su marido había sido saqueado y quemado y los familiares de él la habían dejado en la ruina. Además, la pequeña nobleza napolitana le daba la espalda después de una imprudente declaración pública de amor de Joan hacia ella. Le había rechazado cuando supo que había sido precisamente él quien había matado a su marido. Pero Joan la convenció, con una tenaz insistencia, de que la muerte de su esposo fue un acto puramente de guerra, y supo seducirla con su amor y con la promesa de un brillante futuro entre libros para ella y su hijo. Y hasta el momento había cumplido sobradamente su palabra.

—Le quiero.

—Ya os he dicho que eso es una tontería —respondía la fogosa princesa—. ¿Os habéis fijado en cómo os miran los hombres? Seguro que sí. Gozad de su admiración ahora que sois joven, que ya tendréis tiempo de recataros cuando os arruguéis. Buscaos un amante interesante.

—¡Por Dios, Sancha! —contestaba Anna escandalizada—. No sabéis lo que decís.

Sancha reía echando su negra melena hacia atrás y elevando la barbilla.

—¿Me decís que no sé lo que es un amante?

—Somos distintas.

—No tenéis por qué acostaros si sois tan casta. Pero no hay nada de malo en que permitáis que los hombres os admiren. Claro que ellos quieren consumar, pero vos sois dueña de detener el juego donde os plazca. Tenéis la clase y el estilo para manejar cualquier situación. Dejad que os adulen, que os deseen con la mirada. ¡Gozad de la vida como una buena napolitana!

—No todas las napolitanas coquetean.

—Pero su princesa sí —concluía Sancha riendo.

Aquellas conversaciones se habían repetido y Anna empezaba a pensar que no había nada malo en sonreír y en acercarse un poco más o en mantener una mirada. Ciertamente gozaba de la admiración que causaba y pronto observó que los varones la preferían a ella antes que a la exuberante princesa. Aquella competición secreta, que iba ganando, la halagaba en grado sumo.

8

Niccolò dei Machiavelli era un hábil observador del comportamiento humano y había detectado una creciente inquietud en Joan con respecto a su esposa y a la corte de caballeros que revoloteaban a su alrededor. Ella se mostraba simpática y agradable con todos y era la perfecta anfitriona, manteniendo siempre su estilo de gran dama. El florentino se consideraba un buen amigo del librero, y precisamente Anna fue la causa del primer incidente habido entre ambos desde que se conocían.

A Niccolò le gustaba bromear y caía particularmente gracioso a las señoras. Pasaba muchas horas junto a Anna en la librería, a ella le encantaban los chismes y noticias que el extrovertido florentino recogía de aquí y de allí y que sabía contar con gracia y salero. Aquel día Anna se había reído mucho con una historia acaecida en la Posada del Toro del Campo de' Fiori con un cardenal, una criada y el marido de esta. Y después había vuelto a reír con otras gracias de cosecha propia del florentino; en una de ellas, Anna le palmeó en el hombro en un gesto de divertido reproche. A Niccolò le encantaba ver a Anna entornar los ojos, mostrar sus blancos y regulares dientes, que se formasen unos graciosos hoyuelos en sus mejillas y oírla reír. Era una mujer bella, simpática e inteligente, y el florentino era uno de sus admiradores. Durante el resto del día había visto a Joan enfurruñado, pero no lo había relacionado con Anna. Cuando por la noche cerraron la librería y se quedaron solos, sin previo aviso, Joan le agarró de la pechera de su jubón y sin consideraciones le empujó contra una estantería de libros.

Niccolò abrió los ojos asombrado sin saber qué decir ante la fiera mirada de Joan.

—¿Os gusta mi mujer? —inquirió este con voz ronca.

—Sí, claro —balbució Niccolò—. Es una mujer muy bella.

—Pues cuidado con lo que hacéis —insistió—. Es mi mujer.

—¡Claro que sé que es vuestra mujer! —repuso el florentino—. Y como tal la respeto.

Joan se quedó mirándole a los ojos como si quisiera leer en ellos la sinceridad de las palabras de su amigo y le soltó.

—No es por mí por quien debéis preocuparos. ¡Soy vuestro amigo y ella es vuestra! La defendería a ella y a su honra con la vida.

El librero se mantuvo en silencio unos momentos, observándole, y al final dijo:

—Gracias, Niccolò. Os creo. Disculpadme, últimamente estoy un poco nervioso. Que tengáis una buena noche.

Y sin decir más, Joan se retiró cabizbajo hacia el primer piso. Se sentía orgulloso del estilo y la belleza de su esposa y no quería coartar su libertad pidiéndole que se mostrara distante con los caballeros. Sin embargo, empezaba a acusar las exageradas atenciones que estos le dedicaban. Entre ellos se encontraba Niccolò, que, al contrario que él, era noble, miraba con deseo a su esposa y esta le reía siempre las gracias. Aquel día no había podido contenerse y, aunque lamentaba la escena de celos, pensó que quizá fuera una advertencia oportuna.

Niccolò, por su parte, se quedó pensativo. Su patrón estaba muy alterado y se dijo que debía ser más cuidadoso en el futuro al tratar con Anna.

Por todo esto, el florentino se preocupó cuando, días después, Joan, que había salido pronto por la mañana para negociar unos pedidos de papel con unos comerciantes, volvió antes de lo previsto a la librería. Le habría gustado que el duque de Gandía, que últimamente los visitaba con demasiada frecuencia a unas horas de la mañana en las que Joan acostumbraba a ausentarse, se hubiera ido ya.

Joan saludó al aprendiz que barría la calle frente a la librería y se percató de la presencia de tres caballos y dos hombres armados, de negro y vestidos a la española, que aguardaban frente a su establecimiento.

Al entrar y ver la mirada de Niccolò, comprendió que algo iba mal. La habitual expresión sonriente del florentino le había abandonado; sin decirle nada, con solo un movimiento de sus ojos, dirigió la atención de Joan al otro extremo de la sala. Allí estaba Anna, junto a la puerta que daba al gran salón. Lucía un vestido de terciopelo verde de ancha falda, con un corpiño sin escote que le elevaba el pecho y que hacía su figura particularmente atractiva. Sus ojos verdes miraban con intensidad al hombre al que tenía enfrente, que le susurraba algo y que estaba tan cerca que parecía querer empujarla dentro del salón. Anna, con una sonrisa en los labios, se erguía arrogante, y cuando aquel individuo se acercó aún más, ella, negando con la cabeza, le frenó poniéndole la mano en el pecho. Él reaccionó cogiéndole la mano con las suyas. A Joan le dio un vuelco el corazón. El hombre estaba de espaldas, pero el librero supo de inmediato, a la vista de su lujoso vestido, su porte altivo y los soldados que esperaban en la calle, quién era. Nadie más podía atreverse a aquello.

Se trataba de Juan Borgia, duque de Gandía, que, reclamado por su padre, el papa, había regresado de España hacía casi tres meses. Alejandro VI le había recibido con fiestas y gran alegría, nombrándole confaloniero, portaestandarte de la Iglesia, título que le daba la autoridad suprema sobre los ejércitos vaticanos. Era el hombre más poderoso de Roma después del pontífice.

Joan refrenó su primer impulso de abalanzarse sobre el intruso, conocedor del riesgo que un enfrentamiento violento comportaría para él y su familia. Conocía a Juan Borgia de antes de su regreso a Roma y sabía cuán desconsiderado, vanidoso y salvaje podía ser cuando deseaba algo.

Joan y el hijo del papa se habían encontrado por primera vez en una taberna de Barcelona cuatro años antes. Juan Borgia era un muchacho engreído y malcriado que había llegado a la ciudad, corte entonces de los reyes de España, para casarse con la viuda de su hermano fallecido, María Enríquez, prima del rey. Era condición obligada para recibir el ducado de Gandía como herencia.

Sin embargo, el hijo del papa hacía todo lo que su padre le había ordenado no hacer. Jugaba a los dados en las tabernas y, en lugar de consumar su matrimonio con su altiva esposa, requería los favores de las jóvenes taberneras, a las que pretendía conseguir impresionándolas con su apostura y nobleza. El método no le funcionaba, y entonces recurría al dinero y a la fuerza bruta para saciar su deseo. La combinación de juego, bebida y mujeres acababa en riñas que Juan Borgia no evitaba, confiado en que Miquel Corella le sacaría del apuro.

Miquel Corella, valenciano como el papa, era ya entonces capitán de la guardia vaticana, gozaba de la entera confianza del pontífice y este le había encomendado la incómoda misión de proteger a su hijo durante su estancia en Barcelona. Miquel era fiero en la lucha y experto en todo tipo de armas; sin embargo, consciente de su responsabilidad y del resultado incierto de las trifulcas tabernarias, trataba de evitar a toda costa los enfrentamientos. La actitud del muchacho le contrariaba mucho y hubiera disfrutado disciplinándolo, pero carecía de tal poder. Joan había conocido al valenciano en una taberna y le causó tan grata impresión que no vaciló en ayudarle en el altercado que poco después provocó Juan Borgia. Al acompañarlos aquella noche a su residencia, Joan había observado con asombro cómo el joven duque de Gandía, sin escuchar a Miquel, ensartaba con su espada, para aplacar su ira, a cualquier perro o gato que se le cruzaba por el camino.

Miquel, complacido con la forma en la que Joan los había ayudado a salir del apuro, le ofreció una buena suma para que los escoltara en sus visitas a las tabernas. El joven no aceptó pago alguno a pesar de que terminó acompañando a Miquel durante su estancia en Barcelona todo el tiempo que sus obligaciones laborales en la fundición de cañones le permitían. Con ello se ganó el agradecimiento del valenciano.

Sin embargo, el duque de Gandía no había apreciado la ayuda de Joan; era demasiado orgulloso para aceptar que un villano solo unos años mayor que él se comportara mejor frente al peligro y le protegiese. Mostraba una mezcla de rivalidad y desdén hacia Joan que aumentó considerablemente cuando la más hermosa de las taberneras despreció su nobleza y dinero haciéndole saber que Joan había sido su amante.

—Seré puta para quien yo quiera, pero para vos soy la Virgen María —le espetó la muchacha al duque en respuesta a sus insultos despechados.

El incidente que en aquel momento enorgulleció a Joan ahora le llenaba de preocupación. El hijo del papa había dejado a su esposa en Gandía, cuidando de sus hijos y del ducado, y su conducta con las taberneras de Barcelona se repetía ahora en Italia con cualquier mujer agraciada, sin importarle condición ni estado civil. Continuaba igual de arrogante y ávido, solo que ahora gozaba de un poder que era capaz de vencer cualquier resistencia.

Joan sospechaba que la primera vez que el Borgia visitó la librería lo hizo atraído por la fama de su esposa. Sin embargo, al reconocer a Joan, aquella antigua y absurda rivalidad se despertó, haciendo de Anna una presa aún más apetecible.

En sus visitas, el duque de Gandía se había mostrado demasiado halagador y amable con ella y desdeñoso con él. Joan pensó que quizá la actitud del duque era la causa de su inquietud y sus pesadillas.

En aquel momento, en la librería, Joan vio que estaba ocurriendo ante sus propios ojos lo que él tanto había temido. Juan Borgia había pasado de una pegajosa amabilidad con Anna a galantearla de forma descarada y en su propia casa. Estaba tan cerca de ella que traspasaba los límites de la decencia e incluso se atrevía a sujetarle la mano con las suyas. Vaciló unos instantes y después se dijo que le era indiferente quién fuese aquel tipo y el poder que tuviera; no le permitiría acosar a su mujer. Sentía la sangre palpitando en sus sienes y la furia transformándose en un nudo en su estómago. Vio la espada en el cinto de su rival y no le importó a pesar de que él iba desarmado; se le acercaría tanto que le impediría desenvainarla. El duque debía aprender a respetar a su esposa.

Se precipitó hacia aquel individuo, pero Niccolò, atento, le detuvo en el camino.

—¡Conteneos! —le susurró—. Si le agredís, os ahorcarán. Además, hay dos hombres aguardándole en la puerta de la librería.

—Dejadme —murmuró con rabia.

Y apartando a su amigo a la fuerza, Joan se fue hacia el duque de Gandía.

9

Juan Borgia acababa de tomar las manos de Anna entre las suyas cuando ella vio venir a Joan, que se había desembarazado de Niccolò. Al ver la expresión de su cara se estremeció de temor; estaba a punto de producirse un desastre.

La había incomodado ver aparecer al duque de Gandía a una hora tan temprana, en la que era el único cliente. El Borgia había cruzado el umbral con paso decidido. Llevaba daga y espada al cinto, vestía un jubón negro de seda de cuello cerrado, se cubría con una capa de terciopelo rojo y se adornaba con un grueso collar de oro. Le acompañaban dos hombres de armas que se quedaron curioseando el material de escritura y los libros en la mesa que atendía el aprendiz en la calle. El duque lucía una barba recortada y la librera desconfió de su mirada lobuna de ojos oscuros y de su sonrisa breve, que mostraba dientes de animal de presa.

Anna recordaba aquella sonrisa entre agresiva y aduladora, y los requiebros que en ocasiones anteriores le había dedicado cuando Joan, como en aquel momento, no se encontraba en la tienda. Sabía que aquel joven de aspecto ávido se interesaba por ella y al principio la había halagado que el hombre más poderoso y pretendido de Roma le dedicara más atención que a la seductora Sancha de Aragón. Su amiga Sancha estaba casada desde hacía dos años con Jofré Borgia, el hermano menor del duque. Aquella boda, garantía de una alianza del papa con Nápoles, entre un niño de trece años y una vital adolescente de dieciséis no tuvo ni buen inicio ni buena continuación. Se rumoreaba que el duque engañaba a su propio hermano con Sancha y que esta había tenido antes amores con César, su otro cuñado. Anna tenía una privilegiada relación de amistad con la princesa, que le había confiado, sin demasiado pudor, la certeza de sus amores con Juan.

Anna, una vez satisfecha su vanidad con las atenciones que el duque le dispensaba, quiso poner freno al entusiasmo de este. A pesar de haberle obsequiado al principio con algunas sonrisas y miradas, siguiendo los consejos de la propia Sancha con respecto a los hombres, no tenía ningún interés en ir más allá. Amaba a su esposo.

Empezó a racionar sus sonrisas, a mostrarse fría y a mencionarle su íntima amistad con Sancha cada vez que él se acercaba demasiado, convencida de que le desanimaría en sus pretensiones.

Sin embargo, aquella mañana comprendió que se había equivocado. Sin responder al saludo y la reverencia que le dedicó Niccolò, el duque se dirigió a ella, que correspondió a sus buenos días y a su sonrisa con una breve inclinación de cabeza.

—Me han dicho que en el salón interior guardáis los dos primeros libros de las *Vidas paralelas* del griego Plutarco —le dijo clavando sus ojos en ella—. Acompañadme, señora.

—Cierto, los tenemos en el salón, en edición latina —repuso Anna con una sonrisa comedida—. Niccolò os acompañará, su latín es mucho mejor que el mío.

—En efecto. —El florentino acudió con presteza a la insinuación de su ama—. Tenemos las vidas de Teseo y Rómulo, Licurgo y Numa, Pericles y Fabio Máximo…

—¡Apartaos de mí! —le cortó el duque con desdén—. Id al mostrador de la entrada y dejadnos solos.

Niccolò miró a Anna sin moverse.

—¡Obedeced! —insistió el Borgia arrastrando las sílabas—. Obedeced o haré que os arrepintáis.

—Hacedlo —dijo ella al fin. El duque no amenazaba en vano y temía por su amigo.

El florentino se dirigió moroso hacia la entrada para colocarse a cierta distancia en un lugar desde donde divisase tanto la puerta de entrada como a la pareja. Como todos en Roma, temía a aquel hombre, y aun así estaba decidido a acudir en ayuda de su patrona si esta la requería. El duque se desentendió de él y empezó a requebrar a Anna; parecía tener prisa.

—Enloquezco por vos, señora —le decía mientras se acercaba a ella.

—Creía que dedicabais toda vuestra locura a la princesa de Esquilache, mi amiga y cuñada vuestra, duque —le lanzó Anna.

El joven rio.

—Os equivocáis, señora —repuso avanzando hacia ella, que retrocedió ante su proximidad—. Aún me queda locura por vos, por vuestros ojos verdes, por esos bucles negro azabache que se escapan de la redecilla con que recogéis vuestro pelo, por los hoyuelos de vuestra sonrisa, por vuestro porte altivo...

Anna se dio cuenta de que se encontraba de espaldas a la puerta del salón pequeño y que, aun sin tocarla, el duque iba empujándola hacia su interior.

—Ya basta, duque —le cortó con firmeza, dando otro paso atrás—. Bien sabéis que soy una mujer casada.

—Y ¿qué importa eso? —Él rio, acercándose más—. No os quiero desposar.

Fue entonces cuando ella, temiendo lo que pudiera ocurrir si entraba en el salón, vacío en aquel momento, le detuvo con su mano, y él la tomó entre las suyas acariciándola.

—Amadme y os colmaré de bendiciones a vos y a los vuestros —le decía.

Cuando Anna vio venir a su esposo no pudo, a pesar de su inquietud, evitar compararlo con el Borgia. Era algo más alto que el duque y más robusto, y su mirada felina de ojos castaños, enmarcados por unas cejas poderosas, le confería aquel aspecto leonino tan característico de él. La librera conocía el brillo de aquella mirada, temió que Joan, en uno de sus impulsos, trajera la ruina a la familia, y soltándose de las manos del duque se apresuró a colocarse entre ambos. Juan Borgia, alertado primero por la mirada de Anna y después por su brusco movimiento, se volvió llevando la mano a la empuñadura de su espada. Joan se dijo que si su esposa no se hubiera interpuesto, poniéndole las manos en el pecho, habría llegado a tiempo para impedir desenvainar al duque. Ahora se enfrentaba a la mirada entre suplicante y severa de Anna, que tuvo el efecto de calmarle. Ella representaba a la familia, lo era todo.

—¿Conocéis a mi esposo, duque? —preguntó ella, aunque sabía la respuesta, al tiempo que se giraba sonriendo al portaestandarte del papa.

Con la presencia de su marido había recuperado el aplomo, y aquel se admiró de que incluso en aquella incómoda situación su esposa mantuviera su estilo. Los hombres intercambiaron una mirada y la del Borgia regresó a Anna.

—Le he visto antes —reconoció de mala gana.

—El duque de Gandía se interesa por la edición latina de las *Vidas paralelas* de Plutarco que tenemos en el salón pequeño —explicó Anna dirigiéndose a Joan—. En este momento iba a mostrarle los libros de que disponemos. ¿Nos acompañáis?

—Naturalmente —afirmó Joan con una ligera reverencia dirigida al hijo del papa—. Esta es mi casa y esta es mi mujer. —Y les dio una fuerza especial a las palabras mi y mujer—. Y en esta casa siempre encontraréis libros y lealtad a vos. Pero no busquéis nada más.

Ambos se contemplaron unos largos instantes y después el Borgia hizo un gesto desdeñoso.

—Mandadme los libros a mi casa con un criado —dijo altivo, hablándole a Anna—. Me quedaré con los que me interesen.

Y sin despedirse dio media vuelta para encontrarse con sus hombres, que le esperaban en la puerta. Los esposos aguardaron a que la comitiva desapareciera y después se miraron.

—Parece que el duque se interesa mucho por vos —le dijo Joan suspicaz.

—Eso parece. Pero nada tiene que ganar conmigo. Os amo a vos.

—Sin embargo, esa familiaridad al cogeros la mano...

—Confiad en mí. —Ella le sonreía—. Le he frenado de forma diplomática, no hacía falta vuestra intervención.

—No debería haberos tocado.

—Ha sido incómodo —repuso ella apurada—. Aunque creo que ha comprendido el mensaje que le dimos.

—Bueno, ya ha pasado. —Él deseaba consolarla y le sonrió al tiempo que le tomaba las manos para acariciarlas. Quería aliviar su tensión—. Ahora ya sabe que debe respetaros.

Niccolò observaba su cariño a distancia. Su faz de mirada aguda y observadora, que habitualmente mostraba una sonrisa irónica, tenía ahora una expresión grave. Su cabeza se movía en una suave negación.

«No, no ha pasado», pensó el florentino.

10

—Apenas hace tres meses que ese muchacho regresó de España y ya ha hecho cornudos a incontables maridos —dijo Miquel Corella cuando Joan le contó lo ocurrido en la última visita del duque de Gandía.

Joan miró a su amigo y protector con severidad. El valenciano había superado la treintena y le observaba con sus vivaces ojos oscuros y con una sonrisa en sus carnosos labios.

—No sé por qué os sonreís. A mí no me hace ninguna gracia.

—Mira, Joan, tú eres aún joven y no comprendes algunas cosas —repuso Miquel sin abandonar su sonrisa.

Y levantó su copa de vino dulce para brindar. Como el librero no mostró intención alguna de acompañarle, amplió su sonrisa divertida con un toque irónico, brindó al vacío y dio un buen trago. Se encontraban en el comedor de la casa del capitán de la guardia vaticana, que, ante la urgencia de Joan por hablarle, le había invitado a almorzar. En la sobremesa, la esposa de Miquel Corella, una joven y bella romana, se aseguró de que los criados los mantuvieran bien provistos de vino y pastelitos de almendras y se ausentó discretamente para que los hombres charlaran.

—Más joven es ese malcriado del duque y menos cosas entiende —contestó Joan airado.

—Sí, en eso tienes razón, aunque pocos se lo ponen tan difícil como tú.

—A ver si voy a ser yo culpable por defender a mi familia.

—Precisamente por eso muchos maridos y mujeres ceden. Por defender a sus familias y sus negocios.

—¡Bah! —Joan hizo un gesto de incredulidad y desdén.

—Y también sus vidas. —Ahora Miquel le contemplaba serio y Joan comprendió que le estaba advirtiendo.

—¿Queréis decir que…?

—Mira, Joan, los matrimonios entre nobles, también entre burgueses importantes, hasta incluso entre la plebe, se contraen buscando beneficios políticos y económicos. El hombre y la mujer se tienen que gustar solo lo suficiente para hacer hijos y así consolidar la alianza. Además, el marido acostumbra a tener su amante; es extraño encontrar un amor apasionado como el que tú sientes por Anna. —El valenciano hizo una pausa y observó unos instantes a su amigo, escrutando su expresión y tratando de adivinar sus pensamientos, antes de continuar—: Así que si el hombre más poderoso de Roma después del papa, un muchacho que no acepta negativas, se interesa por la mujer de uno de esos, lo primero en lo que piensa el marido es en su vida. Ya sabes, rara es la mañana en la que no aparecen flotando en el Tíber una docena de cadáveres. Su segundo pensamiento se centra en qué beneficio económico o político pueden obtener él y su familia.

—Yo he matado por Anna —dijo Joan, lentamente, sombrío.

—Fíjate en el caso de Alejandro VI y su última amante, a la que en Roma llaman Giulia la Bella —siguió Miquel sin hacerle caso—. Ella es una Farnesio y está casada con un Orsini al que llaman el Tuerto, que es hijo de una valenciana, una de los nuestros. Pues bien, cuando surgió el amor entre el papa y la Bella, cuarenta y tres años más joven que él, la suegra consiguió grandes prebendas para su hijo, que, a cambio, tuvo que dejar el campo libre yéndose a una lucrativa misión diplomática. Y para la familia Farnesio este enlace informal también ha representado importantes beneficios. El hermano de la Bella es ya cardenal sin siquiera tener los votos sacerdotales.

—Sin embargo, el papa no se impuso a la muchacha por la fuerza.

—Desde luego que no. A pesar de su edad, Alejandro VI tiene un magnetismo especial y una gran fuerza seductora. El poder es seductor, ya sabes.

Ambos se quedaron en silencio, mirándose. La sonrisa volvió a asomar a los labios de Miquel, cuyos ojos brillaban con el toque vidrioso que les daba el alcohol.

—Mira los aspectos positivos de la situación —dijo al rato.

Joan le observó incrédulo. Aquella faceta cínica de su amigo le sorprendía, le era difícil asimilar lo que le estaba diciendo. ¡Que buscara beneficio en una relación entre Anna y aquel miserable! Imaginar aquello le produjo una rabia intensa que le retorció los intestinos. Se levantó de un salto y, dando un puñetazo sobre la mesa que hizo sonar la vajilla, gritó:

—¡Yo he matado por Anna! ¡Y volveré a hacerlo si es preciso!

El valenciano se quedó mirándole sin mover un músculo; su copa continuaba en el aire. Su sonrisa había desaparecido y su rostro mostró aquella expresión suya de toro a punto de embestir que atemorizaba a la gente.

—¿Me amenazas? —dijo con suavidad.

Joan, aún de pie, notó que su cólera se mezclaba con un nuevo sentimiento: el miedo.

—A vos no.

—¿A quién, pues?

—A ese indigno que quiere holgar con mi mujer.

—Ese indigno es, por decisión de su padre, el confaloniero, el portaestandarte de la Iglesia, la cabeza de nuestro clan, al que los italianos llaman los *catalani*. Es mi señor y le debo respeto, obediencia y fidelidad. Protegeré su vida con la mía. Cuando le amenazas a él, me amenazas a mí.

Joan le miró desconsolado. Se veía con fuerzas para enfrentarse al Borgia, pero no quería hacerlo con Miquel. Además de considerarle su amigo, le debía un sinnúmero de favores, entre los que destacaban su librería y el apoyo que esta recibía del clan de los *catalani*.

—Pero es un indigno y un miserable —musitó.

—Siéntate. —La expresión del valenciano se había suavizado y Joan obedeció.

—¿Cómo ha podido darle el papa tanto poder a ese chico? —se lamentó el librero—. Me dijisteis que el pontífice supo de su conducta en Barcelona. Y ahora el duque de Gandía se comporta peor aún, solo que aquí en Roma no hay nadie que le pueda poner freno.

—Mira, Joan —repuso el valenciano en tono conciliador—. No digo que no tengas razón. Alejandro VI tiene grandes virtudes, pero hay quien dice que tiene dos defectos. Uno es su pasión por las mujeres, aunque no tiene nada de promiscuo y siempre ha mantenido relaciones estables. Y el otro es su amor desmesurado por la familia. Podríamos decir que es un excelente esposo y padre, aunque demasiado condescendiente.

—Pero un mal papa. El pontífice debería ser casto y no tener hijos.

—No necesariamente en estos tiempos que vivimos.

—Y ¿por qué no?

—Porque muchos eclesiásticos tienen hijos, aunque los llamen sobrinos. Y porque Alejandro VI, que es un hombre muy religioso, ha decidido actuar a la vez como rey y como papa.

—Y ¿por qué como rey?

—Pues porque tiene que defender a la Iglesia y sus posesiones terrenales de las ambiciones de sus enemigos, igual que lo haría un rey. Y de la misma forma en la que los reyes casan a sus hijos para establecer alianzas, él casa a los suyos. Sin un poder terrenal, sin un ejército, el papa se convierte en un títere en manos de los poderosos, como tantas veces ha ocurrido en la historia y estuvo a punto de ocurrir con la última invasión francesa. Los reyes y emperadores han puesto y depuesto papas. Y nosotros, al no ser italianos, carecemos de fortalezas, ejércitos y dominios propios en Roma, o cerca de aquí, como los tienen las grandes familias italianas que pretenden que el papa sea uno de los suyos. Como los Orsini, y tantos otros. El papa necesita su propia familia y Alejandro VI la tiene en sus hijos y en nosotros, los *catalani*. Solo logrando la independencia que confieren la fuerza de los ejércitos y la diplomacia puede el papa actuar libremente como pastor de su rebaño y cabeza de la Iglesia.

—Y ¿qué tiene eso que ver conmigo? —se lamentó Joan.

—Pues que el papa está ciego en lo que se refiere a Juan Borgia. Le cree lleno de virtudes y piensa que como capitán general de su ejército reconquistará los territorios del papado que ahora controlan una serie de tiranuelos y que meterá en cintura a la poderosa familia Orsini, que siempre ha sido su enemiga.

—¿Vos creéis que lo logrará? ¿Es el duque un buen militar?

Miquel se encogió de hombros y después de meditar la respuesta dijo:

—No lo sé. No es lo mismo ser un pendenciero que un buen general. Pienso que su hermano César sería mucho mejor general y político, pero el papa lo destina a la carrera eclesiástica. En todo caso, el duque de Gandía intentará cumplir, y yo debo darle todo mi apoyo.

—¿Aunque sea injusto? —preguntó Joan exaltado—. ¿Aunque solo sea un petimetre impertinente y pretencioso que se dedica a robar las mujeres de otros?

—Uno espera que sus jefes sean justos. Pero si no lo son, aún son jefes. Un militar debe obedecer. Y yo soy un militar.

—Y ¿le daríais a vuestra mujer?

La sonrisa apareció de nuevo en la faz del valenciano, que tardó en responder.

—Depende de lo que obtuviera a cambio.

Joan sacudió negativamente la cabeza. No le creía.

—Pienso además que el duque tiene algo contra mí desde que nos conocimos en Barcelona.

—Te creo —repuso serio Miquel—. Muy propio de él; le ayudas y te odia porque precisó de tu ayuda.

—¡Echadme una mano, por favor!

—No hay nada que pueda hacer yo, Joan. Si el duque estuviera entre mis amigos, le hablaría, pero no lo haré, porque no me escuchará.

—¿Qué puedo hacer?

—Ya te lo he dicho.

—Mi mujer no está a la venta. No se la daré por nada en el mundo.

—Bien, admiro tu firmeza y tu locura. —Los ojos del valenciano brillaban irónicos—. Pero ¿le pediste a ella su opinión? —Ahora sonreía—. Quizá ella tenga más seso que tú y piense distinto.

El librero se quedó contemplando a su amigo, estupefacto, sin saber qué responder.

11

El Vaticano formaba una pequeña ciudad en la margen derecha del Tíber. Rodeada por murallas, unas servían para la protección de la Santa Sede frente a enemigos externos y otras, como las que la separaban del Trastévere, defendían el enclave papal de sus enemigos en la propia Roma. Los soldados vaticanos, provistos de alabardas y vestidos de rojo y amarillo, de guardia bajo la imponente mole del castillo de Sant'Angelo —antes mausoleo del emperador Adriano y ahora el gran bastión de la ciudad—, saludaron a Joan. Eran valencianos, le habían visto con frecuencia con Miquel Corella y le reconocían como a uno de los suyos. Dejando a sus espaldas la formidable fortaleza, Joan enfiló a paso ligero el puente de Sant'Angelo, que unía el Vaticano con Roma.

Era principios de noviembre, el Tíber bajaba crecido por las lluvias de otoño, la luz de la tarde de aquel día encapotado disminuía con rapidez y una ráfaga de aire le obligó a calarse el sombrero para que no se lo arrebatara el viento. Después se arrebujó en su capa. Debía apresurarse, Miquel Corella tenía razón; Roma era peligrosa al llegar la noche.

Además de la familia Orsini, que tenía la guerra declarada al papa, las otras grandes familias estaban aliadas o enfrentadas entre ellas por diferencias y rencores surgidos durante la ocupación de las tropas francesas. Para empeorar la situación, en la tierra de nadie situada entre las fronteras de los territorios dominados por las distintas familias, operaban bandas de forajidos que no dudaban en matar por cualquier cosa de valor. El papa y sus *catalani* eran incapaces de imponer su autoridad en muchos lugares de la ciudad.

Joan sujetó bajo la capa las empuñaduras de su espada y su puñal. Su duro contacto suavizó su angustia. Sabía usar bien aquellas armas. Sin embargo, mientras andaba a paso rápido por aquel puente, protegiéndose del viento y del frío, se sintió solo, inmensamente solo.

—Roma no está aún del todo pacificada y es peligrosa al atardecer —le había dicho Miquel Corella al despedirse—. La sobremesa se ha alargado y se hace tarde. Toma uno de mis caballos para el regreso.

Aunque Joan tenía su propio caballo, había acudido a la casa de Miquel a pie. Andar le ayudaba a pensar y tenía mucho en que pensar en aquellos días.

—No, gracias. No os preocupéis —había respondido altivo—. Partiré ahora mismo. Llegaré a casa andando sin problemas.

La incomodidad que le había producido el comentario de Miquel sobre su esposa le hizo rechazar la montura, a pesar de que sabía que lo prudente era aceptarla. La insinuación de que Anna pudiera querer entregarse a Juan Borgia, aunque solo fuera por proteger a los suyos, le ofendía. Y partió sin ceder a la insistencia del valenciano.

Había acudido a Miquel Corella, su protector, en busca de ayuda frente al abuso del hijo del papa, y se había encontrado con que a quien estaba dispuesto a defender el valenciano era precisamente a su enemigo. Y le aconsejaba que se sometiera, cosa que él no pensaba hacer. Su amigo incluso dudaba de la voluntad de resistir de su esposa. Aquello era lo que más le dolía.

Intercambió saludos con los guardas situados en las torres

al otro extremo del puente y se adentró a continuación por las calles que le conducirían al Campo de' Fiori y a su casa.

¡Cuánto había cambiado su vida! Sus padres eran pobres pescadores que habitaban en una aldea perdida y ahora él tenía caballo propio, vestía como un caballero y sabía usar la espada como pocos. Se había instalado en Roma, el centro del mundo, era dueño de un negocio floreciente y en su casa vivían su madre y su hermana, a las que había logrado rescatar cumpliendo parte de la promesa hecha a su padre.

Tenía todo aquello con lo que había soñado y, sobre todo y en especial, a Anna. Sin embargo, ¿era libre como le había prometido a su padre? ¿Era libre como él lo fue navegando con su barca y sus compañeros en busca de tesoros de peces plateados y coral rojo que escondía el mar azul?

Se dijo que no, que no lo era. Había tenido que comprometerse y pagar distintos precios para lograr lo que tenía. Uno de ellos era la obligación contraída con Bernat de Vilamarí, el almirante del rey Fernando de España. Debía diez meses de servicio en los ejércitos del rey, que demoraba en cumplir mientras fuera posible porque quería asegurarse de que su familia estuviese bien asentada en Roma y que la librería fuese capaz de mantener su pujanza durante su ausencia.

Tenía un segundo compromiso, suscrito meses antes con aquel misterioso personaje que su amigo el librero de Nápoles, Antonello, le había presentado: Innico d'Avalos, marqués del Vasto, gobernador de las islas de Ischia y Procida. Joan recordaba que el marqués le había salvado la vida permitiéndole el acceso al Castel dell'Ovo en plena invasión francesa de Nápoles. Con ello, Joan pudo incorporarse a la galera de la cual era ya desertor y librarse de la horca.

No solo le debía la vida, sino que fue D'Avalos quien le concedió los avales y le prestó parte del dinero para abrir su librería en Roma. El marqués del Vasto y Antonello, su amigo librero napolitano, compartían su creencia en la libertad y en los libros como vehículo indispensable de esta, y patrocinaban la expansión de la cultura libre.

Sin embargo, aquel era un asunto menor para Joan; le preocupaba mucho más el compromiso adquirido con Miquel Corella y el clan de los fieles al papa Alejandro VI, los *catalani*. Casi sin darse cuenta, de la mano de su amigo Miquel, aceptando sus ayudas y las de sus camaradas, Joan se fue identificando con ellos y estos le consideraban uno de los suyos. Llegó a sentirse cómodo y orgulloso de aquella pertenencia, aunque con el regreso a Roma de Juan Borgia su sentimiento había cambiado radicalmente. De pronto, a la cabeza del clan se situaba aquel joven fatuo cuyas aventuras en Barcelona Joan conocía demasiado bien y al que consideraba indigno. Y para colmo, aquel tipo se creía con derecho de pernada sobre Anna. Joan negó con la cabeza. Había luchado demasiado por la libertad y amaba demasiado a su esposa para someterse.

El frío viento había vaciado las calles, la luz disminuía con rapidez y en la puerta de alguna casa alumbraba ya una antorcha.

Joan marchaba a buen ritmo, deseaba llegar pronto al Campo de' Fiori y se reprochó haberse entretenido más de la cuenta en casa de Miquel. Debería haber aceptado el caballo que este le había ofrecido. Pronto fue consciente de que un par de hombres con amplias capas y sombreros de ala ancha calados le seguían. Su primer pensamiento fue hacia el duque de Gandía, pero se dijo que Juan Borgia no precisaba de sicarios. Tenía demasiado poder y debía de creer que lograría imponer sus deseos a su esposa sin necesidad de deshacerse de él. Aquella convicción le hizo pensar que quienes le seguían no eran espadachines, sino simples rufianes que escondían bajo sus capas puñales y garrotes. Aun así, no podía permitir que le siguieran; si tenían compinches emboscados más adelante, se encontraría en serio peligro.

Aceleró el paso hasta casi correr y vio que los otros hacían lo mismo. Esperó a llegar a una zona en la que una antorcha iluminaba la calle, de forma que los que le seguían le pudieran ver con claridad, y súbitamente se dio la vuelta abriendo su capa. Sus perseguidores redujeron el paso al observar las empuñaduras de daga y espada en el cinto de Joan. Este desenfundó a la mitad su espada y el acero brilló a la luz de la antorcha. Aquello hizo que frenaran en seco. Después de aguardar un momento y en vista de que aquellos tipos se mantenían expectantes, desenfundó por completo sus armas para avanzar amenazante hacia ellos. Los hombres dieron media vuelta y se alejaron presurosos. Joan suspiró aliviado. Se dijo que había acertado y que las armas que escondían los rufianes poco podían hacer frente a una espada bien blandida.

Retomó su marcha a paso aún más rápido y cuando estaba ya cerca del Campo de' Fiori, dos sombras se interpusieron en su camino y en la tenue luz de la calle pudo ver brillar el acero.

—¡Deteneos y tirad las armas! —le ordenaron.

Sintió pasos a su espalda, vio que por atrás se acercaban tres más y supuso que a los dos anteriores se les había unido un tercero, que portaba un chuzo. La situación era desesperada. Si hubiera tenido la seguridad de que solo querían robarle, bolsa, armas e incluso ropa, habría obedecido. Sin embargo, no tenía garantía alguna de que no fuesen a matarle después de robarle o le secuestraran para pedir un rescate y le asesinasen después igualmente. Se maldijo por no haber aceptado el caballo de Miquel. Evocó a Anna, a la que quizá no viera más, y sintió un gran coraje al pensar que podía morir por aquella estúpida imprudencia.

Se dijo que no podía quedar a la merced de aquellos bandidos ni esperar más. En unos instantes estaría rodeado. Se estremeció de frío y temor al despojarse de la capa y con rapidez la enrolló en su brazo izquierdo para usarla como escudo. Después desenfundó daga y espada, llenó sus pulmones de aire y, murmurando una oración, se lanzó a todo correr contra los dos individuos que le impedían llegar al Campo de' Fiori.

—¡Abrid paso! —les gritó.

No albergaba esperanzas de que le obedecieran, pero sabía, por su experiencia en el abordaje de naves, que los gritos animaban a los que los proferían e intimidaban al contrario. Se lanzó contra el sujeto situado a su derecha tratando de escabullirse entre él y el edificio que hacía esquina con la plaza.

Voceó exigiendo paso franco al tiempo que con su brazo izquierdo, protegido por la capa, paraba la estocada de aquel individuo. Le devolvió un sablazo que le hizo retroceder y se encontró con el otro hombre, que acudía a cerrarle el paso. Intuyó la trayectoria de su acero en la penumbra, esquivó el golpe y al responderle notó que su espada rasgaba ropa y carne a la vez que oía un aullido. Lamentó su acierto; cualquier esperanza de que los bandidos le dejaran con vida si caía en su poder acababa de evaporarse. Ya no quedaba otra opción que luchar. Había avanzado unos pasos, y trató de llegar a la plaza como fuera; sin embargo, el primer hombre se interpuso en su camino. Aprovechando que el herido se había quedado atrás, Joan intentó evitarle corriendo hacia la izquierda y pudo avanzar unos cuantos pasos más hasta la entrada del Campo de' Fiori. Aquel había sido día de mercado de caballos y unos tratantes rezagados abandonaban el lugar con sus animales y criados a la luz de las antorchas. El familiar olor de los excrementos animó a Joan; faltaba poco para llegar a la librería.

—¡Ayuda! —gritó, a sabiendas de que nadie se enfrentaría a los bandidos.

Pudo ver que los tratantes le miraban, curiosos, sin intención de ayudarle, al tiempo que notaba el dolor de un fuerte pinchazo por debajo del omoplato derecho. Se giró trazando un círculo con su espada que hizo retroceder a su agresor y vio que tenía casi encima a los otros tres individuos, que llegaban corriendo. ¡Si le rodeaban, acabarían con él en un instante! Se arrimó a la casa más cercana para proteger su espalda con el sólido portón de madera, que se encontraba firmemente cerrado.

—¡Ayudadme! —volvió a gritar.

El herido se había quedado atrás; sin embargo, los otros cuatro ya le acorralaban. Dos llevaban simples garrotas y los otros dos, una espada y un chuzo.

—¡Tirad las armas! —le ordenó el de la espada.

Joan sabía que poco podía hacer contra cuatro y que al menor descuido el de la lanza le ensartaría con ella. Aun así, frente a la convicción de que le matarían, decidió resistir. Le dolía la espalda y notaba la sangre que brotaba de ella.

—¡Ayuda! —gritó de nuevo.

Su espada aún infundía temor y pudo rechazar un par de acometidas del individuo del chuzo, desviando la lanza con el brazo izquierdo a la vez que amagaba un golpe, y todo ello sin descuidar su guardia. Se estableció un compás de espera en el que aquellos hombres se azuzaban entre ellos para que uno se arriesgase a darle el golpe definitivo, pero nadie parecía atreverse.

Joan no se hacía ilusiones, le tenían rodeado y las posibilidades de abrirse paso entre sus atacantes eran nulas. En el momento en el que se descuidase le matarían.

—¡A mí! ¡Ayuda! —aulló desesperado.

Había oído abrirse ventanas y ventanucos y sabía que desde la seguridad de sus habitaciones oscuras, múltiples ojos contemplaban la escena a la espera de presenciar su muerte. Se repitió que había sido un estúpido y que no podría siquiera despedirse de Anna, ni de su madre y su hermana, que se encontraban a pocos pasos de allí. ¡Estaban tan cerca y tan lejos! De repente, como si se hubieran puesto de acuerdo al oír su último grito, el del chuzo le envió un lanzazo que apenas pudo esquivar y, aprovechando su movimiento, los demás se abalanzaron sobre él. Aquel era el final. Con su espada detuvo el sablazo que le venía por la derecha mientras exhalaba un grito de dolor al recibir un cachiporrazo en el hombro izquierdo. Instintivamente lanzó una puñalada con la izquierda y notó que daba en carne al tiempo que oía a alguien chillar. Sus nervios se tensaron a la espera de recibir el golpe fatal cuando, de repente, un fogonazo iluminó la oscuridad de la plaza y de inmediato el estampido de un arcabuz rompió el falso silencio de aquella noche llena de susurros y gemidos. El individuo del chuzo se desplomó con un quejido.

—¡A ellos! —vociferó alguien, y el impacto de la saeta de una ballesta al clavarse en uno de los ventanucos de la casa que tenía a sus espaldas retumbó en los oídos de Joan.

—¡Vámonos! —gritó uno de los bandidos.

No se hicieron repetir la orden, y en un instante desaparecieron en la oscuridad abandonando en el suelo el cuerpo agonizante del tipo del chuzo. Joan se apoyó jadeante en la puerta sin dar crédito a lo que había ocurrido. Le dolía el hombro y la espalda y, sin embargo, sentía una indescriptible euforia y alivio. Había vuelto a nacer. Distinguió entre las sombras a Niccolò, que aún sostenía el arcabuz, y a varios de sus oficiales y aprendices armados con ballestas y espadas.

—¿Cómo estáis? —inquirió el florentino.

—Aún vivo y asombrándome de estarlo —repuso Joan, que notaba que las fuerzas y el humor retornaban al ver a los suyos—. Sobre todo después de ese arcabuzazo y esa saeta que casi me dan en la oscuridad.

—No había alternativa, Joan —se disculpó Niccolò—. Suerte de que gritasteis; reconocimos vuestra voz y vimos que os atacaban. La situación era apurada y decidí arriesgarme.

—Lo sé, amigo. Bien que lo sé. Me habéis salvado la vida. Gracias.

Y le dio un abrazo.

—Dadle las gracias a la *signora* Anna. Estaba inquieta por vos y nos envió a buscaros camino del Vaticano.

—Se las daré. No os quepa duda.

Y apoyándose en su amigo y auxiliado por un aprendiz, Joan, feliz de estar con los suyos, se encaminó a la librería. Dejaron atrás a aquel hombre tendido en la plaza sin que nadie se preocupara de si continuaba vivo.

«He estado a punto de morir por mi estúpido orgullo», anotó en su libro unos días después, cuando sus heridas estaban ya curándose.

12

Anna respiró aliviada al ver llegar a Joan acompañado de Niccolò y los aprendices. Venían bromeando, pero de inmediato vio que su esposo se apoyaba en el florentino al andar y que su rostro mostraba una mueca de dolor según el movimiento.

—¿Qué ha ocurrido?

—Nada, un mal encuentro —dijo él forzando la sonrisa—. No será nada.

Anna se hizo cargo de la situación y con la ayuda de Niccolò, Joan subió a su habitación, donde un médico vecino le atendió al rato. Dijo que la herida de la espalda era superficial, se aseguró de que estuviera bien desinfectada y comprobó que el golpe recibido en el hombro izquierdo no había roto ningún hueso. Joan había sido muy afortunado y podría hacer vida normal.

—¿Tenían vuestros asaltantes relación con Juan Borgia? —inquirió Anna, inquieta, cuando se quedaron solos en el dormitorio.

Anna era consciente de la preocupación que Joan sentía con respecto al hijo del papa, una inquietud que ella empezaba a compartir. Le habían halagado la atención y la solicitud con la que aquel muchacho bien parecido, arrogante y poderoso la trataba, y le había correspondido con simpatía. Demasiada, quizá. Creía haber manejado con gracia y desenvoltura las insinuaciones cada vez más explícitas del duque, aunque ahora lo dudaba.

El enfrentamiento entre los dos hombres lo cambiaba todo; temía por la vida de su esposo. En la librería hablaba con mucha gente y todos coincidían en la nefasta reputación del Borgia.

—No. Eran simples bandidos —repuso él. Ella le miró suspicaz—. Eran bandidos —insistió—. Os lo aseguro.

—¿Cómo es que regresasteis tan tarde, solo y sin caballo?

—Miquel Corella me ofreció una montura y la rechacé. Lo siento, fui un imprudente.

—¡Por el amor de Dios, Joan! —le recriminó ella con ternura—. Sabéis cuánto os quiero y cuánto os necesita la familia.

—Lo lamento —respondió él. Momentos antes, creyendo que iba a morir, había pensado emocionado en los suyos—. Lo lamento mucho. Perdonadme.

Anna vio que los ojos de Joan se humedecían de sentimiento y él suspiró cuando ella le abrazó amorosa. No necesitaba preguntarle para saber que la visita al Vaticano no había dado el fruto esperado.

—¿Os encontráis con ánimos para cenar con la familia grande? —inquirió ella cuando se tranquilizó sobre el estado de su esposo.

—Por supuesto —contestó él con una sonrisa que no necesitó forzar.

La familia grande, como la llamaba Anna, consistía en la familia pequeña —la formada por el matrimonio y su hijo Ramón—, Eulalia, la madre de Joan, su hermana María y sus dos hijos, Andreu, de once años, y Martí, de nueve. Eulalia había tomado como propia la labor de organizar las dos casas; aunque la librería ocupaba la planta baja de ambos edificios, en el primer piso se mantenían separadas. La familia pequeña ocupaba uno de los primeros pisos y el resto, el otro.

Anna se llevaba bien con su familia política. Era consciente de que la solicitud de Eulalia y la ayuda de María le permitían librarse de las tareas domésticas, con las que habría tenido que cargar a pesar de tener criadas, y dedicarse a la librería.

Joan bendijo la mesa y tanto los adultos como los niños mayores rezaron en silencio unos instantes. A continuación, las criadas sirvieron la cena. Eulalia prolongó su plegaria dando gracias. Se había recuperado de la herida sufrida en el asalto a la librería y se sentía muy feliz. Allí estaba su familia, con la única ausencia de su hijo Gabriel, que vivía con los suyos en Barcelona.

Contemplaba con amor a Joan, a su nuera, junto al pequeño Ramón, y a María, con sus hijos. Hacía poco más de un año ignoraba el paradero de los suyos y se preguntaba angustiada por su destino. Se encontraba desterrada en el lejano pueblecito de Liguria donde los piratas la habían vendido como esclava y estaba convencida de que nunca más vería a su familia. Ni siquiera conocía la existencia de sus nietos. No se cansaba de agradecer a la Providencia su reencuentro. Y para colmo de bendiciones, la mesa estaba provista a pesar de los tiempos de guerra: había sopa de caldo, verduras hervidas, carne de cerdo y pan horneado en el día. Tampoco faltaba el vino, aunque diluido en agua para los nietos mayores. Y además disponía de criadas, a las que trataba como a hijas.

María era una mujer de veintiséis años que al fin veía crecer a sus hijos en libertad. Los recuerdos de la esclavitud y de los abusos sufridos eran cada vez más lejanos; por primera vez en su vida estaba enamorada de un hombre que la respetaba y se sentía muy feliz. Era un sargento aragonés de la guardia vaticana llamado Pedro Juglar, que no solo hacía honor a su apellido como buen guitarrista, sino que sabía leer y algo de latín. Frecuentaba la librería y acababa de pedir permiso a Joan para cortejar a su hermana.

Al librero le caía muy bien el aragonés, del que se había

informado debidamente a través de Miquel Corella, pero, en cumplimiento de su deber de cabeza de familia, respondió muy serio que lo consultaría con su madre y su hermana. Estas celebraron la noticia junto a Anna con grandes muestras de alegría. Pedro conocía el desgraciado pasado de María, lo aceptaba diciendo que sus pensamientos estaban en el presente y en el futuro y que cuidaría de Andreu y Martí, los hijos de ella, como si fueran propios. El cortejo seguía su proceso y todos esperaban con ilusión el momento en el que Pedro fuera uno más de la familia.

María y Eulalia contaron las últimas novedades del mercado y de los vecinos, los chicos, lo ocurrido en la escuela, y Anna imitó a un par de clientes de la librería e hizo reír a los demás. Todo estaba bien, mejor que bien, se decía Eulalia, excepto el extraño silencio en el que su hijo se había encerrado aquella noche. Le observó de nuevo, ausente, y se dijo que ojalá se tratara solo de las preocupaciones políticas, típicas en los hombres.

Ramón, que ya antes había tomado algo de papilla, se quedó dormido mientras su madre lo amamantaba. Después de depositarlo en la cuna, Anna llamó a Joan al lecho.

—Voy en un momento —repuso él desde su escritorio.

Anna sabía que cuando su esposo estaba preocupado escribía en su libro. Joan se esforzaba, tras pensar bien lo que iba a escribir, en trazar hermosas letras, no muy grandes, ya que el libro tampoco lo era, pero armoniosas. Aquello tenía un efecto relajante para él, formaba parte de su intimidad, y Anna nunca le preguntaba por sus escritos, aunque estaba dispuesta a escuchar cuando él deseaba compartirlos.

«No he luchado tanto en mi vida para convertirme en un cornudo consentidor —escribía Joan en aquellos momentos—. Soy un hombre libre».

Fuera ululaba el viento, que se colaba en la casa por las rendijas y hacía danzar la llama del candil con el que Joan se iluminaba. El lecho estaba frío y pese a que Anna añoraba el calor de su esposo no quiso insistirle.

La cama se fue calentando sin que Joan acudiera y, al fin, Anna, abrigándose con un chal, tomó un taburete y se fue a sentar junto a él. Se miraron a los ojos y ella le dijo:

—He sido muy feliz estos meses, ya casi seis, desde que me trajisteis a Roma. —Hizo una pausa—. Gracias.

Sin levantarse, él la atrajo hacia sí y la abrazó. Fue una unión larga, cálida, en la que Joan le habló sin pronunciar palabra. Cuando se separaron, ella volvió a mirarle, sus ojos brillaban intensos a la trémula luz del candil.

—Os tengo a vos y a mi hijo, y me disteis un hogar cálido, incluso hasta lujoso, y una vida entre libros que adoro. Nuestra casa se ha convertido en lugar de reunión de los españoles en Roma y somos un referente destacado entre los fieles al papa. Siempre hay alguien interesante con quien conversar e incluso Sancha, la princesa de Esquilache, pregona que es mi amiga. Esto supera mis más hermosos sueños. Soy muy feliz.

—Yo también lo soy —respondió él—. Os tengo a vos, a mi familia, a la librería y a muchos amigos. Sin embargo, todo esto parece tener un precio, un precio que no estoy dispuesto a pagar.

—¿Os referís al duque de Gandía?

—Sí —repuso Joan vehemente—. A ese jovenzuelo prepotente que cree que las mujeres se le tienen que dar con solo pedirlas. Bien sabéis que pude instalar la librería, y aun rescatar a mi madre y a mi hermana, gracias, en parte, al dinero de Miquel Corella. Y el éxito del que disfrutamos se lo debemos a su clan. Los *catalani* pueden hacer fracasar la librería, echarnos de Roma o incluso algo peor.

—No lo harán —dijo ella acariciándole la mejilla.

—Ya veremos. Todo iría bien si el fatuo del duque de

Gandía no hubiera pasado a ser de la noche a la mañana, sin mérito alguno, el jefe del clan, convirtiéndose así en el hombre más poderoso de Roma. Vos sois la primera en saber que os desea. Y que quiere haceros suya.

—Solo para poner otra pluma en el penacho de su gorro.

—Le he pedido ayuda a Miquel y me la ha negado. Dice que nada puede hacer él para detener al duque y que le defenderá a toda costa. —Hizo una pausa reflexiva para continuar después con mayor vehemencia—: Bien sabéis que en nuestra tierra había los llamados campesinos de *remença*, sujetos a los malos usos. Uno de ellos era el derecho de pernada, por el que el señor se acostaba con la novia antes de la boda. Lucharon muchos años para librarse de este y otros abusos, les costó muchas vidas, pero al final lo lograron. Y ahora yo me siento como uno de ellos. No aceptaré ese abuso, Anna. Somos gente libre.

—Tranquilizaos, que nada ocurrirá.

—Sin embargo, ese tipo os visita con frecuencia.

—No conseguirá nada.

—Miquel Corella me dijo que quizá vos tuvierais una opinión distinta a la mía —dijo él tragando saliva y escrutando la expresión de los ojos de su esposa—. Que quizá quisierais ceder.

—¡No, por el amor de Dios! —rio ella—. No seáis tonto. Yo os amo y no quiero nada de nada con ese niñato, por mucho que se pavonee y amenace.

—Seguirá presionándoos. Y no solo por vos, sino porque cree que tiene cuentas pendientes conmigo.

—Tranquilizaos. —Ella le sonreía—. Y no os enfrentéis más a él. Si lo hacéis, tendremos problemas con toda seguridad. Dejad que lo maneje, tengo la habilidad. No logrará nada, os lo prometo, y terminará cansándose.

Él la miró esperanzado aunque lleno de dudas.

13

—¿Os habéis fijado en qué gran medida influye la política en la concurrencia de nuestro establecimiento? —le preguntó Niccolò a Joan.

Se encontraban ordenando y clasificando un lote de libros llegados desde la imprenta de Antonello de Errico, el librero de Nápoles. Una vez anotados los ejemplares en el inventario, pasaban a colocarlos en los anaqueles, tanto de la librería como de los salones. Los restantes se guardaban en el almacén. Por cada libro se realizaba entonces una nueva anotación en el inventario, donde se indicaban su ubicación y su precio. Era una labor tediosa pero necesaria.

Joan era consciente de la dependencia que su negocio tenía de los partidarios del papa; sin embargo, quiso escuchar lo que Niccolò tenía que decir. Reconocía la extraordinaria capacidad del florentino para obtener información y respetaba sus acertadas conclusiones.

—Nuestra vinculación al papa y sus amigos es notoria. Aunque estoy seguro de que vos veréis algo más…

—Sí que hay algo más —afirmó el florentino, que achicaba los ojos mostrando su sonrisa entre divertida y astuta—. Mirad.

Joan comprendió que su amigo gozaba con aquello y se dispuso a escucharle. Y el florentino puso sobre la mesa unas notas en las que relacionaba los sucesos ocurridos desde la apertura de la librería con las ventas de esta.

—Queda claro que los hechos de armas favorables a Francia cuando invadió Nápoles y los de sus aliados, entre los que destacan los Orsini, restaron muchos clientes —concluyó Niccolò después de enumerar los distintos acontecimientos—. En cambio, los favorables a la Santa Liga que el papa formó contra los franceses, en especial los protagonizados por Gonzalo Fernández de Córdoba, el general español, hacen que de repente la gente quiera leer y la librería se llene.

Joan rio.

—No hacían falta tantos números, hechos y fechas para llegar a esa conclusión.

—Sin embargo, hay otro factor de éxito cada vez más importante para esta casa.

—¿Cuál es?

—Vuestra esposa. Poco a poco se la ha ido reconociendo como una de las mujeres más agraciadas de la ciudad, y para muchas damas es, por encima de Sancha y de Lucrecia, el modelo de la moda española en Roma. Las señoras se sienten a su entera comodidad en la librería y su tertulia es todo un éxito.

Joan afirmó con la cabeza. Bien que lo sabía. El éxito de Anna le producía sentimientos encontrados, mezcla de orgullo y de prevención; para él, su esposa era la mujer más bella del mundo, y hubiera preferido que su gracia no fuese tan celebrada por el resto de los hombres. Sintió una punzada en las tripas al recordar al duque de Gandía y la conversación con Miquel Corella. Juan Borgia era ahora el jefe del clan de los *catalani* y su librería, como le había demostrado Niccolò con sus cuentas, estaba en sus manos. Decidió sincerarse con su amigo.

—Ya sabéis que fui al Vaticano y que comí con Miquel Corella.

Niccolò asintió.

—Lo ocurrido el otro día con Anna y el duque de Gandía me tenía muy inquieto y no pude aguardar a que nos visitara. —Joan notaba que su sangre se inflamaba al recordar—. Le pedí su ayuda y en lugar de dármela me insinuó que consintiese y que buscara beneficio en ello.

—Bueno, esta librería ya es un beneficio que los Borgia os conceden —repuso el florentino.

—¡Antes degüello al duque! —exclamó Joan irritado—. Y al diablo con la librería.

—Id con cuidado con lo que decís, Joan —le advirtió Niccolò mostrando una expresión preocupada—. Creo que no sabéis todo lo que se cuenta sobre nuestro amigo don Michelotto.

—¿Qué se dice?

—Que su principal virtud es la fidelidad. Es un perro de presa absolutamente devoto a los Borgia. Y es capaz de matar a un hombre y dormir tan feliz como vos lo hacéis después de matar una pulga. No dudó en ejecutar a antiguos camaradas de armas, antes amigos entrañables, cuando creyó que traicionaban al papa.

—Es un soldado…

—Es mucho más que un soldado, es un sicario, un verdugo. Y parece gozar dando muerte. Sabe usar cualquier arma, aunque su especialidad es una cuerda que coloca en el cuello de su víctima para estrangularla haciendo torniquete con un palo.

—¡El garrote! —murmuró Joan. Y se estremeció al recordar con horror aquel método de ejecución. Era el mismo que usaban los verdugos cuando los sentenciados a la hoguera por la Inquisición confesaban y se reconciliaban con la Iglesia para recibir el beneficio de una muerte rápida antes de ser consumidos por las llamas.

Joan siempre había intuido una faceta oscura detrás del aspecto risueño y del talante abierto de su amigo, aunque jamás pensó que llegase a tal extremo. No podía creerlo.

—La gente habla mucho y sin fundamento.

—Aquí hay fundamento, Joan, creedme —insistió Niccolò—. Se teme a don Michelotto. Roma tiembla al mencionar su nombre. No esperéis que os ayude frente al duque de Gandía; es más, si llega a creer que representáis un peligro para Juan o para cualquiera de los Borgia, os matará sin dudarlo. Cuidad vuestras palabras.

—Y ¿qué he de hacer si vuelve a por Anna? —inquirió Joan desconsolado.

—Sed diplomático. Si usáis la fuerza, seréis destruido. Y con vos, esta casa y vuestra familia.

Joan quedó pensativo. Conocía bien su carácter impulsivo y que, al contrario de lo que ocurría con Niccolò, la diplomacia no era una de sus virtudes. Sin embargo, el florentino tenía razón; si se enfrentaba con las armas al portaestandarte del Vaticano, perdería, cualquiera que fuese el resultado de la contienda. Ambos, Anna y Niccolò, coincidían. Y estaban en lo cierto. No le quedaba otra alternativa que confiar en el buen hacer de su esposa. Pero ¿sería ella capaz de frenar al duque de Gandía con solo buenas palabras?

—Y ¿qué creéis que va a ocurrir ahora, Niccolò? —preguntó Joan.

—Que regresará a por ella —respondió este de inmediato—. Y vos tendréis que conteneros.

Joan miró con desagrado las afiladas facciones de Niccolò y sus ojos vivaces y pequeños. Apretó las mandíbulas con rabia a la espera de que una de las sonrisas cínicas del florentino apareciera en sus labios. Pero no ocurrió.

Aquella noche escribió en su libro: «La violencia no es una opción. ¿Hasta dónde habrá que aguantar? ¿Seré capaz?».

14

Las visitas demasiado frecuentes de Juan Borgia a la librería enturbiaban lo que hubiera sido una vida feliz para la familia Serra. Cuando aparecía y la librería estaba concurrida, se mostraba arrogante con los hombres y pícaro con las damas, aunque se contenía, en especial si Sancha, su amante, estaba presente. Joan le evitaba y el hijo del papa acostumbraba a ignorarle al tiempo que se comportaba como si él fuera el amo de la casa. Sin embargo, cuando apenas había clientes, la actitud del duque empeoraba y Joan le evitaba, yendo a los talleres. Si tardaba en hacerlo, la propia Anna le animaba a irse. La librera sabía que cualquier chispa podía convertirse en un incendio que acarrearía consecuencias irreparables.

A pesar de su habilidad social, Anna vivía entonces momentos angustiosos. Quería contener al duque con elegancia, sin ofenderle, pero este se propasaba y entonces ella le tenía que cortar. Se reprochaba haberse mostrado demasiado sonriente ante los requiebros del duque cuando este empezó a acudir a la librería. Parte de lo que ocurría era su culpa y temía que su marido supiera hasta dónde llegaba el joven en su osadía, que no pudiera contenerse y le hiriese o matara. Aquello sería la ruina para la familia entera.

—A fe mía que sois difícil, señora —le decía al oído el

duque después de dedicarle una sesión de halagos—. Cualquier otra ya me hubiera hecho feliz, y yo a ella.

—No soy difícil, señor —respondía ella seria—. Soy imposible. No malgastéis vuestro tiempo conmigo y buscad a otra. Cumpliréis con facilidad vuestros deseos.

El rechazo parecía excitar más al portaestandarte del papa.

—Jugáis conmigo, señora —respondía el joven, que no paraba de sorprender a Anna por su increíble vanidad—. Aunque bien sabéis que seréis mía.

—Me honran vuestro aprecio y vuestros halagos, señor duque. Pero me ofende vuestra pretensión y me disgusta que creáis que algún día vais a lograr algo de mí. Sabéis que soy madre y mujer casada.

—¿Con ese tipo? Os merecéis probar algo mejor.

—No quiero probar nada, señor. Le amo a él y me repugna la idea de tener otro amante.

A pesar de sentirse segura de sí misma y de creerse capaz de manejar a aquel individuo, aquellas escenas le eran extremadamente incómodas y la llenaban de tensión. Se veía obligada a forzar alguna sonrisa para suavizar su tono duro y terminaba agotada. Sin embargo, lo peor era no poder compartir su angustia y cansancio con su esposo, tener que fingir y mentirle. Cuando él le preguntaba, decía que el duque se comportaba bastante bien y suavizaba al máximo lo ocurrido.

Decidió abstenerse de bajar a la tienda cuando su marido se ausentaba por las mañanas, pero la primera vez que el duque no la encontró se puso a reclamarla a gritos. Niccolò tuvo que ir a buscarla ante la amenaza del Borgia de hacerlo él mismo. Anna se apresuró a bajar. De ninguna manera quería a aquel tipo en su casa. Frente a aquella actitud ni siquiera se atrevía a fingirse enferma; aquel individuo era muy capaz de perseguirla hasta su propio dormitorio.

Anna era el centro del mundo para Joan y nunca tenía suficiente de ella. Estar a su lado, hablarle, besarla, amarla eran placeres infinitos. No obstante, él también notaba cada vez más aquella barrera invisible que se iba formando entre ellos. Ella se obligaba a sonreír para decirle que todo iba bien, que estaba bajo control, pero él notaba su rigidez, su tensión. Le preguntaba sabiendo que no debía hacerlo, y ella abría un poco más sus ojos para confirmarle con palabras y gestos lo que él sabía que no era cierto. Entonces él afirmaba con la cabeza y la abrazaba. Ella suspiraba y Joan percibía que el cuerpo de ella, antes rígido, se relajaba y le devolvía el abrazo con calor.

Pendiente como estaba Joan de cualquiera de los gestos de su esposa, desconfiaba de sus palabras, intuía que algo iba mal. No sabía cómo ayudarla y maldecía su impotencia. Después, en la noche, notaba que se revolvía inquieta en el lecho sin poder conciliar el sueño. Y cuando lo hacía, a veces hablaba en alto; ella también sufría pesadillas.

«¿Qué puedo hacer? —escribía angustiado en su libro—. ¿Cómo puedo ayudaros, amor?». Y después añadía: «¿Dónde está la libertad por la que tanto he luchado?».

Un día, el duque sorprendió a Anna en el salón pequeño, el más apartado.

—No preciso de vuestro amor —le dijo tras los consabidos halagos al tiempo que cubría con su cuerpo el hueco de la puerta para impedirle salir—. Con vuestras caricias, con la ternura de vuestro cuerpo me basta. Os está yendo bien en Roma a vos y a vuestra familia, ¿verdad? Pues si me complacéis, os irá mejor. Si no…, será una pena…

—¿Qué insinuáis?

Él no respondió y, empujándola contra una estantería de libros, empezó a buscar bajo la falda con la mano derecha mientras la sujetaba por el talle con la izquierda. No le fue fácil, pues Anna llevaba dos faldas y la exterior, de terciopelo grana, era bastante pesada. Justo cuando ya le palpaba la piel del muslo ella logró cogerle la mano con la suya. Y lo hizo clavándole las uñas con rabia.

—Me hacéis daño, señora —protestó él soltándola sorprendido. No estaba acostumbrado a aquel tipo de reacción.

—Si lo intentáis de nuevo, os juro por Dios que las uñas os las clavaré en el rostro. —Su mirada echaba chispas.

Él rio y le dijo:

—Cuanto más brava os ponéis, más incitáis mi pasión, señora.

Sin embargo, desistió en su intento y al poco abandonaba la librería.

Aquel incidente, que el duque de Gandía hubiera osado pasar de las palabras a los hechos, causó en Anna un gran desasosiego. Se preguntaba inquieta qué podía esperar de aquel individuo en su próximo encuentro. Anticiparlo le hacía un nudo en el estómago.

De nuevo mintió a su marido cuando este le preguntó cómo le había ido el día. No quería ni pensar en la reacción de su esposo de saber que el duque había estado hurgando bajo sus faldas. Aquel silencio, aquel disimulo, era como un muro pegajoso que se interponía entre ambos y que tenía el rostro lobuno del hijo del papa.

Niccolò observaba el acoso con preocupación. Apreciaba a Joan y estaba decidido a enfrentarse incluso físicamente al Borgia en defensa de Anna, aun sabiendo el peligro que ello comportaría. Lamentaba ver cómo la inquietud iba haciendo mella en su patrona y que unas sutiles ojeras aparecían en su rostro. No solo sentía admiración por ella, sino que su corazón latía acelerado cuando Anna le sonreía o se rozaban por accidente.

Ella se sinceraba con él y buscaba consuelo en su humor y su divertida cháchara. Él, por su parte, participaba no sin remordimientos en el engaño de aparentar frente a Joan que

Anna controlaba la situación durante las visitas del hijo del papa.

—¿Qué puedo hacer, Niccolò? —le preguntaba en ocasiones angustiada.

—Embarazaros —repuso él un día.

—¿Qué?

—Que os quedéis en cinta.

—Eso no está en mis manos, sino en las del Señor —contestó ella con cierta turbación—. Estoy deseando darle un hijo a Joan, pero aún no he podido. Con mi anterior marido también tardé un tiempo antes de quedar en cinta.

—Os digo que finjáis estar embarazada —explicó el florentino mostrando una de sus astutas sonrisas—. He pensado bastante en ello. Los hombres, en general, respetamos el estado de gestación de la mujer, y a algunos incluso les restringe el deseo. Además, os permitirá una amplia gama de recursos, como náuseas, mareos y todo eso.

—Y ¿qué ocurrirá cuando resulte evidente que no doy a luz?

—Bien sabéis que muchos embarazos se malogran, y quizá por entonces el duque, ese muchacho caprichoso, haya perdido su interés por vos…

—¡Gracias, Niccolò! —exclamó Anna feliz.

Y después de darle un beso en la mejilla corrió a la búsqueda de su esposo para exponerle el plan.

15

Después de su conversación con Niccolò, Joan empezó a mirar a Miquel Corella con otros ojos. Las palabras del florentino no habían sido una completa sorpresa, pues al librero no se le escapaba el respeto, incluso el temor, con el que muchos trataban a su amigo valenciano. Sin embargo, jamás le había considerado un sicario, un asesino frío e insensible. Le era difícil encajar las distintas caras, algunas contradictorias, de aquel personaje. Sabía que era un hombre de profunda religiosidad, fiel devoto de la Virgen María, de misa diaria y lector asiduo de libros piadosos, lo que contrastaba con su tabique nasal roto varias veces y con aquellas facciones de toro dispuesto a embestir que mostraba al enojarse y que aterrorizaban a la gente.

Joan no podía evitar sentir cariño por aquel hombre, siempre dispuesto a degustar un buen libro y habitual de su librería. Era imprescindible para un caballero ofrecer una imagen culta y mostrar algún conocimiento de los clásicos. Sin embargo, don Michelotto no acudía solo porque fuera de buen tono dejarse ver entre libros, sino por un interés genuino. El valenciano no se limitaba a moverse por la librería y los salones; cruzaba con Joan el almacén de la trastienda e iba a los talleres de encuadernación e imprenta. Allí comentaba con Antonio, el maestro impresor, su trabajo con la *Divina come-*

dia y con Giorgio los preparativos para su encuadernación. En ocasiones parecía uno más del equipo.

Joan le comunicó el embarazo de Anna como cierto, pues fuera de la pareja solo serían partícipes del engaño Niccolò, María y Eulalia.

—¡Qué buena noticia! —celebró el valenciano—. ¡Trae una botella de vino!

Joan así lo hizo y brindaron por ello.

—Espero que seas tú el responsable —añadió Miquel con una sonrisa intencionada.

—No tengáis la más mínima duda —repuso Joan, molesto, arrastrando las palabras.

El valenciano rio al ver la expresión de Joan.

—Es una broma, hombre.

—Pues a mí no me hace ninguna gracia —le confió bajando la voz—. Juan Borgia sigue acosando a mi esposa y os pido, por la amistad que nos une, que le digáis que está embarazada y que la deje tranquila.

—El duque es mi señor —respondió Miquel, ahora reflexivo—. Y ya te dije que no tenemos la intimidad necesaria. Además, no creo que le guste que yo vaya diciéndole qué mujeres buscar.

—¡Ayudadme, por favor!

—Ya te di mi opinión hace tiempo. Veo que has decidido resistir el asedio y me temo que el Borgia considera cuestión de honor tomar esa fortaleza. —Miquel se encogió de hombros—. Yo no te puedo ayudar. Es tu esposa quien se lo debe decir; quizá logre enternecerle si muestra algunas lágrimas en los ojos.

—Estoy embarazada, señor —le dijo Anna al duque, mostrando una cintura algo más gruesa. Eulalia y María habían trabajado la tarde anterior ensanchando ligeramente el vestido y preparando de forma conveniente el relleno—. Haréis mejor uso de vuestro tiempo dedicándole vuestras atenciones a alguna doncella. Por favor, dejad de acosarme, os lo suplico. Vuestra presión me hace muy infeliz y eso no le conviene a mi estado.

—Pues dadme de una vez lo que os requiero, antes de que se os estropee más la figura —repuso él cortante.

Los ojos verdes de ella chocaron con la mirada oscura y fría de él. Anna sintió una rabia inmensa. Hubiera querido abofetear a aquel hombre, pero no se atrevía. Temía que la pagara con su esposo, que dejase caer su poder sobre su casa, sobre los suyos. Hasta aquel momento, aun mostrándose insultante con su marido, se había mantenido cortés con ella, pretendía seducirla. Aquel cambio de actitud, la brutalidad de su respuesta dejaban clara la naturaleza de aquel individuo y de sus intenciones.

—Sois despiadado —le dijo con un sollozo.

—Si sufrís, es porque queréis —contestó él sin que las lágrimas le conmovieran—. Es mucho el tiempo que he empleado ya con vos. Pero tarde o temprano seréis mía. En vuestras manos está que esto termine pronto.

—Olvidaos de mí de una vez por todas —repuso ella alzando la barbilla.

Juan Borgia le lanzó una mirada turbia y se fue sin despedirse.

—Le es indiferente su embarazo —le dijo Joan a Miquel con amargura—. No le importa presionarla. Disfruta con ello.

Miquel se encogió de hombros.

—Así es como es.

—Es un miserable indigno —estalló Joan—. Un ser ruin

y asqueroso. Me gustaría matarle con mis propias manos. Si no fuera porque…

—¡Contén tu lengua! —le cortó Miquel—. Juan Borgia es mi señor y no puedo permitir que en mi presencia se le insulte. Y menos que se le amenace. Que nunca más te oiga decir algo parecido.

Don Michelotto tenía aquella mirada feroz que atemorizaba.

—Pero cuando estuve en vuestra casa no parecía que le apreciarais demasiado, dijisteis que…

—Yo no dije nada —le interrumpió de nuevo—. Además, las confidencias que un amigo te hace cuando lleva bastante vino encima se deben olvidar. Juan Borgia es mi señor y mi deber es defenderle a él y su honra.

Joan le miró desconsolado.

—Sin embargo, tu esposa tendrá pronto una tregua —continuó Miquel, ahora con tono amable y una sonrisa.

El librero no dijo nada y quedó a la espera de las palabras del valenciano.

—Estamos preparando una acción bélica de envergadura y pasaremos mucho tiempo fuera de Roma. Anna quedará tranquila.

—No puedo esperar a que llegue ese momento.

—Bueno, también debo darte otra noticia relacionada con ello. —Su rostro había perdido la sonrisa.

—¿Cuál?

—Tengo un encargo para ti.

—¿Qué es?

—Juan Borgia se ha enterado de que eres un buen artillero y quiere que te unas a nosotros en esa campaña.

Joan sintió un rechazo inmediato por aquella propuesta. El acoso a su esposa por parte del jefe del clan de los *catalani* hacía que su antigua fidelidad a estos hubiera mudado a resentimiento.

Los *catalani* ya no eran sus amigos. Sin embargo, dependía de ellos, y fue cauto al responder.

—Sé cuánto os debo, Miquel, pero Anna está embarazada y no quisiera abandonarla.

—Un embarazo no es una enfermedad. Estaremos de vuelta antes del parto.

—Es mi primer hijo y quiero estar con ella.

—Tú ya tienes un hijo.

—Bien sabéis que es del anterior marido de mi mujer, el barón napolitano Ricardo Lucca.

—Al que tú mataste.

Joan no respondió y se quedó mirando al valenciano con los labios apretados. Aquel comentario era inoportuno y le incomodaba profundamente.

Miquel Corella sostuvo su mirada y después hizo un gesto con la mano, como borrando en el aire sus palabras anteriores; ante el silencio del librero, dijo:

—Piénsalo, Joan. No entenderemos que te niegues. Y el duque de Gandía menos que nadie.

Miquel Corella no dijo más ni esperó respuesta de su amigo, que se mantuvo silencioso. Se despidió y antes de salir a la calle añadió:

—No tienes opción. Debes unirte al ejército.

Joan se quedó en el umbral de la librería, viendo cómo don Michelotto se alejaba.

—Sabía que se preparaba una guerra —oyó que decían quedo a sus espaldas. Era Niccolò, que parecía conocer las noticias antes de que se produjeran—. Irán contra la familia Orsini.

El florentino se mostraba serio y preocupado.

—Os van a presionar para que os unáis a esa expedición —continuó—. Y cuando aceptéis, en uno de los combates, una bala perdida os reventará la cabeza. O quizá sea un tajo en la garganta. El duque de Gandía os hará matar.

—¿Cómo sabéis eso?

—Tengo muchos amigos y conocidos. Hablo mucho, pero escucho más, recojo noticias, rumores, suposiciones... Y el resto lo deduzco yo.

Niccolò calló para mirar intensamente con sus oscuros ojillos a Joan.

—Y ¿sabéis lo peor de todo esto?

—¿Qué puede ser peor?

—Que si notáis una soga en vuestra garganta será la de Miquel Corella.

—¿Miquel? No, no puede ser.

—Él aún no lo sabe, pero el duque le ordenará que os ejecute sin que nadie se entere. Como el propio don Michelotto os dijo, él es un soldado. Y por mucho que le pese, obedecerá.

16

Era una luminosa mañana, había mercado de telas y artículos varios en el Campo de' Fiori, y Anna y su cuñada María decidieron aprovechar para ir de compras. Anna se sentía feliz; Juan Borgia no había aparecido por la librería desde la conversación en la que le comunicó su embarazo. El truco parecía funcionar. O quizá estuviera demasiado ocupado con los preparativos del ejército con el que pretendía someter a los Orsini y que partiría pocos días después. En cualquier caso, llevaba tiempo sin ver la faz lobuna del hijo del papa y esperaba que la guerra prolongara su ausencia por muchos meses.

—Quiero comprar una buena pieza de tela para hacerle un jubón a Ramón —le dijo alegre a su cuñada.

—¡Tan pequeño! —rio María—. Estará muy gracioso. Te lo podríamos coser mi madre y yo.

Anna mantenía una buena amistad con su cuñada. Sus conversaciones trataban sobre temas domésticos y familiares, en especial, sobre sus hijos, y Anna las apreciaba incluso más que las sesiones en las que las señoras encopetadas recitaban poemas de Jacopo Sannazaro en la librería. Su trágica historia la llenaba de ternura. Con solo catorce años fue secuestrada junto a Eulalia en el asalto pirata a su aldea en el que murió su padre. Después, sin que su madre pudiera evitarlo, la forzaron repetidamente en el barco esclavista que la llevó desde Bastia a

La Spezia, donde sufrió años de esclavitud. No solo se convirtió en una criada de taberna, sino que su amo la prostituía. Sus dos hijos eran fruto de esos abusos. Joan le había contado a Anna la terrible impresión que le causó al reconocerla, cuando al fin la encontró, once años después, en la más mísera de las condiciones. Era una mujer delgada y temerosa con la mirada huidiza de un perro apaleado. Estaba tan sometida que con sus súplicas trató de proteger de la ira de su hermano al miserable alcahuete de su dueño, que debía haberle dado la libertad hacía mucho.

María había cambiado profundamente en aquel año vivido en libertad. Era una mujer hermosa, de aspecto sano y fuerte, y poco a poco había recuperado, gracias al amor de su familia, su dignidad. Nadie fuera de los suyos y de su pretendiente conocía su pasado; miraba a la gente a los ojos, andaba erguida y una sonrisa feliz frecuentaba su faz. Sin embargo, cuando recordaba el daño sufrido en su cuerpo y en su mente durante aquellos años, una rabia profunda le hacía apretar las mandíbulas hasta que los dientes le dolían y cerrar los puños clavándose las uñas en las palmas de las manos. Trataba de olvidar las caras de todos aquellos hombres a los que se tuvo que someter y se decía que jamás varón alguno volvería a tocarla sin su consentimiento.

El mercado del Campo de' Fiori estaba muy animado, había muchas telas entre las que escoger, y Anna y María estaban comprobando en un tenderete el tacto de un buen paño cuando la librera notó una mano que la sujetaba del antebrazo.

—Acompáñenos, señora —oyó que le decían.

Era un hombre vestido de negro y enmascarado, y aunque habló en italiano, su acento era español. No le conocía, pero Anna supo de inmediato que se trataba de uno de los *catalani*.

—¿Adónde os he de acompañar?

—Lo sabréis cuando lleguemos.

—¡Dejadme!

Un segundo hombre sujetó a Anna por el otro brazo.

—¡Obedeced! —le dijo.

María se estremeció. Conocía el acoso que Juan Borgia ejercía sobre su cuñada y dedujo lo que aquello significaba. Imaginó lo que el hijo del papa quería hacerle a Anna y en ella afloraron aquella rabia e indignación que cuando era una esclava creía no tener derecho a sentir.

—¡Soltadla! —gritó al tiempo que le clavaba las uñas en el antebrazo a uno de aquellos hombres.

Aquel individuo dejó por un momento a Anna para encararse con María, y sin mediar palabra le descargó un puñetazo en la boca que la tumbó sobre el puesto de telas. Al ver que no se incorporaba sujetó de nuevo a Anna, que se resistía al otro hombre, y entre ambos empezaron a arrastrarla hacia el otro extremo del mercado. La librera vio que poco más allá los aguardaban otros dos hombres de negro, también enmascarados, y no tuvo duda alguna de quién los enviaba. Estaba perdida, pero se dijo que lucharía contra aquella infamia hasta su último aliento.

—¡Socorro! —gritó—. ¡Ayuda, por favor!

Sin embargo, nadie hizo nada. La gente contemplaba cómo la secuestraban sin intervenir; el aspecto de aquellos hombres, *catalani* sin duda, los disuadía.

Anna se debatía tratando de resistirse, pero aquellos individuos superaban sus fuerzas con creces, y comprobó con desaliento que podían arrastrarla con facilidad mientras los otros dos rufianes que los acompañaban iban apartando a la gente a empellones. Nadie les hacía frente.

Nunca imaginó que Juan Borgia fuera tan miserable como para recurrir a la brutalidad para satisfacer sus deseos. Y menos que sus esbirros actuaran a la luz del día sin importarles los testigos. ¡Qué ilusa había sido al creer que podría contener al duque de forma cortés y amable! Sentía rabia al tiempo que miedo y pena. Su marido no había dudado en enfrentarse al hijo del papa, jugándose la vida, por su honra. Y ahora aquel miserable se la iba a arrebatar por la fuerza. Gritó de nuevo a sabiendas de que nadie la ayudaría.

María notó el sabor de la sangre en la boca. Le era familiar. La habían golpeado tantas veces durante su esclavitud que había llegado a creer que era un derecho de los hombres. Sin embargo, aquel tiempo de pesadilla quedaba ya atrás. Desde que la rescató, su hermano le había relatado muchas veces la heroica muerte de su padre; aquella historia la emocionaba y la llenaba de orgullo. Se había jurado que jamás volvería a ser esclava ni de hombre ni de mujer y que antes perdería la vida que la libertad. Ahora recordaba con una rabia infinita los abusos que antes había aceptado como normales. Y en aquel momento, el sabor de la sangre le hizo revivir aquel tiempo terrible, y todo el resentimiento que guardaba de las humillaciones e injusticias sufridas se concentró en aquellos rufianes de negro.

—¡Corred, avisad a mi hermano! —les suplicó al dueño del tenderete y a su esposa cuando la ayudaban a incorporarse—. ¡Por el amor de Dios, daos prisa!

El mercader la conocía, pues tanto ella como su madre acostumbraban a comprarle piezas de paño que él mismo transportaba después a la librería.

Cuando María logró ponerse en pie, aún vio la espalda de los hombres que se llevaban a Anna a rastras. Dos puestos más allá tenía su tenderete un alfarero; sin mediar palabra, María cogió un botijo y corrió tras aquellos individuos de negro. Al alcanzarlos, lo estrelló contra la cabeza del tipo situado a su izquierda, al que se le doblaron las rodillas antes de desplomarse. El otro individuo que sujetaba a Anna era el que le había partido el labio de un puñetazo; sin darle tiempo a volverse, María le clavó las uñas en los ojos por atrás, con todas sus fuerzas y su rabia, con la intención de arrancárselos.

El desgarrador aullido del matón se oyó en toda la plaza y de inmediato soltó a Anna para sujetar las manos de María.

—¡Huid! —le gritó esta a su cuñada.

A pesar de la tela del antifaz, María notaba entre sus dedos los globos oculares del individuo. Los asió con fuerza y quiso tirar de ellos, pero las manos del hombre, que continuaba gritando, se lo impedían. Anna echó a correr hacia el extremo de la plaza que daba a la Via dei Giubbonari mientras el hombre al que María le había roto el botijo en la cabeza trataba de incorporarse. Los que abrían paso a la comitiva, alertados por los gritos, se dieron la vuelta para ayudar a sus compañeros. María pudo ver las expresiones de horror en sus caras al verla tratando de clavar aún más sus uñas en los ojos de aquel miserable, y se alegró al ver que en lugar de perseguir a Anna se dirigían hacia ella para socorrer a su compinche. Cuando ya los tenía encima soltó a su presa y de un tirón se libró de las manos del hombre. Su fría furia le había permitido calcular el siguiente paso con antelación. Desenfundó la daga que aquel individuo llevaba al cinto y empezó a andar hacia atrás haciendo frente con el arma a los dos matones que se le venían encima.

—¡Olvídate de esa! —dijo el que mandaba al ver a su compañero, que se lamentaba cubriéndose los ojos con las manos, libre ya de las garras de María—. Hay que coger a la otra.

Se fueron a todo correr detrás de Anna seguidos, con pasos vacilantes, por el que había recibido el cantarazo. María, daga en mano, aún con el sabor de su sangre en la boca, contuvo sus deseos de asestarle una cuchillada al tipo al que había estado a punto de sacarle los ojos, y echó a correr tras los otros tres.

Anna, jadeante, veía ya entre la gente a la que iba apartando el inicio de la Via dei Giubbonari; la librería y su salvación estaban a pocos pasos. Sin embargo, cuando ya se sentía segura, un brutal tirón en su cabello la detuvo en seco. El corazón le dio un vuelco. Se giró tratando de librarse de su captor, pero un segundo hombre la sujetó y tras un forcejeo la agarraron de nuevo por los brazos para arrastrarla a pesar de su resistencia. Pudo ver a María, que con una daga en la mano se interponía en su camino, pero el tercer hombre desenfundó la suya y se le encaró, obligándola a dejar vía libre después de retenerlos solo unos momentos. Miró agradecida a su cuñada a pesar de la inutilidad de su esfuerzo y se preguntó de dónde había sacado aquel nervio una persona por lo general tan apacible como María.

Anna lo daba ya todo por perdido cuando oyó gritos a su espalda. Eran voces familiares; hizo un esfuerzo por volver la cabeza y, con un alivio infinito, vio a Joan y a Niccolò, que llegaban corriendo con el acero de sus espadas desnudas brillando en sus manos.

—¡Dejadla ir, bastardos! —oyó gritar a su marido.

Los hombres que la sujetaban vieron lo que les caía encima y de inmediato la soltaron para poder desenvainar sus espadas. El primero apenas tuvo tiempo de parar el sablazo que Joan le propinó, mientras el segundo hacía frente a Niccolò. El tercer hombre, que aún con la daga en la mano mantenía a raya a María, comprendió de inmediato la situación y olvidándose de ella trató de apoderarse de Anna para amenazar a los libreros con degollarla. No pudo, pues tan pronto como le dio la espalda a María, esta le clavó la daga en los riñones. El hombre soltó un aullido y se revolvió contra ella, lanzándole una cuchillada que la mujer esquivó.

—¡Corred a casa! —le gritó María a Anna.

En el mercado se había formado un círculo de mirones que contemplaban a distancia la batalla y que abrieron paso tanto a Anna, que escapaba hacia la librería, como a su cuñada, que huía del hombre al que había herido. Anna se detuvo a los pocos pasos cuando vio venir a la carrera a Giorgio y a Antonio, espada en mano, seguidos de una docena de aprendices y oficiales armados con lanzas, espadas y dagas.

—¡Gracias, Dios mío! —musitó jadeante después de indicarles dónde estaba su marido.

Cuando el grupo irrumpió en la escena, los enmascarados comprendieron que lo tenían todo perdido.

—¡Dejadles ir! —gritó Joan, y dejó de acometer a su rival para colocarse en posición de guardia. Después, les gritó a los enmascarados—: Idos y agradeced al Señor que os perdone la vida.

Los hombres no se lo hicieron repetir y, sin enfundar sus armas ni darles la espalda, anduvieron unos cuantos pasos hacia atrás y se retiraron después aprisa, llevándose con ellos a sus camaradas heridos.

Joan y Anna se abrazaron. Cuando María, sana y salva y con la daga del enmascarado como recuerdo, se incorporó al grupo, Anna soltó a su esposo para abrazarla a ella.

—Gracias, María —le dijo—. Me habéis salvado.

La mujer, con el labio inferior aún ensangrentado, sonrió satisfecha. Había sabido proteger a su querida cuñada y al tiempo había ahuyentado a muchos fantasmas de su pasado.

—Me siento muy orgulloso de ti, hermana —le dijo Joan, admirado, cuando al fin Anna la soltó y pudo abrazarla.

Los ojos color miel de María le recordaban, más que nunca, a los de su padre.

17

El alivio de haber escapado de algo terrible les duró poco a los Serra. Un temor vago, nunca sentido antes, flotaba en el ambiente, y aquella noche, en su alcoba, Anna lo concretó en palabras.

—Juan Borgia ha pasado de insolentarse conmigo a usar la fuerza —le dijo a su esposo mirándole a los ojos—. Está dispuesto a todo y no creo que este fracaso le detenga. Esos hombres eran *catalani*, nadie lo duda, gente suya. Hoy envió solo a cuatro. ¿Qué ocurrirá cuando sea una docena?

Joan tragó saliva. Aquella misma pregunta se la había hecho él durante todo el día. Hasta aquel momento su preocupación se había centrado en proteger a los suyos de los Orsini o de cualquier otra banda opuesta al papa. Sin embargo, aquella mañana había comprendido que el peligro los acechaba mucho más cerca.

—Creía que pertenecíamos al clan —continuó Anna pronunciando las palabras que él quería evitar—, pero hoy he visto que son nuestros enemigos.

—Nuestro único enemigo es Juan Borgia —repuso él—. Los demás, todos los que vienen a la librería, Sancha, Lucrecia y el propio Miquel Corella son nuestros amigos.

—No, no os hagáis ilusiones. Juan Borgia es el jefe y los demás obedecen. Los lidera, y si él es nuestro enemigo, los demás también lo son. Aunque excluyo a mis amigas, ellas no le deben obediencia al hijo del papa.

Joan se encogió de hombros. Desconocía los pormenores de las relaciones dentro de la familia Borgia.

—Pienso que el único que le puede detener es Miquel Corella —continuó Anna ante su silencio—. Es poderoso y tiene acceso al papa, al que su hijo está obligado a obedecer. Estoy segura de que si quiere, nos puede ayudar. Dice que es vuestro amigo. Pero ¿qué ha hecho hasta el momento aparte de buscar excusas? Nos ha abandonado a nuestra suerte.

—Sobreestimáis a Miquel Corella, no posee tanto poder.

—Pues en la librería la gente comenta lo contrario. Pienso que no quiere ayudarnos.

—De acuerdo —concedió Joan a regañadientes—. Hablaré de nuevo con él. Aunque debéis tranquilizaros. Dentro de un par de días, Juan Borgia saldrá de Roma al frente del ejército. Permaneced en la librería hasta entonces. Aquí estaréis segura.

Aquella misma tarde, Miquel Corella, enterado de lo ocurrido, se personó para interesarse por Anna.

—Está muy afectada por el intento de secuestro —le dijo Joan con semblante grave—. Imagino que vos sabéis quiénes eran esos enmascarados.

—No sé quiénes fueron —repuso el valenciano con tranquilidad—. Aunque puedo darte algunos nombres y no me equivocaré en mucho. En todo caso, unos chapuceros. No pudieron con dos mujeres.

—Eran de los nuestros. Sicarios de Juan Borgia.

Miquel Corella se encogió de hombros.

—Pues claro —dijo—. Ya te lo advertí. Cuanto más os resistáis, peor será. Si esos hombres hubieran logrado su propósito, todo habría terminado ya.

—¡Cómo podéis decir eso! —se indignó Joan—. Nosotros no cederemos y os pido que nos ayudéis. —Miraba fijamente al valenciano—. Hablad con el papa. Detened esa indignidad que mancha nuestro nombre, el de los que somos fieles al pontífice.

—No denunciaré ante el papa los actos de su propio hijo —respondió Miquel, al que la excitación de Joan no parecía afectarle—. Lo hice en Barcelona y no sirvió más que para unas cartas de reprimenda. No me haría ningún caso y su hijo lo consideraría una traición.

Joan sintió que la furia crecía en su interior y las palabras surgieron de su boca casi sin que pudiese evitarlo.

—Así que ¿no queréis ayudarnos?

—Te dije que no puedo y te lo repito —dijo Miquel ceñudo—. No estoy entre los amigos de Juan Borgia y a quién corteja él no es mi asunto.

—No solo corteja, sino que acosa. —El librero apretaba los puños con rabia—. Y de la forma más violenta. Le acuso del ataque sufrido por mi esposa y del sufrimiento de ella.

—Eso no se lo diré.

—Me es igual —repuso Joan—. Jamás le perdonaré la tensión que le causa, jamás. Decidle que la deje en paz o por mucho que yo viva y por mucho que él muera, siempre habrá una cuenta pendiente entre nosotros.

—¡Cállate, Joan! —ordenó el valenciano componiendo aquella expresión feroz que lo caracterizaba—. No puedo oír eso. —Le puso la mano en el hombro y, a pesar de su gesto agresivo, sus palabras sonaron suaves, casi cariñosas—. Te aprecio demasiado, muchacho. Y si vas diciendo eso en Roma, no durarás más allá de un par de días. —Hablaba con lentitud, mirándole a los ojos—. Yo mismo puedo ser el encargado de hacerte callar. Debo fidelidad al papa y a su familia, ya te lo dije. No me pongas a prueba.

Ambos se sostuvieron la mirada. Joan sabía que el valenciano no amenazaba en balde y trató de contenerse. Hizo ademán de despedirse, pero don Michelotto no daba por terminada la conversación.

—También he venido para asegurarme de que tienes tus armas y tu equipo listos para unirte al ejército —añadió el capitán vaticano—. Partimos mañana.

El librero se estremeció recordando las advertencias de Niccolò. Iba a morir en el campo de batalla y sería uno de los *catalani* quien le matara.

—¿Cómo puedo yo unirme a las tropas de Juan Borgia? —repuso—. Quiere a mi mujer y por lo tanto es mi enemigo. No. No iré.

—Debes ir.

—No, Miquel. Me quedaré junto a mi mujer, que está embarazada y me necesita.

—Déjate de bobadas. —Ahora don Michelotto alzaba la voz y Joan observó a Niccolò, que, simulando arreglar unos libros, escuchaba la conversación—. Aquí no hay espectadores, estás con nosotros o en nuestra contra. No hay excusas.

Joan vaciló. Miquel no bromeaba.

—Y ¿qué ocurre si no me presento? —quiso saber.

—Esa no es una opción. —La expresión del valenciano mostraba pesar—. Juan Borgia te declararía traidor; pienso que espera la menor excusa para hacerlo.

Joan se mantuvo callado, intuía cuáles serían las terribles consecuencias de que los *catalani* le consideraran un traidor. Miquel le observó unos momentos y después le dio una palmada amistosa en el hombro, sonriéndole.

—Déjate de historias. Te espero mañana en mi casa. El ejército partirá desde el Vaticano.

Y abandonó la librería. Joan le contempló notando una creciente sensación de asfixia. Estaba atrapado.

—No sé qué es peor —le confesó Joan a Niccolò cuando este se le acercó momentos después—. Obedecerle o no.

—Si os negáis, el Borgia os declarará traidor y eso será vuestra condena a muerte —reflexionó el florentino—. Y quizá tenga razón Miquel Corella: eso es lo que el hijo del papa desea. Por el contrario, si obedecéis, os hará matar en el campo de batalla aparentando un accidente.

En aquel momento, Joan vio que Anna bajaba a la librería desde el piso superior. Había esperado a que se fuera Miquel.

—No le digáis nada a mi esposa sobre esto último —le advirtió Joan al florentino—. De nada serviría preocuparla más.

—Buenas tardes, Niccolò —saludó Anna con una inclinación de cabeza a la que este respondió con una reverencia—. ¿Nos ayudará don Michelotto? —le preguntó ansiosa a su esposo. No le importaba hacerlo frente a Niccolò; compartía sus inquietudes con él.

Joan negó con la cabeza.

—No puede. Y, además, Juan Borgia ordena que me una a su ejército como artillero.

—No iréis, ¿verdad?

Joan hizo un gesto apesadumbrado.

—Si no voy, si desobedezco su orden, dirán que soy un traidor al clan.

—Temo por vuestra vida —murmuró Anna.

Él se encogió de hombros.

—¿Qué otra opción tenemos? Quizá esa sea la menos mala. De lo contrario, me ejecutarán, y si huyo, os lo harán pagar a vos y al resto de la familia.

Ella le miró con expresión desolada.

—No, no tenéis por qué incorporaros al ejército —intervino Niccolò con una sonrisa divertida rompiendo el largo silencio en el que se habían sumido los esposos.

Joan miró a su amigo. ¿Qué se le habría ocurrido?

—Hablad —le animó expectante.

—La *signora* Anna ha caído en una terrible crisis de ansiedad a causa del ataque sufrido en el mercado. —Niccolò calló y, ampliando su sonrisa, hizo un gesto con las manos para que sus patronos continuaran con la historia. Pero los Serra no dijeron nada, a la espera de que el florentino siguiera—. De resultas de ello acaba de sufrir un aborto, ha perdido mucha sangre, se debate entre la vida y la muerte y vos os quedaréis a su lado —prosiguió al rato Niccolò—. Nadie os podrá obligar a ir a la guerra.

Joan sonrió moviendo la cabeza, incrédulo.

—¡Qué buena idea! —dijo al fin—. Si algo respeta el papa es la familia. Nadie objetará a que me quede junto a mi esposa agonizante. Y menos Juan Borgia, que bien sabe lo que ocurrió en el mercado.

—¡Gracias, Niccolò! —dijo Anna dando un salto de alegría y acudiendo a abrazarle.

Joan observó con recelo la expresión feliz de Niccolò en brazos de su esposa, pero no dijo nada. Él también deseaba abrazar al florentino.

Cuando le comunicó a Miquel Corella que su esposa se debatía entre la vida y la muerte a causa del aborto provocado por el altercado en el Campo de' Fiori, el valenciano se mostró sorprendido y algo escéptico, aunque al final pareció acoger la historia con alivio.

—¿Hay algún médico que pueda testificarlo?

—Una conocida comadrona nos asistió —dijo Joan, que había organizado un espectáculo con sangre de pollo que la comadrona admitió como cierto a cambio de unas monedas.

—El duque de Gandía deberá ahora disculpar que no te unas a nuestro ejército —dijo Miquel pensativo—. De momento.

—Desde luego que no lo haré —repuso Joan tajante—. Nada del mundo me apartaría de ella en estas circunstancias.

—Lo entiendo. Hablaré en tu favor. No se le puede pedir a un hombre que abandone a su esposa a las puertas de la muerte.

Joan mantuvo su expresión compungida evitando que un suspiro de alivio le delatara.

18

Con Juan Borgia alejado de la ciudad, la familia Serra disfrutó de unas Navidades tranquilas y felices.

Las noticias que llegaban de la campaña contra los Orsini eran muy positivas y las fortalezas enemigas caían una tras otra.

Ese hecho, que antes hubiera alegrado a Joan, no lo hacía ya. Hubo un tiempo en el que él se sentía uno de los *catalani*. Pero ya no. Odiaba al duque de Gandía, a sus hombres de negro, e incluso al propio Miquel. Se decía que si a su regreso el duque insistía en el acoso, acabaría con él. Solo que primero pondría a su familia a salvo en algún lugar adonde no pudiera llegar la venganza del clan del papa.

—Tengo orden de no regresar sin vuestra respuesta —le dijo a Joan un mensajero que apareció por la librería a mediados de enero.

El librero observó la carta lacrada que le acababa de entregar. No tenía que abrirla para imaginar su contenido; aquel muchacho, que mostraba el cansancio y el barro de una larga jornada de viaje, venía de Bracciano, donde la fortaleza de los Orsini, a orillas del lago del mismo nombre, resistía desde hacía tiempo el asedio del ejército vaticano.

Joan desenfundó su daga y después de rasgar los sellos de Miquel Corella, reconoció su letra.

> Estamos atrapados en un lodazal —leyó—. La racha de victorias de la que disfrutamos ha terminado y el duque está furioso. Necesita buenos artilleros para el asedio y le han informado de que tu esposa está de nuevo radiante, despachando en la librería. Te ordeno que cojas tus armas, montes tu caballo y acudas de inmediato a ofrecer tus servicios al duque. De lo contrario, más os vale a ti y a tu familia estar muy lejos de Roma cuando el ejército regrese. El mensajero te acompañará.

—Pasaréis la noche aquí y mañana os daré la respuesta —le dijo Joan al correo—. Un aprendiz cuidará de vos y de vuestro caballo. Comed y descansad.

Joan le mostró la carta a Niccolò.

—No puede estar más claro —dijo este serio y pensativo—. Ahora debo aconsejaros que, a pesar del peligro que representa, acudáis a Bracciano.

—La otra opción es el exilio —razonó Joan.

—No. No es una opción. No creo que el duque os perdonase, y os perseguiría tanto en Italia como en España.

—Eso temo —repuso el librero afirmando con la cabeza—. Ya había decidido ir.

—Dejadme que os acompañe. Dos se defienden mejor que uno.

Joan observó al florentino y evaluó su propuesta. Niccolò iría a la guerra para defenderle y aquella muestra de amistad le emocionó. Se sentiría mucho mejor teniéndole a su lado.

—¡Gracias, amigo! —dijo abrazándole.

A la mañana siguiente, Joan y Niccolò partieron a caballo, guiados por el mensajero, rumbo a Bracciano. Sus alforjas iban cargadas de comida, se protegían con un coselete y un casco y, aparte de dagas y espadas, portaban sus arcabuces.

A Joan le dolía abandonar a su esposa para acudir a una guerra en la que se exponía a un doble peligro. No hubiera deseado otra cosa que continuar a su lado gozando de su compañía, de su contacto. Sin embargo, se consolaba al saber que nadie la molestaría en su ausencia.

Por su parte, Anna odiaba la idea de separarse de su marido, pero cuando este le mostró la carta de don Michelotto tuvo que rendirse a la evidencia y, desconsolada y conteniendo las lágrimas, le despidió con un fuerte abrazo.

—Cuidaos —le dijo—. Sed prudente. Mis oraciones estarán en todo momento con vos.

Joan sintió que dejaba parte de sí en aquel abrazo que le hubiera gustado fuera eterno.

Aquel era un desapacible día de enero, el cielo estaba encapotado y los caminos, encharcados y llenos de barro. El viaje, que normalmente se podía hacer en unas horas, les llevaría todo el día.

—Todo iba bien hasta llegar a Bracciano —les explicó el correo—. Fueron cayendo en nuestro poder ocho fortalezas de los Orsini, una tras otra. Sin embargo, esta es más fuerte que las anteriores y, cuando le pusimos sitio, no hubo forma de impedir que a través del lago continuaran llegándoles suministros. Al no poder abrir una brecha en las murallas, el duque de Gandía y el de Urbino, al que el papa contrató para que ayudara a su hijo, decidieron trasladar un barco por tierra desde el Tíber hasta el lago y así cortar la vía de suministros. Pero los Orsini se enteraron, salieron de la fortaleza por sorpresa y lo destruyeron.

—Y ¿cuál es la situación ahora? —inquirió Joan.

—Bracciano no se rinde y estamos hartos de pasar frío y

soportar la lluvia. El campamento es un lodazal. Dicen que sois un buen artillero. A ver si abrís una buena brecha en aquellos muros y entramos de una vez.

Al atardecer divisaron las aguas del lago y las redondeadas torres del castillo. Joan pudo distinguir en sus almenas las enseñas de los Orsini y, para mayor desafío, las de Francia.

—Hay algo extraño en el campamento —los advirtió el guía al divisarlo.

Y se desvió del camino para hablar con unos soldados que montaban guardia.

—El ejército se ha ido —les explicó a su regreso—. Aquí solo queda una pequeña tropa de retén. Los duques supieron que Carlo Orsini se acercaba por el norte con un ejército reclutado con dinero francés y decidieron salir a su encuentro.

Joan miró a Niccolò y le dijo:

—Creo que debemos ir en su busca. Cuanto antes me vea Juan Borgia, mejor.

Partieron al amanecer del día siguiente y bordearon el lago hacia su extremo norte. Había dejado de llover y gozaron del hermoso paisaje de olmos, sauces y otros árboles de hoja caduca a la orilla del lago, desnudos de sus hojas, y pinos y olivos en las colinas circundantes.

Antes del mediodía abandonaron la orilla del lago Bracciano para continuar hacia el lago Vico, situado más al norte.

—Nos separan pocas millas tanto de nuestras tropas como de las de los Orsini —los informó su guía después de hablar con un mensajero con el que se cruzaron al atardecer.

—La batalla es inminente —murmuró Niccolò.

—Pues partiremos con las primeras luces —dijo Joan—. Hay que encontrar a Miquel Corella antes de que los ejércitos se enfrenten.

Joan apenas durmió aquella noche; sentía su cuerpo entumecido y su manta y su capa eran incapaces de protegerle del frío y la humedad. Por suerte no llovió. Pensaba en Anna, en su calor y cariño, y también en lo que ocurriría al día siguiente. Tan pronto como la luz lo permitió montaron en sus caballos, que pusieron al trote donde el camino lo hacía posible. Comieron un mendrugo de pan por todo desayuno sin desmontar del caballo.

—Llegamos tarde —dijo el guía un par de horas después, al poco de entrar en una zona llamada Ciminos, antes de llegar a la población de Soriano.

Se encontraban en una elevación del camino y señaló al frente. Abajo, en la distancia, pudieron ver a los dos ejércitos que avanzaban uno contra el otro. Las enseñas de los Borgia, del Vaticano y del duque de Urbino ondeaban en un bando, y las de los Orsini y las de Francia, en el otro. Se podían oír los tambores, pífanos y cornetines de órdenes. El cielo mostraba grandes claros y en ocasiones el sol hacía brillar los cascos y las armaduras de los soldados.

—Ya no hay nada que hacer —dijo Niccolò—. Fuera de disfrutar del espectáculo.

—¡Todo este camino ha sido inútil! —se lamentó Joan.

—Subamos a aquella colina —propuso Niccolò—. Desde allí veremos mejor.

El choque se produjo momentos después. Sonaron los cornetines, los arcabuceros y ballesteros empezaron a disparar y a continuación cargó la infantería con sus largas picas.

—¡Mirad! —gritó el guía al rato—. ¡Ganan los nuestros! Los Orsini están cediendo, retroceden.

—Es cierto —advirtió Niccolò, que no compartía su entusiasmo—. Sin embargo, lo hacen de forma demasiado ordenada.

Las tropas de los Orsini se retiraban hacia una colina situada a sus espaldas, acosadas por las tropas del papa. Podían ver claramente los estandartes del duque de Urbino penetrar en las líneas del enemigo, que continuaba retrocediendo.

—Observad nuestra caballería pesada, los gendarmes —dijo Niccolò señalando hacia el campo—. ¡Abandonan la batalla!

—No, lo que pretenden es rodear a los Orsini y atacarlos por la retaguardia —explicó Joan, y después razonó—: Aunque muy seguros tienen que estar de la victoria para ejecutar ese movimiento; si el enemigo se abre paso por alguno de los flancos, no habrá quien proteja a nuestra infantería.

Las palabras de Joan parecieron anticipar los hechos. De repente, los gendarmes de los Orsini, con sus armaduras de acero, sus yelmos coronados de penachos y lanza al ristre, cargaron en masa, colina abajo, sobre la infantería del costado derecho. Los soldados trataron de protegerse con sus picas, pero fueron desbaratados en unos instantes. Juan Borgia envió a sus jinetes ligeros a taponar la herida, sin que estos pudieran hacer nada para detener a los gendarmes enemigos, verdaderas máquinas de matar acorazadas. Sonaron los cornetines y las tropas de los Orsini, que hasta aquel momento iban retrocediendo, pasaron a avanzar. En unos instantes, el duque de Urbino se vio rodeado. La caballería pesada de los Orsini continuaba haciendo estragos y al poco un grupo de soldados vaticanos dio media vuelta y huyó. A este le siguió otro, y otro más. Solo una unidad de lanceros que ondeaba las enseñas del papa mantuvo el orden, formando en cuadro, al tiempo que iba retirándose. Nadie los atacaba. El enemigo prefería acometer a los que huían, convertidos en presas fáciles para la caballería.

—¡Mirad a nuestros gendarmes! —señaló Joan—. Dan la batalla por perdida y se retiran sin combatir. ¡Qué infamia! ¡Son los responsables de la derrota!

—Su comandante es Fabrizio Colonna —recordó Niccolò—. Y los Colonna son aliados recientes del papa, cambiaron de bando con la retirada francesa. Creo que Juan Borgia se equivocó al poner a un antiguo enemigo al mando de los gendarmes.

El descalabro era evidente y las tropas vaticanas huían tratando de salvar sus vidas.

—Dios mío, ¡qué desastre! —exclamó el guía al ver cómo masacraban a sus compañeros—. ¡Qué traición!

—¡Volvamos a Roma! —exclamó Joan, que sentía una extraña mezcla de alegría y tristeza ante la derrota de los *catalani*—. ¡De inmediato!

Niccolò le miró interrogante.

—Con esta confusión no podremos encontrar ni a Juan Borgia ni a Miquel Corella —le explicó—. Y de hacerlo, no los hallaremos del humor adecuado. Es inútil que los busquemos, estarán huyendo como los demás. Sin embargo, cuando la noticia llegue a Roma, los Orsini de la ciudad se sublevarán. Y atacarán la librería de nuevo. ¡Anna, mi familia y nuestros camaradas están en peligro!

19

Llegaron a Roma al atardecer del día siguiente a la batalla y, al entrar por el Vaticano, Joan supo de inmediato que la noticia los había adelantado. La ciudad papal se mantenía silenciosa y en un tenso orden; mientras cruzaban el puente de Sant'Angelo oyeron las campanas de las iglesias y estampidos de petardos y arcabuces.

—Démonos prisa —apremió Joan a sus acompañantes—. Los asaltos estarán empezando.

Ansiosos, pusieron los caballos al trote y al llegar al Campo de' Fiori vieron un numeroso grupo que celebraba la noticia frente al palacio Orsini. Agitaban pendones, vitoreaban y disparaban al aire. Tomaron de inmediato la Via dei Giubbonari y Joan respiró tranquilo al ver que la librería se encontraba intacta. No había barricadas en el exterior, pero todos aguardaban los acontecimientos con las armas en la mano. Joan y Niccolò fueron recibidos con alivio y gran alegría. La casa estaba de nuevo completa.

—La noticia se conoció hace unas horas y hemos oído vítores, redoble de tambores, disparos y repique de campanas —comentó Anna después de abrazar a Joan—. Estamos preparados.

—Nos mantendremos en alerta, seguramente muchos de los que nos atacaron la última vez se encuentren en el norte, en el campo de batalla. Esperaremos a ver qué ocurre cuando regresen. Mientras, montaremos las barricadas exteriores como precaución.

—Yo mandaba a los veteranos de infantería españoles; son pendencieros y broncos, pero soldados expertos, y al ver que aquello no tenía solución nos fuimos retirando sin romper la formación y siempre protegidos por las picas —explicaba Miquel Corella unos días después. Parecía que su reciente aventura no le había afectado demasiado. Joan y Niccolò le escuchaban atentamente, a puerta cerrada, en el salón pequeño de la librería—. Solo perdí a uno. La caballería de Fabrizio Colonna ni siquiera entró en combate.

—Vimos la batalla y presenciamos vuestra retirada ordenada —puntualizó Joan—. Como atestiguó el mensajero, Niccolò y yo acudimos con la intención de unirnos al ejército. Lamento que llegáramos tarde.

—Dudo que lo lamentes de verdad —repuso Miquel—. Os librasteis de un buen descalabro. Le diré a Juan Borgia que estuvisteis allí, aunque no creo que eso le satisfaga.

—Estuvimos allí —insistió Joan firme y enfático—. Si no pudimos presentarnos, fue a causa de la desbandada del ejército frente a los Orsini.

—Y ¿cómo ha reaccionado el papa? —preguntó Niccolò con la intención de cambiar de conversación.

—Está furioso y algo asustado —explicó Miquel—. Culpa del fracaso a todo el mundo menos a su hijo. El amor de padre le ciega. Culpa al duque de Urbino, que fue apresado, y ha decidido no pagar el rescate que por él piden los Orsini. A Fabrizio Colonna le acusa de separar a la caballería pesada del resto de las tropas sin que su hijo se lo hubiera ordenado. Sospecha que los Colonna fingen ser sus aliados, aunque en realidad desean su derrota. Y finalmente se queja del rey Fernando de España por negarle su ayuda, cree que se alegra de su desgracia.

—¿Qué esperaba del rey Fernando?

—Quería tropas, o al menos dinero tal como los franceses les dieron a los Orsini —contestó Miquel—. Pero no recibió nada.

—Y ¿qué va a ocurrir ahora? —quiso saber Joan.

—Ahora es cuando los reyes de España ayudarán al papa —contestó Niccolò con toda convicción.

—Y ¿por qué iban a ayudarle ahora si antes no quisieron?

—Porque le quieren humilde y sumiso —explicó Miquel—. Y como continúa siendo su aliado contra los franceses, no desean que sea derrotado del todo. No les gusta el papa, pero si los Orsini, que están aliados con Francia, controlaran Roma, sería mucho peor para España. Es el juego de los políticos. Temen tanto a sus amigos poderosos como a sus enemigos.

Niccolò afirmó con un leve movimiento de cabeza ante el gesto incrédulo de Joan.

—¿Qué le pasó a Juan Borgia? —quiso saber este.

—Yo no estaba con él —dijo Miquel—. Le hirieron en la cara y no en la espalda, eso sugiere que luchó, lo que no es de extrañar, porque los Borgia son valientes. Sin embargo, su herida es poco más que un rasguño. Dicen que huyó disfrazado de soldado.

—¿Creéis que se la autoinfligió para fingir una derrota honrosa?

—No lo sé —repuso Miquel encogiéndose de hombros—. Espero, por el bien de todos nosotros, que no sea así. Él es el confaloniero, el portaestandarte, el general de los ejércitos del papa.

Joan tenía sentimientos encontrados con respecto a Miquel Corella. Le había creído su amigo y le debía mucho. Pero sabía que su lealtad a Juan Borgia podía convertirle en su verdugo. Pensaba que si su señor le ordenaba que le diese muerte, el capitán vaticano cumpliría su macabro cometido por mucho que le disgustara. Era el perro fiel de los Borgia. Sin embargo, intuía que al valenciano no le complacía tener semejante jefe y sus últimas palabras parecían confirmar ese presentimiento. Joan decidió usar un poco del sentido político italiano que tan bien manejaba Niccolò y tantearle.

Así que en su siguiente visita a la librería quiso charlar con Miquel a solas y llevó la conversación hacia Sancha de Aragón y la relación de esta con el duque de Gandía.

—Mi esposa compadece a la princesa de Esquilache —le comentó a Miquel—. Sancha es una mujer enamorada del amor y ardiente, casada con un adolescente que no la complace y al que ella desprecia por su poco carácter.

—Mi oficio es el de las armas. Y el de la princesa es ese. Casarse con el marido que le designen y darle descendencia. Yo no me quejo, que no se queje ella. De eso vive.

—Sin embargo, tiene que ser duro semejante matrimonio para una mujer tan briosa.

—Eso no justifica su adulterio —le cortó Miquel—. En absoluto. Aunque la mujer es como es y es deber del marido cuidarla, mantenerla a raya y tener ojo avizor.

—Jofré es un niño incapaz de eso —afirmó Joan—. ¿No creéis que sus hermanos deberían ayudarle?

Miquel bufó incómodo.

—Juan Borgia puede poseer a cientos de mujeres y en realidad tiene muchas a la vez —repuso al rato—. ¿Por qué la mujer de su hermano? Eso es una traición. Puedes acostarte con la mujer de tu enemigo si ella se deja, o violarla si quieres y puedes, es ley de guerra. Pero a la mujer de un camarada de armas no se la toca. Y menos si es familia. Eso conduce a la destrucción del clan. —Miquel hizo una pausa en la que ambos quedaron pensativos—. Tu esposa es una de las mujeres más bellas de Roma. Y haces bien como hombre cuidándola y defendiéndola. Espero por tu bien que el duque se haya olvidado de ella.

Transcurrieron unas semanas de paz en la librería en las que la clientela fue aumentando paulatinamente conforme los asuntos del papa mejoraban. Anna volvía a reinar entre los clientes.

Tal como había anticipado Niccolò, España ayudó al pontífice y su embajador en Roma, Garcilaso de la Vega, asiduo además de la librería, hizo de intermediario entre el papa y sus enemigos, acordándose una paz ventajosa para Alejandro VI. En ella, los Orsini, que habían ganado la batalla de Soriano pero que sabían que perderían la guerra si España ayudaba al papa, aceptaron la autoridad del pontífice y como compensación a sus gastos le cedieron un par de sus fortalezas y pagaron cincuenta mil ducados. Sin embargo, lograron conservar la inmensa mayoría de sus posesiones y su ejército. Su poder quedó prácticamente intacto.

Joan tardó un tiempo en ver el aspecto de la herida de Juan Borgia, aunque hubiera deseado no verla jamás. Pensó que era más un rasguño que una verdadera cicatriz y que bien había podido hacérsela su propio barbero. Era un corte que caía vertical desde el pómulo izquierdo y que se perdía en la mejilla cubierta por una barba bien cuidada. Al entrar en la librería, dejó a su guardia en la puerta, conversó con varios de los clientes y saludó cortésmente a Anna clavándole su mirada de lobo hambriento. Sus formas de dueño de la ciudad no habían cambiado, se mostraba arrogante, y a Joan le pareció aún más acusado aquel aspecto suyo de fiera elegante. Ella le correspondió seria, sin sonreír.

Joan saludó al duque con frialdad. Este le dedicó una mirada oscura, siniestra y prolongada, y no le devolvió el saludo.

Aquella noche, el librero escribió en su libro: «El duque aún tiene hambre. Esto está lejos de terminar».

20

—Habláis francés y el almirante Vilamarí os recomienda en su carta como excelente artillero —le dijo Garcilaso de la Vega a Joan—. Os pido que os unáis a nuestras tropas.

Se encontraban en la librería, adonde el embajador español había acudido con la excusa de ver las novedades. Joan sospechaba que el embajador conocía la deuda de servicio a la corona que pesaba sobre su cabeza desde su licencia anticipada de la galera Santa Eulalia, pero nunca antes lo había mencionado. Ahora se lo reclamaba abiertamente y él no se podía negar, so pena de ser declarado desertor en España. Anna fue su inmediata preocupación. Presentía que pronto el duque de Gandía volvería a acosarla, y bajo ningún concepto quería dejarla sola a su merced en Roma.

—Acudiré si el rey me necesita —repuso Joan muy a su pesar—. Aunque quisiera saber contra quién lucharemos.

—Tenemos órdenes de liberar Ostia de franceses y entregársela al papa —le informó De la Vega—. Os haré saber cuándo os incorporaréis a mis tropas.

Joan pensó que Niccolò y Miquel habían adivinado bien el juego del rey Fernando y le pidió al florentino que obtuviera información. Le costaba creer que el embajador fuera a comandar las tropas españolas.

—De la Vega, desde Roma, se adelantará para establecer

el sitio —le explicó Niccolò tras hablar con sus informadores—. Y después llegará con sus tropas el general Gonzalo Fernández de Córdoba, al que llaman Gran Capitán, para asumir el mando.

Joan se tranquilizó al pensar que el duque, como portaestandarte del papa, no podría mantenerse ausente de aquella acción. Quiso asegurarse en su siguiente encuentro con Miquel sacando el asunto en la conversación.

—Todo eso es cierto —le confirmó Miquel—. Alejandro VI quería que su hijo estuviera al mando junto al Gran Capitán y recogiera los honores de la victoria. Sin embargo, los españoles se negaron y el Gran Capitán será el máximo general.

—Quiero que sepáis que el embajador español me pidió que me uniera a sus fuerzas y que he aceptado.

Miquel le miró entre asombrado y molesto y Joan se apresuró a explicarle su obligación pendiente con los reyes de España; le recordó, además, que, a diferencia de cuando Juan Borgia le requirió, en esta ocasión el estado de salud de Anna le permitía combatir.

—Hay a quien eso le disgustará —le advirtió Miquel.

—Ya sé, pero el duque debe comprender que, aunque luche bajo órdenes del Gran Capitán, será en beneficio suyo y de su padre.

—Juan Borgia no te vio en Soriano, no termina de creer que estuvieras allí y considerará una traición que te unas al ejército español.

—No lo entiendo.

—No tienes por qué entenderlo —repuso Miquel—. Yo solo te advierto. Nos negaste tu ayuda contra los Orsini y acudes a la llamada del embajador español.

—No pude incorporarme antes a causa de la salud de Anna…

—No creo que al duque le importe mucho eso.

Aquella noche, Joan trató al detalle el asunto con su esposa, y ella le apoyó en su decisión, aunque se mostró preocupada. Una amenaza pendía sobre la familia y más aún sobre él. Ella le pidió que se mantuviera alejado de las tropas vaticanas; temía por su vida.

Un colorido ejército desfiló bajo el castillo de Sant'Angelo, desde donde el papa lo bendijo, y después cruzó Roma entre aclamaciones del gentío. La gran mayoría, con independencia del bando al que perteneciesen, deseaba la recuperación de Ostia; los romanos estaban hartos de la escasez que el bloqueo al comercio marítimo provocaba.

Juan Borgia encabezaba la marcha precedido de tambores y pífanos, sosteniendo orgulloso el estandarte vaticano. Montaba un espléndido caballo y lucía una hermosa y bruñida armadura milanesa; su pose era arrogante y se le notaba consciente de la admiración que levantaba, en especial entre las mujeres. Tras él iban sus capitanes, entre los que destacaban los hermanos Rodrigo y Miquel Corella, que parecían pequeños al lado de su amigo Diego García de Paredes. Iban sobre briosos corceles, cubiertos de armaduras y con las enseñas vaticanas y los estandartes con el toro de los Borgia en alto. Los seguían la caballería y los peones de infantería. Después, desfilaba el embajador español frente a la tropa que había conseguido reclutar, compuesta por españoles de Roma no alistados en el ejército pontificio y mercenarios alemanes e italianos. Sus capitanes enarbolaban las enseñas de los Reyes Católicos. Joan se situó detrás de ellos, junto a las tropas de caballería y por delante de los infantes. Desde allí les envió su último adiós a Anna y a los suyos, que habían acudido a contemplar el desfile. Cerraban la marcha los trenes de artillería, carros con pólvora, pertrechos y suministros y un destacamento de caballería vaticana que protegía la retaguardia.

El embajador Garcilaso de la Vega decidió establecer su

campo en la orilla del Tíber opuesta a Ostia. Desde allí bombardearían la fortaleza sin temor a un ataque sorpresa por parte de los defensores del castillo. A Joan le asignó mando sobre tres cañones y sus correspondientes artilleros y este se apresuró a revisar la situación de las piezas y a familiarizarse con sus características. Observaba el edificio tratando de identificar los puntos donde dirigir los tiros. La fortaleza de Ostia, erigida sobre un pequeño promontorio a la orilla del río Tíber, había sido reconstruida diez años antes por el cardenal Della Rovere conforme a las nuevas artes de guerra, y por lo tanto era mucho más resistente a la artillería. El castillo constaba de tres grandes torreones redondos, el más poderoso y alto situado al norte, unidos entre ellos por fuertes murallas de piedra y ladrillo que formaban un triángulo. Su perímetro estaba protegido por una línea de barbacanas, fortificaciones adelantadas más bajas y gruesas, muy resistentes al tiro artillero. El Tíber discurría paralelo al lado oeste del enclave, en el que había un puerto. En la parte este se encontraba el pueblo, pegado a la fortaleza y defendido por unos muros y fosos algo menores que los de esta.

A los pocos días, las naves de los almirantes Vilamarí y Lazcano desembarcaron al Gran Capitán y sus tropas al sur de Ostia. Garcilaso de la Vega, junto con Juan Borgia y algunos de los capitanes de la guardia vaticana, entre los que se encontraban los hermanos Corella, acudió a recibirle. Joan acompañaba al embajador, aunque trataba de mantenerse lo más distante posible del duque de Gandía, que continuaba ignorándole. Esa actitud de alguien tan poderoso, además de incomodarle, le inquietaba. Solo con que el hijo del papa lo ordenase, él sería hombre muerto. Se dijo que debía estar alerta y siempre junto a las tropas españolas; no se lo pondría fácil a un posible sicario.

Encontraron al general dando instrucciones a sus oficiales para disponer el campamento y las tropas sobre el terreno.

Garcilaso de la Vega presentó primero a Juan Borgia y a sus oficiales, a los que el Gran Capitán hizo pasar al interior de su tienda tratándolos con ceremonia y gentileza.

El de Córdoba cedió el mejor lugar del campamento al duque de Gandía y, después de intercambiar algunas impresiones sobre la estrategia que debían seguir en el asedio, recordó al hijo del papa y a los suyos que, aunque tendría en gran consideración sus opiniones, él era el general al mando. Después los despidió con toda cortesía.

Cuando se fueron, el embajador De la Vega presentó a sus oficiales, entre los que se encontraba Joan. Explicó que se trataba de una figura relevante de la cultura española en Roma, que hablaba bien el francés y que era de toda confianza. Además, según la carta de recomendación del almirante Vilamarí, se trataba de un excepcional artillero; ya le había asignado un mando sobre tres piezas de artillería.

El Gran Capitán había superado los cuarenta años, vestía un abrigo con cuello de armiño y lucía una melena bien cortada que caía por atrás hasta los hombros. Cubría su calvicie delantera con un gorro de terciopelo, mostraba una frente despejada y en su rostro, bien afeitado, destacaban unos vivaces ojos oscuros y una poderosa nariz aguileña. Miró a Joan de cabeza a pies con los brazos en jarras mientras dibujaba una sonrisa irónica en los labios al escuchar la entusiasta presentación que le hacía el embajador.

—Señor librero, ¿os atreveríais a ser mi portavoz para parlamentar con los franceses? —le retó, con su gracejo andaluz, sin más preámbulos.

—Naturalmente —repuso Joan tragando saliva.

—Requerirá que entréis en el recinto amurallado.

—Lo haré.

—Pues le diréis de mi parte al comandante, un tal Menaut de Guerri, que debe rendir la fortaleza al papa Alejandro VI en virtud del tratado de este con el rey francés en el que se acordaba que se la devolvería una vez que conquistase el reino de Nápoles.

Joan agradeció el encargo con una reverencia, como si se tratara de un gran honor, aunque era consciente del peligro que comportaba. No era infrecuente que, para demostrar la firme decisión de luchar hasta el final, los defensores de una fortaleza mataran al mensajero.

El Gran Capitán pareció dar por concluido el encuentro y, de repente, como si acabase de recordar algo, dijo:

—Yo ya cuento con buenos artilleros, aunque me pica la curiosidad de saber si sois tan bueno como se dice. Cumplid bien esta misión y os concederé un mando más importante para que podáis honrar los elogios que nuestro buen embajador os prodiga.

El Gran Capitán ordenó reubicar las unidades del ejército para estrechar el cerco de forma que nadie pudiera entrar ni salir del pueblo o de la fortaleza. Joan aprovechó aquel tiempo para escribirle a Anna una nota de despedida en la que le declaraba de nuevo su amor, y después de recitar unas oraciones se aprestó a entrar. Cuando el general estuvo satisfecho con el despliegue de las tropas, mandó que se hicieran señales al enemigo para una tregua de parlamento. Esta fue aceptada y Joan, desarmado, se dirigió a la puerta del pueblo, que cruzó para llegar a la fortaleza.

21

La inquietud que Joan sentía y su condición de emisario no le impidieron observar los recursos de los sitiados, tanto en hombres como en armamento. No le pareció que Menaut de Guerri estuviera sobrado ni de unos ni de otro.

El comandante de la fortaleza era un hombre de mediana edad, no muy alto aunque de gran corpulencia, de cara cuadrada, cejas gruesas y mirada dura. Daba sensación de fuerza. Recibió a Joan en el patio de armas del castillo y sin mayores ceremonias le pidió que le dijera lo que tenía que transmitirle. Joan le repitió palabra por palabra, en francés, el mensaje del Gran Capitán.

—Aunque les es más fácil a los franceses llamarme Menaut de Guerri, mi verdadero nombre es Menaldo de Aguirre. Y decidle a vuestro comandante que somos vizcaínos de España.

Aquellas palabras tranquilizaron a Joan. A no ser que se torciera mucho el encuentro, saldría vivo de la fortaleza.

—Pues si sois español, y puesto que os enfrentáis a un ejército español superior, pactad la entrega de la fortaleza sin derramamiento de sangre —le dijo Joan cambiando la lengua al castellano, puesto que Vizcaya pertenecía al reino de Castilla—. El general Fernández de Córdoba tiene fama de generoso y sin duda lo será, en nombre de los reyes, con vos.

Cuando Aguirre le hizo repetir varias palabras, Joan comprendió que apenas le entendía, y recordó que los marinos vizcaínos a los que había conocido en Barcelona hablaban una lengua que no se parecía en nada a las que él conocía y que debía de ser la misma que se hablaba en la fortaleza.

—Mi oficio es el de las armas —repuso Aguirre en francés, con una sonrisa triste, una vez que comprendió lo dicho—. Y dónde nacemos no tiene que ver con a quién servimos. Nuestro señor el rey de Francia considera que el papa le traicionó y nos ha encomendado que resistamos en esta fortaleza. Nuestro honor y nuestra lealtad nos obligan a defenderla. No puedo pactar. Tendréis que luchar si la queréis.

—No esperaba otra cosa de los defensores de Ostia —comentó el Gran Capitán al conocer la respuesta del vizcaíno—. Ya sabía que tendríamos que luchar, para eso nos hizo venir el papa. —Tras una pausa, miró a Joan con ojos críticos y le dijo—: Habéis cumplido bien, señor librero. A ver si es cierto lo que el embajador dice de vos. Revisad nuestra artillería y proponedme un plan de acción.

Joan se apresuró a cumplir el mandato del general y observó las piezas con las que contaba, comprobó su estado, calculó su potencia, las distancias, y evaluó los puntos que parecían más vulnerables en la fortificación. Después, fue con una propuesta a Gonzalo Fernández de Córdoba.

—Me gusta —dijo este una vez que le escuchó con atención—. Situad los cañones y culebrinas según vuestro plan.

Junto a uno de los oficiales del general, que portaba un documento de órdenes, Joan se dirigió al jefe artillero, que le recibió con hostilidad. Y lo mismo hicieron sus subordinados. Joan, que había vivido situaciones similares, empezó a dar instrucciones. Después de un par de respuestas groseras, se encaró al oficial jefe artillero.

—¿Veis aquel árbol? —le dijo señalándolo—. De él pende una soga y ese es el premio para quien desobedece al general. Si obstaculizáis mi trabajo, os propondré como candidato a bailar esa danza en la que los pies no tocan el suelo.

Las malas caras continuaron, pero Joan obtuvo la colaboración necesaria. Había piezas artilleras de varias procedencias y calibres; napolitanas, aragonesas y castellanas, y cuando ordenó disparar todas las piezas una a una, los soldados empezaron a moverse con presteza. Con ello evaluó tanto cañones y culebrinas como a los artilleros.

Decidió centrarse en obtener tiros de precisión con las cinco culebrinas de mayor calidad, que alcanzaban más distancia; ordenó reubicarlas y empezó a ensayar con ellas mientras dejaba que el resto de los artilleros disparasen los demás cañones a discreción, aunque siguiendo el plan aprobado por el Gran Capitán, sobre el lienzo sur de la muralla. Para las culebrinas se aseguró de que el peso de las balas fuera lo más parecido posible, y después de varios disparos de prueba, calculó la cantidad necesaria de pólvora y la repartió en saquitos del mismo peso exacto. Cuando estuvo satisfecho con la uniformidad de todos los elementos dio orden de empezar el bombardeo.

Al final de la tarde, la fortaleza era batida desde el sur por las piezas de Joan, que ya obtenía de las culebrinas tiros bastante precisos, y desde el nordeste por las del embajador De la Vega. Al rato, el general, que continuamente revisaba las tropas, le dijo en tono festivo:

—No se os da nada mal la pólvora, señor librero. Continuad al mando.

Sus palabras llenaron a Joan de satisfacción y se empleó en su trabajo con mayor entusiasmo.

Aquella noche, reflexionando sobre el día y su primera impresión de Gonzalo Fernández de Córdoba, anotó en su libro: «El Gran Capitán sabe cómo tratar a sus soldados».

Después, como de costumbre, escribió una carta a Anna contándole lo ocurrido. No sabía cuándo la recibiría ella y ni siquiera si llegaría a su destino, pero le aliviaba hacerlo. Por unos instantes imaginaba que hablaba con su amada, sentía su presencia e incluso notaba su corazón batir al mismo ritmo que el de ella. La extrañaba mucho.

Durante el día siguiente, Joan mantuvo el bombardeo sobre los muros y torres del flanco sur de la fortaleza, y también sobre las defensas adelantadas a esta, las barbacanas. Trataba de desmochar sus almenas para impedir que los defensores se refugiasen en ellas y dispararan desde allí. Cuando llegó la noche no pudo evitar acercarse al campamento vaticano a pesar de las advertencias de su esposa y de ser consciente de que la muerte le llegaría antes de manos de los *catalani* que del enemigo. Necesitaba hablar con Miquel Corella y, sabiendo que el duque cenaba con el general y con el embajador español, fue en su busca. Lo encontró sentado junto a una fogata cenando con el gigantón extremeño Diego García de Paredes.

Ambos, habituales en la librería, le saludaron con afecto. El tamaño del gigante Diego y el del pequeño aunque nervudo Miquel ofrecían un contraste aparentemente cómico. Sin embargo, nadie osaba reírse. Porque si uno de ellos era terrible, el otro era aún peor.

Diego era un veterano de la guerra de Granada que había llegado a Roma después de una estancia en Nápoles como soldado de fortuna. Era muy puntilloso en cuestiones de honor y, en una disputa en el Vaticano, demostró una fuerza hercúlea al matar a cinco caballeros y herir seriamente a diez más valiéndose solo de una pesada barra de hierro. Miquel Corella, al que correspondía arrestarle, decidió que en lugar de castigo merecía ser admitido en la guardia vaticana. Al poco se convirtió en uno de los capitanes del papa.

Joan les relató la conversación habida con Menaldo de Aguirre.

—No trataste con un condotiero cualquiera, ese tiene fama de pirata, pero en realidad es un buen mercenario —afirmó don Michelotto.

—Y ¿qué le hace tan buen mercenario? —quiso saber Joan.

—Que es fiel a ultranza a su señor —dijo Diego—. Y cumple con su contrato hasta el final. Aunque le disguste o le cueste la vida.

Aquellas palabras le produjeron una gran prevención a Joan, que observó con desconfianza a sus compañeros. Ellos también cumplirían su contrato ejecutando lo que Juan Borgia les ordenara, aunque les disgustase. Se preguntó qué hacía allí junto a aquellos hombres que cualquier día podían convertirse en sus verdugos.

22

Se construyeron trincheras, empalizadas y baluartes de madera desde donde los arcabuceros y ballesteros del Gran Capitán pudieran disparar con mayor protección sobre los del castillo. Al cuarto día, Joan había conseguido inutilizar ya toda la artillería enemiga del flanco sur, desmochando las almenas, mientras sus cañones golpeaban sin descanso las barbacanas y murallas. Los defensores, carentes de refugio, apenas disparaban desde aquel lado de la fortaleza, y cuando lo hacían era de forma precipitada, pues no se podían cubrir de las saetas y del fuego de arcabuces con que los castigaban los sitiadores, cómodamente protegidos tras sus defensas de madera y tierra.

—Buen trabajo, señor librero —volvió a felicitarle el Gran Capitán una vez enmudecidos los cañones enemigos del flanco sur—. Ahora abrid pronto un buen boquete por donde pueda lanzar a mi gente. Si lográis que entre la caballería, mejor.

—Por lo que pude ver en el castillo, no serán más de trescientos, mi general —repuso Joan—. Durarán poco cuando entremos.

—Se refugiarán en la gran torre norte —contestó Fernández de Córdoba—. Vos mantened el fuego sobre esos muros. Estoy seguro de que pronto tendremos un lugar por donde entrar.

Los sitiadores temían más el frío y las inclemencias del tiempo que los combates, limitados hasta el momento al lanzamiento de pelotazos de artillería, arcabuzazos y flechas de ballesta. Los soldados se reunían por la noche alrededor de los fuegos para contar historias, beber y cantar. Los oficiales de cierto rango gozaban de tiendas y los demás se acurrucaban para dormir bajo mantas y se protegían con sus capas de la lluvia intermitente y de la humedad del río.

Un atardecer, Joan vio a Miquel Corella, que acudía a buscarle al campamento español. Al verle solo, sin su amigo extremeño, el librero no pudo evitar estremecerse. No en vano era el sicario de los Borgia, y rezó para que no llegara con un recado fatal del duque de Gandía.

Se notaba que Miquel había bebido, pidió a Joan compartir su cena y este aceptó de inmediato. El valenciano apenas hablaba; comía en silencio al lado del fuego. Joan se esforzaba por mantener viva la conversación. Sin embargo, don Michelotto se mostraba pensativo y siguió bebiendo vino. Ya terminada la cena, mientras compartían unos dulces y aguardiente, el capitán vaticano asombró a Joan con una afirmación categórica:

—No es fácil ser un hijo de puta.

Joan le miró asombrado tratando de interpretar aquella frase lapidaria.

—¿A quién os referís? —inquirió Joan.

—A mí —repuso seco Miquel—. Yo soy un hijo de puta.

Joan se quedó sin palabras. ¿Qué podía responder? ¿Qué quería decir don Michelotto con eso? Se estremeció. ¿Tendría un encargo que le hacía sentir mal? ¿Iba a matarle? El librero se tensó, palpó disimuladamente la daga en su cinto y se dispuso a vender cara su vida.

Miquel le miraba con los ojos vidriosos iluminados por

el fuego. Apretó los dientes marcando sus quijadas bajo la piel, como si soportara un dolor terrible, antes de seguir hablando:

—Mi padre fue el conde de Cocentaina y mi madre, una morisca valenciana. Era una mujer muy hermosa, el conde se enamoró de ella y yo fui el resultado de ese amor. La condesa siempre llamaba puta a mi madre y a mí, el hijo de puta. —Hizo una pausa y se quedó mirando a Joan fijamente a los ojos—. No sé por qué te cuento eso —dijo al fin—. A nadie se lo he contado antes y quizá lo haga porque tú también tuviste una infancia dura. Lo cierto es que me caes bien. Nunca un desconocido me había ayudado como lo hiciste tú en las tabernas de Barcelona, ni confío en que eso me ocurra de nuevo.

—Mientras no os arrepintáis mañana de lo que hoy me contéis por culpa del aguardiente… —repuso Joan manifestando su temor.

Miquel se echó a reír.

—¿Que te cuente un secreto tan secreto que después me vea obligado a matarte?

Joan afirmó con la cabeza forzando una sonrisa y Miquel volvió a reír.

—No te preocupes. Aun con alcohol sé lo que le puedo contar a un amigo y lo que no.

—Me alegro.

—Pues bien, mi padre amaba a mi madre y quiso que yo recibiera la misma educación que mis medio hermanos; latín, algo de filosofía, teología y lengua, además del oficio de las armas. Hizo que viviese en el palacio para tener los mismos maestros que el resto de sus hijos. Pero aquel era el territorio de la condesa, y esta me hacía pagar a mí, a través de los incordios y burlas de los criados y de los hijos de estos, el odio que le tenía a mi madre. Los chicos de mi edad no se atrevían a llamarme bastardo, pero nada podía hacer contra los mayores, y al fin, entre todos, consiguieron hacerme sentir inferior; el hijo de una ramera.

»No soy un tipo de grandes dotes sociales; sin embargo, siempre he sabido pelear y desde muy pequeño los hijos de la servidumbre e incluso mis hermanos se quejaban de las patadas y de los puñetazos que les propinaba. Aquello empeoró mi situación, pues la condesa acosaba a mi padre recriminándole que diera alojamiento en palacio a un individuo violento. Nunca recibí el mismo trato que mis hermanos, ni las mismas ropas, ni el cariño; yo dormía con los criados y ellos, en las habitaciones nobles. Bien que se preocupaba la condesa de diferenciarme con respecto a sus hijos, y ni siquiera la muerte de mi madre hizo que cambiara su actitud hacia mí. Siempre fui el bastardo de una morisca, un hijo de puta. Pero me temían.

—Y ¿cómo es que vinisteis a Roma?

—Las familias Borgia y Corella tenían buenas relaciones ya en tiempos del primer papa Borgia, y mi padre vio la oportunidad de librarme de las iras de la condesa enviándome a Italia para que entrara al servicio de Alejandro VI tan pronto como este fue elegido. Para mí fue un alivio pensar que me redimiría de una vez de mi estigma, pero mi hermano Rodrigo, de mi misma edad, quiso venir conmigo a la corte papal. Tenemos un hermano mayor allí en Cocentaina que heredó el condado, aunque tiene una salud muy frágil, y por eso Rodrigo no quiso entrar en la carrera eclesiástica tal como le habría correspondido por ser el segundón, ni siquiera cuando el papa le ofreció un puesto de cardenal. Espera a que el otro muera.

»Así que ya ves, ni siquiera aquí me puedo librar de ser un bastardo. Hay un Corella legítimo y un Corella hijo puta. Mi hermano Rodrigo tiene la confianza del que siempre ha sido amado, es sociable y posee una sonrisa fácil y agradable. Él entró directamente al servicio del papa y yo quedé en un segundo plano. Cuando se trata de funciones cortesanas, banquetes en honor a alguien y bailes, mi hermano Rodrigo está siempre allí; es un gentilhombre del cortejo del papa. Cuando hay que hacer un trabajo menos elegante, sucio o que implique riesgo, como matar unos toros en una corrida o hacer de guardaespaldas en Barcelona para un niñato turbulento como Juan Borgia, para eso está Miquel Corella.

»Hace un tiempo, el papa organizó una recepción en los jardines del Belvedere; cerca de allí está el pequeño zoológico vaticano, del que se escapó un león. Todo el acompañamiento del papa, cardenales, demás eclesiásticos, gentilhombres y sirvientes huyeron despavoridos gritando "pies para qué os quiero". Menos mi hermano, que se enrolló su capa en el brazo izquierdo y, desenvainando la espada, le pidió a Alejandro VI que se pusiese detrás de él. Debió de ser bastante cómico, pues mi hermano es como yo, no muy grande, y el papa abulta mucho más. Sin embargo, el pontífice es un hombre de un valor sereno, y con toda calma hizo lo que se le pedía. Y los dos, despacio, empezaron a avanzar amenazantes hacia el león, que desconcertado por el desafío no se atrevió a atacar. Al poco regresaron los huidos con la guardia del papa, que acorraló al animal hasta volverlo a encerrar. Yo creo que el bicho debía de ser un león gordo y manso.

»Ya te puedes imaginar la fama que con su acción consiguió mi hermano; pasó a ser el héroe oficial y el papa le concedió honores y dos mil ducados de renta anual.

Miquel guardó silencio mientras su mirada cargada de rencor se perdía más allá de la fogata, en la oscuridad de la noche. Dio otro trago de aguardiente y Joan le imitó sin decir nada.

—Yo hubiera podido hacerlo igual o mejor —continuó al fin—. Pero no estaba invitado. No era lo suficientemente legítimo. A partir de ese momento pareció que al elevarse Rodrigo yo me hundía. Tuve algunos incidentes con otros españoles de la corte papal en los que salieron las armas y mi fama de violento creció. El papa me trata con un extraño cariño y creo que ha llegado a la conclusión de que valgo para lo que valgo y que soy útil para ciertos asuntos turbios que prefiere ignorar. Cuando me ve y está de buen humor, a veces bromea y me señala moviendo el dedo índice arriba y abajo, como advirtiéndome, y con una sonrisa cariñosa me llama por el diminutivo valenciano de mi nombre: «Micalet, Micalet». Entonces me habla como a un niño travieso que está a punto de cometer una trastada.

»Alejandro VI es el padre que yo hubiera querido tener. Sus hijos son tan ilegítimos como yo, pero los defiende a toda costa y no hace otra cosa que buscar títulos y honores para ellos. Es como un toro poderoso que no se amilana ante nada para proteger y engrandecer a sus retoños.

»Su espíritu de clan es tan fuerte que hace que un bastardo como yo, que siempre ha sido rechazado, se sienta de su familia. El papa y sus hijos saben que les soy fiel, que mataría a mi mejor amigo con tal de protegerlos. Los Borgia son la familia que no tuve en Cocentaina.

—Sé que la gente os tiene miedo —replicó Joan, a quien alarmaban las palabras de Miquel—. Sin embargo, a nadie he oído llamaros «ilegítimo».

—Quizá es porque los que lo hicieron están ya muertos —repuso don Michelotto con una sonrisa que mostraba unos dientes amenazantes.

23

Joan observaba con cuidado las grietas que aparecían en la muralla sur de la fortaleza. Había concentrado el fuego de sus culebrinas en una zona del muro cercana a la base de una de las torres y en su defensa adelantada, la barbacana. Sospechaba que en aquella zona debía de haberse producido alguna brecha. Hacía ocho días que castigaban continuamente aquel muro y los defensores apenas se asomaban a disparar desde aquel lado.

Aquella mañana, en un descanso del fuego artillero, un oficial de infantería había ordenado a un par de soldados jóvenes que fueran a recoger, protegidos por los arcabuces y las ballestas españolas, los virotes de ballesta y las lanzas que se encontraban en la tierra de nadie situada entre las defensas de madera construidas por los sitiadores y la barbacana de la fortaleza. Joan observó atentamente la operación, pues no se le escapaba que el oficial, aparte de recoger munición, quería medir la vitalidad de los defensores. Nadie disparó a los muchachos, y uno de ellos, envalentonado, se acercó a los pies de la barbacana, que en aquel punto estaba lo suficientemente derruida, y la escaló sin dificultad. Del otro lado encontró lanzas, virotes y saetas, las recogió sin que le molestaran y pudo regresar a las líneas españolas sano y salvo.

—Algo extraño ocurre —le comentó Joan al oficial—.

Nadie responde. Este flanco ha sufrido un gran castigo artillero, pero no creo que hayan abandonado su defensa.

—Sí que es raro —confirmó el hombre—. Enviaré al muchacho de vuelta.

El oficial ordenó disparar y, cubierto por el fuego de sus compañeros, el joven soldado volvió a cruzar el foso, se acercó a la barbacana y, sin que nadie se lo impidiese, escaló el murete derruido para penetrar en ella. Sin pensarlo dos veces, Joan saltó al foso por el mismo lugar por el que lo había hecho el muchacho y fue tras él. Quería comprobar la solidez del muro. Después de trepar por los restos de la barbacana se dejó caer al otro lado.

—Aquí no hay nadie —le susurró el joven soldado.

El muchacho estaba en lo cierto; sin embargo, a Joan le pareció oír gritos y estampidos del otro lado de las murallas.

—Hay que buscar alguna grieta por donde se pueda entrar al castillo. Tiene que haberla.

Y se dirigió al lugar donde había estado concentrando el fuego de las culebrinas. Había montones de cascotes y tras de uno de ellos Joan vio, asombrado, una gran brecha en la muralla, que desde el patio del castillo habían tratado de cubrir con piedras y maderas. Llamó al chico y ambos se pusieron a despejar la abertura. No encontraron quien se les opusiera y enseguida vieron que el patio de la fortaleza estaba desierto. Entonces fue cuando distinguieron con claridad los estampidos y el griterío que provenía del lado norte. Garcilaso de la Vega había lanzado a sus hombres con escalas al asalto de los muros del pueblo, parcialmente derruidos y mucho más bajos que los de la fortaleza. Con toda seguridad, los defensores estaban socorriendo a sus compañeros del norte desguarneciendo el sur. Joan trepó por el murete de la barbacana hasta donde podía ver a sus camaradas, se quitó la capa y volteándola sobre su cabeza para llamar la atención del oficial gritó:

—¡Hay una brecha! ¡Al asalto!

El oficial vaciló un momento, hubiera preferido recibir la orden del general en lugar de un librero convertido en artillero eventual, pero comprendiendo que no podía desperdiciar la oportunidad, hizo tocar al corneta la orden de asalto. Los infantes tomaron sus picas y cuando el tambor inició su redoble se lanzaron gritando con todas sus fuerzas hacia donde Joan se encontraba. El Gran Capitán y sus oficiales aparecieron de inmediato a caballo, animando a los asaltantes.

—Vaya, no pensé que el librero fuese a lograr agujerear ese muro tan pronto —murmuró el general con una sonrisa de satisfacción.

Joan tomó una azcona que encontró tirada en la tierra de nadie y regresó al patio de la fortaleza junto al muchacho. En uno de los extremos divisó a un centinela al que antes no habían visto. El hombre echó a correr hacia la puerta de una de las torres gritando al arma, y Joan le lanzó la azcona. Le dio en la espalda y le derribó, aunque rebotó al chocar con una de las piezas metálicas del coselete del hombre. Joan oyó gritos procedentes de la torre principal y con un gemido el joven soldado que le acompañaba cayó alcanzado por una saeta. Un par de flechas más chocaron en el suelo cerca de Joan, que veía que el hombre al que había derribado trataba de incorporarse espada en mano. Él también desenfundó la suya. Había que aguantar hasta que llegara la tropa.

Alertado por los gritos, un grupo de soldados salió al patio desde un par de puertas de la fortificación. Joan se mantuvo en su posición protegiendo al chico herido y rezando para que sus camaradas llegaran cuanto antes. El primero de los defensores que se le echó encima era un hombre corpulento y barbudo armado con una lanza. Justo cuando el librero estaba esquivándola el hombre cayó con el cuello atravesado por una saeta. Joan respiró aliviado y sorprendido por semejante puntería. Apelotonándose, más de un centenar de infantes penetraba ya por la brecha gritando a todo pulmón, y en unos instantes chocaban con los defensores. Joan se apartó de la primera línea de combate arrastrando consigo al joven herido, que tenía una saeta clavada en un muslo. El choque fue breve, pues tan pronto como Menaldo de Aguirre comprobó que le era imposible detener a sus enemigos, que entraban en masa en el patio de la fortaleza y se encaramaban incluso a las murallas y a las torres, ordenó un repliegue de los suyos hacia la gran torre principal. Ejecutaron la maniobra a la perfección, perdiendo solo un par de hombres, y atrancaron de inmediato la puerta.

Mientras, en el norte, los soldados de De la Vega tomaban ya el pueblo, cuyos habitantes se habían encerrado en sus casas sin ofrecer resistencia. Los hombres de Aguirre se recogieron en el interior de la fortaleza y desde allí se unieron a sus compañeros refugiados en la torre principal. El librero admiró la precisión del repliegue. Eran buenos profesionales.

Joan calculaba dónde colocar la artillería para demoler la torre principal cuando los defensores hicieron ondear la bandera de parlamento. En esta ocasión, Aguirre y el Gran Capitán, con Joan como traductor, se encontraron frente a frente en la puerta de la torre que daba al patio.

El vizcaíno fue elocuente y a Joan le sorprendió el discurso en lenguaje caballeresco e incluso poético que pronunció aquel mercenario con fama de pirata. Aguirre insistió en su condición de vizcaíno y dijo que, a cambio de su rendición, esperaba de la famosa generosidad del Gran Capitán que respetara de él y sus hombres vida, libertad y patrimonio, de forma que pudiesen salir con sus armas y con el dinero ganado honradamente como mercenarios. Fernández de Córdoba se mostró respetuoso, incluso impresionado, y repuso que lo haría siempre que le jurasen regresar a Francia de inmediato después de participar en el desfile de la victoria en Roma. Sin embargo, debían rendirse sin condiciones, pues el papa tenía la autoridad suprema y, por lo tanto, la última palabra. Aun así, le prometió usar toda su influencia frente al pontífice para que este aceptara el trato.

Menaldo de Aguirre hizo una reverencia al aceptar y dijo:

—Lamento muchas cosas; la primera de ellas es tener que entregar la fortaleza y la villa que el rey de Francia me encomendó. Sin embargo, lo único que no lamento es que sea vuestra excelencia quien me derrote, pues dadas sus virtudes merece vencer a cualquiera.

Y con ese triste discurso, pero sintiendo que su honor continuaba intacto, Menaldo de Aguirre entregó Ostia.

El ejército hizo su entrada triunfal en Roma el 9 de marzo de 1497. El pueblo romano, cansado de las miserias causadas por el bloqueo de Ostia, lo acogió con el mayor de los entusiasmos. Anna no había recibido ninguna de las cartas que Joan le había escrito y vivía momentos de incertidumbre. Así, se apresuró a acudir al desfile junto con María, Eulalia, Niccolò y la mayoría de los empleados de la librería. Ignoraba la suerte de su esposo y rezaba ansiosa escrutando a cada uno de los jinetes con la esperanza de reconocer en él la familiar estampa de Joan. Ella fue la primera en distinguirle y no pudo reprimir un grito de alegría al verle tan apuesto, sano y salvo. Además, para su sorpresa, desfilaba en un lugar de honor, nada menos que junto al general español. Gritó su nombre con todas sus fuerzas saludándole con las dos manos, y los demás se unieron a ella aclamando al patrón.

A Joan le dio un vuelco el corazón al ver y oír a su esposa, y una sonrisa feliz iluminó su rostro. ¡La había añorado tanto! Esperaba anhelante el momento de abrazarla. Después vio a su madre, a su hermana y a todos los demás. Sintió en su pecho un nudo producido por el inmenso gozo de estar de nuevo con su familia y sus amigos, y les devolvió el saludo irguiéndose aún más en su montura y agitando la mano.

Siguiendo al ejército español marchaban los vencidos, con Menaldo de Aguirre a la cabeza. Al terminar el desfile, el vizcaíno y sus hombres pudieron partir libres hacia Francia conservando sus pertenencias, según lo acordado.

Detrás de los españoles desfilaba triunfante Juan Borgia, portando orgulloso el estandarte papal, y le seguían las tropas vaticanas, que saludaban al pueblo como si la victoria fuera suya. A pesar de los esfuerzos del embajador De la Vega por hacer patente que la conquista de Ostia debía agradecerse a los reyes de España, no pudo evitar que el pueblo lo considerase mérito también del ejército papal y de Juan Borgia. Para las gentes de Roma, Gonzalo Fernández de Córdoba era otro *catalano*, y no distinguían entre unos españoles y otros.

Alejandro VI recibió al Gran Capitán con los máximos honores y le entregó la Rosa de Oro, distinción que cada año concedía a quien más se había destacado al servicio de la Iglesia. Fue el propio Gonzalo, en el banquete que siguió a la ceremonia de entrega del galardón, quién presentó a Joan Serra al pontífice. Envió a un criado a buscarle a la mesa donde comía junto a los oficiales españoles.

—Este es Joan Serra de Llafranc —dijo el andaluz al presentarle—. Gracias a su excelente trabajo al mando de mi artillería logramos conquistar Ostia en solo ocho días.

Alejandro VI le recibió con una gran sonrisa; tenía sesenta y seis años, un cuerpo voluminoso y mirada inteligente. Había majestad en sus maneras, algo altivas a la vez que paternales. Joan hizo una genuflexión y el papa le dio a besar su anillo.

—He oído hablar de vos —le confió el pontífice—. Sin embargo, solo sabía de vuestro buen hacer como librero; desconocía vuestras habilidades artilleras. Vuestra casa es bien conocida en Roma y hace tiempo que deseaba pediros que vinierais al Vaticano con una lista de libros para recomendarme. Hablad con mi camarlengo para acordar un día.

—Así lo haré, vuestra santidad.

—Os agradezco vuestra ayuda a la causa de la Iglesia —añadió el pontífice en valenciano. Y como despedida, le bendijo en latín.

Al regresar a su mesa, Joan se convirtió en el centro de atención de la concurrencia; que el Gran Capitán le hubiese presentado al papa era un doble honor. Se sentía honrado y feliz, pero al cruzarse con una de las miradas que se posaban en él notó como si le hiriera una daga. El odio y la envidia en los ojos de Juan Borgia le hicieron estremecer de temor.

24

La noticia del reconocimiento recibido por Joan tanto por parte del pontífice como del Gran Capitán se extendió con rapidez, y el retorno a la librería fue triunfal. Al amor y la calidez de la familia se sumaba la admiración de sus empleados y clientes. La toma de Ostia era una noticia inmejorable para el papa y sus *catalani*, y la concurrencia experimentó un considerable aumento. Los habituales le felicitaban y los nuevos le observaban con atención a la espera de una oportunidad para conversar. La librería era, más que nunca, el centro social de Roma.

Joan no mencionó a Anna aquella mirada de Juan Borgia ni la aprensión que le había producido, pero el temor a la siguiente visita del hijo del papa a su casa le impedía gozar plenamente de su triunfo. El duque de Gandía tardó unas semanas en presentarse; al fin lo hizo una mañana, cuando no había clientes. Joan, que llegaba de negociar un cargamento de cuero para la encuadernación, reconoció en la puerta al escudero del duque, que, junto a otro de sus secuaces, esperaba conversando al cuidado de los caballos. La tensión acumulada durante aquel tiempo le pudo y, lanzando una maldición, se precipitó dentro de la librería. ¿Cómo se atrevía aquel individuo a regresar a su casa después de intentar secuestrar a su esposa?

Niccolò le recibió con gesto incómodo, moviendo la cabeza en dirección a la puerta del salón pequeño. Se oían voces desde dentro.

—Dejadme salir —decía Anna enérgica.

—¿De verdad que deseáis salir? —Juan Borgia apoyaba su mano en el quicio de la puerta y le impedía el paso.

—Sí, duque, por favor —repuso ella ahora con voz amable—. Sed gentil y franqueadme la salida.

—¿No os gustaría más…? —empezó a decir el hijo del papa.

—¡Dejadla salir! —le ordenó Joan, al que la rabia le nublaba la vista; llegando por la espalda del Borgia, le cogió del hombro y le empujó contra la pared.

La cara del duque reflejó sorpresa primero y después ira.

—¡Cómo te atreves, librero de mierda! —dijo poniendo la mano en el pomo de su espada.

Pero no osó desenvainar porque la punta de la daga de Joan le pinchaba ya la nuez de Adán.

—Sé que eran vuestros hombres quienes quisieron secuestrar a mi mujer —le dijo Joan mientras aumentaba la presión sobre el cuello del duque—. ¡Miserable!

De inmediato, Anna se interpuso entre los dos forzando a su marido a guardar el arma. Una gota de sangre se mostraba en la garganta del hijo del papa.

—¡Por favor, caballeros, calmaos, no ocurre nada! —dijo—. Don Juan, disculpad a mi esposo, me quiere demasiado.

—Aquí solo hay un caballero —repuso el Borgia, acalorado, mientras recomponía su postura—. Él es un patán. Y me es indiferente lo que sea vuestro; sois vos la que debéis decidir si venís conmigo; y creedme que os conviene. Él no me importa nada.

Dijo lo último mirando a Joan con desprecio. Este apretó las mandíbulas y calló sosteniéndole la mirada a aquel cretino que se creía el mejor semental de Roma. Le temblaban las manos y trataba de contenerlas mientras se imaginaba desenfundando de nuevo su daga para clavársela a aquel miserable en el corazón. Sin embargo, sabía que era una quimera irrealizable, pues apuñalar al duque comportaría el mayor de los desastres para su familia.

—Sois un hombre muy agraciado y gentil, un caballero apuesto, un héroe triunfador en Ostia, duque —le dijo Anna con voz cariñosa, acariciando suavemente el antebrazo derecho del Borgia con la esperanza de calmarle o, en el peor de los casos, evitar que desenvainase su arma—. Cualquier mujer os preferiría a vos antes que a mi marido. Sin embargo, yo le amo a él. ¿Sabéis, señor, lo que es el amor? ¿El amor pleno, el amor de verdad? —inquirió ella con toda intención.

El portaestandarte papal se quedó mirándola con aquellos ojos lobunos hambrientos mientras vacilaba ante la pregunta.

—Os lo diré, señor —continuó ella con su dulce voz—. Es como un encantamiento por el cual, a pesar de ver y apreciar las virtudes de otros, solo se desea estar con una única persona y amarla. No existe nadie más. Y ese es mi caso con mi esposo. No hay en Roma hombre con más méritos que vos para ser amado por una mujer, pero me es imposible aceptar vuestra invitación. Le quiero a él.

El duque se mantuvo unos momentos en silencio, parecía que trataba de comprender lo que Anna le decía, sin lograrlo. Al final se irguió altivo y dijo:

—A mí no me importa todo eso. Yo siempre obtengo lo que quiero.

—Pues a mí tampoco me importa de quién seáis hijo —repuso Joan al tiempo que volvía a encararse con aquel individuo—. Esta es mi mujer y esta es mi casa. Salid de aquí y no volváis más.

—Pero esta es mi ciudad —dijo el Borgia con una sonrisa torva—. Y si aún no lo sabéis, pronto lo vais a comprobar, traidor.

Aquella amenaza alarmó a Anna, que le reprochó a Joan su comportamiento impulsivo.

—Yo tenía la situación bajo control —dijo—. Le hubiera parado con diplomacia, sin crear problemas. Os dije que confiarais en mí.

—¿Para qué? —contestó él acalorado—. Ya he visto de qué nos ha servido hasta ahora. Ni siquiera os atrevéis a salir a la calle por temor a esos hombres de negro.

Ella se quedó mirándolo con las lágrimas asomando en sus ojos, sin responder.

—Claro que confío en vos —dijo Joan al verla llorosa, ahora suave, cariñoso—. Pero individuos como ese son incontrolables. Le conozco, es un miserable.

Ella le lanzó una última mirada y le abandonó furiosa para subir al primer piso.

Joan vio que Niccolò le contemplaba en silencio. Lo había presenciado todo. Se acercó a hablarle, necesitaba un amigo.

—Me gustaría poder comentarle esto a Miquel Corella —le dijo Joan—, pero conozco su respuesta: que Anna se entregue a ese desgraciado. No me ayudará en nada.

—Ya os advertí lo que toda Roma sabe. Don Michelotto es fiel a los Borgia y lo será sin importarle si son injustos o incluso criminales. Es su sicario.

—¡Lo sé!

—Su fidelidad está por encima de la amistad que os profesa —continuó el florentino—. Le conozco bien. Recordad que fue él quien nos presentó.

—Jamás pensé que llegaría a lamentar la belleza de Anna. Ojalá no fuese tan atractiva.

—No os engañéis, Joan. Anna es una mujer muy hermosa, pero el verdadero interés de Juan Borgia ha dejado de ser ella; lo sois vos.

—¿Es que ahora le gustan los hombres? —preguntó Joan irónico.

—No es sexo, Joan, es orgullo, es vanidad. Y vos lo sabéis.

El librero guardó silencio a la espera de que Niccolò hablara. Intuía dónde quería ir a parar su amigo.

—Os odia, Joan. Juan Borgia os odia a vos mucho más de lo que desea a vuestra esposa.

—Le sería muy fácil hacer que me mataran. Y sin embargo, a pesar de vuestros temores, no lo ha hecho.

—La situación ha cambiado. No os quiere muerto, y menos ahora, que sois un héroe. Quiere que sufráis, os quiere humillar, quiere haceros cornudo con vuestra esposa.

—Pero…

—Ya os odiaba antes, pero ahora mucho más. Piensa que no quisisteis poneros bajo sus órdenes en la guerra de los Orsini, donde él fue derrotado y humillado. Sin embargo, os convertisteis con los españoles en el héroe de Ostia. Siente que le desafiáis, que le habéis traicionado.

—Y ¿qué debo hacer? —preguntó Joan indignado—. ¿Ir a verle con mi esposa de la mano, humillarme y pedirle que la posea? Eso es lo que me insinúa Miquel.

Niccolò se encogió de hombros. Estaba muy serio. La sonrisa que acostumbraba a reinar en su cara afilada no se había mostrado en toda la conversación.

—¡Nunca! —le gritó Joan sin esperar más respuesta—. ¿Me oís? ¡Nunca! Antes dejo que me mate.

—No estáis solo, Joan —le dijo el florentino con suavidad—. Pensad en vuestra familia.

25

Era media mañana y Joan se encontraba en el mercado de caballos del Campo de' Fiori; tenía intención de cambiar de montura y observaba el dentado de un buen macho pinto cuando vio llegar a Niccolò corriendo.

—¡Joan! —dijo jadeante—. Unos enmascarados están asaltando la librería, echaron a los clientes, han encerrado a la gente en el patio del taller y retienen dentro de la casa a la *signora* Anna.

—¡Juan Borgia! —exclamó echando a correr hacia su casa.

Al llegar frente a la librería vio a un grupo de clientes junto a vecinos y curiosos. Tres hombres vestidos de negro guardaban la puerta con las espadas desenvainadas y los rostros enmascarados. Uno vigilaba a una docena de caballos que habían atado a las argollas de la pared y los otros impedían el acceso. Era imposible forzar la entrada sin resultar herido. Joan rezó para que ninguno de ellos fuera Miquel Corella.

—Niccolò, ¿me ayudáis con la espada? —El florentino manejaba bien las armas.

—Podéis contar conmigo y también con mis paisanos que están encerrados en el patio, pero estoy desarmado.

Joan miró desesperado a su alrededor; ninguno de los mirones tenía aspecto de querer desafiar a aquellos hombres, a los que todos identificaban como españoles de la guardia vaticana a pesar de sus máscaras. Se dijo que, de no encontrar otra solución, se enfrentaría él solo a aquellos tipos, aunque fuera un suicidio. Ninguno de los curiosos iba armado. ¿Querría alguno de sus vecinos prestarle una espada a Niccolò? Entonces oyó gritos desde el interior de la librería. Era Anna. ¡No había tiempo!

—Tenemos armas dentro —dijo descorazonado—. Pero nos impiden el paso. ¡Por Dios, pedid una espada a alguien! Voy a entrar.

—¡Esperad! —Niccolò lo detuvo agarrándole del brazo—. Antes de salir he cogido las llaves que guardáis en el despacho.

El patio interior de la librería, en cuyo pórtico estaban instalados parte de los talleres de encuadernación e imprenta para aprovechar la luz natural, comunicaba directamente con el Largo dei Librai por un portón. Aquel era el acceso usado para la entrada de caballerías, y para descargar papel, cuero y otros materiales en el patio evitando el acarreo a través de la librería.

—¡Dádmelas!

El edificio hacía esquina y Joan pudo abrir el portón situado en el Largo dei Librai sin que los enmascarados que mantenían a raya al público lo percibieran. Desconocían la existencia de aquel acceso, que no se veía desde donde montaban guardia. Joan se encontró a todos los de su casa en el patio, operarios, aprendices, criadas, a su madre, su hermana y sus sobrinos. Después de unos instantes de silencio, su madre y los maestros empezaron a contarle, a la vez, lo que ya sabía. Las ventanas que daban al patio estaban protegidas por rejas y las puertas, cerradas por dentro; no se podía acceder por ellas.

—¡Silencio! —les pidió—. Ayudadme a subir al primer piso.

Rápidamente colocaron unas mesas y entre varios auparon a Joan a una ventana que daba a la cocina de su casa. Estaba cerrada, pero desenfundó la daga y con el pomo pudo romper la cerradura y entrar. Mientras corría hacia su habitación oyó gritos y forcejeos; Anna resistía abajo. Sin embargo, cuando cogió la llave del armario de las armas, escondida bajo el colchón de su cama, un pensamiento le inmovilizó un instante. Si el Borgia consumaba la violación, los dejaría tranquilos de una vez, tal como Miquel insinuaba. Su familia estaría a salvo.

Entonces sus ojos fueron a la azcona de su padre, colgada en la pared junto a la puerta, y se avergonzó de semejante ocurrencia. Ramón Serra había muerto frente a sus ojos, con aquella arma entre las manos, defendiendo a su familia, y él, en cambio, dudaba en socorrer a su esposa. Se sintió miserable y furioso consigo mismo. Con una rapidez a la vez fría y desesperada, Joan abrió el armario y tomó un arcabuz y los correajes de la munición. Después se asomó a la ventana y se lo lanzó a Niccolò.

—Usadlo solo para descerrajar la cerradura, no disparéis en el interior. No quiero muertos, solo ahuyentarlos. Si matamos a alguien, la situación empeorará.

Corrió de nuevo al armario para regresar cargado de espadas enfundadas que lanzó a los operarios.

—Id algunos a la entrada principal, por fuera, por la calle —les dijo Joan—. Pero no ataquéis, solo amenazad. Dejad que escapen.

Un instante después se oía un gran estampido y un grito de triunfo.

—La puerta está abierta —gritó Niccolò mientras tiraba el arcabuz y cogía una espada.

Joan se lanzó escaleras abajo empuñando su arma y confiando en que Niccolò y los demás entrarían desde el patio. Mientras saltaba los escalones se decía que aquellos tipos le habrían vencido sin dificultad en combate a caballo, eran caballeros que dedicaban su vida, desde la infancia, a la práctica guerrera sobre sus monturas; él, en cambio, apenas sabía montar. Sin embargo, no los temía en una lucha cuerpo a cuerpo. Le habían enseñado bien en la galera. De nuevo oyó gritar a Anna. «¡Por Dios, aguantad!», pensó.

Una vez descerrajada la puerta, Niccolò entró en la casa usando un banco a modo de ariete empujado por varios de los operarios y gritando a todo pulmón. Alcanzaron a un par de enmascarados que pretendían cerrarles el paso y a punto estuvieron también de llevarse por delante a Joan, que llegaba del piso de arriba. Continuaron empujando a los enmascarados con el banco hasta la tienda mientras Joan se dirigía a los salones. En el pequeño vio a Anna, despeinada, con la falda rota, jadeante, incorporándose del suelo, donde habían logrado tenderla, y a dos enmascarados que acababan de soltarla para desenvainar sus espadas. Joan respiró tranquilo, estaba viva. No sabía si habían consumado la violación o no, pero al menos estaba viva. Con toda su furia se lanzó sobre los hombres, aunque se aseguró de colocarse de forma que la puerta quedara despejada. Aquellos individuos comprendieron que la aventura se les torcía y se abrieron paso hacia la salida. Uno le entretuvo chocando espadas mientras el otro escapaba. «Ese es Juan Borgia», se dijo el librero con rabia.

Los enmascarados se reunieron en la zona de ventas, protegiéndose del acoso de los operarios.

—¡Dejadles franca la salida! —gritó Joan.

Pero al mismo tiempo dio un salto adelante separándose de los suyos y le lanzó una estocada al enmascarado que tenía más cerca, que la paró con dificultad con su espada. Le hubiera gustado pelear con el que creía era Juan Borgia, pero aquel tipo salía ya a la calle rodeado de los hombres de negro. Joan fue tras ellos, seguido de los operarios, acosando a los intrusos en su retirada. Fue entonces cuando en un intercambio de golpes hirió en el hombro a uno de los rezagados, que, lanzando un grito, soltó su espada.

Los hombres de negro, viendo que tenían vía libre, montaron en sus caballos y se retiraron llevándose al herido.

—¡Juan, cobarde! —gritó Joan arrepintiéndose de sus palabras en el acto.

Corrió hacia Anna, que lloraba apretando los puños con rabia. María y Eulalia trataban de confortarla junto a las criadas.

—¿Estáis bien? —dijo Joan dejando caer su espada para acudir a abrazarla.

Ella le mojó la cara y el cuello con sus lágrimas mientras se apretaba contra su cuerpo.

—No ha podido —dijo después en voz baja—. Ha estado a punto de lograrlo, pero no ha podido.

Joan la besó en la mejilla y volvió a preguntar:

—¿Cómo os encontráis?

Ella, en lugar de contestarle, le apartó para gritar y que todos la oyeran:

—¡No han podido! ¡No han podido violarme!

Se incorporó como una fiera y salió a la calle. Allí se encaró con los clientes a los que los enmascarados habían echado de la tienda, con los vecinos y con los mirones.

—¡No han podido! —repitió gritando—. ¡Esos miserables no han podido violarme!

Después se volvió hacia la librería y se derrumbó llorando en los brazos de Joan. Él notó su cálido cuerpo y la humedad de sus lágrimas. Cuando notó que empezaba a relajarse de la terrible tensión sufrida, se dio cuenta de que le dolían todos los músculos y que apenas podía sostener a su esposa. Sentía sensaciones agridulces. Anna estaba bien y se habían librado sin grandes males de los rufianes de Juan Borgia. Pero sabía que el hijo del papa no iba a aceptar su derrota y que no cejaría en su infame pretensión de poseer a Anna por cualquier medio.

«Debo proteger a mi familia —escribió aquella noche en su libro—. Debo proteger a mi esposa aun a costa de mis sueños».

26

—Anna, debéis regresar con vuestros padres —le dijo Joan la noche siguiente al asalto.

Se acostaban y él anticipaba otra noche de insomnio. Juan Borgia volvería a por ella, estaba convencido.

—¿A Nápoles?

—Sí, debéis poneros a salvo, el duque de Gandía tratará otra vez de violaros, no me cabe la menor duda.

—Pero ¡aquí está nuestro hogar! —repuso ella angustiada—. Me prometisteis una vida feliz entre libros y lo estáis cumpliendo de sobra. Y ¿queréis ahora que nos separemos?

—Sí, creo que debéis salir de inmediato hacia Nápoles; estáis en peligro y yo no puedo protegeros como quisiera. El hijo del papa es muy peligroso.

Ramón ya dormía en su cuna; ella se introdujo en la cama en silencio, pensativa, y él hizo lo propio desde el otro lado del lecho.

—No quiero que nos separemos.

—Trataré de vender la librería y reunirme con vos lo antes posible. Nos instalaremos en Nápoles o regresaremos a Barcelona.

—Pero, Joan, ¡esta librería es vuestro sueño!

—Sí, era mi sueño. Sin embargo, vos sois también mi sueño.

Un sueño más importante. No puedo permitir que ese lobo os devore.

Ella se acurrucó contra él y Joan la abrazó. Después se besaron.

—Ni yo puedo permitir que renunciéis a vuestras ilusiones por mí —dijo ella al rato—. Además, ahora también son las mías. Las compartimos. Soy feliz aquí, Joan.

—No es solo por vos, Anna. También se trata de la libertad y la dignidad por las que siempre he luchado. Ese maldito se cree con derecho de pernada aquí, en Roma, y se ha obsesionado con vos y conmigo. No podremos librarnos de él.

Anna guardó silencio unos instantes, pensativa.

—Sin embargo, hasta el momento hemos resistido bastante bien, ¿no?

—Pero volverá, Anna. Volverá con tanta fuerza que no podremos hacer nada.

—Dejadme que lo piense, Joan. Dejar Roma, nuestra vida aquí, es un gran sacrificio.

—Pensadlo, aunque no tenemos mucho tiempo.

Unos días después, a media mañana, Niccolò le pidió a Joan hablar a solas en el salón pequeño. Debía de ser algo importante, pues mostraba un gesto preocupado.

—¿Sabéis la última de Juan Borgia?

—No, ¿de qué se trata? —Joan se interesó de inmediato. Estaba muy atento a todo lo concerniente al duque de Gandía.

—El cardenal Ascanio Sforza, que, como sabéis, es tío de Giovanni Sforza, el marido de Lucrecia, dio anoche una cena en honor de Juan Borgia por su victoria en Ostia. Durante la cena salió el asunto de la anulación del matrimonio del sobrino del cardenal y la hija del papa con la excusa de que ella es aún virgen a pesar del tiempo que llevan casados. Ya sabéis que el esposo de Lucrecia rechazó ese argumento y que el papa le requirió para que demostrase su virilidad con una cortesana, frente a testigos.

»El caso es que el marido se negó a semejante humillación a pesar de que su otro tío, Ludovico el Moro, el dictador de Milán, se lo exigía para salvaguardar el honor de la familia Sforza. Bueno, pues Juan Borgia, que presume de ser un amante cuya fogosidad no tiene rival, tuvo el mal gusto de bromear sobre el tema durante la cena.

»El secretario del cardenal Sforza, hombre de agudo ingenio, salió en defensa del sobrino del anfitrión acosando con mucha gracia y chispa al Borgia, coreado por las carcajadas de los invitados. El hijo del papa demostró una completa falta de recursos e inspiración frente a las chanzas de su rival; ni él fue capaz de defenderse ni nadie frenó al secretario del cardenal. Todos celebraban sus gracias. Al final, Juan Borgia, duque de Gandía, portaestandarte vaticano y capitán general del ejército, tuvo que abandonar el palacio Sforza, avergonzado, entre las risas de los asistentes.

—Me alegro —dijo Joan sonriente—. Le está bien empleado.

—No termina aquí la cosa —continuó Niccolò—. Ultrajado y furioso, Juan Borgia acudió al Vaticano, y no se sabe si habló con el papa o no, pero al rato se presentaba nuestro amigo don Michelotto con un cuerpo de guardia en el palacio del cardenal para detener al secretario. El cardenal le dijo que él hablaría con el papa al día siguiente, le presentaría las disculpas que hiciesen falta y que el asunto quedaría resuelto. Don Michelotto dijo, sonriente y amable, que sin duda todo quedaría aclarado, que no se preocupara, aunque, lamentándolo, debía cumplir órdenes y detener al secretario. Que podría verle a la mañana siguiente cuando fuera a hablar con el papa. Y se lo llevó preso.

»Cuando esta mañana Ascanio Sforza ha ido a hablar con

Alejandro VI para presentarle sus excusas, se ha encontrado con el cadáver de su secretario. Le dijeron que lo ahorcaron ayer noche.

—¿Ahorcado? —se asombró Joan—. ¿Por unas bromas con unas copas de más?

Niccolò afirmó con la cabeza.

—Roma está consternada —dijo—. A todos les parece un castigo excesivo. Los *catalani* transmiten un mensaje muy claro a sus rivales; de los Borgia no se ríe nadie. Dan miedo, y entre ellos hay uno cuyo nombre aterroriza: vuestro amigo don Michelotto. Aparentemente, el secretario no fue ahorcado, sino que Miquel Corella le dio garrote con sus propias manos.

Joan quedó impresionado por la brutalidad del suceso y más aún por lo que iba conociendo de Miquel Corella. Aquella misma tarde, el valenciano se presentó en la librería y Joan le preguntó directamente sobre el incidente de la noche anterior.

—Juan Borgia llegó muy alterado al Vaticano y nos hizo llamar a su hermano César y a mí —le explicó Miquel después de pedirle que no contase aquello a nadie—. Alejandro VI se había retirado ya a su habitación. César quiso que su santidad conociera lo ocurrido de inmediato y su secretario nos consiguió una audiencia con él. El papa dijo que actuáramos a nuestro criterio, pero que nadie en Roma podía reírse del capitán general de las tropas vaticanas. Así que detuve al secretario del cardenal Sforza, lo juzgamos y le estrangulé.

—Y ¿no os parece excesivo el castigo? —inquirió Joan—. Unas bromas no son motivo suficiente para matar a un hombre.

Miquel Corella le observó impasible y después se encogió de hombros.

—Quizá no lo sea en la opinión de muchos —dijo al rato—. Pero la ejecución del secretario no tiene que ver demasiado con lo que este hizo.

—Entonces ¿con qué tiene que ver? —preguntó Joan asombrado.

—Con lo que Juan Borgia no hizo o no tuvo.

El librero se quedó mirando a don Michelotto intentando comprender qué quería decir.

—Si el hijo del papa hubiera tenido el ingenio necesario para devolverle las pullas al secretario —continuó el valenciano—, este no estaría hoy muerto. Si Juan Borgia hubiera sido prudente y no se hubiese comportado con altanería y desconsideración en casa del cardenal, que en ocasiones ha sido amigo y en otras enemigo de su padre, hoy ese gracioso no estaría muerto. Y si el duque de Gandía fuera capaz de infundir respeto con su presencia, el secretario no se habría burlado de él, los invitados no se habrían atrevido a reírse y ese hombre estaría aún vivo. Si en lugar de Juan el portaestandarte del papa hubiera sido César, el secretario continuaría hoy poniendo el sello del cardenal en el lacre de sus cartas.

—Así que la culpa la tiene Juan Borgia.

—No. La culpa la tiene la risa —sentenció Miquel Corella—. Ambos la provocaron, ambos son culpables. Pero el capitán de los ejércitos del papa no puede dar risa, aunque sea un mozalbete presuntuoso e insolente. Y la risa se acaba con el miedo.

27

A raíz del asalto sufrido en la librería, Joan decidió no alejarse demasiado de Anna e insistió en que no saliera a la calle. Ya no guardaba las armas en el armario, y los empleados que así lo deseaban podían tenerlas al alcance de la mano. Niccolò y los demás florentinos, que le estaban agradecidos por el refugio que les proporcionaba, habían sido decisivos para vencer a los enmascarados de negro, y le expresaron espontáneamente su fidelidad. Defenderían a la *signora* y la librería, que consideraban baluarte de su propia libertad, con su vida si hiciera falta.

Sin embargo, después de conocer lo ocurrido con el secretario del cardenal Sforza y de oír los comentarios de Miquel, a Joan le pareció que las precauciones tomadas eran insuficientes para proteger a su esposa y decidió acelerar su partida.

—Anna, debéis salir hacia Nápoles lo antes posible.

—¿Por qué tanta prisa?

—A no ser que queráis entregaros a Juan Borgia.

—Pero ¿qué decís? —inquirió ella escandalizada—. Jamás lo haría, prefiero el exilio.

—Os habéis convertido en un asunto de honor para él. Absurdo, pero así es.

Y le contó lo ocurrido la noche anterior con el secretario del cardenal Sforza.

—Esa gente no se detiene ante nada, Anna. ¡Imaginaos!

¡Con lo poderoso que es el cardenal Sforza! ¿Qué no harán con nosotros?

—De acuerdo, Joan. Dadme dos días para preparar el equipaje con las criadas y viajaré a Nápoles en la primera caravana segura que salga.

—Tomad solo lo imprescindible, Anna —repuso él. Su voz mostraba inquietud—. Yo os acompañaré y cuando os encontréis a salvo regresaré a Roma para vender la librería y reunirme con vos tan pronto como pueda.

Ramón tenía ya catorce meses y se movía con toda autonomía, con unos andares vacilantes a veces y acelerados otras cuando algo llamaba su atención y decidía investigarlo. No le gustaban nada las barreras que le ponían en las escaleras y en la puerta de la cocina y que reducían el ámbito de sus correrías al salón y las habitaciones del primer piso. Joan le miraba con cierta envidia cuando Anna lo levantaba con una sonrisa feliz y le hacía muecas mientras él reía moviendo brazos y piernas en el aire. Era muy gracioso y con sus andares y parloteo motivaba las risas tanto en el primer piso con las criadas y la familia como en la librería y los talleres, cuando Joan le tomaba de la mano para llevarle a explorar mundos nuevos y a saludar a los empleados. Ya pronunciaba algunas palabras y a Joan le daba un vuelco al corazón cuando le llamaba papá. ¡Le hubiera gustado tanto que fuera de verdad su hijo! Sin embargo, a veces le lanzaba aquella mirada que no tenía nada de infantil y que a Joan le hacía estremecer. Era la mirada acusadora de Ricardo Lucca, el anterior esposo de Anna, al que él mató. Había sido una acción de guerra que tuvo lugar cuando la galera de Joan abordó la carabela en la que Anna y Ricardo viajaban, un combate a vida o muerte, y todos habían absuelto a Joan de aquel hecho. Menos él mismo, que en ocasiones pensaba que quizá hubiera podido evitar el choque con su rival. Entonces el librero sentía que le había robado al napolitano la esposa, el hijo y la vida.

Joan temía otro ataque de un momento a otro, así que cuando Niccolò le dijo que en unos días Juan Borgia partiría hacia Nápoles para representar al papa en la coronación del nuevo monarca, respiró aliviado. Y pensó que quizá fuera conveniente retrasar el viaje de Anna hasta el regreso del duque de Gandía. No quería coincidir con él en Nápoles, allí sería tanto o más peligroso. Había tomado todas las precauciones posibles en Roma a sabiendas de que la fuerza de su enemigo era mucho mayor, y estaba decidido a impedir que este alcanzara su propósito aun a costa de su propia vida. Su esposa estaba relativamente segura en la librería y pensó que el hijo del papa no se atrevería a intentar otro asalto de inmediato. Si uno de sus hombres moría en el intento, de nada servirían los antifaces, y el escándalo sería tal que ni siquiera él podía permitírselo.

Sin embargo, el golpe llegó antes y por donde menos lo esperaba Joan.

Anna no salía de casa por temor a un mal encuentro, así que una criada se encargaba de que Ramón paseara cada día un rato al aire libre. Y el paseo de aquella mañana se truncó dramáticamente cuando un par de enmascarados le robaron al niño sin importarles las decenas de testigos que presenciaron el secuestro. Los gritos de la criada no lograron que nadie, en una calle repleta de gente, hiciera nada para impedir que aquellos sicarios de negro escaparan a caballo. Imaginaban quiénes eran y los temían.

Cuando la criada entró en la librería entre gritos y llantos diciendo que le habían robado al niño, Anna se puso pálida y Joan tuvo que sujetarla para evitar que cayera al suelo desfallecida. Él supo que Juan Borgia había ganado y se maldijo por ser tan estúpido de no haber previsto aquello.

—Yo no he tenido nada que ver con eso —le dijo Miquel Corella a Joan—. Evito involucrarme con cualquier asunto particular de ese muchacho. Solo atiendo a cuestiones militares o que atañen directamente al papa y a su familia en general.

Joan había acudido a su amigo en busca de cualquier información que pudiera darle sobre el paradero de Ramón. Había ido a caballo, al trote cuando las concurridas calles se lo permitían, y lo había encontrado en los cuarteles de la guardia vaticana.

—Ese secuestro tiene aspecto de ser obra de los secuaces de Juan Borgia —continuó el valenciano—. Lo siento, pero no os quedará más remedio que someteros a sus caprichos si queréis recuperar al niño. Ya te lo advertí, Joan. Era de esperar algo así.

—¿Creéis que serían capaces de matar a Ramón?

Por unos instantes, la posibilidad de la muerte del niño, el hijo de su rival, recordatorio permanente del duelo en el que le mató, se le antojó a Joan un mal menor. De inmediato desechó su pensamiento, sacudiendo la cabeza con repugnancia. Se avergonzaba de sí mismo, le había prometido a Anna querer a aquel niño como si fuera suyo y cuidar de él. Era la penitencia de amor que le perdonaba el pecado cometido al matar a Ricardo Lucca. Y la cumpliría a toda costa.

Sin embargo, cuando pensaba en el precio que tendrían que pagar por la liberación de Ramón, le entraban náuseas.

—Sí. Lo hará matar —repuso Miquel.

—¿Qué puedo hacer? —preguntó Joan angustiado.

El valenciano le miraba con las mandíbulas apretadas y sus ojos despedían chispas.

—Nada. Solo puedes someterte —dijo—. No sabemos dónde está el niño. Luego tu mujer y tú estáis en su poder.

—Y ¿si los acuso ante el papa?

—¡Qué ocurrencia! —exclamó Miquel después de reír de mala gana y de forma siniestra—. Alejandro VI es un hombre recto a su manera y no sabe nada ni de esta ni de la mayoría de las miserias de su hijo. En lo que respecta a Juan, no se entera ni de lo que tiene frente a sus narices; su exagerado amor de padre le ciega. Jamás te creería.

Joan apoyó los codos en la mesa y escondió la cara entre las manos. Don Michelotto apuró su vino de un trago y le dijo:

—Lo lamento. Ven a verme cuando esto termine.

Aquella tarde, el escudero de Juan Borgia se presentó en la librería y dijo que quería hablar a solas con la *signora* Anna.

—Tendrá que ser delante de mí —repuso Joan arrastrando las palabras. Pensaba que aquel individuo habría participado, cubierto con una máscara, en el asalto a su librería y que sería, con toda seguridad, uno de los secuestradores de Ramón.

El escudero se encogió de hombros y esperó a que los tres se encontraran en la intimidad del salón pequeño para transmitir su mensaje.

—Mi amo se ha enterado de lo ocurrido con vuestro hijo y está muy preocupado —dijo mostrando una sonrisa untosa—. Ha enviado a algunos de sus agentes a investigar y esta noche tendrá información sobre el paradero del niño.

—Y ¿cuándo lo sabremos nosotros? —preguntó Anna con angustia.

—De inmediato. Encontraréis a un hombre de negro enmascarado delante de la Posada del Toro en el Campo de' Fiori al atardecer. Seguidle y sabréis de vuestro hijo.

—¿A qué viene esta comedia? —estalló Joan—. ¡Vosotros sois los secuestradores! —Y le propinó un empujón al hombre que le hizo retroceder tres pasos hasta chocar contra una estantería.

El escudero perdió la sonrisa y su mano buscó la empuñadura de su espada.

—¡Por el amor de Dios! —exclamó Anna interponiéndose entre ambos—. ¡Conteneos, Joan! Estamos en sus manos.

—¡Seré yo quien vaya! —dijo él.

El escudero negó con la cabeza; aquella sonrisa miserable había regresado a su rostro.

—No, la que tiene que ir es la *signora* Anna —dijo.

—No irá sola.

—A mi amo no le importará que la acompañéis —afirmó aquel individuo—. En realidad, es eso lo que quiere. Llevad vuestras monturas.

28

Al caer la tarde, Joan, a caballo, y Anna, en una mula, llegaron frente a la posada. Él descendió de su montura para sujetar las bridas de los animales y ella, que se cubría con una capa y una capucha, esperó montada. Apenas habían hablado en toda la tarde y se quedaron en silencio viendo cómo las antorchas que señalaban las puertas de las posadas se encendían y el bullicio de la plaza se iba reduciendo conforme recogían los restos del mercado. La espera se hacía insufrible.

—¿Creéis que vendrán? —musitó ella al rato.

—Pienso que sí. Juan Borgia no renunciará a gozar de su victoria.

—¿Estará bien Ramón?

—En eso confío.

Y se sumieron de nuevo en aquel silencio angustioso. Desde la visita del escudero, Joan no había dejado de pensar en distintos planes, a cuál más descabellado, para sorprender al Borgia y rescatar a Ramón. Ninguno le ofrecía garantías de que el pequeño no terminara degollado a manos del Borgia o de su escudero. No se le ocurría nada que no arriesgase la vida del niño, al que había jurado proteger, o incluso la de Anna, y aun así se sentía un miserable mientras esperaba allí, sumiso, la humillación de su esposa.

Anna sentía una terrible opresión en el pecho, sufría por

su hijo al tiempo que se censuraba. Todo aquello había ocurrido por su culpa. Los caballeros la requebraban y su amiga Sancha, la princesa de Esquilache, le había dicho que usara sus gracias para postrarlos a sus pies. Se había creído la mujer más hermosa y con mayor estilo de Roma; incluso había llegado a pensar, por un momento, que la librería era poco para ella y que merecía un lugar más alto. ¡Qué estúpida vanidad! Creía que los cumplidos recibidos después de recitar poemas en las reuniones de las señoras nobles la convertían en una de ellas. Había tardado en pararle los pies al duque de Gandía; pensó que el hombre más poderoso de Roma sería un caballero y jugó con él a ser una gran dama. Pero aquel individuo era un miserable. ¡Se arrepentía tanto de las veces que le correspondió con una sonrisa! Ella no era princesa como Sancha de Aragón y nunca lo sería. ¿Por qué había querido competir con su amiga por la admiración de los hombres? ¿Adónde la había llevado aquel juego? A poner en peligro la vida de su propio hijo y a convertirse en una mercancía de usar y tirar. ¡Cuánto lo lamentaba ahora!

Se puso a rezar para que le devolvieran a Ramón sano y salvo sin ensañarse demasiado con ella. No quería pensar en lo que vendría, solo le suplicaba a Dios misericordioso que le permitiera abrazar de nuevo a su hijo. Bajó un poco la cabeza, deseando ocultarla más aún en la capucha con la que se cubría. Le hubiera gustado desaparecer, dejar de existir. Se le escapó un sollozo.

Joan tomó la mano de su esposa para transmitirle su cariño y ella le sujetó con fuerza. Le tenía a él, se dijo, gracias a Dios, aún le tenía a él.

Al rato se acercó un hombre montado en un alazán, con antifaz y de negro; se identificó como aquel al que esperaban y les dijo que le siguiesen. Obedecieron. Poco después, Joan comprobó que un par de hombres también de negro y con antifaces los seguían a cierta distancia. Anduvieron hacia el oeste y después de cruzar varias calles llegaron a una zona en la que las ruinas de la vieja Roma asomaban entre la vegetación en forma de arcos, columnas y paredes. Allí, su guía despidió con un gesto a los que los seguían y los condujo hasta una casa medio escondida entre la vegetación. Tenía el aspecto de estar abandonada y había sido construida entre las ruinas aprovechando paredes, columnas y otros materiales. El hombre les dijo que descendieran y que entrasen en la casa mientras él se ocupaba de las monturas.

Dentro se encontraron en una sala en cuyo extremo opuesto se abrían dos puertas. En el centro se alzaba una mesa sobre la que descansaban vasos, botellas de vino y dos candiles que iluminaban la estancia. Sentados a ella, los esperaban dos hombres con vestimentas oscuras y antifaces de carnaval. Se oía llorar a un niño.

—¡Ramón! —exclamó Anna—. ¡Quiero verle!

—Primero el traidor debe dejar que le atemos —dijo uno de los individuos, que se cubría con una máscara con una especie de pico de pájaro de color y aspecto fálico.

Joan creyó identificar la voz del escudero, aunque no dijo nada y le ofreció sus puños para que lo maniatase. Sin embargo, prefirió atarlo sentado en una silla. Cuando el hombre quedó satisfecho con los nudos, abrió la puerta de la derecha; estaba oscuro y se oyó el llanto más alto. El individuo cogió a Ramón y lo acercó a Anna.

—¡Mamá! —chilló el niño.

Anna sintió un alivio infinito; por un momento notó que su corazón, encogido dentro de su pecho, se expandía. Tomó en brazos a su hijo hablándole bajito para que se calmara y, acariciándolo, se lo mostró a Joan. Parecía que el pequeño se encontraba bien. Pero de inmediato el hombre se lo reclamó y ella tuvo que dárselo para que lo encerrara en aquella habitación oscura. El niño empezó a llorar de nuevo y Anna contuvo un sollozo.

—¡Miserables, cobardes! —los increpó Joan.

El pájaro fálico se acercó a él. Levantó lentamente la mano y a continuación descargó sobre Joan tal bofetón que le derribó junto con la silla a la que estaba atado. Cayó con estrépito y Anna temió ya no solo por su hijo, sino por su esposo. Aquellos hombres le odiaban y quizá fueran a matarlo. La angustia la atenazaba; poco le importaba lo que le hiciesen a ella con tal de que los tres salieran vivos de aquel lugar.

—Incorpóralo —ordenó el que aún no había hablado y que lo observaba todo sentado en una silla—. Quiero verle la cara.

Se cubría con un gran antifaz dorado que representaba el sol. Anna le identificó de inmediato por su barba y por la voz: era Juan Borgia. El tipo de la máscara de pájaro, demostrando su fuerza, colocó de pie la silla con Joan atado a ella. Anna vio que un hilo de sangre se escurría de los labios de su esposo. Su faz reflejaba rabia, confusión, temor e impotencia. El individuo que parecía Juan Borgia contemplaba a su esposo sonriendo complacido. Después la miró a ella y le dijo levantándose de la silla:

—Señora, ha llegado vuestro momento. —Y le tendió la mano caballerosamente para que ella se la tomase, pero Anna, sintiendo un nudo en el estómago, la rechazó—. Si queréis salir de aquí los tres con vida, os aconsejo que os mostréis cariñosa, señora —la advirtió el hombre sol sin inmutarse y manteniendo su sonrisa y su mano tendida.

Ella lanzó una mirada a Joan, que, inmovilizado en la silla, apretaba las mandíbulas con rabia. Él vio pena, temor y vergüenza en aquellos ojos verdes que tanto amaba. Una lágrima se deslizaba por la mejilla de su esposa. Era como si le pidiese permiso, y él sintió que una mano de hierro le arrancaba las entrañas. No podía consentir, tampoco podía negarse. Estaban en poder de aquellos hombres; sus vidas y la de Ramón estaban en juego, podían hacer lo que quisieran con ellos. Cerró los ojos para no ver más y apretó con fuerza puños y dientes hasta sentir dolor, como si con ello pudiera hacer desaparecer aquella imagen insoportable.

Anna rechazó de nuevo la mano que Juan Borgia le ofrecía y él la agarró del brazo empujándola hacia la puerta de la segunda habitación. Mientras, se escuchaba el llanto de Ramón encerrado en la otra estancia. Ella se resistió aun sabiendo que no debía hacerlo y al fin cedió, refugiándose en el rezo para sumergir en él la vergüenza y ahogar sus pensamientos. De un golpe, el hijo del papa cerró tras ellos la puerta, aunque esta quedó entreabierta una pulgada.

—Ahora es cuando te hacen cornudo, librero —le dijo el tipo del pene en la máscara con su sonrisa asquerosa.

—Hijo de puta —mascculló Joan con una rabia que solo las fuertes ligaduras podían contener.

El hombre rio, sin golpearle esta vez. Después calló para escuchar lo que ocurría en la otra habitación. A pesar del llanto del niño, Joan oyó unos murmullos, algún sollozo y, transcurrido un tiempo eterno, al hombre gimiendo de placer mientras gritaba obscenidades. Joan sentía una desesperación y una impotencia agónicas. Cuando al fin terminó, el individuo de la máscara solar salió sonriente ajustándose los calzones.

—Ahora te toca a ti, Pollas —le dijo al escudero.

—¿Qué tal ha ido? —preguntó el de la máscara de pájaro levantándose.

—Estupendo, se ha comportado más que bien.

El escudero entró en la habitación dando un enérgico portazo que hizo que la puerta chocara contra el marco y quedase entreabierta. Ahora se podían distinguir los gemidos de ella y las órdenes de él. El de la máscara solar se sentó frente a Joan y, mirándole a los ojos, empezó a hablarle.

Le contó todo tipo de obscenidades sobre su esposa, sonriente, observando su expresión. Le describió el cuerpo de su propia mujer, detalló todo lo que le había hecho y lo que Anna le había hecho a él, y dijo que ella no solo había colaborado, sino que lo había gozado todo. Joan creyó enloquecer, imaginándolo, aunque se esforzaba para aparentar una tranquilidad que no sentía. Aquel tipo repugnante mentía para causarle un mayor dolor; sabía que disfrutaba con su sufrimiento.

—Mentís, miserable —le dijo—. Mi mujer nunca ha cedido, la habéis violado.

Aquel individuo rio.

—Eso es lo que quieres creer. Pero te engañas.

Y continuó torturándole con su cháchara asquerosa. Al fin, después de otro tiempo eterno, el individuo pájaro salió de la habitación.

—¿Bien? —quiso saber el de la máscara solar.

—La mejor a la que me he beneficiado en mucho tiempo.

—Ya te lo decía yo —dijo Juan Borgia, y dándole un cachete a Joan añadió—: ¡Alegra esa cara, hombre! Tu mujer ha conocido hoy a dos hombres de verdad, le hacía falta. Hembras tan bien hechas no deberían tener a un traidor maricón como tú de marido. ¡Aprende, estúpido!

Joan no respondió. Se mantenía con los ojos cerrados en su silla, y cuando el hijo del papa comprendió que ya no le sacaría una sola palabra más, le dijo a su compinche:

—¡Vámonos!

29

Dieron un portazo al salir y Joan se quedó solo en aquella lúgubre estancia, atado a la silla, oyendo el llanto cansado e intermitente de Ramón tras la puerta mientras se preguntaba por su amada lleno de angustia.

—¡Anna! —gritó.

Escuchó con atención sin oír siquiera un murmullo y a su zozobra se unió un temor terrible. ¿Estaría malherida, quizá muerta? Se debatió como un loco con sus ataduras, balanceando peligrosamente la silla al tiempo que musitaba unas oraciones. Pero le habían atado a conciencia y solo logró que las cuerdas se hundieran más en su carne.

—¡Anna! —aulló desgarrado.

Las llamas de los dos candiles de la mesa oscilaron, quizá por una tenue corriente de aire o por el propio aliento desesperado del librero, y las sombras de las columnas jónicas, algunas libres y otras emparedadas entre los muros de la casa, se movieron de forma siniestra. Joan comprendió entonces que aquel lugar había sido un templo romano cuyos restos se habían aprovechado para construir una casa; aún conservaba algún mueble, pero sin duda estaba abandonada. La idea de un templo le inspiró un nuevo temor al recordar la máscara solar de Juan Borgia y el toro del escudo de su familia. Mitra, pensó. ¡Un templo al dios Mitra! Había leído sobre aquella religión mística masculina y guerrera que en su momento rivalizó en la antigua Roma con el cristianismo. Se organizaba en sociedades secretas de varones, adoraban al sol y su dios se representaba matando a un toro. ¡Igual que los espectáculos taurinos que los Borgia ofrecían a los romanos! Joan había oído rumores de que en la Roma moderna, donde lo antiguo renacía de forma turbulenta, existían varias sociedades secretas paganas. Nada más apropiado para Juan Borgia y su máscara solar. ¿Habrían sacrificado a Anna conforme a un rito a Mitra? Trató de rechazar aquellos pensamientos diciéndose que serían puras estupideces de su mente extraviada. La angustia hacía que las ideas más absurdas le asaltaran una tras otra.

Él tenía la culpa de lo ocurrido por su desatinado sentido de la libertad y la dignidad. Si no se hubiera mostrado desdeñoso con aquel chico fatuo y arrogante cuando lo conoció en Barcelona... Si hubiera agachado la cabeza cuando el Borgia se pavoneaba en su librería... Si hubiera acudido de inmediato cuando le reclamó para combatir contra los Orsini...

Se había mostrado muy digno, había querido comportarse como un hombre libre, pero cuando el Borgia descargó contra él su poder, condujo sumiso a su esposa cual oveja al matadero, a los brazos de aquel miserable. Se mordió los labios con rabia. Él tenía la culpa.

—¡Anna! —gritó de nuevo.

Solo recibió respuesta en el llanto entrecortado de Ramón, que callaba por momentos, quizá para caer en un breve sueño de agotamiento. Joan rezó suplicando que estuviera viva y se dijo que si Dios le concedía tal don, dedicaría su vida a cuidarla, a que se recuperase del infierno que había vivido. Ya no le importaba su humillación, ni la de ella, la rabia se iba para dejar solo el temor a perderla. Renunciaría a la venganza, agacharía la cabeza frente a aquel joven tiránico y soberbio que era el inmerecido capitán general de los ejércitos del papa. ¡Pero que ella viviera! Al poco, uno de los candiles parpadeó antes de apagarse. Se había agotado el aceite. Joan se dijo que en breve, cuando ocurriera lo mismo con la otra lámpara, la oscuridad se sumaría a su angustia. Sentía un nudo en la garganta y contenía en su pecho un llanto que quería estallar. De rabia, de impotencia, de humillación, de ansiedad, de culpa y de una pena inmensa.

Todo era confuso para Anna. Quería abrir los ojos, pero sentía miedo. Temía que su tormento no hubiera terminado aún y que otro de aquellos bastardos esperara para caer sobre ella y poseerla. Un silencio prolongado le dio al fin la respuesta. «Sigo viva», pensó, pero un tremendo dolor extinguió su pensamiento. Todavía no había espacio en ella para la rabia, solo dolor, mucho dolor. Las imágenes llegaban a su mente deshilvanadas: deseos de vivir, también de morir, y dolor en su cuerpo y en su alma. Y aquel olor nauseabundo que lo impregnaba todo. Pasó un tiempo, no supo cuánto, y se echó a llorar. No deseaba otra cosa que llorar y hacerse toda ella lágrimas y desaparecer. Pero no ocurrió, y poco a poco, a través de sus ojos nublados, vio aquella habitación cuyo olor jamás olvidaría. Vio sus paredes desconchadas y aquel ventanuco al que había estado mirando para no ver a sus violadores y por el que había soñado que escapaba volando. De nuevo aquel tufo. Sentía asco y estaba a punto de vomitar.

Se preguntó qué había pasado. Lo sabía, pero necesitaba repetirse: «Anna, te han violado. Esos hijos de puta te han violado». Y en aquel momento llegaron la rabia y más ganas de llorar. Estaba cansada, muy cansada, y se acurrucó en el suelo en posición fetal. Quería dormir y olvidar. Entonces oyó, quizá por segunda o tercera vez, la voz de Joan que la llamaba, y la realidad acudió a ella sobresaltándola. «¡Mi hijo! ¡No le oigo! ¿Estará vivo?». Sin embargo, apenas era capaz de moverse, y se concentró intentando recuperar sus fuerzas. Oyó a

Joan de nuevo, su voz resonaba en su cabeza y cuando al final logró incorporarse del suelo notó una especie de líquido que se escurría entre sus piernas; despedía también aquel olor inmundo. Hizo un esfuerzo para andar y al fin alcanzó la puerta.

Joan vio cómo la llama del segundo candil disminuía antes de apagarse junto a su esperanza, pero al fin percibió un leve ruido que provenía de detrás de la puerta entreabierta que tenía al frente y a su izquierda. Llamó de nuevo a su esposa y al escuchar otro ruido su corazón se aceleró ansioso. Al rato, aquella puerta dejó paso a una sombra en la que reconoció a su mujer, que se apoyaba trabajosamente en la jamba. Estaba despeinada y su aspecto, siempre pulcro, era ahora desordenado.

—¡Anna! ¿Estáis bien? —inquirió Joan sintiendo un alivio inmenso. Ella no respondió y él comprendió lo estúpida que había sido su pregunta—. Id primero a por Ramón —le dijo para animarla.

Ella lo hizo arrastrando los pies, como alelada, y al entrar en la otra habitación tuvo que buscar en la oscuridad. Al fin encontró al niño dormido en el suelo y después de recogerle con suavidad lo llevó torpemente junto a Joan. A continuación, sin proferir palabra, empezó a desatar sus ligaduras mientras él le hablaba, diciéndole que se recuperaría pronto, que la amaba con locura y que haría todo lo posible y lo imposible para que se sintiese bien de nuevo, para verla sonreír otra vez, y que volverían a ser felices los tres. Muy felices.

Anna sentía náuseas. Se notaba sangrar y aquel horrible olor la perseguía. Se esforzó en desatar los nudos, pero sus dedos estaban torpes. Por fin, cuando lo logró, Joan la abrazó y ella se acurrucó contra él. Él quiso depositar un beso en sus labios y, aunque se sentía muy débil, ella lo apartó con toda la energía que consiguió reunir. Aún notaba aquel olor, aquel asco.

Entonces él la besó en la frente, todo se oscureció para ella y se desvaneció en sus brazos.

Joan esperó paciente a que se recuperase acariciándole la mejilla con suavidad, y cuando lo hizo, tomó al niño en brazos y a ella por la mano y anduvo hasta la puerta de salida, que habían dejado solo ajustada. El caballo y la mula los esperaban atados a un arbusto. Anna tuvo dificultades para montar, aunque su silla, preparada para sentarse de lado, le permitía una relativa comodidad. Joan montó a Ramón delante de él, a la jineta, tomó las riendas de la mula y, a paso lento, se dirigió hacia la librería.

En el extremo de la calle, a cierta distancia, donde apenas llegaba la luz de las antorchas, Joan distinguió a Miquel Corella montado en su caballo. Preocupado por Anna, ignoró al valenciano, quien tampoco hizo ademán de acercarse. En la puerta de la casa, llamó a su madre y a su hermana, y estas, a la partera, mientras Anna insistía en bañarse porque estaba sucia. Los aprendices sacaron agua del pozo del patio y las criadas la calentaron en la cocina, donde instalaron un barreño. La partera trajo ungüentos y medicinas, hizo salir a Joan de la estancia, inspeccionó a Anna a conciencia y la ayudó después en el baño. Al terminar, la curó, dejándola acostada en la cama.

—Le han hecho una salvajada —le dijo a Joan.

—¿Tardará mucho en sanar?

—Semanas, quizá pasen meses —contestó ella, y tocándose la sien con el dedo índice añadió—: Pero eso solo es el cuerpo.

—¿El cuerpo? —inquirió Joan.

—Sí, el cuerpo. Porque sus peores heridas se encuentran en sus sesos, o en el alma si preferís. Esas tardarán más en curar.

—Y ¿cuánto tarda en curarse el alma?

La mujer se encogió de hombros.

—No lo sé. Depende de cuán profunda sea la herida y de la medicina.

—¿Medicina?

—Sí. Amor.

—Lo tendrá todo —afirmó Joan tajante.

Al acostarse abrazó a su esposa y ella se acurrucó contra él sin hablar. No respondió a ninguna de las frases de consuelo que él le dedicaba y ambos se quedaron en silencio. Joan no podía hacer otra cosa que darle cariño. Lo haría con toda su alma.

Con Anna entre sus brazos, Joan recordó la presencia de Miquel Corella en las inmediaciones de su casa. El librero comprendió que sentía en su corazón un odio profundo a todo lo relacionado con los Borgia, incluido Miquel. No volvería a hablarle.

Sin embargo, fue don Michelotto quien lo hizo. Al día siguiente se presentó temprano en la librería, atendida por Niccolò, Joan y un aprendiz. Al verle, Joan le dio la espalda para no saludarle, pero Miquel Corella le tomó del brazo y le empujó hacia el salón pequeño mientras le decía:

—Quiero hablar contigo. —Volviéndose a Niccolò, que los observaba, le ordenó—: Pedidle a una criada que nos traiga una botella de vino y un par de vasos. Por favor.

Niccolò se quedó mirándolo unos instantes con sus perspicaces ojillos negros sin responder ni moverse. No estaba acostumbrado a semejantes órdenes. Sin embargo, decidió obedecer porque Miquel Corella les había protegido a él, a su primo y a la colonia de refugiados florentinos desde su llegada a Roma. Sin que Joan le hubiera confiado su angustia a raíz del secuestro de Ramón, había sido testigo de las idas y venidas en la casa, y se había formado una idea bastante aproximada de lo ocurrido. Lo lamentaba mucho y se dijo que no era momento de mostrarse rebelde.

—No bebo vino tan pronto —objetó el librero.

—Pues hoy lo harás. ¿Cómo está ella? —preguntó sentándose frente a Joan.

—Mal, muy mal.

Cuando la criada apareció con el vino y los vasos, don Michelotto le dijo que no dejase entrar a nadie en el salón; después se dirigió a Joan:

—Cuéntamelo todo. Quizá te parezca duro, pero por muy duro que sea, te aseguro que yo he visto cosas mucho peores.

Joan dudó, aunque al comprender que necesitaba deshacer el nudo que tenía en el corazón, empezó a relatar lo ocurrido. Primero hablaba vacilante, después, acelerado, y al llegar al momento en el que se llevaron a Anna, rompió en lágrimas. Miquel se mantuvo en silencio escuchando atentamente sin interrumpir, afirmando a veces solo con la cabeza para manifestar su comprensión, y cuando el relato terminó, le preguntó:

—Y ahora ¿qué vas a hacer?

Joan se encogió de hombros con los ojos aún llorosos. Miquel le observó unos instantes e incorporándose ligeramente en su silla para colocar las manos en los hombros de su amigo, le sacudió con rudeza.

—¡¿Qué vas a hacer?! —le gritó; la mirada del valenciano echaba chispas.

El catalán se sintió como un tarro al que agitaran, y en su interior se removió la bilis más amarga, todos sus propósitos de dedicar su vida solo al amor se esfumaron en un momento y escupió más que dijo:

—¡Le voy a matar!

—¿Qué has dicho?

—Que le mataré. —Su llanto se había convertido en una cólera fría—. Le mataré tarde o temprano por mucho que vos queráis impedirlo.

—¿Impedirlo? —repitió Miquel—. ¿Cómo sabes que quiero impedirlo?

—Porque don Michelotto es el perro de los Borgia. A eso habéis venido, ¿verdad? A sonsacarme para saber si puedo ser un peligro para el hijo de vuestro amo. ¿No es cierto? Y ahora que lo sabéis, ¿qué vais a hacer? ¿Me mataréis como hicisteis con el desgraciado secretario del cardenal Sforza?

—Lo lamento, Joan, porque te aprecio, pero esa es mi obligación.

El librero miró fijamente al capitán vaticano y puso la mano sobre la empuñadura de su daga. No se dejaría sorprender, vendería cara su vida.

30

Sancha de Aragón apreciaba y admiraba a su suegra, la condesa Vannozza dei Cattanei, la que había sido por muchos años la amante del papa cuando aún era el cardenal Rodrigo de Borgia, y acudió encantada a la cena que esta ofrecía a sus hijos. Celebraban la partida de Juan y César Borgia hacia Nápoles para investir al tío de Sancha como nuevo rey, en nombre del papa.

A pesar de los rumores que corrían en Roma sobre las relaciones de Sancha con los tres hijos de Vannozza, esta, con gran estilo, no se daba por enterada y trataba a Sancha con cariño. Quizá fuera, se decía la princesa, porque su suegra, con cincuenta y cinco esplendorosos años, también había vivido su vida con intensidad. Le había dado cuatro hijos al papa Alejandro, y antes había sido amante del cardenal Della Rovere, enemigo acérrimo del pontífice cuyo odio hacia el papa quizá tuviera su origen en que Vannozza le abandonó por este. Por otra parte, la condesa, a pesar de sus amoríos con distintos cardenales, siempre estuvo casada, y su cuarto marido, un hombre bien parecido, afable y sonriente, varios años más joven que ella, la acompañaría en la cena.

Aquella prometía ser una larga y placentera tarde de finales de primavera, y Vannozza había decidido cenar en el jardín del palacio, desde donde se divisaba, a través de los parterres de rosales floridos, el extenso viñedo de su propiedad.

La gran mesa estaba cubierta por manteles de encaje de buen lino de Flandes y decorada con guirnaldas de flores. Tenía vajilla y copas venecianas, cubertería de oro y candelabros de plata que serían encendidos una vez que los comensales disfrutaran de la puesta de sol.

Sancha observó complacida a Vannozza, que estaba resplandeciente con su elaborado moño de bucles rubios, y se dijo que ni siquiera aparentaba los cincuenta años. Para ella, era un modelo. A Sancha la acompañarían su cuñada Lucrecia Borgia y su amiga Julia Farnesio, amante actual del pontífice. La princesa era consciente de que en Roma las llamaban «las tres hembras del Vaticano».

Completaban la mesa dos cardenales, Juan Borgia Lanzol, primo de los hijos de Vannozza, y Alejandro de Farnesio, al que en Roma llamaban el cardenal «de las faldas» porque había recibido el capelo cardenalicio, sin ser ni siquiera sacerdote, gracias a las relaciones íntimas de su hermana Giulia la Bella con el papa.

Cuando llegó el último de los invitados, los músicos empezaron a tocar, Vannozza asignó a cada uno su lugar en la mesa y los criados trajeron jofainas de plata dorada con agua de rosas para que los asistentes se lavasen las manos, y copas de jengibre verde para acompañar las salsas. Después llegaron las fuentes de plata con perdices y dorados faisanes, y mientras unos criados se apresuraban a trinchar las aves, otros acercaban a los invitados unos barcos con velas desplegadas, también de plata labrada, que contenían las salsas, sal y especias. El vino era de la propiedad de Vannozza, y en un momento dado, esta levantó la copa reclamando un brindis circular entre sus hijos.

—Este brindis es en honor de mi hijo Juan, que con veintiún años es ya duque de Gandía, capitán general de los ejércitos del Vaticano y hombre agraciado cuyo brío de toro es comidilla y admiración de las más bellas damas romanas. —Esperó a que terminaran las risitas que había producido su comentario—. En un par de días saldrá hacia Nápoles, donde el rey Federico le concederá los títulos de duque de Benevento, Pontecorvo y Terracina.

—¡Y sus sustanciosas rentas! —añadió el cardenal Farnesio provocando nuevas risas.

Una vez que hubieron bebido, se levantó Juan Borgia, que según su costumbre vestía en seda negra, su jubón dejaba ver una camisa blanca con encajes y sobre el pecho lucía un collar de oro. Llevaba los guantes y la espada en el cinto y cubría su cabeza con un gran gorro también de seda negra con un medallón de oro. Su rostro lobuno mostraba una afilada barba y una sonrisa suficiente. Levantó su copa y su brindis, como correspondía, lo dedicó a César.

—Por mi hermano César, cardenal de Valencia, que en nombre de nuestro querido padre va a investir al nuevo rey de Nápoles. César hace el trabajo y el rey me concede a mí los ducados. —Hubo más risas—. Querido hermano —dijo mirando a César—, con mis nuevos ingresos os regalaré un buen caballo para que no tengáis que montar más en mula.

Algunos rieron; era costumbre que los cardenales montaran mulas y no caballos. César ni siquiera sonrió, y después de una ligera mueca se quedó mirando serio a su hermano mientras este celebraba su gracia con Sancha, que acostumbraba a reírle los chistes. Sin embargo, la princesa solo sonrió con discreción, pues aunque Juan era su amante actual, César lo había sido antes, sabía que las relaciones entre los hermanos eran tensas y no quería tomar partido.

Cuando César se levantó para brindar se mantuvo serio y en silencio unos momentos contemplando a los asistentes con su copa levantada. Vestía de negro y se tocaba con el capelo cardenalicio rojo. Lucía una barba más recortada que la de su hermano y Sancha pensó que su aspecto era viril, de fuerza contenida. Una fuerza mayor que la de Juan. Se le notaba seguro y sus ojos mostraban audacia e inteligencia. Al fin, cuando posó su mirada en Lucrecia, sus labios dibujaron una sonrisa tierna y dijo:

—Mi brindis va por mi hermana Lucrecia, que junto a Sancha y Julia es una de las tres mujeres más bellas de Italia. —Hizo una pausa para que los concurrentes aplaudieran su elogio—. Con la anulación de vuestro matrimonio recobráis la libertad y estoy seguro de que nuestro padre os encontrará un nuevo marido que os haga tan feliz como merecéis. ¡Brindo por vuestra felicidad!

Todos corearon sus deseos.

—Y seguro que será también una buena alianza política y un buen negocio para el papado —le susurró el cardenal Farnesio a su colega.

Lucrecia se levantó elevando su copa y se hizo el silencio. A sus diecisiete años mostraba una belleza serena con un rostro de nariz recta, ojos azules, mejillas sonrosadas y labios carnosos. Iba peinada con unos bucles rubios a la moda y una capa roja cubría un vestido blanco de sedas y vaporosas gasas.

—Dedico mi brindis a mi queridísimo hermano Jofré, príncipe de Esquilache —dijo con una sonrisa tan segura como llena de gracia—, que a sus dieciséis años deja de ser ya el dulce muchacho al que tanto he amado para convertirse en el hombre fuerte al que siempre querré.

Los invitados entrechocaron sus copas y al rato se levantó Jofré. Su rostro aún no mostraba barba, lucía un jubón granate y sus formas eran inseguras.

—Brindo por Vannozza dei Cattanei, nuestra madre —dijo con voz débil—. Por lo mucho que todos la queremos.

Y se sentó apresurado una vez que los invitados brindaron, sintiendo en él la mirada burlona de su fogosa esposa Sancha. El círculo de los brindis de familia se había cerrado.

Continuaron con varios platos de pasteles de carne y verduras, y la cena terminó con «el manjar blanco», llamado así por consistir en dulces elaborados a base de huevos, leche y azúcar. A estos los siguieron los vinos dulces y confites.

El ocaso estaba cercano y fue entonces cuando Sancha invitó a sus amigas Lucrecia y Julia a que la acompañaran. Llevaba días preparando la representación. Con una música suave de fondo recitó unos versos de su composición que presentaban la danza de las Gracias celebrando la primavera. Sancha instruyó a los músicos y cuando las jóvenes se despojaron de sus capas rojas, quedaron a la vista sus ligeros vestidos de vaporosas sedas y gasas que no dejaban ver por entero sus cuerpos desnudos, pero que insinuaban, semitransparentes, las formas femeninas. Para deleite de los presentes, que aplaudieron con entusiasmo, las tres danzaron en honor a la fuerza vital del solsticio al estilo de las Gracias de Sandro Botticelli en su cuadro *La primavera*, según una copia llegada a Roma.

Al poco de concluir la danza, los invitados presenciaron la puesta de sol y la tertulia continuó a la luz de las velas, con el calor de la música, los exquisitos vinos y la fragancia de la rosaleda. Sancha gozó de la charla, se sentía feliz y agradeció a su suegra con un beso y un fuerte abrazo aquella velada tan agradable.

Jofré y las mujeres se quedaron a dormir en el palacio y el resto de los invitados abandonaron la fiesta ya bien entrada la noche. Juan y César Borgia salieron juntos, los primeros. César montó en su mula, que conducía un palafrenero con un farol, y Juan, en su caballo. Sancha se despidió cariñosa de los invitados y cuando besó a su cuñado y amante Juan, ignoraba que aquel sería el último beso que le daría.

Al duque de Gandía le esperaban su escudero y un extraño personaje al que le dio la mano para ayudarle a montar a la grupa de su corcel. Aquel hombrecillo misterioso había sido visto con frecuencia en los últimos días acompañando a Juan Borgia, pero su identidad era desconocida porque siempre ocultaba su faz tras una máscara negra.

31

De camino al Vaticano, una vez pasado el Campo de' Fiori, la comitiva llegó frente al palacio del cardenal Sforza, que traía recuerdos de la infancia a los hermanos Borgia, ya que había pertenecido a su padre antes de ser nombrado sumo pontífice. Se decía abiertamente en Roma que Alejandro VI había comprado el voto del cardenal en su elección como papa a cambio de aquel palacio y de otras prebendas.

Allí, Juan Borgia les dijo a sus acompañantes que le apetecía pasear por la ciudad por su cuenta y, después de despedirse de los demás, se fue con su escudero y con aquel tipo del antifaz. César y su primo, el cardenal Borgia Lanzol, prosiguieron su camino al Vaticano, alcanzaron las torres de defensa que protegían el puente de Sant'Angelo y cruzaron el río convencidos de que el portaestandarte vaticano se dirigía, según su gusto y costumbre, a un encuentro galante que le facilitaría el enmascarado.

Siguiendo las indicaciones de aquel hombre, el duque de Gandía fue a la plazoleta Judaica y allí ordenó a su escudero que le esperara una hora junto a los caballos y que regresase al Vaticano si él no aparecía al cabo de ese tiempo. Después, en compañía del hombrecillo enmascarado, Juan Borgia se perdió en la oscuridad de una de las callejas que convergían en la plaza.

Casi palpando las paredes llegaron a un portón que se abrió cuando el guía hubo golpeado cuatro veces a un ritmo convenido. La entrada estaba a oscuras y el enmascarado le mostró al duque un pasillo al final del cual se encontraba una habitación con la puerta entreabierta y luz en su interior. Cuando alcanzaba ya la estancia, el hijo del papa oyó cómo el portón de entrada era atrancado a sus espaldas. No le dio importancia y, ansioso por encontrarse con la dama seducida, empujó la puerta y entró con ímpetu. Para su sorpresa, no vio a dama alguna, sino que se encontró frente a frente con un hombre enmascarado que, espada al cinto, le esperaba con los brazos cruzados.

—¿Quién sois? —interrogó el hijo del papa molesto—. ¿Qué broma es esta?

El hombre se acercó a él, demasiado para el gusto del duque, y arrancándose el antifaz le dijo:

—El marido de la mujer a la que violasteis a cambio de la vida de su hijo.

—¡El librero! —exclamó Juan Borgia comprendiendo que había caído en una trampa. Y buscó la empuñadura de su espada para tirar de ella.

Pere Torrent, el oficial de tropa en la época en que Joan navegaba en la Santa Eulalia, nunca había sido un tipo de su agrado, pero cumplió a conciencia las órdenes del almirante Vilamarí y le había enseñado el manejo tanto de la espada como de la daga, más útil en las distancias cortas, y le había mostrado una variedad de trucos que recordaba bien. Por un tiempo, Joan rumió la idea de enfrentarse a Juan Borgia con su espada; confiaba en vencerle. Pero aquella era arma de caballeros y el duque de Gandía era un miserable. Decidió apuñalarle; el suyo era un asunto personal, quería matarle con sus propias manos, a corta distancia, aunque mirándole a los ojos, frente a frente, y dándole opción a defenderse. Sin embargo, no era tan estúpido como para renunciar a la sorpresa, así que estuvo ensayando sus movimientos una y otra vez.

Al quitarse Joan la máscara, Juan Borgia, atento a reconocerle, había dejado que se le acercara mucho más de lo prudente y, al mover su mano hacia la espada, estaban tan cerca que solo dando un paso más al frente el librero pudo sujetar con su izquierda el puño del arma, impidiéndole que la sacara. Mientras, con la derecha desenfundó una daga de doble filo, afiladísima, que llevaba sobre la cadera.

Pudo haberle matado en aquel momento, pero Joan sintió que sería demasiado rápido; deseaba que el Borgia dispusiera de unos instantes en los que supiese que iba a morir y aflojó la fuerza que ejercía con su mano izquierda sobre la derecha de su contrincante para que este pudiera desenfundar su espada.

—Mírame bien, miserable —le dijo—. ¡Te voy a matar!

El hijo del papa desenvainó tratando de desembarazarse sin éxito de la mano del librero, que le impedía usar su espada con comodidad, al tiempo que con su izquierda intentaba, desesperado, asir el brazo de su enemigo que blandía el puñal.

Joan vio en los ojos desorbitados de aquel miserable de faz lobuna el miedo, pero no dejó que el placer que su visión le producía le distrajese. El Borgia sin duda sabría luchar también cuerpo a cuerpo, y escondió en su espalda, fuera de su alcance, la mano con el puñal.

Juan Borgia vio en el rostro del librero una sonrisa que le mostraba dientes de gran felino y una mirada que era una sentencia de muerte. Aun así, él no podía morir… Por primera vez en sus veintiún años sintió que aquella no solo era una posibilidad, sino casi una certeza.

—¡Ayudadme! —gritó, jadeante, a la otra persona que había en la habitación y que observaba la escena con los brazos cruzados—. ¡Os ordeno que me ayudéis!

Pero aquel hombre le contempló moviendo levemente la

cabeza en negación al tiempo que sonreía satisfecho viendo su angustia.

—Vas a morir, hijo de puta —le dijo el librero a su víctima arrastrando las palabras—. Morirás por Anna.

Hizo un amago de clavarle la daga en los intestinos. Juan Borgia, desencajado de terror, trató de asirla, pero su enemigo varió la dirección del arma y le asestó un profundo corte de arriba abajo en el cuello, seccionándole la yugular.

Los dos supieron que el golpe era mortal, y el hijo del papa se quedó mirando a su verdugo con los ojos muy abiertos. De inmediato le empezó a brotar un chorro de sangre mientras en su cara aparecía una expresión de estupor. No podía creer que aquello fuera real, que fuese a morir. Él, Juan Borgia, duque de Gandía, hijo del papa, pariente del rey de España, al que el rey de Nápoles estaba a punto de conceder títulos que le harían uno de los mayores nobles del reino, capitán general de los ejércitos del Vaticano, amo de Roma, al que las damas festejaban; no podía asumir que se le estaba yendo la vida. Y menos que le hubiera matado un simple librero. Oyó el sonido de su espada al caer al suelo y lo último que vio fueron las cejas poderosas, los ojos felinos y la sonrisa de triunfo de aquel villano arrogante al que tanto detestaba. Un postrer recuerdo, el de la última de las violaciones cometidas, le acompañó al más allá.

Joan le había apartado para ver su expresión, pero lejos de saciarse al contemplar la muerte reflejada en su faz, recordando a su esposa, sintió una furia incontenible y le acuchilló con todas sus fuerzas. Una y otra vez, gruñendo de rabia, fue clavándole el puñal de abajo arriba, jadeando por el esfuerzo, borracho de sangre.

Desde los primeros golpes tuvo que sostener con su mano izquierda un cadáver que se desplomaba inerte y, sin embargo, no lo dejó caer hasta que, agotado por el esfuerzo y la emoción, le hubo hundido nueve veces el arma. El cuerpo del duque doblándose por las rodillas sonó mortecino al dar con el suelo, y a poca distancia se dejó caer Joan. Jadeaba, estaba empapado en sangre y exhausto por la violencia de sus sentimientos.

Miquel Corella, que había contemplado la escena desde la puerta para evitar una posible huida del duque, con los brazos cruzados y sin inmutarse, expuso entonces su opinión de experto:

—Muy bueno el primer tajo. —Después apretó los labios en desaprobación—. El resto de las cuchilladas, totalmente innecesarias.

—Habrá que encargarse ahora del escudero —repuso Joan sin prestar atención al maestro.

—Sí, hay que hacerlo. Pero antes ponte de nuevo el antifaz.

Miquel envió al hombrecillo de la máscara para que le dijese al sirviente que el duque, su amo, quería que se acercara con los caballos y le ordenó que lo matase cuando estuvieran frente a la puerta de la casa. El escudero entró en el callejón siguiendo al enmascarado. Sujetaba las riendas de los caballos con una mano y el farol con la otra. Al llegar frente al portón, que mantenían abierto, el sicario se revolvió para acuchillarle, pero el escudero, que debía de sospechar, supo esquivar la puñalada y estrelló el farol contra la cara de su atacante.

—¡Que no escape! —susurró Miquel, emboscado junto a Joan dentro del portón.

Al caer el farol, la llama ardió en el suelo el tiempo suficiente para que Joan, que ya estaba en la calle, viera cómo el escudero trataba de huir después de chocar contra los caballos, que, asustados, habían hecho un movimiento extraño. Se lanzó tras él temiendo que gritase y logró asestarle una puñalada a la altura de los riñones. Se oyó un gemido justo antes de que el callejón volviese a quedar totalmente a oscuras. Joan no sintió piedad; recordaba a aquel individuo sonriendo lascivo con su máscara de ave de pico fálico y diciéndole que le iban a hacer cornudo. Y también después, cuando hubo terminado, alardeando de su fechoría. Un rugido de rabia surgió de su pecho y en la oscuridad, palpando las paredes, se lanzó a la caza de aquel sujeto, que intentaba salvarse amparado por las tinieblas y el silencio.

Era noche cerrada, pero el cielo estaba despejado y desde el callejón se veían las estrellas. Estas aportaban la claridad suficiente para que, una vez acostumbrados los ojos, Joan pudiese ver en la oscuridad el bulto del cuerpo del escudero y seguirle a la carrera. Llegando a la plaza Judaica, Joan le agarró del jubón y le dio otra cuchillada. El hombre se giró con su daga trazando un círculo hacia Joan. El librero intuyó el peligro y detuvo el golpe con su brazo izquierdo, mientras con su derecha hundía su puñal en el pecho de su enemigo. El escudero se desplomó con un suspiro y Joan, en presencia de Miquel Corella, lo remató en el suelo.

—Primero hay que deshacerse del cuerpo del duque, que está en la casa —dijo Miquel—. Este, en la calle, no nos compromete.

Don Michelotto montó el caballo de Juan Borgia y lo condujo frente al portón, que continuaba abierto. Una vez arrastrado el cadáver a la calle, el hombrecillo enmascarado cogió la bolsa del duque y contó su contenido con avidez.

—¡Hay treinta ducados de oro! —dijo—. Es una fortuna.

—¡Devuelve el dinero a la bolsa! —le ordenó Miquel—. Y ni se te ocurra tocar la cadena de oro de su cuello.

—Él ya no necesita nada de eso —argumentó el tipo con una sonrisa ratonil—. Nos lo podemos repartir.

—Ni pensarlo —insistió el valenciano—. No somos ladrones, y debe quedar claro que este es un asunto de honor. Además, ya te pago un dineral.

El hombre, contrariado, murmuró para sí mientras ayudaba a Joan a cargar el cuerpo en la grupa del caballo. Miquel montó y se dirigieron por las callejuelas oscuras a un punto del río cercano al hospital croata de los Esclavones. Joan y Miquel se quedaron ocultos en las tinieblas y el hombrecillo se asomó para comprobar que no hubiera impedimentos. No vio a nadie e hizo una seña para que acercaran el caballo a la orilla del río. Cuando estuvo al borde del agua, Miquel hizo girar al animal y el hombre y Joan cogieron el cuerpo del duque por los pies y los brazos y después de balancearlo lo soltaron de forma que cayese lo más lejos posible dentro de la corriente. El cadáver se hundió, pero su capa quedó flotando en la superficie.

—Lo encontrarán enseguida —gruñó Miquel disgustado. Y señaló unas piedras de la orilla e hizo gesto de lanzarlas.

El hombrecillo lo comprendió de inmediato y con la ayuda de Joan consiguió hacer que la capa se hundiera bajo el peso de las piedras, ocultando definitivamente el cuerpo en las oscuras aguas.

32

Sin mediar palabra ni advertencia, don Michelotto descargó un golpe en la cabeza del hombrecillo del antifaz. Cuando estuvo en el suelo le puso una soga al cuello, hizo un torniquete del lado de la nuca ayudándose con el mismo pomo de madera con el que le había golpeado y le estranguló hasta que estuvo seguro de su muerte. Se encontraban en un callejón oscuro de regreso desde el río a la plaza Judaica; el librero llevaba el caballo del duque por las riendas y todo fue tan rápido que al principio se dijo que aquel tipo había tropezado. Joan no pudo comprender lo sucedido hasta que Miquel se levantó mostrando el trozo de cuerda y el antifaz que le había arrancado a su víctima.

—Había que matarlo distinto que a los otros para que no se puedan relacionar las muertes —dijo—. Este fiambre no va a sorprender mucho; era carne de horca y nos habría delatado por dinero. Una rata.

—¿Quién era? —preguntó Joan, intranquilo, mientras reanudaban la marcha hacia la plaza Judaica.

—Un alcahuete, un vendedor de placeres prohibidos. Conseguía contactos al duque con las mujeres casadas de las que este se encaprichaba —explicó Miquel—. Compraba a los criados o los intimidaba para conseguir que traicionasen a sus amos. Y también le proporcionaba distintos vicios. Desde juego y bebidas a drogas, afrodisiacas o no, y todo tipo de sexo. Sexo fáunico, gorgónico, centáurico…

—¿Qué?

—Sí, sexo prohibido inspirado en la mitología, que tan de moda está ahora en Roma…

—¿El duque lo hacía con animales? —Joan estaba escandalizado.

—No necesariamente él, pero tenía a mujeres y hombres que hacían lo que fuese para su solaz. A veces se echaba a suertes…

—No me contéis más, no lo quiero saber. —El librero se estremeció al recordar que el duque y su escudero habían violado a su esposa uno tras otro.

Continuaron su camino mientras Joan sentía el corazón en un puño. Era mucho más que la intensa emoción vivida al apuñalar al Borgia, y de la que aún no se había recuperado; temía seguir de un momento a otro el mismo destino que el hombrecillo del antifaz. Miraba de reojo a don Michelotto temiendo sentir de pronto un golpe y notar aquella cuerda estrujándole la garganta hasta la muerte. Pensó que aún le necesitaba para librarse del cuerpo del alcahuete y que, por lo tanto, le quedaban algunos instantes de vida. No se le escapaba la gravedad que revestía el asesinato del hijo del papa, y que la participación de don Michelotto en este no se debía a que se hubiese apiadado de sus desdichas y hubiera decidido ayudarle por amistad. Aquello solo podía tener dos explicaciones, y la primera de ellas, la traición, no encajaba en absoluto con aquel hombre al que toda Roma llamaba «el perro de los Borgia». Su actitud debía de responder a un complot familiar en el que los testigos sobraban. Pensó que lo prudente sería echar a correr a través de las callejas oscuras y salvar su vida. Sin embargo, se dijo que no podría. Había aceptado la ayuda de Miquel Corella a pesar del riesgo que entrañaba, pues su rabia y su deseo de vengar a su esposa eran mayores que su aprecio a la vida. No podía abandonar al valenciano en aquella situación; Miquel siempre le había ayudado, siempre había sido fiel a su palabra. Decidió seguir, pero manteniéndose atento, con la mano cerca de la empuñadura de la daga, aun sabiendo que nunca se podía estar suficientemente alerta con un hombre como don Michelotto.

Cuando llegaron a la plaza Judaica, el cadáver del escudero no estaba donde lo habían dejado y, a pesar de revisar a conciencia tanto la plaza como las bocacalles adyacentes, no lo encontraron.

—¡Se lo han llevado! —dijo Joan.

—No lo creo —repuso don Michelotto molesto—. Lo más probable es que le mataras mal y se haya ido por su propio pie.

—¡Pero si lo apuñalé varias veces!

—Te asombrarías de las cuchilladas que algunos aguantan sin palmarla; además, los hay que se hacen los muertos. No vale con herir, hay que saber dónde hundes la daga.

—Lo lamento.

—Aprende para la próxima vez —le advirtió Miquel—. Por suerte, gracias a las máscaras y a la oscuridad, no nos podrá identificar. Dejemos aquí el caballo suelto y ven a mi casa; cae más cerca que la tuya y tienes que lavarte. ¡Hay que ver cómo te has puesto de sangre! Si te ven así, tu aspecto te delatará. El de matar es un oficio peligroso y hay que hacerlo bien.

Al llegar a la casa de Miquel Corella, Joan se sintió aliviado. Si el valenciano hubiera querido matarle, lo habría hecho en una de las callejas oscuras y no en su propia casa. Entraron por una puerta lateral situada en un callejón sin luz, Joan se lavó y Miquel le prestó ropas limpias en sustitución de las manchadas, que echó al fuego.

—¿Qué va a pasar ahora? —quiso saber el librero cuando terminaron.

—Pues que se producirá un revuelo tremendo al que seguirá una rigurosa investigación hasta encontrar a los culpables. Una vez identificados, se los torturará y se los ejecutará.

Joan se estremeció; conocía muy bien aquel tipo de ejecuciones ejemplarizantes.

—¿Qué posibilidades hay de que nos descubran?

—¿A nosotros?

—Sí.

El capitán de la guardia vaticana rio entre dientes de una forma siniestra.

—Pocas.

Joan calló a la espera de que don Michelotto, que le miraba fijamente aún con la sonrisa en los labios, continuase.

—Pocas. Porque yo seré el encargado de la investigación.

—¿Vos? —exclamó Joan aliviado.

—Con toda probabilidad.

—Pero ¿por qué razón me ayudasteis? Todo el mundo en Roma conoce vuestra fidelidad a los Borgia; os llaman...

—El perro de los Borgia —le cortó.

—Entonces...

—Si crees que soy el perro de los Borgia —volvió a interrumpirle el valenciano mirándole fijamente—, deberías saber que los perros, en especial los agresivos, escogen a un amo entre los miembros de la familia al que respetan, sirven y obedecen por encima de los demás. Y yo escogí a César Borgia.

Joan le observó en silencio, sin terminar de entenderle, mientras se decía que, efectivamente, la cara de don Michelotto, que a veces le recordaba a la de un toro, ahora se le antojaba la de un perro de presa.

—Hay Borgias buenos y Borgias malos —continuó Miquel—. Alfonso de Borgia, que después fue el papa Calixto III, era un Borgia bueno. Muy hábil y además bueno de corazón. Rodrigo de Borgia, nuestro papa actual, es quizá el mejor, a veces demasiado bueno, no creas todas esas calumnias que sus enemigos, impotentes, inventan sobre él. Dicen monstruosidades. En realidad, es un gran hombre de familia, y su gran defecto, que no pecado, es el exceso de amor a su prole.

»El mayor de sus hijos, el anterior duque de Gandía, héroe de la guerra de Granada, fue un buen Borgia, igual que César y Lucrecia. Por el contrario, Jofré, el hermano menor, es un pobre muchachito sin carácter. Pienso que el papa cree que no es hijo suyo; cuando nació, su relación con Vannozza ya estaba en declive y debe de sospechar que ella le engañó con el blandengue de su marido. Así ha salido el chico. Sin embargo, Alejandro VI lo ha tratado siempre como a un hijo y le casó con una princesa.

—Sí, Sancha de Aragón, princesa de Esquilache —murmuró Joan.

—El peor de todos era Juan —continuó el valenciano sin hacer caso al comentario del librero—. Su padre, cegado de amor, no se enteraba y le fue dando poder y más poder, títulos y más títulos. Ya vi en Barcelona que era un alocado engreído, aunque eso no me preocupó, porque se quedaba en Gandía. Pero cuando su padre le reclamó para hacerle portaestandarte papal pensé que acabaría arruinando el Vaticano y a la familia. Era valiente, pero demostró, como yo suponía, ser un mal general en la batalla contra los Orsini. Después, como también sospechaba, resultó ser un mal político, incapaz de mostrarse lúcido y elocuente frente al cardenal Sforza; por esa razón tuve que matar a ese desgraciado listillo del secretario. Sin embargo, lo peor era que se había convertido en un rufián con más pene que sesos. Quería poseer a todas las mujeres hermosas de Roma, sin importarle a quién pertenecieran, y eso nos creaba continuos enemigos. El colmo fue su descaro haciendo pública su relación con la mujer de su hermano, y después su atrevimiento al violar a la tuya. Eso no se le hace a un compañero de armas. No se le hace a alguien de nuestro clan, a un *catalano*, al que algún día le darás la espalda cuando te enfrentes a tus enemigos. De haberte matado después de violar a tu mujer, hubiera demostrado al menos algo de sensatez, pero ni de eso fue capaz. Buscaba su placer en tu humillación, te quería vivo, deshonrado y sufriendo. ¡Qué estúpido!

Don Michelotto calló y sostuvo la mirada de Joan.

—Ahora César Borgia heredará todo ese poder, ¿verdad?

—Eso espero. Es hábil, fuerte y valiente. Pienso que su padre sabía que era el mejor de sus hijos y siendo el segundo de los hermanos lo destinó al sacerdocio. Supongo que lo quería hacer su sucesor en el papado. Sin embargo, el chico ha nacido para ser un gran general y estadista, no tiene vocación religiosa; le gustan demasiado las mujeres.

—¿Conoce él lo ocurrido esta noche?

El rostro de Miquel cambió súbitamente. Su expresión se tornó feroz; daba miedo.

—¿Qué pasa? —repuso enseñándole los dientes—. ¿Es que no crees capaz a un hijo de puta como yo de cambiar por sí solo el destino del mundo?

Joan comprendió que acababa de hacer la pregunta equivocada. El perro defendería a su amo a toda costa.

33

Joan llegó a su casa poco antes del amanecer con las ropas que Miquel Corella le había prestado. Entró discretamente por la puerta de la librería, pues los empleados dormían del lado del patio, y al acostarse notó a su esposa despierta, a pesar de haberla avisado de que se ausentaría parte de la noche.

Habían pasado ya semanas desde la violación, y a Anna aún le era difícil conciliar el sueño, las pesadillas volvían una noche tras otra y notaba algo en su interior que no dejaba de atormentarla. En ocasiones, se reprochaba su actitud inicial con Juan Borgia, y en otras se decía que había hecho lo correcto y que solo quiso ser amable. Era incapaz de ponderar su culpabilidad, se preguntaba si había merecido aquel castigo tan cruel, tan degradante, tan terrible, por algún motivo que no terminaba de comprender. Le habían robado la honra, la dignidad, la habían humillado de una forma indecible, habían abusado física y mentalmente de ella. Querían destruirla como persona y lo habían logrado.

Trataba de ordenar sus pensamientos, afrontar con cordura lo ocurrido, y ni siquiera podía recordar con claridad aquellos momentos de zozobra. Todo se resumía en una angustia que le cortaba la respiración y en aquel olor detestable que mantenía en su recuerdo. Aquella noche fatídica había marcado el comienzo de largos silencios que Anna apenas abandonaba para dirigirse a su hijo o, en menor medida, a María, la hermana de Joan. En ella, que tantos abusos había sufrido en su tiempo de esclavitud, creía encontrar una comprensión que solo la complicidad en una desdicha semejante podía proporcionar. Una comprensión sin palabras, puesto que ni siquiera con ella era capaz de compartir los detalles de lo sucedido.

—¿De dónde venís? —le preguntó a su esposo.

—De matar a Juan Borgia y también a su escudero —susurró él.

Ella quedó en silencio durante un rato y después le dijo:

—No bromeéis con eso.

—No bromeo —repuso él. Aunque comprendió que ella no terminaba de creerle.

—En cualquier caso, me alegro de que estéis de vuelta sano y salvo —dijo antes de darle la espalda en el lecho.

Joan sabía que su mujer continuaba con aquel sentimiento de asco; cuando quiso acariciarla, ella se mantuvo de espaldas aun sin rechazar el contacto. Él no pudo dormir el poco tiempo que faltaba para el alba y se levantó para escribir en su libro: «Querida mía, algún día, Dios quiera que pronto, volveréis a ser la de antes». Y más tarde anotó: «¿Cómo puedo ayudarla? ¿Quién podría ayudarme?».

A la hora de costumbre, Joan bajó a atender la librería mientras Anna continuaba en la cama. Desde la terrible noche de la violación, ella solo abandonaba el lecho para cuidar de Ramón y para lo imprescindible. El librero se preguntaba, angustiado, si su esposa algún día sería capaz de recuperar su brillo y su sonrisa de antaño, y de reinar de nuevo en su librería.

Cuando el duque de Gandía pasaba la noche en Roma no acostumbraba a regresar antes de entrada la mañana, y nadie se inquietó en el Vaticano hasta que aparecieron los caballos sueltos y el escudero gravemente herido. El hombre explicó una confusa historia sobre la orden del duque de esperarle una hora y el ataque sufrido mientras aguardaba. Había perdido mucha sangre y murió sin que se le pudiera interrogar a fondo.

Sin embargo, se mantuvo la esperanza de que el asalto al escudero no tuviese relación con su señor y que este apareciera sano y salvo. Quizá se encontrase, como había ocurrido con anterioridad, en casa de una amante, esperando el momento de salir sin ser visto por el marido.

Por la tarde, Miquel Corella envió a sus agentes a registrar el barrio, incluidas las casas cercanas a la plaza Judaica. Encontraron restos de sangre en un caserón deshabitado; aquello alarmó al papa y las investigaciones se extendieron al Tíber, lugar favorito en Roma para librarse de cadáveres molestos. Se interrogó a los habituales de la ribera y dos leñadores que dormitaban vigilando un cargamento de madera y un barquero que dijo que el frío de la madrugada le había despertado mientras dormía en su bote declararon haber visto cómo tres enmascarados arrojaban al río lo que parecía ser el cuerpo de un caballero. Cuando don Michelotto los reprendió por no denunciar el hecho a las autoridades, ellos se encogieron de hombros diciendo que muchas noches eran testigos de cosas semejantes sin que nadie les preguntara al día siguiente. Miquel los dejó ir sin castigo, pues era bien sabido, ya desde mucho antes del pontificado de Alejandro VI, que lanzar al río muertos incómodos por la noche era una costumbre muy romana.

Esa misma tarde, Joan se sorprendió al ver aparecer a Anna en la librería mientras él comentaba con un par de clientes la noticia de la desaparición del hijo del papa y la muerte de su escudero. Estaba desmejorada, se movía con dificultad y cuando los asiduos se interesaron por ella, dijo que había estado enferma, aunque ya se sentía mejor. Participó brevemente en la conversación y después se despidió cortés, no sin antes mirar a su marido de forma extraña.

Aquella noche, Anna le preguntó a Joan en voz baja cuando ambos estaban en el lecho:

—¿Está muerto de verdad?

—Sí.

—Y ¿le matasteis vos?

—Sí, yo y alguien más.

—Pero ¿cómo pudisteis? —musitó—. Era el hombre más poderoso de Roma.

—Ya sabéis que cometía sus fechorías con pocos cómplices —susurró—. Los cogimos por sorpresa.

—¿Por qué le matasteis?

—Por vos.

—¿Por mí o por vuestro honor?

—Por vos, porque os amo. Y porque eran unos miserables sin moral a los que nadie ponía freno y hubieran destrozado a más inocentes.

Ella no dijo nada y le abrazó, brevemente, por primera vez desde aquella noche fatídica. Él la estrechó entre sus brazos besándola en las mejillas y sintió que ella aceptaba su cariño, pero cuando sus labios buscaron los de ella, su esposa le detuvo.

—No puedo —le dijo.

Todos los pescadores del Tíber, unos trescientos, fueron instados a rastrear las aguas bajo promesa de una recompensa, y al mediodía del día siguiente, el cadáver apareció en las redes de uno de ellos. La riqueza de sus vestidos hizo que se le reconociera de inmediato y enseguida se supo que no se trataba de un robo, puesto que en su bolsa encontraron treinta ducados de oro y lucía una cadena del mismo metal en el cuello. Quienquiera que fuese el asesino quería dejar claro que se trataba de un asunto político o de honor.

El cuerpo fue trasladado al castillo de Sant'Angelo, donde don Michelotto, bajo las órdenes de César Borgia, formó varios destacamentos listos para el combate por si el asesinato era el preludio de un golpe militar. Allí se desnudó el cadáver y después de lavarlo se le vistió para el funeral con el lujoso traje de portaestandarte vaticano. Cuando estuvo listo, una solemne comitiva condujo el féretro hasta la iglesia de Santa Maria del Popolo, donde se expuso el cuerpo para que toda Roma pasara a rendirle un último tributo.

—Anna, acompañadme a Santa Maria del Popolo —le pidió Joan a su esposa, en la alcoba, después de la comida—. Le veréis muerto.

Ella se quedó mirándole con unos ojos muy abiertos que pronto se llenaron de lágrimas.

—No quiero verlo de ninguna forma. Ojalá jamás hubiera existido.

—Eso ya pasó, amor mío —le dijo él tomándole la mano y besándosela—. Está muerto y murió por lo que os hizo. Ahora olvidémosle.

—No podremos —dijo ella temblorosa—. Nunca podremos.

—¿Por qué?

—Porque tengo una falta, desde hace ya tiempo —dijo con un sollozo—. Estoy embarazada.

Joan la miró con espanto al comprender lo que aquello significaba. ¡Cualquiera de los miserables que la habían violado podía ser el padre! Pero se esforzó en recuperarse.

—Será mi hijo, así como vos sois mi esposa —respondió después de unos momentos, tratando de parecer sereno y disimular su tremenda angustia.

—No, no lo será, aunque lo sea. Será un ser marcado por la infamia y la duda.

—Será mi hijo porque vos sois mi esposa, porque nos amamos y porque ellos solo os tomaron una vez, con odio y violencia, y yo os tomé muchas con amor. Será mi hijo, Anna. Lo será.

Le tendió los brazos para que se acurrucara en ellos, pero ella no se movió. Él se acercó a abrazarla.

—Dejadme —le dijo Anna rechazándole con un sollozo—. Estoy sucia.

Se tumbó en la cama boca abajo y se puso a llorar. Joan, sin saber qué hacer, se quedó con la mirada perdida en la penumbra de la habitación, aterrorizado ante la evidencia de que su esposa se consideraría sucia el resto de su vida.

Anna se mantuvo en la misma posición sobre la cama hasta mucho después de que Joan se marchara. Le rechazó, rechazó su contacto, su cariño. Ni siquiera él podía aliviarla, deseaba estar sola. Pobre consuelo representaba la muerte de Juan Borgia. El resultado de aquella violación monstruosa solo podía engendrar un monstruo. Y sentía que la semilla de uno de aquellos miserables había echado raíces en su vientre. Crecía en sus entrañas, en el lugar más íntimo de su cuerpo. Juan Borgia había muerto, pero su recuerdo y las secuelas de su infamia continuaban vivas. ¡Había deseado tanto darle un hijo a Joan! No solo por el amor que le tenía, sino también para agradecerle el cariño con que trataba a Ramón, hijo de su primer marido. ¿Qué le daría ahora? Una duda, el recuerdo permanente del momento más horrible de sus vidas. Aunque el ser que naciera de sus entrañas fuese realmente hijo de Joan, jamás se libraría de aquella mancha que viviría con ellos para siempre.

Joan acudió con Niccolò a la iglesia de Santa Maria del Popolo para rendir, en apariencia, homenaje al cuerpo presente del fallecido. Los uniformes rojos y amarillos de la guardia vaticana lucían crespones, y las antorchas que sostenían se unían a la profusión de velas que iluminaban el templo. El silencio se rompía solo por el arrastrar de pies de la gente que desfilaba frente al féretro y los murmullos ahogados de los guardias que guiaban a una multitud enlutada. El papa se había retirado a sus aposentos; presidían el duelo César, con sus ropajes cardenalicios, y Jofré Borgia. Junto a ellos, su primo el cardenal Juan Borgia Lanzol y otros familiares. En un lugar destacado se encontraba don Michelotto, muy erguido, también de negro y con sus armas al cinto. Su mirada se cruzó con la de Joan y el valenciano apenas hizo un ligero gesto de reconocimiento con la cabeza.

Al llegar al féretro en el que se exponía el cuerpo, Joan se detuvo sin importarle paralizar la cola de gentes que desfilaban dando pésames y haciendo genuflexiones frente al cadáver. Él solo se santiguó, pidiendo perdón al Señor por sus actos. Aunque al contemplar la cara de afilada barba del duque de Gandía, a la vez bella y lobuna, pensó en Anna y el odio creció de nuevo en su pecho. Quizá fuera la simiente de aquel miserable la que ahora vivía y crecía en el vientre de su esposa. La que la haría sentirse sucia toda la vida. ¡Había destruido algo tan bello…! Sintió una rabia que le hizo rechinar los dientes y una pena terrible que le humedeció los ojos. Apretó la empuñadura de la daga que llevaba al cinto, la misma con la que había matado al duque, y se dijo que desearía apuñalarle una y otra vez. No se arrepentía. La muerte no era suficiente para pagar todo el mal que aquel individuo había hecho.

—Vamos —oyó que le decía Niccolò tirando de él—. Estamos interrumpiendo.

La gente murmuraba y empujaba, pero Joan se plantó separando las piernas y se quedó contemplando al muerto. Quería prolongar su triste goce en lo posible. Cuando la presión de la multitud se hizo insoportable lanzó otra mirada a Miquel Corella antes de irse. Él también le miraba con sus oscuros ojos brillando en su cara de nariz aplastada que recordaba a la de un toro.

34

Aquella noche se enterró al duque de Gandía después de una solemne procesión en la que el féretro, con una abertura que mostraba el rostro del fallecido, iba seguido de doscientos hombres armados que portaban antorchas, de multitud de cardenales y de la nobleza romana. También acudieron todos los embajadores en Roma, encabezados por el español Garcilaso de la Vega, pues no solo se trataba del hijo del papa, sino de un noble español casado con una prima del rey Fernando.

El papa no asistió al entierro; sin embargo, se desplazó desde el Vaticano, por un pasadizo secreto, a la fortaleza de Sant'Angelo, para contemplar desde allí el séquito en privado. Al día siguiente se rumoreaba en Roma que, después de lanzar un grito desgarrador al ver el cadáver de su hijo a la luz de las antorchas, el pontífice había sufrido varios desmayos.

Después, los *catalani*, con el extremeño Diego García de Paredes y don Michelotto al frente, se lanzaron a las calles de Roma, espadas desenvainadas, en busca de venganza. Mientras, los Orsini, los Colonna y otras familias romanas que en el pasado se habían mostrado hostiles a Alejandro VI se fortificaban en sus palacios temerosos de un asalto. También se atrincheraron los cardenales conspiradores, Sforza y Della Rovere, y demás prelados y nobles que temían ser considerados sospechosos de desear la muerte del duque. No se produjeron víctimas gracias a que los habitantes de Roma abandonaron las calles para refugiarse en sus casas y porque después de una noche y un día de gritos y bravatas, los *catalani*, cansados, se dejaron persuadir por la promesa de don Michelotto de continuar con la investigación hasta encontrar a los culpables.

—Ahora es el momento en el que los *catalani* deberían librarse de sus peores enemigos —le comentó Niccolò a Joan—. Esos como los Sforza y Della Rovere, que están esperando la ocasión para acabar con el papa. Miquel Corella solo tiene que apuntarlos con el dedo y sus casas serán asaltadas, saqueadas y la tropa acabará con ellos.

—¿Qué se dice en Roma? —quiso saber Joan—. ¿De quién se sospecha?

—El papa y Juan Borgia tenían numerosos enemigos, tanto declarados como encubiertos, y se barajan muchos nombres como posibles culpables. Unos dicen que es la venganza de los Orsini, con los que se firmó una paz a desgana y cuyo patriarca murió en el Castel Nuovo de Nápoles, donde el rey lo tenía recluido por orden de Alejandro VI. Otro firme candidato es el cardenal Ascanio Sforza, cuyo sobrino fue declarado impotente para conseguir la nulidad del matrimonio de Lucrecia y a cuyo secretario estranguló don Michelotto. Y también está el cardenal Della Rovere, eterno enemigo del papa, e incluso los Colonna, ya que Fabrizio, el capitán de la caballería pesada de Juan Borgia, fue acusado de traidor por este después de la derrota frente a los Orsini. Y, naturalmente, también está esa legión de maridos ultrajados entre los que se encuentra su propio hermano Jofré.

La librería permaneció cerrada el día del entierro y el siguiente, aunque abrió tan pronto como la soldadesca abandonó las calles. De inmediato empezaron a llegar clientes ávidos de noticias y deseosos de comentar los sucesos. Niccolò siempre tenía algo que decir y si las nuevas no llegaban, él sabía dónde encontrarlas.

Joan no pudo evitar preguntarle a Miquel Corella, cuando este visitó la librería al tercer día después del entierro, por su búsqueda de venganza en las calles de Roma.

—Es bueno que nos teman. —En su cara se dibujó una sonrisa cínica—. No podemos consentir que el asesinato de uno de los nuestros quede impune. Aunque el difunto haya sido un miserable.

—Niccolò dice que es ahora cuando deberíais libraros de vuestros peores enemigos.

—No le falta razón a nuestro amigo florentino —repuso el valenciano—. Yo también tengo mis informadores. En su círculo privado, ese cardenal Della Rovere continúa llamando al papa «marrano circuncidado» porque es español y protege a los conversos y judíos huidos de España. Della Rovere estuvo años conspirando para que el rey francés depusiera a Alejandro VI sin conseguirlo. Y ¿qué pasó? Pues que nuestro papa le perdonó, y ahora que el cardenal le acaba de enviar una carta llena de sentimiento, me temo que le perdonará de nuevo. Ese hombre es una víbora que volverá a morder tan pronto como goce de la ocasión. Le mataría con mis propias manos. Lo mismo ocurre con el cardenal Sforza; Alejandro VI también le perdonó. César Borgia opina como nosotros; ahora es el momento de acabar con ellos. Pero el papa no quiere ni oír hablar de venganzas y ya lleva tres días encerrado en sus habitaciones sin querer comer, sollozando, rezando, sin ver a nadie y lamentándose en voz alta. Sus médicos dicen que era tanto el amor que le tenía a su hijo que ha enloquecido.

La locura, esa era la palabra que hacía estremecer a Joan. Porque al oírla pensaba en Anna y en su estado. La noticia de la muerte de Juan Borgia y de su compinche no la había aliviado como Joan esperaba, pues la evidencia, cada día más patente, de su embarazo pesaba como una losa sepulcral sobre ella.

De nada servía que Joan le dijese que aquel sería, sin duda alguna, su hijo. Ella ni siquiera intentaba fingir que le creía. Él era consciente de cuán terca podía ser su esposa, y pese a que se lo repetía una y otra vez, había perdido la esperanza de sacarla de aquel nefasto convencimiento. Se concentraba en el pequeño Ramón, no pisaba la planta baja, apenas hablaba con María y Eulalia y aunque aceptaba e incluso buscaba su cariño, rechazaba cualquier caricia que pudiera conducir al sexo. Joan se decía que aquella librería que habían construido con amor había dejado de ser, sin la presencia de su esposa, el lugar maravilloso con el que había soñado. Una nube oscura lo cubría todo y Joan trataba de olvidar la pena que ahogaba su hogar participando en las charlas con unos y otros. En especial, con su amigo florentino.

—El papa ha entrado en una fase mística y dice que va a abdicar del papado para dedicarse a la penitencia y que se olvidará de todo asunto temporal para ocuparse exclusivamente de lo espiritual —comentó Niccolò.

Joan meneó la cabeza en gesto de sorprendida resignación, pero se abstuvo de verbalizar sus sentimientos. Comprendía al papa. Él había sido el causante del dolor del pontífice, pero el que él sufría era aún peor, y motivado precisamente por el hijo a quien el papa lloraba.

—Sorprende a los cardenales con discursos en los que se declara indigno y miserable, dice que ha escandalizado con su conducta y pide perdón a Dios y a los hombres —continuó el florentino—. Mientras, todos los posibles sospechosos se esfuerzan en hacerle llegar sus más sentidas condolencias, acompañándole en su dolor y dando muestras de su fidelidad inquebrantable.

»Incluso Savonarola desde Florencia le ha enviado una elocuente carta, aunque no se priva de decirle que la muerte de su hijo es un castigo por sus pecados. Y el embajador español coincide en esa opinión. La reina Isabel de Castilla hace tiempo que se muestra escandalizada por la conducta de los Borgia, y su esposo el rey Fernando está airado por la alianza del papa con el rey de Nápoles.

—Jamás pensé que esa muerte pudiese desatar tanta política —murmuró Joan sorprendido.

—Parece que el papa está convencido de que el Señor le ha castigado por sus pecados —siguió Niccolò—. Proclama que reformará por completo las costumbres eclesiásticas, que regresará al origen del cristianismo y que a partir de ahora el clero observará prácticas austeras, pobres y puras. Como os podéis imaginar, eso causa pánico en la curia vaticana, y los cardenales, sin importar filiación política, le piden audiencias en las que se esfuerzan por consolarle con la esperanza de que recupere la razón.

—Si Alejandro VI se ocupa solo de lo divino y no de lo humano —dijo Joan preocupado—, no durará como papa, sus enemigos le derrocarán con las armas o, peor, se convertirá en un títere en sus manos.

—Eso es lo que temen nuestros amigos *catalani* —repuso Niccolò con una sonrisa—. Aunque no creo que se lo permitan. Su vida está en juego. Si cae el papa, no habrá piedad para ellos.

A Joan ni se le había pasado por la imaginación contarle a su amigo la violación de su esposa. Era demasiado duro, demasiado humillante, aunque sabía que el astuto florentino, que no se perdía detalle de lo que ocurría a su alrededor, lo había adivinado todo, punto por punto. Por su parte, Niccolò mantenía una exquisita discreción y, más que sus palabras, sus miradas y sus gestos evidenciaban su sospecha de que su patrón había tenido algo que ver con la muerte del Borgia. Era un secreto mudo entre ambos.

Joan observaba con curiosidad atenta a Miquel Corella, le intrigaba aquel al que consideraba amigo a pesar de no poder sentirse nunca del todo seguro con él. Era fuente de continuas sorpresas. Un día lo encontró llorando en el salón pequeño de la librería con un libro entre las manos; se trataba de *Les trobes en lahors de la Verge Maria*.

Joan se quedó en silencio ponderando si debía mirarle o hacer como que no le veía, pero don Michelotto se dirigió a él sin que al parecer le importase que viera las lágrimas que se deslizaban por sus mejillas y que se enjugaba con la manga de su jubón.

—Soy un gran devoto de la Virgen María, y leer estos poemas en mi lengua materna me enternece. —El librero continuó en silencio sin saber qué decir—. Se lo regalaré al papa, él también es un gran devoto de Nuestra Señora.

—Quizá lo tenga ya —le dijo Joan—. Este fue el primer libro impreso en Valencia, y seguramente en España. El virrey de Valencia convocó un concurso poético cuyo tema obligado eran las alabanzas a la Virgen María; se presentaron cuarenta y una obras en valenciano, tres en castellano y una en italiano florentino. Eso ocurrió en 1474, cuando el papa era aún cardenal de Valencia, aunque ya residía en Roma.

—Se lo regalaré de todas formas. Y si ya lo tiene, me lo quedaré yo. —De pronto, su semblante lloroso se iluminó con una gran sonrisa—. ¡Tengo una idea mejor! —exclamó—. Se lo regalarás tú.

—¿Yo?

—Sí. Recuerda que en la celebración de la toma de Ostia dijo que quería verte para que le llevases una lista de libros. Y que pidieras cita a su secretario.

—Eso es cierto. Aunque pensé que lo decía solo para honrarme, no porque quisiera libros. El Vaticano tiene una biblioteca que mi establecimiento nunca podría igualar.

—Olvídate de eso —dijo Miquel desechando la objeción con un manotazo en el aire—. Se alegrará de hablar contigo; no en vano eres paisano suyo y le ayudaste a recuperar Ostia. Yo me encargo de que te reciba.

—Dicen que está destrozado por la muerte de su hijo —repuso Joan—. No me siento con fuerzas para mirarle a la cara después de lo que hicimos.

—¿Hicimos? —La expresión de don Michelotto había tornado a la de un toro a punto de embestir—. Nuestra fidelidad al pontífice es tal que daríamos la vida por él. ¿No es cierto?

Joan afirmó con la cabeza, sorprendido ante el súbito cambio experimentado por el valenciano.

—Entonces ¿qué hicimos? —inquirió el capitán vaticano.

—Nada —dijo Joan—. No hicimos nada.

Aquella noche, mientras Anna se encontraba tumbada en el lecho, callada e insomne, Joan se sentó frente a la mesita de la alcoba situada de cara a la ventana que daba a la calle. Sobre el mueble, iluminado por un candil, descansaba su libro.

No deseaba ver al papa, y no solo por lo ocurrido con su hijo. Aquella audiencia, que le honraba, le habría ilusionado de haber ocurrido unas semanas antes; sin embargo, ahora, la tristeza de su esposa diluía sus emociones, y la reflexión ocupaba el lugar de la ilusión. Hablar con el papa en nada cambiaría su vida, aunque debía hacerlo para no desairar a su amigo.

Sus pensamientos fueron a la profunda religiosidad de don Michelotto; le sorprendía aquel hombre que asistía a diario a misa. Estaba convencido de que su amigo no acudía a los oficios solo por dejarse ver, sino porque lo sentía.

«¿Cómo puede compaginar su fe con su trabajo cotidiano? —escribió—. ¿Se confesará de sus crímenes?».

Reflexionando, Joan llegó a la conclusión de que Miquel Corella obedecía todos los mandamientos menos el quinto: no matarás. Ese no existía para él.

«Quizá mata, en su opinión, a mayor gloria de Dios», anotó.

35

Cuando Miquel Corella le confirmó a Joan su cita con el pontífice, la noticia le dejó indiferente. Aun así, su expectación creció conforme la fecha se acercaba. Él, el hijo de un pobre pescador analfabeto, iba a conversar en privado, sobre libros, con el personaje más importante de la cristiandad.

Al hacérselo saber a su esposa, esta pareció salir de su abatimiento.

—Pedidle su bendición —le dijo—. Bien sabe Dios cuán necesaria nos es la gracia.

Pocos días después, Joan, ataviado de negro de pies a cabeza a pesar del calor de agosto excepto por la camisa blanca que asomaba por el cuello del jubón, se dirigió a caballo al Vaticano con unos libros de muestra y una lista de otros que quizá interesasen al pontífice.

Dejó su montura y sus armas en el cuerpo de guardia, donde conocía a los oficiales, y fue recibido como alguien de la casa. Tras una breve espera, un mayordomo le condujo a las habitaciones privadas del papa.

Joan siguió a aquel hombre a través de unas salas de rico mobiliario, bellos cortinajes y paredes y bóvedas decoradas fastuosamente con vivos colores. En aquellas pinturas brillaba el oro y la plata y representaban escenas alegóricas y religiosas con frecuentes apariciones del toro del escudo de los Borgia.

En Roma se comentaba la belleza de aquellas habitaciones pintadas por Pinturicchio y su equipo de aprendices, aunque pocos habían gozado de su contemplación.

Después de un largo trayecto llegaron a una puerta custodiada por dos guardias, y el mayordomo golpeó con los nudillos. El hombre esperó a oír respuesta y entonces abrió una de las hojas, hizo una gran reverencia y anunció:

—Joan Serra de Llafranc, el librero.

Hizo pasar a Joan y este sintió que la puerta se cerraba a sus espaldas. Se encontraba en una gran habitación iluminada por un ventanal a su derecha, cubierta por arcos góticos que formaban dos bovedillas decoradas con motivos vegetales, geométricos y medallones. Los arcos ojivales de la parte superior de las paredes albergaban unas espléndidas pinturas que Joan rápidamente identificó gracias a los comentarios admirados oídos en su librería. Era la sala de los Misterios de la Fe, y en ella se representaban siete episodios sagrados, desde la Anunciación y la Natividad a la Resurrección y el Pentecostés. A Joan le hubiera gustado poder admirar la belleza de las pinturas, pero era consciente de que el papa le esperaba.

—Venid aquí, Joan —oyó que le decía en valenciano.

El pontífice se encontraba arrodillado en un reclinatorio situado frente a un crucifijo del que se levantó con esfuerzo.

—Vuestra santidad —murmuró Joan, que acudió a besar el anillo papal que Alejandro VI le tendía.

—Sentaos aquí —le dijo el papa mostrándole una silla—. Y dejad en la mesa lo que traéis.

Joan depositó en ella los libros, con excepción del que le llevaba como regalo, y esperó a que el pontífice se sentase para hacerlo él. Alejandro VI se acomodó en un sillón tan cercano a Joan que podía tocarle extendiendo el brazo.

—Me alegra veros otra vez —le dijo con una sonrisa en los labios—. He oído comentarios muy buenos sobre vuestra librería.

A Joan le costaba identificar al hombre al que tenía enfrente con el que había conocido cuando el Gran Capitán le presentó al celebrar la victoria de Ostia. Le recordaba como un hombre alto y corpulento vestido con ropajes suntuosos, y ahora tenía frente a él a alguien que, aun conservando la estatura, se encorvaba y había perdido mucho peso. Hacía calor y vestía un austero hábito oscuro, calzaba sandalias de fraile y sus manos, sin los guantes habituales, mostraban una única joya: el anillo papal. Su cabeza estaba descubierta y dejaba ver un cráneo afeitado en tonsura con una única franja de cabello que le cubría por encima de las sienes y la parte posterior de la cabeza, pasando justo por encima de las orejas. Una prominente nariz aguileña, más destacada ahora en su rostro a causa de la delgadez, dominaba una cara macilenta y afeitada en la que se marcaban las líneas que partían de la nariz y limitaban las mejillas y la boca. Un cuello flácido mostraba, en pliegues, los restos de una antigua papada. Tenía enrojecidos sus oscuros ojos, y Joan pensó que no hacía mucho había llorado. Sin embargo, su mirada mantenía la intensa vivacidad que Joan recordaba.

—Vuestra familia, vuestros capitanes y prelados me honran con su presencia en mi casa, santo padre —repuso tratando de devolverle la sonrisa—. Son muy generosos elogiándola.

—No solo hablan de vuestra librería, también de vos —continuó el papa—. Y lo hacen muy bien. Y más después de Ostia. Vos sois ese paisano mío que, además de abrir brecha con sus cañones en la fortaleza, fue el primero en penetrar en ella.

—Seguí a un soldado español, un chico joven. En realidad entramos juntos.

—Aun así fuisteis el primero; os lo agradezco, Joan. —Tenía una voz envolvente y no dejaba de mirarle—. La toma de Ostia representó una gran victoria.

—El mayor de los méritos es para los reyes de España y su general Gonzalo Fernández de Córdoba.

Joan vio cómo la sonrisa desaparecía de inmediato de la faz del papa.

—Con los reyes tenemos nuestras cuentas saldadas —dijo cortante.

Sin embargo, pronto recuperó la compostura y continuó la conversación con su voz cálida, amable y aterciopelada.

—También elogian a vuestra esposa. Ensalzan su conversación, su gentileza, su prudencia y dicen que es una de las mujeres más bellas de Roma.

A Joan se le hizo un nudo en la garganta. El papa no sabía que Anna ya no se dejaba ver por la librería, que aquella luz que irradiaba se había apagado, que apenas salía del dormitorio, que no era la misma.

Y después pensó en el hijo de aquel hombre que tanto mal les había causado y se mordió los labios para no gritárselo como su corazón le pedía. Sintió que sus manos se crispaban en el libro que mantenía en su regazo y se dijo que el pontífice solo quería ser amable con él, que sin duda desconocía las fechorías de Juan Borgia. Entonces sintió la mirada observadora de Alejandro VI en él; ponderaba su expresión, había notado algo.

—Muchas gracias —dijo tratando de disimular. Tragó saliva y le ofreció el libro—. Esto es para vos.

—¿Para mí? —preguntó el papa con la expresión ilusionada de alguien que aprecia los regalos—. ¿Qué es?

—Un humilde presente. El primero de los libros impresos en vuestro obispado de Valencia.

—*¡Les trobes en lahors de la Verge Maria!* —exclamó feliz.

—Veo que lo conocéis —repuso Joan decepcionado—. Debí suponerlo.

—No importa, no puede haber mejor regalo para mí —dijo el pontífice tomando el libro y acariciándolo.

Lo hojeó brevemente y se lo devolvió a Joan, que le miró sorprendido.

—Abridlo por cualquier página. Leedme un poco —le pidió.

Joan obedeció y buscó un fragmento que le parecía particularmente bello.

—*Senyora dels angels / Regina del cel...*

—*Lum guia del mon / Vos fes medecina* —continuó el papa.

—¡Lo sabéis de memoria! —exclamó Joan sorprendido.

—No todo, tan solo aprendí los versos que más me gustaban.

Y siguió recitando, aunque de pronto su voz se hizo débil y Joan, desconcertado, vio que el pontífice empezaba a llorar. Dejó de declamar y con un gesto le pidió el libro. Joan se lo dio y Alejandro VI lo estrechó entre sus brazos, sollozó y agachando la cabeza continuó con un llanto silencioso del que se escapaba de vez en cuando un hipo que le hacía estremecerse. El librero le miraba petrificado, no sabía qué hacer.

—Siento mucho lo de vuestro hijo —dijo sabiendo que mentía en lo referente a Juan Borgia, aunque era sincero al lamentar el dolor de Alejandro VI. Aquel hombre le caía bien; había sucumbido a la legendaria seducción que el sexagenario ejercía tanto sobre mujeres como hombres—. No quería traeros recuerdos dolorosos con mi regalo. Lo siento, ya me voy.

—No, quedaos. —Y le detuvo con un gesto—. No es deshonra para un hombre llorar cuando lo siente. Y menos si es por la muerte de un hijo.

Le miraba con los ojos llenos de lágrimas, abrazando el libro de la Virgen, y Joan no pudo menos que comparar aquella figura de hábito pobre y oscuro con la que aparecía en la imagen a sus espaldas. Era un esplendoroso fresco de Pinturicchio que mostraba el misterio de la Resurrección de Jesucristo. Este se elevaba de su tumba en el centro de una mandorla, un halo ovalado al estilo de los pantocrátores románicos, solo que el de la pared era brillante y lleno de luminosos rayos de oro. Estaba rodeado de querubines y era un Jesucristo triunfante que sostenía una bandera blanca con una cruz roja. Abajo, al pie del sepulcro, dormían unos soldados ricamente ataviados, y a la derecha y por debajo del Salvador estaba representado el propio papa Borgia.

Se encontraba arrodillado contemplando plácidamente la escena, con las manos enguantadas, juntas en oración, mostrando el anillo papal. Estas emergían, al igual que la cabeza, de una lujosísima casulla cuajada de pedrería e hilos de oro que le cubría todo el cuerpo y se extendía por el suelo. Alejandro VI mostraba su tonsura, pues a sus pies reposaba la tiara papal cubierta de oro y piedras preciosas, una triple corona que representaba la unión de sus tres poderes, los de papa, obispo y rey. La pintura mostraba a un hombre sano, grueso, sereno y feliz. Todo lo contrario del aspecto que ahora presentaba.

—También he visto pena en vos —le dijo el pontífice a Joan—. Rezad conmigo, si os place, a la Virgen, la gran intercesora ante el Señor, para que este nos libre del sufrimiento.

Se levantó trabajosamente, dejó el libro sobre la mesa y se arrodilló en el reclinatorio. Joan lo hizo en el suelo. Y el papa empezó su oración con los versos del poema del libro y después los adaptó a su propio rezo:

—Señora de los ángeles, Reina del cielo. Luz, guía del mundo; vos sois la medicina para el afligido…

Su cálida voz en la lengua materna, interrumpida a veces por el llanto, impresionó a Joan, que trataba de seguirle repitiendo sus palabras. Oía las súplicas y el rezo de aquel hombre por el alma de su hijo mientras él revivía las imágenes de su daga hundiéndose precisamente en el pecho de ese mismo hijo. Una y otra vez, mientras brotaba la sangre. Él se sabía el causante del mal que afligía al papa, pero, al tiempo, el monstruo que aquel hombre había engendrado era la causa de su padecimiento. Anna, pensó en Anna y en su dolor. Y rezó para que el alma de su amada sanase de sus heridas. El dolor unía, pensó, y en aquellos momentos él se sentía unido al papa, que era a la vez su víctima y el origen de sus males.

De repente notó que su pena se transformaba en un nudo en su pecho, dejó de repetir la oración, no pudo contenerse y estalló en llanto. Quiso hacerlo en silencio, pero el pontífice vio las lágrimas en sus mejillas y poniendo la mano en el brazo de Joan le dijo:

—No me equivoqué al reconocer vuestro dolor. La pena se alivia cuando se comparte. Yo os he hecho partícipe de mi sufrimiento y mis oraciones. Si queréis contarme lo que os aflige, será secreto de confesión.

Joan se quedó mirando aquellos ojos vivaces que ahora le miraban con ternura; deseaba contárselo todo, pero no podía.

—Se trata de vuestra esposa, ¿verdad? —dijo el papa.

El librero se sobresaltó. ¿Sabría algo? Vaciló aún unos instantes y después, a borbotones, le describió con todo lujo de detalles cuánto amaba a su esposa, su belleza, su gracia, el acoso sufrido por un poderoso y después la terrible venganza de este al no conseguir su propósito.

—Ya no me preocupa mi honra ni la de ella —continuó Joan—. Ni siquiera el tener un hijo que no sea mío, sino de un miserable violador. Mi pena es su propia pena. Ruego al Señor que la sonrisa regrese a sus labios, que vuelva a ser la misma de antaño. Esa mujer llena de belleza, gracia y felicidad de la que le hablaron a vuestra santidad.

—Creí que no había mayor pena para un padre que perder a un hijo —repuso Alejandro con un suspiro—. Pero traer al mundo a un niño fruto de una violación, un hijo al que odias y amas a la vez, debe de ser también terrible.

Hizo el gesto de incorporarse, Joan le ayudó y se volvieron a sentar donde antes estaban. Alejandro mantenía el contacto de su mano en el brazo de Joan.

—Dicen que el mayor de mis pecados es el amor a las mujeres —le explicó—. Yo no lo creo. Amar es bueno y mi verdadero pecado es el de la carne, que acompaña a ese amor. Sin embargo, siempre las he respetado; ellas vinieron en todo momento a mí por esa atracción que Dios quiso que hubiera entre hombres y mujeres.

Joan no pudo evitar pensar que aquel hombre abatido, macilento y arrepentido tenía como amante, o al menos la había tenido hasta hacía unos días, a Giulia la Bella, la mujer más hermosa de Roma, cuarenta y tres años más joven que él.

—Me admira el milagroso poder de crear vida que poseen y esa sensibilidad de la que los hombres en general carecemos. Por ello soy tan devoto de la Virgen María. No sabéis cuánto le rezo suplicando el perdón de mis pecados. Solo un miserable puede hacer lo que le hicieron a vuestra esposa y solo el Señor, a través de vuestro amor y vuestra ayuda, puede curarla de tan terrible mal.

»Dicen que la muerte de mi hijo es el castigo a mis pecados. El deseo de poder, el amor al lujo, la vanidad, la concupiscencia... Y tienen razón, Joan Serra de Llafranc, tienen razón. Soy papa y, sin embargo, soy también el mayor de los pecadores. Sé que quienes proclaman eso son mis enemigos, mientras que mis amigos me disculpan. Aunque estoy convencido de que el miserable que asesinó a Juan fue la mano ejecutora de mi castigo y un aviso del Señor. Por lo tanto, le perdono, porque creo que así yo también me haré merecedor del perdón divino.

Joan tragó saliva, jamás se había considerado un mensajero divino. Tampoco un miserable.

—Me arrepiento y cambiaré, debo ser digno del lugar en el que la Providencia me ha situado. Aunque sé que me costará, porque el Señor me ha dotado de una naturaleza demasiado vital, que desea los placeres terrenales. Ojalá que los años me quiten fuerzas y deseo. Estoy convencido de que con su ayuda y la intercesión de la Virgen María lo conseguiré. Y ese arrepentimiento y ese deseo de enmienda me hacen ver el futuro con esperanza, alivian mi dolor.

El librero asintió con la cabeza, pero a pesar del calor humano, de la empatía, de la fuerza persuasiva del pontífice, recordaba lo que Niccolò le había dicho. Aunque el papa quisiera renunciar a todo poder terrenal y abrazar la pobreza más absoluta, sus allegados y los *catalani* no le dejarían. Sus vidas, familias y haciendas dependían de ello.

—Aplicaos el mismo remedio, Joan Serra —continuó—. Arrepentíos de vuestros pecados y rezad a la Virgen. Instad a vuestra esposa a que haga lo mismo y poco a poco aceptaréis vuestro destino y recobraréis la paz.

Joan estaba dispuesto a orar; sin embargo, se sentía incapaz de arrepentirse del asesinato del hijo del papa. De poder hacerlo, volvería a matarle. El pontífice insistió en rezar de nuevo y Joan comprendió que no sentía ningún interés por sus libros. Le había recibido en agradecimiento a su acción en Ostia.

Terminadas las oraciones, al despedirse, Joan le pidió su bendición para él y su esposa.

—Conocéis mis grandes pecados —le dijo—. Aun así, ¿queréis mi bendición?

—Os la suplico, santo padre. —Y se arrodilló.

Aquella noche, Joan le relató a su esposa su encuentro con el papa, sus consejos y la bendición recibida.

—Rezar y aceptar el destino —murmuró ella con una mueca agria—. ¡Qué fácil es decirlo!

Joan anotó en su libro: «¿Puede un pontífice pecador transmitir la gracia?».

36

Las esperanzas de Joan en cuanto a una mejora de su esposa gracias a la bendición papal fueron diluyéndose poco a poco. Sin embargo, la conversación con el pontífice había dejado una profunda huella en él. Quizá el embarazo de Anna fuese la expiación al pecado de haber asesinado a Juan Borgia, se decía. Y después pensaba que aquella muerte había sido de justicia y que la suya había sido la mano escogida por la Providencia para dar castigo a los muchos crímenes del hijo del papa. Joan instaba a su esposa a rezar juntos pidiendo la gracia divina tal como le había aconsejado el pontífice, y al principio Anna pareció animarse, hasta el punto de que una mañana incluso bajó a la librería. Pero no volvió a hacerlo. Ni siquiera cuando aparecían las damas que siempre preguntaban por ella, ni tampoco cuando su amiga Sancha, la princesa de Esquilache, a la que parecía haber afectado poco la muerte de su amante, insistía en verla.

A pesar del luto vaticano, aquel mes de agosto estuvo cargado de noticias, y los asiduos que no habían huido de los rigores del calor romano a sus fincas campestres acudían a la librería con mayor frecuencia de la habitual.

—El papa acaba de anunciar el compromiso matrimonial de Lucrecia con Alfonso de Aragón, duque de Bisceglie, hermano de Sancha, princesa de Esquilache —comentó Niccolò con una sonrisa—. Es sobrino del rey de Nápoles y en Roma se dice que es parte del precio que el monarca paga al papa por su coronación.

—Y con ello la alianza entre Nápoles y la Santa Sede se consolida aún más —reflexionó Joan.

—Para disgusto tanto de los reyes de España como de Francia.

Joan se apresuró a contarle la noticia a Anna. Y con ello logró lo que ansiaba: su sonrisa. Anna apreciaba de corazón tanto a Sancha como a Lucrecia, y sabía que la princesa napolitana adoraba a su hermano menor, Alfonso, que era un muchacho apuesto y gentil.

—Sancha será feliz teniéndole cerca —dijo Anna contenta—. Y Lucrecia se merece un marido como ese y no el mastuerzo con el que el papa la casó antes.

—Debéis bajar a verlas a la librería la próxima vez que nos visiten. Son vuestras amigas y se complacerán recibiendo vuestra felicitación.

Anna se encogió de hombros; sabía que debía hacerlo, sin embargo, sentía aquel peso insoportable en su vientre y le faltaban los ánimos incluso para aquello que antes tanto le gustaba; vestirse y arreglarse para aparecer elegante y sonriente en la librería. Miró a su marido, que la observaba ansioso; él sufría por lo mismo aunque se esforzaba en animarla, y ella sabía cuánto le preocupaba a él su desánimo. Lo haría, aunque solo fuera por Joan.

—Sí —dijo al fin forzando una sonrisa—. Lo intentaré.

La solemne coronación del rey de Nápoles en nombre del papa, el 10 de agosto, fue el último acto oficial que presidió César como cardenal. Al poco estaba ya en Roma, donde presentó su renuncia al Sacro Colegio cardenalicio, que admitió su cese. Era bien conocido que César era un hombre de armas, no de altares, y poco después fue nombrado nuevo portaestandarte vaticano.

—Ahora se rumorea que César es el responsable de la muerte de su hermano —le comentó Niccolò a Joan—. Y que fue don Michelotto el ejecutor.

Le observaba con su mirada perspicaz y la sombra de una sonrisa se dibujaba en sus labios. Joan sintió de nuevo el deseo de contárselo todo, pero se contuvo. ¡Le hubiera confortado tanto compartirlo con él y escuchar su opinión y consejo! Sin embargo, no podía confesarle que había sido su mano la que había apuñalado al duque de Gandía. Por su parte, Niccolò, haciendo gala de una exquisita discreción, jamás hacía pregunta alguna sobre lo que veía y oía.

Joan dudaba si aquel crimen había sido iniciativa de don Michelotto, como este le quería hacer creer, o si César Borgia estaba detrás de todo ello. Sentía que había sido un instrumento de una intriga de muy altos vuelos. Le maravillaba que don Michelotto le mantuviera con vida.

—Sin embargo, César no puede heredar el ducado de Gandía, pues Juan tiene hijos en España —dijo para disimular sus pensamientos.

—No han de faltarle títulos nobiliarios, no os preocupéis. Su padre se los conseguirá al igual que obtuvo para él los obispados y cardenalatos.

El pontífice pasaba de momentos en los que se refugiaba en la piedad a otros en los que exigía que se encontrase al asesino de su hijo. Pero, al fin, ninguno de los adversarios políticos de los *catalani* sufrió la cólera de estos. Tampoco se buscó a ningún infeliz como cabeza de turco para hacerle confesar bajo tortura. El papa se sentía propenso al perdón y quería al verdadero responsable o a nadie. Don Michelotto se resistió a las muchas presiones que exigían venganza y escarmiento público del culpable y, al cabo de los meses, admitió que era incapaz de encontrarle.

Esa actitud, a los ojos de Joan, honraba a aquel singular personaje de extraña moral que se denominaba a sí mismo «hijo puta». Y también honraba a un papa descarriado que sentía temor de Dios y anhelaba una vida pura sin ser capaz de llevarla.

—Recordad esto —dijo Niccolò cuando supo que no se había encontrado al culpable—: Esa piedad del papa los perderá. Si los *catalani* no terminan con sus enemigos ahora que pueden, estos acabarán con ellos. Un gobernante eficaz no debe tener piedad.

Un día, Joan vio aparecer a Anna en la librería con aquel donaire que añoraba en ella.

—Prestadme a mi marido solo unos momentos —le dijo al cliente con el que Joan conversaba. La hermosa sonrisa que le dedicó hizo que el hombre se la devolviera con una reverencia y que a Joan le diese un vuelco el corazón.

—Faltaría más. Le espero con gusto.

Anna cogió a Joan de la mano y se lo llevó a la trastienda.

—¡Me ha venido el periodo! —exclamó feliz—. Con mucho mucho retraso, pero ¡ha llegado!

—¿Así, sin más? —inquirió él mirándola incrédulo.

Ella afirmó con la cabeza; la dicha no le cabía en el pecho, sonreía al tiempo que notaba que sus ojos se llenaban de lágrimas.

—¿Seguro? —preguntó de nuevo Joan.

—Sí —dijo ella, y vio que los ojos de su esposo se iluminaban.

Él la abrazó y ella se acurrucó contra su pecho. ¡Había sufrido tanta angustia! ¡Tantos pensamientos horribles! ¡Tantos recuerdos espantosos! ¡Se había reprochado tanto su conducta! Ahora sabía que su próximo hijo sería de su esposo y que pronto, aún ignoraba cuándo, la pesadilla sufrida se convertiría en un recuerdo cada vez más lejano.

«Gracias, Señor —anotó Joan en su libro—. Empieza otro tiempo de amor y felicidad». Y después añadió pensativo: «Quizá, después de todo, la bendición de un papa humano y pecador atraiga también la gracia de Dios».

SEGUNDA PARTE

37

Caía la tarde y Joan huía del Vaticano disfrazado de fraile. Cruzó el puente de Sant'Angelo con la cabeza baja y cubierta con la capucha de su hábito, fingiendo rezar. Temía ser descubierto. Cuando el centinela le preguntó, repuso, como molesto por la interrupción, que era fray Ramón de Mur, del monasterio dominico de Santa Caterina de Barcelona; estaba de visita en Roma e iba a pasar la noche en el convento de su orden en la ciudad, pues no había espacio en el Vaticano. El soldado le hizo una pequeña reverencia y le dejó pasar.

Al pisar la orilla derecha del Tíber, Joan suspiró aliviado. Sin embargo, se apresuró a perderse en las callejas más cercanas al río; sabía que tan pronto como don Michelotto supiese de su fuga reuniría a algunos de sus hombres y saldrían a caballo para darle caza. No se dejaría atrapar.

Se sentía muy extraño con aquel hábito blanco de lana cruda cubierto por una capa y una capucha negras. La tela de la caperuza le molestaba en la parte afeitada de su cabeza recién tonsurada, pero no se atrevía a descubrirse por si alguien le reconocía. Calzaba unas burdas sandalias y completaba su indumento un cordón con el que se ceñía el hábito y un escapulario. Era ya finales de septiembre y Joan se sentía desnudo. No tanto por lo ligero de su vestido, sino porque le faltaban la daga y la espada que siempre le acompañaban.

Tampoco tenía moneda alguna y sabía que no podía acudir a su casa.

Resopló dando zancadas con aquellas miserables sandalias a las que no estaba habituado.

«¿Cómo he podido llegar a una situación tan penosa?», se preguntó a sí mismo.

Los distintos sucesos que le habían conducido a aquella extraña realidad se amontonaban confusos en su mente, y sin detener su paso trató de ordenar sus recuerdos.

Le preocupaba su esposa. Desde que Anna supo que no estaba embarazada, empezó, lentamente, a superar las secuelas del terrible episodio con Juan Borgia y su esbirro. Buscaba el cariño, el calor y el contacto de Joan, y este se lo proporcionaba solícito, amoroso. Sin embargo, no deseaba una relación más íntima y la rechazaba cuando Joan la pretendía. El cariño era la medicina recetada por la partera que había atendido a Anna; él gozaba dándoselo y se había propuesto esperar lo que hiciese falta para llegar de forma natural a retomar la pasión. Ella había cambiado, nunca podría ser la de antes, pero cada vez con más frecuencia era una Anna a la que Joan veía feliz, y aquella felicidad le hacía feliz a él.

En contraste con el infortunio vivido, aquellos instantes dichosos eran solo comparables a los experimentados en los primeros tiempos de su matrimonio o a los lejanos recuerdos de su infancia, en su aldea de Llafranc, con el mar azul, el cielo brillante, las olas mansas acariciando la arena y el amor de sus padres y hermanos.

Anna empezó a frecuentar la librería y poco a poco su trato con los clientes y empleados volvió a ser el mismo. Sonreía, reía las gracias, en especial las de Niccolò, que había redoblado sus cortesías con ella, y reanudó sus tertulias de señoras. Sin embargo, conforme recuperaba sus formas y modos habituales, también reapareció su espíritu crítico.

El asunto del asesinato del hijo del papa había quedado en

el aire, era un tema prohibido, como también lo era la violación hasta que la propia Anna decidió abordarlo. Un día, al acostarse, en la intimidad de su alcoba le preguntó a Joan cómo había matado al hijo del papa y quién le había ayudado. Joan le contó con detalle lo ocurrido y le dijo que sin la ayuda de Miquel Corella jamás hubiera podido hacer justicia con aquel canalla.

—No fue él quien os ayudó a matarlo —repuso ella—. Fuisteis vos quien le ayudó a él.

—Y ¿qué más da? —preguntó Joan, al que aquella precisión le parecía absurda—. Quería matarlo con mis propias manos y él me ayudó a hacerlo. Ambos nos ayudamos.

Anna pareció conformarse con la respuesta y no dijo más aquel día. Sin embargo, retomó el asunto a la semana siguiente. Joan se inquietó; lo había rumiado demasiado tiempo.

—Ya sé por qué don Michelotto no quiso ayudarnos a pesar de pedírselo tanto —le dijo de nuevo en la soledad de la alcoba.

—¿A qué os referís?

—A mi violación. Don Michelotto no quiso ayudarnos frenando a Juan Borgia.

—No es que no quisiera, no tenía poder para hacerlo.

—¡Sí que lo tenía! —Anna levantó la voz alterada—. ¡Claro que lo tenía! Podía haber hablado con él, o con el papa.

—No podía, me lo aseguró mil veces.

—No quería, Joan, no quiso…

—¿Qué os hace pensar eso?

—Don Michelotto os conoce bien —le explicó ella—. Os conoce desde que le ayudasteis a salir bien parado de las trifulcas en las que el hijo del papa se metía en las tabernas de Barcelona. Sabía que vengaríais mi violación aun a riesgo de vuestra propia vida, que estaríais dispuesto a todo. Conocía bien las intenciones del Borgia con respecto a mí, vos le advertisteis y le pedisteis ayuda, y sabía que Juan usaría la fuerza si no me conseguía de buen grado. Y no hizo nada, quién sabe si incluso le animó. —El librero hizo un gesto de negación. Ella afirmó con la cabeza—. Sí, Joan, sí. Habéis sido el peón de una partida de ajedrez que desconocéis, el peón que da jaque mate. Ha sido un juego de poder, una intriga dentro del clan de los *catalani* a la que el papa ha sido completamente ajeno y de la que ha sido víctima. Y vos os habéis convertido en la mano ejecutora de don Michelotto, en el sicario del sicario de los Borgia.

Joan contempló a su esposa pensativo. Había furia, rabia contenida en su mirada, y se dijo que para ella la venganza no había concluido con la muerte de Juan Borgia. Los bucles oscuros de su cabellera resaltaban su piel clara, y sus cejas bien dibujadas y sus labios rosados mostraban un fruncimiento extraño en ella.

—Es cierto que lo que para mí era una venganza personal para Miquel Corella fue una jugada bien planeada —repuso él al rato—. Un cambio de poder en el que Miquel ha situado al frente del clan a alguien mucho más capaz al tiempo que ha hecho crecer su poder personal. No se llevaba bien con Juan Borgia. Desconozco si César estaba al tanto del asunto o no, pero él ha sido el beneficiado. Lo que niego rotundamente es que permitiese o incitara vuestra violación. Os repito que no tenía el poder de pararle los pies a Juan. Nuestros intereses han coincidido. Eso es todo.

—Yo no pienso así —insistió ella cortante.

Él se encogió de hombros y abrió las manos en gesto de interrogación.

—No sé qué os puedo decir o qué puedo hacer para convenceros de lo contrario.

—Nada, no podéis hacer nada —dijo ella con determinación—. Además, he estado hablando mucho del asunto con

Niccolò, bien sabéis que siempre está enterado de todo. Él también cree que César es responsable de la muerte de su hermano. Juan era el preferido de Alejandro VI, pero César es más listo, más fuerte, más audaz y más ambicioso. Niccolò cree que sueña nada menos que con ser el caudillo que unificará Italia, y que quiere convertirse en su rey con la ayuda del papa. En la hoja de su espada tiene grabada la frase: «O César o nada», y eso os lo dice todo; quiere la gloria imperial. No acosa a las mujeres como su hermano, aunque también en eso es un depredador. Ama el poder y su estilo es tan oscuro como era el de Juan, solo que goza de una fría inteligencia de la que su hermano carecía.

—Pienso que habláis demasiado con Niccolò —repuso Joan arrastrando las palabras.

—¿Cómo no voy a hacerlo? —Anna frunció de nuevo el ceño—. Atendemos juntos la librería. Además es un compañero atento, me hace reír y sabéis cuánto necesito de las risas. Vos deberíais hablar más con él y menos con don Michelotto. Niccolò es amigo de verdad, no como ese valenciano que solo os usa para sus oscuros fines.

—¡Claro que hablo con él! Y bien que conozco su pensamiento sobre el asunto.

—No me gustan los *catalani*, y los hago a ellos, y no solo a Juan Borgia, responsables de lo que me pasó.

—Os equivocáis, Anna, os equivocáis. ¿Qué me decís, pues, de vuestras amigas, Sancha y Lucrecia? Ellas pertenecen al clan cien por cien. Incluso sois amiga de Giulia la Bella, la amante del papa.

—Ellas son ajenas a todas esas intrigas.

—Pues yo creo que tampoco os convienen. Pertenecen a otra clase social, tienen otras vidas y unos intereses distintos a los nuestros.

—¿Cómo podéis decir eso? ¿Tanto estimáis a don Michelotto que recurrís a esos argumentos para defenderle?

—No podéis tomar esa actitud, Anna. —El tono de Joan era ahora conciliador—. Los *catalani* nos han protegido siempre.

—Pues estamos en manos de una banda de asesinos y violadores —sentenció ella.

38

El siguiente de sus recuerdos era la llegada de aquella carta de Nápoles. De inmediato había reconocido el sello de lacre marcado con un triángulo isósceles dentro de un círculo, y había dejado de atender a los clientes que llenaban la librería para abrirla en su mesa de escritorio. Joan esperaba y gozaba aquellas cartas, su contenido era siempre interesante, pero las primeras líneas de aquella le sorprendieron.

«El tiempo de Savonarola ha terminado —decía—. Florencia debe recobrar la libertad y vos podéis desempeñar un papel crucial en ese cambio».

Incrédulo, Joan releyó aquellas líneas y se dijo que sería mejor terminar la carta en la privacidad de su habitación. Antes observó la actividad de aquella tarde. Niccolò atendía a un par de clientes y su recién incorporado ayudante, un bachiller romano llamado Paolo, partidario del papa Alejandro VI y amigo de Miquel Corella, hacía lo mismo con otro. Las líneas que Joan acababa de leer le recordaron que su librería era demasiado dependiente de los exiliados florentinos, que regresarían a su patria si, tal como anunciaba la carta, cambiaba el régimen político. Ya se le había advertido antes, en términos menos perentorios, y por aquel motivo los nuevos operarios contratados eran romanos.

Desde la toma de Ostia en marzo y la firma de los armisticios con Francia se vivía en Roma un tiempo de paz que solo había interrumpido la muerte de Juan Borgia. Su hermano César había tomado las riendas de los ejércitos vaticanos casi de inmediato, con mano a la vez hábil y férrea, y la posición del papa y sus *catalani* se había afianzado. El Gran Capitán había regresado a España y un buen número de soldados españoles se incorporaron al ejército del papa, haciéndolo aún más poderoso.

Aquello había afectado tan positivamente al negocio que, a pesar de aumentar el número de personas que atendían al público y de tener un atareado aprendiz buscando los libros que le solicitaban, aquella tarde aún quedaban en la tienda media docena de caballeros y eclesiásticos a la espera, revisando las obras o charlando entre ellos. No tenían prisa, los más acudían en busca de conversación.

En su camino a la escalera que llevaba al primer piso, Joan observó la mayor de las salas. Estaba ocupada por las señoras, presididas por Sancha de Aragón y Nápoles, Lucrecia Borgia y su propia esposa. La librera había hecho servir vino, unos dulces e infusiones y las damas se encontraban sentadas en una animada tertulia en torno a una mesa donde se apilaban los libros. Joan suspiró feliz al constatar la recuperación de su esposa, aunque continuaba desagradándole la excesiva intimidad de Anna con algunas de aquellas damas, y en especial con la frívola princesa de Esquilache.

En la sala pequeña pudo ver a don Michelotto en conversación con un par de caballeros romanos. Sus gestos, su tono y las caras de aquellos hombres denotaban una discusión nada agradable y Joan hizo un ademán de contrariedad. Le había pedido al valenciano que por favor se abstuviera de intimidar a sus clientes en la librería y que mantuviese las conversaciones difíciles en su despacho del Vaticano. Sin embargo, aquel extraño amigo suyo, maestro en el arte del asesinato, le hacía poco caso. Miquel Corella era poderoso ya en tiempos de Juan

Borgia, e incluso antes, gracias a su cercanía al papa. Pero desde que César Borgia había sido nombrado confaloniero, su poder había aumentado considerablemente. Era la mano derecha del hijo del papa.

Mientras subía las escaleras, Joan meditaba sobre la carta que había recibido. Provenía de Innico d'Avalos, marqués del Vasto y gobernador de las islas de Ischia y Procida. Recordaba a aquel hombre corpulento que superaba los sesenta años, de ojos oscuros a veces inquisitivos y barba canosa al que le había presentado su amigo Antonello en su librería de Nápoles. También aquel extraño medallón suyo que mostraba un triángulo isósceles dentro de un círculo, el mismo del sello de la carta. Con el tiempo había comprendido que su conversación aquella noche, en la cena con Antonello, en la que habían hablado de Aristóteles, de Platón, de la libertad y del nuevo tiempo que Innico d'Avalos llamaba Renacimiento era en realidad un examen que se le hacía.

También le recordaba vestido con su armadura en la trágica madrugada en la que la familia real napolitana había huido de una ciudad en llamas a punto de ser tomada por los franceses. Innico le había salvado la vida al ordenar a los soldados que le permitieran entrar en el Castel dell'Ovo y así poder embarcar en la Santa Eulalia. Aquel día, Innico fue nombrado gobernador de la estratégica isla de Ischia, que posteriormente defendió con éxito frente a la escuadra francesa que intentó tomarla en varias ocasiones. Allí estableció un refugio seguro donde distintos artistas desarrollaban su arte a salvo de la guerra y del hambre. Impulsar los valores humanos de aquel nuevo tiempo y la libertad, en especial la de pensamiento y lectura, se convirtió en la doctrina de la corte del marqués.

Su tercer encuentro con Innico d'Avalos tuvo lugar a raíz de contarle a su amigo Antonello que quería abrir una librería en Roma, pero que carecía del dinero necesario.

—Creo que ha llegado el momento de que vuelvas a hablar con Innico d'Avalos —le dijo Antonello después de pensarlo un rato. Su sonrisa, habitual en él, había desaparecido.

—¿Innico d'Avalos? —inquirió Joan sorprendido.

—Sí, ya le conoces, ahora es el gobernador de la isla de Ischia, y no solo protege a los artistas, sino también a quienes transmitimos el arte. Si te concede su aval, obtendrás el dinero que precisas.

—Y ¿de qué tengo que hablarle?

—Será él quien te hable —repuso, cortante, Antonello—. La semana próxima viene a Nápoles para entrevistarse con el rey, y te verá.

Parecía que Antonello no le daba opción a negarse, y Joan quedó presa de la curiosidad.

Cuando Joan subió al comedor de la casa de Antonello, Innico d'Avalos ya estaba allí, junto al librero, y, a pesar de su alta posición y de su edad, tuvo la cortesía de levantarse para saludarle.

La comida transcurrió en un animado coloquio en el que volvieron a surgir los grandes temas de su anterior conversación: los libros, la religión, los nuevos tiempos, la libertad del individuo, la luz y la oscuridad.

—El hombre es la cumbre de la creación divina y debe ser valorado como tal —insistía D'Avalos—. Hay tres libertades en él que deben ser respetadas inexcusablemente: la libertad física, la libertad de creencia y la libertad de pensamiento.

Joan aprendería más tarde que el sello que usaba el marqués en sus cartas y la forma de su medallón no tenían que ver con su escudo de armas, sino que eran el símbolo de las tres libertades, una por cada lado del triángulo, que a su vez estaba enmarcado en el círculo de la perfección, que representaba a Dios. Y Dios, como Padre Creador, amparaba en su seno al ser humano y sus libertades.

—Dios hizo al hombre libre —continuó Antonello—. No hay justificación alguna para esclavizarlo, ya sea en cuerpo, alma o intelecto. Nosotros estamos contra la esclavitud. La esclavitud es la oscuridad, la libertad es la luz.

—Por lo tanto, no aceptamos imposiciones religiosas —dijo D'Avalos—. El hombre debe ser libre para elegir qué camino escoge para ir hacia Dios. No es aceptable que alguien se lo imponga.

—Ni tampoco es aceptable que se limite el pensamiento humano —explicó Antonello—. Nadie tiene derecho a prohibir un libro.

—Y esos son nuestros tres principios básicos —concluyó D'Avalos.

—¿Nuestros? —interrogó Joan sin poder contenerse—. ¿A quién os referís con nuestros?

—Somos un grupo de gentes hermanadas por los mismos ideales —le respondió Antonello—. Creemos que el hombre y la mujer, como cumbre que son de la creación, deben ser libres. Así lo quiso Dios, Nuestro Señor, cuando nos hizo.

—Entonces estaréis en contra de la Inquisición —afirmó Joan.

—Nos oponemos a todas las inquisiciones —repuso D'Avalos—. Y en especial a la que funciona en España, o a la impuesta por Savonarola en Florencia. No solo van contra la libertad religiosa, sino también contra la física e intelectual, y generan el peor tipo de esclavitud: el miedo. El miedo ata al hombre física, mental y espiritualmente, impide que se desarrolle hasta su máximo potencial y no le deja brillar como Dios quiso que brillase. El miedo es la oscuridad.

Joan se quedó pensando unos instantes antes de preguntar:

—Y ¿por qué me contáis todo esto? Si os delatara a la Iglesia, tendríais problemas.

—Porque hace tiempo te venimos observando —repuso Antonello—. Sabemos que piensas como nosotros.

—Pero solo me conocéis desde que llegué a Nápoles.

—No. Te conocemos de mucho antes —afirmó el librero.

—¿De antes?

—Sí. Tu amigo Bartomeu, de Barcelona, también es mi amigo.

Joan conocía la relación entre su protector en Barcelona y el librero.

—Sí, y también pensaban así los Corró —continuó Antonello—. Y Abdalá.

Joan sintió que se emocionaba recordándolos. Los Corró habían sido como sus segundos padres cuando era aprendiz en su librería, y continuaba considerando a Abdalá como su gran maestro. De pronto, mucho de lo vivido cobró relevancia. Había conocido a Antonello en Nápoles gracias a Bartomeu, y también fue Bartomeu quien le consiguió su trabajo de aprendiz con los libreros Corró en Barcelona. Todos estaban relacionados.

—¿Traficáis con libros prohibidos? —preguntó mirando a Antonello.

—Naturalmente —contestó este—. Nos oponemos a la prohibición de compartir y difundir el saber.

Joan recordó la trágica muerte de Joana y Antoni Ramón Corró en la hoguera, acusados de comerciar con libros prohibidos. En parte, él había sido responsable, y aún sentía culpa, tenía una deuda con ellos. Quizá si continuara su obra podría alcanzar su perdón desde el más allá y acallar sus remordimientos.

—¿Por qué me habláis de todo esto?

—Vos queréis abrir una librería en Roma y necesitáis dinero —repuso Innico con tranquilidad—. Y estoy dispuesto a prestaros algo y daros un aval si como parece compartís nuestros ideales.

—Y ¿qué queréis a cambio? —inquirió Joan receloso.

—Solo que os mantengáis consecuente con los principios que tenían los Corró y que nosotros sostenemos —contestó el marqués—. Y que, naturalmente, nos devolváis el dinero en cuanto os sea posible.

—¿Solo eso?

—Solo —repuso Antonello sonriente.

—¡Acepto! —exclamó Joan devolviéndoles la sonrisa.

El tiempo de Savonarola ha terminado. Florencia debe recobrar la libertad y vos podéis desempeñar un papel crucial en ese cambio —prosiguió leyendo Joan—. Alguien requerirá vuestra ayuda para derrocar a ese fraile fanático. Veríamos con agrado que le ofrecierais vuestro apoyo.

La carta de Innico continuaba tratando otros asuntos de política y libros relacionados con las tres libertades que defendían.

Joan se quedó pensativo. El marqués poseía una extensa red de amigos comprometidos con los mismos principios de libertad, y esos contactos le hacían partícipe de diversas confidencias y secretos. Se dijo que definitivamente algo iba a ocurrir en Florencia. Él ya colaboraba en la lucha contra Savonarola amparando a Niccolò y a sus amigos y haciendo llegar a la ciudad libros prohibidos por el fraile. Algunos de los cuales, por cierto, sufragaba el marqués. ¿Qué insinuaba con «veríamos con agrado»? Cada trimestre le enviaba al gobernador de Ischia y Procida una parte del dinero que le había prestado; llevaba cinco envíos y estaba a punto de saldar sus deudas. No le podía exigir nada.

Sin embargo, sentía que tenía un compromiso moral con el marqués napolitano, fruto de las ideas que compartían. Como también lo tenía con Miquel Corella y el clan de los *catalani*. Y a ello debía sumar los meses que le faltaban por cumplir al servicio del rey de España. Aquellos eran los límites a su libertad.

El dilema entre libertad y compromisos le inquietaba, y buscó su libro para escribir. «¿Estoy defraudando la promesa de ser libre hecha a mi padre? ¿Hasta qué punto se puede ser libre sin comprometerse?». Recordó una conversación con Bartomeu, de niño, a los pocos días de llegar a Barcelona y anotó: «Solo un hombre libre puede comprometerse. Y yo lo soy».

39

—Mañana a mediodía tienes una cita en el Vaticano —le dijo Miquel Corella una tarde en la librería.

—¿Una cita? —preguntó Joan sorprendido—. ¿Con quién?

—Con el portaestandarte vaticano: César Borgia.

Al librero no le gustó el tono de don Michelotto, sonaba demasiado a una orden.

—Y ¿qué quiere?

—Si te lo contara yo, no necesitarías hablar con él. Te espero en el Vaticano.

Un poco antes del mediodía, Miquel Corella acompañó a Joan a la sala de las Sibilas, en los edificios papales, cuyos techos y paredes estaban decorados con pinturas de apóstoles, profetas y profetisas. Aunque era menos lujosa que la sala donde le había recibido Alejandro VI, al librero le pareció magnífica.

Después de una corta espera apareció César Borgia. César tenía veintidós años y se le consideraba el hombre más atractivo de Roma. Una nariz recta, cejas bien dibujadas y unos ojos oscuros, sagaces, de mirada decidida adornaban una cara en la que lucía una barba castaña bien cuidada y pelo en melena. Joan le tenía una cierta confianza, pues en sus tiempos de cardenal frecuentaba su librería. Cuando era eclesiástico, quizá para mostrar su ausencia de vocación, César vestía en muchas ocasiones como un seglar, y su atuendo no había variado mucho. Bajo un jubón de seda negra asomaba una camisa blanca con encajes de blonda y se tocaba con un amplio sombrero también negro con medallones de oro. Una cadena del mismo metal colgaba de su cuello y llevaba daga y espada al cinto. Su altura era semejante a la de Joan, y mostraba una esbelta corpulencia. Aunque su aspecto no era fornido en exceso, en Roma se le atribuía una fuerza excepcional.

Esbozó una fugaz sonrisa al saludarle y, después de sentarse tras su mesa, invitó a Joan y a Miquel a imitarle.

—Os preguntaréis por qué os he llamado —dijo con la cordialidad distante que usaba cuando quería ser amable.

—Cierto, señoría —repuso Joan.

—Os pido que tratéis lo que vamos a hablar con absoluta reserva. —Miraba a Joan fijamente, con expresión severa.

—Eso os lo garantizo —se adelantó Miquel mientras asomaba a su cara aquella sonrisa suya que implicaba una amenaza.

—Por supuesto, señoría —ratificó el librero.

—Sé que conocéis la situación que vive Florencia. Dais empleo a varios exiliados florentinos que seguro os tendrán al corriente.

A Joan le dio un vuelco el corazón. ¿Estaría relacionada aquella cita con la nota de Innico? Afirmó con la cabeza mientras sostenía la mirada escrutadora de César y esperó a que este continuase.

—Desde antes incluso de la caída de los Medici y de la invasión francesa, ese fraile loco ha estado incordiando a los papas. En sus sermones dice barbaridades sobre mi padre, tales como que tiene asegurado un sillón en el infierno. Lo mismo hizo con Inocencio VIII, el anterior papa: decía que era la encarnación del diablo. Bendijo la invasión francesa, llamando a Carlos VIII «enviado de Dios», y le animó para que depusiera a mi padre. Tampoco dejó que Florencia se sumase después a la Santa Liga contra Francia, y de hecho sigue siendo aliado francés. Imagino que os han contado de qué forma impone el terror en la población con sus llorones, y que quema arte, libros y a personas en sus hogueras de las vanidades.

—Así es, señoría —asintió Joan.

—Mi padre le ha invitado varias veces a venir a Roma con el fin de convencerle, pero el astuto monje alega enfermedades para quedarse en Florencia. Incluso le ofreció el capelo cardenalicio, pero Savonarola lo rechazó.

—Sus sermones fanatizan al pueblo —intervino Miquel—. El papa le prohibió darlos, pero tras obedecer unos meses volvió a ellos, obligando al pontífice a excomulgarlo. Ahora está callado, aparentemente, pero es su cofrade Domenico de Pescia, también fraile dominico, quien los da. No hay duda de que Savonarola pone las palabras en su boca.

—He convencido a mi padre para que terminemos con él —afirmó César interrumpiendo a Miquel.

Joan abrió ligeramente los ojos asombrado. Innico estaba en lo cierto.

—Savonarola tiene muchos partidarios que darían su vida por defenderle —dijo Joan—. ¿Pensáis ir con un ejército contra Florencia?

—Demasiado caro y arriesgado —repuso César—. No sería una buena idea; la única acción bélica será el bloqueo marítimo. Queremos minar los ánimos de la población, que se desencanten del fraile predicador y que sean los propios florentinos quienes lo echen.

—Y ¿qué puedo hacer yo al respecto?

—La clave está en un libro —dijo Miquel.

—¿Un libro? —se extrañó Joan.

—En efecto —continuó el valenciano—. Necesitamos a un librero de toda confianza y con el valor que demostraste tú en Ostia. Le gustaste al papa y hemos decidido que seas tú quien encuentre ese libro y nos lo traiga.

—Pero ¿de qué libro se trata? ¿Por qué es tan importante?

—Es el *Libro de las profecías* —respondió César.

—Y ¿qué contiene?

—Creemos que su autor se llamaba Michelle Bonacolsi y que el libro contiene, como es natural, profecías —contestó Miquel.

—¿Profecías? —exclamó Joan asombrado—. Pero ¿el papa cree en eso?

Joan comprendió que acababa de hacer la pregunta equivocada cuando vio que sus interlocutores le contemplaban en silencio.

—Bueno, me refiero a que una persona cualquiera empiece a... —añadió tratando de enmendar lo dicho.

—¡Pues claro que cree! —estalló Miquel—. ¡Y mucho! ¿Cómo no va a creer en ellas si es la cabeza de la Iglesia? ¡Mira quiénes están pintados en estas paredes! ¡Profetas! ¡Sibilas!

—Precisamente porque cree en las profecías quiso llegar a un acuerdo con Savonarola en lugar de aplastarlo —añadió César con una tranquilidad que contrastaba con la excitación de Miquel.

Joan se quedó mirándole sin comprender; esperó a que sus interlocutores hablaran, no quería hacer otra pregunta incorrecta.

—El fraile Girolamo Savonarola empezó a predicar en Florencia en 1482 —explicó Miquel ante el silencio del Borgia—. Instaba a los fieles a una vida pobre, llena de austeridad. Pero sus formas violentas, sus críticas a cualquier pequeño placer mundano y las referencias continuas a las incontables penas del infierno terminaron desesperando a muchos y se vio obligado a abandonar la ciudad. Regresó habiendo perfeccionado sus artes oratorias, como responsable del convento dominico de San Marco, desde donde reanudó sus discursos. Pedía pobreza y austeridad y cargaba contra la Iglesia y el papa Inocencio VIII y sus antecesores, que habían patrocinado el arte y a los artistas.

—Aparte de una oratoria más efectiva, Savonarola aportaba ahora algo distinto: las profecías —continuó César—. Acertó anunciando la muerte del papa Inocencio y la de Lorenzo el Magnífico. Las calamidades apocalípticas con las que amedrentaba a la gente fueron ocurriendo: hambre, epidemias de sífilis, peste, guerra... Y acertó también al pronosticar la invasión francesa y la derrota de Florencia.

—La gente le cree un profeta, un enviado de un Dios duro y vengativo. Tiemblan de terror en sus sermones y, en la creencia de que el fin de los tiempos está cerca, siguen sus recetas de austeridad, oración y penitencia. Esa piedad no es mala en sí, pero se convierte en dañina cuando se impone por la fuerza a los demás, como hacen sus seguidores. El fraile está rodeado de tropas de fanáticos que, a la espera de la recompensa del cielo, están dispuestos a dar la vida por él. Y de esa forma ha logrado controlar Florencia.

Joan afirmó con la cabeza; conocía bien aquellos episodios por boca de Niccolò y de sus otros empleados florentinos.

—Y ¿qué os hace pensar que no está en lo cierto? ¿Por qué creéis que el fraile es un falso profeta?

Joan notó una dura mirada de don Michelotto.

—Porque tenemos nuestros informadores —repuso el capitán vaticano.

—Savonarola es un gran orador que disfruta aterrorizando a sus audiencias, aunque no tiene nada de profeta —explicó César—. En el convento de San Marco hay dos frailes estrechamente allegados a él. Uno es Domenico de Pescia, que da sus sermones y se convierte en la voz de Savonarola cuando este decide obedecer y deja de predicar. Y el otro es fray Silvestro Maruffi, un fraile aún más lunático que los otros dos; es sonámbulo y tiene visiones. Ese es el origen de las profecías, aunque no son suyas, sino que las interpreta gracias al libro escrito por otro dominico llamado Michelle Bonacolsi, muerto hace unos años.

—Por lo tanto, si les arrebatamos ese libro, del que no existe copia, privamos a los frailes de su arma más poderosa: las profecías —continuó Miquel—. Sin ellas se derrumbarán en pocos meses.

—Y esa es vuestra misión: conseguir el libro —concluyó César mirándole fijamente a los ojos—. El convento tiene una amplia biblioteca y vuestra experiencia en libros es necesaria.

—¿Yo? Pero cómo voy a…

—Consideramos también la posibilidad de que pudieras asesinar a Savonarola y al fraile lunático —le interrumpió el capitán de la guardia—. Aunque de momento desistimos. No queremos convertirlos en mártires.

A Joan le habría gustado suspirar aliviado al saber que no se le encargaba un trabajo de sicario. Pero fue incapaz; aquel cometido le producía una gran inquietud. No tenía ni idea de cómo cumplir lo que le pedían. Y sabía que sus interlocutores esperaban que se sometiese y aceptara sin más. Aun así, no estaba dispuesto a hacerlo. Se armó de valor, se irguió y, mirando a los ojos a César, dijo:

—Me honra mucho, señoría, que tengáis tal confianza en mis habilidades, que desde luego no son tantas. —Hizo una pausa. No quería ni mirar a la cara a don Michelotto cuando este oyese lo que iba a decir—. Sin embargo, deseo pensarlo. Os suplico que me concedáis un par de días antes de responder.

40

—Creen que vuestra obligación es aceptar —dijo Anna, sentada en la cama de la alcoba, cuando Joan terminó su relato—. No consentirán que os neguéis.

—Eso me hizo saber don Michelotto al salir de la reunión. —Joan estaba en su silla, frente a su esposa—. Me lanzó una mirada asesina y me preguntó que cómo me atrevía a decirle a César Borgia que lo iba a pensar.

—Y ¿qué le dijisteis?

—Que era un hombre libre y que estaba en mi derecho.

—Y ¿qué respondió?

—Que lo único que yo debo decidir es si estoy con ellos o en su contra. Que no hay término medio.

—Eso es lo que podéis esperar de ellos, una amenaza —dijo Anna preocupada—. ¿Qué vais a hacer?

—Como les dije, lo voy a pensar.

—Me temo que hay poco que pensar. —Ella hablaba lentamente—. Ya conocéis mi opinión sobre el clan. Son gente peligrosa.

—Aun así, lo pensaré, Anna. Por una parte deseo ir, pero por otra no quiero dejaros cuando aún os recuperáis de lo sucedido.

Ella esbozó una sonrisa tímida.

—Y ¿si me pongo enferma como cuando la guerra contra los Orsini?

Joan comprendió que bromeaba y, apoyándose en el respaldo de su silla, le acarició la cara.

—No serviría —le dijo devolviéndole la sonrisa—. Además, ya visteis lo que aquello nos trajo.

Anna quedó pensativa. Su expresión había vuelto a ensombrecerse.

—Don Michelotto vuelve a utilizaros como hizo en el asesinato de Juan Borgia. ¿Es que no lo veis?

—Pienso tomar mi decisión con libertad.

Ella negó con la cabeza.

—Imposible.

A la mañana siguiente, en el patio del taller, Joan revisaba con Giorgio, el primo de Niccolò, maestro de encuadernación, la calidad del cuero y de las letras estampadas a golpe frío en la cubierta de las tapas de una partida de libros... Se trataba de *Secretum secretorum*, una obra traducida al italiano de una edición catalana traducida a su vez del latín, y antes posiblemente del árabe o del hebreo. Niccolò la consideraba una de sus lecturas favoritas, pues trataba de los supuestos consejos de Aristóteles a Alejandro el Magno sobre el buen gobierno. Aunque el teólogo franciscano Roger Bacon la había elogiado en su tiempo, la Iglesia seguía mirándola con recelo tanto por su procedencia pagana como por su parte esotérica, en la que trataba sobre las artes adivinatorias del futuro. Por ese motivo, a pesar de la gran demanda del libro, solo se ofrecía a clientes escogidos.

Giorgio era un experto librero exiliado de Florencia que no solo dominaba el latín, sino también el griego. En realidad estaba mejor preparado incluso que Joan para manejar todos los aspectos de una librería, y si se encargaba de la encuadernación, era porque su primo Niccolò no sabía ni encuadernar ni imprimir. Mientras observaba cada detalle del trabajo, Joan vio que Niccolò se asomaba al taller un par de veces; comprendió que esperaba a que terminase y se preguntó el porqué de aquella prisa.

—¿Puedo hablar con vos en privado? —le dijo tan pronto como Joan pisó la librería.

—Sí —repuso este, y le acompañó al salón pequeño.

—Miquel Corella me ha hablado de una misión en Florencia...

—¡Creí que era un asunto confidencial! —exclamó el librero sorprendido.

—Lo es. Pero no para mí. Yo os acompañaré si decidís aceptarla.

—¿Vos? —Era una sorpresa agradable.

—Sí. Y os ruego que aceptéis.

—¿Por qué debería hacerlo, Niccolò?

—Por coherencia con vuestro propio pensamiento. Cuando mi primo y yo os hablamos de Savonarola y su dictadura en Florencia os indignasteis. Dijisteis que por cada libro que el fraile quemara, nosotros imprimiríamos diez, y fuisteis protector de los que luchábamos contra él, empleándonos en vuestra librería.

—Sí, es cierto, y creo que hasta el momento he cumplido con mi palabra.

—Así es. —Niccolò tenía una mirada astuta y una sonrisa parecía a punto de asomar a sus labios—. Por eso no podéis negaros a ayudarnos en el momento decisivo.

—¿El momento decisivo? —repitió Joan irónico. Le divertía la habilidad argumentativa de su amigo.

—Sí que lo es —insistió el florentino—. Nuestra misión marcará el principio del fin de la tiranía teocrática en mi patria. Joan, juntos hemos superado situaciones difíciles. Os ruego que me acompañéis en esta. Lucharemos por la libertad.

—Sois muy elocuente, amigo Niccolò, y os respondo lo mismo que a Miquel Corella. —Joan sonrió—. Lo pensaré.

—No sé si ha sido iniciativa del propio Niccolò o me ha hablado a instancias de Miquel —le contaba Joan a su esposa—. Pero tiene razón nuestro amigo. Todo lo que he hecho hasta el momento, incluso todo lo que soy, me empuja a aceptar.

—Estoy segura de que es don Michelotto quien maneja los hilos —repuso ella—. Parece un soldado, pero es un hábil conspirador. Os conoce bien y hace que los argumentos de unos y otros se sumen. Niccolò es su marioneta. Y va a usaros como lo hizo en el asesinato de Juan Borgia.

—Lamento que lo veáis así.

—Negaos, pues.

Joan se quedó mirándola sin hablar y se dijo que deseaba ir. Negarse era traicionar a sus amigos y a sí mismo.

—No podéis, ¿verdad? —dijo ella ante su silencio.

—No, no puedo. —Joan miraba con intensidad a los ojos de su esposa, como si quisiera penetrar en sus pensamientos—. Sé que os contraría y que me voy a jugar la vida. Quizá la pierda. Sin embargo, quiero partir con vuestro cariño y vuestra sonrisa, sin enojos.

Ella no contestó. Pensaba que nada de lo que le dijese a su marido le haría cambiar de opinión, y decidió resignarse a lo inevitable. Él vio cómo los ojos de Anna empezaban a humedecerse y que le abría los brazos. Acudió a ellos para estrecharla en silencio.

Joan debía afrontar la evidencia y proveer para el futuro de su familia en el caso de que él no regresase. A pesar de los sentimientos de Anna con respecto a los *catalani* sabía que estos la protegerían a toda costa si enviudaba. Estaba seguro de que Anna, con el apoyo del clan, sería capaz de sacar la librería adelante, aunque era más que conveniente la presencia de otro varón adulto en la familia Serra. Además, si los pronósticos de Innico d'Avalos se cumplían, los florentinos de la librería pronto regresarían a su tierra. Joan se dijo que aquel era el momento oportuno para hablar con Pedro Juglar, el sargento aragonés de la guardia vaticana que llevaba un tiempo cortejando a su hermana María. El aragonés conocía y aceptaba el pasado de la muchacha, y cuando se le invitaba a cenar jugaba con los hijos de esta, Andreu y Martí, que le adoraban.

—Quisiera dejar resuelto el futuro de Pedro y María antes de partir a Florencia —le dijo Joan a su esposa.

—Me parece bien. Pedro solicitó el permiso de María para hablar con vos y pedirla en matrimonio. Estaba esperando el momento oportuno.

—Pues el momento ha llegado —repuso Joan, encantado con la noticia—. He pensado en ofrecerle a Pedro un puesto en el negocio como parte de la dote.

—Es un hombre de armas, y se nota en su estilo —replicó ella—. Sabe latín, pero no el suficiente para atender en la librería.

—Sin embargo, le gustan los libros —continuó Joan—. Ya era habitual de la librería antes de pretender a mi hermana.

—Aquí se conocieron —dijo Anna con una sonrisa que denotaba una gran sintonía con los sentimientos de su cuñada—. Me gusta mucho Pedro. La hará feliz.

—El latín no será problema, puede aprenderlo. Además, debería empezar como aprendiz de encuadernación e imprenta. Le haríamos pronto maestro. Es un hombre espabilado.

—¿Creéis que aceptará?

—Si quiere a mi hermana…

—No —repuso Anna con semblante severo—. No podéis negociar con eso. Vuestra hermana ama a ese hombre y deben casarse aunque él no quiera ser librero. Ni se os ocurra forzarle.

—De acuerdo —aceptó Joan a regañadientes—. Le enviaré recado al Vaticano para que nos veamos hoy mismo. No dispongo de mucho tiempo.

—Amo a vuestra hermana y me gustan los libros. Sin embargo, no me había planteado dejar la carrera militar.

Pedro Juglar era un hombre recio, de porte marcial, contaba con veintisiete años —dos más que Joan—, era casi tan alto como este y más corpulento. Su cara afeitada mostraba la sombra de una barba cerrada, lucía media melena, tenía una mirada inteligente de ojos oscuros y una sonrisa fácil que dejaba ver una dentadura blanca y regular.

—Creemos que seríais un buen librero. Os ruego que lo consideréis.

—Os lo agradezco, Joan —repuso Pedro con un gesto de preocupación—. Lo consideraré, aunque estoy comprometido por dos años con la guardia vaticana, y es un compromiso que debo honrar.

—No os preocupéis por eso. Pienso que si vos lo deseáis, puedo arreglarlo con Miquel Corella. —Joan sonrió—. Será parte de una negociación que tenemos pendiente.

—Quisiera, con independencia de vuestra oferta, fijar una fecha de boda con vuestra hermana —insistió el aragonés.

—De acuerdo. ¿Qué os parece si la decidimos con María y mi madre?

Pedro afirmó con la cabeza. Sonreía ilusionado.

41

—Desconocemos dónde guardan el *Libro de las profecías* —dijo César Borgia—, pero estamos seguros de que se encuentra en el convento de San Marco.

Cuando Joan le hizo saber a Miquel Corella que aceptaba aquella misión, el valenciano le citó dos días después con César Borgia y le pidió que llevase a Niccolò consigo. No dio muestras de contento al conocer la respuesta del librero. Actuaba como si ya contara con ello, y aquella suficiencia molestó a Joan. Quizá Anna estuviera en lo cierto. El encuentro tenía lugar en la misma sala que la primera vez, y los tres escuchaban al hijo del papa atentamente.

—Esos dominicos forman un núcleo muy cerrado en el que solo tienen cabida los de su orden que tengan un sentido tan fanático e intolerante de la religión como ellos —continuó el portaestandarte papal—. El círculo más íntimo lo forman los frailes Domenico de Pescia, Silvestro Maruffi y el propio Girolamo Savonarola. Y a su alrededor está toda la comunidad de monjes dominicos del convento de San Marco, que los protegen.

—Y a su vez, a ellos los protegen los órganos de gobierno de la ciudad y del estado, controlados por los seguidores de Savonarola, los llamados «llorones» por su continuo lamento y contrición por todo tipo de pecados —continuó Niccolò—.

Y en las calles son los propios llorones, conformados en grupos armados, y las compañías blancas quienes imponen la ley de Savonarola.

—¿Compañías blancas? —se interesó Joan.

—Sí, compañías blancas —confirmó Miquel Corella—. Son bandas de niños vestidos de blanco y rapados que no tienen otra instrucción que la religiosa y que imponen su «moral» a los mayores a pedradas.

—En efecto —tomó la palabra César Borgia—. Existe toda una trama, muy difícil de penetrar, que como capas de cebolla rodea y protege a Savonarola y a los suyos.

—Así que tenemos que introducirte en ese círculo cerrado para que averigües dónde está el libro, lo consigas y nos lo traigas —dijo Miquel Corella mirando a Joan.

—¿Tan fácil? —ironizó este—. ¿Voy a Florencia, pido una entrevista con Savonarola y le exijo que me dé el *Libro de las profecías*? Para eso no hace falta un librero. Cualquiera lo puede hacer.

—No. Bien sabemos que no será fácil —repuso César—. Y creemos que solo vos podéis ejecutar nuestro plan con éxito. Contaréis con la ayuda de don Niccolò dei Machiavelli, que os apoyará desde el exterior del convento.

—Pero ¿por qué yo? —inquirió Joan—. Savonarola jamás confiaría en un seglar desconocido que habla su lengua con acento extranjero y que odia la tiranía religiosa que él impone. Pienso que soy el menos idóneo.

—Algunas de esas cosas se pueden arreglar y otras funcionarán a nuestro favor —dijo Miquel—. Precisamente que seas español será una gran ventaja. Savonarola conoce a los dominicos italianos, bien sea en persona o por referencias. Sabe quiénes simpatizan con él y quiénes lo rechazan. No podemos inventar un fraile dominico italiano, pero sí uno español.

—¿Un fraile dominico? —repitió, incrédulo, Joan—. Queréis decir que…

—Que te convertirás en un dominico español —le confirmó Miquel—. Un inquisidor.

—¿Un inquisidor? —dijo Joan poniéndose en pie de un salto—. ¡Jamás seré un inquisidor!

—¡Siéntate! —le ordenó el valenciano.

Joan continuó de pie.

—No, no lo haré —insistió con las mandíbulas apretadas—. Vi cómo Antoni Ramón y Joana Corró, que me trataron como a un hijo, fueron condenados a la hoguera por los inquisidores y cómo ardían en ella. Olvidaos de mí, buscad a otro.

Se quedó mirando a don Michelotto. El valenciano no se había movido de su silla y sus ojos echaban chispas. Se disponía a hablar cuando el Borgia se le adelantó.

—No tenemos a otro, don Joan —dijo pausado, con una sonrisa amable nada frecuente en él—. Y precisamente porque odiáis a los inquisidores os debería deleitar la burla de la que les vamos a hacer objeto. Escuchad. Y si lo hacéis sentado, todos lo apreciaremos.

Joan vaciló unos instantes y comprendió que no se podía negar a la cortés petición del hijo del papa. Observó a Niccolò; su habitual sonrisa irónica estaba ausente y le miraba serio. Sabía que su temperamento impetuoso le acarreaba problemas con frecuencia y decidió obedecer. César lo agradeció acentuando su sonrisa antes de empezar a hablar de nuevo.

—Reunís todas las condiciones para engañarlos. Os criasteis en un convento y, por lo tanto, conocéis cómo viven y actúan los frailes.

—Solo pasé unos años en el convento, y eran monjes del Santo Sepulcro, no dominicos.

—Habláis y leéis latín, como un fraile culto —siguió el hijo del papa sin prestar atención al comentario de Joan—. Y habéis visto actuar a la Inquisición muy de cerca.

—Pero disto mucho de poder engañar a un fraile dominico haciéndome pasar por otro.

—Lo haréis, Joan —afirmó con decisión el Borgia—. Porque pondremos todos los medios del Vaticano a vuestra disposición y porque sois el único que reúne las condiciones precisas.

—Y porque lo necesitamos —dijo Miquel, que ahora imitaba el tono suave y convincente de su jefe—. Los continuos ataques al papa de Savonarola y su apoyo a Francia debilitan al pontífice, y por lo tanto a todos los que le apoyamos. Tus amigos. No nos puedes abandonar.

Joan sabía que no, que no podía abandonarlos, y por múltiples razones. La primera era que se sentía en deuda con Miquel y los *catalani*, y la última era que estos no perdonaban una traición. A todo ello se sumaba la súplica de Niccolò y la amable sugerencia de Innico d'Avalos. Comprendió que era infantil resistirse y que le convenía, por su bien y el de su familia, mostrar buen talante.

—Vos conocéis mi historia, Miquel —dijo dirigiéndose al valenciano en el mismo tono conciliador. Quería reparar el resentimiento que este pudiera albergar contra él tras hacerle frente en presencia del hijo del papa—, y comprenderéis el rechazo que siento por la Inquisición. Estoy seguro de que tenéis un buen plan, pero dudo de mi capacidad para llevarlo a cabo. Conocéis la repulsión que siento por los inquisidores y, sin embargo, sabéis que cumpliré con mis compromisos con el clan. Incluso en algo que me desagrada tanto como esto. Os ruego que entendáis mi reacción.

Sorprendido, Joan vio en la dura faz del valenciano una expresión emocionada. Sus ojos se humedecieron y extendió el brazo hasta apoyar la mano en el hombro de Joan. Este notó una presión firme, reconfortante; sentía una extraña sensación de fuerza que provenía del contacto.

—Te conozco bien, Joan —le dijo—. Sé de tus sentimientos respecto a los inquisidores. Pero también sé que eres el hombre para esta misión y que la ejecutarás con éxito.

De regreso del Vaticano, Joan anduvo pensativo mientras Niccolò se mostraba tan locuaz como prudente en sus comentarios.

—Creo que tienen un buen plan —decía—. Mi papel de apoyo será menos arriesgado que el vuestro, pero contad conmigo. Estaré allí y no os abandonaré.

Anna mostró preocupación cuando Joan le contó los detalles en la intimidad de su habitación.

—Si me ocurre algo, Miquel Corella y los *catalani* cuidarán de vos y del resto de la familia —le dijo él—. No tengo la menor duda.

—Temo por vos.

—La decisión ya está tomada. —Joan le puso las manos en los hombros, cariñoso, y miró dentro de sus ojos forzando una sonrisa—. No hay vuelta atrás. Regresaré sano y salvo, no temáis.

Ante lo inevitable de la situación, Anna decidió hacer un esfuerzo, quitarle importancia al asunto y mostrarse animosa. Amaba a su marido, no quería añadir angustia a sus preocupaciones, pero un nuevo temor la asaltó. Que aquella aventura llevara a su marido a la muerte sin siquiera haber cumplido la mayor de sus ilusiones: darle un hijo. Decidió hacer un esfuerzo y rebajar la tensión con humor y picardía.

—Rezaré por ello. Todo irá bien. Estoy segura de que os convertiréis en un magnífico fraile.

Él la miró extrañado y vio que Anna cambiaba su expresión grave por una divertida, y que después dejaba ir una risita.

—¿Qué ocurre? —preguntó él.

—¡Que os van a tonsurar!

—¿Que me raparán la parte superior de la cabeza? —Joan no había caído en la cuenta de aquel detalle.

El rapado era humillante y se aplicaba a galeotes y delincuentes. Aquella era en parte la finalidad mística de la tonsura en los eclesiásticos. Como la que mostraba el papa. Era una muestra de humildad frente al Señor. Sin embargo, a él no le hacía ninguna gracia. Anna interpretó su expresión y rio alegre.

—Jamás he amado a un fraile y no puedo esperar a que os tonsuren —dijo tirando de él hacia el lecho—. Estoy impaciente por acariciar vuestra calva.

Joan se dejó llevar maravillado por cómo de repente aquel asunto se convertía en algo divertido. Su esposa no se mostraba pícara desde antes de su trágica violación, y su actitud era una fascinante novedad que Joan no pensaba desaprovechar, con lo que olvidó por completo sus pesares.

Sin embargo, tampoco en esta ocasión Anna fue más allá de las caricias y del dulce cariño. Su pasión progresó hasta cortarse en seco en un momento determinado. Se deshizo de Joan con unos besos tiernos y unas carantoñas y pronto cayó dormida. O al menos lo aparentó. Joan quedó insomne e inquieto. Intuía que estaba a punto de romper el muro invisible que los separaba de la pasión, que faltaba ya poco. Mil y un pensamientos se agolpaban en su mente, pero al final siempre se detenía en uno, y se levantó del lecho para escribir: «La muerte me rondará en ese viaje. Señor, no dejéis que muera sin que antes Anna me dé un hijo».

42

—Tienes una semana para convertirte en un devoto fraile dominico —recordaba Joan que le dijo Miquel Corella al día siguiente, cuando fue a visitarle al Vaticano tal como le había pedido—. Y además, inquisidor.

—¿Una semana? Estáis loco —exclamó Joan—. Hay mucho que aprender, los novicios pasan años antes de ser frailes. Unos monjes tan estrictos como Savonarola y los suyos pueden descubrirme en cualquier detalle absurdo que se me escape.

—Habrá que correr el riesgo —repuso el capitán vaticano con toda tranquilidad—. Pero haremos que este sea mínimo. Ven conmigo.

Le condujo a unos edificios cercanos al río.

—Aquí se hospedan los frailes que visitan el Vaticano y que no se alojan en los conventos de sus órdenes en Roma —le explicó Miquel haciéndole entrar—. A partir de ahora serás un monje de paso.

Entró en una de las casas y a través de un pasillo llegaron a un patio. Una vez cruzado este, penetraron en una estancia que de inmediato Joan identificó como una barbería. Miquel le pidió a un hombre que esperaba allí que le arreglara el pelo a Joan al estilo dominico.

—Es un especialista —le dijo al librero en tono tranquilizador—. Te hará un buen trabajo.

—Pero ¿por qué tan pronto? Podríamos esperar a que…

—Te he dicho que a partir de ahora serás un monje. Cuanto antes te hagas a la idea y te pongas en el papel, mejor.

—Un momento, Miquel. Quiero pasar la noche con Anna y no puedo aparecer por la librería tonsurado.

—Nada de mujeres, Joan —repuso el valenciano muy serio—. Le enviaré recado a tu esposa para que sepa que te quedas aquí. Debes meterte en la piel de un fraile de inmediato.

—Pero…

—No hay peros. La guardia vaticana no te dejará salir.

Joan comprendió que resistirse en aquel momento era inútil, don Michelotto le retendría a la fuerza. Hizo un gesto de desaliento y fue a sentarse en la silla que le indicó el barbero. Mientras veía caer los mechones de su cabello sintió un gran desánimo. Aquello le recordaba cuando experimentó el humillante rapado al incorporarse a la galera del almirante Vilamarí como galeote. Y aunque se trataba de circunstancias distintas, aquello también era deshonroso. Había perdido su libertad. Además deseaba con toda su alma aprovechar las noches con Anna antes de lo que sería, con suerte, una larga ausencia.

Melancólico, notaba frío y pequeños cortes en la parte superior de su cabeza conforme se la afeitaban. Cuando el barbero, que al rasurarle le impedía ver de frente, se apartó, vio a un monje en la estancia. Tendría unos cuarenta años, vestía el hábito blanco y negro de los dominicos, y su cabeza descubierta mostraba una gran tonsura que en la parte delantera, a causa de las entradas, solo mantenía un pequeño reducto de pelo rubio sobre la frente. Tenía los ojos azules y sus mejillas, abundantes y sonrosadas, indicaban que no practicaba el ayuno con demasiada frecuencia.

A su lado se encontraba Miquel Corella.

—Este es fray Ramón de Mur —le dijo el valenciano al recién llegado—, del convento dominico de Santa Caterina de Barcelona.

Joan se sorprendió al comprender que hablaba de él y se sintió extraño al ser presentado como otra persona. Miquel Corella iba demasiado deprisa.

—Ramón —continuó el capitán de la guardia dirigiéndose a Joan—, este es tu hermano dominico fray Piero Matteo, de Roma. No te separarás de él hasta embarcar hacia Florencia. Seguiréis horario de convento dominico, rezaréis las oraciones correspondientes a cada ceremonia y fray Piero te explicará todo lo que precises saber. Conoce el convento de San Marco de Florencia y también a Savonarola y a sus frailes. Sin embargo, como comprobarás, no se trata de uno de esos locos fanáticos. Es de toda confianza.

—Dios os bendiga —dijo el fraile inclinando la cabeza en señal de saludo.

—Lo mismo digo —respondió Joan reticente.

Cuando el barbero se mostró satisfecho con su trabajo, Joan se palpó la cabeza tratando de averiguar qué aspecto le había quedado. Notó la franja de pelo, en forma de corona; sentía frío en la extensa calva y una sensación de profundo desagrado y desasosiego.

—Estás muy gallardo —le dijo Miquel con una sonrisa divertida—. Ahora desnúdate y ponte esto.

Le dio una prenda de lana cruda y Joan comprendió que pertenecía a un hábito dominico. Tan pronto como le vio desnudo, el valenciano, sin darle tiempo a que se vistiese, tomó sus ropas, su espada y su daga y le dijo:

—Esto te lo guardo hasta que regreses de Florencia. Fray Piero sabe todo lo que hay que hacer, obedécele. Nos veremos dentro de unos días. Adiós, fray Ramón. —Y salió por la puerta llevándose sus pertenencias.

Joan hizo gesto de seguirle; sin embargo, se detuvo en el umbral de la barbería consciente de su desnudez.

—¡Esperad! —gritó.

El capitán vaticano continuó a paso rápido sin darse la

vuelta y en unos instantes había desaparecido por el otro lado del patio.

El librero se giró y vio al barbero y al fraile, que le contemplaban en silencio. Fray Piero le hizo un discreto gesto con la cabeza en dirección al hábito que tenía en sus manos. Sin pronunciar palabra, Joan se vistió sintiendo a la vez un nudo en el estómago. De repente lo había perdido todo: a Anna, a la que añoraba ya con desesperación, a su madre, a su hermana, a los niños, la librería, a sus amigos... Todo. Había perdido lo que hasta aquel momento era su vida y ni siquiera tenía la seguridad de que fuese a recuperarlo algún día. Quizá muriera en aquella loca empresa consistente en arrebatarle a un loco un libro escrito por otro loco. Y jamás vería a los suyos de nuevo.

Se puso el hábito y el escapulario, calzó las sandalias, se ciñó un cordón alrededor de la cintura y vio que Miquel le había dejado sobre la negra capa dominica una extraña pieza que parecía una faja de piel áspera con pelos hirsutos en uno de sus lados. Miró interrogante al dominico y este le dijo:

—Es un cilicio, fray Ramón.

Joan sabía lo que era un cilicio, pero nunca se los había visto a los frailes de Santa Anna con los que había convivido de niño. El dominico observó la expresión de su cara y, consciente de que el barbero los escuchaba, le invitó:

—Vayamos a vuestra celda, fray Ramón. Os explicaré lo que queráis saber.

La celda era un habitáculo encalado de unos cinco pasos de largo por cuatro de ancho; por todo mobiliario tenía un camastro, una mesa, una silla y un estante con un cántaro de agua. Joan contempló un último objeto como si fuese un lujo; era un candil de aceite. Al cuarto se accedía desde el pasillo y tenía un ventanuco que daba al patio. El fraile le indicó que se sentara en la silla mientras él lo hacía en el jergón.

—Mi misión —le dijo— es convertiros en un fraile dominico de forma que los de Savonarola crean que lo sois de verdad.

Os hemos dado la personalidad de fray Ramón de Mur, del convento dominico de Santa Caterina de Barcelona, que es un fraile real un poco mayor que vos.

—Pero si sospechan y hacen averiguaciones, sabrán que el verdadero está en Barcelona… —objetó Joan.

—Eso es cierto, aunque es mejor que inventar un nombre que nadie haya oído. Si lo hacemos e investigan, sabrán que no existe. Estoy seguro de que los de Savonarola, que son muy suspicaces, tan pronto como os dejéis ver por San Marco enviarán una misiva al convento de Santa Caterina de Barcelona para comprobar vuestra identidad. A pesar de las cartas que recibirán del inquisidor general de España fray Tomás de Torquemada.

—¿Cartas de Torquemada?

—En efecto, unos días antes de vuestra llegada, Savonarola recibirá una carta de su colega Torquemada, que también es dominico, diciendo que fray Ramón de Mur, después de su estancia en Roma, visitará Florencia para conocer la gran labor purificadora emprendida por los dominicos del convento de San Marco. Savonarola y Torquemada simpatizan aun sin coincidir en todo. Es por eso por lo que estamos seguros de que seréis bienvenido en San Marco en vuestro papel de inquisidor español.

—Imagino que la carta no será auténtica…

—No, claro que no —explicó el fraile, cuyos azules ojos brillaban indicando que se divertía—. Tanto la que recibirá antes de vuestra llegada como la que le llevaréis vos son falsas. Y nos hemos asegurado de que las firmas estén perfectamente imitadas, pues Savonarola posee cartas anteriores de Torquemada. Tan pronto como lleguéis, los florentinos escribirán al convento de Barcelona y al de Ávila. Por suerte, en esas fechas las cartas tardarán más de un mes en llegar a Barcelona y mes y medio a Ávila. Y lo mismo de vuelta. Así que deberéis completar vuestra misión a lo sumo en dos meses.

Joan se acarició la calva, que le escocía a causa del rapado, pensativo.

—No solo debo hacerme pasar por fraile dominico, sino por inquisidor —dijo—. Dudo que pueda engañarlos.

—Lo haréis si os aplicáis. Seguiremos el horario canónico como en los conventos y rezaremos siete veces al día, empezando por los maitines, a medianoche. Estudiaremos los rezos habituales y también los pasajes de las Sagradas Escrituras más usados por los dominicos. También os contaré historias de santos, anécdotas y cotilleos que os tienen que ser útiles. Cuando alcancéis la soltura necesaria, os presentaré a fray Pablo de Olmedo, que fue ayudante de inquisidor en España. Él completará vuestra enseñanza.

—Y ¿el cilicio?

—Se pone debajo del hábito, con la parte de los pinchos de pelo de cabra del lado de la carne. Y se ofrece al Señor esa mortificación. Es bueno no solo para el espíritu, sino también para luchar contra el deseo de la carne.

—¿Vos lo usáis? —El aspecto del fraile no parecía el de alguien que se torturara a propósito.

—No.

—Y ¿por qué yo sí?

—Porque los frailes que vos frecuentaréis lo llevan a diario y debéis ser igual a ellos. Usan además otros cilicios consistentes en cadenillas de hierro con puntas que se clavan en la carne.

—Y también deben disciplinarse con látigos de esparto tipo escoba, algunos con puntas metálicas —dijo Joan negando con la cabeza—. Todo para combatir las tentaciones del mundo.

Había presenciado el uso de aquellos látigos de niño, en el convento, y se estremeció al recordar las salpicaduras de sangre.

—Sí —dijo fray Piero afirmando enfáticamente—. Y vos

también lo haréis. De lo contrario, jamás os creerán y no seréis admitido en la comunidad de San Marco. Si os descubren, os acusarán por usar un hábito sin estar ordenado y os condenarán por sacrílego. A la hoguera con toda probabilidad.

El librero meneó la cabeza en un gesto entre aturdido e incrédulo. En poco más de una hora su vida había cambiado radicalmente y para mal. Le habían convertido en otra persona; estaban empeñados en hacerle fraile y no solo en apariencia. Añoraba a Anna y a los suyos. Mucho. Y no sabía si volvería a verlos. Sentía un peso terrible en el corazón. Sin embargo, aquel monje de ojos claros y sonrisa fácil le caía bien, necesitaba desahogarse y le contó sus sentimientos, su pena, su nostalgia, la humillación, la pérdida de libertad...

—Debéis mudar vuestro pensamiento —le dijo tras escucharle atentamente afirmando en ocasiones con la cabeza—. Olvidad lo que perdéis. Con esa actitud fracasaréis en vuestra misión. Pensad que volveréis a recuperar vuestra vida después de un tiempo. Y gozad de lo que ganáis.

—¿Ganar? —exclamó Joan—. ¿Qué diablos gano?

—La vida del monje. La cercanía a Dios.

Joan se quedó mirando al hombre con ganas de soltarle un puñetazo. Se burlaba de él. Pero observándolo se convenció de que la sonrisa que bailaba en sus labios no era cínica, sino la expresión feliz de alguien a punto de dar una buena noticia y que se complace en hacerlo.

—Pensad en el novicio a punto de tomar los hábitos. Cuando le tonsuran y ve caer los mechones de su pelo, sabe que se humilla y pierde la libertad, pero lo hace porque como hombre libre se ofrece al servicio de Dios. Y siente alegría, es uno de los momentos más felices de su vida. Buscad esa felicidad en la serenidad del convento, fray Ramón; si persistís en ello, la encontraréis.

Joan recordó que, de niño, alguna vez había deseado la paz en oración del convento en el que vivía. E incluso había llegado a envidiar a fray Jaume, que siempre parecía feliz y contento. Se dijo que fray Piero tenía razón y que quizá pudiera encontrar algún sosiego al servicio de Dios. Suspiró, pero de repente la imagen de Anna le vino a la mente.

—Añoro a mi esposa —se lamentó.

—Usad el cilicio —repuso el dominico.

Fue entonces cuando Joan se dijo que no iba a soportar aquella imposición por parte de don Michelotto. Aceptar aquella misión no implicaba convertirse en prisionero, y decidió fugarse. En el descanso de después del rezo de la hora nona, por la tarde, advirtió a su preceptor que iba a los retretes situados en un lateral del Tíber, y fue hacia el río. Sin embargo, tomó el camino de la fortaleza de Sant'Angelo, que protegía el puente del mismo nombre, el único acceso al Vaticano desde Roma. Se caló la capucha, fingió que rezaba y saludó a la guardia vaticana con la esperanza de que con aquel hábito no le reconocieran. Aguardó la cola de los que iban a Roma contando con que los soldados no prestarían atención a un fraile que salía del Vaticano, pues ponían su mayor cuidado en vigilar a quienes entraban. Al poco, cuando ya caía la tarde, cruzaba el puente de Sant'Angelo respirando profundamente el aire de libertad. Había escapado del Vaticano y de don Michelotto.

43

Se sentía extraño con la capucha calada y andando con aquellas sandalias. No tenía ni una sola moneda y echaba en falta su daga y su espada. Atardecía y las calles de Roma se hacían aún más peligrosas. Se animó diciéndose que quién querría asaltar a un monje mendicante cuya única posesión era un hábito barato y unas sandalias que nadie deseaba, pues solo los frailes vestían de aquel modo. Se dio prisa, no quería llegar tarde, y evitó el Campo de' Fiori yendo por las callejas cercanas al río para no ser reconocido. Que alguien le identificara con aquel aspecto no solo le avergonzaría, sino que revelaría un secreto que don Michelotto deseaba mantener a toda costa. Al poco cruzaba de nuevo el río, esta vez por el puente Sisto, hacia el Trastévere.

Los comerciantes recogían ya sus tenderetes y desde las casas oía el ruido de los cacharros de la cena y voces que le eran muy familiares. Muchos de los habitantes de la zona eran de origen español, judíos y conversos huidos de los reinos de Castilla, Aragón y Portugal, y a los que el papa protegía. Era ya casi de noche cuando llegaba a su destino, una zona donde la gente miraba con extrañeza y prevención su hábito de fraile dominico. A muchos les traía los trágicos recuerdos de la Inquisición española. Se refugió en las sombras de un portal vigilando la entrada de una taberna que en su cartel, iluminado ya con una tea, mostraba una liebre. Inquieto, vio cómo entraban varios hombres, la mayoría cubiertos con máscaras, aunque ninguno se parecía a quien él aguardaba: su amigo Niccolò. Al rato de espera se dijo que ya era tarde, que quizá el florentino no fuese a la taberna aquel día. En ese caso, tendría que hacer noche en las peligrosas calles de la ciudad, sin dinero y sin poder recurrir a familia o amigos, ya que echaría a perder el plan secreto de don Michelotto. Savonarola tenía, con toda seguridad, espías en Roma.

Joan sabía que Niccolò acostumbraba a acudir a la taberna de la Liebre los jueves y se dijo que quizá se le hubiera adelantado y se encontrase ya en el interior. También era posible, aunque improbable, que él no le hubiese reconocido a causa de su máscara. No podía esperar más y se decidió a entrar, consciente de la sorpresa y el escándalo que provocaría. Porque él era un monje y aquella taberna, un burdel.

—¿Sabéis qué lugar es este? —le preguntó un hombretón a la entrada cerrándole el paso.

—Sí, lo sé —respondió Joan, que continuaba cubriéndose con la capucha de su capa.

—No podéis entrar aquí, padre.

—No vengo como cliente, sino que busco a un hombre.

El hombretón rio de forma desagradable.

—¿Sois bujarrón? Pues sabed que aquí solo ofrecemos mujeres. Buscad hombres en otro sitio.

—No soy sodomita —repuso Joan, molesto por los malos modos del individuo—. Solo quiero ver si está aquí quien yo busco.

—Quien esté aquí o deje de estar no os interesa.

—Es muy importante. Dejadme ver si se encuentra aquí. Por favor.

—Si es tan importante, esperad fuera a que salga de madrugada. —El tono del hombre iba haciéndose más agresivo y desdeñoso.

—No puedo esperar.

—¡Largaos! —dijo el tipo propinándole un empujón.

Pareció que el fraile obedecía y, humilde, retrocedía dos pasos, pero de pronto dio una zancada hacia delante e impulsando su cuerpo con toda sus fuerzas, estrelló un puñetazo en la boca de aquel individuo. A pesar de su tamaño, el hombre, pillado por sorpresa, trastabilló y tropezó con una mesa. Joan se abalanzó sobre él para apoderarse de la daga que había visto en su cinto al tiempo que le propinaba un empujón. Soltando maldiciones, el tipo cayó de espaldas llevándose consigo la mesa y las sillas. Una vez dentro, Joan se encontró en una taberna con un mostrador a un lado y mesas iluminadas con candiles. Varias estaban ocupadas solo por mujeres a la espera y otras por parejas que bebían y charlaban.

La gente miraba asombrada a aquel fraile de hábito blanco y capa negra con capucha calada, plantado en medio de la sala principal del prostíbulo, mostrando el brillo de una daga en su mano derecha y con las piernas separadas en posición de combate.

Sabía que no podía perder tiempo; el gigantón le caería encima en unos instantes y trató de reconocer a Niccolò entre las miradas atónitas que le contemplaban. No le vio, y se dijo que quizá estuviera en alguna habitación interior.

—¡Niccolò! —gritó—. ¡Busco a Niccolò Il Machio!

Sin embargo, Joan sabía que Niccolò no solo acudía a aquel lugar para satisfacer su deseo físico, sino que disfrutaba conversando con las mujeres y también con los taberneros y algún que otro parroquiano. Le había explicado a Joan, en confidencia, que era asombroso lo que los hombres llegaban a contar a una prostituta cariñosa y amable, en especial después de un encuentro feliz. Él sabía quiénes eran los clientes habituales de cada una y cuando perseguía alguna información concreta sobre uno de ellos, acostumbraba a persuadir a la chica para que sonsacara a su asiduo.

Pero Joan no tenía tiempo para aquellos pensamientos y, dirigiéndose al pasillo que llevaba a estancias más discretas, volvió a gritar:

—¡Niccolò! ¡Busco a Niccolò Il Machio!

Al girarse vio que el hombre de la puerta iba hacia él con una garrota seguido de otro. De inmediato se hizo con un taburete, lo cogió con la mano izquierda y se cubrió con él plantando cara a los que llegaban. En su derecha tenía la daga lista para herir.

—Maldito fraile —gruñó el hombretón—. Te voy a zurrar el hábito.

—¡Como te acerques, te corto los huevos! —repuso el monje en voz lo suficientemente potente para que se oyera en toda la taberna.

—¡Lárgate de aquí! —dijo el otro, sin hacer gesto de acometerle. El taburete y el brillo de la daga le contenían.

—No me iré sin antes saber si está aquí quien yo busco. —Y volvió a llamar a Niccolò a gritos.

Le siguieron unos instantes de tenso silencio mientras los contrincantes se observaban cautelosos, uno con la garrota levantada y el otro con el taburete y la daga.

—¡Ya voy! —se oyó entonces gritar desde el interior.

Y apareció Niccolò arreglándose la ropa. Joan sintió un gran alivio, pero no por ello dejó de encarar al hombre de la puerta.

—Soy yo —le dijo a su amigo cuando este estuvo a su altura—. Os necesito, Niccolò.

Una sonrisa divertida apareció en la cara del florentino después de observarle. Se interpuso entre los contendientes diciéndoles a los matones:

—Tranquilos, le conozco. Ya nos vamos.

Los otros se relajaron; Niccolò era muy conocido y apreciado en el local.

—Lleváoslo antes de que me condenen por matar a un meapilas —gruñó el bravucón de la entrada.

Al cruzar la sala principal, el florentino se dirigió a la asombrada concurrencia con los brazos en alto:

—No pasa nada. Solo es mi confesor, que, preocupado por la salvación de mi alma inmortal, ha venido a rescatarme de este lugar de vicio.

Salieron entre risas de los asistentes y Joan esperó a estar en la calle para desprenderse de la daga.

—Debéis ayudarme a entrar en casa sin que me vean con este aspecto —le dijo a Niccolò de camino al puente Sisto—. La librería estará ya cerrada, no tengo ni siquiera las llaves y quiero ver a Anna.

—Don Michelotto estuvo por la librería y nos dijo a la *signora* Anna y a mí que habíais decidido quedaros en el Vaticano haciendo vida monástica con objeto de lograr la preparación adecuada para vuestra misión. Que necesitabais absoluta concentración y que vuestra esposa no os vería hasta el regreso.

—Hijo de… —murmuró Joan con rabia—. Imaginaba algo así. Me tenía secuestrado.

—Deberéis explicárselo bien a la *signora*. No le agradó vuestra decisión y menos que se lo comunicarais a través de semejante mensajero.

—No fue mi decisión —repuso Joan cortante.

A Niccolò le divertía tanto la situación como el aspecto de su jefe y no se molestaba en ocultarlo.

—A don Michelotto no le va a gustar nada vuestra fuga.

Joan se encogió de hombros.

—¡Que le zurzan!

Tal como esperaba, la librería estaba cerrada; Niccolò tenía llaves de la puerta principal que daba a la Via dei Giubbonari y entraron sin encontrar a nadie. Los habitantes de la casa habían cenado ya y estaban en el lecho. Niccolò se anticipó para evitar encuentros no deseados y, al no topar con nadie, Joan se precipitó escaleras arriba hacia su habitación.

Llamó con los nudillos suavemente a la puerta y no tardó en recibir respuesta:

—¿Quién es?

—Fray Ramón de Mur, del convento de Santa Caterina de Barcelona.

—¿Qué? —Por la voz supo que ella estaba justo detrás de la puerta.

—Dios os bendiga, hermana.

—¡Joan! ¿Sois vos?

—Quizá.

Oyó como su esposa trasteaba en la habitación y al regresar a la puerta le dijo:

—Os reconozco por la voz. Aunque tendréis que decirme algo más si queréis que abra.

—*Pater noster qui es in caelis sanctificetur nomen Tuum adveniat regnum Tuum…*

—¡Qué bobo sois! —dijo ella descorriendo el pestillo para abrir un resquicio en la puerta. Llevaba un candil en la mano izquierda y una daga en la derecha.

Joan había dejado caer su capucha hacia atrás y mostraba con plenitud su calva, que brillaba a la luz del candil cual luna llena. Ella se llevó la mano con la que sujetaba la daga a la boca para evitar la estridencia de una carcajada y le hizo pasar. Dejó la luz y el arma encima de la mesa mientras él se apresuraba a cerrar con pestillo la puerta y a abrir sus brazos, a los que ella acudió tratando de silenciar en lo posible su risa.

Se abrazaron y Joan creyó morir de dicha sintiendo el calor de su amada, su contacto y sus caricias. ¡La había añorado tanto al pensar que partiría hacia Florencia sin verla! Se amaron; sin embargo, Joan se sintió defraudado al comprobar que, a pesar de su pasión, Anna no lograba vencer aquella resistencia que la atenazaba.

—Lo lamento —se disculpó ella.

Cuando los besos y las caricias cesaron, ella le dijo cuánto necesitaba de su presencia y cariño y él le explicó aquel cambio de personalidad forzado por Miquel y que este había tratado de encarcelarle.

—¡Qué sinvergüenza! —exclamó ella indignada—. A mí me contó algo muy distinto; que os recluíais por el bien de la causa y de forma voluntaria. No me importa que sea un asesino que haga temblar de miedo a Roma entera. Me oirá cuando le vea.

—Dejadme que resuelva yo el asunto. No va con vos, sino conmigo.

—¿Que no va conmigo? —inquirió ella furiosa—. Me engañó e hizo que me enfadara con vos. ¿Quién se ha creído que es? ¡Maldito manipulador!

44

Joan salió de la librería antes del amanecer sin que nadie le viera. Llevaba consigo las llaves atadas a la cintura a modo de cilicio por debajo del hábito y le dejaba a Anna la promesa de que mientras estuviera en Roma trataría de huir por la noche para verla.

Se encontró con el valenciano cerca del puente de Sant'Angelo cuando los campanarios del Vaticano respondían a los de la ciudad con el toque de la hora prima. El sol empezaba a iluminar las torres más altas y Joan vio a un grupo de cinco jinetes que se acercaban al trote en su dirección. Al frente iba don Michelotto, y el librero no tuvo duda alguna de que iba en su búsqueda y de que estaba muy enojado. El capitán de la guardia vaticana detuvo su corcel frente al fraile dominico y ambos se miraron sin decir nada. El jinete tenía en su faz aquella expresión que aterrorizaba a las gentes. Los orificios de su nariz aplastada se abrían como los de un toro listo para embestir.

—Subid —dijo, y le tendió la mano derecha a Joan.

Este la tomó, puso su sandalia sobre la bota de Miquel y dándose impulso montó a horcajadas detrás del valenciano. Sin más ceremonia ni palabras emprendieron el camino, también al trote, hacia el puente. Poco después, la guardia vaticana les franqueaba el paso con todo tipo de saludos militares.

—No creo que comprendas lo que nos jugamos en esto —le recriminó Miquel, furioso, en la pequeña celda de Joan.

Junto a él se encontraba fray Piero Matteo, callado, cariacontecido, mirando al suelo con las manos cruzadas de forma que quedaban ocultas en las mangas del hábito.

—Si los de Savonarola llegan a saber que usas un hábito dominico sin estar ordenado, te quemarán vivo en la hoguera —continuó—. Debes quedarte aquí por la noche, familiarizarte con los rezos nocturnos y prepararte espiritualmente para la prueba. Te dije que nada de mujeres. No he ido esta noche a la librería a por ti para evitar un escándalo que habría perjudicado la misión que César y su padre nos han encomendado. Aunque te aseguro que no me faltaban las ganas; rabiaba por hacerlo.

—¿Mujeres? —repuso Joan notando sus mejillas coloreadas por la indignación—. ¿Qué diablos queréis decir con mujeres? No he ido con mujeres. He estado con mi esposa. Hay muchas posibilidades de que me deje la piel, en la hoguera o no, en esta loca aventura dominica en la que me habéis embarcado. No soy un fraile ni lo quiero ser. Soy un librero que ama su oficio. —Hizo una pausa para tomar aliento antes de continuar—. Le mentisteis a mi esposa diciéndole que si no regresaba a casa, era por mi voluntad; le dolió, y eso no os lo consiento bajo ningún concepto. No podéis imaginar cuánto la quiero, aún no se ha repuesto de su violación y me necesita a su lado. Pasaré las noches con ella o dejaré de ser fraile durante el día. Y si no os gusta, me voy.

—No puedes irte.

—Pues no hay más rezos.

Los dos se miraron furiosos durante un tiempo interminable. Don Michelotto no estaba acostumbrado a que le sostuvieran la mirada, y al fin dijo:

—Te voy a encerrar hasta que cambies de opinión.

—¡Idos al diablo!

El valenciano dio media vuelta soltando un bufido y salió de la celda. Joan se quedó unos instantes de pie y después, ignorando al fraile dominico, se tumbó en el catre.

—¿Queréis que recemos? —dijo este con su suave voz al rato—. Os hará bien.

—Dejadme vos también, fray Piero. Quiero estar solo.

El dominico abandonó la celda murmurando algo que quizá fuera una bendición y Joan se quedó boca abajo en el lecho, rememorando la calidez, la suavidad, la gracia y el amor de su esposa. ¿Por qué tenía que ocurrirle aquello cuando Anna empezaba a recuperarse gracias a su cariño? No tenía su libro, pero se imaginó escribiendo en él: «Maldito destino que nos separa».

Asistió a la comida con fray Piero, escuchó la amena conversación del dominico, que le contaba historias que nada tenían que ver con conventos, y también su recomendación de no tomarse las cosas tan a la tremenda. Sin embargo, se negó a los rezos de la hora sexta y la hora nona. No hizo ademán de salir del recinto, aunque pudo ver que había guardia en la puerta. No le dejarían irse. Se paseaba por el patio observando el edificio; era de dos plantas y se dijo que encontraría el momento oportuno para subir a la superior en busca de ventanas desde donde descolgarse sin ser visto, pues en la planta baja todas tenían rejas.

Faltaba poco para las oraciones de vísperas cuando vio aparecer a Miquel Corella. Aunque se puso en guardia, el adusto gesto que mostraba el valenciano por la mañana había cambiado a tranquilo. Incluso sonrió al verle.

—Ya está todo arreglado —le dijo.

—¿Arreglado? —repuso Joan extrañado.

—Sí, lo he hablado con tu mujer, negociamos y tenemos un acuerdo.

—¿Mi esposa? ¿Qué tiene ella que ver en esto?

—Todo. Si no fuera por ella, tú no te habrías puesto tan estúpido como un gato en celo.

Joan le observó receloso. No conocía aquel recurso del valenciano. Su especialidad era cargar como un toro y ver cómo todos se apartaban a su paso. Pero por lo visto también sabía negociar antes de dar con la cabeza en el muro.

—Ah, ¿sí? Y ¿cuál es el acuerdo?

—Tu esposa, que es más lista que tú, entiende la importancia de nuestra misión. Y la necesidad de que asistas a los rezos nocturnos y te familiarices con el ritmo de dormir dos horas e interrumpir el sueño para rezar y dormir dos más para volver a rezar.

—Me extraña que lo entienda —dijo Joan escéptico.

—Pues lo entiende. Pero también desea tenerte en su lecho por la noche. Así que hemos acordado que pases una noche aquí rezando y otra en la librería, a la que entrarás cuando esté cerrada y nadie te vea, con la ayuda de Niccolò, y saldrás antes de que se abra y sin que tampoco te vea nadie. Los operarios creen que estás de viaje.

—Y ¿yo no cuento? —preguntó Joan fingiendo incomodidad a pesar de que aquella solución le producía un gran alivio—. ¿Qué pasa si no estoy de acuerdo?

—Pues que ya no será mi problema. Será asunto tuyo con tu mujer, que me ha dado su palabra para evitar que te encierre en una mazmorra. Ve y discute con ella. Aunque ya sabes que no es contrincante fácil.

Conociendo los sentimientos de Anna hacia Miquel, Joan imaginaba que el encuentro habría sido mucho más duro de lo que el valenciano habría anticipado. Sin embargo, a Joan le molestaba que el capitán vaticano tratara con ella sin pedirle su opinión. Le complacía el acuerdo, pero quería un pequeño triunfo.

—Aceptaré... —dijo dejando una larga pausa en la que miró desafiante a Miquel—, pero a cambio de algo.

—¿De qué?

—Que esta noche, la primera del acuerdo, la pase con Anna. Y que antes de partir estemos juntos un día y dos noches como despedida.

Miquel arrugó el entrecejo. No le gustaba reabrir un trato que consideraba cerrado.

—Lo de esta noche, de acuerdo —dijo después de pensarlo—. Sin embargo, esa despedida tan larga tendrá un precio.

—¿Cuál?

—Que pongas todo tu esfuerzo y dedicación, mientras estés aquí, para convertirte en un perfecto fraile.

—Prometido.

—Aquí debes ser el fraile perfecto, pero en tu casa compórtate no como gato, sino como león en celo —concluyó el valenciano riéndose.

45

Miquel Corella decidió prolongar en una semana más la preparación de Joan. Gruñía diciendo que el tiempo corría en su contra y que si no hubiera sido por las tonterías del librero, con una semana habría bastado. Joan, en su papel de fray Ramón de Mur del convento de Santa Caterina de Barcelona, se sentía cada vez más seguro con la rutina monástica, y después de los primeros días, las enseñanzas de fray Piero, dominico de hábito blanco, se alternaron con las del agustino fray Pablo de Olmedo, de hábito negro, que le instruía sobre la Inquisición española.

A lo que él ya sabía de la Inquisición se sumaron muchos más detalles. Joan se decía que quizá no pudiera engañar a un inquisidor fingiéndose uno de ellos, pero sí a un fraile florentino.

El personal de la librería pensaba que Joan estaba de viaje, y la vida y el trabajo en ella continuó su curso habitual, ignorando que Anna recibía de forma clandestina a su fraile en noches alternas.

Paolo Ercole, el bachiller romano que atendía la tienda junto a Anna y Niccolò, mostraba ya soltura en su trabajo y apenas requería ayuda. Por su parte, Niccolò se mostraba más solícito y amable que nunca con su patrona, y ella se decía que, agradecido por el sacrificio que ella y su esposo hacían por la libertad en Florencia, querría ayudarla a sobreponerse a la pena que le producía la ausencia de Joan.

En una ocasión, después de las habituales bromas con las que el florentino hacía reír a Anna, su sonrisa cambió a un gesto de pesar y le dijo:

—Señora, falta poco más de una semana para que me despida de vos. Seguramente no os vea nunca más. —Su tono, por lo general festivo, sonaba triste—. Lucharé contra Savonarola hasta conseguir una república libre o moriré en el intento.

Anna percibió la emoción de Niccolò en sus ojos, que se tornaban acuosos. No había clientes en la tienda, Paolo disponía la mesa en la calle con el aprendiz y ellos se encontraban de pie frente a los estantes del salón pequeño arreglando los libros. Ella le tomó la mano para confortarlo.

—Nada os ha de ocurrir, ni a vos ni a mi esposo. Rezaré por ambos.

—Gracias, señora. —Él le apretó suavemente la mano—. No quería partir sin antes agradeceros vuestra hospitalidad y el trato amable y cariñoso que le habéis dispensado a este pobre exiliado.

—¡Por Dios, Niccolò! Ha sido un placer conoceros y compartir este tiempo con vos. He gozado mucho de vuestra presencia.

—Y yo de la vuestra, señora. Demasiado.

—¿Demasiado? —Anna aflojó la presión de su mano sobre la de Niccolò.

—Sí, señora.

Apartó su mirada de Anna y por unos momentos la entretuvo en los libros de la estantería que había tras ella. Después la miró con toda intensidad.

—Os amo, señora. Os amo como nunca he amado a mujer alguna y como nunca amaré a ninguna otra.

Ella se quedó mirándole asombrada mientras notaba que él tomaba con ambas manos la suya, acariciándola.

—Jamás antes me atreví a confesaros mi amor —continuó él—. Y no lo hubiera hecho si no fuese a partir para siempre. Necesitaba que lo supierais.

—¡Por Dios, Niccolò! —exclamó ella—. ¡Si se entera mi marido, os matará!

—Bien que lo sé, señora. Ya me avisó en una ocasión. Pero mi amor supera mis temores y pongo mi vida en vuestras manos.

Anna consideró la situación. Al contrario de lo ocurrido con Juan Borgia, aquella declaración no la incomodaba. Conocía bien a aquel hombre, le apreciaba mucho y las formas de Niccolò le impedían ofenderse; en realidad, aquello le parecía cómico, y se esforzó en mantenerse seria y evitar una sonrisa.

—Pues si seguís por ese camino, la vais a perder —le dijo severa.

—No seáis cruel, señora —suplicó él acariciándole aún la mano—. Dentro de unos días me despediré para siempre. Os ruego que me deis algo de vuestro amor.

—¿Algo de mi amor?

—Sí, os lo imploro, como despedida... Esta noche vuestro esposo duerme en el Vaticano y vos estáis sola.

—¡Niccolò! —Una propuesta tan descarada asombró a Anna a pesar de conocer al florentino—. ¿Cómo os atrevéis?

—Es la fuerza del amor, imparable, incontenible...

—¡No! —Y apartó de un tirón su mano de las de él.

—Os lo ruego, corresponded solo un poco a mi amor. Será un pago pequeño por algo tan inmenso.

—¡No! —Anna dio dos pasos hacia atrás para separarse de aquel inesperado galán.

—¿Os ocurre como a vuestra amiga Sancha? —dijo él al verse rechazado, con un toque de despecho—. ¿Que no me consideráis ni lo suficientemente guapo, ni rico, ni noble?

—Lo que ocurre es que amo a mi marido y le soy fiel.

—Y ¿si no fuerais una mujer fiel? ¿Me daríais vuestro amor?

—No seáis cínico. No digáis «¿me daríais vuestro amor?» cuando lo que queréis decir es «¿os levantaríais las faldas?».

Por un instante, el rostro de Niccolò mostró desconcierto, aunque de inmediato retomó su expresión grave.

—Os respeto mucho, señora —continuó él mientras se acercaba de nuevo—. No os equivoquéis. Jamás os suplicaría como lo hago si no sintiese un amor tan grande que supera mi prudencia y mi dignidad. Llevo más de un año a vuestro lado, admirando vuestra belleza, gracia y simpatía. Y todo este tiempo he sido vuestro fiel y secreto admirador...

—¡Apartaos! —dijo ella dándole un empujón.

Anna se replanteó la diferencia entre Niccolò y Juan Borgia. El florentino era más feo, pero mucho más seductor, y sabía que él jamás usaría la fuerza con ella como había hecho el hijo del papa. Le estimaba mucho y le caía muy bien, aunque jamás se le hubiese ocurrido que pudiera haber algo entre los dos. Niccolò tenía fama de mujeriego y su cuñada le había contado que había tenido más de un asunto con las criadas; aquello le suscitaba curiosidad. De repente, ante la ansiosa mirada de Niccolò, que posaba sus ojos en ella con expresión dolida y con los brazos y las manos abiertas en gesto de súplica, Anna se sorprendió sintiendo algo semejante al deseo.

—Sois un desaprensivo —le reprochó Anna disimulando—. Le rogáis a mi marido, por vuestra amistad, que acepte esa loca misión para liberar a vuestra patria; él lo hace, y cuando tiene que ausentarse en la noche sacrificándose por Florencia, vos le proponéis amores a su mujer.

—Razón tenéis en censurarme, señora —aceptó cabizbajo—. Admito mi pecado, pero sed misericordiosa conmigo, pues el amor me ciega. Hubiera continuado admirándoos en secreto a no ser porque en unos días partiré para siempre, y no podía hacerlo sin antes confesar mi amor. Además, vale más hacer y arrepentirse de ello que no hacer y arrepentirse. Si me rechazáis, llevaré conmigo esa pena, pero mayor pena llevaría de haber callado.

—Alejaos de mí, Niccolò —le dijo Anna—. Finjamos ambos que esta conversación nunca tuvo lugar.

—Como deseéis, señora —repuso él con una reverencia.

Pero Niccolò insistió de nuevo al día siguiente, y Anna le respondió con unas risas. Le dijo que no podía tomarle en serio, que dejara de hacer el bufón y que nada conseguiría. Sin embargo, aquel cortejo, aquellos halagos la excitaban.

Cuando aquella noche apareció el fraile dominico, Anna se entregó a él con pasión y sin reserva alguna. Él, feliz, le agradeció al Señor a media voz el haber recuperado al fin totalmente a su esposa, y Anna se preguntó si no habría que agradecerle aquello también a Niccolò y sus sandeces.

El florentino pasó aquella noche en la taberna del Trastévere y no apareció por la librería hasta asegurarse de que Joan había regresado al Vaticano.

—¿Le dijisteis algo a vuestro esposo? —le preguntó a Anna inquieto.

—Sí.

La expresión del florentino mostró alarma.

—Le dije que al único hombre al que amo y deseo es a un fraile dominico llamado Ramón —concluyó ella.

Niccolò sonrió aliviado.

—Me alegro por él. Aun así, toda regla tiene excepciones y aguardaré fiel y ansioso a que hagáis una conmigo.

Anna le fulminó con la mirada disimulando sus deseos de reír.

—¿Es que ya no entendéis mi italiano? —le espetó.

El día de la despedida fue muy intenso. Joan vestía de seglar, aunque se cubría la cabeza por completo con un gorro, lo que causaba extrañeza en sus empleados. Se suponía, incluso para su madre y su hermana, que llegaba de un viaje y que emprendía otro a la jornada siguiente. Aquel día, Pedro Juglar iniciaba su aprendizaje como encuadernador bajo la supervisión de Giorgio di Stefano, y el aragonés instaló sus pertenencias en el taller de encuadernación, donde dormiría junto a los aprendices. Don Michelotto aceptó licenciar a Pedro cuando Joan le dijo que, en caso de necesidad, un hombre de armas como el aragonés convertiría la librería en un baluarte aún más poderoso para los *catalani* del papa. Con sorpresa, se dio cuenta de que el valenciano estaba más interesado en la felicidad de Pedro que en sus argumentos, y no necesitó recurrir a otros más contundentes, como su misión en Florencia. Miquel Corella nunca dejaba de sorprenderle.

Se había fijado la fecha de la boda para el día después de Navidad y María estaba muy ilusionada.

—¡Gracias, Joan! —le dijo a su hermano abrazándolo. Sus ojos color miel brillaban felices.

Aquel día, Pedro y Niccolò asistieron como invitados a la comida del piso superior. Se celebraba la bienvenida del primero, la despedida definitiva del segundo y la partida de Joan a un viaje de negocios que le mantendría alejado un número indeterminado de semanas.

—Seré feliz el día de la boda, Pedro —le dijo Joan alzando su copa en un brindis—. Pero durante la espera, vuestro lugar está en el taller y el de mi hermana, en este piso. La honra de esta casa es también la vuestra a partir de hoy y espero que me ayudéis a mantenerla. Mi madre os acompañará en vuestros encuentros.

—Contad conmigo, Joan —repuso el aragonés brindando por ello.

Sin embargo, Anna vio la mirada que Pedro y María intercambiaban y la sonrisa en los labios de Eulalia, y dudó que el dique de los buenos propósitos contuviera la riada de la pasión.

Aprovechando que la atención se centraba en los novios, Niccolò, situado al otro lado de la mesa, enviaba miradas furtivas e intensas a Anna. Esta se sentía a la vez incómoda y divertida. Aquel sinvergüenza la obligaba a guardar un secreto a su esposo, convirtiéndola en su cómplice. Compartían algo que Joan ignoraba. Pero ella se decía que aquel silencio, del que se sentía culpable, evitaba un desastre. Trataba de no mirar al florentino, pero cuando sus miradas coincidían, ella apartaba la suya de inmediato sintiendo una incómoda mezcla de placer y culpa.

Joan llegó agotado a la noche y, sin embargo, él y Anna apenas durmieron. Ella se mostraba muy cariñosa y se amaron con la ternura y la angustia que les producía la separación y el peligro.

—Que Dios os proteja —le dijo ella al despedirse cuando sonaba la hora prima en los campanarios—. Cuidaos, por favor. Regresad por mí y por los demás, que os esperan.

—Lo haré —dijo abrazándola.

La despedida de Niccolò fue un prolongado beso en la mano de Anna.

—Siempre —le dijo en voz baja sabiendo que Joan abrazaba en aquellos momentos a su madre y a su hermana—, siempre os tendré en mis pensamientos, a pesar de lo ingrata que os habéis mostrado conmigo. Os amo.

Anna no le creyó. Recordaba muy bien que Niccolò repetía con frecuencia que quien engañaba siempre encontraba a quien se dejaba engañar.

46

Cuando Joan y Niccolò llegaron al Vaticano, Miquel Corella los esperaba ya impaciente. Los llevó ante César Borgia, que, después de revisar los detalles de su misión y recordarles su importancia, les deseó suerte. A continuación, Joan acudió al hostal vaticano que hacía las veces de convento, donde recogió su hábito, las sandalias, el escapulario y el cilicio. Como equipaje llevaría un pequeño zurrón con un libro de rezos, un cuenco y una cuchara de madera. Todo ello lo puso dentro de un gran pañuelo, que anudó en sus extremos, pues, para su alivio, durante el viaje hasta la costa florentina vestiría sus ropas seglares y en su cinto mostraría daga y espada. Se cubría con un sombrero sobre un pañuelo atado en la cabeza, de forma que si por accidente aquel se le cayera, su tonsura no le delatase.

Se despidió de fray Piero, el dominico, y de fray Pablo, el agustino, y junto a Niccolò y Miquel subió a bordo de una barcaza que transportaba mercancías al puerto de Ostia. La embarcación llevaba un destacamento de la guardia vaticana y tenía dos falconetes que se sujetaban a la borda. Aquello les garantizaba un viaje apacible; los bandidos del río se mantendrían lejos.

—El gran momento se acerca —les dijo Miquel cuando embarcaron.

—El gran momento será cuando caiga Savonarola y Florencia sea una república libre —repuso Niccolò ilusionado. Y se puso a hablar de aquel gran futuro que él y Joan ayudarían a hacer realidad. Ambos, el florentino y el valenciano, continuaron conversando animados en la proa de la embarcación, a salvo de los oídos de sus tripulantes. Se notaba que aquella aventura les excitaba y que gozaban anticipándola.

Joan no compartía su entusiasmo y pronto se ausentó de la conversación. Se veía obligado a abandonar a Anna justo cuando ella se restablecía del horror pasado y volvían a vivir la pasión de sus primeros días. Sentía cariño por Ramón, su hijastro, y, tal como le había prometido a su esposa, hacía lo posible por comportarse con él como si fuera su propio hijo. Sin embargo, aún no tenía uno de su propia sangre. Y lo deseaba más incluso por su esposa que por él mismo, pues sabía que ella quería dárselo como símbolo físico de su unión. Miraba melancólico las riberas del Tíber que se deslizaban tras la borda al ritmo pausado pero incansable de la corriente. Pasaría mucho tiempo antes de que volviese a ver a Anna y la misión era peligrosa, quizá jamás regresara. Se dijo que debía alejar aquellos pensamientos tristes y se ocupó en observar los falconetes y charlar con los artilleros sobre sus prestaciones. Le pidió al capitán que le dejara efectuar algunos disparos contra rocas de la orilla y comprobó, satisfecho, que no había perdido su puntería. Quería ahuyentar con el estampido de aquellas pequeñas piezas artilleras su añoranza y su melancolía, aunque apenas se distrajo unas horas.

Cuando al fin divisaron el puerto de Ostia, Joan contempló, recortándose en el horizonte de poniente, la familiar silueta de la fortaleza que él había ayudado a conquistar, con su torre principal y las dos secundarias. Al poco pudo distinguir la Santa Eulalia, la nave capitana del almirante Vilamarí, en la que él había servido como galeote y artillero, y pronto su olfato percibió aquel tufo infecto que, como cualquier galera, despedía. El librero se preguntó si sería capaz de diferenciar por su olor aquella nave de otras, al modo en que los perros distinguen a los humanos. Era un hedor mezcla de orines, excrementos, sudor, potaje de garbanzos y habas, madera corroída por el mar, sufrimiento y miseria. Hacía ya más de dos años que había abandonado aquella nave y en sus pesadillas aún se veía encadenado a sus bancos, sometido a los latigazos de los alguaciles y al abuso de los matones de siempre. No pudo evitar un estremecimiento cuando le vino la imagen del momento en el que se vio obligado a izar, en su palo mayor, el cadáver ensangrentado de su amigo Carles, muerto a latigazos, para que las aves le devoraran y los galeotes supiesen el castigo del rebelde.

En el muelle se encontraron con el almirante Vilamarí y el capitán Genís Solsona. Bernat de Vilamarí los recibió con su enigmática sonrisa y una chispa irónica en sus ojos oscuros. A pesar del amplio sombrero con el que se cubría, de seda azul marino con un medallón de oro, a juego con su jubón, su tez se mantenía bronceada como siempre. Era alto y se tuvo que inclinar para abrazar afectuosamente a Miquel Corella. Se conocían de cuando cuatro años antes Vilamarí había transportado a Miquel y Juan Borgia a Barcelona para la boda del segundo con María Enríquez, viuda de su hermano mayor y prima del rey Fernando. Congeniaron en el viaje y su amistad se había ido reforzando en los periodos en los que, como en aquel momento, el almirante trabajaba a sueldo del papa.

Vilamarí tendió entonces su mano a Joan, y este creyó percibir en la chispa irónica de su mirada un destello especial. De nuevo aquel hombre producía un torrente de emociones contradictorias en el librero. Fueron unos instantes incómodos para todos; parecía que Joan no correspondería al almirante, que mantenía su mano tendida, su sonrisa y su mirada, como si no tuviese la menor duda de que el librero acabaría estrechándosela. Cuando al fin lo hizo, notó la mano grande, firme y cálida de Vilamarí sujetando la suya con fuerza al tiempo que le decía:

—Hola, Joan Serra de Llafranc.

—Hola, almirante —le respondió, serio y desafiante, sosteniéndole la mirada.

Se separaron cuando Miquel presentó a Niccolò al marino, pero Joan continuó notando el calor y la fuerza del almirante en su mano. Después saludó con un abrazo a Genís Solsona, el capitán de la Santa Eulalia, su amigo, que se mostró tan feliz como él de verle.

Terminadas las presentaciones, el almirante se dirigió con Miquel Corella a la fortaleza, en la que el gobernador de Ostia los había invitado a cenar. Por su parte, Genís ordenó a unos marinos que transportaran los equipajes a la galera y anduvo junto a Joan y Niccolò hacia una de las tabernas del burgo de Ostia.

—La oficialidad acostumbra a hacer las comidas principales en tierra firme cuando estamos en el puerto —les explicó Genís.

—No me extraña —dijo Niccolò con una expresión en su boca mitad mueca, mitad sonrisa a la vez que se tapaba la nariz con el índice y el pulgar—. Y lo más alejados posible de la galera…, ¿verdad?

Al entrar en la taberna, Joan se vio sorprendido por un vozarrón estridente.

—¡Pero si ese es Joan Serra! ¡El mejor espadachín de toda Italia!

Después de una breve búsqueda, el librero localizó al propietario de la voz. Era un tipo corpulento, de pelo color paja y ojos azules, cercano a la cuarentena, que se había levantado de la mesa y con su mano derecha sostenía un vaso de vino en un gesto de brindis. Joan lo reconoció de inmediato, era Pere Torrent, el oficial de asalto que tenía a su mando toda la infantería embarcada. El tipo era un chulo y un abusón al que Joan había llegado a odiar profundamente. Sin embargo, había sido él el encargado de enseñarle esgrima y contra él tuvo que batirse en duelo para evitar que hiciera suya a Anna por su derecho a primicia en el botín. Joan continuaba preguntándose si aquel hombretón violento y rudo tenía unos sentimientos que se esforzaba en ocultar y le había dejado ganar en aquel combate.

—¡Capitán Solsona! —volvió a gritar—. ¡Traedlo aquí! Os haremos sitio en la mesa.

Joan reconoció a su acompañante, era el cómitre de la galera, el oficial encargado de las maniobras a remo y responsable de los galeotes. El cómitre y sus alguaciles administraban los castigos y daban a los forzados una vida miserable. Sentía un gran rechazo hacia aquel hombre, al que había aprendido a temer cuando él mismo remaba en la Santa Eulalia. Genís, riendo, empujó a Joan y a Niccolò hacia el hombretón y no tuvieron más remedio que dirigirse a la mesa. Pere recibió a Joan con un abrazo de oso que olía a sudor.

—Cuéntanos, Joan —dijo el oficial de asalto cuando se acomodaron—, ¿qué ha sido de tu vida en estos años? Me han dicho que te casaste con aquella muchacha. ¡Menuda belleza! ¡Maldita la vida en la galera! Tú duermes calentito cada noche con ella, que huele a rosas, y nosotros dormimos sin hembra y oliendo a mierda.

El librero concluyó que apreciaba al rubio a pesar de que le continuaba disgustando su chulería. Y le apreciaba mucho. Fue una cena alegre, abundante en vino, y, a pesar de la presencia del cómitre, Joan rio feliz con sus amigos olvidando su melancolía.

Aún no había pisado los tablones de la galera, pero sentía que regresaba a un extraño hogar. Cruel, inhóspito, injusto, lleno de sufrimiento y miseria. Pero hogar para aquellos hombres que le rodeaban. Y lo sería para él también, al menos en los próximos días.

47

Con las primeras luces del día, la Santa Eulalia se puso en movimiento. Bajo las órdenes de Genís Solsona se soltaron las amarras que la unían al puerto, sonó la corneta del cómitre, los alguaciles empezaron a pasearse por la crujía amenazando con sus látigos a los galeotes, y los remos, primero los de estribor y después, cuando la nave estuvo suficientemente separada del puerto, los de babor tocaron el agua. La embarcación se desplazó con suavidad hasta el centro de la corriente del río, y a boga pausada hizo su camino hasta el mar abierto, donde la esperaban las otras dos galeras de la flotilla. Los oficiales de unas y otras se saludaron en la distancia, desde la Santa Eulalia un marino transmitió con banderines las órdenes del almirante y las naves izaron velas poniendo rumbo noroeste.

Desde la carroza de la Santa Eulalia, donde había pasado la noche junto a los oficiales, Joan contemplaba a los ciento cincuenta y seis hombres que sostenían otros tantos remos, encadenados a veintiséis bancos a cada lado de la galera. Se levantaban para hundir su remo en el mar y dejarse caer después en el asiento con toda la fuerza de su cuerpo, impulsando así su pala y con ello la nave. Los oficiales habían desayunado ya y Joan sabía que los galeotes tardarían aún en tomar la primera de las dos únicas comidas del día: un plato de estofado de habas con un poco de arroz y galleta, un pan recocido duro como la piedra. Joan conocía bien su miseria, la había sufrido en carne propia, y sentía piedad por ellos. Remaban de espaldas a proa, mirando a la carroza, así que podía ver las caras de los que habían sido sus compañeros de infortunio. Se estremeció al reconocer solo a unos pocos. A no ser que se tratara de un buena boya, un remero voluntario, o en el extraño caso de que un reo cumpliese su condena, nadie abandonaba el servicio vivo. Joan supuso que prácticamente todos aquellos a los que había conocido dos años antes estarían muertos.

Después anduvo por la crujía, el pasillo central de la nave, hasta la zona de arrumbada, en la proa; saludó a los marinos artilleros a los que había tenido a su mando y acarició el frío metal del cañón y las culebrinas. Observó satisfecho que todo se encontraba en orden y charló con sus antiguos subordinados, que se alegraron de verle. Estaban ocupados y, para no alterar el servicio, Joan les dijo que regresaría en otro momento.

Las naves navegaban paralelas a la costa, el mar estaba un poco agitado, pero el viento era favorable. Cuando dieron descanso a los remeros para navegar solo a vela, Joan saludó a los cuatro a los que pudo reconocer entre más de ciento cincuenta. Sabía que estaba mal visto que alguien que viajaba en la carroza de la nave hablase con la chusma, pero a él no le importaba. Se detuvo donde Amed, el galeote musulmán que había sido su compañero de banco, e intercambió con él algunas palabras. No tenía mal aspecto, debía de ser un hombre muy resistente, aunque la conversación fue breve, pues el forzado continuaba sin hablar apenas la lengua de sus captores.

—¿Estás aún resentido con el almirante? —le preguntó Miquel Corella en un momento en el que ambos coincidieron en la proa viendo la costa deslizarse a estribor.

—¿Cómo no he de estarlo? —repuso Joan mirando a su amigo con extrañeza—. Vos conocéis mi historia. Ese hombre es el responsable del asalto a mi aldea, de la muerte de mi padre y de la miseria y esclavitud de mi madre y mi hermana.

—Sí; sin embargo, fue él quien te dio la libertad y puso en tus manos la libertad de Anna, haciendo posible vuestro amor.

—Si no hubiera ordenado el asalto a mi aldea, jamás habría necesitado yo de esos favores suyos.

—Mira, Joan, lo de tu aldea fue una acción de guerra, no iba contra ti ni contra tu familia en particular. Solo tuvisteis la desgracia de estar allí.

—No era una acción de guerra, sino de piratería. Estábamos en tiempo de paz y además éramos compatriotas. No hay excusa.

—Escucha. —Miquel Corella mostraba un tono conciliador extraño en él—. Cuando tienes gente que depende de ti, en ocasiones hay que tomar decisiones incómodas. Los soldados que pasan hambre no distinguen entre combatientes y civiles, y a veces ni siquiera entre amigos y enemigos. En la toma de una población por una tropa, las más de las veces es inevitable que los soldados roben y violen a los civiles sin importarles que estos no tengan culpa alguna de los actos de sus señores. Ocurre en todos los ejércitos.

—Fue mi familia y no la vuestra la que sufrió las consecuencias de sus actos, ¿verdad? Si estuvierais en mi lugar, no le disculparíais.

—Piensa que eres quien eres por su causa. Conociste a Anna en Barcelona y hoy es tu esposa gracias a él. Si no fuera por él, hoy serías un pescador que ni siquiera sabría leer.

Y sin decir más, don Michelotto se alejó hacia la crujía, camino de la carroza de la nave, dejándole sumido en sus pensamientos mientras contemplaba cómo la proa se abría paso entre las aguas agitadas de aquel día nuboso.

A Joan le hubiera gustado tener en la galera su libro de aprendiz. Era incompatible con su misión y sin embargo lo necesitaba. Más tarde buscó el librito de plegarias que formaba parte de su disfraz de dominico y no pudo evitar hacer una pequeña anotación en uno de sus márgenes. «Cambió mi vida, pero no fue favor que agradecer».

El día siguiente amaneció con un cielo encapotado y soplaba un viento a ráfagas que hinchaba las velas de forma inconstante. El mar estaba picado y la galera daba bandazos. Joan se sentía cómodo asentando sus pies sobre cubierta, en la proa, en la base del espolón de la nave, respirando el aire que le libraba, a ratos, del hedor que las fragancias que el perfumista esparcía en la carroza apenas conseguía aliviar. Joan echaba en falta la cháchara de Niccolò. El florentino era mal marino y trataba de soportar su mareo de la mejor forma posible, tumbado sobre la cubierta en la carroza. Los oficiales le contemplaban con una sonrisa condescendiente. Tampoco don Michelotto era buena compañía, pues, agarrado a la borda, intentaba fijar su vista en el horizonte para evitar el mal que castigaba a su compañero de viaje. Antes del mediodía, la flotilla cruzaba el estrecho que separa la península de Monte Argentario de la isla de Giglio, que se destacaba en el horizonte de poniente con un color gris azulado. Joan contemplaba los impresionantes rompientes que se elevaban a estribor sobre el mar cuando oyó a sus espaldas la voz de Genís Solsona.

—Veo que prefieres el duro espolón de proa, la arrumbada y la artillería a la comodidad de la carroza como corresponde a un oficial.

—Así es, mi capitán —repuso Joan volviéndose sonriente—. Y bien sabes que tú no eres la causa de que me aleje de los oficiales.

—Bueno, pues te traigo un mensaje de ese a quien te refieres.

—¿El almirante?

—Sí. Quiere que si entramos en combate, mandes tú la artillería.

—¿Se ha vuelto loco? Hace más de dos años que dejé mi puesto.

—No lo aceptará como excusa. Nos enteramos de tu brillante actuación en Ostia.

—No lo haré.

Genís se echó a reír.

—Sé de tus sentimientos hacia él y también que conoces al almirante casi tanto como yo. Si te resistes, solo conseguirás ponerte en ridículo, porque terminarás haciendo lo que él diga. No importa que alegues que no perteneces a la tripulación. Te humillará. Como capitán, yo mando sobre todos los que viajan en la galera, ya sean tripulación o pasajeros, como tú. Y él manda en mí. Por lo tanto, estás bajo sus órdenes.

Joan meneó la cabeza en un gesto de fastidio, sabía que su amigo tenía razón. No le molestaba tomar el mando de los artilleros; incluso le agradaría entrar en combate. Su disgusto provenía de sentirse de nuevo bajo las órdenes del almirante.

—Además —continuó Genís—, ¿no comprendes que te honra al confiar en ti de esa manera? No sé qué le ocurre en tu caso, Vilamarí no acostumbra a hacer favores. Quizá se sienta en deuda contigo desde el combate en el que arriesgaste tu vida para salvar la suya.

Joan no quería recordar aquel episodio; aún no sabía por qué en aquella batalla, a pesar de desear matarle, terminó ayudando al almirante.

—¿Crees que puede haber combate? —inquirió para cambiar de conversación. Sus confusos sentimientos hacia aquel hombre le incomodaban.

—Sí.

—¿Cómo es posible eso? Si solo hemos visto naves de pesca y mercantes desde que salimos de Ostia... Además, Francia firmó la paz con la Santa Liga. No creo que Florencia tenga fuerza naval que se nos pueda oponer, en especial porque Pisa, su puerto marítimo, se ha declarado independiente, bloquea su salida natural al mar y ambos estados se encuentran en guerra.

—Correcto —repuso, sonriente, Genís—. Entonces sabrás que el papa está con Pisa y nosotros, al servicio del papa.

—Y ¿bien?

—Pues Francia, entre otros, apoya a Florencia. No lo hace con sus galeras, sino animando a los corsarios provenzales y genoveses a trabajar para la ciudad de la flor de lis. La misión que nos ha encomendado el papa, aparte de transportaros a vosotros hasta Pisa, es bloquear el puerto de Livorno, por donde la república de Florencia se ve ahora obligada a salir al mar. Es fácil que encontremos naves enemigas.

No tenía otra opción y aceptó; Genís les dijo a los artilleros que, temporalmente, Joan volvería a ser su jefe y estos, que se habían formado con él, se mostraron conformes. De inmediato, el antiguo artillero se puso a revisar las rutinas de combate con sus hombres y con el permiso del capitán se efectuaron algunos disparos. Joan quedó satisfecho; todo funcionaba igual o mejor que cuando él dejó la nave.

Con las luces de la madrugada del día siguiente, las naves cruzaron un nuevo estrecho.

—A estribor está la península de Piombino —señaló Genís desde la proa hacia un promontorio rocoso con pinares y olivos que acogía un pueblo aún dormido—. Y a babor hemos dejado el islote de Cerboli.

—Hasta aquí debería llegar el patrimonio de San Pedro —afirmó Miquel Corella contemplando el paisaje a estribor.

—¿El patrimonio de San Pedro? —inquirió Genís Solsona.

—Se refiere a las posesiones del Vaticano —le aclaró Joan. Y dirigiéndose a Miquel, añadió—: Al sur se encuentra Siena. ¿También la queréis conquistar?

El valenciano se encogió de hombros sin responder y el librero pensó que su amigo quizá había hablado demasiado. Sin duda, César Borgia tenía grandes planes de conquista.

—Menos mal que aquí termina el patrimonio de San Pedro —intervino Niccolò, que parecía algo recuperado de sus mareos—. Porque lo que sigue ya es tierra florentina. Mi patria.

—Pues daos prisa en libraros de Savonarola —repuso don Michelotto con una sonrisa entre divertida y siniestra—. Habéis perdido Pisa y podéis perder mucho más.

—Vamos, Miquel —contestó Niccolò interpretando sus palabras como una amenaza—. No digáis eso, que estamos en el mismo bando.

Joan percibió en la conversación el temor del florentino, ahora aliado con la Santa Sede, a que las ambiciones de César llegaran a apuntar en un futuro a su patria.

—En todo caso, cruzando el estrecho entramos en el mar de la Toscana —dijo Genís zanjando la conversación—. Los corsarios a sueldo de Florencia navegan por estas aguas. Podemos entablar combate en cualquier momento. —Y mirando a Joan añadió—: Oficial artillero, ten a tu gente lista.

—Estamos preparados, capitán.

48

Joan regresó a sus piezas artilleras para echar un último vistazo y se encontró, apoyado en una de las culebrinas, a Pere Torrent. El oficial de infantería iba ya vestido para el combate, con una media armadura ligera y casco, como si tuviera la seguridad de que iban a luchar. Su aspecto le confirmó a Joan que el almirante deseaba entrar en acción; no en balde, Torrent era, a pesar de su rudeza, el oficial más cercano a Vilamarí.

—¿Todo listo, Joan? —le preguntó, y el librero supo que Torrent deseaba hablar.

Aquello era nuevo. El oficial de asalto se había mantenido siempre arrogante, altanero y despectivo con él durante su anterior servicio en la galera. Se había convertido en el personaje, junto a Vilamarí, al que Joan más odiaba. Se había esforzado por hacerle la vida miserable, y, a pesar de que fue él quien le instruyó en la lucha cuerpo a cuerpo, jamás se dignó ofrecerle conversación, marcando siempre las distancias. Joan se había preguntado en repetidas ocasiones cuándo cambió la actitud de aquel hombre con respecto a él. Llegó a la conclusión de que había pasado a mirarle con nuevos ojos cuando se atrevió a desafiarle por Anna. Cuando reclamó su derecho a ella por amor, aquel individuo, al que antes Joan consideraba un pedazo de animal, cambió. Era algo que Joan jamás habría imaginado. Derrotó al experto espadachín en un combate por su amada en el que todos le daban como perdedor, y siempre sospechó que el oficial le había dejado ganar. Nunca supo por qué.

—La artillería está lista para el combate —repuso Joan—. ¿Creéis que lo habrá?

—Si aparece la vela de una nave que merezca la pena, no lo dudes.

En los ojos azules de Torrent había algo que el librero no sabía definir, y le sostuvo la mirada hasta que aquel le hizo un gesto para que le siguiera. Anduvo unos pasos y se apoyó en la arrumbada mirando al mar, donde los marinos no le podían oír.

—Te envidio —le dijo cuando Joan se puso a su lado. El librero se mantuvo en silencio a la espera de que el oficial continuara—. Envidio la esposa que tienes. Y no solo porque sea una mujer hermosa, sino porque la quieres tanto como para jugarte la vida por ella. Y porque ella parece corresponderte.

—Soy afortunado —reconoció Joan.

—Y no solo te envidio por eso, sino porque puedes estar a su lado cada día y cada noche. Podéis gozar el uno del otro. Sé que te lo mereces. Has sufrido, tu vida ha sido dura y has tenido que luchar mucho.

Joan se mantuvo en silencio.

—Mi vida tampoco ha sido fácil. Mi padre murió defendiendo Barcelona durante la guerra civil. Como sabes, fue Vilamarí con su flota quien en 1472 bloqueó el puerto de Barcelona, único lugar por donde la ciudad asediada recibía alimentos. La necesidad se hizo terrible y yo veía consumirse a mi madre, tratando de alimentar a la familia, hasta parecer un esqueleto. Vi morir desnutridos a dos de mis hermanos, y cuando la ciudad se rindió por hambre, corrí hasta el puerto, donde las naves de Vilamarí, vencedoras y bien surtidas, fondeaban. Había colas de hombres que querían alistarse aunque fuera como galeotes con el fin de obtener comida, y yo me puse en una de ellas.

»Al rato me hicieron subir a la galera capitana y me vi frente a Vilamarí. Le dije que tenía catorce años, que quería alistarme en su galera de lo que fuese, y cuando me preguntó por qué, le fui sincero y le dije que era para darles de comer a mi madre y a la hermana que aún vivía.

»Yo aún no tenía trece años y, aunque era alto para mi edad, estaba muy delgado, y no engañé al almirante. Hizo que me dieran de comer y una vez saciado me preguntó si aún quería alistarme. Dije que sí y él ordenó que me reclutaran fingiendo que creía en mis catorce años. Hizo que me adelantaran en dinero y provisiones mi paga de dos años como grumete y con todo ello corrí a mi casa, para que mi madre y mi hermana comieran. Cuando la flota partió me despedí de ellas con una gran pena, aunque con el consuelo de que no iban a pasar hambre por algún tiempo. No volví a verlas. Cuando regresé a Barcelona años después, nuestra casa estaba derruida y los vecinos me dijeron que habían muerto. Ni siquiera sé dónde están enterradas.

»No tenía familia, pero la encontré aquí, en la galera, un lugar que muchos dicen es el peor del mundo. El almirante me asignó al principio a su servicio, aunque yo precisaba más ayuda de la que era capaz de ofrecer. Sin embargo, fui creciendo y pronto me incliné más hacia el oficio de las armas que al de la navegación. Vilamarí se encargó de que recibiera la mejor instrucción militar y a los veinte años era ya el oficial de asalto de su galera. De eso han pasado ya dieciocho. Y aunque cargado de cicatrices, sigo aún vivo.

Pere Torrent se mantuvo callado un tiempo mirando al mar y Joan hizo lo mismo esperando a que continuara. No sabía qué decirle.

—Mi vida ha sido la galera y me he criado con Vilamarí. El almirante es un hombre distante a veces, pero ha sido lo más parecido a un padre para mí, y junto a él he peleado en todo el Mediterráneo. Sin embargo, esta vida no me ha permitido conocer a más mujeres que a las que tomábamos por la fuerza como botín y a las putas de los puertos. Mis únicas relaciones han sido con hembras que, buscando mi dinero, fingían amarme aunque en realidad pertenecían a otros hombres. Más de una vez llegué a enamorarme de ellas cuando permanecíamos tiempo en un puerto. Fueron historias tristes que terminaron con varios alcahuetes muertos de una cuchillada y con una sífilis que aún no se ha curado del todo. Por eso te envidio, Joan. Amas y eres amado. Gozas de un amor que yo solo conozco por los libros.

—Y ¿por qué no dejáis el servicio, os establecéis en tierra firme y buscáis una esposa? —preguntó Joan—. En veintiséis años sirviendo en galeras habréis guardado un dinero que os permitirá vivir sin preocupaciones.

—¿Dónde? Soy un forastero en tierra firme.

—Venid a Roma. Estableced casa allí. Conocemos a mucha gente y si añoráis la acción, siempre podréis servir al papa...

Los ojos azules del oficial se iluminaron cuando sonrió.

—Gracias, Joan —dijo—. Lo pensaré. No me sería fácil abandonar a Vilamarí, y sin embargo, lo voy a considerar. Ya soy algo viejo para este oficio.

Hizo gesto de irse, pero el librero le sujetó del brazo. El oficial le miró asombrado.

—¿Me dejasteis ganar en nuestro duelo? —observaba con cuidado su expresión.

Pere Torrent se echó a reír.

—¿Aún estás con eso? —inquirió—. Y ¿qué importa? Olvídate de aquello, ocurrió hace mucho. Yo solo recuerdo que fuiste tú quien ganó.

A pesar de que el viento le era favorable, la flotilla continuó hacia el norte alternando los remeros de proa y popa de forma que unos descansasen mientras los otros bogaban. El almirante Vilamarí quería alcanzar el puerto de Pisa antes del atardecer y deseaba tener un margen de tiempo por si surgía un encuentro inesperado. El cielo se fue cubriendo. El mar plácido que habían disfrutado por la noche y al amanecer, y que había permitido que Niccolò se recuperara de su mareo, había cambiado a agitado. Las olas chocaban contra la proa y hacían incómoda la boga. Continuaron dirección norte, paralelos a una costa toscana arbolada, rocosa y con caletas de arena.

—Estas aguas están cerca de Génova, Mónaco y Provenza; Roma queda ya lejos —comentó Genís—. Tenemos los vigías alerta. Podemos encontrar naves hostiles en cualquier momento. Cuando las divisemos, el almirante decidirá si merecen la pena.

—¿Hablas de capturas? —preguntó Joan. Deseaba información—. Creía que su misión era llevarnos a Pisa y bloquear la costa florentina.

Genís Solsona rio.

—¿Tú crees que el viejo ha cambiado tanto en los dos últimos años? Si hay una presa interesante, combatiremos. Aunque la presa tenga dientes.

Joan miró a Vilamarí, que cuando no conversaba con Miquel Corella lo hacía con alguno de sus oficiales o simplemente contemplaba el mar y el buque con aire indiferente. Era Genís, el capitán de la nave, quien debía estar alerta, y él se comportaba como un pasajero. Sin embargo, su aspecto era el de un león en acecho, y todos sabían que no se le escapaba detalle.

49

Cuando a primera hora de la tarde llegaron a la altura de Livorno, solo se habían cruzado con naves pequeñas que al verlos habían buscado refugio en la costa. Pero entonces los vigías avistaron dos grandes velas en el horizonte.

—Parecen dos carracas que se dirigen a Livorno —le dijo Genís al almirante. Vilamarí hizo un gesto con la cabeza y el capitán no necesitó palabras—. Rumbo babor —gritó al timonel y al cómitre—. Vamos al encuentro de esas naves.

Los marinos transmitieron las instrucciones con señales a las otras dos galeras. Y de inmediato, Genís ordenó recoger las velas, pues las embarcaciones se acercaban a barlovento, con el viento a favor, y la maniobra los situaba a ellos a sotavento.

—Vuestra misión es dejarnos sanos y salvos en Pisa —le recordó Miquel a Vilamarí.

—También es bloquear Florencia desde el mar —repuso este tranquilo—. Y no es común avistar un par de carracas enemigas que con toda seguridad vendrán cargadas de mercancías. Un poco de acción os sentará bien.

—Si ponéis en peligro nuestra empresa, incurriréis en la ira del papa y os las tendréis que ver con César Borgia.

—Amigo Corella, yo soy el almirante y vos, un pasajero. Responderé de mis decisiones frente a quien corresponda. Y ahora disfrutad de la acción.

La faz de don Michelotto mostró enfado, pero al poco se encogió de hombros. Sabía que nada de lo que él dijera influiría en aquel hombre.

—Es extraño —le comentó Genís a Joan—. Es seguro que nos han visto y, sin embargo, no tratan de variar el rumbo, vienen hacia nosotros.

—Quizá piensen que somos florentinos.

—Los florentinos no disponen de galeras desde la pérdida de Pisa. Hay algo extraño.

De repente, el vigía gritó:

—¡Tres galeras! ¡Detrás de las carracas vienen tres galeras!

—Ahora lo entiendo —dijo Genís—. Traen escolta. Es por eso por lo que las carracas, con el viento a favor, no tratan de eludirnos; se sienten seguras gracias a su artillería y a la escolta. Serán corsarios al servicio de Florencia.

—Pues tendremos que olvidarnos de ellas —dijo Joan—. No solo irán artilladas, sino que las galeras impedirán su abordaje.

—Esa decisión la tomará el almirante.

—Sería un suicidio atacar con esa desventaja.

—Si Vilamarí cree que goza de alguna ventaja que sus rivales no perciben, entrará en combate aun en aparente inferioridad. En esos casos, el enemigo acostumbra a aceptar el choque.

—Eso es muy arriesgado.

—Así perdimos un par de nuestras naves en la guerra. El oficio de marino tiene sus riesgos.

—Y el de pirata más.

El almirante colocó sus galeras a sotavento encarando a las naves que se aproximaban, ordenó que descansaran los galeotes y que les repartiesen una ración de galleta y vino. Las naves quedaron en tensa espera, usando los remos solo para mantener la posición y con los vigías fijando su vista en la flotilla que se acercaba. Al poco pudieron apreciar el tamaño de los buques y las enseñas de la flor de Florencia en los mástiles. Las carracas tenían un buen porte y las galeras, un tamaño semejante a las de Vilamarí.

—Hay solo una un poco menor que las nuestras —le comentó Genís a Joan—. Aunque al almirante le puede bastar; creo que habrá combate.

Joan se precipitó a proa y, una vez seguro de que tanto las dos culebrinas como el cañón cargaban bolas de hierro, para disparar a distancia, se cercioró de que los tres falconetes por banda que la nave montaba estuviesen en condiciones y sus servidores, preparados. Después revisó que los arcabuces de los marinos estuvieran también en orden. Mientras, oía cómo Pere Torrent instaba a sus infantes a que preparasen sus ballestas y arcabuces.

Genís le llamó con un gesto y cuando Joan pisó la carroza, Vilamarí les explicó la estrategia. Al librero le parecía una locura; dos carracas grandes con artillería, aunque de menor alcance que la de las galeras, sumadas a las tres galeras enemigas era una ventaja insuperable. Sin embargo, se abstuvo de dar su opinión; no serviría de nada.

Al regresar a proa vio que las naves contrarias seguían aproximándose. El casco de las carracas era muy sólido, recordaba una gran nuez algo extendida; sus bordas eran altas, se elevaban en sus extremos formando un castillo de proa y otro de popa, y carecían de remos, por lo que dependían del viento. Por el contrario, las galeras eran alargadas, tenían poco calado, sus bordas eran bajas, para que los remos llegaran bien al mar, y solo contaban con una vela latina. Las carracas disponían de tres palos, dos verticales con grandes velas cuadradas, los de trinquete y mayor, y uno en proa, el bauprés, que sobresalía del casco formando un ángulo de cuarenta y cinco grados sobre el mar y que tenía una vela latina que daba maniobrabilidad a la nave.

Poco antes de que el enemigo estuviera a tiro, Vilamarí dio orden de izar bandera negra.

—Izo esa enseña porque no creo que le complaciera al papa que la suya ondease en este asunto —le dijo Vilamarí a Miquel Corella.

—Hacéis bien —gruñó el valenciano.

—La bandera de los piratas —murmuró Joan entre dientes. Y siguiendo las instrucciones recibidas en la carroza, ordenó disparar el cañón con una bala que levantó un surtidor de agua a mitad de camino. Era una advertencia.

Aquello no detuvo el avance de la flotilla enemiga, que continuó con las carracas en primer término seguidas de las galeras. A pesar de la agilidad de las galeras y su potencia de remo, cuando las carracas tenían viento a favor podían llevárselas por delante. Esa era la razón por la que la flotilla con bandera de Florencia no detenía su marcha e iba con las carracas al frente. Se abrirían paso embistiendo.

—Con ese viento y ese mar movido, querer capturar una carraca es temerario —oyó Joan que le decía Pere Torrent—. Pero Vilamarí es capaz de lograrlo. Nuestra suerte depende de tu acierto con la artillería.

El librero se mordió los labios. Hacía mucho que no entraba en combate y se notaba tenso y con el corazón acelerado. Maldijo al almirante; no solo le obligaba a pelear en una batalla que no deseaba, sino que ponía sobre sus espaldas la responsabilidad de las vidas de sus compañeros.

Joan calibraba la distancia evaluando el momento de abrir fuego cuando notó que le tocaban en la espalda. Se giró molesto por la interrupción y vio al asistente de Vilamarí con unos bultos.

—El almirante quiere que vistáis esto durante el combate —le dijo.

—Dejadlo aquí —repuso Joan concentrado—. Me lo pondré después.

—Quiere que lo hagáis ahora mismo; antes de empezar. Me ha dado instrucciones precisas.

Disgustado, apartó los paños que cubrían aquellos objetos y se sorprendió al ver varias piezas de una armadura de acero. Nunca había usado una y sabía que eran pesadas, pero aquella, a la vez que resistente, era asombrosamente ligera. Debía de ser muy cara.

—Es una armadura blanca milanesa —le explicó el criado en tono admirado.

No era blanca, sino más bien gris oscuro, aunque Joan sabía a lo que se refería el hombre. Era la protección más moderna y de mayor calidad que existía. Pensó que debía de pertenecer al propio Vilamarí y que quizá le fuera algo grande a él.

Se despojó con rapidez de su coselete, la coraza de cuero reforzada con placas metálicas que le cubría el torso, y con la ayuda del hombre, que le ajustaba las correas de cada una de las piezas, se puso las escarcelas, la gorguera, hombreras y los guardabrazos.

La armadura le protegía el tronco por completo, parte del cuello y la parte superior de las extremidades. Se asombró de lo liviana que era. Le limitaba ligeramente los movimientos, pero poco más que el coselete; resultaba mucho más cómoda de lo que parecía.

—Ahora el casco —dijo el hombre.

—¡Ya basta! —le gritó Joan—. ¡Dejadme hacer mi trabajo! El casco me lo puedo poner solo y ahora tengo frío en la cabeza.

—Pero el almirante…

—¡Idos de una vez!

Joan hizo gesto de tirar de su daga y el criado retrocedió asustado. En realidad quería ponerse el casco cuando dejase de ser el centro de atención. No se había cubierto la cabeza con el pañuelo y si se quitaba el gorro, todo el mundo vería su tonsura.

—El almirante debe de apreciarte mucho —le comentó Miquel Corella, que junto a Niccolò se había acercado a presenciar los disparos.

Ambos se protegían solo con un coselete; el florentino continuaba mareado. El librero hizo un gesto ambiguo; le costaba agradecerle aquello al almirante y la presencia de sus amigos le hacía sentir aún más responsable y tenso. Trató de concentrarse en las naves que se acercaban amenazantes y olvidar el resto. El enemigo estaba ya a tiro y al coger la mecha encendida notó que le temblaba el pulso. Él era, en gran parte, el responsable de la suerte de sus amigos.

50

Joan aplicó la mecha al orificio superior de la pieza de bronce y se oyó un breve siseo y de inmediato un gran estampido. El ruido y el familiar olor a pólvora le hicieron olvidar su nerviosismo para concentrarse en la acción. Tiraba solo con las culebrinas, que tenían mayor alcance y precisión, y reservaba el cañón para cuando el enemigo se acercase. El mar estaba agitado y hacer blanco era difícil incluso para un muy buen artillero. Joan lo era y creía en el tiro preciso a distancia, al contrario que la mayoría de los marinos de la época. Por ese motivo, el enemigo no respondió al principio a sus disparos. Las otras dos galeras de Vilamarí le imitaron; sus artilleros habían aprendido de Joan y sin llegar a su precisión, lograban buenos tiros a distancia. Se concentraron en el castillo de proa de una de las carracas con la intención de destruir su bauprés, el mástil que sobresalía de la nave en la proa, por encima del mar, y que permitía una mejor maniobrabilidad. La carraca continuó avanzando confiada en su fuerte estructura y en que sus enemigos solo querrían desarbolarla y no dañar el casco. Sabía que pretendían capturarla y no hundirla.

Joan alternaba los tiros con una y otra culebrina mientras los marinos enfriaban el bronce con cubos de agua y recargaban una vez que se alcanzaba una temperatura razonable. Los tres primeros tiros de Joan cayeron al mar, y fue otra de las galeras de Vilamarí la que alcanzó la nave, pero lo hizo traspasando la vela de trinquete e impactando en el castillo de popa. El cuarto disparo de Joan dio al fin en la proa, el siguiente pelotazo también lo hizo y después varios más, tanto de la Santa Eulalia como de las otras dos galeras. Los impactos hacían saltar astillas y maderos de la carraca y acabaron por partir el bauprés. Desde las galeras de Vilamarí se oyó un grito de júbilo y Joan pudo ver cómo los marinos enemigos se afanaban en cortar con hachas los cabos para que la vela cayera al mar y no frenase el avance. El viento a favor hinchaba sus velas, y no pareció que la pérdida les afectara demasiado.

—Buen trabajo —oyó a sus espaldas.

Al girarse vio que junto a Miquel y a Niccolò se encontraban Genís y Pere, observando. Joan no dijo nada y concentró ahora sus tiros sobre la proa de la otra carraca.

—Continúa así —le animó Genís, y regresó a la carroza para ordenar el zafarrancho de combate.

Pere Torrent, como oficial de asalto, fue a reunirse también con sus sargentos para dar las últimas instrucciones. En aquel momento, Joan, con un movimiento rápido, se quitó el gorro y se puso el casco.

Las naves enemigas estaban ya a la distancia a la que se podía usar el cañón y el librero lo hizo, alternando ahora las dos culebrinas con este. Las carracas, con sus velas hinchadas, se dirigían hacia las galeras; la que había perdido el bauprés enfilaba directamente contra la Santa Eulalia buscando el impacto. Sabía que su casco era más fuerte y que el choque podía hundir la galera. Pero Joan, al igual que el resto de los artilleros de Vilamarí, continuó disparando sobre la segunda carraca hasta que su bauprés saltó también a pedazos.

Entonces Joan, que no perdía de vista a la galera enemiga que tenía enfrente, soltó un grito de alerta que de inmediato se vio apagado por grandes estampidos. Se lanzó hacia delante en el mismo momento en que un par de pelotazos impactaban en la arrumbada, haciendo saltar mil astillas. Notó un fuerte golpe en el casco, otro en el pecho y cayó, hiriéndose en la mano izquierda. Oyó gritos y al levantarse vio a uno de sus artilleros con un trozo de madera que le atravesaba el coselete y le sobresalía del pecho. Agonizaba en el suelo. Otros dos, con varias astillas clavadas, ensangrentados y tumbados en cubierta, se lamentaban.

—Vuelve a disparar. ¡Maldita sea! —oyó que le decía Miquel Corella.

La armadura del almirante le había evitado múltiples heridas y quizá la muerte. Más tarde, el valenciano le contó que a él le había salvado su grito y que se había cubierto detrás del cuerpo del propio Joan. Niccolò, por su parte, salió indemne porque se encontraba tumbado, a causa del mareo, detrás de la arrumbada en un lugar lejano al impacto.

—¡A los cañones! —gritó Joan a sus hombres olvidándose de los heridos—. ¡Vamos a devolverles esto!

Hizo un par de disparos que fueron contra el mástil de trinquete de la carraca más cercana. Los cañones y culebrinas de las tres galeras disparaban al mismo punto y Joan pudo oír el crujido de la verga al romperse por dos lugares a la vez. Los artilleros gritaron de júbilo. Ahora, la carraca, en cuyo interior los marinos se afanaban con hachas y cuchillos en cortar las jarcias y tirar al mar la parte superior del mástil, solo se impulsaba con la vela mayor, y, sin embargo, continuó su rumbo contra la Santa Eulalia, flanqueada por dos de las galeras corsarias.

Joan se concentró en la carraca sin preocuparse de devolver el disparo de la galera enemiga que avanzaba sobre la Santa Eulalia. Calculaba que los cañones del adversario se habrían enfriado lo suficiente y temía su siguiente disparo cuando oyó la corneta del cómitre y la Santa Eulalia se puso en movimiento hacia babor esquivando tanto a la carraca como a la galera contraria, que, al tener cañón y culebrinas en proa, perdía la oportunidad de repetir tiro. Las galeras de Vilamarí se abrieron en abanico cruzándose con sus contrarias por el exterior y evitando así el fuego de dos naves a la vez.

Cuando la Santa Eulalia pasó al lado de una de las galeras enemigas, a una distancia de unos veinte pasos, los marinos de ambas embarcaciones se dispararon con todo. Se oían gritos de coraje, de dolor, estampidos de arcabuces y culebrinas, y las voces de los alguaciles y los trallazos sobre los galeotes, que se encogían de temor. El cruce fue rápido, pero a Joan le pareció un tiempo infinito. Su mano izquierda sangraba y olía a pólvora, mar y miedo.

Un disparo impactó en la madera de la arrumbada cerca de su cabeza y una saeta de ballesta se clavó en el soporte donde se apoyaba para disparar su propio arcabuz. Los marinos caían heridos o muertos y sobre la confusión reinaba el grave vozarrón de Pere Torrent animando a los suyos.

—¡Disparad con tino! ¡Quiero un muerto por cada saeta o bala! ¡Se acordarán de nosotros!

Cuando las naves se distanciaron se hizo un silencio momentáneo roto por los ayes de los heridos y los gritos de los alguaciles. Entonces se oyó el cornetín del cómitre ordenando que el costado de estribor dejara de remar para virar con rapidez.

Una vez que dieron la vuelta, la escena cambió por completo y la flotilla de Vilamarí empezó a perseguir a la enemiga. La Santa Eulalia se colocó detrás de la carraca que sufría mayores desperfectos, y que continuaba rumbo a Livorno, y Joan empezó a tirar contra su timón. Las otras dos galeras flanquearon a la Santa Eulalia para protegerla de las enemigas, que también habían virado. Unas y otras se cruzaron de nuevo descargando su artillería de frente, y después, cuando las bordas estaban en paralelo, utilizaron sus arcabuces, ballestas y culebrinas. La Santa Eulalia apenas sufrió impactos, pues las otras dos galeras la protegían, y siguió disparando sobre la carraca a la que seguía como un lobo a su presa. Al poco, Joan lograba hacer saltar en pedazos el timón y dirigió los tiros más arriba, hacia la única vela que le quedaba.

Sin embargo, la galera capitana enemiga consiguió romper el cerco de protección y se lanzó al abordaje de la Santa Eulalia. Joan llevaba ya cinco disparos infructuosos cuando oyó la descarga simultánea de tres cañones, y supo por la forma en que se sacudió el maderamen de la Santa Eulalia que habían recibido el impacto en la popa. Después, entre gritos de angustia y rabia, sintió el crujir de remos rotos y un tremendo golpe de madera contra madera. ¡Abordaban a la Santa Eulalia!

51

La galera corsaria, después de barrer con su artillería la cubierta de la Santa Eulalia, la abordó por estribor a la altura del sexto banco de remo. Su proa hizo astillas los remos y, al chocar, sus marinos amarraron con garfios un buque al otro. De inmediato, la infantería enemiga, gritando, corrió por su espolón para saltar dentro de la Santa Eulalia.

Joan hacía ademán de volverse para ver qué ocurría cuando oyó que le ordenaban:

—Continúa disparando. —Era Vilamarí—. Tienes que derribar ese mástil.

Joan obedeció angustiado. Habían pasado de ser cazador a presa. La situación era desesperada. Él no lograba hacer caer aquella vela, el enemigo estaba abordando a la Santa Eulalia y el almirante, en lugar de dirigir la defensa desde la carroza, se encontraba en la proa concentrado en aquel mástil y en la captura de la carraca. Su codicia los conduciría al desastre.

Joan apenas se podía concentrar en su trabajo imaginando lo que ocurría a sus espaldas. Los de Vilamarí trataron de detener a los asaltantes disparando sus arcabuces y ballestas, protegidos detrás de la crujía. Pero después del primer disparo fueron incapaces de mantener su posición y se retiraron a proa y popa, dejando el centro de la nave al enemigo y a los galeotes, que, encadenados, trataban de cubrirse en el suelo de sus bancos.

Los corsarios habían perdido a varios hombres en la descarga, pero, sin detenerse, se dividieron en dos grupos y el mayor se dirigió a proa para tomar la artillería y detener así los disparos sobre la carraca. El otro fue al asalto de la carroza, donde se encontraba el timón, para capturar o matar a los oficiales. Sin oficiales, la galera se rendiría.

Joan trataba de poner toda su atención en derribar aquel maldito palo mayor, a pesar de la barahúnda de gritos y entrechocar de aceros que oía a sus espaldas. Los corsarios que se precipitaron hacia la proa se toparon con un nuevo parapeto tras el que les disparaban con ballestas y arcabuces. Consiguieron derribar la defensa y la lucha continuó cuerpo a cuerpo. Joan se esforzaba en mantener su concentración y la de sus hombres, disparando, enfriando y cargando de nuevo la artillería cuando un golpe fortísimo en su espalda le hizo caer de bruces encima de una culebrina cuyo bronce estaba ardiendo. Mantuvo los brazos separados del metal y cayó rodando al suelo. La armadura le había salvado de ser ensartado por la espalda con una azcona y de abrasarse el pecho con la culebrina. De un salto se incorporó al recordar que sus compañeros dependían de su tino. Afinó la puntería para aplicar después la mecha al cañón. ¡Otro tiro infructuoso!

—Ánimo, ¡derribaremos esa maldita vela! —gritó a sus hombres a pesar de su propio desánimo.

Sabía que el enemigo ganaba terreno a sus espaldas y notaba el vello erizado en la nuca esperando que en cualquier momento le hundieran una espada por el espacio entre la gorguera y el casco o en el hueco del sobaco. La vela mayor de la carraca continuaba a su alcance, y aquello significaba que los atacantes no habían tomado aún la carroza y el timón. Tenía poco tiempo. Con el timón en su poder, los corsarios variarían el rumbo de la nave impidiendo que su artillería, sin apenas movimiento horizontal, disparara a la carraca. Era cuestión de instantes que lo hicieran. Quizá aquella era su última oportunidad. Respiró hondo y aplicó la mecha a la culebrina, pero cuando se disipó el humo, la vela continuaba allí. Se mordió los labios y vio de reojo que los defensores habían retrocedido hasta casi tocarle. Estaba fracasando.

Desesperanzado, disparó de nuevo con la otra culebrina y de pronto vio vibrar el mástil. Joan contuvo la respiración. El palo se inclinó para después doblarse y romperse con un crujido. ¡Lo había conseguido! Lanzó un grito de triunfo coreado por sus hombres y sin perder tiempo tomó la azcona que le había golpeado en la espalda y que se encontraba a sus pies para girarse a toda prisa. Vio a Vilamarí, Miquel y Niccolò, uno al lado del otro, junto con los marinos y soldados supervivientes, luchando a brazo partido contra los asaltantes. Perdían terreno, y el peor parado era Vilamarí, que atraía a los enemigos a causa de su valiosa armadura, que le delataba como un oficial de alto rango. Se defendía de los golpes de dos hombres a la vez, resoplando, cubriéndose con la rodela y golpeando con su espada cuando encontraba la ocasión. Algunos sablazos le alcanzaban sin herirle gracias a su armadura, pero Joan se dijo que el almirante estaba a punto de desfallecer. Tomó impulso y lanzó su azcona con todas sus fuerzas y rabia contra uno de aquellos soldados. El arma le atravesó el coselete por el pecho y el corsario cayó de espaldas sobre la cubierta. Joan se preguntó por qué salvaba de nuevo a aquel individuo, causante de la muerte de su padre y la desdicha de su familia, cuando tantas veces había deseado matarle con sus propias manos. Pensó que quizá lo hacía por su propia supervivencia; si caía el almirante, era casi seguro que lo haría también la galera. No había tiempo para semejantes reflexiones, desenfundó su espada y se incorporó a la lucha peleando codo con codo entre Vilamarí y Miquel Corella. El tiempo se hizo eterno, llegaban más enemigos, los suyos iban cayendo y Joan pensó que la derrota era inevitable. Pero de repente, para su sorpresa, vio llegar por detrás de los corsarios a Pere Torrent, espada en mano, junto con los suyos. ¡Habían derrotado a los que pretendían tomar la carroza y acudían en su ayuda! En pocos instantes, los corsarios, rodeados, se rindieron. Joan, que ignoraba lo que había pasado en el otro extremo de la nave, se quedó mudo de asombro. Al sobreponerse se unió a los vivas y gritos de victoria aun sin poder creer aquel afortunado desenlace.

Pere Torrent, que gritaba órdenes sin cesar con un vozarrón capaz de imponerse al fragor de la batalla, no se detuvo ni un momento. Sus ojos azules se encontraron un breve instante con los de Joan y, una vez que vio que la proa y su almirante estaban a salvo, se puso a correr, aullando como un poseso, en dirección a la nave enemiga, que ya era abordada por sus hombres.

Cuando los enemigos comprendieron que ahora eran ellos los abordados, no tuvieron tiempo para cortar los cabos que unían ambas naves y escapar. Ni tampoco para cargar arcabuces y parapetarse. Los de Pere Torrent corrían ya por la crujía de la nave corsaria, gritando a todo pulmón, hacia la carroza, donde el combate fue sangriento pero breve. Pronto los supervivientes, tomados por sorpresa y superados en número, rindieron la galera.

En la Santa Eulalia, los corsarios que aún resistían tiraron sus armas y se rindieron. Vilamarí, que parecía haber recuperado sus fuerzas, levantó su espada y los tripulantes de la nave se le unieron en un grito de triunfo. De inmediato, el almirante ordenó que Genís Solsona, junto con un grupo de sus marinos, tomara el mando de la galera contraria, donde permanecerían Pere Torrent y los suyos, y que se encadenara a todos los prisioneros para evitar motines. Se cortaron las amarras que unían ambas galeras y Vilamarí ordenó a Joan que reanudara sus disparos sobre la carraca.

Mientras esto ocurría, las demás galeras se habían emparejado en un duelo en el que sin intentar abordarse maniobraban tratando de acertar al contrario con la artillería de proa. Y cada vez que se cruzaban intercambiaban disparos de falconetes, arcabuces y ballestas. En realidad, unas y otras aguardaban el resultado del abordaje a la Santa Eulalia, y cuando los capitanes contrarios vieron que habían perdido su propia galera capitana, huyeron tras la carraca que mantenía sus velas mayores intactas y que se había alejado ya un buen trecho hacia Livorno.

Joan no pudo disparar de nuevo, pues tan pronto como la carraca desarbolada se vio abandonada, sus tripulantes se apresuraron a colgar de las bordas sábanas blancas en señal de rendición. De nuevo hubo gritos de júbilo.

Vilamarí ordenó al capitán de su segunda galera que tomara el control de la carraca junto con su tropa de asalto. No perseguirían a los que huían, oscurecía y el botín prometía ser cuantioso.

Y con las dos galeras intactas arrastrando la carraca, donde los carpinteros trataban de habilitar una vela, la flotilla tomó rumbo a Pisa. Joan recibió un simple «buen trabajo» de Vilamarí, aunque sabía que el almirante era consciente de que la azcona que había matado a uno de los soldados que le atacaban procedía de su brazo. No importaba; ni necesitaba ni esperaba agradecimientos de aquel hombre, le conocía ya demasiado.

Recordando el impresionante despliegue de energía y fuerza de Pere Torrent, Joan se dijo que no, que él no había podido vencer en un duelo a espada a aquel, su maestro. Y pensó que el oficial de asalto de la Santa Eulalia, al que había considerado siempre un fanfarrón sin sentimientos, se había dejado vencer haciendo con ello posible que él tuviera a

Anna. No había sido su espada, sino el sonido de la palabra «amor», lo que le había rendido.

Joan se sentía feliz junto a sus amigos y hubo celebración y brindis en la carroza de la Santa Eulalia. Sin embargo, su euforia cambió a pesadumbre con la noticia que les esperaba al día siguiente.

52

Aquella fue una noche de cielo cubierto, oscura y destemplada, y el farolillo de la carroza de la Santa Eulalia guio a la flota. Vilamarí ordenó introducir los cuerpos de los galeotes muertos en un saco con una piedra y lanzarlos al mar después de que el cura de la galera rezase unas oraciones por los cristianos. Lo mismo hizo con los enemigos muertos, a excepción de los oficiales. De madrugada las embarcaciones arriaron las velas para no sobrepasar Porto Pisano. Con las luces del amanecer distinguieron la población y las naves se dirigieron a la desembocadura del Arno. Aquel había sido un puerto muy importante dos siglos antes, en la época dorada de la república de Pisa, que terminó con una derrota naval ante Génova y con su excelente puerto cegado con arena y cieno.

El puerto no tenía capacidad para acoger a la flota. Vilamarí la hizo fondear poco antes de entrar y llamó a consejo a sus capitanes. A Joan le sorprendió ver solo a Genís Solsona, que se aproximaba en la chalupa de la nave capturada. Su expresión era grave. El capitán esperó a encontrarse en la carroza frente a Vilamarí para dar la noticia:

—El oficial Pere Torrent murió en el asalto a la carroza de la galera enemiga. —Hizo una pausa, con los ojos acuosos, para tragar saliva—. Una flecha le entró por el ojo izquierdo y le atravesó los sesos. Fue en el último momento.

A Joan le golpeó la noticia como un bofetón. Había detestado a aquel hombre por mucho tiempo, le creía arrogante, carente de sentimientos y piedad. Sin embargo, al saber de su vida pasó a comprenderle y a sentir afecto por él. La bestia resultó ser humana. Miró al almirante, cuya faz, inexpresiva por lo general, parecía encajar un golpe. Apretó las mandíbulas y por unos instantes se mantuvo en silencio.

—Fue el mejor oficial de asalto que he conocido —dijo al rato con voz clara—. Y un gran camarada. Recibirá un entierro digno.

La Santa Eulalia y la carraca, las dos naves más afectadas en el combate, atracaron en el puerto, y se procedió al desembarco de muertos y heridos. La flota de Vilamarí había perdido, entre soldados y marinos, a treinta y cinco hombres, tenía cinco heridos graves y otros de diversa consideración. El almirante ordenó un funeral y con excepción de Pere Torrent todos los muertos fueron enterrados. La ciudad de Pisa se encontraba a siete millas del puerto de mar, y su principal comunicación con este era el río Arno. Vilamarí decidió que Pere Torrent tuviera un funeral solemne en la catedral y que su cuerpo reposase en el bellísimo camposanto de la ciudad, parte de cuya tierra provenía del Gólgota, en Jerusalén. Dispuso que se instalara una tienda en Porto Pisano para acoger el cuerpo del oficial durante el día y la noche anteriores al viaje. Allí sus camaradas podrían darle un último adiós.

Se encontró un lugar de convalecencia en el puerto donde los heridos de Vilamarí estarían bien atendidos a cambio de una buena suma de dinero. Solo embarcarían de vuelta los que estuvieran en condiciones de soportar el viaje de regreso a Roma. En cuanto a los prisioneros, se los clasificó según sus posibilidades económicas y se buscó un agente local que negociase el cobro de un rescate en su lugar de origen. El almirante dispuso que los que no tenían recursos y se encontraban en mejor estado físico remaran en las galeras sustituyendo a los galeotes fallecidos. La carraca llevaba un rico cargamento de trigo y telas.

—Una tercera parte de lo obtenido de la carraca es para su santidad, para quien me honra trabajar —le dijo Vilamarí a Miquel Corella una vez evaluado el botín—. Calculo que ascenderá a unos seis mil florines. ¿Creéis que será suficiente para el perdón de mis pecados?

—Contáis solo la carraca. No con el botín de la galera y los prisioneros.

—Descuento mis gastos. Arreglar los desperfectos será costoso y el resto del año le daré servicio a su santidad con cuatro galeras por el mismo precio que le cobro por tres.

Miquel se encogió de hombros. Apreciaba demasiado a Vilamarí para discutir por dinero. De eso se encargaría César Borgia.

Aquella noche, Joan quiso cenar a solas con Genís Solsona; continuaba sorprendido e intrigado por el resultado tan favorable del combate.

—Cayeron en la trampa favorita de Vilamarí —le dijo el capitán de la Santa Eulalia.

—¿Una trampa?

—Sí. Se arriesgó y le salió bien —repuso Genís—. Provocó a la galera capitana enemiga para que abordase a la Santa Eulalia.

—Y ¿cómo lo hizo?

—Pues mostrándose a la vez débil e incordiante.

—Explícate.

—Cuando nos cruzamos por primera vez con la flotilla enemiga, su galera capitana nos disparó con todo lo que tenía.

—Lo recuerdo.

—¿No apreciaste que nosotros respondimos con pocos efectivos? Usamos solo el veinte por ciento de nuestra capacidad de fuego.

—Estaba concentrado en la artillería y no me fijé en eso.

—Vilamarí hizo que la mayor parte de los hombres de Pere Torrent se escondieran en la bodega. Y nuestros enemigos pensaron que apenas teníamos infantería embarcada. Después la Santa Eulalia, con las otras dos galeras protegiéndola, se situó en la popa de la carraca y la cañoneó para desarbolarla. Sin velas y sin timón, la nave quedaba a nuestra merced. Las galeras enemigas trataron de evitarlo, pero las nuestras impedían que se acercaran a la Santa Eulalia, que disparaba a la carraca con toda comodidad. De pronto, su capitana vio que nuestras naves dejaban un hueco, entró a través de él y después de descargar su artillería en la Santa Eulalia, la abordó. Pensaba que superaba en número a nuestra infantería, supuso que sería una presa fácil y, como buena corsaria, no pudo resistir la tentación de capturar una galera al tiempo que impedía que inmovilizáramos su carraca.

»Pensaban que la metralla de su artillería iba a limpiar la cubierta de soldados, pero apenas mató a unos cuantos galeotes y partió unas maderas. Los nuestros sabían que llegarían por aquel lugar y los esperaban protegidos tras la crujía. Los corsarios picaron el anzuelo; hicieron lo que Vilamarí quería y en el lugar exacto donde quería que lo hiciesen. Muchos de ellos cayeron al abordar, pues donde esperaban encontrar cadáveres tendidos sobre cubierta toparon con ballesteros y arcabuceros bien parapetados. Después de la primera descarga, los nuestros se retiraron a proa y popa, donde se parapetaron de nuevo para volver a disparar. Y cuando ellos trataron de asaltar la carroza, se encontraron con la sorpresa de los infantes de marina de Torrent, que salían como una tromba de la bodega. Después, en un golpe rápido, Pere Torrent y sus infantes cayeron sobre la retaguardia de los que os atacaban a los que estabais en la proa, para abordar de inmediato a la galera enemiga antes de que esta pudiese reaccionar y cortara los cabos que unían las dos naves. Esa es la razón por la que Vilamarí embarca siempre bastantes más infantes en su galera que en las otras. La Santa Eulalia es el cebo.

Joan movió la cabeza admirado.

—Es un pirata —murmuró.

—Quizá —repuso Genís—. Pero ¿tú crees que eso nos importa a su tripulación? Al contrario, es fácil morir en el mar y preferimos hacerlo con el estómago y los bolsillos llenos. El almirante, a su manera, cuida de nosotros. Nunca abandona a uno de los suyos.

53

Joan no podía conciliar el sueño aquella noche, y después de intentarlo durante un rato decidió bajar a puerto para rezar en la tienda en la que se velaba el cadáver de Pere Torrent. En la puerta montaban guardia un par de sus soldados. Se asomó y pudo ver el cadáver tendido iluminado por velas. En aquel momento solo había un hombre que rezaba arrodillado; Joan se sobresaltó al reconocerlo. Era Vilamarí. Sin que le viese, el librero se apresuró a salir. Se sentía incómodo en presencia del almirante y no deseaba compartir con él la intimidad del rezo. Anduvo errante un tiempo por la oscuridad del puerto y regresó a la galera sin encontrar en ella el reposo que deseaba. Era ya cerca del amanecer cuando se asomó de nuevo a la capilla ardiente de Torrent. Vilamarí ya no estaba y no había nadie fuera de los hombres que custodiaban la entrada. El oficial estaba vestido con su armadura y tenía su espada desenfundada entre las manos. En su rostro destacaba la gran herida en su ojo izquierdo. Joan se arrodilló a su lado y puso su mano sobre las de Torrent para notar el frío contacto del metal del guantelete de su armadura. Aquel había sido un hombre de guerra, violento y abusivo, un matón que sin embargo deseaba el amor. Triunfó en lo primero para fracasar en lo segundo. Joan nunca pensó que le llegara al corazón al proclamar su derecho a Anna por amor. Sentía compasión por Pere Torrent; no solo por su muerte, sino también por su vida, y rezó por él.

Vilamarí dejó a la tropa y la marinería descansando en Porto Pisano, pero quiso que le acompañaran sus oficiales más cercanos y los sargentos que habían servido a las órdenes de Torrent. También viajaría Miquel Corella, para entrevistarse con los mandatarios de la ciudad en nombre del papa y de César Borgia. Joan y Niccolò debían acompañar el cortejo obligatoriamente, pues en Pisa el primero se convertiría en fraile dominico y el segundo, en su enlace y apoyo durante su misión. Mientras transportaban el cadáver en la barcaza que los llevaba a Pisa remontando el río Arno, Joan rezó emocionado frente al cuerpo de aquel hombre cuyo oficio era matar, pero que deseaba amar a una mujer y ser correspondido sin que mediara interés.

«Gracias por vuestras enseñanzas, Pere —escribió en una nota que escondió bajo su armadura para que se la llevase a la tumba—. Jamás encontrasteis el amor que buscabais, pero hicisteis posible el mío».

Pensaba que de alguna forma, con aquella nota póstuma, le decía a aquel hombretón lo que no supo decirle en vida. Y aquel pensamiento le daba paz.

Pisa se extendía a ambos lados del Arno y a Joan le impresionó el monumental conjunto de edificios situados al noroeste de la ciudad, junto a la muralla. En uno de ellos, una espléndida catedral de fachada cubierta de mármol y de un estilo antiguo aunque bellísimo y cuyo campanario, situado en el exterior, se inclinaba de forma sorprendente, se celebró el funeral de Pere Torrent. Después la comitiva se desplazó al camposanto, un imponente edificio de mármol blanco de forma rectangular al lado de la catedral. Estaba decorado con arcos ciegos en su exterior y en su interior formaba un magnífico claustro de armoniosos arcos que rodeaba un amplio patio central. Las paredes interiores del camposanto estaban cubiertas por magníficas pinturas y Joan, impresionado, se detuvo a admirar la llamada *El triunfo de la muerte*. Nunca antes había visto un cementerio semejante y comprendió por qué Vilamarí había querido dar sepultura en aquel lugar a su oficial de asalto. El almirante encargó una lápida de mármol que representaba a Pere tendido vestido con su armadura y cuyo dibujo se inició de inmediato para que Vilamarí pudiese aprobarlo antes de partir. También dejó pagadas en la catedral cincuenta misas por el alma de su oficial en los aniversarios de su muerte.

Vilamarí había mostrado su semblante impasible en los funerales celebrados en el puerto de Pisa frente a los infantes y marinos. Sin embargo, allí, rodeado de sus oficiales más íntimos, con el cadáver de aquel hombre al que había visto crecer a su lado y junto al que había luchado en tantas batallas a punto de ser bajado a la tumba, el almirante inclinó la cabeza y un sollozo contenido se escapó de su pecho. Se cubrió los ojos con la mano derecha en un intento vano de controlarse y, para sorpresa de todos, se puso a llorar en silencio. Aquello fue contagioso y al poco aquellos hombres duros curtidos en decenas de batallas tenían los ojos llenos de lágrimas. Joan no fue la excepción; hubo un tiempo en que le había deseado la muerte a aquel hombre, pero ahora le lloraba junto a los demás.

—Le quería como a un hijo —le explicó Genís más tarde a Joan como queriendo disculpar aquella debilidad del almirante.

—Si le quería como a un hijo, ¿por qué le enviaba a la muerte en cada abordaje?

—Era su oficio, Joan.

—Pues si tanto le quería, ¿por qué no le confió una misión menos peligrosa?

—¿Cuál? —repuso Genís soltando una carcajada triste—.

¿Cómitre? ¿Para que se encargase de que los alguaciles azotaran a la chusma?

Joan movió la cabeza negando, no se imaginaba a Pere de cómitre.

—Pere Torrent nunca lo habría aceptado. Combatir era su oficio, destacaba en él y le gustaba. No quería otra cosa.

»Mira, le faltaba un par de años para cumplir cuarenta. No encuentras oficiales de asalto a esa edad. Mueren antes, o se retiran imposibilitados por sus heridas o por el temor, pero él quiso continuar. No tenía otra vida. Vilamarí le recogió en Barcelona, después de bloquear el puerto y rendir la ciudad de hambre, al final de la guerra civil. Pere tenía solo doce años y desde entonces siempre estuvo al lado del almirante.

—Conozco la historia —dijo Joan.

—Hay muchas formas de morir en una galera —continuó Genís—. En una batalla, a causa de una tormenta, en la horca, de hambre o incluso de sífilis, contagiada por la última puta con la que estuviste. Su muerte al menos ha sido gloriosa, la que él deseaba.

54

Joan se despidió de Genís con un fuerte abrazo y deseos de buena suerte y felicidad. No sabían cuándo volverían a verse. Ni siquiera si se verían de nuevo algún día.

La despedida con Vilamarí fue muy distinta.

—Hiciste un buen trabajo —le dijo el almirante—. Y te corresponde parte del botín.

—No formo parte de vuestra tripulación.

—Pero sí durante el combate.

—Lo hice porque me vi obligado. Opino como Miquel Corella; no debisteis asaltar esas naves.

—Eso dijo —repuso Vilamarí con una sonrisa—. Sin embargo, no solo aceptó la parte del papa en el botín, sino que quiere más.

—Yo no quiero nada.

—Es una buena cantidad. ¿Estás seguro de que deseas que me la quede yo?

Joan hizo un gesto de disgusto y después de pensar un momento preguntó:

—¿Llega para comprar la libertad de un galeote?

—Y mucho más.

—Pues liberad a Amed, que fue mi compañero cuando remaba en la Santa Eulalia.

—¿Un musulmán libre en un puerto cristiano?

—Pagadle el pasaje a su tierra.

—¿Por qué no le compras unas joyas a tu esposa? —La voz del almirante adquirió un tono tentador. Le observaba con atención y una sonrisa se escondía en sus labios—. Se lo merece, ella también ha arriesgado. En este momento podría ser viuda.

—Mi librería me da buenos ingresos —repuso Joan adusto. Notaba en el almirante un deje cínico que le irritaba—. Le compraré las joyas a mi mujer con mi propio dinero.

—De acuerdo, ya tenemos a tu moro libre y en su tierra. ¿Qué quieres hacer con el resto del dinero?

—¿Aún queda?

El almirante afirmó con la cabeza; una sonrisa iba dibujándose poco a poco. Su suficiencia alteraba a Joan sin que pudiera evitarlo.

—Pues añadid carne al cocido de los galeotes hasta que se termine el dinero. Y aseguraos de que no lo roben el cómitre y los alguaciles.

—No te preocupes, tu amigo Genís Solsona se encargará de ello.

—Gracias. Adiós, almirante. —Y conservando la distancia le tendió la mano a modo de despedida.

Sin embargo, Vilamarí no se movió. Solo se quedó mirándole con intensidad mientras la sonrisa de sus labios se esfumaba. Joan mantuvo la mano tendida, incómodo, un tiempo que le pareció larguísimo y no la bajó hasta que el almirante, sin corresponderle, retomó la conversación.

—Siempre has pretendido ser superior moralmente, Joan Serra de Llafranc —le dijo—. Pero te engañas. Tú eres de los nuestros y si no muerdes, es porque no tienes hambre. Ahora eres libre y tienes dinero. Pero mataste cuando llegó la ocasión y robaste cuando lo necesitabas. Y lo harás de nuevo cuando tengas que hacerlo.

Joan no supo qué responder y sostuvo la intensa mirada

de Vilamarí con dificultad. Se sentía confuso; quizá tuviera razón aquel hombre. Al fin y al cabo, iba a Florencia a robar. A robar un libro. Esta vez fue el almirante quien le tendió la mano. Dejaba claro que no esperaba respuesta a sus afirmaciones, ni Joan pensaba dársela.

—Que tengas suerte en lo que sea que vayas a hacer a Florencia —le dijo—. Y que la suerte no te abandone en el resto de tu vida.

—Lo mismo os deseo, almirante.

Mantuvieron sus manos unidas firmemente un largo rato mientras sus miradas transmitían un afecto que no eran capaces de expresar con palabras. Joan comprendió que era sincero al desearle fortuna a aquel hombre.

Al día siguiente, Joan y Niccolò se despidieron de Miquel Corella. El florentino se había recuperado del mareo que le había mantenido postrado la mayor parte del viaje en la galera, y volvía a ser el personaje vivaz, curioso y divertido al que Joan conocía. Solo que en Pisa evitaba manifestarse, pues su acento florentino no era bien recibido. El estado de guerra entre Pisa y Florencia superaba el hecho de que Savonarola gobernara en la segunda. Los florentinos habían esperado que a cambio del apoyo que Savonarola y los suyos habían dado a Francia cuando el rey Carlos VIII invadió Italia les devolviera Pisa, que llevaba casi cien años bajo su dominio. Sin embargo, al retirarse de Italia el comandante francés devolvió la libertad a Pisa a cambio de una buena suma, y Florencia pretendía reconquistarla.

—Ahora es cuando pasas a ser un verdadero fraile —le dijo Miquel Corella—. Ya sabes, cilicio, disciplina y vida mendicante.

Joan gruñó. Niccolò sonreía, pero se abstuvo de hacer ningún comentario gracioso.

—Estás demasiado gordo —continuó el valenciano—. Y tu cuerpo debe mostrar las marcas del cilicio y del látigo con el que te disciplinas. Tómatelo en serio. Como Savonarola averigüe que eres un falso fraile, te quemará en la hoguera.

Miquel le despidió con un abrazo al que Joan correspondió de mala gana; el cilicio de piel de cabra le hería la cintura, y también le dolía la espalda, que se había azotado poco antes mientras rezaba. No era un dolor insoportable, pero sí irritante, lo que, junto a su disgusto con aquella misión, le tenía de mal humor. Acababan de tonsurarle de nuevo en el convento dominico donde había pasado la noche ya como fray Ramón de Mur, con lo que notaba la parte superior de la cabeza sensible y fría. Sin su daga y su espada se sentía desnudo. ¿Cómo diablos se las arreglaría para hacer un camino de cuatro o cinco días en una zona en guerra, aunque no demasiado activa en esos momentos, y seguramente llena de bandidos? Se arrepentía del orgullo mostrado frente a Vilamarí. Debería haber usado parte del botín para regalarle unas joyas a Anna y también para su madre y María. Quizá no las volviera a ver. Tendría que confiar en lo que su maestro dominico fray Piero Matteo le había dicho en Roma. «Seréis un fraile mendicante, vuestra única propiedad será el hábito, el escapulario, el cilicio, unas sandalias y un hatillo con un libro de plegarias, un cuenco de barro, una cuchara de madera y el látigo de disciplinas. ¿Quién creéis que va a querer robar eso? Hasta los bandidos se alejarán de vos temiendo que les pidáis limosna».

Hicieron el viaje en una barca que remontaba el río Arno hasta el final de la zona controlada por Pisa.

—Lamento no poder acompañaros a Florencia —le dijo Niccolò—. Antes de la revolución de Savonarola trabajaba para los Medici, y soy, con razón, sospechoso. Además, debéis hacer el camino solo y llegar solo como un fraile de verdad.

Joan afirmó con la cabeza, ya habían hablado de aquello. Niccolò se refugiaría con unos parientes en la campiña de Florencia y entraría después en la ciudad en secreto. Allí, convenientemente escondido, serviría de apoyo a Joan y trabajaría junto a la resistencia clandestina para lograr la caída de Savonarola.

—Me preocupa vuestro semblante amargo, Joan —le dijo al rato.

—Esta no es una aventura agradable.

—Pues tendréis que hacer que os guste. Y aparentar que sois un fraile feliz. De lo contrario, no engañaréis a Savonarola. Recordad lo que os dijo fray Piero Matteo sobre gozar de la vida monástica y de la cercanía de Dios.

Joan se mordió los labios y afirmó con la cabeza. Ambos, el fraile dominico y Niccolò, tenían razón, pero no era fácil. Se caló la capucha, puso sus manos dentro de las mangas del hábito e, inclinando la cabeza, susurró:

—Recemos para que el Señor me conceda esta gracia.

Cuando se despidió de Niccolò con un abrazo, Joan sintió una profunda inquietud. Echaría en falta la cháchara, el buen humor, la gracia y el desparpajo de su buen amigo. Y aunque sabía dónde localizarlo al cabo de unos días en Florencia, en aquel momento se sentía muy solo, abandonado y sin amigos, en una tierra desconocida donde iba a emprender una aventura peligrosa e incierta.

Niccolò sonrió con aquella expresión tan suya, algo ratonil y divertida.

—Buena suerte —dijo.

Se encontraban en un cruce de caminos donde unos altos cipreses se elevaban hacia un cielo azul brillante al borde de unos campos aún no arados cubiertos de restrojos amarillos. Joan le vio alejarse por una vereda mientras él seguía la calzada a Florencia.

A su izquierda, el río Arno discurría entre los álamos, y en el horizonte a su derecha los pinos sobre unas colinas onduladas mostraban un verde brillante. Olía a otoño, la tarde era hermosa y fray Ramón respiró hondo. Ya que tenía que ser fraile, lo sería con todas sus consecuencias, se dijo. Su vida no había sido la de un santo y, haciendo de necesidad virtud, decidió cumplir de corazón como quien aparentaba ser, azotes y cilicio incluidos. Y con el cilicio punzándole en los riñones y el vientre se puso a andar con paso alegre.

Aquella noche durmió junto a las vacas en un establo después de cenar unos racimos de uva negra y algo de pan que unos campesinos que vendimiaban le ofrecieron. Como buen fraile, bendijo a sus benefactores y los tuvo en cuenta en sus rezos. Antes de acostarse oró mientras se disciplinaba la espalda y, a pesar del cansancio, se vio obligado a quitarse el cilicio para poder dormir.

Y así anduvo durante cinco días por los caminos de una Toscana donde aún se vendimiaba, entre campos de cereal que los campesinos empezaban a arar, olivares cargados de fruto que ya dejaban caer alguna aceituna y viñedos de hojas verde brillante con amarillas pinceladas de otoño. Aquel paisaje llenaba el alma de un fray Ramón fascinado por los altísimos cipreses que de tramo en tramo, solitarios o en grupo, elevaban su verde oscuro hacia el firmamento. Aquellos árboles parecían oraciones de la tierra que subían al cielo instándole a unirse a su rezo.

A pesar de los malos tiempos y la miseria causada por la guerra, los paisanos le saludaban y siempre le daban algo cuando se lo pedía. No era gran cosa, uvas de la vendimia y algo de pan, por lo general. Joan no deseaba más, sabía que debía pasar algo de hambre. Cuando había suerte le invitaban a dormir junto al hogar de una casa o en un establo. De lo contrario, pasaba la noche tiritando bajo las estrellas.

En una ocasión vio a una familia de campesinos que comía en sus campos, los saludó con la mano y continuó su camino sin detenerse. Al poco, un par de chiquillos, un niño de unos ocho años y una niña de diez, le alcanzaron corriendo.

Le traían una manzana y un pedazo de pan, aunque el verdadero regalo para Joan fue su sonrisa. En sus caras sucias y con mocos, en el brillo alegre e ilusionado de sus ojos oscuros, el fraile encontró a Dios, a ese Dios que con frecuencia sentía tan lejano. Le besaron la mano y él revolvió su cabello y acarició sus mejillas antes de bendecirlos. Y después, al reemprender el camino, como pago a su inocente limosna, rezó por ellos y por sus padres. Se sentía tan dichoso que notaba su alma expandirse hasta salir de su cuerpo y fundirse con el dulce paisaje toscano. Él era parte del todo y todo era parte de él. Y así anduvo un día tras otro.

A pesar de añorar a Anna y al resto de su familia, Joan fue feliz aquellos días en su papel de fray Ramón. Caminar, orar, gozar del aire libre y del paisaje le daba una paz que antes solo había experimentado en contadas ocasiones. Se decía que, a pesar del cilicio y los azotes que castigaban su espalda y a pesar de aquella misión aceptada con disgusto, era de verdad libre, porque así lo sentía su corazón. Estaba cerca de Dios y su vida tomaba una perspectiva distinta.

Cuando en la tarde del quinto día, desde lo alto de una colina, vio Florencia extendiéndose a ambos lados del Arno, rodeada de sus poderosas murallas y con una enorme cúpula color naranja elevándose, casi en su centro, en la orilla derecha, muy por encima de cualquier otro edificio, supo que había llegado a su destino. En aquella ciudad de maravillas se decidiría su futuro. Se dijo que le habría gustado que el camino hubiera sido mucho mucho más largo.

55

Fray Ramón llegó a Florencia por el camino paralelo a la orilla izquierda del río Arno, que cruzaba un grupo de casas antes de terminar en la puerta de San Frediano. Esta se abría bajo una torre del recinto amurallado y para llegar a ella había que cruzar un puente sobre un riachuelo que desembocaba en el río y hacía de foso. La puerta de San Frediano daba al burgo de Oltrarno y, a tenor del bullicio que había a su alrededor, debía de ser una de las más importantes de la ciudad. Fray Ramón se abrió paso entre la multitud de campesinos y comerciantes que guardaban cola para que la guardia revisara sus mercancías y los escribanos cobrasen sus tasas, y se dirigió al que parecía el oficial al mando.

—Soy fray Ramón de Mur y vengo de España para ver a fray Girolamo Savonarola —le dijo, autoritario, como si tratara a un subordinado—. Me aguarda. Llevadme a su presencia.

A pesar de esperarla, a Joan no dejó de sorprenderle la reacción del oficial, al que había visto dando órdenes y gritándole a la gente con malos modos. Al ver su hábito adoptó una pose marcial, como si tratase con su capitán, y preguntó respetuoso:

—¿Tenéis algún documento que lo acredite, padre?

—Sí. Aunque es para fray Savonarola, no para vos. —Joan continuaba autoritario—. Os pido que me llevéis hasta él.

—Lo siento, padre, yo no puedo abandonar mi puesto, pero uno de mis soldados os acompañará.

—Gracias, que Dios os bendiga.

Al cruzar el Arno siguiendo al soldado, Joan se admiraba de que aquel hábito que hasta el momento solo le había servido para mendigar unas uvas y unos mendrugos de pan ahora le valiera para dar órdenes al oficial de la que quizá fuera la puerta principal de Florencia.

Mientras callejeaban camino al convento de San Marco, Joan observaba la vida de la ciudad. Su aspecto no era tan pobre como el que cabría esperar. Florencia salía de la ocupación francesa y estaba en guerra con Pisa y, sin embargo, rodeada de una fértil campiña, no parecía pasar hambre. Los artesanos trabajaban y vendían en las calles y el golpeteo de martillos, las voces pregonando la mercancía, el bullicio del regateo o incluso los olores de cuero o tintes eran semejantes a los de otras ciudades. Solo que a Florencia le faltaba algo. Al poco comprendió que se trataba del color de las vestimentas de los ciudadanos; eran solo grises, blancas o negras. En la calle, las mujeres, incluso las más jóvenes, se cubrían los cabellos con una mantilla, y un buen número de ellas, la boca con el extremo de esta. Había temor en los ojos de las gentes con las que cruzaba la mirada, y ni los que parecían más opulentos mostraban joyas ni adornos.

—¿En qué calles se encuentran los argenteros, los espejeros y los perfumistas? —le preguntó al soldado que le acompañaba. Aunque sabía la respuesta, quería oírla de boca del muchacho.

—Esas son vanidades, padre —repuso este mirándole sorprendido—. Las compañías blancas queman esas cosas en la plaza de la Señoría, en la hoguera de las vanidades.

—Así que Florencia no tiene esos gremios… —murmuró Joan.

—No, padre.

—Y ¿a qué se dedican los que antes trabajaban en ello?

El joven soldado se encogió de hombros.

—No lo sé —dijo—. Deben de rezar.

—Sí —afirmó Joan—. Lo necesitan.

Antes de llegar a la catedral oyeron unos cánticos y apareció desfilando un grupo de niños de siete a doce años, vestidos de blanco, descalzos y con la cabeza rapada. Entonaban: «Jesús, rey de Florencia, con ayunos y penitencia» y «Viva, viva nuestro corazón, Cristo rey, guía y señor». Cuando vieron su hábito deshicieron la formación para acudir a besarle la mano, y Joan, en su papel de fray Ramón, los bendijo.

—¿Quiénes son? —le preguntó al soldado. Quería oír también la explicación del muchacho.

—Son las compañías blancas de las que os hablé. Se encargan de rezar para erradicar el pecado y cuidar de la virtud. La gente las respeta y las teme.

Fray Ramón los observó intrigado mientras se alejaban cantando con candorosa fe y entusiasmo.

Florencia era mayor que Pisa, pero al igual que esta se extendía a ambas orillas del Arno y su parte más rica y extensa se encontraba en la orilla derecha. Sin embargo, mientras que el conjunto de catedral, baptisterio y campanario se ubicaba en el extremo noroeste de Pisa, Florencia tenía aquellos edificios en el centro. Su camino los llevó a pasar frente a ellos y Joan se maravilló al contemplar de cerca la catedral y su enorme cúpula, la mayor del mundo, una obra de arquitectura increíble que se elevaba a una altura sorprendente. En la distancia se destacaba de cualquier otro edificio de la ciudad, pero de cerca a Joan le costaba encontrar adjetivos para describirla. El contraste de aquel edificio magnífico, terminado hacía pocos años, con las vestimentas y el aspecto de los ciudadanos era brutal.

Joan le pidió al soldado que se detuvieran para contemplar unos instantes el exterior del templo, y cuando observaba su parte trasera oyó gritos y vio que la gente se apartaba para dejar paso a una muchacha que llegaba corriendo. Tenía la cara ensangrentada, se cubría la cabeza con un manto y las piedras caían a su alrededor. Detrás, gritándole insultos, la perseguían a pedradas un grupo de niñas vestidas de blanco, descalzas y con la cabeza rapada.

—¿Qué está pasando? —inquirió Joan.

—Esa chica no debía de vestir con la modestia requerida. O quizá se maquilló…

—¿Modestia requerida por quién?

—Por las niñas de la compañía blanca.

—Y ¿cómo saben lo que es decente y modesto?

El joven soldado se encogió de nuevo de hombros.

—Dios las inspira.

—Y ¿tanto poder tienen las compañías blancas?

—Si creen que hay algo deshonesto o se peca de vanidad, entran en las casas, requisan objetos, detienen a la gente… Hacen cumplir lo que Savonarola predica.

—¿Unos niños?

—Los niños son inocentes y puros…

—Y también pueden ser crueles y caprichosos —murmuró fray Ramón—. Y el poder y la vanidad pueden corromperlos a ellos aún con mayor facilidad que a los adultos.

Continuaron hacia el norte, al poco entraron en una plaza y el soldado le mostró un edificio a su derecha con una hermosa columnata.

—¿Es el convento?

—No, es el Spedale degli Innocenti.

—El Hospicio de los Inocentes. ¿El orfanato?

—Sí, aquí se forman las compañías blancas. Pero a los niños del orfanato se unen muchos más de la ciudad.

—Ahora lo entiendo todo mejor —comentó fray Ramón.

—Un poco más allá está el torno, donde las madres que no pueden mantener a sus hijos los depositan. Los dejan allí, tocan la campanilla y se van sin ser vistas.

—Claro —musitó el fraile.

Después, el soldado le condujo hacia la izquierda y, pasada la iglesia de la Santissima Annunziata, vio a su derecha un edificio de dos plantas cuya puerta principal se elevaba monumental, entre columnas, por encima del resto de la construcción.

—Este es el convento de San Marco —le informó el muchacho, y besándole la mano se despidió.

Fray Ramón se quedó unos momentos contemplando el edificio, tragó saliva, se persignó y, tras encomendarse al Señor, anduvo con paso decidido hacia la puerta.

56

—Así que os envía fray Tomás de Torquemada. ¿No es así?

Quien formulaba la pregunta, en latín, era el mismísimo fray Girolamo Savonarola, prior del convento de San Marco, que le observaba con gesto adusto, clavándole su mirada de ojillos oscuros. Aunque Joan le había hecho saber que su florentino era bueno, Savonarola insistió en continuar hablándole en latín, la lengua en la que estaba escrita la carta que Joan le acababa de entregar. El monje tendría unos cuarenta y cinco años, la tonsura en su abundante pelo oscuro formaba una corona, y una gran nariz ganchuda que apenas separaba sus gruesas cejas dominaba su cara. En su faz huesuda se marcaban los pómulos, quizá a causa de los ayunos, en contraste con un grueso y prominente labio inferior que sugería una fogosa sensualidad, sin duda reprimida.

Se encontraban en la sala capitular del convento y al prior, sentado en una banca, le flanqueaban dos monjes, también tonsurados y con hábito blanco; eran fray Domenico de Pescia, el suprior, y fray Silvestro Maruffi, los más fieles seguidores y consejeros de Savonarola. En la pared a sus espaldas se podía ver un impresionante fresco, con fondo azul brillante, que representaba una crucifixión con Cristo y los dos ladrones también crucificados y múltiples santos a sus pies. Abajo, en una orla de medallones, se representaba a dieciséis santos y beatos de la orden dominicana con santo Domingo de Guzmán, el fundador, en el centro. Pero Joan no se entretuvo en contemplar aquella magnífica obra, sino a quienes tenía enfrente; los tres frailes le observaban con atención mientras él, de pie, trataba de disimular su nerviosismo. No podía fallar; aquellos monjes eran muy estrictos, cualquier vacilación les haría sospechar. Y cualquier sospecha le conduciría a la cárcel y de esta iría a la hoguera si comprobaban que era un falso fraile.

—Así es, padre —repuso tragando saliva.

—Y vos sois fray Ramón de Mur, del convento de Santa Caterina de Barcelona.

Joan afirmó con la cabeza. Le recordaba a un interrogatorio de la Inquisición.

—Ciertamente.

Savonarola releyó la carta que Joan le había entregado el día anterior al fraile portero.

—Hace unos días recibimos otra carta de fray Tomás de Torquemada —dijo al terminar—. Nos anunciaba vuestra llegada y nos pedía que os acogiéramos. Pero antes nos gustaría saber más sobre la razón de vuestra visita.

—Hasta la comunidad dominica de España ha llegado la fama de la gran obra de regeneración moral cristiana emprendida por vos y los monjes del convento de San Marco —respondió Joan—. Se elogia la fuerza y la persuasión de vuestros sermones y se dice que gracias a ellos muchas almas descarriadas regresan al redil de la Iglesia. Mis superiores quieren conocer vuestro trabajo con detalle y que yo aprenda las claves de vuestro éxito para instruir con ellas a nuestros predicadores.

Al hablar, Joan observaba con atención a los frailes calibrando sus reacciones, y se dijo, aliviado, que sus palabras parecían complacerlos.

—En la carta de fray Tomás de Torquemada dice que fuisteis inquisidor. —La estridente voz de Savonarola sonaba algo engolada. Sin duda, el fraile no era inmune a la vanidad.

—Fui ayudante del inquisidor de Barcelona. Y es precisamente la Inquisición el motivo principal de mi viaje. El Santo Oficio tiene aún muchos enemigos y precisamos hacer nuestros sermones más convincentes para persuadir al pueblo y derrotar a quienes se nos oponen.

Fray Silvestro afirmaba con la cabeza y Joan sintió que acertaba con sus palabras.

—Nuestra situación es muy distinta —dijo Savonarola hablando ahora en florentino—. En España gozáis del poder temporal de los reyes Isabel y Fernando, que os apoyan. Sus tropas imponen la Inquisición con las armas. En cambio, nosotros debemos conquistar ese poder gracias a la fuerza de la palabra del Señor y de nuestras prédicas.

—Esa es la razón por la que estoy aquí —contestó Joan en la misma lengua—. Queremos la fuerza de vuestro verbo.

—Vuestra misión y la nuestra no coinciden —continuó Savonarola—. Nosotros buscamos la renovación moral del pueblo, el regreso a las raíces puras del cristianismo. Perseguimos el pecado. Buscamos la pureza. En cambio, por lo que sabemos, la Inquisición combate en España la herejía, la desviación doctrinal. Persigue a los judíos que aparentan haberse convertido al cristianismo y que practican sus cultos en secreto.

—Eso es cierto; sin embargo, se trata solo de un primer paso. Aunque por ahora nos centramos en los falsos conversos, también combatimos la sodomía, la brujería y cualquier otro pecado.

—¿Cómo es que habláis tan bien el florentino?

—Fui fraile bibliotecario en el convento de Santa Caterina. Y teníamos obras escritas en lenguas vulgares. Por su importancia, gracias a Petrarca, Boccaccio y sobre todo Dante Alighieri y su *Divina comedia*, la principal lengua extranjera era el toscano antico. Lo aprendí con unos frailes italianos para poder leer esas obras y lo mejoré conversando con marinos toscanos que recalaban en Barcelona.

—No creemos que esos autores y sus obras deban ser leídos por los buenos cristianos —observó fray Domenico de Pescia, el suprior—. Las hemos condenado a la hoguera.

—Comprendo vuestras razones. Sin embargo, en mi función de bibliotecario e inquisidor debía conocerlas.

—Aun así habláis muy bien el florentino —murmuró Savonarola pensativo.

—Tengo facilidad para las lenguas, padre.

—Bien, os pedimos que seáis tan amable de abandonar ahora la estancia hasta que os requiramos —dijo el prior.

Un joven y corpulento fraile que se había mantenido de pie en un extremo de la sala le acompañó al exterior dejando a los tres monjes solos en su debate. Joan, en su papel de fray Ramón, no pudo evitar pasear inquieto por delante de la puerta aguardando a que le llamaran. Esperaba haber sido convincente, se jugaba la vida en ello. Sabía que releerían las falsas cartas de Torquemada y que las compararían con otras que sin duda guardaban de él. Rezaba por que Miquel Corella y sus falsificadores del Vaticano hubiesen hecho un buen trabajo. Si las cartas superaban el escrutinio de los monjes, estos debatirían sobre la conveniencia de admitirle temporalmente en la comunidad.

Se sabían odiados por mucha gente, y cuando Joan llegó al convento el día anterior, a pesar de sus hábitos, tuvo que pasar el examen de los soldados del cuerpo de guardia antes de ver siquiera al fraile portero. Después, este tomó su carta de presentación, la estudió detenidamente, le preguntó sobre ella y lo acomodó en la llamada «hospedería de los pelegrinos», situada a la derecha de la entrada principal, en uno de los lados del claustro. Allí permaneció sin poder salir hasta el interrogatorio de aquella mañana. Aquel lugar se regía en cuanto a seguridad por normas muy estrictas. Eran desconfiados, y con razón.

Si al fin era aceptado, los dominicos escribirían a Santa

Caterina de Barcelona y al convento de Santo Tomás de Ávila para comunicar su llegada. Para cuando recibieran los frailes las respuestas, Joan debía encontrarse muy lejos de Florencia.

La llamada del joven monje le hizo regresar de sus pensamientos con un sobresalto.

—El abad desea veros, hermano —le dijo. Y le abrió la puerta de la sala capitular.

—Fray Ramón —le dijo Savonarola sin más preámbulos—, sabemos que habéis hecho un largo viaje y vuestro hábito está sucio y raído. Poneos este otro.

—Sois muy amable, abad. Así lo haré —contestó Joan tomando la prenda que le ofrecía el monje joven.

—Cambiaos el hábito —repuso, perentorio, Savonarola.

—Lo haré en mi celda.

—Aún no tenéis celda y debéis cambiaros ahora.

—¿Ahora y aquí?

—Hacedlo, es una tradición de este convento.

Joan comprendió que se trataba de una prueba y que no le quedaba más opción que obedecer.

—Si lo ordenáis, así lo haré, padre —repuso sumiso.

Se quitó la capa y después el hábito.

—Despojaos también del cilicio.

Cuando lo hizo se quedó solo con las sandalias; sentía frío. Vio cómo los frailes contemplaban su pene; de haber estado circuncidado, le hubiera costado la vida.

—Daos la vuelta —dijo el abad.

Les dio la espalda. Sabía que observaban las señales del cilicio y de los azotes en su cuerpo.

—Muy bien, fray Ramón —le dijo al fin Savonarola—. Podéis poneros el cilicio y vestir el hábito nuevo.

El fraile joven le ofreció el cilicio y las ropas, y cuando estuvo vestido se volvió hacia los monjes, que continuaban observándole.

—Vemos que usáis cilicio y os disciplináis. Eso habla a favor de vuestra piedad. Sin embargo, deberíais ayunar más.

—Así lo haré, padre abad.

—Bien, sois bienvenido en nuestra comunidad por el tiempo que preciséis —concluyó Savonarola—. También nosotros queremos saber sobre la Inquisición española, y nuestro intercambio de conocimientos será a mayor gloria del Señor.

—Alabado sea Su nombre.

—Hemos decidido que vuestra tarea en nuestra comunidad sea la de ayudar a fray Lorenzo, el bibliotecario, y decidir qué libros se prohíben. Participaréis también en las requisas de libros y su quema.

Joan sintió que se le encogía el estómago. Odiaba la censura y más aún la quema de libros. Había prometido luchar por la libertad y ahora se convertía en un esbirro de aquellos fanáticos que le obligaban a todo lo contrario. Tratando de disimular inclinó, sumiso, la cabeza.

—Como ordenéis, padre prior —dijo.

Recordaba con tristeza su promesa: «Por cada libro que queme Savonarola, nosotros imprimiremos diez. Y haremos que lleguen a sus lectores». El destino le gastaba una broma macabra.

57

Joan sintió un gran alivio al salir de la sala capitular; aquellos frailes eran extremadamente suspicaces y se consideraba afortunado por haberlos engañado. El fraile joven le entregó su hatillo, cuyo contenido, sin duda, habría sido cuidadosamente revisado.

—Soy fray Giovanni —se presentó. Por primera vez le sonreía—. Os mostraré la celda que se os ha asignado.

Conforme recorrían el edificio, Joan no pudo evitar comparar aquel convento con otro que él conocía bien; el de Santa Anna en Barcelona. La disposición física era muy semejante. Un claustro cuadrado alrededor de un patio central por donde se podía deambular sin mojarse los días de lluvia y desde el que se accedía a los edificios principales: la iglesia, la sala capitular y el refectorio, donde comían los frailes. Pero aquí terminaban las semejanzas, pues el aspecto de la construcción era completamente distinto. El convento de San Marco estaba edificado en el nuevo estilo al que Innico d'Avalos llamaba Renacimiento, mientras que Santa Anna lo estaba en el estilo antiguo de arcos ojivales, el gótico. Sin embargo, a pesar de que el convento de San Marco llevaba terminado más de cincuenta años, en Santa Anna aún se construía el piso superior del claustro según el estilo antiguo. Además, San Marco era mucho mayor, tenía cuarenta y tres celdas y en aquel momento vivían allí treinta y nueve monjes, y se notaba la prosperidad.

Mientras le acompañaba, fray Giovanni iba mostrando a Joan las dependencias, y a este le llamó la atención la belleza y abundancia de frescos que adornaban las paredes.

—Muchos de ellos son de fray Angélico —le explicó su acompañante—. Era un fraile de nuestra orden que pasó varios años pintando aquí.

—¡Qué belleza! —exclamó Joan deteniéndose frente a una de las imágenes.

—No os equivoquéis —le aclaró fray Giovanni—. Esas pinturas no pretenden producir un placer estético, sino llamar al rezo y a la meditación. Si fueran motivo de vanidad, serían destruidas.

De camino a las escaleras que conducían a la planta superior se encontraron con un joven de unos veinticinco años que vestía de seglar y al que fray Giovanni saludó con toda familiaridad, como si se tratara de uno de los monjes.

—Es Baccio della Porta —le explicó después a Joan—. Es un gran artista y un hombre muy devoto. Está pintando ahora un retrato de nuestro abad, a quien admira y sigue con devoción. Ha comprendido lo fatuo y vano de su vida anterior y él mismo ha quemado, para mayor gloria del Señor, muchos de sus cuadros antiguos en la hoguera de las vanidades.

Joan no dijo nada. No comprendía que aportara gloria alguna al Señor quemar arte o conocimientos, ya fuera en forma de pinturas o de libros.

Las celdas estaban situadas en el primer piso del edificio, a lo largo de unos pasillos que, por encima del claustro, formaban tres lados de un cuadrado. El cuarto lado correspondía a los muros de la iglesia del convento y, por lo tanto, estaba desprovisto de celdas. El habitáculo asignado a fray Ramón se encontraba en el corredor sur; era un cubículo de dimensiones muy reducidas que albergaba un catre, una pequeña mesa, una silla y un estante. Tenía un ventanuco que miraba al norte y daba al claustro.

—Esta es la zona de los novicios —le comunicó fray Giovanni.

Joan se dijo que era extraño que no hubiera celdas libres en los otros dos pasillos e interpretó que le ubicaban con los novicios como una advertencia de Savonarola: le vigilarían, continuaba a prueba.

Las paredes de la celda estaban encaladas, con la excepción de la opuesta a la puerta. Una pintura de Cristo crucificado con santo Domingo en actitud de rezo y adoración a los pies de la cruz ocupaba la mayor parte de la reducida pared. La imagen mostraba reguerones de sangre que se deslizaban por el madero hasta llegar a la tierra. Era un trabajo poco delicado, muy distinto de los que Joan había visto en el resto del convento.

—El único objeto de esta pintura es inspiraros en la piedad, el rezo y la oración —le explicó el fraile—. Las imágenes de las celdas de los monjes veteranos son más ricas y elaboradas; con excepción de las tres que ocupa el prior, al final de este mismo pasillo. Sus paredes están desnudas. —Y tendiendo sus manos, una hacia la pintura de la pared y otra hacia la ventana que se abría en ella, continuó—: Ved, una es la ventana al mundo y la otra es la ventana al espíritu.

Cuando la campana de la iglesia anunció con sus seis toques el mediodía, Joan bajó al claustro, uniéndose a los demás frailes, que, con la capucha calada, iban recitando la letanía del Sagrado Nombre de Jesús. Después entraron en la iglesia y Joan se situó al lado de Giovanni, el fraile joven. Este, al igual que el resto de los monjes, adoptó una de las nueve posturas de rezo que había transmitido el fundador, santo Domingo de Guzmán. Se situó de pie, en posición erguida, con los ojos cerrados, el rostro relajado y las manos plegadas sobre el pecho. Joan sabía que significaba acogida y recogimiento profundo y le imitó.

Empezó la misa, celebrada por fray Domenico de Pescia, el suprior; cuando este inició el sermón, fray Giovanni desplegó los brazos y situó sus manos a la altura de los hombros con las palmas mirando al altar. Indicaba escucha y aceptación. Fray Domenico clamó contra los pecados del mundo y advirtió de la cercanía del fin de los tiempos y del juicio universal. Lo hacía en toscano, la lengua del pueblo, puesto que a esa hora asistían multitud de fieles. Estos acudían a oír el sermón de Savonarola, pero al tenerlo prohibido en público por el papa, lo delegaba en el suprior.

Al librero le pareció una prédica llena de amenazas y advertencias, destinada a atemorizar a los fieles y criticar los poderes mundanos ensalzando los de la religión. Su estilo era muy efectivo. Usaba pausas e inflexiones en los párrafos que deseaba subrayar. Joan se preguntó cómo sería uno de los sermones de Savonarola. El fraile joven unió sus manos en actitud de rezo durante las oraciones que siguieron a la alocución del suprior.

Al final de la misa, fray Giovanni separó las manos, que había mantenido juntas durante el rezo, dirigiendo sus palmas abiertas a la imagen del Crucificado. Joan continuó imitándole. Aquella postura significaba disponibilidad y ofrenda al Señor.

Más tarde, siguiendo al joven fraile, Joan cruzó el claustro para dirigirse a la sala de acceso al comedor, donde se lavaron las manos, y entraron al refectorio. Se bendijo la mesa y un fraile empezó a recitar unos salmos mientras comían. A Joan aquello no le pareció mucho más que el almuerzo de un galeote. Consistía en un guiso de legumbres con verduras, pan, una manzana y agua.

Al terminar, Savonarola dirigió una oración de gracias y

después le pidió a Joan que se levantara para presentarle a la comunidad como fray Ramón de Mur, del convento de Santa Caterina de Barcelona. Dijo que venía avalado por fray Tomás de Torquemada y explicó el propósito de su estancia con ellos. Después le hizo sentar e inició su propio sermón. Durante casi media hora clamó contra la relajación del clero, contra sus vicios y en especial contra Roma y el papa Alejandro VI, «que ya tiene reservado un sillón en el infierno». Su voz era estridente a veces, otras, suave; en ocasiones, chillaba y en otras, susurraba de forma que los monjes se echaban hacia delante para poder escucharle. Amenazaba, suplicaba, rezaba, y Joan, observando con disimulo a los frailes, comprobó que estaban muy atentos, hasta el punto de que algunos le seguían boquiabiertos. Quizá hubieran escuchado aquello cientos de veces, pero nadie se perdía una sola palabra. «Extraordinario», se dijo fray Ramón de Mur; las formas de aquel hombre constituían un verdadero espectáculo con independencia de su contenido. Pero además de una magistral representación, el mensaje que transmitía era verdaderamente revolucionario. Estaba en guerra contra cualquier poder o placer terrenal; representaba un inconformismo radical y llevaba al extremo el compromiso del fundador de la orden con la austeridad y la pobreza. Entonces fue cuando Joan se dio cuenta de que, al igual que varios de los frailes, él tenía también la boca abierta. La cerró diciéndose que aquel monje visionario era fascinante y terrible a la vez.

58

Después de la comida, el suprior le dijo a fray Ramón:

—Durante los primeros días de vuestra estancia con nosotros haréis vida comunitaria dedicada exclusivamente al rezo. Aplicad con rigor nuestra regla de «no hablar sino con Dios o de Dios».

—Como vos mandéis, padre suprior —contestó Joan, que estaba impaciente por empezar a investigar en la biblioteca en busca del *Libro de las profecías*—. Aunque bien sabéis que nuestro padre fundador, santo Domingo, nos pidió también que aplicáramos nuestras vidas al estudio y que dedicáramos parte del día a leer y meditar.

—Gracias por recordarme la cuarta regla —repuso fray Domenico ceñudo—. Sin embargo, «no hablar sino con Dios o de Dios» es la primera. Empezad por ella, así lo ordena nuestro prior fray Girolamo Savonarola.

Joan se acomodó a la rutina del convento, que se guiaba por el son de la campana. Al igual que en el de Santa Anna de Barcelona, los frailes tenían rezos diurnos y nocturnos, solo que la disciplina de aquellos monjes dominicos era mucho más estricta. Mientras que el prior Gualbes vivía en un palacio lejos del convento y lucía hábitos lujosos e incluso joyas, Savonarola era ejemplo de austeridad. Su único lujo como abad era ocupar tres celdas al fondo de un pasillo que ni siquiera estaban pintadas como las de sus frailes. Daba también ejemplo en la mortificación y en el ayuno. En el convento de San Marco no había disputas entre el abad y sus monjes sobre cómo proveer la cocina y la cantidad de las raciones, como ocurría en Santa Anna. Los frailes de San Marco admiraban y temían a su prior y a nadie se le hubiera ocurrido enfrentarse a él, y menos por la comida. La obra austera y rigurosa de santo Domingo de Guzmán, el fundador de la orden, estaba presente en todo momento, y sus principios eran aplicados por Savonarola con dureza. Demasiada, en la opinión de Joan.

Consciente de que las cartas viajaban a España y de que su tiempo era limitado, Joan se aplicó en los siguientes días al rezo y a las obligaciones diarias de culto de los monjes. No le era fácil. Su espíritu inquieto le hacía desear andar por los caminos, libre, como días antes. Además, añoraba mucho a Anna y al resto de su familia. Cuando, exhausto de rezar, por la noche, o incluso durante el día, le vencía el sueño, los veía en su duermevela.

En su celda completaba las plegarias que se hacían en comunidad usando las distintas formas de rezo de santo Domingo, y en particular, por la noche, el rezo de sangre. Después de la oración de las completas, iluminándose con la luz de un candil, se arrodillaba frente a la imagen de Cristo crucificado y mientras rezaba se flagelaba la espalda con un látigo tipo escoba. Decían que el fundador se azotaba con cadenas de hierro y que con la sangre el rezo era más intenso.

Varias veces oyó cómo se abría con cuidado la puerta a sus espaldas y sentía que le observaban en silencio; después la cerraban de nuevo con la misma suavidad. Fray Ramón no interrumpía ni la oración ni los azotes. Sabía que le vigilaban. Por ese motivo, cuando se despertaba con una erección se ajustaba el cilicio con más fuerza, y si su deseo no se calmaba, recurría a los azotes. No podía permitirse que aquellos misteriosos espías se percataran de ello e informaran al prior.

Recordaba a fray Piero Matteo, su maestro dominico en Roma, y se esforzaba en seguir su recomendación: «Buscad la felicidad en la serenidad del convento; si persistís en ello, la encontraréis».

Para su sorpresa, pudo alcanzar en varias ocasiones aquella serenidad feliz a la que se refería su maestro. Incluso durante las autoflagelaciones. Llegaba un momento de la oración en el que, sin cesar de recitar la monótona letanía, el alma parecía abandonar el cuerpo y entraba en mundos plácidos y amables que quizá fueran la antesala del cielo.

Los días transcurrían unos iguales a otros y Joan empezó a temer que Savonarola hubiera decidido mantenerlo en aquel exclusivo régimen de penitencia hasta recibir la respuesta de sus cartas enviadas a España. Cuando eso ocurriera descubrirían que era un falso dominico y estaría perdido.

Sin embargo, una mañana, después de los rezos de la hora tercia, fray Giovanni le dijo:

—Fray Silvestro me ha pedido que os conduzca a la biblioteca.

A Joan le dio un vuelco el corazón. No solo iba a conocer aquella famosa biblioteca que albergaba el *Libro de las profecías*, sino que lo haría requerido por fray Silvestro Maruffi, el encargado de su custodia y de descifrarlo.

—¿Fray Silvestro? —inquirió Joan.

—Sí, fray Silvestro ayuda al prior y al suprior con todo lo relacionado con libros. Estuvo con ellos el día en el que os recibieron en la sala capitular.

Joan afirmó con la cabeza. Le recordaba bien; pensaba que debía de haber sido idea suya que él ayudara con los libros.

Subieron al primer piso por la misma escalera que conducía a las celdas, pues el acceso a la biblioteca se encontraba en el corredor norte, entre los habitáculos 42 y 43. Hasta aquel momento, Joan apenas había sido capaz de echar una fugaz mirada a la entrada de la biblioteca cuando, al subir las escaleras, solo, se aventuraba por aquel corredor para inspeccionar. Siempre había encontrado la puerta cerrada.

Se trataba de una magnífica sala alargada sostenida por once pares de delgadas columnas dóricas que delimitaban tres naves cubiertas por bóvedas de crucería en los lados y una bóveda de cañón en la central. La construcción era estilizada y armoniosa en su sencillez. Los arcos, columnas, ménsulas y cornisas, todos en piedra arenisca gris, ahorraban en adornos con la finalidad de dejar espacio a la luz. Esta llegaba por ventanas abiertas en las paredes laterales de forma que se minimizaban las sombras. Mesas y anaqueles repletos de libros amueblaban aquella espléndida estancia.

Joan la contemplaba embobado; era el sueño de cualquier amante de la lectura.

—Este es fray Lorenzo, el bibliotecario —le presentó fray Giovanni.

El hombre le saludó sonriente. Era un fraile de unos cuarenta años cuyo aspecto feliz contrastaba con su delgadez, sin duda producto de los ayunos.

—Sed bienvenido en nombre del Señor —dijo santiguándose al pronunciar el santo nombre.

—Bendito sea Su nombre —repuso Joan santiguándose también—. Gracias por vuestra hospitalidad.

Fray Giovanni se despidió y aquel hombre le dijo que fray Silvestro le había ordenado que le mostrase la biblioteca, y que a partir de aquel momento podría leer y estudiar en ella.

—Tenemos textos en latín, griego y lengua vulgar —le explicaba el bibliotecario—. Aquí han trabajado grandes pensadores, como Pico della Mirandola o Angelo Poliziano. Antes el acceso era público. Ahora está restringido a los monjes.

—¿Qué ocurre con los libros considerados paganos, heréticos o pecaminosos? —quiso saber Joan preocupado—. Sé que muchos libros en Florencia terminan en la hoguera de las vanidades.

—Hay un grupo de frailes en el convento que quisiera verlos hechos cenizas —repuso el hombre—. Pero, por suerte, fray Silvestro me apoya y ha convencido al prior para que conservemos la biblioteca tal como estaba, e incluso que se amplíe con algunos libros requisados cuando las compañías blancas asaltan la casa de algún noble o mercader. Nosotros, los frailes, estamos preparados para discriminar las lecturas y debemos conocer también los libros malos. Por eso hay que conservarlos, aunque solo los guardados en esta biblioteca.

Joan suspiró aliviado. Aquel tesoro estaba a salvo de la bárbara quema de libros promovida por los mismos que lo protegían.

Una vez que el bibliotecario le dio las explicaciones pertinentes, Joan tomó uno de los libros en latín sobre la vida de los santos y fingió sumergirse en su estudio. Sin embargo, observaba con cuidado tanto la biblioteca como los movimientos de los cuatro frailes que en aquel momento se hallaban en ella. ¿Dónde estaría el *Libro de las profecías*?

Al poco vio aparecer a fray Silvestro Maruffi. Él era el intérprete del libro profético. Se trataba de un hombre delgado y alto con una joroba en la espalda que quizá proviniera de inclinarse para leer mejor los textos de los libros. Tenía unos cincuenta años, ojos azules soñadores y un pelo entre castaño y canoso tan escaso que la tonsura solo le dejaba media corona por encima de las orejas y la nuca. A pesar de sus movimientos nerviosos, habló con el bibliotecario con voz suave. Él era quien había pedido a fray Giovanni que le acompañara a la biblioteca y al bibliotecario que le acogiera. Dada su mayor autoridad y rango, Joan debía esperar a que fray Silvestro le hablara primero. Estaba impaciente por que lo hiciese. Sin embargo, no se dirigió a él. Tomó un libro de un estante y, después de hacer la señal de la cruz sobre él y santiguarse, tal como hacían los monjes antes de abrir un libro, estuvo leyendo. A pesar del disimulo de Joan, sus miradas se cruzaron en una ocasión y el fraile le sonrió. Parecía agradable. Pero cuando la campana sonó llamando al rezo de la hora sexta, fray Silvestro bajó a la iglesia sin haberle hablado.

Al regreso del rezo y en ausencia de fray Silvestro, Joan examinó el libro que aquel leía. Estaba escrito en griego y Joan sintió un escalofrío. Si el *Libro de las profecías* estaba en griego, él sería incapaz de identificarlo y todo aquel viaje, todo aquel sufrimiento sería en vano.

Angustiado, abandonó precipitadamente la biblioteca para recogerse a rezar en su celda.

59

La posibilidad de que el *Libro de las profecías* estuviese escrito en griego, lengua que sin duda fray Silvestro Maruffi dominaba, llenó de inquietud a Joan. Sería incapaz de identificarlo y fracasaría en su misión. La idea de defraudar a Miquel Corella, a César, al propio papa e incluso a sus amigos Niccolò e Innico d'Avalos le disgustaba, pero pensar que todo su sacrificio, la lejanía de su familia, los ayunos, los azotes y tantas otras privaciones eran en balde le desesperaba.

Aquellos intensos días de penitencia y oración habían enseñado a Joan el valor del rezo y de la meditación. Le ayudaban a relajarse y a ver los problemas con una perspectiva más serena y distante. Cuando logró calmar su ánimo pensó que no tenía otra opción que continuar con su búsqueda. Se dijo que no se trataba de una obra clásica, sino de los escritos de un fraile ya muerto. A no ser que este fuera descendiente de griegos o quisiese dificultar ex profeso la lectura de su libro, lo normal sería que estuviera en latín.

Con acceso libre a la biblioteca, Joan pasaba gran parte de su tiempo en ella y trató de hacer amistad con el bibliotecario. El hombre era afable, aunque le notaba precavido, y aguardó unos días antes de intentar sonsacarle.

—¿Dónde se guardan los libros que contienen profecías? —inquirió con aire inocente.

El bibliotecario rio.

—Fuera de los clásicos, la biblioteca contiene gran cantidad de textos proféticos. El Antiguo Testamento está lleno de ellos. Y en el Nuevo Testamento, el libro del Apocalipsis es profético en su totalidad.

—No me refiero a esos, sino a algo más moderno, más cercano a nuestros tiempos. Como los sermones de nuestro abad.

El hombre le miró extrañado y repuso cauto:

—No os podría decir. Uno de nuestros frailes transcribe los sermones. Hablad con él. Y mejor con fray Silvestro. Él está muy cerca del abad.

Joan aguardaba a que fray Silvestro tomase la iniciativa y se dirigiera a él primero; cuando lo hiciese, tardaría en traer a la conversación el tema de las profecías. No quería levantar sospechas. Se sentía desorientado con respecto a su misión. Sabía aproximadamente el contenido del libro, pero no su aspecto físico ni dónde encontrarlo. Una biblioteca era un excelente lugar para ocultarlo, aunque era posible que no se encontrara allí. El desánimo regresó.

Recurrió de nuevo a la oración en su celda y al fin se dijo que, ya que había llegado hasta allí, haría lo posible y lo imposible por cumplir su misión. La biblioteca contenía centenares de volúmenes, en su gran mayoría manuscritos, pues el bibliotecario despreciaba los libros impresos. Consideraba que el cuidado y el esfuerzo eran elementos fundamentales en un libro y que, por lo tanto, la impresión le restaba valor.

Joan comprendió que podía descartar la mayoría de los volúmenes de la biblioteca al primer vistazo. Todos los clásicos y los libros impresos quedarían fuera de un escrutinio más preciso. Y también los ricos libros miniados llenos de imágenes. El *Libro de las profecías* sería relativamente pequeño, manuscrito y humilde, puesto que lo fundamental en él era su contenido. No creía que estuviese en lengua vulgar, pues los monjes escribían en latín para que los textos de un país pudieran ser entendidos por los frailes de la misma orden en otro. Sin embargo, aquel no era un libro para ser divulgado y quedaba el riesgo del griego.

No era una empresa fácil, pero reanudó la búsqueda con ese nuevo ánimo.

Fray Silvestro Maruffi frecuentaba la biblioteca, aunque continuó sin hablar a Joan, que observaba con disimulo los libros que aquel leía. Cuando sus miradas se cruzaban, el fraile le sonreía y Joan pronto le correspondió. Larguirucho, desgarbado y con joroba, era muy distinto a Savonarola; parecía vivir en otro mundo. Sin ni siquiera hablar con él, a Joan le parecía un tipo entrañable.

—¿Cómo os va en nuestro convento, fray Ramón? —le abordó por fin un par de días después, a la salida del rezo de la hora tercia. Sonreía mirándole con unos ojos que en aquel momento mostraban placidez.

Aquella no era una pregunta que tuviera que ver con Dios, se dijo Joan; sin embargo, era cortés y amable. Le respondió con la misma amabilidad y continuaron conversando al tiempo que paseaban solos por el claustro después de que el resto de los frailes se dispersara para acudir a sus tareas.

—He querido daros tiempo para familiarizaros con nuestra vida y con la biblioteca antes de que habláramos de libros, de vuestro trabajo en España y del nuestro aquí en Florencia.

—Os lo agradezco.

Al poco estaban discutiendo sobre la misión que el fundador impuso a la orden dominica.

—La nueva Inquisición en España persigue la herejía y, aunque nosotros, los dominicos, lideramos la lucha, esta ha dejado de ser nuestra en exclusiva, pues participan también frailes de otras órdenes —explicaba Joan.

—No tenemos tanta suerte aquí —explicó el fraile—. Los franciscanos nos acusan de radicales y boicotean nuestro trabajo. Pero ni sus críticas ni las de otros nos apartarán de nuestra misión. Además de nuestras obligaciones hacia Dios, también las tenemos hacia los hombres. Ese es el precepto misionero que nos inculcó el padre fundador. Debemos convencer al rebaño del Señor para que lleve una vida austera y pura, alejada del pecado. Y así salvaremos sus almas. Florencia será un ejemplo para el mundo de la puesta en práctica de esa estricta vida cristiana.

—Sí; sin embargo, parece que hay quien se resiste a aceptar la salvación.

Fray Silvestro le miró abriendo los ojos con sorpresa.

—¿A qué os referís?

—A que muchos no llevan esa vida pura y austera por propio deseo, sino por temor. He visto cómo las compañías blancas de niños imponían la pureza con violencia y parece que no son los únicos. Hay miedo en Florencia.

—Nosotros no somos la causa de esa violencia —repuso el fraile con un toque ofendido y nervioso en su voz—. Nuestros sermones avivan las conciencias y hacen que algunos de nuestros seguidores no puedan soportar el pecado. No lo consienten y actúan contra los pecadores. El miedo de esos a los que os referís está causado por su propio pecado. Nosotros no somos el origen de ese temor, sino el diablo y sus obras. Si no sintieran deseos de pecar, no temerían.

Joan contuvo un resoplido de contrariedad para no alertar a fray Silvestro de sus verdaderos pensamientos.

—Tampoco nosotros en la Inquisición nos manchamos las manos de sangre. Solo condenamos a los herejes y el poder civil ejecuta la sentencia.

—Bueno —respondió el fraile—. Es innegable que el bien debe luchar contra el mal, como hace el arcángel san Miguel contra Lucifer. Hay quien se niega a aceptar el bien.

¿Acaso los conversos relapsos marchan hacia la hoguera cantando alabanzas a vuestra Inquisición?

La referencia a la hoguera hizo estremecer a Joan. Le traía recuerdos horribles, pero se esforzó en disimular. Gozaba del debate con fray Silvestro, aunque temía que este percibiese que él era todo lo contrario a un inquisidor.

—Sí, claro —dijo cediendo.

—¿Habéis visto esas pinturas en las que se representa al Cordero de Dios, plácido, hermoso, en un prado verde? —Los ojos de fray Silvestro brillaban ilusionados y felices.

—¿Os referís al pasaje del Apocalipsis en el que el Cordero está rodeado de los cuatro vivientes y de los ancianos?

—Sí, en el que todos entonan un himno en honor al Señor. Cantan que Dios hizo un reino de sacerdotes y que estos gobernarán la tierra. —Fray Silvestro sonreía radiante—. Pues esa es mi visión, mi esperanza, eso es por lo que nosotros luchamos. Una pradera hermosa y llena de paz donde no solo los cuatro vivientes y los ancianos rodeen al Cordero de Dios adorándolo, sino todo el mundo, miles y miles de personas. Y todos ellos habrán salvado sus almas y gozarán de la vida eterna en paz y felicidad.

Joan le miró entre sorprendido e ilusionado. Era una imagen bella, muy bella y seductora. Era una hermosa profecía, se dijo, aunque también una utopía peligrosa.

60

Durante los días siguientes, fray Silvestro y Joan revisaron distintos libros en la biblioteca discutiendo los criterios que los hacían merecedores de la hoguera o de la salvación. Fray Silvestro los clasificaba aplicando, a su estilo, la primera regla de la orden. Si un libro no hablaba de Dios, era vano. Un producto de aquel mundo terrenal que no encajaba en su sueño de una hermosa pradera con el Agnus Dei descansando plácido y rodeado de miles de almas puras y felices. Por lo tanto, se trataba de un candidato a la hoguera de las vanidades. Joan le argumentaba que había libros que contenían saberes no relacionados con Dios que había que preservar. Relatos históricos, geografía, botánica o medicina, por ejemplo. El fraile aceptaba la pervivencia de esos saberes a regañadientes.

Los primeros candidatos a la hoguera eran para fray Silvestro los textos clásicos en los que aparecían personajes mitológicos, algo que ocurría con suma frecuencia, ya como expresión poética, ya como referencia a hechos míticos. No le servía a Joan argumentar que ya nadie creía en los antiguos dioses y que incluso en el Vaticano había representaciones pictóricas de ellos. Para el fraile, el Vaticano era otro producto corrupto del mundo material.

Joan contraatacaba diciendo que precisamente Domingo de Guzmán fundó la orden de los dominicos para combatir la herejía, en especial la de los cátaros. Y que los libros peligrosos de verdad eran los que hablaban de Dios, pues corrían el riesgo de contener algún elemento herético. Esos eran los sospechosos y los que había que revisar. Era muy fácil desviarse de la doctrina y muchos lo hacían sin ni siquiera saberlo. Debían concentrarse en los libros religiosos y dejar en paz el resto. El fraile aceptó el argumento con preocupación y disgusto. Allí le quería llevar Joan. Pretendía que se centrara en buscar herejías en los textos cristianos y se olvidase de quemar libros de otro tipo.

Joan disfrutaba no solo de la conversación, sino también de la compañía del monje. Sin embargo, este mencionaba con demasiada frecuencia la lucha del arcángel san Miguel, general de los ejércitos celestiales contra Lucifer.

—Fray Girolamo Savonarola es como el arcángel —decía—. Es el paladín de la virtud que combate el vicio y el mal.

Aquella comparación turbaba y angustiaba a Joan, que se consideraba un buen cristiano y que en su papel de monje había aprendido a gozar del rezo e incluso soportaba las penitencias de sangre con cierta extraña complacencia.

Lucifer significaba «el portador de la luz», y Joan sentía el compromiso de luchar contra la oscuridad que para él representaba la ignorancia. Entonces, Savonarola, que quemaba libros, pertenecía a la oscuridad y él, a la luz. Eran adversarios irreconciliables. Se decía que lo correcto era identificar a la luz con el Señor y la oscuridad con el diablo. Por eso, antes de llegar a Florencia no tenía dudas de que Savonarola y sus frailes representaban el fanatismo, el mal y la oscuridad. El diablo con hábitos blancos y capa negra. Conviviendo con ellos, y en especial con fray Silvestro, aquella seguridad se resquebrajaba. Estaban llenos de buenas intenciones y practicaban la virtud en extremo. El problema era que querían imponerla a los demás. Y recordó las palabras de su antiguo maestro Abdalá diciéndole que toda virtud llevada a un extremo terminaba convirtiéndose en vicio. Si el bueno de fray Silvestro conociera su pensamiento e intenciones, le consideraría, sin duda, un aliado del diablo. Cuando discutían de esos asuntos, Joan tenía que morderse la lengua, y muchas veces fray Silvestro le miraba extrañado al oírle. Entonces Joan se decía que se exponía demasiado y que si el fraile le transmitiera a Savonarola sus palabras, su vida no valdría nada.

Los días pasaban y Joan, aunque satisfecho por haber superado la primera prueba al ser aceptado por Savonarola y los suyos, se inquietaba por la ausencia de progresos en su misión. Conforme más tiempo empleaba en la biblioteca, mayor era su convicción de que el libro no estaba allí y que debería buscarlo en otro lugar. Pero ¿dónde? El convento era muy grande, aunque pensó que lo natural sería que uno de los tres líderes —Savonarola, fray Domenico o fray Silvestro— lo tuviera. Otra posibilidad sería que lo guardasen en algún compartimento secreto, quizá en algún relicario en la iglesia.

Durante sus rezos y meditaciones, Joan, al tiempo que suplicaba la gracia de cumplir con su misión y regresar sano y salvo, repasaba todas las posibilidades. Los informadores del Vaticano aseguraban que el responsable del libro era fray Silvestro, y, conociéndolo, Joan creía que estaban en lo cierto. ¿Dónde lo guardaría? Lo lógico sería que lo hiciese en su celda. Esta se encontraba cerca de la biblioteca, en un corredor por el que Joan no pasaba en sus itinerarios habituales. Decidió merodear por aquel lugar evaluando las posibilidades de deslizarse dentro de la cámara de fray Silvestro cuando este no estuviera. No sería fácil, pues Joan y el fraile pasaban juntos la mayor parte del tiempo en que los monjes no oraban o dormían en la privacidad de sus celdas.

Al día siguiente, estando ambos en la biblioteca, se excusó alegando necesidades físicas y fue directo a la celda de fray

Silvestro. Para su sorpresa, comprobó que en su puerta había una cerradura. Era muy extraño, ya que las celdas no las tenían, pues el convento era seguro y los frailes no poseían nada valioso que robar. Aquello indicaba que fray Silvestro sí tenía algo que proteger. No podía ser otra cosa que el *Libro de las profecías*.

Joan se preguntó dónde guardaría fray Silvestro la llave, pues los hábitos no tenían bolsillos y fijándose en el del fraile no pudo ver ninguno. Quizá la llevase colgada del cuello como el escapulario. Se decía que con llave o sin ella debía encontrar la forma de acceder a la celda del monje sin que le vieran.

Andaba Joan meditando sobre cómo resolver aquel acertijo cuando fray Silvestro le abordó.

—¿Os apetece presenciar una hoguera de las vanidades? —Le miraba con expresión plácida a la vez que ilusionada.

—Naturalmente —dijo Joan con toda convicción, aunque por motivos distintos a los del fraile—. He presenciado muchas hogueras, pero ninguna a vuestro estilo.

—Esta será pequeña y tendrá lugar el próximo domingo —le advirtió como disculpándose—. La primera que hicimos, el día 7 de febrero de este año, fue espectacular. Una montaña enorme de todo tipo de objetos vanos, desde espejos hasta cuadros de pintores famosos, pasando por lujosos vestidos y todo tipo de libros, pelucas, muebles, artículos de tocador y maquillajes. Fue espectacular. La Señoría tuvo que disponer de una guardia especial alrededor de la hoguera para que la gente no se apoderase de los objetos. Hasta el propio Botticelli arrojó al fuego muchos de sus cuadros.

—Vuestras palabras parecen indicar que no todo el mundo estaba de acuerdo con la quema.

—Esos que se hacen llamar «indignados» se oponen —repuso el fraile—. Quisieron impedir que quemáramos algunos libros y pinturas, pero los nuestros los derrotaron. Aquella fue una hoguera magnífica y a partir de entonces las celebramos periódicamente. Había tantos objetos valiosos que un mercader veneciano nos ofreció una fortuna por ellos. Dinero suficiente para comprar un ejército. —El fraile se quedó mirando sonriente a Joan.

—Y ¿qué ocurrió? —preguntó este.

—Que tuvo que salir de Florencia a toda prisa para no terminar también él en la hoguera. —El fraile hinchaba el pecho orgulloso, estaba radiante.

—Os hubiera ido bien para financiar vuestra guerra contra Pisa.

—Y ¿mercadear pecado por dinero? —Fray Silvestro le miraba ahora con severidad—. La conquista que importa no es la de Pisa, sino la del reino de los cielos.

Después del rezo de la hora prima, Savonarola dio un brillante sermón a los monjes sobre el pecado, la vanidad y la hoguera. También contra la sodomía, y dijo que no habría piedad con el pecado de la carne contra natura. Él se encargaría de que los sodomitas ardiesen vivos en la hoguera. Joan se estremeció; había odio y violencia en el interior del prior de San Marco. Le parecía que su faz cetrina, con su labio inferior exageradamente grueso, la nariz ganchuda y esas espesas cejas casi unidas, era la de alguien con deseos reprimidos que se manifestaban en un discurso que incitaba a la violencia. Aquel individuo, al que nunca había visto sonreír, era culpable de muchas muertes.

Por fortuna, poco después se vio recompensado cuando, por primera vez desde su llegada a Florencia, pudo salir del convento con fray Silvestro. Aquel hombre, a pesar de compartir el fanatismo de Savonarola, tenía formas de manifestarse muy distintas.

El fraile jorobado de ojos azules le llevó a la plaza de la Señoría para revisar los libros requisados por los llorones y las compañías blancas, y que sin más se destinaban directamente a la hoguera. Joan luchó sin éxito con el fraile para salvar a Platón y Aristóteles de las llamas. Sin embargo, su mayor batalla fue con la *Divina comedia*. Cuando vio aquel ejemplar, el corazón le dio un vuelco. ¡Era uno de los libros impresos en su librería y que enviaba de contrabando a Florencia!

—Dante está condenado de antemano —le dijo el fraile—. No os esforcéis. —Y después añadió crítico y arrugando el ceño—: No sé en qué pensáis los inquisidores en España.

Joan se mordió los labios y sostuvo acariciándolo aquel libro producto de su amor, y el de su familia, por la libertad, y que en unos días ardería en la hoguera. Se dijo, con rabia, que el tiempo de Savonarola y los suyos debía terminar y que, costara lo que costase, él cumpliría con su misión. Él estaba con la luz y aquellos frailes, con la oscuridad. Debía encontrar el maldito *Libro de las profecías*.

61

Una noche, después del rezo de los maitines, no lograba conciliar el sueño y leía en su celda cuando oyó un ruido en el corredor. Se dijo que sería algún fraile de camino al retrete, aunque le pareció que se trataba de una conversación. Era muy raro, y tomó el candil para salir al pasillo. Vio una figura con el hábito blanco dominico que vagaba en la oscuridad y que de pronto se dirigió hacia él. Tenía un aspecto fantasmagórico. Joan sintió un escalofrío y dio un paso atrás. Entonces, aquel ser se puso a murmurar frases incoherentes en latín y toscano. Se acercaba y Joan resistió su primer impulso de encerrarse en su celda. Cuando estuvo más próximo pudo reconocer a la luz de su candil a fray Silvestro. Recordó que Miquel Corella le había comentado algo sobre el sonambulismo del fraile y que aquel era uno de los motivos por los que se le atribuía el poder de interpretar el libro profético. A pesar del reparo que le producía, Joan le cogió del brazo y empezó a hablarle suavemente.

—Fray Silvestro, soy yo, fray Ramón de Barcelona. Venid conmigo, os llevaré a vuestro cuarto.

El sonámbulo no se resistió y se dejó llevar murmurando un torrente de palabras.

—Dios bendiga a los muertos y a fray Michelle, que nos espera en el cielo.

Joan se dijo que aquella era su gran oportunidad de penetrar en el cuarto del fraile. Doblaron una esquina, continuaron por el siguiente corredor, giraron de nuevo a la izquierda y pasada la entrada de la biblioteca, llegaron a la celda de fray Silvestro. Joan solo tuvo que empujar la puerta, que se abrió sin dificultad; la llave estaba puesta en la parte interior de la cerradura. El habitáculo era muy semejante al de Joan, solo que mostraba junto a la ventana una pintura muy elaborada y un estante de libros. La mirada de Joan se fue de inmediato a ellos. Ayudó al fraile a tumbarse en el lecho; su joroba, que notó muy dura, le debía de incomodar y, en lugar de quedar boca arriba, se puso de lado. Tan pronto como comprobó que tenía los ojos cerrados, Joan alargó la mano hacia la estantería.

—¿Qué hacéis aquí, fray Ramón?

Sobresaltado, reconoció la estridente voz de Savonarola y su mano quedó en el aire. Al volverse le vio, llevaba la capucha calada y la vacilante luz del candil proyectaba sombras sobre su angulosa cara. Su aspecto era siniestro.

—He acompañado a fray Silvestro. Estaba vagando sonámbulo por los pasillos.

—Le ocurre con frecuencia. Después regresa solo. La próxima vez, no le molestéis; recibe inspiración cuando está así. Volved a vuestra celda.

—Como vos digáis, padre prior.

Aquel incidente le dio a Joan que pensar por varios motivos. Fray Silvestro vagaba sonámbulo algunas noches y no usaba la llave para entrar y salir de su celda. Por lo tanto, quizá esta permaneciera abierta mientras dormía o incluso durante el día, al ausentarse. Cuando por la mañana le comentó su encuentro nocturno, fray Silvestro dijo que no lo recordaba y que aquella noche había estado hablando en sueños con fray Michelle, un amigo suyo muerto hacía años. Joan sabía que se trataba del autor del *Libro de las profecías*. Pasado un rato prudencial trabajando en la biblioteca, Joan se excusó para ir al aseo, pero al salir, en lugar de girar a la izquierda y tomar las escaleras a la planta baja camino a las letrinas, siguió por la derecha, llegó a la celda de fray Silvestro y empujó la puerta. Como sospechaba, esta se abrió. En un movimiento rápido penetró en el cuarto y ajustó de inmediato el portón de madera. Su corazón batía acelerado. Cuando la noche anterior Savonarola le encontró allí, tenía una buena excusa; ahora no tenía ninguna. Le costaba creer que aquello resultara tan fácil. Fue al estante y revisó los libros que allí se encontraban. Le sorprendió hallar la *Divina comedia* de Dante en toscano y la *República* de Platón, en griego. Pudo identificarlo por sus conocimientos del alfabeto y del nombre del autor en dicha lengua. El resto eran libros de oraciones, entre los que se encontraban algunos de horas, bellamente miniados, que el fraile debía de haber retirado de la biblioteca. Ninguno parecía ser el libro que buscaba. Decepcionado, Joan se puso a remover el contenido de la pequeña celda, que consistía en un jergón, una mesa para escribir, una silla y un crucifijo. Puso especial atención en la posible existencia de trampillas en el piso y paredes que pudieran esconder un hueco. El suelo estaba pavimentado de un gres marrón y todas las piezas parecían perfectamente ajustadas. Su corazón continuaba acelerado y notaba un sudor frío, angustioso.

«Tiene que estar aquí —se repetía atormentado—. Tiene que estar aquí».

El tiempo corría veloz y sentía que estaba fracasando. Revisó las paredes pulgada a pulgada; estaban encaladas y si escondían algún hueco no se podía acceder a él sino perforándolas. No, el libro tenía que encontrarse en un lugar accesible para la interpretación de fray Silvestro antes de los sermones de Savonarola y fray Domenico. Por lo tanto, no podía estar emparedado. ¿Dónde se hallaba, pues? Se dijo que quizá lo guardara Savonarola en su propia celda. Sería extraño, puesto que se suponía que fray Silvestro era el custodio, pero no imposible. Savonarola se reunía con frecuencia con Domenico y Silvestro, en especial después de los rezos de la hora sexta, en la sala capitular, y decidió que aquel sería el momento de revisar la celda del prior. Al salir vio que la llave continuaba en la parte interior de la cerradura, tal como la había visto la noche anterior, y se apoderó de ella.

Las estancias que ocupaba Savonarola estaban al final del corredor que conducía a la propia celda de Joan, así que solo tuvo que esperar a que los demás frailes se hubieran recogido en sus celdas para salir de la suya, recorrer con rapidez unos pasos y empujar la puerta. Tenía cerradura, al igual que la de fray Silvestro, y Joan anduvo hasta allí con el corazón encogido y los ojos fijos en el agujero metálico, rezando para que estuviera abierta, como había encontrado la del fraile jorobado. Empujó la puerta, pero no se abrió. Lo hizo con más fuerza, incluso la golpeó con el hombro por si estuviera atrancada, pero la puerta se mantuvo firme. Joan comprendió que el prior sí usaba la llave. Regresó a su celda y al poco estaba de vuelta con la llave de fray Silvestro, que probó en la puerta del prior. Entraba con facilidad en la cerradura, pero no fue capaz de hacerla girar. Sería una llave similar, pero distinta.

—¿Qué estáis haciendo?

Joan sintió un gran sobresalto, recuperó la llave con disimulo y se volvió escondiéndola en su mano. Sentía su corazón latiendo acelerado. Allí estaba fray Giovanni, el joven que le había acompañado a su llegada al convento cuando tuvo que pasar el escrutinio de Savonarola. Sospechaba que era los ojos y los oídos del prior y que le vigilaba.

—Rezaba mientras caminaba arriba y abajo por el pasillo —improvisó Joan, que no sabía si Giovanni acababa de verle o llevaba más tiempo observándole—. Cerré los ojos para concentrarme mejor y de pronto he golpeado esta puerta. Debo de haberme dormido. El horario de rezos nocturnos me produce sueño durante el día. Por eso muchas veces rezo andando.

—Esa es la celda del prior —le informó el joven adusto.

—Sí, lo sé. ¡Que el Señor le bendiga!

—Aquí, cuando rezamos andando, lo hacemos en el claustro —dijo Giovanni con el mismo tono seco—. Para eso está. Imagino que en Santa Caterina, en Barcelona, tendréis la misma costumbre.

—Así es, pero yo no me limito al claustro. Cualquier lugar es bueno para alabar al Señor.

Fray Giovanni gruñó en un asentimiento desganado; sin duda, sospechaba. Joan reparó en su corpulencia y se dijo que debía de desempeñar la tarea de policía dentro del propio convento. No sabía si le había convencido y comprendió que su estancia en San Marco se hacía cada vez más peligrosa.

Aquella tarde, charlando sobre libros, fray Silvestro le mencionó con toda inocencia que aguardaban unas cartas de España con una lista actualizada de Torquemada sobre los criterios usados por la Inquisición para prohibir libros. Dijo que estaba impaciente por leerlas y que esperaba su llegada de un momento a otro. Joan tragó saliva. Sabía que aquellas cartas contendrían su condena a muerte. El cerco se estaba estrechando, apenas le quedaba tiempo. Era ya viernes, y se dijo que aquel domingo, durante la hoguera de las vanidades, tendría que asumir nuevos riesgos.

62

La pira estaba colocada en la plaza de la Señoría, frente al Palacio Viejo, y a ella fueron llegando en procesión los monjes del convento y las compañías blancas cantando. Los esperaban multitud de fieles. Los frailes dominicos se situaron en tres filas mirando hacia la hoguera, mientras que Savonarola, fray Silvestro y Domenico de Pescia fueron hasta la entrada del palacio. Allí estaba instalado el púlpito y, al poco, fray Domenico subió a él y empezó a predicar al gentío, que le seguía en un silencio absoluto. Clamaba sobre el pecado y las vanidades recordando las profecías del Apocalipsis. Amenazaba con hambre, pestes, el infierno y el fin del mundo. En opinión de Joan, había mucha diferencia entre la fuerza del prior y la de su segundo, pero aun así atemorizaba a los fieles, que se encogían bajo el peso de sus palabras. Cuando terminó, los frailes se pusieron a cantar mientras prendía la hoguera, y aquel fue el momento que Joan, que se había situado en la última hilera de frailes, aprovechó con disimulo para ausentarse a pesar del elevado riesgo de ser descubierto. Necesitaba ver a Niccolò.

El Puente Viejo estaba cerca, y, a paso rápido y con el corazón acelerado, lo cruzó hacia Oltrarno, el barrio situado en la margen izquierda del río. Anduvo según las instrucciones recibidas de Niccolò y al rato se encontró en un callejón solitario, cerca de unos descampados próximos a las murallas del sur de la ciudad. Allí, identificó una casa de planta y un solo piso frente a un vallado. La puerta estaba cerrada, pero el fraile introdujo la mano por el agujero redondo de una gatera y palpó el suelo en busca de una llave. La encontró y, con rapidez, después de comprobar que nadie le había visto, abrió la puerta y se introdujo en la casa. Cruzó una sala sin muebles, iluminada por un ventanuco, y llamó a una segunda puerta que había enfrente. Un hombre corpulento, de gruesas cejas y cabeza rapada le abrió al poco, le miró de arriba abajo, hizo un gesto de disgusto al identificar el hábito y le preguntó, agresivo:

—¿Qué se os ofrece?

—La virtud llueve sobre Florencia —le dijo Joan en tono solemne.

—Llueve hasta inundar —repuso el hombre.

—Cesará cuando la ciudad sea santa.

El hombre le ordenó con una seña que pasara a la siguiente estancia mientras él se aseguraba de atrancar la puerta.

—¡Caterina! —gritó entonces sin ni siquiera hablar con Joan.

Una muchacha apareció tras una de las puertas que daba a la estancia. De inmediato, Joan comprendió que había algo extraño en ella. Se cubría la cabeza con un manto, aunque mostraba un generoso escote, algo imposible de ver en la Florencia de Savonarola.

—Ve y dile al Machio que tiene visita.

Al oír el apodo tabernario de Niccolò, Joan lo comprendió todo. El lugar de encuentro secreto que Niccolò había designado era un burdel clandestino, y las precauciones no eran solo a causa de la conspiración contra Savonarola, sino por lo peligroso de su actividad en la Florencia de aquellos días. Y lo extraño en la muchacha, aparte del escote, era que no se apreciaba volumen bajo el manto que cubría su cabeza; al igual que el hombre, no tenía pelo, se lo debían de haber rapado. Seguramente los llorones habían rasurado el cabello a todos los de aquella casa. Al poco apareció Niccolò, el único con pelo en la cabeza, junto a otra muchacha de aspecto semejante a la anterior, y le saludó con un fuerte abrazo. Después se retiraron a una habitación para charlar.

—No tengo tiempo. He aprovechado la hoguera de las vanidades para escapar y debo regresar lo antes posible. ¿Cómo está Anna? Y ¿mi madre, mi hermana y los niños?

Niccolò le dijo que todos se encontraban bien y que Miquel Corella mantenía a Anna informada de los acontecimientos. Joan puso al corriente a su amigo de lo ocurrido en el convento.

—Necesito un juego de llaves maestras para abrir las celdas del prior y del suprior.

—Como bien sabéis, no se pueden hacer sin las originales.

Joan se llevó la mano al cuello de su hábito, tiró del escapulario y allí, atada, apareció la llave de fray Silvestro.

—La del prior tiene que ser parecida —le dijo a Niccolò—. Encajaba bien en su cerradura y por un momento pensé que la abriría. Tendréis que fabricarlas sobre este modelo.

—Haremos lo que podamos, aunque no serán del todo fiables.

—Lo sé.

Habían discutido en Roma la posibilidad de tener que fabricar llaves y Niccolò estaba preparado para ello. Calentó al fuego del hogar unos moldes de cera para sacar después impresiones de la llave por ambos lados.

—Las tendréis en dos días. ¿Vendréis a recogerlas?

—Es muy peligroso, pero no hay otra opción.

—Podríamos tratar de entregarlas en el convento. Escondidas en algo.

—Revisan lo que entra y lo que sale, me descubrirían. Es como una prisión. Veré qué invento para poder salir.

—Daos prisa —le advirtió Niccolò—. Ya superamos el

mes y las cartas de España llegarán pronto. Si os encuentran en el convento, os costará la vida.

—Viniendo en carabelas o carracas, deberían demorarse dos o tres semanas más.

—Más nos vale.

—Ya sé que debo apurarme —repuso Joan angustiado—. Pero aún no sé dónde está el libro.

—Ánimo, lo encontraréis.

Y se despidieron con un abrazo. Al notar el agradable contacto del cuerpo de su amigo, Niccolò sintió un tenue remordimiento recordando que había tratado de seducir a su esposa.

—Cuidaos —le pidió.

Joan rezaba para que no hubieran notado su ausencia. Cuando llegó a la plaza de la Señoría, el acto estaba en pleno apogeo. Los niños de las compañías blancas y los frailes aún cantaban, acompañados por muchos de los fieles. La hoguera ardía con fuerza, los maderos crepitaban produciendo pequeños estallidos y un humo negro se elevaba sobre la plaza impregnándola de un olor intenso. Gran parte de los asistentes, que rezaban arrodillados, parecían en éxtasis; muchos se acercaban a la hoguera y lanzaban vestidos, cuadros, libros y todo tipo de objetos que pudieran considerarse lujosos o que produjesen placer. Otros, los hombres sin camisa y las mujeres cubiertas por un velo que les tapaba la cara, andaban de rodillas hacia el fuego azotándose la espalda y lanzaban gritos desgarradores suplicando el perdón de sus pecados. Lloraban. De pronto, alguno de los que rezaban arrodillados en aparente calma parecía romperse y temblando se ponía a chillar mientras se mesaba los cabellos o golpeaba el suelo con los puños.

Joan había presenciado alguna escena semejante alrededor de las hogueras de la Inquisición, pero nada comparable con aquella enajenación colectiva. Antes de ocupar su sitio en la última hilera de frailes se acercó hasta un lugar desde donde pudiera ver a fray Silvestro, que se encontraba junto a Savonarola y Domenico al otro lado de la pira, rodeados de una guardia armada, y pudo ver en su rostro una expresión feliz. De rodillas, con la capucha negra de su hábito calada y los ojos cerrados, rezaba con las manos juntas. El prior, de pie, lo observaba todo con sus ojillos oscuros e inquietantes. De perfil, su gran nariz ganchuda parecía aún mayor, y su grueso labio inferior se curvaba en lo que podría ser una leve sonrisa. Aquella era su obra.

Las llamas se elevaban hacia el cielo y la barahúnda de gritos, aspavientos, llantos y cánticos crecía por momentos.

Joan contemplaba aquel espectáculo con una mezcla de horror y sentimiento. Imitó a fray Silvestro y, después de calarse la capucha, se arrodilló a rezar. Por el perdón de sus pecados, por su familia, por el éxito de su misión y por la salvación de su alma. Al poco se sintió como borracho, notaba que aquella pasión colectiva le arrastraba a él también, y con un nudo en la garganta, sin poder evitarlo, al contemplar las llamas, oler el humo y oír los gritos y aullidos, empezó a suplicar a media voz. Por Anna, por su familia, para que pudiera verlas de nuevo.

63

—Os ausentasteis después del sermón —le dijo fray Silvestro al día siguiente.

Joan se sobresaltó. Estaba seguro de que ninguno de los tres líderes dominicos había podido verle; sin embargo, alguien le había estado vigilando y le había delatado. Aun así, creía que no le habían seguido, pues se mantuvo todo el tiempo alerta sin ver a nadie sospechoso. Al llegar al convento, en la primera ocasión que tuvo, devolvió la llave a la habitación de fray Silvestro. Esperaba que el fraile no se hubiera percatado de su desaparición.

—Estoy indispuesto y tuve una necesidad perentoria. Fui hasta el río, no conozco la ciudad, y me perdí.

Fray Silvestro rio. Su risa era franca y divertida y Joan se sintió aliviado.

—Así que ¿vuestro estómago no puede resistir la exquisita cocina del convento? Tendremos que hablar con el hermano cocinero.

—Hace más de un mes que llegué y ayer fue la segunda vez que salí del convento —repuso Joan—. Esta es una orden de predicadores. Deberíamos estar en la calle, con la gente. Otros frailes van a predicar a las iglesias o a los pueblos; incluso lo hacen en cualquier rincón de la ciudad.

—Mirad, fray Ramón, los hermanos Girolamo y Domenico son grandes predicadores. Pero no todos hemos de serlo, con unos cuantos basta. Yo, sin ir más lejos, soy un desastre. En el púlpito empiezo a tartamudear. Y con vuestro acento, no creo que la gente os escuche demasiado. Lo nuestro son los libros.

—Pues salgamos a revisar librerías. —Joan precisaba de una libertad mínima para recoger las llaves que le había encargado a Niccolò.

—Apenas quedan libros escritos en las librerías. Y los que hay son religiosos, la mayoría, libros de horas. Las librerías venden plumas, otro material de escritura y libros en blanco. Con esos no tenemos problemas.

—Aun así deberíamos salir. No es bueno tanto encierro.

—Se lo comentaré al prior —dijo fray Silvestro haciendo un gesto ambiguo.

La respuesta de Savonarola fue que continuaran rezando en el convento según la rutina monástica. Joan sabía que el tiempo corría en su contra y pasados unos días decidió arriesgarse y salir del convento sin permiso. No quedaba otra opción. Lo que no sabía era que en el prostíbulo ilegal, junto a las llaves, le esperaban malas noticias.

—Debéis ejecutar a fray Silvestro Maruffi.

Joan se quedó mirando a Niccolò con un asombro lleno de espanto.

—Un momento. Nunca hablamos de matar a ningún fraile. Yo no soy un sicario.

—Las instrucciones de César Borgia han cambiado. Si les quitamos el libro y el fraile muere, todo el poder profético de Savonarola desaparece. Se hundirá en el desprestigio y caerá como fruta madura. Si no podemos robar el libro, hay que matarle aún con más razón; fray Silvestro es su intérprete.

—Caerán igualmente —repuso Joan—. La presión que

ejerce el papa va minándolos. Y no pienso asesinar a fray Silvestro. Es un buen hombre, lleno de fe, que trata de vivir según las enseñanzas del Salvador, aunque las malinterprete al llevarlas a un extremo ridículo.

—Es un fanático y él y los suyos causan mucho daño a Florencia.

—Es una buena persona y cumple con la ley de Dios mucho mejor que el papa y todos sus cardenales juntos.

—Habéis convivido demasiado tiempo con ellos. —Niccolò dejaba ver su sonrisa irónica—. Esto no tiene que ver con quién es mejor o peor persona. Este es un juego de poder. Esos locos fanáticos controlan Florencia y son un incordio para el papa. Nuestra misión es acabar con ellos y no hay lugar para la misericordia. Existen demasiados ejemplos en la historia de personajes que perdonaron a sus adversarios cuando los tenían a su merced y sucumbieron después a manos de aquellos a quienes perdonaron. En el juego del poder, la piedad es un error que se paga muy caro. Obedeced y matad a fray Silvestro, no hay más opción. Es una orden directa de César Borgia.

—Esto es algo muy serio. No estaba en el trato y no pienso hacerlo.

—Pues debéis. Vuestra propia vida está en juego. Miquel Corella anticipaba que os resistiríais y ha enviado esta nota con la orden de puño y letra de César Borgia —dijo tendiéndole un pergamino.

«Ejecutad al fraile —leyó—. Sabéis cómo hacerlo, ya lo hicisteis antes».

Joan se estremeció. ¿Se refería César a la muerte de su propio hermano? Al pie de esas dos frases estaba la inconfundible firma del portaestandarte papal. Sin duda le consideraba un sicario. Se quedó mirando a su amigo sin poder reaccionar, se sentía abrumado.

—Hacedlo —insistió Niccolò—. De lo contrario, los *ca-*

talani jamás os lo perdonarán. Se trata de vuestra vida y la de vuestra familia.

Con las llaves en su poder, Joan regresó, apresurado, al convento. Comprendía que no tenía opciones y que su tiempo se acababa. Aquella misión, que le había disgustado desde un principio, ahora mostraba su cara más desagradable. Se sentía profundamente contrariado. Al llegar, fray Giovanni le esperaba; se puso en jarras, desafiante desde su altura.

—Habéis abandonado el convento sin permiso —le espetó frente al fraile portero y los soldados de guardia—. ¿Adónde fuisteis?

—A pasear por la ciudad —repuso Joan—. Estoy harto de este encierro y he decidido que un poco de aire fresco le haría tanto bien a mi cuerpo como a mi alma. Esto se parece más a una cárcel que a un monasterio.

—De aquí no se sale sin permiso de los padres superiores.

—Si he pecado sin saberlo, habré de responder ante ellos, no ante vos. —Y dando unos pasos hacia el hombretón, le hizo un gesto para que le franquease la entrada.

El fraile le puso la mano en el pecho para detenerle. Joan, que regresaba apenado y lleno de rabia después de la terrible orden recibida, estuvo a punto de retorcerle el brazo a pesar de la mayor corpulencia del joven. Sin embargo, se contuvo; debía mostrar humildad, estaba a punto de echarlo todo a perder.

—¿Qué ocurre, hermano? —le preguntó esforzándose en parecer sumiso.

—Que voy a registraros. Quitaos el hábito.

Joan comprendió que si le encontraban las llaves, estaba perdido.

—¿No sería mejor hacerlo en privado? Aquí hay mucha gente.

—Todos somos hombres, hacedlo.

Joan obedeció y quedó desnudo solo con su cilicio.

—Quitaos el cilicio.

Así lo hizo, y lo sostuvo en la mano. Fray Giovanni observó su cuerpo desnudo.

—Os podéis vestir. Pasad y que Dios os bendiga, fray Ramón.

Joan obedeció aliviado y se apresuró a subir a su celda. Allí, se quitó el cilicio y, apoyando su cuerpo contra la puerta para evitar una visita inesperada, fue descosiendo los puntos que sujetaban las llaves en el interior de la piel de cabra. Había sido precavido al pedir que las escondieran de aquella forma y afortunado de que fray Giovanni no lo hubiese revisado.

El tiempo se agotaba y al día siguiente, a la hora en que se reunían los padres superiores en la sala capitular, Joan lo intentó de nuevo. Primero quiso localizar a fray Giovanni en el claustro o en la iglesia, para evitar que le sorprendiera. No le vio, pero decidió que igualmente trataría de entrar en la celda del prior, a pesar del riesgo de ser descubierto. Subió a su celda, cogió las tres llaves maestras y después de comprobar que nadie deambulara por los pasillos, se fue al fondo del suyo, a la puerta de Savonarola. Probó la primera llave girándola dentro de la cerradura e intentando que moviera el engranaje sin lograrlo. Sudaba y podía oír los latidos de su corazón. Si le sorprendían en aquel momento, con las llaves, estaba perdido. Continuó con la segunda sin obtener resultado, y fue cuando introdujo la tercera que oyó un chasquido y la puerta se abrió. Joan contuvo la respiración un instante y entró para cerrar la puerta de inmediato. Se encontraba en un recinto en forma de L que daba acceso a una celda de tamaño normal, donde el prior tenía su catre. Era la única estancia que disfrutaba de ventanas a la calle y también al claustro. No mostraba las hermosas pinturas murales que adornaban el resto de las celdas, aunque un enorme crucifijo policromado presidía la pieza. De unos ganchos en la pared colgaba todo un muestrario de cilicios de distintos tamaños y formas. Aparte de los de piel de cabra, como el que Joan llevaba en la cintura, los había de redecillas metálicas con púas. Con curiosidad no exenta de cierto morbo y horror, el librero trató de adivinar en qué lugares de su cuerpo usaba el prior aquellos instrumentos de tortura. Además de para la cintura, los había para brazos y piernas, otros que por su tamaño debían de acoplarse en la espalda y finalmente unos que Joan, consternado, se dijo que solo podían ser para los genitales.

—¡Qué locura! —murmuró.

No podía perder más tiempo y se apartó de aquella inquietante pared para registrar la celda. Su austero mobiliario lo formaban un catre, una mesa escritorio y anaqueles con libros. De inmediato empezó a revisarlos, con el mismo resultado que el obtenido en la cámara de fray Silvestro. Sentía su corazón en un puño. Si le descubrían en la celda del prior, no tendría excusa, pero debía encontrar el libro, no le quedaba otra opción. Palpó las paredes, el suelo, revolvió el jergón. No estaba allí. Abrumado, regresó a su celda después de cerrar la puerta con llave. Allí se puso a rezar. No encontraba el maldito libro y tenía que matar a fray Silvestro. Mientras oraba se decía que no podía desistir y que cada día que pasaba aumentaba el riesgo de ser descubierto. Las cartas de España podían llegar en cualquier momento y San Marco se convertiría en una trampa mortal para él.

Cuando fray Silvestro le preguntó por su salida del convento el día anterior, él le dio la misma respuesta que a fray Giovanni.

—No debéis ser tan impulsivo, fray Ramón —le reprochó paternalmente el fraile jorobado—. Recordad vuestro voto de obediencia. Rezad, haced penitencia.

—Así lo haré, padre —repuso Joan cariacontecido.

Le costaba hablar con fray Silvestro. Este le miraba inocente, creía su mentira, le sonreía, y Joan sabía que tenía que matarle. Se le revolvía el estómago.

Decidió revisar también la celda de fray Domenico. Sabía cuánto se arriesgaba, pero lo hizo la tarde del día siguiente. Una de las llaves maestras funcionó, pero el libro tampoco estaba allí.

Regresó a los rezos y las disciplinas. Se encontraba en un punto muerto. ¿Existía aquel libro o era solo un desvarío? Por más que le daba vueltas al asunto, no hallaba la solución.

No fue hasta un par de días después cuando, rezando los maitines en la iglesia, le vino a la memoria aquella pared en la que el prior colgaba su colección de cilicios. La recordaba con horror, pero en aquel momento, como en un destello, una idea iluminó su mente. ¡En aquella pared, y en uno de aquellos cilicios, podía hallarse la clave del enigma!

64

Por la mañana, aparentemente despistado, Joan tropezó en la biblioteca con fray Silvestro, y sus sospechas se confirmaron. Sin embargo, esperó a que, terminados los rezos de la hora sexta, los frailes se recogieran en sus celdas y que fray Silvestro regresara de su reunión en la sala capitular. Entonces, con la capucha calada y los brazos cruzados con las manos dentro de las mangas del hábito, anduvo por los corredores como si estuviera rezando, aunque su corazón latía alocado. Sabía que fray Lorenzo, el bibliotecario, tenía costumbre de volver a su trabajo antes de que los demás terminaran la siesta y sus oraciones. Esperó a que se dirigiese a la biblioteca y cuando le vio entrar murmuró «ahora o nunca», fue hacia la celda de fray Silvestro, empujó la puerta con suavidad y entró. El monje, que se encontraba rezando de rodillas frente a la pintura de la pared, no se percató de nada. Después de asegurarse de cerrar bien la puerta, Joan le llamó quedo:

—Fray Silvestro.

El fraile se incorporó extrañado y, al verle, mostró su tímida sonrisa.

—Fray Ramón. ¡Qué sorpresa! —dijo—. ¿En qué puedo ayudaros?

Joan vio cómo los azules ojos del fraile se abrían asombrados instantes antes de que le estrellara el puño en la boca. El hombre lanzó un quejido sordo mientras su cuerpo chocaba contra la pared del fondo y Joan se abalanzaba sobre él. De inmediato le hizo abrir la boca ensangrentada y le introdujo unos trapos para evitar que gritase. Aquello le repugnaba, pero debía hacerlo por su familia y por su propia vida.

Después le tumbó en el suelo boca abajo, le enlazó el cuello con una soga y empezó a apretarla haciendo torniquete al estilo de don Michelotto. El cuerpo del fraile estaba inerte, no se resistía, y a Joan le vinieron los recuerdos de cuando el verdugo en Barcelona, frente a la hoguera, aplicó el garrote a sus padres adoptivos, los Corró, para darles una muerte misericordiosa antes de que sus cuerpos quemaran en la hoguera.

Se estremeció, estaba sudando de angustia, y detuvo el torniquete. Sabía que si le dejaba con vida seguramente daría la alarma antes de que pudiese cambiarse las ropas y disfrazarse para salir de la ciudad. Los soldados cerrarían las puertas, quedaría atrapado y le capturarían. No solo fracasaría en su misión y desobedecería órdenes, sino que lo pagaría con su propia vida. Debía matarle.

Recordó entonces las palabras del almirante Vilamarí al despedirse. «Siempre has pretendido ser superior moralmente, Joan Serra de Llafranc. Pero te engañas. Tú eres de los nuestros y si no muerdes, es porque no tienes hambre. Mataste cuando llegó la ocasión y robaste cuando lo necesitabas. Y lo harás de nuevo cuando tengas que hacerlo».

Volvió a apretar el torniquete, pero sus manos apenas tenían fuerzas, no le obedecían. «No, no lo haré», se dijo. Ni quería ni podía. Al diablo con don Michelotto, con César Borgia y con el mismísimo Vilamarí. Aquello no era lo acordado, él no era un asesino. Un hombre libre, eso quería ser a pesar de todo. Puso al fraile boca arriba, estaba inconsciente y con la horrible marca de la cuerda alrededor del cuello.

—Gracias a Dios —murmuró Joan—. Aún respira.

Apretó más los trapos que le salían de la boca y los aseguró con un pañuelo anudado a su nuca. Después le giró de nuevo y procedió a subirle el hábito en busca de su joroba. Su cuerpo blancuzco y desnudo mostraba una gran delgadez, y Joan se dijo que por eso le era tan fácil moverlo. Llevaba un cilicio en forma de mochila que lo cubría de los hombros a la cintura; al quitárselo descubrió una bolsa. En su interior había un libro.

—¡Es el libro! —susurró emocionado—. ¡Tiene que ser el libro! ¡Ha estado todo el tiempo frente a mis ojos, en la falsa joroba de fray Silvestro!

El recuerdo del cilicio que colgaba de la pared en la celda de Savonarola y que solo podía usarse en la espalda le había dado la clave. En el rezo de maitines de aquella noche lo relacionó con su encuentro nocturno con fray Silvestro, sonámbulo; cuando le acostó notó bajo su hábito la dureza de la joroba. Quizá lo que el monje tenía en la espalda no era ni un cilicio ni una joroba, sino el *Libro de las profecías*. Quiso confirmar su sospecha chocando por la mañana con el fraile en la biblioteca, y palpó disimuladamente su joroba. Notó algo extraño y se dijo que podía estar en lo cierto y que el fraile protegía el libro con su falsa joroba al tiempo que se mortificaba con él. ¡Y había acertado!

La encuadernación del libro era de un cuero bastante humilde, y contenía un buen número de páginas garabateadas en latín. El temor venció a la curiosidad de Joan y no leyó nada. De inmediato le bajó el hábito al fraile y le ató manos y pies. Después unió ambas ligaduras de forma que no pudiera gatear y por fin pasó la cuerda por la reja del ventanuco de la celda para impedirle salir de esta. Contemplando satisfecho su trabajo, agradeció conocer los nudos de cuando navegaba en la galera.

No había tiempo que perder. Envolvió el libro con la capa del monje y lo ató con el cordón que este usaba como cinto. Después, rezando para no encontrarse a nadie en el pasillo, abrió la puerta con cuidado, sacó la cabeza y lo vio desierto. Anduvo pausado cruzando los brazos sobre el pecho al tiempo que sostenía el bulto. Giró a su derecha hacia el corredor este, que tenía celdas a ambos lados del pasillo; las de la izquierda, destinadas a los frailes veteranos, eran las únicas cuyas ventanas daban a la calle. Empujó la puerta del cuarto del fraile bibliotecario, que sabía se encontraba trabajando, y la cerró tras de sí. Se asomó a la ventana. Abajo paseaba un hombre con gorro negro y un pañuelo rojo en las manos. Era Francesco, el proxeneta amigo de Niccolò, que, según habían acordado, hacía guardia a aquella hora desde el último encuentro de ambos en el burdel clandestino. Joan silbó discretamente y cuando el hombre miró hacia arriba le lanzó el paquete a través de las rejas, de forma que este lo cazó al vuelo.

Nada le quedaba que hacer en el convento, y con el mismo andar tranquilo se fue hacia la puerta de salida, donde le dio un vuelco el corazón al ver que al fraile portero le acompañaba fray Giovanni, el corpulento joven que hacía las veces de policía. Por un instante se sintió tentado de dar la vuelta, pero ya era demasiado tarde.

—¿Adónde vais, hermano Ramón? —quiso saber el portero.

—¿No estaréis saliendo sin permiso como hace unos días? —añadió fray Giovanni frunciendo el ceño, receloso.

—Llevo un recado de fray Silvestro. —Joan vio que la guardia armada le miraba esperando una orden de los frailes para intervenir.

—Y ¿qué motiva esta salida? —insistió el fraile más joven—. ¿Vais a tomar el aire como la última vez?

—Os digo que me envía fray Silvestro a un recado.

Joan, con el corazón encogido, calculaba las posibilidades de derribar al fornido fraile para abrirse paso y salir corriendo. Se dijo que si le superaba, se encontraría después con los dos soldados, y con ellos ya no podría.

—Preguntaré al padre si realmente contáis con su permiso —dijo el joven.

—Hacedlo —repuso Joan tratando de aparentar tranquilidad—. Aunque es hora de rezo y meditación y cuando se retiró me dijo que sentía que iba a tener una visión. Os advierto que si le interrumpís, el prior se enojará.

El joven miró al portero vacilante. No quería incurrir en la ira de Savonarola.

—Y ¿de qué se trata ese recado, fray Ramón? —preguntó el portero.

—Voy a recoger a la librería de detrás del Duomo un libro que nos llegó de Roma.

—¿Un libro? —se extrañó fray Giovanni—. Y ¿por qué no lo enviaron al convento?

—Porque tiene que ver con sus visiones, y de haberlo pedido directamente se habrían enterado los espías del papa o nuestros enemigos, los franciscanos.

Giovanni volvió a mirar al fraile portero dudando.

—Bien, salid —dijo este—. Tiempo tendremos para comprobarlo. Id con la paz de Dios.

—Quedaos vos con ella.

Joan anduvo pausado, tratando de frenar sus deseos de salir corriendo. Sin embargo, no pudo evitar alargar su paso al llegar a la plaza de la Señoría, y cuando cruzó el Puente Viejo hacia Oltrarno se imaginaba a fray Silvestro denunciándole ya en aquel momento. Llegó al portón de la gatera y buscó la llave. Le temblaban las manos.

—¿Dónde está el libro? —le preguntó a Niccolò cuando se encontraron.

—Guardado.

—Lo quiero ver.

—No hay tiempo que perder, debéis abandonar la ciudad lo antes posible.

—Antes quiero ver el libro.

Cuando lo tuvo, le dijo:

—Me lo llevo.

—Estará más seguro si lo guardamos aquí. No os preocupéis, lo haremos llegar a manos de don Michelotto.

—Ni pensarlo, amigo Niccolò. —Joan sonreía. Sabía que a pesar de estar unidos en su lucha contra Savonarola, los intereses de los florentinos opuestos a este y los del Vaticano no coincidían—. Tengo instrucciones de Miquel Corella de llevarlo personalmente.

El florentino le devolvió la sonrisa como un chiquillo pillado en una travesura menor. Niccolò dei Machiavelli consideró por unos instantes arrebatarle el libro a su amigo y quedárselo por la fuerza, pero desistió. Aún necesitaba la protección del papa.

—Si insistís…

—Claro que insisto, y quiero que sepáis que le perdoné la vida a fray Silvestro y, aunque lo até bien, de un momento a otro pueden encontrarlo o liberarse por sus propios medios.

—*Santa Madonna!* —exclamó Niccolò—. ¡Qué locura! ¡No hay tiempo que perder!

Al poco, Joan, Niccolò y el proxeneta, disfrazados de comerciantes y a caballo, aguardaban para cruzar la puerta de San Frediano, que conducía al camino de Pisa. La espera era tensa, pero su angustia creció cuando llegaron al trote unos mensajeros dando voces. La mirada de Joan se cruzó con la de Niccolò. ¡Después de todo lo sufrido iban a atraparlos en una miserable cola a las puertas de la ciudad!

—¡Espoleemos los caballos y salgamos a la fuerza! —le murmuró Joan a su amigo.

—Ni lo intentéis —contestó Niccolò—. El cuerpo de guardia es muy numeroso y tienen cadenas, cuerdas y otros artilugios para detener a los caballos. Además, nos separa de la salida un muro de gente.

—Pues estamos perdidos.

—Aún no —repuso el florentino. Se incorporó sobre los estribos de su caballo y, agitando la mano, llamó la atención del oficial que se encontraba delante, justo en la puerta—. ¡Mario! —gritó.

El oficial los vio y señaló a Niccolò.

—¡Que pasen esos, tienen salvoconducto de la Señoría! —ordenó a sus soldados.

Mientras, el revuelo que causaban los mensajeros abriéndose paso entre la multitud que esperaba del lado de la ciudad iba en aumento.

—¡Cerrad las puertas! —se oía gritar—. ¡Que no salga nadie!

Pero los soldados ya habían formado un pequeño pasillo por donde Niccolò, Joan y Francesco avanzaron hasta la entrada.

—¡Mostradme el salvoconducto! —gritó Mario para que todos le oyeran.

Niccolò le tendió un documento y el oficial lo revisó.

—¡Cerrad las puertas! —gritaban los mensajeros a sus espaldas.

—Es correcto —dijo Mario—. Pasad.

Se apresuraron a salir de la ciudad y de inmediato el oficial gritó:

—¡Cerrad las puertas! —Y estas se cerraron tras los fugitivos.

Al alejarse pusieron sus caballos al trote y Joan suspiró aliviado. Sentía en su cintura la espada y la daga, vestía como un seglar y su amplio gorro ocultaba la tonsura.

—Y ¿ese salvoconducto? —le preguntó a Niccolò cuando este se puso a su lado en el camino.

—Una buena falsificación. Y Mario, el oficial, es de los nuestros.

Poco después, ya lejos de cualquier posible mirada desde las almenas de las murallas de Florencia, pusieron sus monturas al galope. El cielo estaba cubierto y pasadas cuatro horas desde su salida de la ciudad, llegaron a una granja amiga, apartada del camino, donde les dieron posada. Oscurecía.

—Si han salido en nuestra persecución, dudo que lleguen tan lejos esta noche —dijo Niccolò—. Partiremos antes del amanecer, tan pronto como la luz lo permita.

Al día siguiente precisaron de tres horas más de trote y galope para encontrarse con el último de los puestos de guardia florentinos. Niccolò les mostró unos documentos y los soldados les franquearon el paso. El siguiente puesto de guardia era pisano. Niccolò le entregó a Joan la documentación que le permitía paso franco en territorio de Pisa. Él permanecería en Florencia con Francesco y con muchos otros de los llamados «indignados» para propiciar la caída de Savonarola. Joan no sabía si volvería a verle.

—Buena suerte —le dijo—. Que Dios os proteja y que logréis la libertad para Florencia.

—Gracias por vuestra amistad, Joan. —El semblante del florentino era ahora serio—. Me honro en ella. Y os deseo que alcancéis la felicidad. Es mejor ser feliz que libre.

—¿Es que se puede ser feliz sin ser libre?

—Seguramente —repuso Niccolò sonriendo—. Siempre habláis de libertad. Pero recordad, amigo: la libertad es una utopía.

Tras darse un fuerte abrazo, Niccolò partió al trote con su camarada. Joan se quedó contemplándole, pensativo, mientras se alejaba.

—Y ¿no lo es también la felicidad? —murmuró.

65

—Te espero mañana a mediodía en el Vaticano —le dijo don Michelotto a Joan cuando este le entregó el *Libro de las profecías*, después de relatarle lo ocurrido en Florencia—. César Borgia tendrá algo que decirte.

A Joan no le gustó la expresión ceñuda de su amigo, le conocía. Estaba enojado.

—Espero que César, al contrario que vos, sepa agradecer mi esfuerzo y los peligros a los que me he expuesto —repuso Joan—. Y que celebre el éxito de la misión.

—No se puede hablar de éxito cuando se desobedece una orden.

—¿Con respecto a fray Silvestro Maruffi?

—Sí.

Joan meneó la cabeza disgustado; había esperado otro recibimiento.

El regreso, en una de las galeras de Vilamarí, había transcurrido sin incidentes, y el antiguo fraile, que cada día comprobaba complacido cómo su pelo crecía en la calva de la tonsura, tuvo cumplida ocasión de revisar el libro.

Era muy parecido, aunque un poco mayor, al libro en el que Joan anotaba sus pensamientos, y se dijo que el fraile profeta fallecido y él coincidían en el mismo hábito. Contenía un buen número de páginas de papel repletas de anotaciones en latín con una caligrafía poco cuidada. Pudo entender la mayoría de su contenido, una retahíla de oraciones y súplicas acompañadas por una relación de desgracias que anunciaban el próximo advenimiento del Apocalipsis. Los textos era inconexos y Joan supuso que eran fruto de largos ayunos, noches en vela rezando, cilicios y azotes. Al igual que Niccolò, que había querido revisar el libro antes de entregarlo al Vaticano, Joan se dispuso a tomar buena nota de cualquier indicación que le permitiera anticipar el futuro. Sin embargo, fuera de una visión pesimista y terrorífica de este, nada pudo sacar en claro. Se dijo que hacía falta un fraile tan extraviado como Silvestro Maruffi para interpretar aquello y que posiblemente gran parte de las profecías fueran de su propia cosecha. No andaba desencaminado César Borgia cuando le ordenó asesinarle.

Al llegar a Roma encontró a su esposa al frente de la librería, tan radiante como la había soñado todo aquel tiempo interminable.

—¡Joan! —exclamó ella lanzándose a sus brazos.

Él la acogió feliz mientras notaba que ella empezaba a llorar con un hipo suave que le impedía hablar. La apartó ligeramente para besar sus ojos húmedos y sus labios, y después la estrechó con suavidad contra su cuerpo. No les importaba que tanto clientes como empleados fueran testigos de su intimidad. Lo hacían con sonrisas condescendientes.

—¡He rezado tanto por vos! —le susurró ella al oído cuando se recuperó.

Joan no pudo evitar reír al recordar sus oraciones, ayunos, cilicios y otras disciplinas.

—Os aseguro que más he tenido que rezar yo —dijo alegre—. Ya os contaré.

El encuentro con su madre, su hermana María y sus sobrinos fue igual de emotivo, y para Joan, ver de nuevo a Ramón representó un momento especial.

—Papá —dijo abriendo los brazos sonriente, y Joan le estrechó emocionado.

Joan tenía que reconocer que, bajo la protección de los Borgia, la librería había evolucionado de forma muy satisfactoria durante su ausencia. Continuaba siendo, fuera del Vaticano, el centro de reunión preferido de los *catalani* y de los que aspiraban a su cercanía o a cerrar tratos con ellos. Y en ella reinaba Anna, digna y algo distante, aunque amable y sonriente, ante las galanterías de los caballeros, al tiempo que cálida y cercana con el círculo de damas que acudían al establecimiento capitaneadas por sus buenas amigas Lucrecia Borgia y Sancha de Nápoles y Aragón.

Encontró a Pedro Juglar en la imprenta, con las manos llenas de tinta, y a pesar de ello le dio un abrazo al que el aragonés respondió evitando que sus manos mancharan a su futuro cuñado. Anna le había informado a Joan sobre el excelente progreso del aragonés en su aprendizaje. También del trabajo que le costaba a María verle a distancia durante el día y mantener un cortejo recatado en presencia de la madre antes de que ambos se acostaran, ella, en el primer piso, junto a sus hijos, y él, en el taller con los aprendices. Estaba ansiosa de convertirse en la esposa del antiguo sargento.

—¡Me alegro tanto por María! —repetía Anna ilusionada—. ¡La he visto tan feliz desde que Pedro está con nosotros!

Aquel mediodía, después de la comida, María envió a sus hijos a jugar al patio, donde imitaban a los encuadernadores e impresores, y le comunicó a Joan, frente a Anna y su madre:

—Pedro y yo no podemos aguantar esta espera. Queremos adelantar la boda al próximo domingo.

Joan miró a su madre y a su esposa. Afirmaban con la cabeza y su sonrisa insinuaba confidencias que no estaban dispuestas a desvelar. Joan sonrió también y abrió sus manos en gesto de interrogación.

—Me alegro mucho —dijo—. ¿Nos estáis invitando?

César Borgia le recibió de nuevo en la sala de las Sibilas. En aquellos meses, el hijo del papa se había consolidado con fuerza en su papel de portaestandarte papal y era mucho más respetado y temido que su fallecido hermano Juan. No solo era valeroso, sino reflexivo, y jamás desistía cuando pretendía algo. A su lado se encontraba, fiel como un perro de presa, don Michelotto. César no se anduvo por las ramas y tan pronto como se encontraron inquirió:

—¿Por qué no matasteis a fray Silvestro Maruffi cuando tuvisteis ocasión?

Sus ojos oscuros y profundos le miraban con intensidad y su bien cuidada barba le daba un aspecto algo siniestro.

—No pude.

—Desobedeciste nuestras órdenes.

—No, no lo hice —repuso Joan con calma—. Traté de matarle, le puse una soga alrededor del cuello al estilo de don Michelotto, pero no encontré las fuerzas. El fraile es un buen hombre y llevaba conviviendo con él más de un mes; le apreciaba. Además, esa no era la misión a la que me comprometí al salir de Roma. Debía robar el *Libro de las profecías* y lo hice. Sin el libro, fray Silvestro no es nada, deja de ser peligroso.

—Creía que erais uno de los nuestros —insistió el hijo del papa.

—Y lo soy. Solo que no soy capaz ni estoy dispuesto a hacer ciertas cosas. No tengo las habilidades de Miquel Corella.

César Borgia le contempló un tiempo pensativo. Joan se preguntaba si sabía que era él quien había asesinado a su hermano. ¿Se lo habría dicho Miquel?

—Los nuestros no desobedecen órdenes —dijo al rato, su

mirada era amenazante—. Entre otras cosas, porque saben lo que les espera a los rebeldes.

—Yo no soy un soldado vuestro, señoría —repuso Joan indignado; la actitud de César le parecía muy ingrata—. No cobro vuestra soldada, a mí no me podéis ordenar matar a nadie. Yo soy un simple librero que se gana la vida honradamente y que quiere vivir en paz junto a su familia. Nunca pedí verme separado de los míos para jugarme la vida disfrazado de fraile y robar un libro. No soy un rebelde, todo lo contrario, me sometí a vuestro capricho, solo que no pude matar al fraile. No soy un asesino.

—Discrepo en eso y en lo demás. —El Borgia mantenía su mirada dura—. Vos, vuestra familia y vuestro negocio sobrevivís en Roma gracias a nuestra protección. Un extranjero como vos, un *catalano*, no duraría ni un par de días, por muy fortificado que tengáis vuestro tenducho. Sacáis pingües beneficios de él, así que no podéis decir que no recibís mi soldada. Estáis a mi servicio, a mis órdenes, Joan Serra de Llafranc.

Joan se irguió sosteniéndole la mirada al hijo del papa y se dijo que era peor aún que su hermano. Deseaba gritarle que él era un hombre libre, pero se mordió los labios, conteniéndose. Quizá no lo fuera, quizá la libertad era una utopía, una quimera, como le había dicho Niccolò.

—Más os vale que cumpláis en la próxima ocasión —le advirtió el hijo del papa.

«¿Próxima ocasión? —se preguntó Joan alarmado—, ¿es que habrá una próxima ocasión?».

—Debéis saber que hay cosas que no puedo hacer y no haré —repuso firme—. Pero que os soy fiel.

—Eso lo veremos en su momento —concluyó César Borgia—. Podéis retiraros.

Joan hizo una pequeña reverencia y se dirigió hacia la puerta decepcionado. Le quedaba un amargo sabor de boca.

A la salida, Miquel Corella, sonriente, le dio un coscorrón.

—¡Anda, que has salido bien librado!

—¿Bien librado? —dijo Joan serio—. ¡Me ha amenazado! ¡Qué mal pago para tan gran servicio!

—Has salido bien librado —insistió don Michelotto—. Y suficiente pago tienes con tu librería.

Joan se alegró de tomar en sus manos su viejo libro de aprendiz, que acarició con cariño. Había mucho que anotar en él. Tenía el privilegio de conocer en persona a los dos personajes más antagónicos y carismáticos de su tiempo en cuanto a la religión: Alejandro VI y Savonarola. Con un resultado asombroso; le costaba decidir cuál era peor. Con respecto a Savonarola escribió: «El exceso de virtud es también un vicio. Dios nos libre de los fanáticos que matan en Su nombre». Y pensando en Alejandro VI anotó: «Busca una Iglesia poderosa a salvo de las presiones mundanas de príncipes y reyes. Y peca tratando de obtener el poder necesario para lograrlo. Eso tampoco puede complacer a Dios».

Estuvo un tiempo pensando sobre uno y otro, sus formas y estilos contrapuestos. Concluyó que quizá el más censurable fuese Alejandro VI y, sin embargo, le gustaba ya no como pontífice, sino como persona. No podía evitar ser un hombre cuyos deseos de poder y concupiscencia le superaban en muchas ocasiones. Se arrepentía, hacía penitencia y volvía a pecar. «Es humano. Y mucho más divertido», anotó Joan algo avergonzado por lo pueril de su razonamiento.

66

A pesar de la inquietud que a Joan le causó su entrevista con César Borgia, aquel fue un invierno feliz. La boda de María se celebró con la asistencia de todos los empleados de la librería y muchos compañeros de armas de Pedro, incluido don Michelotto, en un ambiente de gran alegría en el que el novio fue requerido para tocar su guitarra y cantar. A partir de aquella noche, Pedro Juglar dejó de dormir en el taller de los aprendices para hacerlo con su esposa en el primer piso de la segunda casa.

La siguiente gran celebración tuvo lugar a finales de febrero, cuando Anna anunció que estaba embarazada de dos faltas. Joan no cabía en sí de alegría y su esposa puso toda su ilusión en aquel ser que crecía en su seno. Sabía que no había mejor regalo para su esposo. A esto le siguió el mismo anuncio el mes siguiente por parte de María. La familia Serra prosperaba y crecía y Joan no dejaba de agradecerlo en sus oraciones.

El 20 de marzo de 1498 apareció en Roma el gobernador de la isla de Ischia, Innico d'Avalos, marqués del Vasto. La paz firmada entre Francia y España el año anterior le permitía viajar, dejando el gobierno en manos de su hermana Constanza, con la tranquilidad de saber que su isla no sería atacada. Ischia era un enclave estratégico del reino de Nápoles y su gobernador, una figura relevante, por lo que se alojó en el palacio del embajador napolitano. Su primera actividad en Roma fue visitar al papa y a su hijo, aliados de su señor, el rey de Nápoles.

Innico aceptó la invitación del matrimonio Serra y durante la comida en el primer piso de la librería les preguntó si aún seguían comprometidos con las tres libertades representadas en su medallón. Le respondieron afirmativamente y le contaron su lucha, que el marqués ya conocía, tanto por ayudar a los indignados que quedaban en Florencia a salvar todos los libros florentinos posibles como por imprimir libros que compensaran los quemados en las hogueras de Savonarola. El marqués se mostró complacido por ello y satisfecho por el éxito de la misión de Joan en Florencia. El librero se sorprendió al comprobar que el napolitano conocía detalles que él no le había contado. ¿Quiénes le estarían informando? Con toda seguridad, alguien que ocupaba posiciones claves del Vaticano.

—El tiempo de Savonarola está a punto de terminar —dijo el marqués repitiendo lo afirmado tiempo antes en su carta.

—Sí, pero ¿cuándo? —quiso saber Joan—. Eso ya nos lo dijisteis hace tiempo.

Innico d'Avalos sonrió.

—Cuestión de días. ¡Se han perdido tantos libros maravillosos, tantos extraordinarios conocimientos de la humanidad en barbaries como la de Savonarola!

El marqués se acarició la barba canosa, casi blanca, mientras los miraba con sus grandes ojos oscuros. Su extraño medallón de oro, que mostraba un triángulo isósceles dentro de un círculo, brillaba a través de la abertura de su camisa.

—Imaginaos los incendios de la biblioteca de Alejandría —continuó—. O los de las bibliotecas de Constantinopla cuando la tomaron los turcos, o tantos otros ejemplos de cómo unos instantes de salvajismo pueden acabar con miles de horas de estudio y saber. La de Savonarola es una barbarie comparable a esas, y he decidido quedarme en Roma a esperar su caída. Cuando eso ocurra iré a Florencia a presenciarlo, y me gustaría que vos, Joan, me acompañarais.

Los Serra se miraron sorprendidos.

—Sería un honor, marqués —repuso Joan cauto—. Sin embargo, me gustaría saber si ese viaje, aparte de contemplar el fin de esos frailes, tiene algún otro propósito.

El gobernador de Ischia sonrió.

—Sí que lo tiene —dijo—. Florencia ha sido la cuna más brillante de la cultura en Italia y esos fanáticos la han destrozado. Quiero contribuir al retorno de ese espléndido pasado y que vos me ayudéis a abrir una librería libre igual que la vuestra. ¿Qué tal ese Giorgio di Stefano que trabaja con vos y al que me habéis mencionado en vuestras cartas? Según me decíais, es florentino…

—Es el hombre adecuado —repuso Joan, al que la idea le entusiasmaba—. No le tendréis que aleccionar sobre las tres libertades. Es un firme opositor a Savonarola y cree en ellas.

—Bien —aprobó el marqués satisfecho—. Me gustaría hablar con Giorgio di Stefano y si es nuestro hombre, prestarle dinero y avalarle como hice con vos cuando supe del proyecto de vuestra librería. Os pido a vos que hagáis lo mismo.

Joan miró a Anna invitándola a hablar.

—Apreciamos mucho a Giorgio y le ayudaremos, marqués —dijo ella—. Sin embargo, nos gustaría saber cómo podéis estar tan seguro del inminente fin de Savonarola.

—La mayoría de los seguidores de Savonarola lo son porque le creen un profeta del Apocalipsis —repuso el marqués con un gesto amable—. El robo del libro por parte de vuestro marido ha sido un tremendo golpe para los frailes; creen haber perdido el poder de la profecía. Y conforme Savonarola pierde poder, las presiones del papa sobre el gobierno de Florencia son más efectivas. Estoy a la espera de los compases finales de la tragedia.

—¿Sabes lo último ocurrido en Florencia? —le preguntó Miquel Corella a Joan con una sonrisa de triunfo unos días después. Le había ido a ver a la librería para darle la noticia.

—No. ¿Qué?

—Savonarola desafía otra vez al papa y predica de nuevo a pesar de la prohibición de este. Además, interceptamos a un mensajero con una carta en la que convocaba un concilio universal para derrocar a Alejandro VI.

—Desconocía eso último.

—Pues así es —repuso el valenciano—. De todas formas, Savonarola no es ya lo que era y los florentinos desconfían de su poder profético. Pero como aún no está acabado, hemos tenido que actuar rápido.

—¿Actuasteis? —Joan comprendía ahora que él había sido solo una pequeña pieza del mecanismo que acabaría con Savonarola.

—Los franciscanos del convento de la Santa Croce son enemigos declarados de los dominicos de San Marco. Les indigna que los de Savonarola se atribuyan una relación especial con Dios y que la gente de Florencia lo crea. Pues bien, el prior franciscano, Francesco da Puglia, ha proclamado con insistencia que la inspiración divina que se atribuye Savonarola es falsa y que Dios no le concede favores especiales. Así que le retó a caminar juntos por el fuego para que Savonarola demostrase que Dios le protegía sin quemarse. Fray Francesco afirmaba que era consciente de que sería pasto de las llamas, pues no pensaba pedir ningún milagro.

—Y ¿qué dijo Savonarola?

—Se negó diciendo que él está reservado para trabajos más elevados, pero accedió a que fray Domenico de Pescia, que se ofreció gustoso, ande por el fuego.

—¿El suprior? —inquirió Joan sorprendido—. ¡Está loco!

—Parece mentira que tú, que has sido fraile, digas eso —repuso Miquel con una sonrisa divertida—. Es un hombre con fe. Pero aquí no acaba la historia. Fray Francesco, el prior franciscano, se niega a quemarse vivo si no es junto a Savonarola. Vamos, una cuestión de jerarquía. Y así, uno de sus frailes, Giuliano Rondinelli, ha tomado su lugar.

Joan no pudo evitar reír y Miquel le acompañó.

—El asunto se ha convertido en un gran evento en Florencia y los frailes han sido llamados por la Señoría para registrar por escrito los términos del trato —continuó Miquel—. Y el acuerdo es este: si el dominico salva su vida después de atravesar una gran hoguera, lo cual sería un milagro, y el franciscano no, fray Francesco da Puglia será desterrado de Florencia por acusar injustamente a Savonarola. Pero si ambos mueren, entonces Savonarola es el falsario y será desterrado de Florencia.

—Eso obliga a los dominicos a pedir un milagro de Dios. Y que ocurra en público.

—Exacto. Y ¿crees que el Señor lo concederá?

—No lo creo —repuso Joan pensativo—. Ya podéis hacer santo a ese franciscano si muere en la hoguera. Buen favor os hace.

—Lo de su santificación se puede arreglar. —Miquel sonreía—. El día 7 de abril tiene lugar el juicio de Dios, la ordalía, y yo iré con una unidad del ejército vaticano para que la Señoría se convenza de una vez por todas de que debe dejar de proteger a ese hombre y nos lo entregue. El marqués del Vasto, Innico d'Avalos, viene con nosotros y me ha pedido que te invite. Tenemos el tiempo justo para llegar. ¿Vienes?

67

Joan sintió una sensación extraña al ver de nuevo la puerta de San Frediano de Florencia, por la que había entrado como fraile y que había atravesado en su huida a caballo con el libro robado. Ahora llegaba junto a una pequeña fuerza vaticana al mando de la cual estaba Miquel Corella.

La tropa tuvo que acampar en el exterior de las murallas, ya que la Señoría se negó a dejarla entrar alegando que todos los extranjeros, a excepción de los mercenarios contratados por la ciudad, debían permanecer fuera de sus muros durante la ordalía. No querían intromisiones foráneas. Sin embargo, como deferencia al papa, prometieron abrir las puertas a don Michelotto y a una parte de su tropa al día siguiente. Este aceptó y contrató a un mensajero florentino para que entrase y saliera de la ciudad y le informase del desarrollo de los acontecimientos.

—Será divertido —dijo Miquel.

—A no ser que Savonarola haga un milagro —repuso Joan irónico.

El valenciano sonrió negando con la cabeza. Junto a ellos, además de Innico d'Avalos y Giorgio, se encontraba Niccolò, que había salido de la ciudad a recibirlos tan pronto como llegaron.

—Savonarola ha perdido muchos partidarios en el consejo de la Señoría en los últimos meses —explicó el florentino— y ya puedo moverme por la ciudad con libertad. Es aún poderoso, aunque su futuro depende de lo que hoy ocurra. La Señoría ha mandado construir en la plaza que lleva su nombre, frente al Palacio Viejo, una plataforma de madera y leña de unos cien pasos de largo por veinte de ancho y de una altura superior a la de un hombre. Toda ella está embadurnada de aceite y resina para que arda mejor. La plataforma tiene dos estrechos pasillos en extremos opuestos, por donde tendrá que entrar cada uno de los frailes cuando la estructura empiece a arder. El resultado solo puede ser la muerte o un milagro.

—Será un suicidio —dijo Miquel Corella—. ¿Tan locos están esos frailes?

—Ya lo veremos —respondió Niccolò encogiéndose de hombros—. Lo cierto es que Florencia entera está pendiente del espectáculo.

Niccolò regresó a la ciudad para presenciar los acontecimientos y al rato el mensajero de Miquel trajo noticias.

—Los franciscanos han llegado primero y después lo han hecho los dominicos, cantando: «Dejad que se muestre el Señor para que sus enemigos sean dispersados» —relató el hombre—. Pero tan pronto como se han encontrado unos frailes y otros, han empezado a discutir. Fray Domenico, el suprior dominico, vestía una capa que los franciscanos querían que se quitase, pues decían que Savonarola la ha encantado. Y aún siguen discutiendo.

—Eso promete ser una tragicomedia —dijo Joan.

—Lo cierto es que la gran multitud congregada en la plaza se está impacientando —continuó el mensajero—. Están ansiosos por contemplar el espectáculo, con o sin milagro.

Al cabo de un tiempo, el emisario regresó con nuevas.

—Después de un largo debate, fray Domenico ha aceptado dejar la capa, pero con intención de cruzar las llamas acompañándose con su escapulario, un crucifijo y la hostia consagrada. Eso ha provocado otra larguísima discusión entre los frailes, hasta que fray Domenico ha aceptado dejar el crucifijo, pero de ninguna forma la hostia consagrada. La multitud ruge furiosa. Ahora los frailes debaten sobre la esencia física y espiritual de la hostia.

—Están cavando su propia tumba —dijo Miquel Corella—. Este es el fin de Savonarola.

Al poco se desató una fuerte tormenta que obligó a Joan y a los demás a refugiarse en las tiendas.

—No va a haber ordalía —dijo el librero—. Las maderas estarán empapadas.

—Se han pasado la mañana discutiendo —comentó Innico d'Avalos—. Y la multitud, que esperaba un espectáculo, se ha quedado con un palmo de narices. Me imagino cómo estarán los florentinos.

—Furiosos y calados hasta los huesos —sentenció Miquel Corella sonriendo.

El día siguiente era Domingo de Ramos y las tropas vaticanas cruzaron la puerta de San Frediano para instalarse en Oltrarno, el barrio de la margen izquierda del río. Joan, Innico y Miquel Corella se encaminaron al convento de San Marco, mientras Giorgio, el maestro encuadernador y futuro librero en Florencia, iba en busca de su primo Niccolò. Cuando llegaron a la altura de la catedral presenciaron un tumulto. Los fieles se habían reunido en el templo para escuchar el sermón de uno de los discípulos de Savonarola.

Apenas empezó este su alocución cuando una multitud enfurecida penetró en la catedral y atacó a los devotos, que huyeron despavoridos, algunos de ellos hacia el norte, para refugiarse en el convento de San Marco. Joan vio entre los perseguidores a Francesco, el proxeneta al que había conocido en el burdel donde se escondía Niccolò. Blandía una garrota y era de los que más gritaban. Joan imaginó que su amigo no andaría lejos.

Al poco se encontraron con Niccolò y Giorgio, que los invitaron a almorzar. Una vez acomodados, el florentino les explicó lo ocurrido el día anterior.

—Los franciscanos no tenían intención de inmolarse en la hoguera. Por eso buscaron todo tipo de controversias sobre la capa, el crucifijo y la hostia consagrada con las que fray Domenico pretendía entrar en el fuego. No creían en el milagro.

—Y ¿los dominicos sí? —inquirió don Michelotto.

—Parece que fray Domenico, con el apoyo moral de Savonarola, aunque imagino que con dudas, iba a hacerlo. Los franciscanos le llegaron a decir que entrara solo y que hiciese el milagro por su cuenta, a lo que él se negó.

Joan movió la cabeza en un gesto mezcla de consternación e incredulidad. Se imaginaba al fraile entre las llamas y, conociendo las interioridades del convento, tuvo que admitir que el suprior debía de creer en la posibilidad del milagro.

—El caso es que no hubo ordalía, la muchedumbre se mojó y, como tampoco hubo explicación oficial, todo quedó en rumores, que culpan a Savonarola. Así que muchos de los llorones se han pasado al bando de los nuestros, los indignados —explicó Niccolò.

—Y ¿qué está ocurriendo ahora? —quiso saber Innico d'Avalos.

—Bandas de chiquillos pobres, a cambio de una propina, están apedreando a los partidarios de Savonarola. Ya han muerto dos. Y grupos armados recorren los barrios con mayor presencia de llorones, intimidándolos.

—Y ¿qué hace el gobierno de la Señoría?

—No hace nada ni tampoco lo hará —repuso Niccolò con una sonrisa.

—Buen trabajo —le felicitó don Michelotto satisfecho.

Aquella tarde, las masas furiosas rodearon el convento de San Marco, donde se habían refugiado los frailes dominicos y algunos de sus seguidores. La campana del monasterio, llamada por el pueblo *Llorona*, empezó a repicar pidiendo ayuda. Pero los enemigos de Savonarola controlaban las calles y nadie acudió. Y a continuación, ante los ojos de Joan y sus compañeros, se desató el asalto.

El prior tenía prohibido guardar armas en el edificio; sin embargo, era evidente que algunos habían desobedecido, pues desde las ventanas se defendían con lanzas, mientras otros empezaron a derribar la parte superior de la iglesia para arrojar piedras y cascotes contra los asaltantes.

—Como entren será el fin del fraile —dijo Miquel con una sonrisa.

Joan no respondió. Le entristecía aquel espectáculo. Recordaba aquel convento perfectamente ordenado, un remanso de paz y oración. Ahora se había convertido en un infierno. Varios de los sublevados y de los frailes murieron en la trifulca. Entonces, Savonarola condujo a los suyos al coro de la iglesia y les ordenó deponer las armas, rezar y entregarse. Pero cuando los alborotadores lograron alcanzar el coro, muchos de los frailes y de los llorones, viendo la muerte cerca, no se resignaron y emprendieron de nuevo la lucha. La batalla duró hasta el anochecer, y al fin llegaron los soldados de la Señoría con órdenes escritas de detener la violencia y arrestar a Savonarola, a fray Domenico y a fray Silvestro. Proclamaron que los frailes serían juzgados y con ello la multitud se calmó, esperando acontecimientos.

El prior Savonarola tomó la hostia consagrada y, elevándola en sus manos, ordenó a los supervivientes que le siguieran a la biblioteca; estos, a la vista del cuerpo de Cristo, obedecieron. Después rezaron juntos, y fray Domenico, fray Silvestro y Savonarola se entregaron sin resistencia, para evitar más muertes y la destrucción del convento.

Joan los vio salir apenado y el aspecto de fray Silvestro, sin su joroba, le pareció extraño. Era pasada la medianoche y la multitud les gritaba y les escupía a la luz de las antorchas, tirándoles cuanto tenían a mano. Un hombre golpeó a Savonarola por la espalda y le gritó:

—¡Si eres profeta, adivina mi nombre!

Otro trató de quemarle la cara con una tea. Los soldados apenas podían contener a los indignados, que querían linchar a los frailes, y Joan, sin poder evitarlo, desenfundó su espada y se colocó al lado de fray Silvestro, amenazando a la multitud y defendiéndole. Buscó la mirada del monje, pero este la tenía perdida en el vacío, estaba ausente. Aquello entristeció al librero, y su pena se hacía mayor al intuir el destino que les esperaba a sus antiguos «hermanos». Se sentía culpable.

—Fray Silvestro —le dijo en voz alta, casi al oído—. No temáis, os defenderé.

El monje ni le miró. Parecía encontrarse en uno de sus trances sonámbulos y murmuraba palabras inconexas. En cambio, se encontró con los penetrantes ojos de Savonarola. Le había reconocido y su mirada estaba cargada de reproches. Joan no pudo sostenerla y dirigió la vista hacia el gentío que los rodeaba.

—¡Al que se acerque le traspaso! —gritó.

—¿Estás loco? —le increpó Miquel Corella, aunque había desenvainado su espada para defender a Joan—. ¡Vámonos de aquí!

Los atacantes, sorprendidos, se distanciaron algo, permitiendo que los soldados avanzasen.

—¡Joan! —oyó que le gritaban.

Era Niccolò, que llegaba con Francesco, su camarada proxeneta convertido en líder revolucionario.

—Enfundad la espada —le dijo cogiéndole del brazo—. No les ocurrirá nada, queremos que sean juzgados.

Cuando Joan lo hizo, el florentino le abrazó.

—¡Este es un gran día! —exclamó—. El día de la libertad.

Sin embargo, Joan recordaba la paz del convento y sus conversaciones con el fraile de ojos azules mientras trataba de contener una lágrima.

68

—El gran consejo de la Señoría se niega a entregarnos a Savonarola —informó Miquel Corella al día siguiente—. Han encerrado a los frailes en la torre del Alberghettino y serán juzgados por traición a Florencia.

—No os preocupéis, que el fraile ya está condenado —dijo Innico d'Avalos—. Le torturarán hasta que confiese lo que quieran hacerle confesar.

—Aun así, hemos llegado a un acuerdo y la Señoría acepta que se le someta a la vez a un proceso de herejía por parte de un tribunal eclesiástico —añadió Miquel—. Los florentinos nos niegan su extradición, pero admitirán a nuestros jueces apostólicos.

El capitán vaticano había empleado el día entero en negociar, junto con Niccolò, con la Señoría de Florencia y estaba satisfecho del resultado. Mientras, Innico, Giorgio y Joan dedicaron la jornada a debatir la mejor ubicación para la librería que se inauguraría lo antes posible en Florencia.

Al día siguiente, Joan habló con Innico d'Avalos.

—Excelencia —dijo—, pienso que Giorgio y el resto de mis empleados florentinos en Roma, que querrán regresar de inmediato a Florencia, son más que suficientes para abrir una excelente librería. Por mi parte, no deseo quedarme y presenciar el destino de los frailes dominicos. Regresaré a Roma y desde allí seré de mayor ayuda enviando los libros que se precisen, tanto de mi imprenta como de otros impresores.

—Os comprendo —repuso el marqués—. Idos con mi bendición y ayudadnos desde Roma.

Antes de partir, Joan se despidió de sus amigos y en especial de Niccolò. Estaba a punto de ser nombrado jefe de la segunda cancillería de Florencia, con la considerable asignación de ciento noventa y dos florines anuales.

—Estoy seguro de que triunfaréis en la política más incluso que con los libros —le dijo Joan sonriente.

—Espero que nos volvamos a ver —repuso Niccolò—. Gracias por ampararnos a mí y a mis camaradas durante nuestro exilio. Gracias también por vuestra ayuda a mi primo Giorgio con su librería. Y por encima de todo, gracias por vuestra amistad.

—Os echaré en falta.

—Escribiré. Sabréis por mi pluma el final de esta historia que vos ayudasteis a escribir.

Casi dos meses después, Joan recibía una carta de Niccolò dei Machiavelli.

> Después de más de cuarenta días de torturas varias, y de que los tres frailes confesaran, se arrepintiesen de haber confesado y volvieran a confesar con la ayuda de más torturas, Silvestro Maruffi, Domenico de Pescia y Girolamo Savonarola fueron condenados por traición a Florencia y herejía.
>
> Sus seguidores se esconden y hasta los mismísimos frailes del convento de San Marco han escrito una carta al papa renegando de su antiguo prior y pidiendo perdón. En el consejo de la Señoría solo uno de los representantes se atrevió a hablar en su favor. Quien antes poseía Florencia morirá solo junto a sus dos hermanos.

Joan cerró los ojos tratando de recordar el convento de San Marco, a los niños de blanco cantando e imponiendo la virtud a la fuerza, el poder de la palabra de los sermones inflamados y el esplendor y la gloria de las hogueras de las vanidades.

No pudo evitar escribir una nota en su libro: «Vanidad. Los sermones, los cánticos, los ayunos y penitencias, las propias hogueras de las vanidades no dejaban de ser vanidad en sí mismas. Y han pasado como todo lo vano pasa».

Anticipaba el triste final y se forzó a continuar leyendo.

> El pasado viernes después de la hora tercia arrancó la comitiva, formada por oficiales de la ciudad que portaban insignias y pendones con timbales, trompetas y fanfarrias, seguida por una gran muchedumbre, y condujo a los tres frailes, en un largo y lento cortejo, desde sus mazmorras hasta el centro de la plaza de la Señoría de Florencia.
>
> Allí, en el mismo sitio donde tenían lugar las solemnes hogueras de las vanidades, se alzaba el patíbulo. En lo alto de una tribuna situada al final de la escalinata del Palacio Viejo, los comisarios papales los declararon herejes y cismáticos, y un obispo celebró la ceremonia de desconsagración, que duró más de dos horas, por la que dejaban de ser eclesiásticos. Al terminar les arrancaron los hábitos con violencia y se les afeitaron las manos, el rostro y la cabeza para quitarles la tonsura. Sin embargo, se les ofreció la absolución si se arrepentían, pues en un gesto de clemencia el papa les había concedido una indulgencia plenaria de sus pecados que les evitaría las penas del purgatorio. Y los que hasta instantes antes habían sido frailes la aceptaron con reverencia. Descalzos, rapados, atados y cubiertos con un simple sayo blanco, se les hizo subir al cadalso, donde se les leyó la sentencia de muerte, y las autoridades eclesiásticas los entregaron al brazo secular para que procediera a su ejecución.

Los tres se mostraron dignos, serenos y resignados —continuaba Niccolò—, pero ofrecían un aspecto frágil e insignificante. Parecían haber encogido de tamaño en comparación con su apariencia en sus tiempos de gloria.

Era ya pasado el mediodía cuando el primero de ellos, Silvestro Maruffi, subió al patíbulo, que consistía en una alta horca situada sobre una plataforma de madera rodeada de leña. Al poco, su frágil y endeble cuerpo se balaceaba colgado del cuello y sujeto con cadenas de hierro. Le siguió Domenico de Pescia y dejaron para el final a Savonarola, que tuvo que presenciar la muerte de sus compañeros. Cuando este subía al cadalso, una voz burlona gritó: «Ahora es el momento para el milagro. ¡Oh, profeta, sálvate a ti mismo!». El antiguo prior se limitó a lanzarle una mirada triste y continuó sin detenerse en su camino hacia la muerte.

El verdugo tuvo especial cuidado con él al sujetarle la cuerda al cuello y descolgarle con suavidad para que, ayudado por su poco peso, tardase más tiempo en morir. Después se apresuró a bajar y a encender la hoguera, para que así Savonarola sufriera también la tortura de las llamas durante su agonía. Sin embargo, su premura le hizo perder pie, cayó de la escalera al suelo, levantando un gran griterío entre la muchedumbre, y a punto estuvo de matarse.

Fue una hoguera espléndida que reservaba el espectáculo de grandes llamaradas y estampidos provocados por bolsas de pólvora y petardos escondidos entre la madera. Los cadáveres, sujetos por cadenas, se fueron quemando durante horas, desmembrándose poco a poco. Los troncos de los cuerpos, aun quemados, continuaban colgando de las cadenas, y la muchedumbre trató de derribarlos a pedradas. Ante la sospecha de que muchos de los asistentes deseaban apropiarse de parte de ellos como reliquias, la Señoría ordenó al verdugo abatir el poste y quemar los restos en su totalidad en una segunda hoguera.

Las cenizas, custodiadas por soldados, se depositaron cuidadosamente en cajas, que subieron a carros y que vaciaron en el río Arno a la altura del Puente Viejo. Se dice que muchos devotos fueron río abajo y desde las orillas o en barca trataron de recuperar cualquier resto que flotara.

Joan cerró de nuevo los ojos y recitó, una tras otra, varias de las oraciones del convento de San Marco. Se sentía a la vez triste por aquel terrible final y aliviado. Los frailes, incluido Silvestro, se habían mostrado dignos hasta el último momento. Se dijo que la muerte de Savonarola representaba un avance en su lucha por la libertad. Aunque ¿libertad para quién? Continuó su lectura de las reflexiones finales de su amigo Niccolò dei Machiavelli.

> Con respecto a los profetas desarmados cuyas únicas armas son las oraciones, sus obras y reformas duran lo mismo que la creencia del populacho en ellos. Y esa es la historia del hermano Savonarola.

Joan reflexionó sobre aquellas palabras y escribió en su libro: «El papa Borgia gana. Acierta al asegurarse antes el poder de las armas que el del espíritu. Necesita a César y a don Michelotto».

Era la hora de cenar y Joan se dirigió pensativo al comedor.

—Traes mala cara, Joan —le dijo Eulalia, que le escrutaba amorosa al tiempo que vigilaba cómo las criadas ponían la mesa—. Trabajas demasiado.

Joan sonrió, y su mirada se encontró con la de su esposa, que le devolvió la sonrisa. Estaba terminando de dar la cena a Ramón y ya se le notaba el embarazo. Anna no dijo nada. Sabía que su esposo se había encerrado a leer la carta de Niccolò que ella leería más tarde, y que el fin de los frailes, a pesar de su fanatismo y su locura, entristecía a su marido.

—Pues sí, madre —le contestó amable—. La gente no hace más que pedir libros y alguien los tiene que imprimir, encuadernar y vender…

—Contrata a más gente —repuso ella categórica.

En aquel momento irrumpió en el comedor Pedro Juglar soltando un rugido y crispando los dedos de sus manos a modo de garras.

—¡Tengo hambre! —proclamó—. ¡He estado a punto de comerme uno de los libros que encuadernaba!

Joan pudo ver el brillo feliz en la mirada de su hermana y la sonrisa que se dibujó en su rostro, al igual que en el de sus hijos Andreu y Martí, de doce y diez años. Pedro lanzó otro rugido y se abalanzó sobre el más pequeño fingiendo comerle. El chiquillo chilló, riendo al mismo tiempo. Andreu, también entre risas, acudió a acometer al aragonés en defensa de su hermano.

Las chanzas se sucedieron en la cena, aunque a Joan le costaba participar. No podía dejar de pensar en los *catalani* y en su poder, que seguramente sería tan vano como el de Savonarola. Le preocupaba la ambición desmedida de César Borgia. No le gustaba. El hijo del papa no se conformaría con derribar a Savonarola. Quería Italia entera. Algo terrible se estaba gestando y no tenía duda de que cuando ocurriera, don Michelotto le involucraría. Él solo deseaba hacer un buen trabajo como librero y disfrutar de su familia y de la libertad. Pero no le dejarían. Aquella paz era solo temporal, presentía que algo nefasto se estaba fraguando en silencio.

Su mirada se cruzó de nuevo con la de Anna, que le sonrió, y él le devolvió la sonrisa. En su embarazo continuaba tan bella como siempre, y el corazón le dio un vuelco al pensar que en unos meses le daría su primer hijo. Espantó sus pensamientos diciéndose que disfrutaría de su esposa y del resto de la familia mientras la paz durase. Y que cuando el tiempo cambiara, los defendería con su vida y con la ayuda de Dios.

TERCERA PARTE

69

La festividad de San Juan era el día central del año jubilar de 1500 y en Roma amaneció luminoso y soleado. Sin embargo, Joan Serra sentía que se avecinaba una tormenta. Se encontraba con su madre, su hermana, su cuñado y un buen número de sus empleados en una plaza situada detrás de la de San Pedro del Vaticano, abarrotada de público, con cabida para diez mil personas, que había sido vallada para el espectáculo que los Borgia ofrecían a Roma. Buscó con la mirada a su esposa, que se encontraba en el palco de la alta nobleza vaticana, en su opinión, demasiado lejos de él. Su presencia en aquel lugar le inquietaba.

Presidía el palco Jofré Borgia, el hijo menor del papa, con su exuberante mujer, Sancha de Aragón, princesa de Esquilache, y su hermana, Lucrecia Borgia, junto a su nuevo esposo el napolitano Alfonso de Aragón, duque de Bisceglie, hermano a su vez de Sancha. Alfonso era un joven de diecinueve años alto y apuesto, y llevaba dos casado con la hija del papa, que, víctima de un desgraciado matrimonio anterior, le amaba con locura. Entre Lucrecia y Sancha se encontraba Anna Serra, cuyo único título, aparte del de viuda de un oscuro barón napolitano, era el de librera, pero cuya íntima amistad con ellas la elevaba a la categoría de dama principal de la corte.

Joan la contemplaba desde la distancia, bella, elegante, radiante. La gente decía que el lugar que ocupaba Anna representaba un gran honor para su marido, pero él sentía que aquello no podía traer nada bueno. Aquellas confianzas con los altos nobles los exponían a sus intrigas y pasiones, de las que estaba repleta la corte vaticana, y Joan recordaba demasiado bien su cruel experiencia con el difunto Juan Borgia. Sin embargo, su esposa gozaba intensamente de aquella amistad, él respetaba su libertad y consentía a pesar de su desagrado.

Anna, Lucrecia y Sancha lucían sus trajes a la «española», el estilo que los Borgia habían impuesto en Roma. Sus vestidos, importados de Valencia, eran de sedas granas, verdes y negras, con escotes amplios, sobre todo en el caso de Sancha, y mostraban adornos de oro a martillo y cuentas de vidrio de colores. Era la moda inexcusable para las damas elegantes, en especial en aquel tipo de eventos. Joan se dijo que Anna estaba esplendorosa y le encantaba ver cómo se formaban los hoyuelos en sus mejillas cuando reía a coro con sus amigas.

Sonaron las fanfarrias y tambores, se abrió el portón de la plaza y cuando César Borgia entró en ella, la multitud se puso en pie para aclamarle. Montaba una yegua negro azabache y vestía a la morisca, como los sarracenos españoles, con un cómodo sayo de raso blanco y rojo bordado en oro, una capa grana y un sombrero del mismo color coronado por un penacho de plumas blancas. Serio, miró a la multitud que le rodeaba y levantó la lanza que portaba en su derecha. El gentío le aclamó de nuevo.

Delante tenía un poderoso toro castaño de grandes astas que había reparado ya en su presencia, bufaba y con las patas traseras echaba tierra hacia atrás. Estaba a punto de embestirle. César hizo bailar a su yegua mientras le esperaba atento. Era el quinto y último de los toros que lidiaba aquella tarde, y solo una de sus yeguas había sufrido un rasguño con el asta del tercero. Lanzó una mirada rápida a su padre, que presidía la fiesta desde el palco eclesiástico rodeado de sus cardenales, vestidos de púrpura. El pontífice lucía una rica capa bordada en oro y pedrerías y se cubría con la tiara; el birrete cónico rodeado de tres coronas de oro y piedras preciosas que representaban su triple poder: de papa, de obispo y de rey.

El toro cargó contra César Borgia, que lo esperó sin moverse. El público, en especial el femenino, seducido por el hombre que decían era el más apuesto de Roma, chilló de emoción. En el último instante, la yegua esquivó de un salto al astado y, cabalgando elegante, en paralelo y a poca distancia del animal que la perseguía, fue apartándose de él al tiempo que entusiasmaba a los asistentes. César no hizo más que conducir, aparentemente sin movimiento alguno, a su yegua, y con su lanza golpeó sin herir las astas del bóvido.

Alejandro VI aplaudió con entusiasmo, sus mejillas regordetas se hinchaban y una sonrisa entreabría sus abundantes labios. Le desagradaba que su hijo asumiese aquellos riesgos inútiles, pero se enorgullecía del valor que mostraba y de su porte victorioso.

El toro se quedó en un rincón observando a César, y este, ignorándolo, se dirigió al otro extremo y tendió su lanza al palco de la nobleza seglar. La acercó a su cuñada y antigua amante Sancha, que sonrió gratamente sorprendida. Sin embargo, cuando estaba a punto de levantarse, César desplazó lentamente la pica hacia Anna, y la napolitana se mordió los labios, ofendida. A Joan, que no se perdía detalle de los sucesos del palco, le dio un vuelco el corazón cuando el hijo del papa detuvo su arma en su esposa, y se preguntó inquieto si le iba a brindar el toro. Aquello hubiera significado algo terrible; que existía una relación entre ellos o que César la deseaba. Pero este desplazó de nuevo el extremo de su lanza para depositarlo en el regazo de su hermana Lucrecia, a la que amaba con ternura. Joan, aliviado, observó cómo el portaestandarte papal miraba a su hermano Jofré, que le sonrió, y después a su cuñado Alfonso, que le sostuvo la mirada firme y agresivo. No se gustaban; el joven era demasiado altanero y su cuñado, demasiado dominante. El librero se dijo que aquellas miradas bien podían ser los rayos de la tormenta que se avecinaba.

Lucrecia se levantó y con una reverencia ató su pañuelo en el astil, junto a la punta metálica del arma. El público aplaudió el brindis. Anna se unió complacida a los aplausos mientras dirigía su mirada hacia donde se encontraban su esposo y su familia, y al ver que Joan la observaba le saludó alegre con su abanico. Los Serra estaban acomodados detrás de Miquel Corella, que asistía a la exhibición de su señor en un burladero, sujetando lanza, capa y espada, listo para intervenir de inmediato si César se veía en peligro.

El hijo del papa encabritó a su yegua y la dirigió hacia el toro. Este, viéndolos venir, arrancó para embestir y por un momento pareció que César iba a clavarle su lanza de frente. El público contuvo el aliento porque sabía que un choque frontal era a vida o muerte. El toro era mucho más poderoso que el caballo y si le alcanzaba, le lanzaría por los aires junto al jinete. Sin embargo, un instante antes del choque, la yegua hizo un quiebro apartándose de la trayectoria del astado, que recibió un lanzazo en el costado. Rabioso, el toro persiguió al caballo. El público lanzó un grito unánime. Aquel estilo de regate era propio de la caballería ligera española, que los cristianos habían aprendido de los andalusíes durante las guerras de Granada.

Después de un buen número de lances en los que César aproximó tanto su yegua que levantaba chillidos de los espectadores, dejó en un extremo de la plaza al toro castaño, que resoplaba cansado por el esfuerzo y sangraba, y se acercó al burladero donde aguardaba Miquel. En un momento, los palafreneros soltaron unos estribos largos de la silla de César y cubrieron con un peto el pecho de la yegua. El gentío clamó. Sabían que llegaba el momento decisivo del combate. César hizo bailar a su montura para llamar la atención del toro y cuando este inició su carrerilla para embestir, azuzó al caballo y cargó lanza al ristre como un caballero haría contra otro, pero César no vestía armadura, sino una marlota morisca. Desafiaba a la muerte.

Se hizo un silencio total en la plaza cuando el gentío contuvo de nuevo la respiración. Si el hijo del papa no lograba clavar su lanza en la cruz del animal, sus posibilidades de esquivarlo serían mínimas y el choque sería fatal para caballo y caballero. César apoyó sus pies firmemente en los estribos y, sujetando con fuerza su lanza, se preparó para el choque. Con un crujido, la lanza se hundió más de un palmo en el lomo del animal justo en el punto en el que su espinazo se unía con los huesos de las patas anteriores. Después de unos instantes de aparente inmovilidad, el empuje del toro pudo con el jinete y el caballo, pero entonces la lanza se rompió y estos salieron por la derecha del animal sin que sus pitones los rozaran. Los espectadores clamaron entusiasmados. César se alejó del toro, aunque de inmediato hizo trotar a su yegua para encararlo de nuevo.

El animal se había quedado en el mismo sitio, chorreando sangre. Entonces César descabalgó y entregó las bridas y la lanza a unos mozos mientras otro le ayudaba a quitarse la capa. Cuando se quedó frente al toro, símbolo del escudo heráldico de los Borgia, desenfundó su espada, que brilló en el sol de la tarde. Era la espada que llevaba grabado en su acero *Aut Caesar aut nihil*; o «César o nada». La frase definía cómo quería vivir su vida el hijo del papa. Soñaba con unificar Italia, derrocar a los pequeños tiranos y las repúblicas corruptas y construir una sólida nación italiana que expulsaría a franceses, españoles y alemanes de su territorio, defendiéndolo de los turcos. Y él sería el césar que la gobernaría como protector del papa.

Sosteniendo su espada con la derecha y la capa con la izquierda, César se fue acercando, erguido y gallardo, al astado.

Este le esperaba ensangrentado y herido de muerte, pero aún peligroso, en el otro extremo de la plaza. El hijo del papa lanzó una rápida mirada a su izquierda y vio a su fiel Miquel Corella, también espada en mano, asomándose por detrás de un burladero. Lo sabía listo para salir e interponer su cuerpo entre él y el animal si fuese preciso.

El toro arrancó su enorme masa y corrió vacilante hacia el hombre.

—O César o nada. Gloria o muerte —murmuró el hijo del papa como una oración.

Sin desviar su camino continuó andando hacia el animal con la vistosa capa por delante para atraerlo hacia ella. La multitud le contemplaba con el corazón en un puño, en silencio, conteniendo el aliento. César tenía ya el toro encima cuando lo esquivó al tiempo que levantaba su capa, y el astado pasó sin encontrar su cuerpo. La plaza aulló. El animal se detuvo, dejaba un reguero de sangre detrás. César se le puso enfrente, a muy poca distancia, para que tratara de embestirlo. Pero el toro no lo hizo, pues apenas era capaz de sostenerse sobre sus patas.

Entonces, el Borgia soltó la capa y avanzó haciendo un molinete con su espada por encima de su cabeza. Al llegar donde el animal, dio dos pasos rápidos, se colocó en su flanco y sujetando la espada con ambas manos le lanzó un tremendo tajo al cuello. La cabeza de la res cayó por un lado y el cuerpo se mantuvo unos instantes en pie antes de derrumbarse. Toda la plaza se puso en pie gritando; aquella era una hazaña extraordinaria. Ni siquiera para un buen verdugo con un hacha bien afilada era fácil decapitar de un solo tajo a una persona. Y el cuello de un toro era varias veces más grueso que el de un hombre. Aquel golpe era propio de un formidable guerrero acostumbrado a cortar acero con acero. Se sorprendían de que aquel hombre, un ágil y reputado bailarín, poseyera a la vez la fuerza de un gigante. Nunca habían visto algo parecido.

El papa, que había pasado todo aquel tiempo rezando, se levantó elevando los brazos al cielo.

—¡Gracias, Señor Dios mío! —exclamó. Lloraba de emoción.

Su hijo, que con solo veinticinco años acababa de conquistar los territorios y fortalezas de Forlì, Faenza, Imola y Pesaro, demostraba además un valor y una fuerza descomunales. Y lo hacía frente a todos los grandes de Roma, amigos, enemigos y miles de extranjeros, incluidos todos los embajadores. La noticia recorrería Europa y la fama de los Borgia se acrecentaría aún más. Hasta sus enemigos le admiraban.

César se olvidó de la gente que le ovacionaba de pie, anduvo hacia la capa, la recogió y con ella limpió su espada. Pensativo, leyó la inscripción.

—Hoy ha sido César —murmuró.

Después enfundó la espada y, saludando al gentío, se dirigió al burladero en el que le esperaba Miquel Corella. No asistiría a las fiestas de aquella noche, como no lo había hecho con las de la noche anterior ni lo haría con las siguientes.

Por su parte, aquel día Joan escribió en su libro: «Ojalá que la sangre del toro sea la última que se vierta en el Vaticano». Pero sentía que la tormenta estaba a punto de estallar.

70

Y fue una tormenta, aunque no la que Joan anticipaba, lo que conmocionó Roma cinco días después.

Aquel era un día festivo en el que la Iglesia conmemoraba el martirio de sus patrones san Pedro y san Pablo. Además de la celebración eclesiástica, los Serra festejaban las onomásticas de Pedro Juglar y de Paolo Ercole, el bachiller romano que se había incorporado a la librería antes de la marcha de Niccolò. Almorzaban en el patio, tal como habían hecho unos días antes por San Juan, con sus empleados y las familias de estos. Eran un grupo numeroso que sumaba casi cincuenta personas. Habían transcurrido más de dos años desde la ejecución de Savonarola, el lugar de Giorgio en los talleres lo ocupaba Pedro, después de superar con éxito sus maestrías como encuadernador e impresor, y Paolo atendía la librería. Los florentinos exiliados habían regresado a su patria y Joan había contratado a españoles, sicilianos, napolitanos y un gran número de romanos, todos afectos a la causa del papa. Andreu y Martí, los hijos de María, que contaban con quince y trece años, eran ya aprendices y formaban parte del alegre grupo de muchachos.

La comida fue distendida, estuvo llena de risas, y en la sobremesa se reclamó la guitarra de Pedro, que hizo cantar primero a los niños, aunque al poco se unieron los adultos. Tenía un amplio repertorio en varias lenguas y todos oyeron canciones de su tierra.

Joan contemplaba la fiesta con alegría; tomó del hombro a Anna, que se acurrucó contra él, y ambos observaron a los niños; la familia había aumentado. Lleno de vitalidad, el pequeño Tomás, el esperado hijo de ambos, de casi dos años, correteaba jugando con Isabel, su prima, la primera hija de Pedro y María, solo un mes menor que él. Eulalia ejercía de feliz abuela vigilando a los pequeños y a Ramón, que tenía ya cuatro años y que jugaba con el resto de la chiquillería.

María acompañaba con palmas y voz las canciones de su esposo, y Joan le susurró al oído a Anna:

—¡Qué buena pareja hacen!

—¡Como vos y yo! —repuso ella riendo, y él la miró feliz a los ojos. Se dijo que su esposa lucía unos espléndidos veintisiete años.

Pasadas las cuatro de la tarde, el brillante cielo de verano se oscureció de repente cubriéndose de nubes gris oscuro con tonos azul marino. Parecían un mar turbulento agitándose. Un viento furioso empezó a azotar los árboles del patio a ráfagas.

—¡Todos a cubierto! —gritó Eulalia.

Recogieron las mesas precipitadamente para situarlas bajo el pórtico, pero apenas dio tiempo. La tormenta se desató con gotas enormes que pronto se convirtieron en un granizo que golpeaba furioso suelo y tejados con hielos del tamaño de habichuelas; los rayos iluminaban una oscuridad casi nocturna y los truenos retumbaban uno tras otro. Era una tempestad de una violencia inusitada, el tipo de espectáculo de la naturaleza que sobrecoge al hombre y le hace pensar en presagios funestos y castigos divinos. La mayoría se refugió dentro de la casa y Joan, que contemplaba aquel fenómeno desde el pórtico, dio gracias de encontrarse en tierra firme y no en una galera.

Después de un buen rato en el que los cielos parecieron

derrumbarse sobre la tierra, escampó con la misma rapidez con la que la tormenta se había iniciado, y un sol radiante iluminó de nuevo una Roma de calles llenas de riachuelos. Fue poco después cuando los Serra sintieron verdadero temor.

—¡El papa ha muerto! —gritaban unos chiquillos por la calle—. ¡El papa está muerto!

—¡Le ha partido un rayo! —vociferaba una mujer que junto a otras celebraba la noticia—. ¡Le ha matado un rayo de Dios, precisamente en el día del patrón de la Iglesia!

—¡Castigo divino a sus maldades! —clamaba otra—. ¡El diablo ya se lleva su alma al infierno!

Joan y Anna se miraron consternados, sabían lo que aquello significaba.

—Hay que preparar la defensa —les dijo Joan a Pedro y a Paolo, que contemplaban incrédulos la algarabía de la calle, y añadió—: La fiesta ha terminado. Hay que empuñar las armas.

—Estaba junto al embajador de Nápoles a la espera de que Alejandro VI nos recibiera cuando de repente un gran estampido sacudió todo el edificio y la puerta de acceso a la sala de recepciones, la de los Pontífices, en la que se encontraba el papa, quedó entreabierta —explicaba Innico d'Avalos, que aquella noche cenaba con el matrimonio Serra—. Corrí hacia el interior seguido de los guardias y vimos una enorme nube de polvo que el viento dispersaba. La lluvia caía desde un techo que había desaparecido. Una montaña de cascotes ocupaba el lugar del papa y dos criados yacían muertos en el suelo.

El de 1500 era año santo y todos los visitantes de San Pedro del Vaticano que comprasen una indulgencia se beneficiaban del jubileo que les perdonaba sus pecados. Se calculaba que más de doscientos mil peregrinos visitarían Roma, una cifra que superaba en cinco veces a la población romana; los Borgia presentaban aquel gentío sin precedentes como una demostración de la gloria y el reconocimiento internacional alcanzados por el papado de Alejandro VI.

Los napolitanos constituían el grupo más numeroso de aquella marea de peregrinos llegados de toda Europa en busca del perdón de sus pecados. Se distinguían por su expresividad meridional y por las coplas que cantaban cuando desfilaban en procesión por las calles portando imágenes de sus santos. Las habían traído desde Nápoles y afirmaban que eran mucho más milagrosas que las romanas. El gobernador de la isla de Ischia había acudido al frente de un numeroso grupo de compatriotas, y los Serra, tan pronto como supieron de su viaje, le invitaron a cenar precisamente aquel día.

—Parece que cuando Alejandro VI ocupó su asiento en el trono dorado, que se eleva tres escalones del suelo y sobre el que pendía un enorme dosel de maderas repujadas en oro y plata cubierto de sedas, un violento golpe de aire abrió las ventanas y arrancó algunas de las colgaduras —relataba el marqués al matrimonio, que le escuchaba sobrecogido—. Fuera llovía a raudales y estaba tan oscuro que parecía de noche. Una noche iluminada por relámpagos cuyos truenos retumbaban sin cesar. El obispo de Capua y los sirvientes corrieron a cerrar las ventanas y, cuando la paz regresó a la estancia, el papa le indicó al obispo que nos hiciera pasar. Entonces otro golpe de viento las abrió de par en par, arrojando al suelo a los sirvientes que acudían a cerrarlas; de inmediato se oyó un estampido brutal y los pisos superiores se derrumbaron sobre el pontífice. Creo que no le dio ni siquiera tiempo a rezar.

»Nos lanzamos con la guardia a mover tablones, piedra y cascotes. Y bajo una gran cantidad de escombros encontramos el cuerpo del papa; parece que las sedas del dosel y las maderas amortiguaron los golpes. Estaba inconsciente, tenía el rostro ensangrentado y una herida en la cabeza, pero vivo. ¡Increíble!

—¡Un milagro! —dijo Anna.

—Bueno, pasó de ser un castigo divino cuando creíamos que estaba muerto —repuso Innico sonriendo— a un milagro cuando lo sacamos con vida, y ahora se ha quedado en una advertencia del Señor.

—El santo padre también vivió la muerte de Juan Borgia como un aviso de la Providencia —murmuró Joan.

—Que terminó olvidando —puntualizó Anna.

—No me extrañaría que fuese una advertencia, tengo malas sensaciones. —De pronto, el tono del marqués se había vuelto confidencial y misterioso.

Joan tragó saliva, él también las tenía. Anna bromeaba cuando él le decía que presentía el peligro y le recomendaba que se distanciase de sus amigas Sancha y Lucrecia. Le preguntaba si los frailes florentinos le habían transmitido su don profético. Pero la librería era un centro de encuentro político donde se intercambiaban noticias y se producían conversaciones confidenciales que lo eran menos de lo que sus protagonistas creían. Paolo, sin llegar a la habilidad de Niccolò, sabía cómo obtener información, que transmitía a Joan. Por su parte, Innico d'Avalos gozaba también de un extraordinario conocimiento de los hechos incluso antes de que estos ocurrieran no solo por su posición privilegiada en la política napolitana, sino también por su apoyo a la cultura y su extensa red de amigos, entre los que se contaban Joan y Anna.

—¿Qué os preocupa? —quiso saber Joan para comprobar si sus temores coincidían.

—Entiendo que tenéis buenas relaciones con los sobrinos de mi rey, Sancha y Alfonso de Aragón.

—Es cierto —confirmó Anna—. Lucrecia Borgia y Sancha son mis amigas y Alfonso es un habitual de la librería.

—Temo que sea asesinado —afirmó Innico—. Tuve el honor de ser uno de sus preceptores y ha pasado largas temporadas en mi isla. Es un joven de solo diecinueve años adiestrado en las armas, y los relatos de caballerías le gustan quizá en exceso. Pienso que su deseo de convertirse en un caballero modélico no le beneficia y me preocupa su futuro en la intrigante corte vaticana.

—No os inquietéis. —Anna le tranquilizó con una sonrisa—. Alfonso hace muy dichosa a Lucrecia; como nunca lo ha sido antes en su vida. Y todos cuentan lo feliz que está el papa con su nieto y lo bien que trata a Alfonso. Tanto el papa como César adoran a Lucrecia y saben cuánto ama esta al duque de Bisceglie. Nada ha de ocurrirle a Alfonso de Aragón.

—Opino lo contrario, yo creo que está en peligro —dijo Joan—. Por su actitud desafiante con César y porque se ha convertido en un estorbo para las políticas de Francia y del Vaticano.

—El papa le protege —insistió Anna.

—Puede ser, pero la situación le hace vulnerable —le explicó Innico—. La estrategia del papa era casar a sus hijos menores con los nobles napolitanos más importantes y a César con Carlota, la primogénita del rey de Nápoles, haciéndole así heredero del reino. Nápoles y el papado juntos, una vez sometidos los nobles rebeldes, abarcan la mitad de la península y tendrían la potencia militar necesaria para conquistar el resto de Italia. Pero, como sabéis, Carlota rechazó a César, y se comentaba que el rey de Nápoles dijo que no casaría a su primogénita con el hijo de un cura. Cierto o falso, esas habladurías ofenden tanto al papa como a César.

—Además, despechado, César se casó con una princesa francesa y ahora es aliado de Francia —continuó Joan—. Alfonso ya no les sirve a los Borgia, y molesta; se ha convertido en un enemigo infiltrado en el Vaticano.

—Me temo que el tiempo de la dinastía aragonesa de Nápoles termina —dijo el marqués solemne.

Aquellas palabras le provocaron a Joan un escalofrío. Eran las mismas que D'Avalos había usado para anunciar el fin de Savonarola.

—¿Por qué? —inquirió el librero.

—Porque se dice que España y Francia negocian en secreto repartirse el reino —dijo Innico bajando la voz—. Y si eso ocurre, el papa ya no protegerá a Nápoles como hizo en la anterior invasión francesa. Al contrario, César ayudará a los franceses.

—Os equivocáis al desestimar la amenaza, Anna —dijo Joan mirando a su esposa—. Alfonso de Aragón peligra. Y también su hermana Sancha. Y quizá también vos si continuáis tan cerca de ellos.

71

Aquel miércoles amaneció caluroso. Prometía ser uno de aquellos pegajosos días de verano en los que las miasmas flotarían por encima del Tíber y se extenderían por toda Roma. La ciudad continuaba plagada de peregrinos que superaban la capacidad de alojamiento no solo de las posadas, sino también de los conventos, hospitales e incluso de los domicilios particulares que los albergaban. El tiempo cálido permitía que durmieran por las calles, y los orines, las heces y la aglomeración de aquella masa humana producían olores fétidos y problemas de salubridad. Todos temían la llegada de la peste.

Miquel Corella se presentó en la librería antes de las horas de mayor calor.

—¿Qué tal va la guerra contra los bandidos? —le preguntó Joan.

—Terrible. Parece que todos los granujas de Europa se han dado cita en Roma para que el papa les perdone los pecados. Y antes de eso deciden ganarse el sustento del año robando, para así no tener que pecar durante una temporada. Como si no tuviéramos ya bastantes ladrones en esta ciudad.

—Los peregrinos son víctimas fáciles.

—Peregrinos y los que no lo son —repuso Miquel enfurruñado—. Ayer noche asaltaron al embajador de Francia e hirieron de gravedad a sus dos acompañantes en el territorio de los Colonna. Como puedes imaginar, eso es lo último que quiere César. Aparecen sinvergüenzas de lo más variado. Hace unos días detuvimos a un médico del hospital de Letrán que envenenaba a los enfermos para robarles sus pertenencias.

—La visión a la entrada del Vaticano de las almenas del castillo de Sant'Angelo repletas de ahorcados hace estremecer —dijo Joan—. Es un espectáculo macabro.

—Es una advertencia que sirve de poco —explicó don Michelotto—. Y créeme, todos los que cuelgan de allí son carne fresca, no tienen más que unas horas. Con este calor se pudren enseguida. Cada día capturamos al menos a veinte. Lo lamentable es que muchos de esos no eran delincuentes en su tierra, sino infelices iluminados en los que prendió la fiebre del peregrinaje y que vinieron a Roma confiando en la Providencia divina. Buena parte de los que no mueren por el camino llegan sin blanca; pasan hambre y terminan robando.

—No tendréis suficientes jueces.

—¿Jueces? —contestó el valenciano—. ¿Para qué quiero jueces?

Joan se quedó mirando a su amigo, sorprendido.

—Hay demasiados delincuentes, los jueces son para los ricos y estos son pobres. Los mando ahorcar de inmediato.

—¿De inmediato? ¿Sin juicio?

—Dejo que un cura los confiese y los absuelva de sus pecados. Y que los juzgue Dios. —El librero hizo un gesto de desagrado—. Sí, ya sé. Es un trabajo feo, pero alguien tiene que hacerlo.

Anna observaba con disgusto al valenciano. Había oído alguna frase de aquella conversación que venía a reforzar la opinión que sostenía desde hacía años sobre don Michelotto. Siempre trataba de evitarle y respondía brevemente a sus saludos cuando no quedaba más remedio. Sufría aún las secuelas emocionales de la violación ocurrida tres años antes y pensaba que don Michelotto era en gran parte responsable. No lo había impedido a pesar de poder hacerlo y quizá incluso lo había alentado para convertir a Joan en su instrumento, un sicario que asesinase a Juan Borgia para que su hermano César tomara el poder. Anna no podía entender cómo su marido continuaba considerándole un amigo a pesar de aquello y de cómo le había utilizado para acabar con Savonarola. Amaba a Joan y reconocía sus cualidades, pero en algunos aspectos, como aquel, se comportaba con una inocencia infantil que rozaba la estupidez.

Era casi medianoche cuando Alfonso de Aragón salía del Vaticano después de haber cenado con el papa para dirigirse a su palacio en Santa Maria in Portico, donde le esperaba Lucrecia. Una brumilla cubría la ciudad, pero no impedía que el cielo de Roma se mostrara cubierto de estrellas.

—Menos mal que ha refrescado —comentó Alfonso al gentilhombre napolitano que le acompañaba junto a un sirviente.

—Aun así, el ambiente sigue cargado —repuso el caballero.

Los peregrinos y mendigos dormían en cualquier lugar, tanto en la plaza de San Pedro como en los peldaños de la escalinata, y los tres jóvenes avanzaban con cuidado para no pisar a ninguno, pues tenían que pasarles por encima.

—Están por todas partes —dijo Alfonso—. Me admira la confianza que estas pobres gentes tienen en la Divina Providencia. No todos los que salieron de sus casas habrán llegado a Roma, y de los que llegaron pocos regresarán.

—Sin embargo, los que lo consigan dejarán aquí sus pecados —repuso el gentilhombre con ironía.

—Que Dios los ampare —concluyó el duque.

Mientras avanzaban oían ronquidos, conversaciones en sueños y a lo lejos el murmullo de la guardia vaticana. Aquella humanidad tendida desprendía un tufo desagradable.

Estaban a punto de cruzar frente a la iglesia de las Bendiciones cuando de pronto varios de aquellos cuerpos tumbados en el suelo cobraron vida y las dagas brillaron bajo la mortecina luz de las estrellas. Apartaron al criado y al gentilhombre y se abalanzaron sobre el duque.

—¡Traición! —gritó este.

Logró desenvainar espada y daga y trató de defenderse mientras sus acompañantes intentaban ayudarle. El mar de cuerpos que cubría la plaza se agitó como en una tempestad; unos querían huir, otros, a más distancia, se levantaban para contemplar el intercambio de cuchilladas, y unos cuantos más se unieron a los atacantes. Estos se multiplicaron, salían de todas partes, y los napolitanos luchaban con desesperación. El duque se defendía con bravura, devolviendo golpe por golpe, y el sonido del acero y los gritos se extendió por el Vaticano. Los sicarios eran muchos y lograron golpear al de Aragón, primero en la cabeza, después le atravesaron el muslo y le acuchillaron en los hombros. El joven presentaba una sorprendente y tenaz resistencia, pero terminó perdiendo el equilibrio y los esbirros se abalanzaron sobre él. Los gritos de los napolitanos y el tumulto alertaron a la guardia del palacio papal, que acudió a la carrera en su ayuda. Llegaron en el momento en el que los sicarios trataban de rematar al joven para arrastrar su cuerpo al Tíber y arrojarlo a sus aguas.

Los atacantes, quizá creyendo muerto al de Aragón, no presentaron resistencia a los soldados y pudieron huir gracias a unas escalas que habían situado en los muros del Vaticano. De inmediato se oyó galopar de caballos al otro lado de la muralla. Los testigos aseguraron que había más de cuarenta asaltantes perfectamente coordinados y que no abandonaron a ninguno de los suyos en el campo de batalla.

Todo el Vaticano se puso alerta. La guardia cargó con el cuerpo hasta el interior del palacio y el papa, que se encontraba ya en la cama, se levantó para correr al encuentro de su yerno. El joven estaba moribundo, pero aún conservaba un hálito de vida. En vista de que era imposible trasladarlo a su palacio en Santa Maria in Portico, el pontífice ordenó que se le instalase en la llamada «torre nueva» del jardín de San Pedro, justo encima de sus propias estancias. Se reforzó la guardia en todas las puertas del palacio mientras, a pesar de la hora, la noticia se extendía por Roma. Al duque se le asignaron quince hombres de escolta y se llamó a los mejores médicos y cirujanos. Lucrecia y Sancha, desesperadas y arrasadas en llanto, acudieron en cuanto las avisaron. La hija del papa sentía que un terrible dolor le atenazaba el corazón; amaba a su esposo apasionadamente.

Alfonso de Aragón se moría. Los médicos dijeron que tenía el cráneo roto y trataron de contener las múltiples hemorragias que desangraban al joven. Sus ropas estaban hechas jirones; tenía cortes profundos por todo el cuerpo, en el torso, en la cadera, en las piernas y en el brazo derecho.

Un cardenal le dio la extremaunción. A pesar de la pérdida de sangre, el de Aragón la recibió consciente y sereno. Y entonces, frente al papa, sus parientes napolitanos, que habían acudido al enterarse de la noticia, y múltiples eclesiásticos, explicó los detalles del ataque y culpó a César Borgia. Al oírlo, su esposa Lucrecia sufrió un vahído y se desplomó al suelo. Angustiado, el papa acudió al auxilio de su hija musitando una oración.

72

La ciudad amaneció conmocionada. Se recordaba la muerte de Juan Borgia y muchos decían que el instigador era el mismo. Todos los enemigos del papa apuntaban a su hijo César.

El rey de Nápoles, alertado por su embajador, envió a su propio médico, que tomó de inmediato el control de las curas, comidas y medicinas del joven. Se decía que quien había golpeado al de Aragón volvería a intentarlo, y Lucrecia y Sancha se turnaban a la cabecera del herido con el fin de protegerlo. Temían que lo envenenasen, y ellas mismas cocinaban para él en un pequeño puchero que instalaron en las habitaciones.

César, indiferente a los rumores que le acusaban, paseaba tranquilamente bajo la ventana de Alfonso cuando iba y venía a ver a su padre, e incluso acudió a visitarle tan pronto como los médicos lo permitieron, como si se encontrase fuera de toda sospecha. Al verle, y a pesar de su menor tamaño y fuerza, Lucrecia le agarró del jubón y, empujándole a un rincón discreto, le interrogó.

—¿Fuiste tú quien trató de matarle?

César rio de una forma desagradable.

—¿Quién te crees que soy? ¡Claro que no fui yo! De haber sido yo, estaría ya muerto.

Cuando Miquel Corella apareció por la librería, Joan llevó la conversación al mismo asunto y obtuvo una respuesta semejante.

—Pero ¿quién diablos se creen que soy? —Estaba ofendido—. Mírame; tú me conoces. ¿Te crees que yo necesito a cuarenta hombres para dejar solo medio muerto a un jovencito al que acompañaban un par de estúpidos? Cuarenta hombres, menuda exageración…, no serían ni media docena. Tú y yo solos nos habríamos bastado para enviar a esos napolitanos charlatanes a criar malvas.

Joan negó con la cabeza; no creía que su amigo necesitase mucha ayuda para matar a tres hombres.

—¿Quién puede haber sido?

—Vete tú a saber —repuso el valenciano—. Pueden haber sido muchos. Desde los franceses, que preparan la invasión de Nápoles y no quieren que el de Aragón influya en el papa, hasta los Orsini, o incluso es posible que fueran vulgares ladrones. No fuimos nosotros.

—Pues eso es lo que se dice —insistió Joan—. Creen que queréis a Lucrecia viuda para casarla en una alianza más conveniente.

—Sí, eso dicen. Y el primero es ese insolente mozalbete napolitano que está tumbado allí en la casa del papa. —Miquel continuaba indignado—. Pues que vaya con cuidado, no sea que lo que empezaron otros lo terminemos nosotros.

—Alfonso de Aragón ya ha superado el peligro de muerte —le dijo Anna a Joan al día siguiente—. Me gustaría que me acompañarais a visitarle.

—Vos ya vais con suma frecuencia —repuso él—. Demasiada y en contra de mi opinión. Bien que me representáis.

—Lucrecia, Sancha y sus esposos son habituales de la librería, no solo amigos míos —insistió ella—. Os ruego que me acompañéis al menos una vez. Creo que es obligado que mostréis un interés cortés.

Al fin, Joan aceptó acudir junto a su esposa a la torre nueva del jardín de San Pedro a interesarse por la salud del joven Alfonso. Una pequeña corte de napolitanos hacía guardia a la entrada de las habitaciones del duque, y Lucrecia y Sancha, siempre vigilantes, dieron grandes muestras de alegría al verlos.

—Se restablece con rapidez —les dijo Lucrecia triste—. Está impaciente por abandonar Roma y viajar a nuestras tierras de Bisceglie, en Nápoles. Espero que mi padre me deje ir con él. No podría sufrir otra separación. Le amo con locura.

—Será mejor que salga de aquí lo antes posible —añadió Sancha—. No hay forma de apaciguarle; está rabiando por tomar las armas. Temo que haga alguna tontería.

Cuando entraron a saludarle le encontraron pálido, cubierto de aparatosos vendajes y tumbado en el lecho. Hacía calor y las ventanas de la habitación estaban abiertas.

—Ha sido César Borgia, ahora duque de Valentinois por su alianza con Francia —afirmó Alfonso sin que los Serra se lo preguntaran—. Pero a fe mía que se acordará de esto.

—¿Le visteis entre los atacantes? —quiso saber Joan—. ¿Pudisteis reconocer a alguien?

—No. Pero sé que le desagrado profundamente. Solo hay que ver cómo me mira.

—Pienso que César mira así a la mayoría de la gente. —Joan quería quitarle hierro al asunto—. Y creo que sería bueno que ponderarais otras opciones. Ya sabéis, la política es muy complicada y estoy seguro de que tenéis enemigos de los que ni siquiera sospecháis.

El duque se quedó mirando a Joan con cierto desencanto.

—Decís eso porque sois un *catalano*.

Joan no regresó a visitar a Alfonso de Aragón; la pequeña corte que le rodeaba tenía convicciones muy firmes sobre lo ocurrido y no se sentía bien recibido. En cambio, Anna continuó yendo casi todas las mañanas y las tardes a ver a sus amigas, que no salían del Vaticano vigilando al convaleciente. Una tarde, Anna regresó pálida a la librería y fue a la busca de su esposo.

—¿Sabéis lo ocurrido en los jardines del Vaticano?

—No.

—Alfonso de Aragón le ha disparado con una ballesta desde su ventana a César, que paseaba por los jardines conversando con unos caballeros.

—¿Le hirió?

—No. No sé si fue por falta de puntería o porque solo quería advertir a su cuñado.

—¡Qué estupidez! —exclamó Joan—. ¿Es que se cree que le va a asustar? Debería saber que una ballesta no es un juguete y que César no lo considerará un juego.

El 18 de agosto, cuando Anna se despedía de sus amigas cerca de la caída de la tarde, se oyeron gritos en el exterior de la estancia. Al salir vieron una tropa de hombres armados al mando de la cual iba don Michelotto; acababan de entrar por la fuerza desarmando a la guardia de quince soldados que respondían de la vida del duque frente al papa. Penetraron en la habitación del convaleciente, que, tendido en la cama, se encontraban rodeado de un grupo de napolitanos entre los que se encontraba su médico y uno de sus tíos. Cuando vieron a Miquel Corella, Lucrecia y Sancha palidecieron y la segunda le cogió la mano a Anna y se puso a temblar como una hoja. Sin embargo, Lucrecia avanzó hacia el valenciano y le plantó cara.

—¿Qué hacéis aquí? —le dijo altiva y autoritaria—. No tenéis ningún derecho a entrar con hombres armados. Salid de inmediato.

La mirada de Anna, que se encontraba junto a Sancha, detrás de la hija del papa, se cruzó un instante con la de Miquel, pero ninguno de los dos dio muestras de reconocerse. Anna sabía que aquello era muy serio y notaba los pálpitos de su corazón al contemplar, temerosa e incrédula, la escena.

—Tengo órdenes de detener a estos señores bajo la acusación de conspiración contra los Borgia en complicidad con la familia Orsini.

La librera observó a Alfonso de Aragón. El joven se agitó dolorido y trató de levantarse del lecho con dignidad. Los soldados prendieron a los napolitanos que le rodeaban y, después de apartar a la hija del papa, Miquel volvió a tumbarle en la cama de un empujón.

—¡No os atreváis a tocar a mi esposo! —gritó Lucrecia—. Está bajo la protección y hospitalidad de mi padre, el papa, y ni vos ni nadie puede ponerle la mano encima. ¡So pena de muerte! Voy a hablar con mi padre para que os dé órdenes precisas. ¡Nadie está por encima del pontífice! ¡Os va la vida en ello!

Anna vio vacilar a Miquel Corella. Las palabras de Lucrecia eran duras y autoritarias y su amenaza pesaba en el valenciano.

—Como vos digáis, señora —dijo don Michelotto al rato, cediendo. Su tono era ahora comedido—. Procedo a detener a estos señores y pospongo el resto de mi misión a la espera de que habléis con vuestro santo padre.

Lucrecia sonrió aliviada a Sancha y ambas corrieron al piso inferior, donde Alejandro VI tenía sus habitaciones. Anna se quedó indecisa mientras veía cómo los soldados se llevaban a los nobles napolitanos a empujones después de vencer su resistencia. Su mirada se cruzó de nuevo con la del valenciano, que, sin saludarla ni mediar palabra, la cogió del brazo, la hizo salir de la habitación y cerró las puertas tras él dejándola fuera.

Los soldados condujeron a sus prisioneros escaleras abajo

y Anna se quedó sola, contemplando la puerta. Temía lo peor. Don Michelotto había sido cómplice de su violación y ahora se disponía a cometer el más miserable de los crímenes contra un muchacho herido. En el colmo del cinismo había mentido a Sancha y a Lucrecia, fingiendo que las obedecía. Había dicho que esperaría las órdenes del papa para librarse de ellas y así poder matar a Alfonso con comodidad. La rabia superó su temor y empujó la puerta, que no tenía la llave echada. Se abrió con un suave chirrido y Anna penetró en la habitación.

Don Michelotto avanzaba hacia Alfonso de Aragón, que había conseguido ponerse en pie y le amenazaba con una daga.

—No os acerquéis —le dijo.

El valenciano se detuvo, le observó unos instantes y se abalanzó sobre él. El joven le lanzó una cuchillada que sin duda su oponente esperaba, pues la esquivó sin problemas y antes de que pudiese repetir el ataque le propinó un tremendo puñetazo en la cara. El golpe sonó como un chasquido y Alfonso de Aragón, sin ni siquiera un lamento, cayó hacia atrás con los brazos abiertos sobre la cama, soltando la daga. Sin perder un instante, don Michelotto se puso a horcajadas sobre él y empezó a asfixiarle con una almohada. El joven se debatía desesperado mientras el capitán vaticano presionaba con todas sus fuerzas sobre el cojín.

Anna vaciló un momento, y sin importarle la fuerza de aquel asesino, se lanzó hacia él. No podía ser testigo de la muerte del joven caballero, el amado esposo y hermano de sus amigas, a manos de aquel miserable sin tratar de evitarlo. En unos instantes, ellas llegarían con las órdenes del papa e impedirían el crimen. Recordó cómo su cuñada María la salvó en una ocasión clavándole las uñas en los ojos a un hombre y, llegando por la espalda de don Michelotto, quiso imitarla. Pero solo logró rozar sus párpados. El valenciano estaba alerta y al primer contacto, sin soltar el cojín con el que asfixiaba a

Alfonso, dio un codazo hacia atrás que alcanzó en el pecho a Anna, la derribó y la hizo caer al suelo.

La librera se sobrepuso al dolor y trató entonces de alcanzar la daga que había perdido Alfonso de Aragón, pero Miquel Corella, que la vigilaba, soltó por primera vez a su presa para propinarle a Anna una patada en el vientre que la tumbó boca arriba en el piso. Más dolor. Ella le vio venir y trató de resistirse, pero él la cogió de la pechera del vestido y la hizo incorporarse con un gruñido. Anna notó cómo su puño chocaba contra su cara y cómo su cuerpo golpeaba la pared. El mundo desapareció para ella por unos instantes. Cuando entreabrió los ojos vio a don Michelotto incorporándose de la cama. El cuerpo de Alfonso de Aragón, duque de Bisceglie, yerno del papa, yacía en el lecho, desmadejado. Anna no tuvo duda alguna de que estaba muerto. Tampoco dudó de que ella también iba a morir cuando vio a don Michelotto acercándose con una fina cuerda en sus manos. Lamentó su locura, pero ya no había remedio. La cuerda apretaba su cuello. Sin fuerzas, incapaz de resistirse, cerró los ojos, las imágenes de sus seres queridos acudieron a su mente y trató de rezar.

73

Lucrecia Borgia y Sancha corrieron escaleras abajo hacia las habitaciones del papa, angustiadas a la vez que llenas de esperanza. ¡El santo padre protegía al joven Alfonso y salvaría su vida! Hablaron con el mayordomo de su santidad y este, previa consulta al pontífice, les franqueó la entrada. Las jóvenes se arrojaron a los pies de Alejandro VI, atropelladamente le contaron lo que sucedía y suplicaron clemencia para Alfonso de Aragón.

—Comunicadle a Micalet que el duque de Bisceglie no solo es mi yerno, sino también mi invitado, y está bajo mi protección —dijo al final del relato el papa, enérgico—. Le ordeno que le respete sean cuales sean sus órdenes. Y si le queda alguna duda, que baje a verme.

—¡Gracias! —respondieron ellas llenas de alegría, y subieron corriendo al piso superior.

Lucrecia y Sancha encontraron a don Michelotto, que hacía guardia frente a la puerta junto a cuatro de sus soldados.

—¡Mi padre os ordena que…! —le chilló la hija del papa. Y se detuvo porque Miquel Corella, con los brazos cruzados, negaba con su cabeza de toro clavando sus oscuros ojos en los de ella.

—¿Qué ocurre?

—Tengo malas noticias. Entré solo un momento a saludar

al duque, pero se puso muy nervioso, quiso escapar, se cayó de la cama y ha muerto. Ha sido un desafortunado accidente.

—¡¿Qué?! —exclamó Lucrecia horrorizada abriendo con espanto sus ojos.

—¡Asesino! —El grito desgarrado procedía de Sancha de Aragón.

La princesa se precipitó sobre don Michelotto con la intención de clavarle sus cuidadas uñas en la cara. Pero este se desembarazó de ella de un manotazo e hizo un gesto para que sus soldados asieran a Sancha, que se puso a chillar pataleando desesperada para librarse de sus captores.

—¡Quiero verle! —gritó Lucrecia precipitándose hacia la puerta cerrada. Don Michelotto la sujetó para que no entrase.

—No se puede.

—¿Cómo que no se puede? ¡Asesino!

Los soldados la prendieron y ella escupió al valenciano, acertándole en la cara. Después estalló en un llanto desconsolado que la sacudía en unos hipos asfixiantes. Miquel Corella se limpió la faz con el dorso de la mano.

Los dos aprendices que acudieron a recoger a su patrona al Vaticano regresaron a la librería sin ella y sin noticias sobre qué le podía haber ocurrido. Joan ya los esperaba inquieto por el retraso. El librero montó en su caballo y, acompañado por Pedro Juglar, se dirigió a la ciudad del papa en busca de su esposa. El acceso al Vaticano estaba cerrado, pero ambos conocían a la guardia y alegaron que tenían un recado urgente para Miquel Corella. Allí se enteraron de que Alfonso de Aragón había muerto en circunstancias aún confusas. A Joan le dio un vuelco el corazón. ¿Qué le había ocurrido a Anna?

—Me temo lo peor —le confesó a su cuñado—. Con toda seguridad, Anna se encontraba con sus amigas, y ellas, con Alfonso de Aragón.

—La muerte del joven duque tiene que haber sido violenta —dedujo Pedro—. No habría si no todo este revuelo.

—Y Anna está implicada en el suceso. De lo contrario, hubiera regresado a casa.

Joan sentía una angustia terrible que le atenazaba, y con su cuñado se dirigió a toda prisa a los jardines de San Pedro. Los accesos a la residencia del papa estaban protegidos por una fuerte guardia que bajo ningún concepto les permitió el paso, a pesar de que Pedro gozaba de la amistad de alguno de los soldados. De nada sirvió preguntar por Miquel Corella, por Lucrecia Borgia o por Sancha de Aragón y alegar que eran portadores de un mensaje urgente.

Era ya noche cerrada cuando vieron que de la residencia papal salía una comitiva de veinte frailes silenciosos, con sus capuchas caladas y con antorchas, que portaban un féretro. La procesión se dirigió a la cercana capilla de la Virgen de las Fiebres y entró en ella junto con el arzobispo Francisco de Borgia. Al día siguiente, Pedro y Joan supieron que se trataba, como habían sospechado, del cadáver de Alfonso de Aragón y Nápoles, duque de Bisceglie, sobrino del rey de Nápoles y yerno del papa. Nadie pudo acercarse a su cuerpo y, a pesar de sus súplicas, Lucrecia y Sancha fueron encerradas en sus habitaciones sin que pudiesen asistir a la ceremonia ni despedirse del difunto. En la capilla, el arzobispo, sin otra música que las salmodias de los frailes, celebró un rápido y solitario oficio de difuntos en nombre del papa.

Los libreros no pudieron ver a Miquel Corella, y al poco los soldados los obligaron a salir del Vaticano sin darles respuesta sobre el paradero de Anna.

Después de tres días de angustia, sin noticias de su esposa ni del valenciano, Joan recibió un mensaje de Miquel Corella en el que le decía que le vería aquella tarde en el Vaticano. Se apresuró a acudir a la cita con el alma en vilo. César Borgia había ordenado una guardia especial de cien alabarderos con la excusa de proteger los aposentos papales de posibles conjuras. Allí permanecían, recluidas y aisladas, Lucrecia y Sancha, llenas de dolor, sin ni siquiera saber dónde había sido enterrado Alfonso. Al hijo del papa no le había importado admitir su responsabilidad en la muerte de su cuñado diciendo que lo había matado porque este pretendía matarle a él.

—¿Dónde está mi esposa? —inquirió Joan al entrar en el despacho de don Michelotto, sin saludar siquiera.

—Siéntate. Tengo malas noticias.

—Decidme lo que tengáis que decir —repuso Joan angustiado, aún de pie.

—Nada diré si no te sientas.

Joan se vio obligado a hacerlo. Su corazón batía acelerado en su pecho y su mano deseaba empuñar su daga.

—Tu mujer se entrometió en lo que no debía y fue testigo de lo que nadie debía ver.

El librero imaginó lo ocurrido, conocía a Anna. Tragó saliva. ¿Le estaba diciendo que la había matado?

—¿Qué le ha pasado? ¿Dónde está? —Un nudo en la garganta apenas le dejaba hablar.

—Aún vive.

—¿Qué queréis decir con eso?

—Que es una entrometida y que estuve a punto de matarla —dijo Miquel con tranquilidad—. Y que vivirá si llegamos a un acuerdo.

—¿Qué acuerdo?

—Por fortuna, a César no le importa decir que fuimos nosotros quienes matamos al duque. Si tu esposa promete no contarle a nadie lo que vio, incluidas sus amigas Lucrecia y Sancha, te la puedes llevar.

—No dirá nada.

—Eso espero —dijo don Michelotto siniestro—. De lo contrario, el mal del que hoy se libra caerá mañana sobre ella. Vive porque es tu esposa. Y porque tú eres de los nuestros y además mi amigo. De no ser así, la hubiera matado sin vacilar.

—Y yo a vos. —Joan lo dijo arrastrando las palabras. Miraba fijamente al capitán de la guardia vaticana.

—¿Me amenazas?

—Tanto como vos a mi esposa.

Se miraron desafiantes y Miquel Corella compuso aquella expresión que asustaba a la gente. Joan apretó las mandíbulas, le sostuvo la mirada y sintió que su mano temblaba de deseos de empuñar su daga. Sin embargo, en la cara del valenciano apareció una sonrisa.

—Anda, déjate de tonterías —le dijo—. ¿Quieres ver a tu mujer o no?

74

Era el tercer día que Anna pasaba en aquella habitación que solo disponía de un ventanuco enrejado sin hacer otra cosa que rezar, añorar a los suyos y sufrir el dolor de los golpes recibidos. No era una mazmorra, estaba bien amueblada, pero cumplía el mismo fin. Recordaba con angustia y horror el momento en que Miquel Corella le puso la cuerda en el cuello; estaba segura de que iba a matarla, y sin embargo no lo había hecho. Aún no sabía si terminaría ejecutándola y sufría por la angustia que su familia estaría pasando. Deseaba abrazar a su marido y a sus hijos y dudaba que pudiera hacerlo de nuevo; era consciente de que se había convertido en testigo incómodo de un crimen de Estado.

Así que cuando se abrió la puerta y vio a Joan sonriente, su corazón dio un vuelco de alegría. ¡Estaba salvada! Vio que la expresión feliz de su esposo cambiaba y supo que era por el aspecto de su cara. Tenía un ojo amoratado, el pómulo hinchado y el labio partido.

—¿Os encontráis bien? —preguntó preocupado.

A Joan no le acompañaba don Michelotto y Anna suspiró aliviada.

—Ahora que os veo, me siento a las mil maravillas —dijo mientras corría a abrazarle.

Joan disfrutó del intenso placer de estrecharla contra su

cuerpo mientras pensaba que, a pesar de sus heridas, aquellos graciosos hoyuelos que tanto amaba se continuaban formando en el rostro de su esposa cuando sonreía.

Su regreso al hogar llenó de alivio y alegría a la familia, y se decidió que Anna no bajase a la sala de ventas hasta que las huellas de su encuentro con Miquel Corella desaparecieran de su rostro.

—No quiero ver a ese hombre nunca más —le dijo a su esposo—. Es el peor de los asesinos.

—Sin embargo, os perdonó la vida, cuando hubiera matado a cualquier otro. Nos protege, Anna. Al igual que lo hacen el resto de los *catalani*. Nos guste o no, ellos son de los nuestros.

—No son de los míos. Es una banda de criminales que no se detiene ante nada con tal de que César Borgia cumpla sus ambiciones.

—Y ¿quiénes son los vuestros, Anna? ¿Con quién creéis que estáis? —inquirió Joan—. ¿Con Lucrecia Borgia y Sancha de Aragón? ¿Creéis que estáis con ellas? Pues desengañaos, que no es así. Vos habitabais un mundo de princesas y duquesas falso. Os lo advertí repetidamente. Detrás de esos oropeles, detrás del esplendor de las grandes damas se encuentra la dureza del acero que sostiene el poder que alimenta ese boato. Y el poder que las sostiene viene de las armas de los *catalani*, aunque pongan caras y hagan mohínes de disgusto al ver a Miquel Corella. —Anna miraba en silencio a su esposo, que tomó aliento antes de continuar—: Sois dura en exceso con el clan que protege al papa. Sobrevive en un entorno hostil y usa los mismos métodos que sus rivales, ni más ni menos.

—Tenemos un pacto con el diablo, Joan —dijo ella después de un largo silencio en el que ambos buscaron el interior del otro en las pupilas de sus ojos—. ¿No os dais cuenta? Ese Miquel Corella os ha comprado con esta librería y os quiere convertir en un asesino como él. ¿Es que no lo veis?

Habían transcurrido unos días desde el regreso de Anna al hogar y a Joan aún le encogía el corazón ver su aspecto. La herida de su labio aún no había cicatrizado del todo y el cardenal del ojo y el pómulo iba mudando su color de amoratado a verdoso.

Bajó a la librería murmurando y al rato vio aparecer a Miquel Corella; mostraba un aspecto ufano y saludó sonriente a Paolo y al aprendiz. Su apariencia alegre le irritó más.

—¿Qué tal se encuentra tu esposa? —le preguntó.

—¿Puedo hablar un momento con vos en privado?

—Naturalmente.

Joan le invitó a pasar al salón pequeño y cerró la puerta.

—¿De qué se trata? —quiso saber el valenciano.

El librero le propinó en el estómago un izquierdazo con todas sus fuerzas y rabia, y el capitán vaticano se dobló soltando un resoplido. Trató de cubrirse, pero Joan le lanzó un gancho con la derecha que le impactó en la cara y le hizo caer. Miquel rodó por el suelo y cuando se incorporó lo hizo de un salto y con la daga desenfundada en la mano. Con ella encaró a Joan, que también desenvainó la suya. El valenciano parecía un animal a la vez sorprendido y a punto de atacar.

—¿Qué mosca te ha picado ahora? —preguntó arrastrando las palabras después de pasarse la lengua por la sangre del labio y amenazando con su arma—. ¿A qué viene esto?

—No os atreváis a tocar a mi mujer nunca más. —Joan estaba preparado para recibir su acometida.

—¡Ja! —dijo Miquel. Y una sonrisa apareció por un instante en su rostro—. ¡Tu mujer otra vez! Así que es solo eso...

—Y ¿os parece poco? —Joan continuaba en posición de guardia con su daga—. Si le volvéis a poner la mano encima, os mato.

—Y yo hubiera matado a cualquier otro por menos de lo

que acabas de hacer. —Su tono era sosegado—. No amenaces con tanta facilidad, no sea que te ocurra lo que al estúpido de Alfonso de Aragón, que en paz descanse. Y enséñale a tu mujer a no entrometerse en cosas de hombres. Las esposas imprudentes siempre meten a sus maridos en líos. ¡Dile que tiene suerte de estar viva! —Y enfundó su puñal, con movimientos lentos, tranquilo.

—Jamás debisteis golpearla.

Don Michelotto se encogió de hombros.

—No quería hacerlo, pero no me dio opción. —Continuaba calmado, como si no hubiera pasado nada y su labio no sangrase—. Fue ella quien se abalanzó sobre mí para impedirme cumplir con mi trabajo. Es una mujer muy decidida y tuve que dejarla fuera de combate. Eso fue todo, no me ensañé con ella. Lamento haberla golpeado, porque la aprecio.

Joan le escuchaba en silencio con la daga aún en la mano. Le había transmitido su mensaje con claridad, no tenía argumentos para rebatir sus palabras y le creía.

—Anda, guarda el arma, que no pienso pelear contigo —añadió Miquel.

—Os repito lo dicho —dijo Joan enfundando su daga—. No volváis a tocar a Anna.

Don Michelotto sonrió, le tendió la mano a Joan y su gesto amistoso relajó al librero. Le sorprendía la facilidad con la que el valenciano aceptaba su advertencia. Le devolvió la sonrisa y cuando fue a estrecharle la mano, este le descargó tal puñetazo en la cara que Joan fue a chocar contra las estanterías de libros.

—No la volveré a tocar, si no se entromete. Anda, díselo. Y tú no me das miedo.

Y con toda tranquilidad, se limpió la sangre con un pañuelo, salió del salón cerrando la puerta y, después de despedirse de Paolo y del aprendiz, abandonó la librería. Joan le dejó ir sin más. De alguna forma, el dolor de su cara le reconfortaba.

Comprendía las razones de aquel al que aún consideraba su amigo, pero, al mismo tiempo, sentía que este había recibido su mensaje con toda claridad. El hecho de que Miquel hubiera encajado dos puñetazos y él solo uno no iba a cambiar aquella relación de dependencia de la que se quejaba Anna, pero habérselos dado le hacía sentir bien. Y también que don Michelotto se hubiese desquitado. Estaban en paz.

—¿Qué os pasa en la cara? —le preguntó Anna aquella noche. La marca rojiza del puñetazo llevaba camino de amoratarse.

—Nada, que me he caído.

Lucrecia estaba desconsolada y no cejó hasta que su padre, irritado por lo ocurrido y angustiado por el terrible dolor de su hija, del que no sabía consolarla, dejó que abandonara el Vaticano. Doce días después de la muerte de su esposo, Lucrecia Borgia partía, junto a su hijo, con una escolta de seiscientos caballeros hacia Nepi, donde se convertiría temporalmente en gobernadora de la fortaleza y del pueblo. Allí, lejos de su familia, sufriría su duelo, mientras Sancha continuaba retenida en el Vaticano.

Anna recibió una carta de la hija del papa escrita el mismo día de su partida. Le decía que tenía el corazón desgarrado, que lamentaba mucho no poder verla antes de partir y que nunca más permitiría que su familia jugara con sus sentimientos, que la usasen como moneda de cambio por intereses políticos.

—Yo también quiero irme de esta maldita ciudad —le dijo Anna a Joan—. Y no regresar nunca más.

Él la escuchó en apenado silencio; llevaba días sufriendo la tristeza, la rabia y el desconsuelo de su esposa. No dijo nada, pero aquella noche escribió en su libro: «Sí, pero ¿adónde?».

75

Cuando Anna vio entrar a aquel hombre por la puerta de la librería sintió un escalofrío. Iba bien abrigado y, bajo su abultada gorra de viaje, una máscara negra cubría la parte de su rostro que su frondosa barba normalmente dejaría visible. Parecía que venía de muy lejos, el pliego lacrado en su mano evidenciaba que se trataba de un mensajero, y la máscara decía que no debía ser visto en Roma. La librera adivinó el resto y se estremeció.

—¿Don Joan Serra de Llafranc? —preguntó el hombre, que ni siquiera saludó. Sus modales denotaban urgencia.

—Ha salido —mintió Anna, que en aquel momento se encontraba sola con el aprendiz en la tienda de la librería.

El mensajero hizo un gesto de contrariedad.

—¿Os puedo ayudar? —preguntó Anna—. Soy su esposa.

—Sí, lo sé —contestó el hombre en valenciano—. Traigo un mensaje muy urgente de Miquel Corella.

Los temores de Anna se confirmaban. ¡Don Michelotto! Era diciembre, habían transcurrido casi dos años y medio desde el asesinato de Alfonso de Aragón y ella no había olvidado. En sus pesadillas aún veía el cadáver del esposo de Lucrecia y al capitán vaticano golpeándola para ponerle a continuación la soga al cuello. Por suerte, las conquistas de César Borgia, ahora, además de duque de Valentinois, duque de la Romaña, lo habían mantenido alejado de Roma. Durante un tiempo, Miquel había sido gobernador de una de las ciudades conquistadas; recibió varias heridas y un cañonazo estuvo a punto de arrancarle un brazo. Pero para disgusto de Anna había sobrevivido.

Ella intuía el contenido de aquel mensaje urgente que el valenciano enviaba a su esposo. Los *catalani* estaban en serios apuros. Después de alcanzar el cenit de su gloria conquistando la Romaña y sometiendo a Florencia y otros pequeños estados que le pagaban tributo por protección, César Borgia se enfrentaba a una sublevación de sus condotieros, los generales italianos que habían capitaneado sus tropas. A ellos se sumaba algún *catalano* renegado. Le tenían acorralado. Se comentaba en la librería que los Orsini, de nuevo, se encontraban tras la conspiración, y que esta vez tenían las de ganar. Si César Borgia era asesinado o apresado, el siguiente golpe se produciría en Roma. En él caería el papa. Y todo se derrumbaría como un castillo de naipes.

Anna miró la misiva en manos del mensajero. Con toda seguridad, Miquel Corella, que se jugaba la vida junto a su señor, le pediría a su esposo que acudiese en su ayuda. Faltaban pocos días para Navidad y Anna estaba segura de que Joan viajaría hasta el fin del mundo, como un lacayo fiel, para ayudar a aquel asesino. Tristes Navidades serían aquellas, porque Joan Serra, el esposo, el padre, el hermano y el hijo, quizá jamás volviera. Anna sentía un nudo de angustia formándose en sus tripas, pero disimuló.

—Le entregaré el mensaje tan pronto como llegue —le dijo al hombre tendiéndole la mano.

El mensajero dudó, pero al fin le dio el pliego lacrado. Ella sintió que aquel documento le quemaba en las manos.

—Gracias —repuso el hombre, que parecía apurado. Sin duda tenía más mensajes que repartir—. Es urgente. Necesito la respuesta hoy mismo. Debo partir pasado mañana.

—¿Dónde os la podemos hacer llegar?

—Al cuerpo de guardia del Vaticano. A nombre de Vicent Maull.

Cuando el hombre abandonó la librería, Anna miró la misiva y reconoció el sello de lacre de don Michelotto. Se dirigió al salón pequeño, guardó el pliego entre unos libros y después fue al taller, donde sabía que se encontraba su esposo.

Allí estaba Joan; sostenía en sus manos un libro que mostraba a su cuñado Pedro y a Paolo. Se acercó despacio para no interrumpir la conversación mientras contemplaba a su esposo, que, a sus treinta años, continuaba mostrando un aspecto de gran felino. Amaba a aquel hombre testarudo, y en aquellos últimos años, a pesar de sus discusiones cuando hablaban de don Michelotto y los *catalani*, habían sido muy felices. No quería que lo mataran, y menos por acudir a la llamada de socorro de un asesino.

—Os felicito, Pedro —decía Joan—. La impresión de esta partida de biblias es excelente, y lo mismo tengo que decir de la encuadernación.

—Me alegro de que así lo consideréis, Joan —repuso su cuñado sonriendo—. Los muchachos se esfuerzan.

—Sí, sí, tenéis razón —intervino Paolo—. Los libros están bien hechos. Sin embargo, a mí se me hiela la sangre en las venas cada vez que un cardenal o un obispo hojea alguno de nuestros libros… No temo que encuentren defectos de fabricación, sino que se den cuenta de que el libro que sostienen en sus manos está prohibido.

—No es lo mismo prohibido que no autorizado —replicó Joan con una sonrisa.

—Para el caso es lo mismo —repuso el romano—. Recordad que Alejandro VI emitió una bula en la que ordenaba, bajo pena de anatema, que no se imprimieran libros sin licencia previa del obispo, que debía revisarlos con anterioridad. Si descubren que desobedecemos, nos encarcelarán o algo peor.

—Esa bula fue una mera copia de la que emitió su antecesor —contestó Joan—. Seguramente la curia le presionó. El talante del papa es liberal. A principios de año le dijo al embajador de Ferrara que Roma era una ciudad libre y que cada uno puede pensar y escribir lo que se le acomode. Y que sabía que de él se decían muchas cosas malas, pero que le traían sin cuidado.

—Sí, y protege a los judíos y conversos huidos de España, deja que Copérnico enseñe en la Universidad de la Sapienza que la Tierra y los planetas giran alrededor del Sol a pesar de que la Biblia dice lo contrario y se ríe de los poemas satíricos y los libelos que escriben contra él —añadió Pedro.

—Habla de pensar y escribir, pero no de imprimir —aclaró Paolo—. Además, él será tolerante, pero su hijo César no lo es.

—Cierto —intervino Anna—. César mandó ejecutar este año a un veneciano que tradujo un libelo contra él. Y el año pasado le cortó la lengua y una mano a otro por un motivo similar. El papa le disculpa diciendo que su hijo es aún demasiado joven y no sabe soportar insultos.

—Yo digo que nos arriesgamos demasiado —continuó Paolo—. Debemos ser más prudentes.

—Conocéis nuestra forma de pensar, Paolo, y estáis aquí porque coincide con la vuestra —le dijo Joan—. Así que no os preocupéis, yo me hago responsable del riesgo. Por fortuna, aquí no hay Inquisición, y los que podrían ejercerla son amigos.

—Espero que sepáis lo que hacéis, Joan —concluyó Paolo, y regresó a la tienda.

Anna se dijo que no era la primera vez que mantenían aquel debate con semejante resultado. Pedro se alejó para revisar unos pliegos que estaban imprimiendo y los esposos se quedaron solos. Él le sonrió y ella le observó preguntándose qué hacer con la misiva.

—¿Me buscabais? —inquirió él.

—No, solo vine a ver qué hacíais. —El estómago se le revolvía al imaginar a Joan partiendo hacia la guerra en aquellos días fríos y destemplados.

Anna regresó al salón pequeño, recuperó el pliego y sin que su esposo la viera subió a su alcoba, donde después de echar el cerrojo, con manos temblorosas y un cuchillo, rompió el lacre para abrir el documento.

«Te necesito en Fano antes del 30 de diciembre», decía aquella nota firmada por Miquel Corella.

Aquel escueto mensaje era, simple y llanamente, una orden. Una orden que separaría a su esposo de la familia y le lanzaría a recorrer en Navidad caminos inhóspitos, lluviosos y nevados que le harían cruzar la cordillera de los Apeninos para llegar a las orillas del mar Adriático, donde quizá le esperase la muerte. ¿Cómo se atrevía don Michelotto a tratar así a su marido? Sentía temor y a la vez rabia. Tomó un papel y escribió:

«Lo siento, don Miquel. Asuntos familiares y de salud me impiden acudir. Que Dios os bendiga».

Imitó la firma de Joan, esperó a que la tinta se secara, dobló su mensaje y lo cubrió con un pergamino fino también doblado que selló con un lacre en el que estampó la enseña de su esposo, que mostraba un libro abierto. En la cubierta escribió el nombre del mensajero. Después, siempre sin que Joan se enterase, envió al aprendiz al Vaticano para que entregara la misiva en el cuerpo de guardia.

Sabía que antes o después Joan descubriría su mentira. Y que cuando eso ocurriera montaría en cólera, pero sería ya demasiado tarde. Prefería tenerlo resentido a su lado a muerto en un lejano y helado campo de batalla.

76

Aquella misma tarde, cuando Anna bajó a la librería después del almuerzo, inquieta por las consecuencias de la falsa respuesta enviada, Joan interrumpió la conversación que mantenía con Pedro para darle la noticia:

—Parece que vuestra amiga Sancha de Aragón está decidida a continuar escandalizando incluso encerrada en el castillo de Sant'Angelo.

—¿Qué ocurre ahora? —quiso saber Anna.

Acusada de escándalo, la princesa de Esquilache llevaba un tiempo en prisión por orden de su suegro Alejandro VI.

—Se asoma a la ventana del castillo, coquetea y se ofrece a los soldados que le agradan —continuó Joan—. Me temo que terminará encerrada en una mazmorra. El papa ya le aguantó demasiado no dándose por enterado de sus adulterios y un día u otro se le tenía que acabar la paciencia.

—No la ha encerrado por su conducta —afirmó Anna.

—¿Por qué si no? —inquirió Pedro.

—Porque su tío ya no es rey de Nápoles y Sancha ha dejado de tener valor estratégico —repuso Anna—. Razón tenía Innico d'Avalos cuando nos avisó de que el tiempo de la dinastía de Aragón en Nápoles terminaba. El papa, en connivencia con Francia y España, depuso al tío de Sancha; los franceses se repartieron el reino con los españoles y ambos entraron a la conquista a sangre y fuego.

—Sí, pero todo eso ocurrió ya el año pasado y el papa y Jofré Borgia, su marido, han estado aguantando los excesos de Sancha hasta hace poco —replicó Joan—. Su encierro no tiene que ver con la política, sino con el comportamiento de la princesa.

—Es su forma de rebelarse contra una situación injusta —afirmó Anna, muy seria.

—¿Rebelarse? —preguntó Pedro.

—Sí. La casaron con un hombre al que no quería, mataron a su hermano, al que adoraba, y ahora su tío se ha tenido que exiliar de Nápoles junto a su familia porque el papa le ha desposeído del reino, todo por conveniencias políticas —continuó Anna—. Creo que con el escándalo busca humillar al papa.

—Y ¿no será que encuentra placer en ese tipo de rebelión? —inquirió Pedro riendo.

—Como también se ha rebelado Lucrecia Borgia —siguió Anna sin hacer caso a las risas de su cuñado—. Aunque de forma muy distinta. Se ha casado con Alfonso d'Este, el heredero del ducado de Ferrara, un hombre apuesto, cercano a su edad y que ella misma escogió. Y vive lejos de Roma, donde su familia ya no puede afectarle.

—César y el papa no decidieron la boda —repuso Pedro—. Pero no les disgusta.

—En todo caso, de una forma u otra, mis amigas han decidido rebelarse contra su injusto destino —concluyó Anna, sin responder a su cuñado.

—¿Injusto destino? —bufó él—. ¡La rebelión de las princesas! Pero ¡si han vivido toda su vida entre algodones! Injusto es el destino de la pobre que no tiene con qué dar de comer a sus hijos y trabaja de sol a sol o se prostituye si es que a alguien le apetece…

—Bueno, espero que vos no os unáis a esas rebeliones —dijo Joan sonriéndole cariñoso.

Anna forzó una sonrisa para corresponderle. Pero en su interior sonó la respuesta que no quiso darle: «Y ¿si supierais que ya lo hice?». Y pensaba en aquella misiva y en las consecuencias que tendría.

—César se encuentra en una situación muy apurada —le dijo Pedro a su cuñado aquella misma noche al regresar del Vaticano, adonde había acudido a un requerimiento urgente recibido en la tarde—. Las noticias que llegan de la costa adriática son muy preocupantes. La rebelión de los condotieros tiene a César y a los últimos de sus fieles acorralados.

—Lamento saberlo.

—Más lamentaréis saber que se os considera traidor.

—¿Traidor? —se asombró Joan—. ¿Por qué?

—Me llamaron del Vaticano porque Miquel Corella necesita gente de absoluta confianza. Ha habido muchas traiciones. Allí me he encontrado con el mensajero que llegó hoy de la costa adriática y que tiene que regresar pasado mañana, un tal Vicent. Yo partiré con él. Me dijo que al primero al que Miquel había querido avisar fue a vos y que rechazasteis ayudarle.

Joan se quedó boquiabierto mirando a su cuñado sin entender lo ocurrido. Este le tendió una nota y el librero reconoció de inmediato la letra de su mujer.

—¿Qué es esto, Anna? —inquirió Joan mostrándole a su esposa el documento que ella había escrito por la mañana.

Se encontraban en el dormitorio y Anna, que iba a desvestirse para entrar en la cama, palideció. Podía ver el enojo en las fuertes cejas de su esposo y en su mirada oscura. Sabía que aquello iba a llegar, solo que esperaba que cuando lo hiciera Joan no tuviese tiempo para acudir a la llamada de don Michelotto. Decidió afrontar el asunto con valor, se irguió cuanto pudo y, sosteniendo la mirada de su esposo, le dijo:

—Mi rebelión.

—¿Vuestra rebelión?

—Sí, mi rebelión a que esa banda de asesinos capitaneados por César Borgia y Miquel Corella disponga de vos a su antojo. Y que vos obedezcáis sin rechistar. Primero fue Juan Borgia, después, ese fraile, Savonarola, y ahora quién sabe a quién tendréis que matar. No, Joan, vuestro lugar está aquí, con vuestra familia…

—¿Sabéis que en el Vaticano se me considera traidor? —la interrumpió él.

—¿Traidor? Claro, no podéis decir que no, ¿verdad? Sois un simple peón de su juego. ¿Dónde está esa libertad de la que tanto alardeáis?

—Decido ir precisamente porque soy libre.

—No. Vais porque no os dan más opción. —Anna sentía una mezcla de rabia y miedo—. Os consideran traidor. Eso es una sentencia de muerte entre esa gente. ¿No es así? ¿No es esa la peor de las amenazas? ¿Qué harán después? ¿Me violarán, matarán a nuestros hijos, quemarán nuestra casa…?

—Escuchad, Anna. —El semblante de Joan se iba oscureciendo a pesar de que, en contraste con el de su esposa, su tono era calmado—. Si voy, es porque soy un hombre libre. Decidí libremente venir a Roma y abrir mi librería bajo la protección de Miquel Corella y los *catalani*, y eso tiene un precio. Ellos están conmigo y yo debo estar con ellos.

—Sí, pero cuando abristeis vuestra librería no os avisaron del precio…

—No, y confieso que fui tan ingenuo de pensar que era gratis. —Joan hizo una pausa—. Pero no hay nada gratis.

—Miquel Corella os engañó.

—No, no lo hizo. Simplemente, yo conocía poco del mundo y de la vida. Cualquiera con más experiencia lo habría sabido. Y si no, ved. Hace tiempo que sabemos dónde estamos, con quién y cuál es el precio. Y tomamos la decisión de quedarnos en Roma.

—Yo no tomé esa decisión.

—Sí, claro que la tomasteis. Por eso estáis aquí conmigo. Porque vos, igual que yo, sois libre.

—No, no lo soy. Ni vos tampoco.

—Os equivocáis, Anna —dijo Joan alzando la voz al tiempo que levantaba la carta falsificada por encima de su cabeza y asía el brazo de su mujer—. Yo soy libre.

Ella se cubrió la cara creyendo que iba a pegarle. Reconocía la furia ciega en la mirada opaca de su marido. Pero él mantuvo la carta en alto sin descargar golpe alguno.

—¡Me hacéis daño! —La mano de él se aferraba al brazo de ella.

—¡Y vos a mí! —repuso él elevando la voz—. ¡Nunca más! ¿Oís? ¡Nunca más oséis coartar mi libertad de elección!

Tomó unas mantas de un arcón y dando un portazo salió de la estancia. Anna sabía que iba a dormir al taller. Nunca antes lo había hecho. El pequeño Tomás, con solo cuatro años, que aún dormía en la alcoba con ellos, había presenciado la discusión sin decir nada, pero entonces se puso a llorar. Anna lo tomó en sus brazos para consolarlo, aunque al poco ella también lloraba.

—No, os engañáis —murmuró con rabia—. No sois libre. Todo lo contrario.

Por la mañana, Joan evitó hablar con su esposa y dio instrucciones a Paolo sobre la librería y a las criadas para su equipaje; partiría en la madrugada del día siguiente con su cuñado Pedro. Anna contemplaba cómo, ceñudo, lo disponía todo para una larga ausencia y sentía la tristeza crecer en su interior. Joan era capaz de dormir de nuevo en el taller e irse sin ni siquiera despedirse de ella. Y bien podía ser, aquella, la última vez que se vieran.

—Perdonadme, Joan —le dijo en un momento en que él se encontraba en la alcoba preparando sus armas—. Sé que hice mal.

Él la miró un instante, no dijo nada y continuó con su tarea. Anna supo que su marido sentía una cólera tan profunda que era incapaz de expresarla.

—Os lo suplico, dormid conmigo esta noche. No partáis con ese enfado, por favor.

Se acostaron juntos, aunque Joan ni siquiera quiso abrazarla cuando ella se acurrucaba contra él, y al despuntar el alba del 24 de diciembre se fue, junto a Pedro, el mensajero y unos hombres más, sin apenas despedirse.

Al verle partir, ella se dijo que aquellas serían las Navidades más tristes de su vida.

77

Joan sintió una profunda tristeza al dejar a Anna. Le hubiera gustado ser más afectuoso, hacerle, quizá por última vez, el amor aquella noche y despedirse con dulzura. Pero había sido incapaz. Se sentía profundamente decepcionado; conocía la opinión de su esposa sobre César, don Michelotto y los *catalani*, pero jamás pensó que pudiese hacer lo que había hecho. Aún no comprendía cómo Anna, en la que él, hasta el momento, había confiado plenamente, se había atrevido a falsificar su letra. Se notaba aún lleno de rabia, pero conforme se alejaba de la librería, y de Roma, un terrible desconsuelo iba llenando el espacio que en su pecho dejaba la ira.

Debían cubrir casi cincuenta millas por jornada, con hielo, nieve, lluvia y unos difíciles caminos por los que había que cruzar los montes Apeninos. Era mucho, pero su acompañante conocía bien aquella ruta, incluidos los puertos y las postas donde cambiar los caballos. Emplearon seis días en el viaje y durante las paradas fueron informándose de la situación interrogando a su guía.

—César y un reducido ejército formado casi en su totalidad por españoles avanzará sobre el pueblo de Senigallia, que nos abrirá sus puertas —les explicó—. Pero el alcaide de su poderosa fortaleza dice que no la rendirá si no es personalmente a César. Allí nos esperan con sus tropas Paolo y Francesco Orsini, Vito Vitelli y Oliver da Ferno. Juntos entraremos en la ciudad y César aceptará la capitulación de la fortaleza.

—¿No estaban esos condotieros entre los sublevados?

—Sí, pero han llegado a un acuerdo y César los ha perdonado. En ese encuentro firmarán la paz.

—Si todo va tan bien, ¿por qué Miquel nos pide ayuda con tanta desesperación? —le preguntó Joan a su cuñado cuando Vicent no los oía.

—Creo que Vicent ignora lo que en realidad ocurre —repuso Pedro—. César está en un serio peligro.

Llegaron al campamento, en Fano, a la orilla del mar Adriático, al caer la tarde del día 30 de diciembre, fatigados aunque satisfechos por haber cumplido el plazo. Joan y Pedro dejaron sus pertrechos y monturas al cuidado de Vicent y se dirigieron a la tienda de Miquel Corella, pero en el camino tuvieron un encuentro inesperado. Al cruzarse con un hombre de facciones finas que se cubría con una gruesa capa, pero que iba sin gorra y que llevaba, contra la moda imperante en Roma, el rostro afeitado y el pelo corto, Joan lo reconoció sorprendido.

—¡Niccolò dei Machiavelli!

El otro se quedó mirándole incrédulo y por un momento sobresaltado. Durante los más de cuatro años transcurridos desde que se habían separado, el florentino había estado preguntándose si Anna le habría hablado a su marido sobre su proposición. Las cartas que se escribían denotaban lo contrario, pero mantenía sus dudas.

—¡Joan Serra! —exclamó al fin—. ¿Qué hacéis aquí, tan lejos de vuestros libros?

—Lo mismo os pregunto. —Se dieron un abrazo palmeándose las espaldas. Aquella demostración de alegría y cariño tranquilizó a Niccolò. Después abrazó también a Pedro.

—Soy el embajador de Florencia.

—Sí, ya lo sé —le contestó Joan—. Pero no parece este un lugar muy apropiado para un embajador.

—Y menos para unos libreros. —Niccolò no insistió en su pregunta y Joan supuso que su astuto amigo adivinaba la respuesta—. Aunque sí que lo es para el embajador de Florencia si tenéis en cuenta que César va a reunirse con los principales condotieros que forman la liga contra el papa. Florencia los teme ahora más a ellos que al propio César, pues quieren derrocar nuestra república para imponer de nuevo a los Medici y de paso saquear nuestras ciudades.

—Quizá nos podáis contar vos lo que ocurre —sugirió Joan.

—No lo sé exactamente, pero vuestra presencia demuestra lo apurado que está César. —Joan guardó silencio y Niccolò lo cogió del brazo al tiempo que bajaba la voz—. Escuchad, aquí todos tenemos espías, y lo que pase mañana en Senigallia cambiará la historia de Italia. Los de César han sufrido varias derrotas y los condotieros creen que ya lo tienen en su poder. Las tropas del hijo del papa no llegan a tres mil hombres y sus enemigos disponen del triple. Si se enfrentaran en batalla, aplastarían a César. Además, viendo que tiene las de perder, algunos de sus hombres más fieles han cambiado de bando. Ved si no a Ramiro de Lorca, un afamado *catalano* al que César le dio el gobierno de Cesena, el hombre más poderoso de la Romaña después del hijo del papa. El día de Navidad, César llegó a Cesena con sus tropas, y en la madrugada del día siguiente la cabeza de Ramiro apareció clavada en una pica en la plaza mayor, y su cuerpo, aún con guantes y exquisitos vestidos, descuartizado a los pies de esta.

—Imagino que traicionó a su señor —dijo Pedro sintiendo un escalofrío.

—O al menos eso es lo que supuso don Michelotto —aclaró Niccolò.

—Y ¿qué creéis que va a ocurrir? —preguntó Joan.

—Pienso que los condotieros le han tendido una trampa en Senigallia y que esa historia de que el gobernador de la fortaleza solo se la entregará al hijo del papa en persona es el cebo. Ese hombre está conjurado con los condotieros, y cuando César entre en la ciudad le apresarán para chantajear a su padre o le matarán. Y si descubre antes el engaño, lanzarán sus tropas contra él y le destruirán. En cualquier caso, no pueden permitirse dejarle escapar. El hijo del papa y los suyos están en una situación muy difícil, y me intriga saber si se librará de esta. En todo caso, habrá sangre. —Niccolò sonreía al anticipar un espectáculo apasionante—. Me preocupa, pero no me lo perdería por nada del mundo.

—Nosotros estaremos allí —dijo Joan sombrío.

—Lo siento, Joan —repuso Niccolò, de repente serio—. Tened cuidado, amigos. Rezaré para que la sangre que se derrame no sea la vuestra.

Cuando llegaron a la tienda de Miquel Corella, este los recibió con grandes muestras de alegría y un fuerte abrazo.

—Sabía que podía contar con vosotros, gracias. —Y después añadió bajando la voz—: Os necesito porque sois valientes y de mi absoluta confianza.

Joan vio desmejorado a don Michelotto, movía su brazo izquierdo con torpeza, pues aún se recuperaba de la herida de bala de cañón recibida en el sitio de Faenza. Los médicos decían que había sido un milagro que lo salvara.

—Tenéis una buena tropa de españoles en quien confiar —le dijo Pedro.

Miquel hizo un gesto ambiguo.

—Eran los únicos con los que hasta ahora podía contar —replicó—. Pero incluso a esos los están sobornando tentándoles con títulos y posesiones. Tuvimos que ajusticiar al gobernador de Cesena, Ramiro de Lorca, al que creíamos de toda confianza, uno de los nuestros, un *catalano*. Lo habían comprado y estaba en la conjura.

Joan y Pedro se miraron en silencio, la situación era tan crítica que Miquel no se fiaba de nadie.

—Escuchad —dijo bajando la voz y poniéndoles los brazos sobre los hombros—. En Senigallia nos espera una trampa mortal. Si César entra en la fortaleza para tomar posesión de ella, no saldrá más. Los condotieros nos quieren hacer creer que apenas nos superan en número. Pero escondido a un par de millas al sur tienen un ejército tres veces mayor que el que mantienen en Senigallia. Una vez que cojan a César, caerán sobre nosotros y nos destrozarán. Cuando eso ocurra, los Orsini y sus aliados se levantarán en Roma contra el papa para deponerlo. O quizá lo maten.

Joan se estremeció; si los Orsini tomaban el poder en Roma, la vida de Anna y de toda su familia correría un grave peligro.

—Y ¿aun así pensáis continuar mañana hacia Senigallia? —quiso saber Pedro.

—Sí —dijo Miquel—. César ha prometido que la ciudad y su castillo serían nuestros antes de terminar el año. Mañana nos jugaremos la vida. ¿Estáis aún conmigo?

Pedro y Joan se miraron afirmando con la cabeza.

—Naturalmente —dijo Joan—. A eso vinimos.

—Pues descansad lo mejor que podáis esta noche. César os verá antes del amanecer; después partiremos hacia Senigallia.

Miquel los despertó antes del alba del día siguiente, el 31 de diciembre, y anduvieron iluminándose con candiles hacia la tienda de César. Por el camino se les unieron seis hombres más, entre los que se encontraban los que los habían acompañado desde Roma. La noche era fría y húmeda, y la bruma se le antojó a Joan como una mortaja.

El Borgia los recibió con gran cordialidad y le dio un abrazo a cada uno. Un perfume denso disimulaba cualquier olor corporal y Joan notó unos poderosos músculos bajo sus ropas.

Vestía con una capa negra sobre unas calzas y un jubón del mismo color, bien abotonado, que dejaba ver en su parte superior una camisa de seda blanca. Joan comprobó que el joven de bellas facciones al que recordaba de sus primeros encuentros era ahora un hombre de veintisiete años de rasgos enérgicos, y que mostraba en la zona de la cara no cubierta por la barba los terribles estragos de la sífilis. Esa era la razón por la que usaba, cada vez con más frecuencia, una máscara negra que cubría su rostro, y recibía a sus visitantes en la oscuridad de la noche. Sobre la mesa de su tienda, amenazante, estaba la famosa espada que tenía grabado a fuego el lema de su vida: «O César o nada».

Joan recordó al personaje que el hijo del papa tomaba como modelo: Julio César, que, a punto de cruzar el río Rubicón antes de caer sobre Roma y conquistarla, pronunció la frase «La suerte está echada». La suerte para César Borgia también estaba echada, solo que su Rubicón era Senigallia. Sería un césar o no sería nada.

—Escuchad bien —les dijo el hijo del papa—. Estáis aquí porque sois arrojados y leales. Vuestra tarea requiere pulso firme y decisión; si uno falla, causará el fin de todos. —Y, sin revelarles su plan, le explicó a cada uno lo que debía hacer.

Joan y Pedro se miraron; desconocían en qué consistía la jugada que César planeaba. Pero intuían que era arriesgada y que si fracasaba, les costaría la vida.

78

Antes del amanecer, el ejército de César, somnoliento y entumecido por la humedad y el frío de la intemperie, se puso en marcha hacia Senigallia. Cuando cerca del mediodía la bruma empezó a dispersarse, Pedro hizo unos cálculos y le dijo a Joan:

—Somos poco más de dos mil hombres entre infantes y caballeros.

—Dios quiera que no entremos en batalla —murmuró Joan—. Nos arrasarían.

Al rato divisaron desde una colina una población amurallada al lado del río. En ella destacaba una fortaleza con cuatro torres almenadas muy anchas, poderosas y macizas, unidas por potentes muros, y un gran edificio en su patio interior. César ordenó que se detuvieran. Poco después apareció un grupo de caballeros entre los que se encontraban Paolo y Francesco Orsini y Vito Vitelli. César Borgia y Miquel Corella los saludaron con grandes muestras de alegría, como viejos camaradas de armas que se reuniesen después de largo tiempo para emprender una nueva aventura juntos. Joan contempló escéptico los abrazos y besos en ambas mejillas que se daban unos y otros entre exclamaciones de contento.

—¿Dónde está Oliver da Ferno? —quiso saber César.

—En el exterior de la ciudad, maniobrando con sus tropas para intimidar a los de la fortaleza —repuso Paolo Orsini.

—¡Ah! Muy bien —contestó el hijo del papa, y le lanzó una mirada a Miquel Corella que este entendió de inmediato.

Retomaron el camino hacia la población con los condotieros acompañando a César en una animada conversación, hasta que el Borgia les dijo:

—Aquí formaremos la comitiva para entrar en la ciudad con los honores que el acto de toma de posesión de esta y de su fortaleza se merece. Miquel Corella se adelantará con parte de mis hombres para asegurarse de que los del pueblo no nos preparan una emboscada. Desfilaremos con mi caballería al frente; después, vosotros me precederéis formando una guardia de honor de gentilhombres, y a continuación seguirán mi infantería y las tropas de Oliver da Ferno.

Vito Vitelli objetó, pero César fue contundente. Él era el jefe supremo y el protocolo se ejecutaría según su criterio.

Miquel se adelantó para informar a Oliver da Ferno del lugar que le correspondía en la guardia de honor y de que su tropa entraría en la ciudad detrás de los *catalani*. El valenciano se apresuró a franquear la puerta de la villa y a distribuir a sus hombres de la forma adecuada.

Mientras, la comitiva avanzaba con todo boato con sonido de trompetas y batir de timbales. Los gentilhombres a caballo que constituían la guardia de honor de los condotieros no eran otros que Pedro, Joan y los otros seis fieles *catalani* aleccionados en la tienda de César Borgia. A Joan le correspondía flanquear, junto a Pedro, a Vito Vitelli. El librero había oído hablar mucho de aquel hombre, quizá el mejor artillero de Italia, y en otras circunstancias habría entablado una conversación con él sobre los últimos adelantos en balística, pero prefirió guardar silencio. Observó dónde llevaba el condotiero sus armas, pues él y Pedro habían recibido órdenes de no dejarle escapar pasara lo que pasase. Debía estar vigilante; aquel hombre tenía el semblante pálido y lanzaba miradas recelosas, sospechaba.

Al llegar a las puertas de Senigallia, César celebró el encuentro con Oliver da Ferno con la misma cordialidad, besos y abrazos que con los anteriores condotieros, y le rogó sonriente que ocupara su puesto en la comitiva, donde estaría acompañado por dos gentilhombres. También le recordó que sus tropas debían colocarse al final de la formación. Los tambores batieron con fuerza, los clarines sonaron y el desfile atravesó la puerta principal de la ciudad, abierta de par en par, entre aclamaciones de la multitud, que, con la esperanza de librarse del saqueo, daba muestras de un caluroso afecto al ejército.

Sin embargo, cuando entraba en la ciudad el último de los *catalani* del desfile, Miquel Corella apareció en la puerta junto a un grupo de sus hombres más fornidos y, deteniendo a los demás, les dijo que esperaran fuera un momento, ya que había que ordenar a la gente para que cupiesen todos en el pueblo. Antes de que los mercenarios de Oliver da Ferno pudieran reaccionar, les dieron con las puertas en las narices, atrancándolas convenientemente. De inmediato, las almenas de las murallas se llenaron de ballesteros y arcabuceros de Miquel apuntando a los de fuera.

Al comprender los condotieros que los habían encerrado en el pueblo sin sus tropas, quisieron despedirse de César y salir de allí lo antes posible, pero este les dijo:

—No hemos tratado aún de la rendición de la fortaleza, caballeros. Tenemos una mesa de conferencias preparada en este palacio.

Y les indicó por dónde debían entrar. Los condotieros, inquietos, desmontaron junto con la guardia de honor que los custodiaba y siguieron a César, que les abrió la puerta de la sala cediéndoles el paso amablemente. Tan pronto como entraron pidió que le disculparan un momento y los encerró con un portazo.

Paolo Orsini, que había negociado con el Borgia, se abalanzó hacia la puerta increpando a César:

—¡Me disteis vuestra palabra...!

Su hermano Francesco, de pelo y barba blancos, le miró con desprecio y le dijo:

—Te ha engañado, estúpido.

En aquel momento se abrió la puerta opuesta de la sala y apareció don Michelotto. Su siniestra sonrisa hizo estremecer a los condotieros, sobre los que se abalanzaron los supuestos gentilhombres de la comitiva. Vito Vitelli fue rápido al sacar su daga y Joan solo pudo sujetarle el brazo cuando ya la había hundido en el pecho de uno de los hombres que los había acompañado desde Roma. Después de una corta lucha, Pedro y Joan lograron reducirle, y poco después Vito Vitelli estaba amarrado, al igual que sus otros tres camaradas. Fuera de Paolo Orsini, que continuaba reclamando a gritos la promesa de César, el resto de los condotieros permanecían en silencio. Aún incrédulos, trataban de asimilar que la trampa que preparaban al hijo del papa había funcionado al revés.

Miquel se acercó al cuerpo tendido de su paisano. La puñalada de Vitelli había sido precisa y el hombre era ya un cadáver. Tras comprobar que nada se podía hacer por él, don Michelotto, sin decir nada, tumbó de una patada en la cara a Vito, que, maniatado, estaba sentado en el suelo.

—Vigilad a esos —les dijo a sus hombres, y salió de la sala.

Cuando Vito se incorporó tenía el rostro tumefacto y escupió sangre y un par de dientes.

César no había perdido el tiempo y su caballería estaba ya en orden de combate. Salieron a la carga contra los hombres de Oliver da Ferno seguidos de la infantería comandada por Miquel Corella. Sorprendidos, los mercenarios, que desconocían los detalles de lo ocurrido, se dieron a la fuga mientras los *catalani* mataban a todos los que no se rendían. Cuando el ejército que esperaba escondido un par de millas más allá vio llegar a los huidos emprendió la retirada, y poco después el alcaide de la fortaleza entregaba sus llaves tras obtener la promesa de que se le permitiría abandonar la villa sano y salvo.

La victoria era de César Borgia, y antes de que cayese el sol el último día del año 1502 había conquistado el pueblo y la fortaleza de Senigallia, al tiempo que recuperaba el respeto y la admiración de Italia entera.

En la mañana del 1 de enero, César juzgó a Vito Vitelli y a Oliver da Ferno en presencia de los oficiales más representativos de su tropa, incluidos Joan y Pedro, y del embajador de Florencia, Niccolò dei Machiavelli. Los acusó de traición: primero, al rebelarse; segundo, por querer obligarle a concederles prebendas inaceptables, y finalmente, por la emboscada que le habían preparado. César mencionó una larga lista de evidencias que los prisioneros apenas trataron de desmentir. Parecían resignados a su inevitable destino. El fiero Vito Vitelli pidió una última voluntad.

—Dadme unos días para enviar una nota al santo padre pidiéndole su absolución plenaria —suplicó—. Matad mi cuerpo, pero salvad mi alma.

—Como antiguo cardenal y en nombre de mi padre, os absuelvo a vos y a vuestro compañero de vuestros pecados —les dijo César—. Hablaré con él al llegar a Roma y su absolución os valdrá lo mismo una vez muertos.

Vito Vitelli se santiguó y Oliver da Ferno hizo lo mismo.

—Lamento este final, amigos —continuó César—, pero cuando se es un traidor, hay que ser más listo de lo que vosotros habéis sido. —Y salió de la sala con gesto elegante. No necesitaba presenciar una vulgar ejecución; esa era tarea para don Michelotto.

Este cumplió su trabajo con aplicación. Los soldados hicieron sentar a los dos reos en un banco en el centro de la habitación, espalda contra espalda, y Miquel les puso a ambos una misma cuerda alrededor del cuello con un nudo corredizo y un asa de madera en un lado para que hiciera de palanca del torniquete. Poco a poco fue girando el asa mientras los reos, sintiendo que la cuerda los estrangulaba, se iban congestionando. Se les desorbitaron los ojos y la lengua se les salía de la boca. Y así, oyendo uno y otro los estertores de su camarada y sintiendo sus convulsiones en la espalda, expiraron lentamente.

Terminado el trabajo, Miquel se fue a la iglesia del pueblo a rezar a la Virgen por el alma de aquellos antiguos colegas a los que acababa de ejecutar.

Joan, aún impresionado por la escena, escribió en su libro: «Don Michelotto se supera en su arte. Para él, el peor de los crímenes, el que jamás perdona, es la traición a su señor. Es el perro fiel de César».

En la tarde del mismo día 31, un mensajero había partido hacia Roma para alertar al papa de la astuta treta con la que su hijo había derrotado a unas fuerzas muy superiores. Lo que a Joan y a Pedro les costó seis días de fatigoso camino el emisario lo hizo solo en dos. Al recibir el mensaje, el papa lloró de alegría y se encerró en su capilla privada para rezar y dar las gracias al Señor.

Dos días después, el jefe de la conspiración, el cardenal Orsini, ignorante aún de los detalles de lo ocurrido, acudió al Vaticano a felicitar al papa por la toma de Senigallia. El pontífice le recibió en la sala del Loro, de la que el cardenal salió, protestando inútilmente, camino de la fortaleza de Sant'Angelo, donde fue encerrado. De inmediato se desató una caza contra los miembros del clan Orsini, entre los que se encontraban, además del cardenal, un arzobispo, un obispo, el protonotario de la curia y dos condotieros más. Los palacios Orsini fueron asaltados y saqueados, y la madre del cardenal encarcelado, de ochenta años, terminó vagando sin rumbo por las calles de Roma, acompañada solo por una criada, pues ninguno de sus amigos y conocidos se atrevía a darle asilo.

César abandonó Senigallia la misma tarde de la ejecución, y sin perder tiempo se lanzó con su ejército a la captura de las plazas que se le habían sublevado, tomándolas a sangre y fuego. La que no se rendía era saqueada. Mantenía contacto directo con su padre a través de mensajeros y respetó la vida de Paolo y Francesco Orsini, como rehenes, hasta que Alejandro VI le informó de que los Orsini de Roma ya no representaban un peligro. Entonces, don Michelotto usó de nuevo su arte para darles a ambos el pasaporte a la vida eterna.

Toda Italia se volcó en parabienes por la hazaña de César y la mayoría de las monarquías europeas se unieron a las felicitaciones. César era admirado y temido, estaba en la cumbre de su poder; ninguno de sus capitanes se atrevería ya a desafiarle.

Miquel Corella licenció a Pedro y a Joan cuando el ejército partía, despidiéndolos con un gran abrazo.

—Gracias —les dijo—. Se nos han acabado los traidores, al menos por una temporada. Volved junto a vuestras familias.

Se quedaron un par de días en Senigallia con Niccolò, que estaba a punto de regresar a Florencia para reincorporarse a su despacho en el Palacio Viejo. Su misión había terminado. Juntos celebraron su encuentro y el triunfo de César con buenas viandas y buen vino. El florentino estaba entusiasmado. No solo había podido contemplar los cadáveres de dos de los mayores enemigos de Florencia, sino que César, al que admiraba, había dado al mundo una nueva lección de astucia.

—Es el verdadero príncipe de nuestro tiempo —decía—. Culto, elegante, protector de artes y artistas, gran general y astuto estadista. Sus enemigos terminan cayendo en su propia trampa. Se tragan su propio anzuelo.

No se lo podía quitar de la cabeza. La conversación discurría por otros derroteros cuando de pronto Niccolò levantaba su vaso de vino para brindar y con una sonrisa feliz exclamaba:

—¡Qué engaño! ¡Qué bellísimo engaño!

79

—Me han contado que vos estuvisteis en el engaño de Senigallia.

Joan, que se encontraba en su librería, miró sobresaltado a su interlocutor. Era un hombre de pequeña estatura y enjuto, y a pesar de que estaba cercano a los sesenta años, en muchas ocasiones le recordaba a don Michelotto. Castellano de Toledo, compensaba ampliamente su edad y su corta estatura con un genio vivo, aunque atemperado por una indudable astucia. No en vano, era el embajador de España en Roma.

—Sí, excelencia —repuso Joan cauto—. Regresé hace apenas un mes. Me sorprende que lo sepáis cuando a nadie, fuera de mi familia, le he hablado de ello.

Francisco de Rojas le miró por el rabillo del ojo y esbozó una sonrisa antes de devolver su mirada al libro que sostenía entre sus manos. Desde su nombramiento, hacía ya unos años, el embajador había sido habitual de la librería. Joan le apreciaba y tenían una excelente relación, próxima a la amistad. Sin embargo, le trataba con sumo respeto. No en vano, aquel hombre era los ojos, los oídos y la voluntad de los reyes de España en Italia, en especial del rey Fernando, que se ocupaba de la política internacional. Hasta el propio Gonzalo Fernández de Córdoba, el Gran Capitán, que otra vez luchaba en Nápoles contra los ejércitos franceses, le obedecía.

—Ayudasteis a César Borgia, pero no hacéis nada por vuestros soberanos —le reprochó el embajador sin dejar de hojear el libro.

Joan tragó saliva.

—Un buen amigo me pidió un favor —se disculpó Joan—. Además, ¿qué podría hacer yo, un simple librero, por los reyes de España?

Tan pronto como acabó de pronunciar aquellas palabras comprendió que eran las que Francisco de Rojas había estado esperando. El castellano depositó el libro en su estante, le miró a los ojos y le hizo una seña para que le siguiera.

—Venid conmigo.

Francisco de Rojas le condujo al salón pequeño, comprobó que no hubiera nadie e invitó a Joan a sentarse en uno de los sillones como si estuviera en su propia casa.

—El Gran Capitán está en una situación muy apurada —le dijo—. Prácticamente sitiado en Barletta, rodeado de fuerzas francesas muy superiores y bloqueado por el almirante francés Bidoux, que impide que lleguen los suministros de trigo y las pagas de la tropa desde Sicilia. Los soldados pasan hambre y no cobran su soldada. Están a punto de amotinarse.

Joan recordó las palabras pronunciadas por Innico d'Avalos cuando le advirtió que el tiempo de la dinastía de Aragón en Nápoles estaba a punto de terminar. Había acertado, al igual que cuando predijo la guerra entre Francia y España.

Ambos reinos se habían apresurado a ocupar los territorios que les correspondían según su acuerdo de reparto, aplastando la resistencia de los napolitanos fieles a su rey. Sabiendo que las tropas francesas eran superiores a las españolas, el rey Fernando le había pedido al Gran Capitán que evitara el enfrentamiento, pero este ocurrió sin remedio cuando el virrey francés, el duque de Nemours, le exigió al andaluz que desalojara las poblaciones de frontera ocupadas por España, a lo que este se negó. Los primeros choques habían sido favorables a los franceses y ahora el Gran Capitán se encontraba sitiado en Barletta, pasando hambre junto a sus tropas.

—¿Qué hace el almirante Vilamarí? —quiso saber Joan—. Debería proteger la llegada de suministros.

—Vilamarí no puede con todo —respondió el embajador con un suspiro—. Está en la costa occidental asegurando con su flota la llegada de suministros de Sicilia a Calabria.

Joan meneó la cabeza disgustado; la guerra no presentaba un buen pronóstico para España.

—Y ¿qué puede un librero como yo remediar?

—Veamos, don Joan Serra de Llafranc —contestó el embajador, solemne, mientras le taladraba con la mirada—, los reyes de España quieren de vos tres cosas.

Joan tragó saliva de nuevo cuando oyó a Francisco de Rojas mentar a los reyes. Estaba seguro de que los soberanos nunca habían oído hablar de él, pero para el caso era lo mismo; el castellano decidía en su nombre.

—Primera. Sois un hombre rico; prestadles a los reyes doscientos ducados y os serán devueltos cuando Dios lo permita. Nuestro monarca quiso evitar el conflicto a toda costa y acusa al Gran Capitán de meterle en una guerra que no puede pagar.

Joan apretó los dientes, doscientos ducados era una pequeña fortuna. Aquello era un atraco, jamás le devolverían el dinero.

—Segunda. Sois un buen artillero; acudid a Barletta con el próximo envío de refuerzos y luchad por vuestros reyes.

—Los soldados cobran por luchar —objetó Joan—. ¿Dónde se ha visto que paguen?

Francisco de Rojas rio como lo haría una hiena frente a un cervatillo atrapado.

—Es que vos, querido amigo, no sois un soldado normal.

El embajador hizo una pausa observándole y Joan no pudo evitar encogerse temeroso; intuía que el viejo estaba a punto de golpearle.

—Vos sois un esclavo de galeras que aún no ha cumplido su pena.

Joan no esperaba aquello; los recuerdos de las cadenas, el tufo y los latigazos acudieron a su mente y se estremeció. Sin duda, Francisco de Rojas era un hombre bien informado, habría hablado con Vilamarí.

—Dos meses —respondió.

—¿Qué?

—Que si os presto los doscientos ducados y acudo a Barletta, será solo por dos meses, y me firmaréis un documento en nombre del rey en el que alabaréis mis servicios y me daréis la libertad. —Ahora Joan le miraba desafiante.

—Mínimo tienen que ser cuatro meses. Os quedaban más de condena.

—Sí, pero ya serví en Ostia con el Gran Capitán.

—Fueron un par de semanas solo. Y os recuerdo que disteis vuestra palabra al almirante Vilamarí.

—De eso hace mucho tiempo, y aquí en Roma no tenéis forma de obligarme.

—Bien, que sean dos meses como mínimo, aunque no podréis abandonar el ejército hasta que el Gran Capitán dé la gran batalla contra el duque de Nemours. Y tendréis que cumplir con mi tercera petición.

—¿Cuál es?

—Vos conocéis bien al duque de Nemours, ¿verdad?

Joan afirmó con la cabeza. Desde que los lazos entre el Vaticano y Francia se estrecharon había establecido contactos, a través de Innico d'Avalos, con una librería de París y otra de Lyon con el fin de importar libros franceses. Atraídos por esos libros y por la gran selección de obras en latín, el embajador galo y sus allegados empezaron a frecuentar la librería mezclándose con los partidarios del papa, tanto italianos como españoles. Cuando se agriaron las relaciones entre Francia y España, la librería pasó a ser un lugar de encuentro informal de los diplomáticos de segundo nivel de ambos países, ya que los embajadores dejaron de hablarse. Unos y otros competían por el favor del papa.

Poco antes del inicio de la guerra, los embajadores fueron invitados a un solemne acto religioso que oficiaba el papa en persona. Se contaba que al llegar Francisco de Rojas se encontró al embajador francés sentado en el lugar preferente de la zona destinada a los diplomáticos extranjeros. El castellano consideró que aquella posición preeminente del francés era un menoscabo a los reyes de España en su persona, aunque evitó quejarse, pues no era el momento ni el lugar.

Así que, aparentando saludar cordialmente a su colega galo, le estrechó la mano con todas sus fuerzas e intención, hiriéndole con un gran anillo de oro que llevaba. Su oponente ahogó una exclamación de dolor y se levantó de un salto. Entonces, Francisco de Rojas se sentó en su lugar dándole las gracias. El embajador francés tampoco pudo alzar la voz y tuvo que conformarse con otro asiento. La tirantez entre ambos pasó a ser guerra declarada.

Los franceses no veían a Joan como a un oponente, sino como a uno de los *catalani* del papa, así que cuando el duque de Nemours recalaba en Roma acudía con su embajador a la librería. Joan se había informado de antemano de la querencia del duque por la prosa y la poesía épica, y se preparó a conciencia para unas largas conversaciones en el saloncito que resultaron muy placenteras para el duque. Aunque no solo hablaron de libros; Joan tuvo la ocasión de conocer las opiniones del duque sobre la guerra y sobre el propio Gonzalo Fernández de Córdoba. A eso se refería el castellano.

—Bien, pues —concluyó el embajador—. El Gran Capitán estará muy interesado en vuestros consejos.

Joan quedó pensativo, no le gustaba ninguna de aquellas exigencias. Él no era soldado, sino librero.

—Quizá podría aceptar vuestra carta de libertad —repuso Joan—. Pero debo consultarlo con mi familia.

Francisco de Rojas hizo un gesto de decepción y se quedó un rato callado. Joan tampoco habló.

—Sí, pensadlo —dijo al fin el embajador—. ¿Sabéis?, creo que necesitáis aclarar vuestras ideas. ¿Con quién estáis, con vuestros reyes y España o con los *catalani* y el papa?

—¿Es que no puedo estar con ambos?

—No —dijo Francisco de Rojas. Y después de hacer un gesto de despedida, se fue.

«No quiero tener que elegir», escribió Joan en su libro.

80

—El viejo zorro del embajador nos quita a los mejores soldados españoles de nuestro ejército para enviárselos al Gran Capitán —se quejó Miquel Corella cuando Joan le comentó su conversación con Francisco de Rojas—. Utiliza el argumento de que su rey los necesita y promete buenas soldadas, que después no paga.

—Yo no quiero ir a la guerra —le confesó Joan—. No soy soldado, soy librero, y deseo de todo corazón quedarme con mi familia. Sin embargo, no tengo más alternativa y no quisiera que ni vos ni César Borgia lo tomarais como traición.

Le recordó su paso por galeras y que aún le quedaba tiempo de su pena por cumplir con los ejércitos de los reyes de España. Miquel Corella se quedó pensativo y le dijo:

—Las relaciones del papa con el Rey Católico están tensas, pues ahora estamos aliados con Francia. César incluso ha puesto en su escudo de armas, junto al toro de los Borgia, una flor de lis y ha añadido a sus títulos la coletilla de «de Francia». No le va a gustar que te unas al Gran Capitán, que lucha contra los franceses.

Joan sintió pesar; no quería perder a sus amigos *catalani* y, aunque el embajador le había requerido para que escogiese bando, continuaba abrigando la esperanza de mantenerse en ambos.

—No obstante, las alianzas son efímeras —continuó Miquel—. Quien gane la guerra en Nápoles se verá obligado a pactar con el papa para que le conceda la investidura como nuevo rey, y si lo hace España, Alejandro VI pactará con el rey Fernando. —Hizo una pausa, le miró intensamente a los ojos y le dijo—: Como amigo te diré que te conviene estar a bien con los reyes de España. Ahora el embajador y el Gran Capitán te necesitan. Quizá llegue el día en el que tú los necesites a ellos. Ve con Dios y si César se entera, yo le diré que te di mi bendición.

—¡Gracias, Miquel! —Y le abrazó aliviado.

El regreso de Pedro y Joan de Senigallia, sanos y salvos, y la victoria de César se habían celebrado con júbilo en la librería. Aunque Joan continuaba resentido con Anna.

—Yo siempre os respeté —le dijo a su esposa cuando retomaron el asunto de la carta falsificada—. Y lo que vos hicisteis fue tratar de impedir que decidiera libremente.

—Tenéis razón, lo admito, pero yo también tengo mis motivos y considero que no sois libre de disponer de vuestra vida cuando somos tantos los que dependemos de vos. Habláis de vuestro compromiso con don Michelotto y los *catalani*; pues sabed que mayor lo tenéis con vuestra familia.

—Creedme que la familia siempre está en mi pensamiento.

—Pues pensad en uno más —le dijo entonces—. Ya tengo casi tres faltas. Creo que estoy embarazada.

La noticia llenó de alegría a Joan. Deseaba ese segundo hijo casi tanto como había deseado el primero, y anticipaba el disgusto de su esposa cuando supiese que se embarcaba en esta nueva aventura. Sin embargo, el resquemor por lo ocurrido en Navidades aún no se había disipado, y se limitó a informarla de que en una semana saldría hacia Barletta para unirse a las tropas del Gran Capitán.

—Pero ¡si no hace un mes que os jugasteis la vida en Senigallia! —exclamó Anna—. Y ¿ahora os piden los otros que la arriesguéis en Barletta?

—Así es. Si rechazo la invitación del embajador, me convertiré en un proscrito para España, igual que un esclavo de galeras fugado —explicó Joan, que de pronto sentía que precisaba de la comprensión de su esposa—. El mundo da muchas vueltas y no puedo hipotecar mi futuro y el vuestro teniendo una condena pendiente sobre mi cabeza.

—Mucho peor será si os matan —repuso ella con lágrimas en los ojos.

—Escuchad, yo no deseo ir —le dijo—, pero existen poderes por encima de mi voluntad que me fuerzan. Lo mismo ocurrió con Miquel y los *catalani*. Por desgracia, mi libertad se limita a escoger entre un mal y otro peor. Os pido que lo entendáis.

Ella afirmó con la cabeza y le llevó a donde jugaban los niños para que los viera, y después le puso la mano sobre su vientre, que empezaba a abultarse por su embarazo. Después le miró con los ojos húmedos y le dijo:

—Id si creéis que no hay más remedio. Pero volved sano y salvo. Por ellos y por mí.

Joan escribió después en su libro la respuesta que le había dado a Anna antes de abrazarla sellando su compromiso con un beso: «Volveré, os lo prometo».

A principios de febrero Joan partió junto a unos cien españoles a los que Francisco de Rojas había reclutado en Roma, *catalani* procedentes de los ejércitos papales, guiados por caballeros napolitanos buenos conocedores de la región de Puglia. Todos los reclutas, a excepción de Joan, eran de infantería y tendrían que soportar once agotadoras jornadas de marcha hasta Barletta.

Entre los soldados había un muchacho que, al reunirse el grupo antes de salir de Roma, le dijo a Joan:

—Me gusta vuestro caballo, es mejor que los de los caballeros napolitanos que nos acompañan. Contratadme como palafrenero. Tengo experiencia y por unos pocos sueldos no os tendréis que preocupar de él. Además, mi amigo Santiago me ayudará y os garantizamos la seguridad de vuestro equipaje durante el camino.

—Y tú ¿cómo te llamas?

—Diego, señor. Soy de Burgos.

A Joan le cayó bien aquel muchacho vivo, de diecinueve años, casi tan alto como él, delgado, de ojos oscuros y sonrisa fácil. También le agradó su amigo Santiago, un gallego un año mayor, no tan alto aunque más corpulento, reservado y reflexivo que el burgalés. Así que aceptó el acuerdo.

—Me escapé del convento a los dieciséis años —le contó Diego—. Mis padres querían que fuese cura, pero yo prefiero las armas y ansiaba vivir aventuras. Estuve pensando si ir a Sevilla para viajar a las Indias, pero me dijeron que en Italia las mujeres eran muy hermosas y fui a Valencia. Allí conocí a mi amigo y logramos que nos contrataran para el ejército vaticano.

—Y ¿cómo llegaste tú a Valencia, Santiago? —quiso saber Joan.

—En mi tierra hubo una hambruna terrible y yo tuve que buscar algo de que vivir. Dando tumbos de un lado a otro llegué a Valencia, y me dije que quizá en Italia pudiera hacer fortuna.

—¿Cuánto tiempo estuvisteis con César Borgia y don Michelotto?

—Casi dos años —repuso el gallego—. Con ellos vimos de todo. Si os contáramos…

—Imagino. Y ¿por qué los dejasteis?

—Parece que el rey francés le pidió a César Borgia que

detuviese sus conquistas —contestó Diego—. Santiago y yo temíamos quedarnos sin trabajo y, como nuestros reyes nos necesitan, aquí estamos. Además —añadió con un guiño—, el rey Fernando paga mejor que el hijo del papa.

—¿Quién os dijo eso?

—El embajador Francisco de Rojas.

Joan soltó un mal disimulado bufido. Les había cogido cariño a aquellos muchachos.

Cuando al fin llegaron a Barletta, Joan dejó su caballo y equipaje al cuidado de sus jóvenes amigos para dirigirse de inmediato a la residencia del Gran Capitán. Tenía la intención de entregarle la carta que le había dado el embajador y presentarle sus respetos. La ciudad estaba repleta de soldados y pronto percibió el descontento. Los hombres miraban con ojos hundidos, había mal humor, y su aspecto famélico le confirmó lo que le habían contado. La comida estaba racionada y algunos días la tropa apenas podía llevarse un mendrugo de pan a la boca. Se alegró de tener provisiones escondidas en su equipaje y de haber dejado este a cargo de Diego y Santiago, en los que confiaba plenamente.

Al entrar al patio del palacio, lo halló lleno de oficiales que reclamaban comida y paga. Algunos estaban armados para el combate. Se mezcló con ellos y se dispuso a escuchar. La voz cantante la llevaban los vizcaínos, y en el centro, rodeado de aquel gentío, se encontraban el Gran Capitán y un par de subalternos. El tono de la reclamación subía por momentos y Gonzalo Fernández de Córdoba respondía con calma, prometiendo que los suministros llegarían pronto, paciencia. En ese instante, un capitán llamado Iciar, exaltado, le acercó la punta de su lanza al pecho y le gritó:

—Pues si no tienes dinero, pon a tus hijas en un burdel. Que ganen su pan y nos paguen a nosotros.

Se hizo un silencio absoluto. Aquella era una ofensa inadmisible hacia el general y los oficiales que le escoltaban buscaron la empuñadura de sus espadas. Joan comprendió que el acero iba a brillar, que la protesta se convertiría en motín y este degeneraría en una matanza. Con gesto tranquilo, el Gran Capitán los contuvo, miró a Iciar y se encogió de hombros. Después soltó una carcajada que rompió el denso silencio del patio.

—Lo siento, amigo; no es buena idea —dijo con su gracioso acento andaluz y una sonrisa guasona—. ¿Verdad que no las habéis visto? Son tan feas que no sacaríamos nada.

Hubo una pausa de sorpresa antes de que todos estallaran en carcajadas; las espadas volvieron a sus fundas y el general apartó de un manotazo la lanza con la que Iciar le amenazaba.

—Esperad un poco más, las pagas llegarán —concluyó el Gran Capitán. Y dirigiéndose a Iciar añadió—: Y tendréis lo que os debo.

El capitán, desconcertado, viendo a sus compañeros reír, esbozó una mueca que parecía una sonrisa y sin saber qué hacer o decir, al ver cómo sus camaradas abandonaban el patio riéndose, musitó:

—Bueno, esperaremos, pues. —Y se fue con los otros.

A la mañana siguiente, su cuerpo aparecería ahorcado en una de las puertas de la ciudad.

Con la carta del embajador en la mano, Joan aguardó a que el patio se vaciase, y un oficial de la guardia del general, creyéndole uno de los revoltosos, le increpó para que se fuese.

—¡Vaya! —exclamó el Gran Capitán fijándose en él—. ¿No sois vos el librero de Roma?

—Sí, su excelencia —repuso Joan—. Traigo una carta del embajador Francisco de Rojas.

El Gran Capitán la cogió y después de romper el lacre del pergamino lo leyó.

—Bien, así que venís a ayudarme de nuevo —dijo sonriente—. Me alegro. Aquí el embajador dice que os debo dar mando porque pagasteis doscientos ducados. Ya me gustaría a mí que me los hubierais traído en persona; ya veis la falta que nos hace el dinero. La gente está nerviosa. Obedeceré al embajador, como casi siempre. Aunque no os daré mando por el dinero pagado, sino porque lo ganasteis en Ostia. Ya sé que sois buen artillero, pero pronto llegará Pedro Navarro con su gente desde Tarento y él se encargará de los cañones. Vos comandaréis un pelotón de arcabuceros y él será vuestro superior.

—Me sentiré honrado de servir con un oficial tan destacado.

Joan se integró en una compañía de arcabuceros españoles y Santiago y Diego pasaron a formar parte del pelotón de cincuenta hombres a su cargo. La ciudad de Barletta se había convertido en un enorme campamento donde eran mayoría los soldados españoles e italianos, tanto de Sicilia como de Nápoles, aunque también los había alemanes y de otras nacionalidades. Todos miraban melancólicos el mar Adriático a la espera de que apareciesen unas velas en el horizonte que trajeran provisiones.

Joan compartió la comida que ocultaba en su equipaje con sus nuevos amigos, aunque pronto se les terminó y supieron lo que era tener el estómago vacío. Con el dinero que les quedaba, los muchachos trataban de conseguir alguna provisión extra. Los gatos hacía tiempo que habían desaparecido de Barletta, no se encontraban perros y las ratas, pieza de caza codiciada por los soldados desocupados, se vendían a precio de oro. El librero se sorprendía de que la tropa hubiera aguantado casi dos meses pasando tanta hambre. Les dolían las tripas y estaban tan desesperados y agresivos que Joan creía que de no ser por la debilidad que doblegaba sus cuerpos se habrían matado los unos a los otros.

Mientras, en el palacio, el Gran Capitán trataba la situación con sus generales.

—Saldremos de la ciudad y le daremos al duque de Nemours la batalla a campo abierto a la que hace tanto tiempo me viene retando.

—Será un suicidio, mi general —repuso Próspero Colonna, que mandaba la caballería pesada, los llamados «gendarmes»—. Su caballería es mucho más numerosa. Mis hombres no tienen nada que hacer frente a los suyos. Lo mismo ocurre con el resto del ejército; Nemours nos supera en varios miles de hombres.

—Es cierto —repuso Fernández de Córdoba—. Pero mirad a nuestra gente, cada día están más débiles. Prefiero que nos maten los franceses a morir de hambre.

—Esperemos un poco más, general —propuso otro oficial—. Quizá ocurra un milagro y aparezca un barco con provisiones.

—Poco más podemos esperar. Nuestro tiempo se acaba. Si en dos días no llegan provisiones, saldremos a combatir. De lo contrario, nuestros propios hombres nos devorarán.

81

—Habladme del duque de Nemours —le pidió el Gran Capitán a Joan.

Le había invitado a cenar en su palacio y aunque la comida, consistente en pan, queso, nueces y vino, era escasa, al librero le parecía un verdadero festín. Joan se removió incómodo en su silla; su obligación era ayudar a su general, al que además admiraba, pero no deseaba perjudicar al francés. El duque había acudido en varias ocasiones a la librería y aunque solo entablaron dos conversaciones profundas, Joan sentía afecto por aquel caballero de soñadores ojos claros que gustaba de la prosa y la poesía épica. El Gran Capitán preparaba con cuidado sus batallas; mantenía un buen número de espías, estudiaba el escenario, evaluaba las fuerzas contendientes y también el pensamiento de sus rivales. Quería saberlo todo sobre el duque. Joan se dijo que Gonzalo Fernández de Córdoba y el francés eran muy distintos.

—Como sabéis, Louis d'Armagnac es duque de Nemours, y además conde de Pardiac y de Guise, uno de los más altos aristócratas de Francia. Quiere ser el *uomo universale*, paradigma del nuevo tiempo que vivimos, y poseer la *virtù*, la excelencia del caballero moderno. Sin embargo, se emociona con la *Chanson de Roland*, del siglo XI, y admira la muerte heroica en batalla. Ama la poesía caballeresca, las lanzas y los grandes penachos de plumas coronando los yelmos de los caballeros, y se entusiasma con las relucientes armaduras blancas milanesas.

—Según lo describís, dará prioridad a la carga de la caballería pesada —musitó el Gran Capitán después de escucharle con atención y formular varias preguntas—. Lo imaginaba. De hecho, gran parte de su ejército lo constituyen los gendarmes, que lanzados al galope arrasan con todo.

Joan observó a Gonzalo Fernández de Córdoba. Tras sorber el vino de su copa, el andaluz entró en una ensoñación en la que con toda seguridad recreaba una y otra vez la futura batalla. Gonzalo era hijo segundón de un noble segundón, era más bajo y corpulento que el francés, tenía unos cincuenta años y una experiencia militar cuajada de éxitos. También gustaba de la poesía, pero una vez ganada la batalla. Su rival tenía solo treinta años, mandaba la caballería más poderosa de Europa y buscaba la gloria. Eran muy distintos, se dijo de nuevo Joan. Sin embargo, ¿cómo podía el general pensar en batallas cuando sus hombres, muertos de hambre, pronto serían incapaces de blandir ni siquiera un puñal?

—¡Grandes noticias! —Diego y Santiago entraron gritando en el caserón en el que Joan, al igual que otros oficiales de infantería, dormitaba en su camastro—. ¡Vilamarí ha dado caza a ese maldito almirante francés que bloqueaba la llegada de suministros! ¡La ruta marítima está abierta y acaba de llegar una nave siciliana que trae siete mil sacos de harina!

Joan se levantó de un salto y se unió a sus amigos y a la muchedumbre que se dirigía al puerto a vitorear a las naves recién llegadas. Las provisiones serenaron los ánimos de la tropa y permitieron al Gran Capitán una táctica más sosegada. En lugar de ofrecer a los franceses una batalla campal que tenía perdida antes de empezarla, fue dando golpes de mano sobre posiciones menores que tomaba por sorpresa. Su objetivo eran los víveres y los caballos. En las semanas siguientes obtuvo varios éxitos, desquiciando al duque de Nemours, que siempre llegaba tarde con su caballería a auxiliar a la guarnición atacada. Poco a poco, la superioridad numérica francesa se fue reduciendo, y las tropas de Nemours empezaron a conocer también el hambre.

Joan escribió en su libro: «El viejo provoca al joven. Le conduce a una trampa. ¿Caerá en ella el caballero francés?».

A principios de abril llegaron dos mil quinientos lansquenetes, infantes alemanes armados con largas picas, enviados por el emperador Maximiliano, consuegro y aliado de los Reyes Católicos. Entonces, el Gran Capitán reagrupó a sus fuerzas en Barletta dejando solo guarniciones mínimas en las plazas fortificadas dispersas por la región. Se preparaba la gran batalla.

El 27 de abril salió la tropa española de Barletta después de que se le pagaran dos ducados a cada uno de los caballeros y medio a cada infante. El Gran Capitán se aseguraba así de que los soldados combatirían sin amotinarse. No habría sido la primera vez que se negaran a combatir. El ejército pernoctó por el camino y al día siguiente se dirigió a Ceriñola, una población que contaba con una guarnición de solo ciento cincuenta soldados franceses. Parecía que la intención del Gran Capitán era ocupar la plaza, y el duque de Nemours, al enterarse, salió con sus tropas a dar alcance y batalla a los españoles antes de que tomaran el pueblo.

A pesar de los refuerzos recibidos, el ejército francés era aún mayor que el español y lo superaba ampliamente en la caballería. Contaba con mil quinientos jinetes ligeros frente a ochocientos cincuenta españoles, mientras que su caballería pesada, la unidad más cara y poderosa, disponía de dos mil efectivos contra solo ochocientos del Gran Capitán. Su artillería constaba de veintiséis cañones ante trece españoles. Era en la infantería donde, con siete mil quinientos hombres, Gonzalo Fernández de Córdoba superaba a los seis mil infantes del duque. Joan rezaba para que el plan del Gran Capitán, cualquiera que este fuese, funcionara, porque de lo contrario los cascos de la caballería francesa arrasarían al ejército español.

Aquel día fue extremadamente caluroso para la fecha en la que estaban y el ejército, acarreando todos sus pertrechos, se desplazaba por un terreno abrupto y seco.

Joan miraba a sus hombres, en especial a Santiago y a Diego. Llevaban puesto el coselete que les protegía el cuerpo y cargaban con el pesado arcabuz y con una gran bandolera de cuero de donde colgaban las cargas de pólvora en doce bolsitas individuales para cada disparo, las balas, espada y daga, además de su comida, un pellejo de agua y una herramienta para cavar, ya fuese pico, pala o azadón. Aquello era un desierto; al mediodía habían agotado el agua y algunos gendarmes españoles, cocidos por aquel sol de justicia dentro de sus armaduras, cayeron de sus caballos fulminados. También los infantes se derrumbaban desvanecidos por el cansancio y la sed. Arrastraban los pies con fatiga, y moverse representaba un esfuerzo extenuante. El hambre sufrida en los últimos meses pasaba factura a la tropa.

—Me muero de sed —se lamentó Diego, y se sentó al borde del camino.

—Yo también —dijo Santiago imitándole.

—A mí me ocurre lo mismo —les dijo Joan, que andaba tirando de las riendas de su caballo cargado con los equipajes—. Pero no nos podemos detener. La caballería francesa nos sigue de cerca y no sé cuánto tiempo los podrán contener los nuestros.

Continuaron su penoso andar sobre aquella tierra amarillenta cuyo polvo se pegaba en objetos y personas. Notaban la lengua como un estropajo. Joan se dijo que no podrían aguantar mucho.

Entonces, el Gran Capitán ordenó a los jinetes que no cubrían la retaguardia que cargaran a los infantes más exhaustos en su grupa y que después de dejarlos en las fuentes cercanas a Ceriñola regresaran con odres llenos de agua para así aliviar a los que continuaban la marcha muertos de sed.

—Es una orden insólita, general —objetó uno de los caballeros—. Cargar con la chusma es un menoscabo a la honra de la caballería.

—Deshonrado será quien no lo haga —repuso el andaluz—. Y también ahorcado.

Y cargó él mismo a un rubio lansquenete alemán cocido por el sol y agotado que yacía derrumbado al borde del camino. Joan, al igual que los oficiales de infantería y el resto de la caballería que no cubría la retaguardia, siguió el ejemplo del general.

Al primer vistazo, Joan comprendió que aquel era el lugar escogido por el Gran Capitán para dar la batalla al duque de Nemours. Se trataba de una colina no muy empinada en cuyas laderas crecían viñedos y que terminaba en una especie de foso natural.

—Cavad, cavad —los instaba Pedro Navarro—. Ampliad el foso si queréis vivir. Dentro de poco, la caballería pesada francesa caerá sobre nosotros.

—Estamos agotados —se lamentó Diego—. No puedo más.

—Tienes que cavar —le animó Joan—. El navarro está en lo cierto; si los gendarmes franceses consiguen franquear este foso, de poco nos valdrán mosquetes y espadas, y ni las picas de los lansquenetes alemanes los detendrán. Seremos arrasados. ¡Ánimo! ¡Tú también, Santiago!

Se pusieron a cavar con todas sus fuerzas, alargando el pequeño barranco por sus extremos y acumulando la tierra en un murete que erizaron de largas estacas con las puntas bien afiladas para que se clavaran en los caballos atacantes. También se removió la tierra del otro extremo de la zanja para que los equinos se hundieran en ella, colocando más estacas para herirlos.

Cuando todo el ejército alcanzó el lugar, el Gran Capitán lo dispuso en orden de batalla. La artillería se ubicó en la parte superior de la colina, cerca del puesto de mando. Los arcabuceros, entre los que se encontraban Joan, Diego y Santiago, se colocaron detrás de la barricada de tierra, cubriendo toda la línea del barranco, con los lansquenetes alemanes, armados con sus picas, a sus espaldas. En ambos flancos se ubicaron dos grupos de infantes prestos a acudir a donde los franceses rebasaran las defensas. La caballería se situó cerca del puesto de mando, lista para ser enviada a donde las tropas estuvieran en apuros. Era ya pasada la media tarde cuando el Gran Capitán junto con Pedro Navarro revisó el murete y ordenó mejoras en donde las vio precisas.

—Pronto caerá la noche —oyó Joan que Pedro Navarro comentaba—. No creo que nos ataquen hoy.

—Los franceses se encuentran donde no hay agua y andan mal de comida, casi tan mal como nosotros —repuso el Gran Capitán—. No esperarán a atacar por la mañana, con sus tropas sedientas y con el estómago vacío. Además, el duque cree que el ocaso es un buen momento para vencer o morir. Los espero hoy.

No se equivocaba Gonzalo Fernández de Córdoba, y al poco pudieron ver en la lejanía al ejército francés disponiéndose en orden de combate. Después oyeron los estampidos de los cañones enemigos y los impactos levantaron columnas de polvo en la colina. Los hombres se acurrucaron temerosos y el Gran Capitán ordenó que redoblaran los tambores y que se pasasen botas de vino para animar a los soldados. Joan dio un largo trago pensando que quizá aquel fuese el último que bebiera, y le pasó la bota a Diego y este, a Santiago; cuando se saciaron les preguntó si estaban listos.

—Estamos preparados, don Joan —afirmaron convencidos.

Joan revisó el arma y las once cargas de pólvora que Diego mantenía colgadas del correaje que le cruzaba el pecho y le dio una palmadita de ánimo en el hombro. Después comprobó que el arma de Santiago y las del resto de los hombres de su unidad estuvieran a punto y ordenó que se encendiesen las mechas lentas. Él, con el corazón encogido, se situó con su arma en posición de disparo entre Santiago y Diego, detrás de la tierra amontonada y de las estacas. Rezaba para que el Señor le permitiera volver a ver a Anna, a sus hijos, a su familia.

De pronto, una bala de cañón impactó a su derecha haciendo volar por los aires a un par de sus hombres. Joan se estremeció al ver caer un cuerpo y ensartarse en las estacas de las trincheras. Era un soldado joven. Cuando la artillería española respondió, la caballería pesada gala se puso en marcha.

Joan vio venir a la primera línea de quinientos jinetes, seguida de otra más de quinientos, y otra y otra. Llegaban poderosos, como cuatro grandes olas imparables. A pesar del batir de los tambores y la trompetería, el golpeteo de los cascos de los caballos acercándose se fue haciendo cada vez más audible. La tierra temblaba.

—¡Ánimo, muchachos! —dijo Joan sin poder evitar encogerse sobre su arma.

Oyó cómo Diego y Santiago rezaban en voz alta. Fascinado al tiempo que sobrecogido, contempló a aquella masa de caballeros enemigos que se aproximaban haciendo retumbar la tierra bajo las patas de sus caballos, con sus penachos de plumas ondeando sobre sus yelmos y con el sol del atardecer brillando en sus armaduras. Era un espectáculo a la vez bello y terrorífico. Joan vio cómo se cubrían el rostro con sus celadas y bajaban sus lanzas para ponerlas al ristre y cargar. La vibración del suelo crecía por momentos hasta hacerse atronadora, el choque era inminente. En unos instantes, la muerte reinaría en el campo de batalla.

—¡Dios mío, ayudadnos! —suplicó Joan en un murmullo.

82

Joan buscó a su víctima entre la marea de caballeros acorazados que se les venía encima gritando *«Par saint Jacques!»*. Los españoles respondieron «¡Por Santiago!» y Joan se dijo que unos y otros matarían y morirían suplicando al mismo santo. Las órdenes eran disparar al que viniera de frente; sin embargo, llegaban tan apiñados que había donde escoger. Ya en la distancia, Joan se había fijado en uno que se distinguía por su figura estilizada y la calidad de su armadura; se le antojó que podía ser el duque de Nemours. Estaba seguro de que aquel caballero valeroso que admiraba a los de la antigüedad lucharía en primera línea y no luciría signo alguno que le diferenciase, para evitar que los enemigos se concentraran en él. Pero aun sin distintivos, el aspecto y la forma de moverse del jinete le decían a Joan que se trataba de Louis d'Armagnac.

Dudó unos instantes. Apreciaba a aquel hombre y le repugnaba la idea de destrozar su esplendorosa estampa, bañada por el sol del ocaso, con algo tan innoble como un disparo. Era destruir la belleza. Pero se obligó a despertar de su ensueño; la que caía sobre ellos era una hermosura letal. Derribar al general enemigo sería una acción decisiva en la batalla; se lo debía a sus compañeros y a su esposa, a la que había prometido regresar con vida.

Apuntó con cuidado, al corazón. De repente, los tambores pararon, el ruido de los cascos de los caballos se hizo ensordecedor y sonó un toque de corneta. Era la orden de disparar. Estaban ya casi encima. Joan apretó el gatillo y la mecha hizo sisear la pólvora al prenderla. Sin poder evitarlo, desvió levemente su disparo. No podía matarle. El estampido de su arcabuz sonó a la vez que otros quinientos más y con el retroceso el arma le golpeó en el hombro. El aire se llenó de un intenso olor a pólvora. Muchos jinetes cayeron y otros se lanzaron sobre el terraplén de estacas tratando de superarlo. Joan vio que su víctima vacilaba un instante, estaba seguro de haberle alcanzado, y observó que su perfecta armadura mostraba un impacto por debajo de la clavícula, en la parte superior derecha del pecho. Era a donde había apuntado en el último instante en lugar de al corazón. Aun así, el caballero herido porfiaba por superar la estacada.

La primera línea de arcabuceros retrocedió para que la segunda efectuara su descarga. Uno de los jinetes logró superar la empalizada unos treinta pasos más allá de donde se encontraba Joan, traspasó con su lanza al soldado que tenía enfrente y después de desenfundar la espada se lanzó al trote en dirección a Joan repartiendo mandobles. Era una masa acorazada que avanzaba mutilando a su paso a los arcabuceros, que aún no habían tenido tiempo de recargar sus armas. ¡Venía hacia ellos! A pesar del pavor que aquel caballero le inspiraba, Joan admiró por un instante la fuerza de su brazo, el brillo de su armadura y el valor suicida del que sabía que iba a morir causando el mayor daño posible al enemigo. Los lansquenetes avanzaron hacia él con sus largas picas, pero Joan comprendió, con el corazón encogido, que antes de que le alcanzaran el gendarme los mataría a él y a sus amigos. Diego soltó el arcabuz y desenfundó su espada para defenderse. Sin embargo, Joan sabía que no tenía nada que hacer; ¡aquel imparable monstruo cubierto de metal le iba a matar!

El golpe del gendarme hizo volar el arma de Diego por los

aires y, sin dar tiempo a reaccionar al chico, la espada del caballero fue en busca de su cuello. Joan había anticipado aquello, sabía que Diego no podría detener aquella masa acorazada en movimiento. Pero tampoco podía dejar morir al muchacho. Agarró su pesado arcabuz por el cañón y soltó un alarido. Estaba tan caliente que le quemaba las manos. Aun así no lo dejó caer y, gritando por el dolor y el esfuerzo al levantarlo, lo usó como una enorme maza contra el jinete. Se oyó un gran estruendo metálico cuando la culata del arcabuz chocó contra la celada que cubría la cara del gendarme, pero este estaba tan bien asentado en su silla y sus estribos que no pudo derribarlo. Sin embargo, vaciló un instante conmocionado, con la espada en alto, el tiempo suficiente para que Diego reaccionase y pudiera rodar por el suelo alejándose de aquella máquina de matar.

Mientras, Santiago aprovechaba el momento de desconcierto para meterse entre las patas de la montura y abrirle las tripas con su espada. El animal herido relinchó, pero se mantuvo firme y el francés aún pudo asestar un golpe mortal a otro de los arcabuceros. Justo entonces llegaron los germanos, y una pica tras otra buscaron el cuerpo del caballo y el del caballero por las fisuras de su armadura. Este trató de defenderse con el escudo y la espada, pero su montura se derrumbó. De inmediato, los alemanes se lanzaron sobre el caído con unas hachas terminadas en pico, y en unos instantes terminaron con él. Los demás lansquenetes atacaban a los franceses atrapados en la estacada para impedir que la superasen. Los jinetes derribaron a algunos de los lansquenetes alemanes, pero estos impidieron que penetraran en las defensas.

—Gracias, don Joan —le dijo Diego al recuperar el aliento—. Ha estado a punto de matarme.

—Suerte hemos tenido de que solo uno cruzase la empalizada de nuestro lado —repuso el librero—. Una docena hubiera bastado para exterminar a todo el pelotón.

Dio la orden de recargar arcabuces y mientras lo hacía buscó con la mirada al caballero al que había herido, y lo vio reagrupándose con sus compañeros para rehacer la línea de ataque. De repente se oyó un gran estruendo seguido de varios más, empezaron a caer cascotes sobre los soldados y una gran humareda se levantó de la parte superior de la colina. La artillería francesa había alcanzado los carros de pólvora de los españoles, que volaron por los aires. Los cañones del Gran Capitán no dispararían más.

—¡Ánimo! —oyó gritar Joan, y vio que se trataba de Gonzalo Fernández de Córdoba, que trotaba entre las tropas—. ¡Es el augurio de nuestra victoria! ¡Las luminarias del triunfo! ¡No necesitamos cañones para vencer!

Joan agradeció la fama y el prestigio de los que el general gozaba entre sus hombres. A otro no le hubieran creído, pero a él sí. Necesitaban creerle. Nadie se movió de su puesto. Animados por lo ocurrido, los franceses volvieron a la carga con fuerzas renovadas, pero los arcabuces estaban ya cargados. Los lansquenetes abrieron sus filas y Joan y los suyos dispararon de nuevo. En esta ocasión, los gendarmes franceses, al ser rechazados, cabalgaron hacia la derecha en paralelo a la barrera defensiva en busca de un punto débil por donde penetrar. Mientras, los arcabuces causaban estragos; caían uno tras otro sin encontrar una vía de entrada en las defensas.

En su ayuda acudieron los tres mil lansquenetes suizos del ejército francés, que avanzaron entre batir de tambores, sonido de pífanos y con las banderas al viento seguidos por los tres mil infantes restantes. Abrían sus filas para sortear a los caballeros que se retiraban y las volvían a cerrar formando un sólido muro. Pusieron sus picas al ristre y soportaron con valor la descarga de los arcabuces. Los que iban cayendo eran sustituidos por sus camaradas de la fila posterior y al alcanzar la distancia adecuada cargaron corriendo mientras gritaban. Ellos podían penetrar entre las puntiagudas estacas de la empalizada, y Joan ordenó a los suyos que una vez efectuado el disparo, se retiraran detrás de los lansquenetes alemanes. Alemanes y suizos chocaron encima de la barricada formando un erizo monstruoso de larguísimas púas que se movía de manera convulsa. El pelotón de Joan aprovechó para cargar de nuevo los arcabuces, salir por el flanco izquierdo y disparar sobre los suizos por el costado y por su retaguardia, uniéndose al resto de la infantería española, que, con lanzas y espadas, caía ya sobre ellos.

La batalla se generalizó al lanzarse la caballería pesada española e italiana contra los restos de la francesa, y cuando esta se desbandó cargaron contra los infantes. El capitán suizo murió y al poco su gente, superada por la combinación de infantes alemanes y españoles, se dio a la fuga chocando y desordenando al resto de la infantería y la caballería ligera francesa, que trataban de entrar en combate y que pronto fueron derrotadas. La desbandada gala fue entonces total y los vencedores se lanzaron en persecución de los vencidos, matando a los que no se rendían. Muchos escaparon gracias a la caída de la noche y solo ochocientos fueron apresados.

Joan hizo recuento; ocho de los suyos habían muerto y tres estaban heridos. Había que felicitarse por conservar la vida y, sin embargo, Joan se sentía triste al contemplar a la luz cambiante del atardecer el desolador paisaje de miles de muertos.

«¡Cuánto valor derrochado, cuántas vidas perdidas! —se dijo moviendo la cabeza con incredulidad—. Y ¿a esto lo llamamos victoria?».

83

—Vamos a coger lo que podamos del campo —dijo Santiago una vez que se asentaron para pasar la noche. Sostenía una tea encendida—. ¿Venís?

—¿Vais a robar a los muertos? —inquirió Joan.

—Pues claro —repuso Diego—. Y de paso terminaremos con el sufrimiento de los heridos. ¿Es que no habéis estado nunca en una batalla? Es la costumbre. Además, el rey me debe mucho dinero. Voy a ver si encuentro algo que valga la pena.

—No, gracias, Diego. No me apetece.

—Que Dios os dé buena noche.

Y los muchachos se juntaron con varios más que los esperaban con antorchas.

Joan no tuvo la buena noche que Diego le había deseado. A pesar del cansancio no podía evitar rememorar la masacre y su pensamiento iba al duque de Nemours. Lo veía acercarse junto a sus caballeros haciendo temblar el suelo con los cascos de sus caballos, el penacho de su yelmo ondeaba al viento y su armadura brillaba al sol del atardecer. ¿Era él el caballero al que había herido? Se movía intranquilo en el suelo en el que estaba acostado, hasta que se incorporó y, después de hacerse con una tea, se fue hacia el campo de batalla.

Se situó en el lugar donde había estado apostado y cruzó la empalizada cuidando de no herirse con aquellas estacas que habían derribado a tantos caballeros. El espectáculo que le permitía ver su antorcha era desolador. Casi todos los cuerpos, de hombres y caballos, se encontraban esparcidos frente a la larga trinchera, aunque el campo estaba también lleno de cadáveres desperdigados. En su mayoría completamente desnudos. Aquí y allí se veían las luces de las antorchas de los soldados que desvalijaban los cuerpos. Otros cargaban con distintos objetos. En ocasiones oía los gritos de una disputa de la soldadesca. Habrían encontrado algo valioso.

—Buitres —murmuró apretando las mandíbulas.

Pensó que el duque de Nemours habría muerto en algún punto cercano a la empalizada, tratando de cruzarla, y siguió aquella macabra ruta jalonada de cadáveres de hombres y caballos, a veces amontonados los unos sobre los otros.

Ante aquel espectáculo se decía que ojalá no hubiera estado nunca en Ceriñola y jamás hubiese visto aquello. Todos aquellos hombres habrían prometido a sus esposas que volverían, como él había hecho con la suya. Joan se puso a rezar por los que ya no podrían abrazar a sus seres queridos.

Sobre el campo flotaba un tufo de sangre mezclado con inmundicias que le revolvía el estómago. Cuando topaba con un cuerpo alto y estilizado se paraba a comprobar sus facciones y si estaba boca abajo, lo giraba. Para ello tenía que tocar el cadáver, que aún conservaba el calor; alguno empezaba a estar rígido y todos le manchaban las manos con sangre más o menos seca. Aquello le producía náuseas, pensaba que uno de aquellos cuerpos podía haber sido el suyo, pero se forzaba a continuar. Estaba obsesionado con encontrar al duque y saber si había sido su bala la primera en traspasar su armadura.

Al fin halló un cuerpo que podía ser el del duque; no se encontraba demasiado lejos del lugar donde le vio por última vez. Estudió sus facciones y se dijo que si no lo era, se parecía mucho a Louis d'Armagnac. Le habían robado todo y estaba boca arriba, completamente desnudo, aunque los ladrones, en un rasgo de piedad, le habían cubierto el sexo con una piedra. Joan comprobó que tenía una herida que le traspasaba el pecho por debajo de la clavícula derecha; ahí era donde él le había dado. Aunque después, cuando herido acometió el segundo asalto, había recibido dos balas más: en el estómago y en el cuello.

—Fuisteis un valiente, quizá demasiado, duque —murmuró Joan—. Vuestra muerte es digna de aquellos caballeros épicos de los poemas que tanto amabais.

Después rezó por su alma; lamentaba la muerte de aquel que había querido ser un caballero de virtudes. Y recordó lo que Pedro Navarro, feliz por la victoria, le había dicho unas horas antes:

—Es la primera vez en la historia en la que las armas de fuego, ya sean pequeñas o grandes, vencen a la caballería pesada. ¡Con solo mil arcabuceros hemos desbaratado a dos mil gendarmes! ¡Las unidades más poderosas del ejército francés, su flor y nata!

No había terminado Joan con sus rezos cuando vio que un numeroso grupo de antorchas se acercaba y reconoció al Gran Capitán y a alguno de sus oficiales. Los guiaba un criado llamado Vargas al que uno de los oficiales franceses vencidos, invitado a cenar por el general en un gesto caballeroso, había reconocido luciendo ropas del duque. Vargas, que desconocía a qué muerto había desvalijado, no sintió ni remordimiento ni vergüenza, y no tuvo inconveniente en conducir al grupo hasta donde se hallaba el cadáver.

Joan no quiso apartarse con la llegada de la comitiva.

—¿Vos aquí, señor librero? —dijo el Gran Capitán. Su voz carecía de su gracejo habitual—. Está claro que le conocíais bien.

Uno de los criados del duque volvió el cuerpo en busca de un lunar que tenía en la espalda y, al descubrirlo, dijo llorando:

—Es él. Es mi señor.

Gonzalo Fernández de Córdoba se quedó contemplando el cuerpo de Louis d'Armagnac, duque de Nemours, conde de Pardiac y de Guise, que yacía de aquella forma tan indigna en medio de un campo de cadáveres, y agachó la cabeza compungido. Quizá rezase. Algunos caballeros franceses lloraban y Joan continuó observando al Gran Capitán; parecía apenado. Había estudiado tanto a su enemigo, esforzándose en pensar, en sentir como él, que había llegado a comprenderle, a amarle. Y ahora su muerte le producía quebranto.

—Os quité la victoria y no puedo devolveros la vida. Aunque he de daros una última gloria.

El Gran Capitán ordenó que se adecentara el cuerpo, que se le vistiese con las mejores ropas y que se preparara un gran cortejo fúnebre. El ataúd del duque fue llevado a hombros hasta Barletta por los capitanes franceses y suizos prisioneros, a los que se unieron muchos capitanes españoles voluntarios. Los escoltaban cien caballeros que iluminaban la noche con hachas encendidas junto con un fuerte contingente de tropa y tambores que marcaban el paso con redobles de muerte. El cuerpo fue sepultado en el convento de San Francisco de Barletta con todos los honores.

Joan escribió en su libro: «El tiempo de la gloriosa caballería pesada concluye y con él, el de los caballeros de virtud. Algo tan mezquino como un poco de pólvora y una bala de plomo acabará con ellos». Y añadió: «El hijo de un pobre pescador, como yo, con solo apretar un gatillo, puede derribar al noble más alto, que ha empleado cientos de jornadas en prepararse para el combate, que ha recitado miles de poesías, que monta el más bello de los caballos y cuya armadura, hecha a medida, y su espada, forjada con el mejor acero, han costado incontables esfuerzos a los artesanos más hábiles. Todo ese oro a cambio de una sola bala de plomo».

84

A la mañana siguiente, una vez rendida la población de Ceriñola, se contaron cuatro mil muertos franceses y suizos; las bajas del bando español fueron menos de cien. Hubo más españoles, alemanes e italianos que murieron de sed, calor y agotamiento en la terrible marcha del día anterior que en el combate.

—¡Traigo noticias! —Diego llegaba a la carrera.

Joan se encontraba recogiendo las mantas sobre las que había pasado el resto de la noche. Después de la terrible visión del campo lleno de cadáveres y del cuerpo del duque, se había retirado a su jergón y había rezado durante la mayor parte de la noche. Nunca creyó que pudiera añorar su tiempo de fraile, pero en aquel momento lo hacía. Deseaba ayunar, orar, hacer penitencia, incluso sufrir el cilicio. Quería implorar al Señor por el alma de tantos desdichados y agradecer que él no fuese uno de ellos. Suplicaba que le permitiera regresar con su familia y conocer al hijo que Anna llevaba en sus entrañas. Tenía ya treinta y un años y se decía que la edad, en lugar de endurecerlo, lo ablandaba. Había visto muchos muertos en su azarosa vida, pero jamás un campo con más de cuatro mil cuerpos desnudos, mutilados y ensangrentados.

—¿Qué ocurre, Diego?

—¡Hace nueve días hubo otra batalla, en Seminara, Calabria! —El muchacho jadeaba—. Y ganamos nosotros. Los franceses se retiran hacia el norte.

—Si los franceses abandonan Calabria, todo el sur del reino es nuestro y el camino a Nápoles queda libre —repuso Joan contento.

Ansiaba llegar a Nápoles para pedirle la licencia al Gran Capitán. Para ese entonces habría superado los tres meses de servicio, y la gran batalla, según lo acordado con el embajador De Rojas, ya se había producido. Allí buscaría una embarcación que lo llevara a Roma evitando el norte del reino, donde estarían reagrupándose los franceses.

—¡Pero eso no es todo! —le advirtió Diego.

—¿Qué más hay?

—Antes de entrar en batalla, los soldados españoles se amotinaron. —El muchacho sonreía feliz—. Se negaban a combatir sin antes cobrar sus pagas atrasadas.

—Y ¿qué ocurrió?

—Pues que terminaron pagándoles un buen anticipo sobre lo que les debían. Después lucharon y vencieron. Eso deberíamos hacer nosotros también. Negarnos a combatir.

—Un motín es algo muy peligroso —reflexionó Joan poniéndole la mano en el hombro—. Pocas veces terminan bien. Hazme caso, mantente alejado.

Aquel muchacho le recordaba a él mismo con su edad y se dijo que le apreciaba mucho. Era vivaz y comunicativo y los demás le escuchaban; podría llegar a ser un buen suboficial. También era terco e impulsivo, defectos que a él le habían acarreado serios problemas.

—Pero ¿no veis que nos engañaron? —dijo Diego indignado—. A Santiago y a mí nos prometieron mayor paga que la que cobrábamos con el hijo del papa y han transcurrido dos meses y medio y aún la esperamos. César Borgia pagaba a tiempo.

—Aun así, algo te dieron antes de salir de Barletta, y tienes lo que encontraste en el campo de batalla…

—No había oro y apenas nos darán unos pocos sueldos por todo ello.

La tropa estaba a la espera de que llegaran los carromatos que aparecían después de una batalla para comprar los despojos. Los soldados se desprendían, por casi nada, de lo que no podían cargar.

—No te quejes, que hay a quienes se les debe más —le consoló Joan—. Ten paciencia.

El Gran Capitán no se detuvo a descansar, sino que puso su ejército en marcha de inmediato camino de Nápoles mientras enviaba emisarios a las poblaciones cercanas, que se sometían sin condiciones. Castillo tras castillo, población tras población y región tras región, iban alzando las banderas de España. Solo al final de la cuarta jornada el Gran Capitán concedió un par de días de descanso a la tropa para poder organizar, entretanto, la administración de las conquistas.

Joan se hallaba en una pradera, cerca de un riachuelo, donde tenían su vivac cuando apareció Diego corriendo.

—¡Nos hemos sublevado!

—¿Quiénes?

—La infantería española —repuso el muchacho con una sonrisa—. ¡Somos más de cuatro mil!

—¿El dinero otra vez?

—Sí. Queremos nuestras pagas y si no hay dinero, exigimos el saqueo del pueblo vecino, parece rico. Esa es la costumbre.

—El general no puede permitirlo. Ese pueblo se ha sometido sin lucha y hay que tratarlo bien. Si se saquea, se viola y se destruye al que se rinde, todos resistirán.

—Nos da igual, si no hay dinero, marcharemos sobre él —dijo Diego exaltado—. Somos muchos. No nos detendrán.

—Sed razonables. El general hace lo correcto y no es su

culpa si no puede pagar. Me consta que vendió todo lo que tenía y que nuestros aliados los Colonna hicieron lo mismo para pagaros antes de la batalla de Ceriñola. Es el rey quien no manda dinero.

—Pues el rey no debería meterse en guerras que no puede pagar. —La mirada del chico era dura—. Está decidido; si no hay dinero, lo cobraremos saqueando.

—No te metas en líos, Diego. —Joan le puso la mano en el hombro tratando de calmarle—. Al menos, ahora no pasamos hambre. Y tarde o temprano cobrarás.

—¿Cuándo? ¿Cuando me maten los franceses?

—No te juntes con los alborotadores, quédate en tu lugar de acampada. Y ni se te ocurra dirigirte al general o a sus capitanes con las armas en la mano.

—No nos tomarán más el pelo —dijo el chico al irse.

Joan, preocupado, buscó a Santiago. Quería que fuera consciente del peligro al que se exponían y que le ayudase a calmar a Diego.

—Está enfadado, se siente engañado —le explicó el gallego—. Trato de que razone, pero no es fácil.

Joan escribió en su libro aquella noche: «Los horrores de la guerra hacen madurar demasiado rápido. O quizá en lugar de madurar, pudran».

A través de Pedro Navarro y de otros oficiales, Joan se iba enterando de las visitas del Gran Capitán al campo de los amotinados. Sabía que aquello podía terminar en una batalla campal entre compatriotas. Se dijo que después de salvarse de las lanzas y cañones franceses sería irónico morir a manos de los suyos.

—Algunos trataron al general con malos modos —le contaba el navarro—. Y ya no quieren oír sus «dulces palabras», como ellos dicen. Se niegan a hablar con él y ahora lo hace

Diego García de Paredes. Lo cierto es que estos malditos nos están retrasando. Les dan tiempo a los franceses para que se reorganicen.

Tras días de negociación, los más razonables, entre ellos Santiago, abandonaron su actitud, y los sublevados radicales, al verse en minoría, aceptaron la promesa del Gran Capitán de pagarles al llegar a Nápoles. Al fin, el ejército se puso en marcha.

—¿Cómo os convencieron? —quiso saber Joan.

—Nos prometieron el dinero al llegar a Nápoles y nos amenazaron con declararnos felones, con lo que mancharíamos para siempre el honor de nuestras familias en España —repuso Diego enfurruñado—. Los más miedosos cedieron y al final los pocos que quedábamos nos tuvimos que someter.

—Espero que no te significases demasiado —comentó Joan preocupado.

Unos días después, pernoctando al aire libre camino de Nápoles, Santiago despertó a Joan poco antes del amanecer.

—¡Acaban de prender a Diego de Burgos! ¡Van a castigarle por el motín!

Joan se vistió a toda prisa y al llegar a la zona de los oficiales se encontró con Pedro Navarro.

—Vuestro hombre pronunció palabras injuriosas hacia los reyes y el Gran Capitán —explicó—. Se tomó buena nota de lo que dijo entonces. Será juzgado.

—Se les prometió que no habría represalias.

—Esto es el ejército, Joan —respondió encogiéndose de hombros al tiempo que se atusaba la barba—. Hay cosas que se perdonan y otras no.

—Diego apenas tiene diecinueve años. Es muy joven.

—¿No es hombre para empuñar las armas y matar? ¿No lo es para amenazar e injuriar? Lo tendrá que ser para morir.

—Quiero hablar con el Gran Capitán. —Joan sentía un nudo en las tripas.

—No se puede hablar con él hasta después.

—¿De qué?

—Del juicio. —El navarro hizo un gesto de incomodidad.

—No digáis eso, Pedro —repuso el librero con firmeza—. Vos sabéis que no hay juicio. Esa decisión debió de tomarse hace días.

—Hoy el general no verá a nadie. Ni lo intentéis.

—¿Dónde está el chico?

—No os dejarán acercaros.

—No importa. ¿Dónde está?

—A la salida del pueblo —cedió al fin Pedro Navarro cabizbajo—. De camino a Nápoles. Cuando el ejército se ponga en marcha pasará por delante de ellos y la tropa estará obligada a verlos.

Joan dio la vuelta para irse, pero el navarro le agarró del brazo. Al girarse, la oscura mirada del capitán se clavó en sus ojos.

—Lo siento, Joan —le dijo con algo que podía parecer ternura—. A mí también me caía bien el chico. Traté de suavizar la sentencia, pero sus palabras causaron resentimiento.

85

Joan corrió hasta donde tenía su caballo y cargó a toda prisa su equipaje con la ayuda de Santiago. El campamento se iba despertando cubierto de una neblina fúnebre, y en lugar de los gritos y chanzas con los que solían amanecer los soldados, aquel día hablaban en murmullos. La noticia se extendía entre las tropas españolas. El librero azuzó a su caballo hacia el camino que conducía a Nápoles y al poco pudo ver entre la bruma, a la luz del amanecer, las siluetas de las encinas que bordeaban el camino. De ellas colgaban unos frutos macabros: soldados ahorcados en grupos de cuatro y cinco. Al acercarse vio algo en lo que no había reparado en la distancia y que le erizó el vello. Entre encina y encina habían colocado a un hombre empalado en una lanza cuya base estaba bien clavada en el suelo. Los habían situado de forma que dieran la cara al camino para que la tropa pudiese reconocerlos al pasar, y mientras que los ahorcados estaban ya muertos, muchos de estos aún se debatían en su agonía.

Aceleró el paso ansiando que Diego fuera uno de los ahorcados, pero no era así; como le había adelantado Pedro Navarro, el chico había recibido el castigo máximo y era uno de los ensartados en una pica. Le habían introducido la punta de la lanza por el ano con la intención de que traspasase sus vísceras y a través del cuello llegara a la cabeza. Sin embargo, eso raramente se conseguía y, como en el caso de Diego, la punta de la lanza aparecía por algún otro lugar del cuerpo. La base de su pica estaba firmemente sujeta al suelo y esta se elevaba en vertical traspasándole en su salida la parte superior del pecho a la altura del omoplato izquierdo. Su cuerpo había resbalado por el asta, sus piernas habían cedido y se encontraba de rodillas sobre un charco de sangre.

Joan bajó de su caballo de un salto y se acercó al chico, pero un soldado le detuvo.

—Si le tocáis, seréis ahorcado —le advirtió.

Joan apartó al hombre de un manotazo y, acercándose a su amigo, observó que respiraba fatigosamente con la boca entreabierta. Al oír la voz del guardia abrió unos ojos vidriosos, reconoció a su patrón y, haciendo un esfuerzo, murmuró:

—Don Joan.

—Sí, hijo —dijo este con un nudo en la garganta.

—No me dejéis.

—No lo haré. Me quedo contigo.

—Tengo sed.

Joan buscó el odre que colgaba de su caballo y le quitó el tapón con la intención de darle de beber, pero el soldado le detuvo.

—Os dije que si le tocáis, seréis ahorcado.

Joan le dio un empujón y le advirtió con fiereza:

—Pues mira hacia otro lado. Porque si he de ser ahorcado, antes te mato a ti.

El soldado le observó. Joan tenía el odre en la mano derecha y con la izquierda había sacado el puñal. El hombre contempló a Diego unos instantes, movió la cabeza con pesadumbre y dijo:

—Daos prisa. Que no os vean.

Dio unos pasos hacia la encina que tenía a sus espaldas y se quedó mirando a los ahorcados como si no los hubiera visto antes. Con sumo cuidado, para que no se atragantase, Joan derramó agua en la boca del chico hasta que este pareció saciado. Guardó el odre y quedaron en silencio. De cuando en cuando, Diego temblaba quejándose mientras la sangre goteaba por sus piernas hasta el suelo. Joan deseaba que muriera pronto y que dejase de sufrir.

—Don Joan —musitó Diego sin abrir los ojos.

—Dime, Diego.

—Os suplico un favor.

—Lo haré si está en mi mano.

—Escribid a mis padres y decidles… —El muchacho se interrumpió, fatigado, y se estremeció con un lamento—. Decidles que he muerto en el campo de batalla…

—Les diré que fuiste un valiente y que honraste su nombre.

Diego movió los labios musitando unas gracias que no se oyeron y por unos instantes la sombra de una sonrisa se mostró en su faz. Quizá recordara los brazos maternos o a aquella chiquilla de su pueblo de la que anduvo enamorado.

Después, las pocas fuerzas que le quedaban le abandonaron y con un tenue quejido su cuerpo reposó desmadejado sobre la pica que le impedía caer al suelo. La sangre continuaba goteando por sus piernas. Joan se preguntó esperanzado si el chico habría muerto, aunque de inmediato este inspiró con fuerza para soltar después el aire fatigosamente.

Entonces se oyeron unos tambores distantes que se iban acercando; llegaba el ejército camino de Nápoles. Era un redoble destemplado, desagradable, sonaba a muerte y a ejecución. Al oírlo, Diego pareció recuperar algunas fuerzas, entreabrió los ojos y volvió a hablar:

—Don Joan. —Su voz era muy débil.

—Dime, Diego.

—Dadme la misericordia.

Joan se quedó en silencio. El muchacho le pedía que le matara, que terminase con su sufrimiento. Se llevó la mano a la daga mientras pensaba que en su turbulenta vida había dado muerte a varios hombres por razones menos dignas que aquella. Si le mataba, terminaría con su dolor, aunque con toda seguridad sería acusado de ello y ahorcado. La razón por la que los soldados estaban de guardia frente a los ajusticiados era evitar que sus camaradas acortasen su agonía. Su tortura debía servir de ejemplo para la tropa. Sin embargo, no fue el miedo lo que le hizo retirar a Joan la mano del arma; de inmediato supo que sería incapaz de acabar con la vida del chico.

—Aguanta un poco más, hijo. Pronto terminará y yo estaré contigo.

—Más me hubiera valido que aquel francés me hubiese matado en Ceriñola —murmuró.

El muchacho cerró los ojos, soltó aire y su cuerpo perdió la poca tensión que le animaba. Se quedó inerte alrededor de la inmisericorde pica que sujetaba su cuerpo en vertical. Joan se sentía ahora culpable de haberle salvado la vida en la batalla.

La vanguardia la componían unidades de caballería ligera española y la caballería italiana de los Colonna; con ellos, y antes de los lansquenetes alemanes, lejos de cualquier español, cabalgaba el Gran Capitán. Joan se dijo que quizá lo hiciera para protegerse de la ira de sus compatriotas. Al contrario que en los habituales desplazamientos del ejército, se marchaba en silencio, al compás de los siniestros repiques de tambor.

Gonzalo Fernández de Córdoba iba muy erguido en su montura y, mientras que muchos de los soldados preferían mantener la vista al frente, él miraba ceñudo, con expresión airada, a cada uno de los ajusticiados. El soldado que estaba de guardia con Diego se puso en posición de saludo y Joan buscó los ojos del general. Cuando se encontraron le sostuvo la mirada mientras murmuraba de forma que se pudiera leer en sus labios:

—Maldito seas.

Fue un durísimo intercambio en el que Joan quiso mostrarle al Gran Capitán toda su rabia y desdén mientras percibía de este la fuerza de su determinación para el logro de la victoria a toda costa. Siempre, hasta en los instantes más críticos, había visto al general Fernández de Córdoba de buen talante, incluso risueño, y aquella faceta suya adusta y vengativa le defraudaba.

Detrás de la infantería alemana desfilaba la española, y las expresiones en los rostros de los soldados eran lúgubres. Aquel macabro espectáculo iba dirigido a ellos. Allí, muertos o agonizando, estaban los que más habían alzado sus voces, no existía amenaza y advertencia más clara y brutal. Joan vio entre los de su pelotón a Santiago, en cuyos ojos agrandados por el horror brillaban las lágrimas.

Algunos evitaban mirar a sus compañeros, pero los más lo hacían, y en lugar de mantener el silencio del resto de las unidades muchos alzaban su voz.

—¡En secreto los mataron, que de haberlo sabido nosotros no habrían podido! —decía uno con rabia.

—¡Mártires son! —gritaba otro—. ¡Y reciben la muerte por reclamar lo que es nuestro de buena ley!

—¡Guardaremos vuestra memoria! —proclamaba otro más—. ¡Os asesinaron por exigir que se cumplieran las leyes de los gloriosos soldados del pasado!

Joan no pudo evitar una leve sonrisa de satisfacción. El espíritu bravo de aquellos hombres acostumbrados a jugarse la vida no se apagaba con unas ejecuciones, por bárbaras que fueran.

El grueso de la caballería española, que no había participado en el motín, cerraba la marcha. Durante el desfile, Joan no había percibido movimiento en Diego, y al final de este pronunció su nombre a media voz. El muchacho tenía a sus pies un gran charco de sangre; como no recibió respuesta, supuso que estaría muerto. Sin tocarle empezó a rezar de pie, frente a su cuerpo.

Después llegaron unos soldados seguidos de campesinos italianos. Estos empezaron a cavar unas fosas mientras los militares descolgaban a los ahorcados y uno de los soldados se aseguraba de la muerte de los empalados degollándolos. Así lo hizo también con Diego, que no dio signo de vida alguno.

—Lo siento por vuestro amigo —le dijo el hombre que había estado de guardia frente a Diego—. Era demasiado joven.

Joan no pudo evitar darle al soldado, al que momentos antes había amenazado con su daga, las gracias y el abrazo que habría deseado darle a Diego. El hombre mantuvo el apretón todo el tiempo que el librero precisó. Después, esperó a que Diego García de Burgos estuviera bajo tierra, rezó una última oración y montó su caballo para seguir al ejército. Era un día de primavera, aunque gris y triste. Jamás lo olvidaría.

86

Dos días después, cuando Joan regresaba de almorzar junto a otros oficiales un cocido de habas que le había recordado mucho a los que comía en galeras, se encontró con Santiago.

—¿Habéis oído la noticia? —le preguntó este.

—Te refieres a que la ciudad de Nápoles se entrega sin lucha, ¿verdad? —le contestó Joan contento—. Nos ahorraremos muertos y fatigas.

—Pero no habrá saqueo —repuso Santiago compungido.

Joan se dijo que con solo veinte años su amigo ya pensaba como un curtido soldado de fortuna.

—Al menos gozarás de Nápoles vivo y con tu cuerpo entero.

—El Gran Capitán no quiere que disfrutemos de la ciudad ni vivos ni muertos. Ha ordenado que solo una pequeña parte de la tropa entre en Nápoles. Al resto nos ordena ir al norte para evitar que los franceses se reagrupen.

—Tiene sentido. Si la ciudad se entrega, los franceses se refugiarán en el Castel Nuovo y dell'Ovo, y solo se precisarán los soldados necesarios para sitiarlos.

—No. No tiene sentido para nosotros —refunfuñó Santiago ceñudo—. El Gran Capitán nos dijo que pagaría los atrasos al llegar a Nápoles y ahora nos quiere largar sin paga. Entraremos en la capital del reino, lo quiera o no.

—¿Otra revuelta?

—Sí, y así será hasta que nos pague. En honor a los que, como Diego, murieron defendiendo la dignidad de la tropa española.

—Me alegro —murmuró Joan.

Al día siguiente, Pedro Navarro le explicó que el Gran Capitán había tenido que aceptar una buena parte de los términos impuestos por sus hombres.

Satisfecho, Joan escribió en su libro: «El vencedor en mil batallas ha tenido que rendirse ante su tropa más plebeya. Como buen general, conoce el valor de una retirada a tiempo».

El 16 de mayo de 1503, Nápoles izó las banderas de España y el Gran Capitán y su ejército, con la infantería española al completo, entraron en la ciudad haciendo sonar tambores, pífanos y trompetas. Esta lucía sus mejores galas; tapices y banderas colgaban de las ventanas, guirnaldas y arcos triunfales cruzaban las calles y las muchachas lanzaban flores a las tropas que desfilaban. Gonzalo Fernández de Córdoba cabalgaba victorioso y satisfecho; a cambio de evitar saqueos y desmanes, la ciudad le había ofrecido importantes sumas con las que había podido pagar gran parte de los atrasos a sus tropas.

Tan pronto como terminó el desfile, Joan fue a visitar a sus suegros, los orfebres Roig, y a su cuñado, que le recibieron felices. El librero llevaba tres meses sin noticias de su esposa y quería saber de ella y de su familia en Roma. La última carta de Anna a sus padres estaba fechada hacía más de un mes; en ella les contaba que se encontraban bien y les pedía que le escribieran tan pronto como tuviesen noticias de su marido. Joan comprendió que ninguna de las cartas enviadas a su mujer en los últimos meses había llegado a su destino. Y se apresuró a escribirle.

Aquella tarde fue a la Via del Duomo, donde su amigo Antonello y su esposa María tenían su librería. Allí era donde Joan había aprendido el oficio de impresor y donde había conocido a Innico d'Avalos. Los libreros le recibieron con el cariño de siempre y le invitaron a cenar.

—El rey de Nápoles se refugió en la isla de Ischia cuando nos invadieron los franceses —le explicó Antonello—. Pero terminó pactando con ellos y se fue a Francia, dejando orden al marqués de que se rindiera a los galos sin lucha. Sin embargo, D'Avalos negoció con su amigo el almirante Vilamarí y en la Pascua de Resurrección izó las banderas de España en sus islas.

—Eso significa que el marqués cree que «el tiempo de los franceses en Nápoles está a punto de terminar» —dijo Joan, jocoso, imitando la voz y la pose del gobernador de la isla de Ischia.

Antonello rio, pero de repente su faz mostró una expresión seria poco habitual en él.

—También cree algo más —dijo con una mirada intensa.

—¿Qué es? —inquirió Joan curioso.

—Que el tiempo de los *catalani* está próximo a su fin.

Joan, sorprendido, se quedó mirando a su amigo y no pudo evitar estremecerse. ¡Los suyos estaban en peligro!

—Pero ¡quién se ha creído ese hombre que es! —estalló al fin, tratando de disimular su temor—. ¿Es que se cree un profeta? Ya tuve bastantes de esos en Florencia.

—No es profeta —repuso Antonello—, pero tiene intuición y una extraordinaria red de informadores entre los que nos contamos nosotros. Y acierta. Recibió la carta que le enviaste antes de incorporarte al ejército y me escribió diciéndome que si venías por aquí, te advirtiera. Cuida de tu familia.

—Partiré tan pronto como me licencie —repuso Joan. Sentía una profunda inquietud.

—Siento que os vayáis —le dijo el Gran Capitán, socarrón, cuando le pidió la licencia absoluta del servicio de armas—. Hicisteis un buen trabajo en la batalla al frente de vuestro pelotón de arcabuceros. Pero lo que en verdad lamento de vuestra partida es que erais el único que no me podía reclamar pagas atrasadas.

Joan compuso un gesto de circunstancias mientras Gonzalo Fernández de Córdoba, sonriente, firmaba el documento en el que certificaba los buenos servicios prestados por el librero al ejército español.

—Ya me gustaría tener a muchos como vos, que en lugar de cobrar viniesen a luchar pagando —concluyó guasón.

—Gracias, general —repuso Joan cuando tuvo el documento en sus manos—. Pero yo también he de reclamaros pagas atrasadas.

—Pagas atrasadas, ¿vos? —inquirió Gonzalo con la sonrisa aún bailándole en los labios. Creía que Joan bromeaba.

—No son mías, sino las de Diego García de Burgos.

—¿Quién?

—Diego García de Burgos, un muchacho de apenas diecinueve años al que hicisteis empalar por reclamar su dinero. —La sonrisa del general se tornó en un rictus doloroso—. Se lo mandaré a sus padres —continuó Joan—. Y también les enviaré una carta que dirá que su hijo murió, con honra, luchando como un valiente.

Los dos hombres se miraron en silencio y Joan recordó el momento en el que sus miradas se cruzaron cuando Diego se moría empalado al borde del camino.

—Algunos actos a los que me obliga el servicio al rey ni me gustan ni me honran —musitó el cordobés.

—Os ruego que me deis un billete para vuestro tesorero con la orden de pago. —Joan no estaba dispuesto a justificar los actos del Gran Capitán.

—Vos no sabéis lo que es enfrentarse a cuatro mil quinientos hombres amotinados. Soldados veteranos de varias matanzas, armados, hambrientos y furiosos. —La voz de Gonzalo era tan dura como su mirada—. La muerte ejemplar de unos pocos evita la de miles.

Joan, de pie, frente al despacho del Gran Capitán, le miraba impasible.

—Vos no sabéis nada de todo eso, señor librero —continuó ante el silencio de su interlocutor—. No sois quién para juzgarme.

—Yo no os juzgo, eso ya lo hará Dios. Solo os pido que me deis las pagas que se le deben al muchacho.

Sus miradas no volvieron a coincidir hasta que Fernández de Córdoba abrió un pequeño cajón de su mesa, extrajo un papel y, mojando la pluma en el tintero, escribió con letra firme.

—Aquí lo tenéis, Joan Serra de Llafranc —dijo tendiéndole el billete, serio y con gesto duro—. Mi tesorero echará la cuenta. Id con Dios.

—Gracias, general. —Y suavizando su tono añadió—: Debo decir que me ha honrado luchar a vuestras órdenes.

—El sentimiento es mutuo —repuso el Gran Capitán.

La tensión de su rostro se relajó y tendió su mano a Joan. Este la estrechó y sus miradas se unieron, francas, mientras Joan sentía la fuerza de la mano de aquel hombre al que, a pesar de todo, apreciaba. Después dio media vuelta, anduvo hasta la puerta y salió sin mirar atrás.

El librero sintió un gran alivio al salir del castillo Capuano y llenó sus pulmones del aire primaveral de Nápoles. Cuidadosamente doblado, guardaba entre la camisa y el jubón el documento que le daba la libertad. Atrás quedaban la miseria y la muerte.

Era un día soleado y transparente. Nápoles, a pesar de la

hambruna producida por la guerra, había recuperado su vital y colorida actividad y las gentes iban y venían en sus quehaceres diarios, indiferentes a los cañonazos disparados por las tropas españolas que sitiaban el Castel Nuovo y el Castel dell'Ovo, donde resistían los franceses rodeados por las trincheras de los hombres del Gran Capitán. Al igual que el calderero y el herrero martilleaban sobre el metal produciendo ruido, el oficio de soldado requería el suyo propio. Aquello era algo habitual en Nápoles en cada cambio de régimen.

Quedaba algo pendiente para que Joan sintiera la libertad plena. Se encaminó a la librería de Antonello y allí escribió la carta que hacía días demoraba. En ella decía que Diego había muerto como un valiente luchando por los reyes de España, y firmó como «Joan Serra, jefe de pelotón de arcabuceros». Después acordó con Antonello que la carta, junto al dinero de sangre del ejército y el que Santiago había recogido entre las pertenencias de Diego, saldría con destino a los padres del chico en la siguiente nave para España.

Después se dirigió a la playa, pues el puerto estaba sometido a la artillería del Castel Nuovo, a la búsqueda de un barco que partiese hacia Roma. Sin embargo, ninguna de las embarcaciones estaba dispuesta a hacer tal viaje. Temían a las naves francesas del puerto de Gaeta, situado a mitad de camino.

Aquello angustiaba a Joan. ¿De qué le servía la libertad si no podía regresar a su hogar? ¿Estaría en lo cierto el marqués del Vasto? ¿Se encontraba su familia en peligro? Nápoles era acogedor, pero a Anna le faltaban solo un par de meses para dar a luz y quería estar junto a ella lo antes posible. Franceses y españoles luchaban en la frontera norte del reino y no se podía llegar a Roma por tierra. Estaba atrapado y sentía un gran desasosiego.

Había transcurrido una semana de la entrada triunfal del ejército en Nápoles cuando las velas de la flota de Vilamarí aparecieron en el horizonte. Eran ocho galeras y casi treinta buques de vela de distintos tamaños; antes de llegar a la playa navegaron frente al puerto bombardeando el Castel Nuovo. Los cañonazos retumbaban por toda la ciudad mientras los napolitanos presenciaban el espectáculo con vivas y muestras de alegría. No era el despliegue artillero de la flota lo que les hacía tan felices, sino el anuncio de que varias de las naves llegaban repletas de trigo de Sicilia. Había hambre.

Joan acudió a saludar a sus antiguos camaradas de la flota tan pronto como desembarcaron. Solo reconoció a unos pocos marinos y a su amigo el capitán Genís Solsona, que se mostró feliz de reencontrarse con él. Pronto haría seis años desde que se despidieron en Pisa.

—Habla con Vilamarí —le dijo cuando le explicó la situación—. Te puede resolver el viaje a Roma.

El paso de los años y las batallas no habían afectado demasiado a Vilamarí, que le recibió con una mirada divertida. Joan se dijo, con extrañeza, que el viejo marino parecía alegrarse al verle.

—¡Vaya, el famoso librero de Roma! —exclamó—. ¿Qué te trae por Nápoles?

Joan le contó brevemente sus andanzas con el Gran Capitán y le mostró orgulloso el pergamino firmado por este en el que le licenciaban. El almirante observó el documento con atención, exagerando el cuidado.

—Recuerdo que eras un excelente amanuense —dijo al final Vilamarí frunciendo el ceño—. ¿No lo habrás falsificado?

Era la primera vez que el almirante bromeaba con él y no pudo evitar sonreír a pesar de los reparos que aquel hombre continuaba produciéndole. Después le puso al corriente de sus apuros en su búsqueda de transporte hacia Roma.

—No me sorprende —dijo Vilamarí—. Los franceses preparan un gran ejército que cruzará Italia para unirse a sus compatriotas en Gaeta y reconquistar Nápoles. Y en Génova juntan una flota muy superior a la mía. En poco tiempo nos caerán encima y tendré que guarecer mis naves en puerto seguro.

Joan, preocupado, hizo un gesto de desánimo. La guerra distaba mucho de terminar.

—Aunque quizá podamos ayudarte. —Y añadió sin abandonar su expresión divertida—: Si tienes con que pagar el pasaje, claro. Antes de que llegue la flota francesa, mañana mismo, enviaré un par de galeras a Roma, donde el embajador Francisco de Rojas recluta soldados. Además, el hombre al mando de la misión es un buen amigo tuyo; el capitán Genís Solsona.

Joan tuvo que reprimir un salto de alegría. Las naves francesas de Gaeta no se atreverían a interceptar un par de galeras. Era un viaje relativamente seguro. ¡Al fin regresaría a casa! Ansiaba comprobar que los suyos estaban bien, que Innico d'Avalos se equivocaba y que César mantenía el poder.

87

Roma disfrutaba de una primavera esplendorosa cuando Joan llegó a la ciudad, pero no se entretuvo en su contemplación. Buscaba en las palabras y en el aspecto de las gentes indicios del peligro que Innico d'Avalos le había anticipado. El papa gozaba de buena salud y todo parecía en orden. Más tranquilo, observó la librería desde lejos, orgulloso, y se dijo que sin duda era la mejor de Roma. Entró haciéndoles un gesto a Paolo y a Pedro para que no le delataran; había visto a Anna de espaldas atendiendo a una dama y la quería sorprender. Le tapó los ojos con las manos y dijo:

—Adivinad quién ha llegado.

—¡Joan! —gritó ella girándose para abrazarle.

Su abultado vientre los separaba, y Joan se sintió feliz al ver su aspecto saludable. Había llegado a tiempo. Sin embargo, no pudo evitar fijarse en el libro que sostenía la compradora.

Al día siguiente, al bajar a la librería, Joan le preguntó a Anna por aquel libro.

—¡*La ciudad de las damas* en italiano! —exclamó sorprendido al revisarlo.

—Sí, de Christine de Pisan —repuso su esposa ufana—. Una dama que al quedarse viuda y arruinada fue capaz de vivir y criar a sus hijos gracias a su pluma. Defiende a las mujeres de los prejuicios masculinos.

—Conozco a Christine de Pisan; escribía en francés, pero no sabía que el libro estuviera traducido al italiano.

—Lo hice traducir yo en vuestra ausencia, y mandé imprimir doscientos —le informó sonriente—. Las señoras lo están comprando encantadas y estoy a punto de imprimir dos centenares más.

—¡Ah, bien, muy bien! —balbució Joan.

La decisión sobre los textos que se traducían y las cantidades a imprimir había sido siempre su responsabilidad; sin embargo, parecía que a Anna no le costaba asumirla.

—Espero que no lo consideréis como que interfiero en vuestra libertad. —Ella le observaba con una sonrisa maliciosa. No había olvidado su vieja discusión.

—¡En absoluto! —repuso él—. Al contrario, me siento orgulloso de vos. Estoy seguro de que Christine de Pisan lo hubiera aprobado calurosamente.

Joan invitó a Genís Solsona a su casa y después de un almuerzo con la familia le mostró orgulloso los talleres de encuadernación, de imprenta y la librería.

—Es la obra de mi vida —afirmó dichoso.

Su amigo le miró de una forma extraña y negó con la cabeza.

—No, te equivocas —le dijo Genís reflexivo—. La obra de tu vida no es la librería; es tu familia.

Joan le observó silencioso asimilando aquella afirmación rotunda y tajante. Y el capitán le explicó lo que Joan ya conocía. Su vida embarcado le impedía formar su propia familia. Una historia semejante a la del fallecido oficial de asalto de la Santa Eulalia.

—Te envidio, Joan —concluyó su amigo—. Pero no por tu librería, sino por los tuyos.

Aquella noche, Joan escribió en su libro: «Genís está en lo cierto».

A pesar de los malos augurios de Innico d'Avalos, los meses transcurrieron felizmente hasta que llegó agosto, que se presentó con el acostumbrado calor agobiante. Durante el día era imposible permanecer bajo el sol, y de las aguas estancadas se desprendían miasmas, aquellos efluvios malignos que traían las temidas epidemias. La *mala aria*, el mal aire que mataba.

Aun con el temor a la enfermedad, la continua molestia de los mosquitos, el sudor y el calor que apenas permitía dormir, Joan era un hombre feliz. En la casa de los Serra sonaba el llanto de Caterina, una preciosa niña que estaba a punto de cumplir su primer mes. Anna, atenta y sonriente, la amamantaba. El librero hubiera deseado otro hijo varón, pero apenas habían transcurrido unos días cuando comprendió que estaba enamorado de la pequeña. No dejaba de repetir que sería tan hermosa como su madre.

El continuo paso de tropas francesas por Roma hacia Nápoles le traía a Joan demasiados recuerdos. No lograba desterrar aún de sus pensamientos el campo sembrado de cadáveres en Ceriñola o el cuerpo empalado del pobre Diego; aquellos horrores le perseguían en forma de pesadillas. Pero eran precisamente aquellos recuerdos los que le hacían gozar de forma más intensa de cada uno de los momentos de paz y felicidad que vivía junto a su esposa y el resto de la familia. Era un hombre afortunado.

—En agosto el calor asusta a muchos de nuestros clientes —comentó Anna—. Aunque este año la librería está funcionando mejor que ningún verano. Y mi tertulia jamás ha gozado de mayor éxito, a pesar de la falta de Lucrecia Borgia y de Sancha de Aragón.

—Es cierto, nuestro negocio es próspero, pero hay algo mucho más importante. No soy capaz de expresar el placer que siento con vuestra compañía, la de nuestros hijos, la del resto de nuestra familia; y también la de esa otra familia que formamos con los empleados de la librería —dijo Joan, y mirando con cariño a su esposa, le tomó la mano. Después, su expresión se tornó grave—. Rezo para que esta paz nos acompañe por muchos años. En unas semanas, el grueso del ejército francés cruzará Roma de camino a Nápoles y el destino del reino se decidirá en matanzas horribles. Por suerte, quienquiera que gane la guerra tendrá que pactar con el papa y aquí estaremos a salvo. Además, César ha consolidado sus conquistas del norte, nunca antes ha sido tan poderoso, y tiene a los Orsini y los Colonna bajo control. Espero, por lo tanto, que la paz se mantenga en Roma y que la disfrutemos con salud.

—Mañana es el undécimo aniversario del ascenso al papado de Alejandro VI —dijo Anna—. ¿Creéis que vivirá mucho más?

—Tiene setenta y dos años, pero se muestra sano y vital —repuso Joan con cierta preocupación al recordar la advertencia de Innico d'Avalos—. Brindemos para que el Señor le conceda muchos años. Mientras él viva todo irá bien.

Al oír la última frase, una de las criadas meneó la cabeza con preocupación; en el mercado se comentaba que los augurios eran malos con respecto al papa. Se decía que un búho había caído muerto a los pies del pontífice cuando este paseaba por los jardines del Belvedere y que un perro negro fantasmal merodeaba constantemente alrededor del Vaticano. Este era un mensajero de la muerte, y en pocos días habían fallecido, una tras otra y de forma repentina, varias personas cercanas al papa, desde un capitán de la guardia hasta un obispo. El perro continuaba rondando la residencia papal como si buscara cobrar una presa mayor.

Al día siguiente del aniversario, el papa, César y un obispo que los había acompañado en una cena celebrada unos días antes sufrieron un violento acceso de fiebre y en Roma corrió el rumor de que los tres habían sido envenenados.

De inmediato, Miquel Corella hizo reforzar la guardia de las dependencias papales y rodeó el Vaticano con un cerco de seguridad. Cualquier signo de debilidad envalentonaría al enemigo, y el valenciano puso el ejército alerta. Pretendía que se creyese que el papa y su hijo se encontraban reunidos en un importante conciliábulo. Sin embargo, en la ciudad se comentaba que César deliraba y que su doctor no conseguía disminuir su altísima fiebre.

—Supersticiones, historias que hacen correr nuestros enemigos para influir en el populacho, siempre crédulo —dijo Joan cuando Anna y su madre le comentaron lo del perro negro.

—Serán supersticiones, pero bien sabéis el valor que les da la gente —repuso su esposa—. Bueno sería que solo el pueblo llano creyera esas historias; sin embargo, también lo hacen los nobles, los cardenales y los obispos.

—Ese es el único recurso que les queda a los Orsini y demás facciones que han sido derrotadas repetidamente —contestó Joan alterado—. La calumnia, el rumor, la insidia, los malos augurios, el mal de ojo; hacen circular cualquier cosa que pueda minar el poder de César y del papa. Y utilizan el «dicen» para no tener que rendir cuentas por sus bulos. Tiran la piedra y esconden la mano.

—Bueno, no os disgustéis —le dijo Anna con una sonrisa—. Solo os lo cuento porque creo que deberíamos estar alerta.

Y depositó un beso en los labios de su esposo, que se entreabrieron felices para devolverle el gesto.

—Tenéis razón —concedió él pensativo. Esperaba inquieto más noticias de Innico d'Avalos.

Pronto se supo que, siguiendo el ejemplo del Vaticano, los cardenales hacían examinar su comida escrupulosamente y se atrincheraban en sus palacios con gente armada leal, unos por temor a los *catalani* y otros a sus contrarios. A nadie en Roma le era indiferente la noticia de la grave enfermedad del papa y de su hijo César. Para unos representaba una esperanza; para otros, una amenaza.

Los espadachines y matones de las distintas facciones salieron de sus escondites; se mostraban arrogantes en los barrios bajo su control y pedían a gritos la muerte del papa.

Joan se reunió con Pedro y Paolo y, después de acordar con ellos una estrategia, convocó a todos sus empleados.

—Si el papa muere, habrá disturbios y esta librería será atacada —les dijo seguro y sereno—. No vendrán solo a robar, sino a destruir lo que representa. Y representa la libertad de pensamiento, la cultura sin cadenas, la luz frente a las tinieblas. Cada uno de nosotros está asociado a esa idea y si la defiende, expondrá su vida. —Guardó silencio mientras su mirada buscaba los ojos de sus empleados, como queriendo leer en su interior—. Yo lucharé por la librería. No dejaré que la quemen. Si os queréis quedar, la defenderé con vosotros; si no, contrataré a mercenarios. No obligo a nadie a que sea un héroe. Solo quiero saber con quién puedo contar, y respetaré a quien no desee quedarse.

La gran mayoría de los empleados optó por la defensa del establecimiento y Joan tomó de inmediato las medidas para ello.

La librería empezó a recibir menos público italiano, pero continuaba siendo lugar de reunión de los españoles. Iban a intercambiar noticias y a paliar la ansiedad. Unos decían que tanto el papa como su hijo habían sido envenenados y otros, que habían enfermado de la peste. También se comentaba la guerra, y coincidían en que el destino definitivo del reino de Nápoles se sellaría en la gran batalla que tendría lugar en la zona de Gaeta.

Así estaban las cosas cuando apareció por la librería Miquel Corella con un destacamento de jinetes. Parecía que los Borgia se recuperaban y tanto Miquel como Jofré Borgia, al frente de sus tropas, imponían el orden en la ciudad. El hijo menor del papa contaba con veintidós años, ya no era el niño tímido casado con una fogosa princesa napolitana que le hacía cornudo, y, aun lejos de mostrar el temple de su hermano, contribuía a la defensa de la familia.

—Llevaba mucho tiempo sin veros, Miquel —le saludó Joan.

—Demasiado trabajo —replicó este—. Lo teníamos todo previsto para cuando el papa muriese, todo menos que César también enfermara.

—¿Cómo están?

Don Michelotto negó con la cabeza.

—No digas nada, pero siguen con fiebre. César apenas puede hablar, aunque creo que lo superará. Sin embargo, dudo que su padre aguante.

—Y ¿qué va a ocurrir si el papa muere? —Joan conocía la respuesta antes de oírla.

—Habrá que luchar —repuso escueto el valenciano.

88

Al día siguiente llegó la esperada misiva del gobernador de Ischia. Decía: «El tiempo de los *catalani* ha terminado. Sacad a vuestra familia lo antes posible de Roma. Dejad la librería y regresad a Nápoles».

Consternado, Joan no podía apartar los ojos de la carta que tenía en sus manos, y la releyó. Aquel tipo de afirmaciones de Innico d'Avalos eran como sentencias de muerte. Sin embargo, se dijo que el marqués no iba a acertar siempre, y deseaba con toda su alma que se equivocase en esta ocasión. Hacía solo cuatro días que el papa y su hijo se habían puesto enfermos. Era el tiempo justo para que un mensajero rápido fuese y regresara de Nápoles; Innico debía de saber, como siempre, algo que los demás no sabían, y la nota era una advertencia de un peligro inminente para él y su familia. Pero decía algo más: Alejandro VI estaba a punto de morir; seguramente envenenado.

—Debéis partir hacia Nápoles con mi madre, mi hermana y los niños lo antes posible —le dijo a Anna después de mostrarle la carta—. Cuando el papa muera, esta ciudad se convertirá en un campo de batalla.

—Y ¿vos?

—Yo me quedaré en la librería. No dejaré que la arrasen.

—Dejad la librería —repuso ella—. Ya abriremos otra en

otro lugar. Vuestra madre y vuestra hermana, incluso Pedro, estarían encantados si nos instaláramos en Barcelona. Lo hemos hablado en varias ocasiones.

—Y ¿de allí también huiremos a la primera dificultad? —inquirió ceñudo—. No, Anna. Esta librería es nuestro sueño. Representa nuestra libertad. Esa libertad por la que he luchado toda la vida. No me puedo ir sin más, no puedo abandonarla sin luchar. Me quedaré aquí hasta ver cómo se desarrollan los acontecimientos. Quizá el papa se recupere y todo vuelva a ser como antes, o quizá César y Miquel Corella conserven su poder con el nuevo pontífice si Alejandro VI fallece.

—La librería no es el símbolo de mi libertad, Joan —contestó ella con firmeza—. Siento que este tiempo termine, cierto es que éramos felices aquí, pero lo éramos a cambio de la sumisión a los intereses de los *catalani*. Su tiempo acabará, pero no el nuestro, nosotros continuaremos en otro lugar. Yo no lamentaré si desaparecen. Ya conocéis mi opinión sobre ellos. Dejad que paguen de una vez por sus crímenes y vayámonos. Paolo se encargará de la librería, es muy capaz, es romano y sabrá sobrevivir en estos tiempos turbulentos. Siempre podemos regresar si todo va bien…

—¿Sus crímenes? —repuso Joan enfadado—. No son más criminales que el resto de los poderosos. He visto cómo se azotaba a gentes hasta morir, cómo los empalaban, cómo los quemaban vivos en la hoguera. Y ninguno de esos asesinos fue don Michelotto. El fuerte mantiene su poder atemorizando al débil.

—Pues el poder de los *catalani* se termina, no hay que temerlos más. Venid con nosotros y dejadlos a su suerte.

—No lo haré, Anna. Id vos, poned a salvo a nuestros hijos, y yo os seguiré si la situación se complica.

—No, Joan. —Ella le cogió la mano. Ahora le hablaba con dulzura—. No iré si vos no nos acompañáis.

Joan puso a Pedro Juglar al corriente y le pidió que comandara la expedición que conduciría a la familia a Nápoles. El aragonés coincidió con su cuñado en la necesidad de sacar la familia de Roma y aceptó la misión.

—No iremos solos —añadió Pedro—. Varios de los *catalani* e italianos importantes que apoyaban a César quieren poner a los suyos y sus pertenencias a salvo. Alguno incluso viajará personalmente.

Francisco de Rojas, el embajador español, aceptó, a cambio de una buena suma, conceder tropas de protección y un salvoconducto al convoy que Pedro comandaría. Eran soldados que, como de costumbre, acababa de reclutar entre las filas del ejército de César y que los acompañarían hasta Nápoles. Después se unirían al Gran Capitán en Gaeta anticipándose a la llegada del grueso del gran ejército francés.

Joan obtuvo también un salvoconducto del Vaticano que le proporcionó Miquel Corella. Se lo entregó a regañadientes, por amistad, aunque estaba muy disgustado por los continuos abandonos de los soldados que, como los que acompañarían a la caravana, iban a luchar con el Gran Capitán. Sabía que se trataba de mercenarios, eran libres de irse, y a pesar de sus sentimientos, don Michelotto les pagaba su soldada hasta el último jornal. Era el estilo de César Borgia.

—Las ratas huyen las primeras del barco que se hunde —masculló cuando le entregó el documento—. Pero los *catalani* no hemos dicho aún nuestra última palabra.

—Yo me quedo —repuso Joan—. Solo quiero poner a mi familia fuera de peligro.

Miquel le observó unos instantes y le dijo:

—Gracias, Joan. —Y después le dio un abrazo. La expresión de su rostro se relajó y bajando la voz añadió—: Pues si has decidido quedarte, necesito que me ayudes. Quizá tenga que hacer algo y preciso a alguien de mi absoluta confianza.

—Espero que no se trate de matar a nadie.

—No. A no ser que se tuerza mucho el asunto.

—¿Es una orden? —preguntó Joan recordando los reproches de Anna.

—No. —La mirada de Miquel Corella era franca—. Es un favor que le pido a un amigo.

—Estaré con vos. —Y después de una pausa preguntó—: ¿Habéis puesto ya a salvo a vuestra familia?

—¿Qué familia?

—Vuestra esposa.

—Mi mujer ya no lo es. —Había rabia en sus palabras—. Después de once años en los que su familia se benefició de nuestro casamiento, esas ratas han cambiado de bando al husmear el peligro. Y ella se ha ido con ellos.

—Lo siento, Miquel.

—Mi familia son los Borgia —continuó don Michelotto, y al librero le pareció que las lágrimas querían asomar a sus ojos—. Con ellos no soy un bastardo como lo era en casa de mi padre, el conde de Cocentaina. El papa es mi verdadero padre y César, mi hermano, como lo son el resto de los *catalani*. Tú tienes a tu familia, haces bien poniéndola a salvo, y si las cosas se ponen mal, te reunirás con ellos. Yo no tengo a donde ir. Solo los tengo a ellos y ellos me tendrán hasta que yo muera.

—La caravana saldrá mañana de madrugada —le dijo aquella tarde Joan a su esposa—. Os ruego que os unáis a ella.

—Venid con nosotros —le suplicó Anna.

Joan la miró con ternura; le partía el corazón despedirse de su esposa. Aún recordaba el sufrimiento al no recibir noticias de ella en su última separación. Sin embargo, al conversar por la mañana con Miquel Corella, había comprendido que profesaba una extraña fidelidad hacia él, hacia el papa y sus *catalani*. No se engañaba: conocía bien los métodos del valenciano y de César, su señor; sabía que estaban muy lejos de ser unos santos, pero no podía evitar ese sentimiento de pertenencia al clan. Era de los suyos. Y sentía que aún tenía una deuda pendiente con Miquel, que había hecho posible el maravilloso sueño de la librería y de aquellos años de felicidad.

—Lo siento, Anna, me quedaré.

—Siempre habéis acatado sus órdenes —repuso ella despechada—. Decidles ahora que no, demostrad que sois libre.

—No, no me quedo obedeciendo órdenes. Me quedo por la librería, tal como os dije, pero también por fidelidad al clan. Por amistad incluso. Los seres humanos morimos a veces por esas cosas, algunos lo llaman *dignidad*. Es mi libre elección. Si huyo ahora, no podré mirarme en el espejo sin avergonzarme. Jamás os abandonaría si estuvierais vos en peligro. Ni tampoco a un amigo, sabiendo antes que mi familia está a salvo.

Anna supo que no podría convencer a su esposo y que su insistencia solo acarrearía una discusión inoportuna. De nada serviría una despedida llena de advertencias y reproches. Quizá fueran aquellos sus últimos momentos juntos y ella no quería malgastarlos. No dijo más y, forzando una sonrisa, le abrazó. Notó cómo el cuerpo de él se refugiaba en el de ella al tiempo que se relajaba. Anna le dijo que le amaba y cuando deshicieron su abrazo se fue a ayudar a Eulalia y María a decidir qué llevaban a Nápoles.

La noche del 16 de agosto, en la librería no durmieron más que los niños, y todo estaba dispuesto a la hora de salida de la caravana al amanecer del día siguiente. Anna anduvo muy ocupada y apenas pudo hablar con Joan, aunque cuando se cruzaban atareados por la mudanza le dedicaba una sonrisa y muestras de cariño que él le devolvía con fervor.

—Cuidaos, por nuestros hijos y por mí —le suplicó ella, con los ojos arrasados en lágrimas, cuando se abrazaron al despedirse.

Partieron sin esperar a nadie, los rezagados deberían incorporarse por el camino, ya que la marcha sería brutal. Querían cubrir veinte millas en la primera jornada; era posible porque los días eran aún largos y, más allá de cortas paradas, no se detendrían hasta que el sol se hubiera ocultado.

Joan se sintió terriblemente solo aquella noche en su hogar, que antes contenía tanta vida y que había quedado silencioso y vacío. Le costó dormir preguntándose cómo estarían los suyos y qué le depararía el destino en Roma. De algo estaba seguro. Tendría que luchar, ya no solo por la librería, sino por su vida.

89

Las sangrías practicadas a Alejandro VI, que al principio parecían recuperarle, dejaron de tener efectos beneficiosos y la fiebre subió de forma alarmante para después descender de nuevo. Mientras, los augurios y rumores recorrían Roma con una intensidad aún mayor. El perro negro continuaba rondando al papa y una anciana que desde el inicio de la enfermedad no se había apartado de los muros del Vaticano orando por el pontífice dejó de hacerlo y se fue a su casa. Cuando le preguntaron el porqué de su abandono repuso que ya no había esperanza para Alejandro VI.

Durante la noche del día 17 el papa ni siquiera podía hablar, y por la mañana del 18 un obispo, en presencia de cinco cardenales, celebró misa en la habitación del pontífice y este recibió la comunión. Terminado el oficio, los cardenales corrieron a sus palacios en busca de refugio; temían el contagio y la violencia que pronto se iba a desatar.

—Soldados de la guardia vaticana os requieren en la librería —le avisó Paolo.

Joan levantó la cabeza de la lectura, el único consuelo que le restaba desde la partida de su familia y en el que se refugiaba cuando, como en aquellos momentos, la librería se encontraba desierta de clientes.

—Gracias, Paolo —repuso guardando cuidadosamente

el libro en un estante de la salita pequeña, en la que se encontraba.

Dos hombres vestidos de amarillo y rojo, los colores vaticanos, le esperaban a la entrada de la librería. Uno de ellos era Vicent, que le saludó efusivamente.

—Miquel Corella os pide que acudáis a su lado —le informó en valenciano.

Joan vaciló solo un instante.

—Os dejo al mando de la casa, Paolo —le dijo Joan mirándole fijamente a los ojos—. Ya sabéis qué hacer si tratan de asaltarnos. Los dos primeros tiros de advertencia, al aire. Después, disparad a matar.

Paolo afirmó con la cabeza. Su expresión era grave, sin duda aquello le disgustaba, aunque Joan estaba seguro de que defendería la librería con la vida.

Los tres hombres trotaron de camino al Vaticano. Varios muchachos los insultaron y alguno se atrevió incluso a lanzarles piedras, aunque ellos no se detuvieron. Roma esperaba tensa. Encontraron el puente de Sant'Angelo repleto de tropas vaticanas, que de inmediato les franquearon la entrada. Condujeron a Joan hasta las habitaciones pontificias y allí se encontró con Miquel Corella, que le sujetó del brazo para llevarle a un rincón discreto y hablar.

—El papa está agonizando —le dijo—. Cuando muera se desatarán las furias allí afuera. Y César está también al borde de la muerte. Te he llamado por aquello que te dije, pero para hacerlo habrá que esperar a la defunción del pontífice.

—Estoy a vuestra disposición.

—Ven conmigo —continuó el valenciano—. Los médicos están a punto de ensayar un último remedio con César.

Cuando entraron en la habitación del hijo del papa se encontraron con un espectáculo sobrecogedor. César estaba tendido, lívido y desnudo, sobre su cama, y su cuerpo, a pesar de su delgadez, mostraba una potente musculatura. Temblaba de fiebre. En uno de los rincones de la sala había un toro enorme, mayor incluso que los que Joan recordaba haber visto en la plaza; era el símbolo de la dinastía Borgia. Estaba tumbado de lado, tenía los cuernos sujetos a un maderamen que lo mantenía inmovilizado y varios criados le sujetaban las patas y el rabo con cuerdas. En el extremo opuesto de la sala, otros criados vertían en una tina agua y nieve apisonada de la que se guardaba en invierno en las neveras de la montaña para refrescar las bebidas en verano.

A una señal de Gaspar Torrella, el médico jefe de César, los criados tiraron de las patas del bóvido. Un hombre se introdujo entre ellas hasta el vientre del animal y con un afilado cuchillo abrió su panza desde el sexo al esternón. El toro soltó un mugido estremecedor y empezó a cocear arrastrando a los sirvientes, que, de dos en dos, sujetaban cada una de sus patas. Por un instante, el matarife tuvo que detener su trabajo y cuando los de las cuerdas lograron controlar al animal, introdujo sus manos y el cuchillo en el interior del toro, entre chorros de sangre, y empezó a arrancarle las entrañas. La sala se llenó de un desagradable olor a sangre y excrementos, y al alcanzar el hombre el corazón del animal este detuvo su movimiento. Limpiaron el interior del toro con rapidez y Joan respiró hondo cuando al fin sacaron las vísceras fuera de la habitación y el tufo que flotaba en ella se redujo. Entonces cogieron el tembloroso cuerpo de César Borgia y lo embutieron en el interior del cuerpo aún caliente del toro, envolviéndolo con sus carnes, de forma que solo la cabeza del hijo del papa quedara fuera.

—El cuerpo del toro, protector de los Borgia, absorberá los malos humores —dijo el médico solemne.

Allí lo mantuvieron un tiempo considerable y después, a una indicación del médico, lo extrajeron del interior del animal, goteando sangre, para sumergirlo en la tina helada. César lanzó un grito desgarrador, cualquier fuerza que le quedara pareció abandonarle y quedó desmadejado, inerte.

—¡Lo ha matado! —murmuró Joan horrorizado.

—Más le vale que no —masculló don Michelotto.

—La nieve pura de los montes limpiará la *mala aria* de la tierra baja —proclamó el médico, que, a pesar de no haber oído sus palabras, apartó la mirada, temeroso, cuando esta se cruzó con la de Miquel Corella.

Al rato sacaron el cuerpo del agua, y después de secarlo, lo depositaron sobre la cama cubierto por una sábana. El médico le puso la mano en la frente y proclamó:

—La fiebre remite.

«Y ¿cómo no?», se dijo Joan.

A continuación, Joan acompañó a Miquel Corella a la cámara del papa. Caía la tarde y después de la oración de vísperas, se le dio la extremaunción al moribundo, que luchaba por recobrar el aliento. Joan solo había hablado un par de veces con el papa, pero su personalidad le había cautivado, y verle agonizar le producía una gran tristeza. Se dijo que mayor pena sufriría Miquel Corella viendo cómo aquel hombre al que consideraba su padre se asfixiaba. Miquel observaba al pontífice con las facciones crispadas por el dolor, los ojos húmedos y la mano derecha aferrada a la empuñadura de su espada. Al poco, el papa Alejandro VI expiraba.

Las historias sobre el papa que circulaban en Roma se multiplicarían de forma asombrosa poco después de su muerte. Contarían que de repente se había incorporado del lecho gritando: «Es justo, ¡ya voy, ya voy! Pero aguarda un poco más…». Dirían que le hablaba a Satanás, al que le había vendido su alma para lograr la tiara pontificia, y que este había cobrado su deuda al expirar los once años pactados. También se murmuraría que, en su agonía, siete diablos habían irrumpido en su dormitorio dando saltos y que cuando un cardenal quiso atrapar a uno, con aspecto de mono, el papa se lo impidió gritando: «¡Soltadle! ¡Soltadle!».

Pero Joan lo único que vio y oyó fue a un hombre grueso de labios hinchados soltando su último suspiro. Solo Jofré Borgia, arrodillado al borde de la cama, dejó ir un lamento. Los cardenales se quedaron orando en voz alta mientras contemplaban al muerto y calculaban sus siguientes movimientos. Sin embargo, fue don Michelotto el primero en moverse, sorprendiendo a todos al ordenar a sus tropas el cierre de todas las salidas del Vaticano y la ocupación de escaleras y accesos para evitar cualquier desplazamiento. La orden incluía a los cardenales, que quedaron presos con el cadáver. Miquel salió de la habitación para regresar con Vicent y varios hombres más de su absoluta confianza. Los prelados, que habían iniciado una agitada discusión, callaron al verle entrar, le miraron con temor y retrocedieron unos pasos hasta la pared conforme el valenciano, seguido de Joan y el resto, avanzaba amenazante.

Don Michelotto se dirigió al cardenal Casanova, que, en su puesto de camarlengo, encarnaba el poder de la Iglesia desde la muerte del papa hasta la elección de su sucesor, y tendió la mano hacia él.

—Dadme las llaves.

—¿Qué llaves? —preguntó el hombre sofocado.

—Las del tesoro papal.

—El tesoro no pertenece al pontífice, sino a la Iglesia. —Tragó saliva ante la mirada del valenciano—. Por lo tanto, no os puedo entregar esas llaves; le corresponden al próximo papa.

—Dadme las llaves. —Y don Michelotto desenfundó su daga con parsimonia, recreándose en la expresión aterrorizada del hombre, que sudaba de angustia.

—Yo no puedo…

—Hacedlo. Si no, os haré volar por esa ventana después de rebanaros la garganta.

Tembloroso, el cardenal le dio las llaves. A un gesto de Miquel, Joan y los demás le siguieron a un recinto detrás de la alcoba papal y cargaron con cofres llenos de joyas y monedas de oro por un valor superior a cien mil florines.

—Adecentad a su santidad para los funerales, y ya podéis hacer sonar las campanas —les dijo Miquel a los cardenales después de bajar aquella fortuna a la habitación de César Borgia.

Aquella noche, las mujeres y los niños de la familia Borgia se trasladaron, con el tesoro, a la fortaleza de Sant'Angelo por el pasadizo secreto que la unía con el Vaticano. Allí, Jofré Borgia ordenó sacar los cañones por las troneras del castillo como advertencia a cualquier posible asaltante. Mientras, las iglesias de Roma doblaban sus campanas en toque de difuntos, una tras otra, conforme llegaba la noticia.

Miquel Corella se quedó junto a una guardia fiel al lado de César, en el Vaticano. El hijo del difunto papa continuaba siendo el portaestandarte y aquel era su lugar. Además, aún se encontraba muy débil y, aunque la fiebre remitía, el médico aconsejaba no moverle.

—Si no precisáis más de mis servicios, quisiera regresar a mi librería —le dijo Joan a Miquel—. Temo que sea atacada.

—La misión se ha completado con éxito —repuso el valenciano poniéndole la mano en el hombro—. Debes guardar silencio sobre lo que has visto y hemos hecho.

—Así lo haré.

—Gracias y cuídate. Los próximos días serán turbulentos.

Joan galopó hacia la librería a medianoche a través de una Roma despierta. Mientras, calculaba dónde estaría acampada la caravana en la que viajaba su familia después de dos días de camino. Cuando los alcanzara la noticia estarían cruzando ya la frontera del reino de Nápoles, bajo la protección del ejército español. Respiró tranquilo, nadie los detendría.

En la calle había gentes con antorchas celebrando la noticia mientras otros, temerosos, se encerraban en sus casas. Las campanas entonaban su canto lúgubre interrumpido por estampidos que el librero no supo precisar si eran disparos o solo fuegos de artificio. Al llegar a la librería comprobó, satisfecho, que un par de aprendices montaban guardia en las ventanas, apuntando hacia la calle con sus arcabuces. Paolo se mostró feliz al verle sano y salvo.

—El papa ha muerto —le explicó el romano—. He puesto la librería alerta por si nos atacan.

—Sí, lo sé. Estuve en el Vaticano.

—¿Qué ha ocurrido?

—Si os lo contara, no lo creeríais.

90

Las furias que anticipaba Miquel Corella se desataron, primero en Roma y después, conforme la noticia se extendía, en los estados de la Iglesia conquistados por César. Se decía que ambos, padre e hijo, habían muerto. Los numerosos desposeídos por el Vaticano en los últimos años se apresuraron a regresar a sus antiguos feudos para recuperarlos. En Roma, las grandes familias a las que César y su padre habían reprimido reaparecieron ansiosas de poder y venganza. Los Orsini salieron de sus escondites dispuestos a controlar la ciudad, los Colonna formaron un pequeño ejército que marchaba sobre Roma con Próspero, que luchaba junto a las tropas españolas del Gran Capitán, a la cabeza, y los Savelli reaparecieron fortificándose en su antiguo palacio después de asaltar la cárcel de la ciudad y liberar a todos los presos. Eran enemigos seculares entre ellos y se odiaban, pero parecía como si hubieran acordado olvidar sus diferencias para acabar con el poder que les quedaba a los *catalani*.

El clan de los Orsini, hambriento de venganza, se destacaba en la comisión de todo tipo de atrocidades: pillaje, secuestro, asesinato y violación. Fabio Orsini, hijo de Paolo Orsini, uno de los ejecutados por don Michelotto a raíz de los sucesos de Senigallia, llegó a embadurnarse las manos y el rostro con la sangre de un miembro lejano de la familia Borgia al que apuñaló en un ataque al barrio español cerca de la Via Bianchi.

La represalia de don Michelotto no se hizo esperar. La noche siguiente, en lugar de usar el puente de Sant'Angelo, con lo que habría alertado a los Orsini, cruzó el Tíber con sus hombres en varias barcas, amparándose en la oscuridad. Sorprendieron a los centinelas y asaltaron y prendieron fuego al barrio de Monte Giordano, feudo de los Orsini, que ardió por sus cuatro costados. Los Orsini devolvieron el golpe con el asalto a un par de palacios *catalani* y el secuestro de sus mujeres, y don Michelotto respondió con otro ataque y más incendios.

Las habladurías no daban tregua. Los Borgia ya no eran solo crueles envenenadores, lujuriosos, incestuosos y ladrones de los bienes de la Iglesia, sino también nigromantes. Se repetían las historias de los siete diablos que habían acudido en busca del alma del papa y de la brujería de la cura aplicada a César con el toro, el símbolo heráldico de los Borgia. El hecho de que el cuerpo del papa, ya gordo de por sí, se corrompiera con rapidez a causa de su enfermedad y del calor de agosto, inflándose y tomando un aspecto negruzco a la vez que desprendía un olor nauseabundo, no hizo más que fomentar aquellos relatos. Nadie se quería acercar a él y los criados tuvieron grandes dificultades para introducirlo en el ataúd por culpa de su extrema hinchazón. Estuvo expuesto al público detrás de una reja y se le enterró con prisas después de las mínimas ceremonias protocolarias. Aquellas historias contribuían a inflamar los ánimos del populacho contra los *catalani*, y grupos ansiosos de sangre y rapiña se lanzaron a las calles a cazarlos.

Joan mantuvo la librería abierta a pesar de las columnas de humo de los incendios que se alzaban en la ciudad. Un aprendiz permanecía de guardia en el piso superior y los arcabuces estaban cargados; sabía que el establecimiento era un referente en la ciudad y que sería atacado. El primer asalto ocurrió al mediodía siguiente, pero estaba mal organizado y se desbarató después de los primeros tiros de aviso. Aun así, nadie se engañaba, tarde o temprano volverían.

Cuando la calle recobró la normalidad, las barricadas se convirtieron en mesas donde exponer libros y artículos de escritura, y la librería mantuvo su horario habitual. A Joan le sorprendió la aparición de algunos clientes, aunque solo acudían en busca de noticias y la mayoría iban escoltados. Se hablaba de los conocidos muertos en los asaltos y se comentaba de los palacios, que, al igual que la librería, se defendían con barricadas y gente armada. Hordas de facinerosos recorrían las calles gritando: «Muerte a los *catalani*»; atacaban a todo aquel que parecía extranjero y saqueaban sus propiedades a la menor oportunidad. Joan decidió acoger a un par de familias que no podían defenderse en sus casas.

Una mañana, apareció Miquel Corella al frente de una abundante tropa.

—¡El orden se restablece en la ciudad! —clamó para que le oyeran todos—. Dentro de poco Roma volverá a ser segura.

Joan le invitó a tomar un vaso de vino y algo de comer en el primer piso. Se alegraba de verle y quería saber la verdad de lo que ocurría.

—César continúa enfermo —le confesó—. Apenas puede hablar y tiene mucha fiebre. Sin embargo, cuando esta remite recupera la lucidez.

—¿Podréis restablecer el orden?

—No mientras César no se recupere y no tengamos nuevo papa; controlamos el Vaticano en su totalidad y el Borgo, al otro lado del río, y solo zonas de esta orilla. Para empeorar la situación, los cardenales nos piden que abandonemos el castillo de Sant'Angelo, a lo que nos negamos. Sin embargo, como precaución, enviaremos a nuestras mujeres y niños a un castillo seguro fuera de Roma.

—¿Cuándo se procederá a la elección?

—Pronto, resiste como puedas.

Joan afirmó con la cabeza. Estaba dispuesto a hacerlo.

Pocos días después, a primeros de septiembre, Miquel Corella apareció de nuevo en la librería.

—Vengo a despedirme —le dijo a Joan—. Se va a proceder a la elección del nuevo papa y el colegio de cardenales, según dicta la costumbre, ordena a todos los grupos armados que abandonen la ciudad para que no influyan en la votación.

—¿Qué va a ocurrir con los *catalani* que nos quedamos en Roma?

—Lo mismo que hasta ahora, os tendréis que defender por vosotros mismos. Me llevo a César, que continúa enfermo, y al resto de la familia —dijo Miquel, que sonrió al añadir—: Y también el tesoro, que tengo a buen recaudo. Servirá para mantener nuestro ejército.

—Y ¿qué ocurre con Sancha de Aragón? —inquirió Joan—. ¿Continúa presa en el castillo?

Don Michelotto bufó antes de responder.

—¡Menuda mujer y pobre de su marido! Poetisa, culta, bella, sensual y con un carácter endiablado. La pusimos en libertad y decidió regresar a Nápoles, donde continúa siendo princesa de Esquilache, pues el rey Fernando de España respetó los títulos de los parientes del papa.

—A Anna le encantará verla.

—Irá bien acompañada. Acaba de recuperar la libertad y ya tiene otro amante.

—¿Quién?

—Nada menos que Próspero Colonna.

—¡Si le dobla la edad!

Miquel hizo un gesto con los labios y se encogió de hombros quitándole importancia a aquel detalle.

—Pero es poderoso. Está al frente de una importante tropa que envía el Gran Capitán con la excusa de mantener el orden en Roma. En realidad pretenden presionar para que se elija un papa favorable a España. —El valenciano se llevó el índice a los labios para pedirle a Joan que guardara el secreto—: A pesar de su enfermedad, César continúa controlando a once cardenales y está negociando a dos bandas con franceses y españoles para lograr un papa que nos favorezca.

—Espero que haya suerte.

—Quizá tardemos mucho tiempo en vernos —dijo Miquel—. Si todo sale bien, César regresará a Roma como portaestandarte del nuevo papa, pero yo lucharé en las provincias. Los venecianos invaden la Romaña y los condotieros a los que expulsamos quieren recuperar sus feudos. No sé cuándo volveré.

Joan adivinó lo que Miquel pensaba. «Quizá no regrese nunca».

—Cuidaos, amigo —le dijo el librero dándole un abrazo para evitar que le viera los ojos húmedos—. Gracias por todo.

El valenciano le estrechó con fuerza y Joan notó que estaba tan emocionado como él.

A la mañana siguiente, un imponente cortejo acompañado de música de timbales y trompetas salió del castillo de Sant'Angelo. Eran las últimas tropas en abandonar la ciudad antes de que los cardenales se reunieran para elegir al nuevo papa, y Joan fue a presenciar el desfile. Doce alabarderos vestidos de rojo y gualda portaban una lujosa litera cerrada con cortinas de paño carmesí, donde viajaba César, enfermo, seguida por un palafrenero vestido de negro que llevaba de las riendas su caballo de combate cubierto con terciopelo negro con las armas de los Borgia y de Francia. A continuación venía don Michelotto al frente de un destacamento de caballería y, junto a él, un jinete atado a su montura y con la cara cubierta. Joan pensó que sería un rehén importante que evitaría ataques del clan Orsini. Después seguía un largo desfile de carros, infantes y jinetes.

Joan estaba absorto contemplando el cortejo sobre su montura cuando notó un contacto en su espalda. Se giró llevando su mano a la empuñadura de su arma cuando vio el rostro sonriente de su cuñado, Pedro Juglar. También iba a caballo y tenía aspecto de llegar de un largo viaje.

—Me dijeron en la librería que estabais aquí —dijo.

Y Joan, sin desmontar, le abrazó. Le hacía muy feliz verle.

—Llegamos sin incidentes y en Nápoles supimos de la muerte del papa —explicaba Pedro mientras comían—. Las primeras noches nos acomodaron entre la casa de vuestros suegros y la de Antonello. Después alquilamos una casa y todos se adaptan bien.

—Cuánto me alegro —repuso Joan—. Aquí sufrimos un intento de asalto, pero lo rechazamos y de momento no ha ocurrido nada más. Espero que se proclame un papa favorable a los Borgia y que podamos reemprender la actividad normal. Entonces la familia regresará y seremos felices como antes.

—Traigo la misión de convenceros para que me acompañéis de regreso —le dijo Pedro—. Dejad la librería a Paolo, él sabrá defenderla, y partamos mañana hacia Nápoles.

—Si me voy sin luchar por lo nuestro, lo perderemos. Además, siento que aún les debo fidelidad a los *catalani*.

—Acabamos de ver cómo salían de Roma.

—Pero volverán cuando el nuevo pontífice sea proclamado.

Pedro meneó la cabeza con preocupación y continuaron comiendo en silencio.

—Si os quedáis, yo estaré a vuestro lado —dijo el aragonés al rato—. No os dejaré, y mi espada, si es menester, luchará junto a la vuestra.

—Gracias, Pedro —masculló Joan emocionado.

Aquella tarde, Joan leyó y releyó, lleno de ternura, las cartas que le enviaba Anna. Y también las de su hermana, su madre y Antonello. Todos insistían en que fuera a Nápoles, al menos mientras durase el peligro. Gran parte de la noche la empleó en escribir.

«Innico d'Avalos no es infalible, quizá esté equivocado —le decía a su esposa después de recordarle su amor—. Comprendedme, por favor. Si abandono lo que es nuestro sin luchar, si huyo sin prestar ayuda a mis amigos cuando la precisan, seré un cobarde. No podría mirarme más en vuestros ojos y sentirme un hombre honrado».

91

Días después, el nuevo papa fue coronado como Pío III. Era favorable al hijo de su antecesor y de inmediato le confirmó como portaestandarte vaticano. Entonces, César Borgia, aún no del todo recuperado, regresó a Roma con una pequeña fuerza de quinientos infantes y ciento cincuenta jinetes, la mayoría españoles. Mientras, el grueso de sus tropas, con Miquel Corella al mando, combatía a los sublevados de la Romaña.

Pero el Gran Capitán, que se preparaba para la gran batalla contra los franceses, hizo publicar en Roma un edicto, en nombre de los Reyes Católicos, prohibiendo a todos los españoles que sirvieran bajo las órdenes de César y amenazándolos si desobedecían. Aquello motivó que cientos de los *catalani* abandonaran al duque de la Romaña para unirse al ejército español, y las tropas vaticanas en Roma quedaron muy mermadas. Con aquella acción, Gonzalo Fernández de Córdoba, a la vez que reforzaba su ejército, debilitaba a propósito a César, que aún era un noble francés, impidiéndole que se uniese a sus enemigos.

—César está encerrado en el castillo de Sant'Angelo —informó Paolo alarmado—. Parece que apenas le quedan sesenta hombres y los Orsini le tienen sitiado. Intentó escapar con sus tropas, pero le causaron numerosas bajas y tuvo que regresar a refugiarse en la fortaleza. Después trató de huir vestido de fraile, fue descubierto y a punto estuvo de que lo apresaran.

—La ciudad vuelve a estar en manos de los grupos armados de siempre —ratificó Pedro—. El nuevo papa es un hombre anciano y enfermo. No tiene autoridad.

—Si Miquel Corella no acude al rescate, acabarán con César —dijo Joan—. Y cuando esto ocurra, no importa lo bien que defendamos la librería, terminarán pasándonos a cuchillo a todos. Hay que avisar a don Michelotto. Estoy seguro de que desconoce la situación desesperada en la que se encuentra César.

—Los Orsini controlan las salidas de la ciudad —dijo Pedro—. Detendrán a cualquier mensajero.

—No tiene por qué ser un mensajero —repuso Joan—. Enviemos a Juliano, el sobrino de Paolo; es el más avispado de nuestros aprendices. Trabaja en el taller, no ha sido visto en la tienda, y los Orsini no le identifican como uno de los nuestros. Que salga de la ciudad con la excusa de ir a ver a sus padres al pueblo, que compre un caballo a las afueras de Roma y avise a don Michelotto.

—¡Buena idea! —exclamó Paolo—. Confío plenamente en él. Lo logrará.

—Recemos para que lo consiga —dijo Pedro—. Corremos tanto o más peligro que César.

—¡Don Joan! —La criada entró gritando en la librería. Tenía las mejillas arreboladas y la toca caída sobre los hombros—. ¡Don Joan!

Habían transcurrido solo cuatro días desde que Juliano salió de Roma y César continuaba sitiado en Sant'Angelo.

—¿Qué ocurre?

—Se está juntando un grupo de hombres en el Campo de' Fiori —repuso jadeante—. Son más de cien, están armados, algunos llevan cascos y se protegen con coseletes y medias armaduras. Son Orsini. Están gritando contra vos y la librería. ¡Vienen hacia aquí!

—¡Al arma! —gritó Joan. Sabía que nadie iba a acudir en su ayuda.

De inmediato, Paolo ordenó recoger las mesas de la calle y formar barricadas con ellas y sacos de arena mientras Pedro distribuía los arcabuces. Joan comprobó que todo funcionaba según lo planeado y subió al segundo piso junto con dos aprendices y el copista, cargando un par de cajas. Allí se encontraba el *scriptorium*, que poseía unos amplios ventanales para aprovechar la luz. Joan extrajo de una de las cajas un falconete, se apresuró a montarlo en la ventana y lo cargó con cuidado.

En la calle se oían ya gritos de «mueran los *catalani*» y al asomarse pudo ver que se acercaba una multitud; su rugir encogía el corazón. Eran muchos más que los mencionados por la criada, y el librero se dijo que los Orsini habrían incorporado a los desocupados del mercado con la promesa de saqueo. El gentío avanzó hasta una distancia prudencial y ralentizó su paso al ver que en la librería los esperaba gente armada. Joan vio que detrás de la masa avanzaban tres carros empujados por varios hombres. Tratarían de incendiar la librería.

—Esta vez vienen mejor preparados —murmuró—. Aunque nosotros también lo estamos. —Y ordenó encender la mecha lenta.

La turba se acercaba sin dejar de gritar, se oyó el redoble de un tambor y los muchachos de la primera fila empezaron a lanzar piedras. Impactaron en la barricada y en las ventanas de la planta baja, que, además de las rejas, estaban protegidas con sólidas contraventanas de madera y hierro. Las piedras no engañaron a Joan, que desde la altura pudo ver que los de atrás cargaban sus arcabuces y ballestas. Sin embargo, fue él el primero en disparar al aire. Por un momento pareció que la marea que formaba el gentío se encogía y daba un paso atrás. Aprovechó para gritar:

—¡Idos de aquí si queréis conservar la vida!

La respuesta fue un intenso griterío, los tambores redoblando con más fuerza y el sonido de un cornetín. Los disparos de arcabuz y ballesta impactaron contra la fachada y Joan, que se había refugiado para evitar ser alcanzado, supo que el asalto era inminente. Entonces sacó unos extraños artilugios de la segunda caja y los repartió.

Como experto artillero, conocía bien las granadas, artefactos que se usaban desde hacía poco en el asalto y defensa de embarcaciones y que eran novedad en Roma. Tenía de dos tipos. Las primeras consistían en unos barriletes de madera repletos de pólvora. Eran menos mortíferas; solo pensaba utilizar las segundas, con metralla en su interior, en caso desesperado. Prendió la primera, esperó a que la chispa llegara casi al interior y la lanzó por la ventana hacia la mitad de la calle. Esperó a oír el estampido para asomarse y echar un breve vistazo antes de que los de fuera pudieran apuntarle.

Los aprendices, comandados por Pedro, se defendían ya en la barricada con picas y espadas, y Joan pudo ver que su granada había formado un círculo de caídos. De inmediato lanzó dos más y los asaltantes se apresuraron a retirarse, unos corriendo y otros a gatas, dejando un par de cuerpos tumbados en la calle. El olor a pólvora quemada impregnó el aire. La sorpresa había sido total, aquellos hombres ignoraban qué les había caído encima y se refugiaron tras los carros.

Entonces ocurrió lo que Joan había anticipado. Los cabecillas con experiencia militar que incitaban a la masa no se dejaron amilanar por las explosiones. Prendieron fuego a uno de los carros y lo empujaron hacia la librería. El griterío aumentó y los disparos de flechas y arcabuces volvieron a impactar en la fachada. Si el fuego del carro alcanzaba la barricada, Pedro y los suyos tendrían que abandonarla, y aunque esta impediría en un principio que las llamas llegaran a la casa, terminaría ardiendo, con lo que no podrían detener los siguientes carros. Joan, con rapidez, apuntó con el falconete, asentado sobre una horquilla y una cureña de madera, aplicó la mecha y en unos instantes sonó un cañonazo que acalló a la multitud y que lanzó el arma hacia atrás con un potente retroceso. Fue un buen disparo y la pelota de hierro impactó de lleno en el carro en llamas, partió el eje de las ruedas delanteras e hizo saltar por los aires maderos encendidos que cayeron sobre los asaltantes. Un grito de victoria sonó en la librería mientras la turba retrocedía confusa acosada por varias granadas más.

—¡Fuego! —gritó Joan.

Y desde la primera planta se oyó el estampido de los arcabuces. No tiraban a ciegas. Paolo y sus hombres, que habían aguardado hasta ese momento con sus armas cargadas, habían tratado de identificar a los cabecillas, y a ellos iban dirigidos los disparos. Joan se asomó y vio que cinco hombres cercanos a los carros caían provocando consternación entre los que tenían alrededor. Los gritos furiosos y los tambores callaron para dejar oír solo lamentos.

—¡Idos con Dios! —gritó Joan—. Si lo hacéis ahora, no mataremos a nadie más.

—¡Podéis recoger a los heridos! —añadió Paolo.

Los primeros en huir fueron los curiosos que seguían a la tropa; después, los menos decididos y al poco el resto, tras recoger a los caídos. La calle quedó desierta con los restos del carro ardiendo.

Se hizo balance de heridos; solo había dos, aunque por fortuna leves, y uno de ellos era Pedro. Una flecha de ballesta le había alcanzado en el hombro, había horadado una de las planchas metálicas de su coselete y suerte hubo de que solo penetrara dedo y medio en su cuerpo. Fue fácil de extraer.

—¿Qué ocurrirá si la próxima vez traen artillería? —preguntó Pedro.

—No creo que lo hagan —repuso Joan tranquilo—. La calle no ofrece suficiente espacio. Tendrían que ser piezas pequeñas y las destruiría con mi falconete antes de que las pudieran usar.

Cuando el fuego del carro empezó a extinguirse, Joan ordenó retirar las barricadas y reemprender el trabajo habitual. Sin embargo, nada era como de costumbre. La librería estaba vacía, hacía días que no entraba un solo cliente y un ambiente cargado de temores pesaba sobre ella.

—¿Hasta cuándo pensáis resistir? —le preguntó Pedro.

—Hasta que César recupere el poder.

—Eso quizá no ocurra —le advirtió su cuñado.

Aquella noche, Joan no pudo dormir preguntándose cómo habría consolado a su hermana si la herida de Pedro hubiese sido mortal.

Unos días después, don Michelotto y sus tropas entraron en Roma, liberaron a César y recuperaron el control del Vaticano y de gran parte de la ciudad.

—Gracias, amigos —les dijo Miquel al visitarlos al día siguiente—. Me temo que nos esperan días inciertos. El papa está en las últimas… Y será un volver a empezar.

Al día siguiente, Joan escribía en su libro: «Hoy, día 18 de octubre, sin ni siquiera cumplir su primer mes de pontificado, el nuevo papa ha fallecido. Vuelta a empezar. Aunque más débiles que antes».

92

Nápoles regalaba en aquel mes de octubre días claros y apacibles en los que su bahía lucía en todo su esplendor. A Anna le gustaba acudir al muelle a los pies del Castel Nuovo, del que las tropas del Gran Capitán habían desalojado ya a los franceses meses antes, y andar hasta su extremo para contemplar aquel mar tan azul y los contornos de los montes, sobre los que destacaba el Vesubio al este y los de la isla de Capri al sur. A veces paseaba con la familia y otras, con su amiga Sancha de Aragón, que había ido a buscarla tan pronto como llegó a Nápoles. Las dos mujeres se abrazaron, gozosas, como si fuesen hermanas separadas largo tiempo. La princesa mantenía sus posesiones en Esquilache y disfrutaba de su vida, lejos de los Borgia, con la misma libertad de siempre.

A Anna le gustaba perder su mirada en el horizonte y sumirse en sus pensamientos. Y Joan se encontraba en la mayoría de estos. Amaba a aquel hombre testarudo que se aferraba a su sueño de la librería en Roma. Era feliz a su lado a pesar de las continuas ausencias a las que le obligaban aquellos compromisos absurdos. ¡Había temido tanto por su vida! Y de nuevo sentía el temor de no volver a verle nunca más. Sabía que la presencia de su marido en Roma no se debía solo a la librería, sino también a una incomprensible fidelidad a Miquel Corella y a César Borgia. Opinaba que cualquier deuda que hubiera tenido con ellos estaba más que saldada con los servicios que les había prestado y deseaba que el poder de los *catalani* se extinguiera de una vez por todas. Quería a Joan a su lado, junto a sus hijos; la librería en Roma ya no importaba, era una página del pasado y ella quería mirar al futuro. Un futuro con Joan.

Aguardaba las cartas de su esposo con inquietud mientras se preguntaba qué más podía decirle o hacer para que por fin acudiese junto a ella.

> Dejad la librería, Joan —le escribía—. Reuniros con nosotros en Nápoles, os necesitamos. Vuestra vida peligra en Roma. Innico d'Avalos y Antonello insisten en que os convenza y mi corazón me dice que es lo mejor para vos y para nuestra familia. Siempre compartimos, vos y yo, nuestros sueños, teníamos los mismos anhelos. Y mis ojos se llenan de lágrimas al deciros que ya no es así. Olvidaos de la librería, abriremos una nueva en otro lugar; reuníos con vuestra familia. Ese es mi sueño. Si los franceses vencen al Gran Capitán, marcharán sobre la ciudad de Nápoles. Estaremos en peligro, os necesitaremos más que nunca. ¿Nos abandonaréis por esa librería?

Después de leer aquella carta, Joan apoyó los codos sobre la mesa y se puso las palmas de las manos en el rostro. Deseaba de todo corazón acudir junto a Anna, pero aún se sentía obligado con Miquel y mantenía una tenue esperanza de recuperar el pasado.

Escribió en su libro: «¿Puede un hombre, por mucho que se esfuerce, escapar a su destino?».

Joan decidió hablar con su empleado y amigo Paolo Ercole. El romano le había sido fiel en todas las vicisitudes y confiaba en su buen criterio. Cuando Joan le pidió su opinión, aquel le preguntó mirándole a los ojos:

—¿Seguro que la queréis conocer? ¿Os respondo con toda sinceridad?

—Naturalmente. —Joan supo de inmediato que lo que iba a oír no le gustaría.

—La librería podría salvarse; sin embargo, vuestra presencia en ella la pone en serio peligro —le dijo tajante—. Vos sois, junto con Pedro, el único *catalano* que queda en este establecimiento, y además sois el dueño. Esta librería fue el lugar de reunión de los adictos a Alejandro VI y esa imagen no desaparecerá hasta que os vayáis de Roma.

—Pero vos también luchasteis junto a César Borgia y sois uno de los nuestros; os conocí gracias a don Michelotto.

—Yo soy romano y a mí me lo perdonarán. Hay muchos que lucharon junto a César Borgia y cambiaron de bando —repuso firme—. Pero vos siempre seréis aquí un extranjero y un *catalano*.

Las intrigas para la elección del nuevo pontífice volvieron a ponerse en marcha, aunque en esta ocasión, el ejército de César, que ya estaba casi recuperado, mantenía un orden aceptable en Roma gracias a la influencia francesa. La presión militar sobre el Vaticano había cambiado de signo. Pocos días después de la elección del papa recién fallecido, las tropas españolas acantonadas a las afueras de Roma se apresuraron a retirarse ante la presencia del gran ejército francés, que iba de camino a Nápoles para reconquistar el reino.

Así las cosas, Joan recibió la visita de Niccolò, que regresaba como embajador de Florencia. Unas semanas antes había recibido una carta del florentino anunciándole su llegada y encargándole los libros de las *Vidas paralelas* de Plutarco para que se los hiciera llegar a César, con el que mantenía amistad, como regalo. Al verle, Joan, que a pesar de la presencia de Pedro se encontraba cada vez más solo y aislado, sintió el placer de reencontrarse con un viejo amigo. Le invitó a comer y charlaron durante horas sobre sus aventuras pasadas y los tiempos presentes.

—Mi república quiere, como todo el mundo, influir en la elección de un papa que nos sea favorable —comentó Niccolò con aquella sonrisa irónica que Joan no había olvidado—. César Borgia controla aún el voto de once cardenales y su postura es clave para la elección.

—Espero que el nuevo papa le confirme como portaestandarte y que nuestra vida vuelva a ser como antes.

—También podría ocurrir que el acuerdo no fuera ese y que César se refugiara en su ducado de la Romaña, olvidándose de Roma —repuso el florentino—. Si eso ocurre, vos y vuestra librería no saldríais bien parados. Estos días hablaré con mucha gente. Y mi primera charla será con César Borgia, con el que tengo una cita en el castillo de Sant'Angelo.

—Os ruego, amigo, que me mantengáis informado.

—El cardenal Della Rovere será elegido papa —le dijo Niccolò a Joan cuando unos días después regresó a la librería.

—¿Della Rovere? —repuso Joan asombrado—. ¡Esa es una mala noticia!

—Della Rovere goza del favor de Francia y ha llegado a un acuerdo con César, al que llama «queridísimo hijo». Los cardenales españoles le apoyarán y él renovará a César en el puesto de portaestandarte y general del ejército vaticano.

—Bien, cuánto me alegro —dijo Joan aliviado—. Espero que regresen los buenos tiempos y que mi familia pueda disfrutar de nuevo de Roma y de la librería.

Niccolò le miró esbozando una sonrisa triste.

—No creo que eso ocurra jamás, amigo Joan.

—¿Por qué?

—Porque el cardenal Della Rovere engaña a César, y cuando sea papa le traicionará.

—¿Cómo lo sabéis?

—Della Rovere fue uno de los peores enemigos de César y de su padre. Estos le vencieron y humillaron varias veces.

—Sin embargo, le perdonaron. Escapó sin sufrir represalias.

—Precisamente —repuso Niccolò con aquella sonrisa tan característica suya—. Quien crea que para los grandes personajes los beneficios recientes hacen olvidar viejas ofensas se equivoca. Ese perdón le será fatal a César.

—Y ¿no se lo habéis dicho? Es vuestro amigo.

El florentino sonrió de nuevo.

—Admiro a César Borgia, es un hombre muy hábil, un gran príncipe, le llevo observando y estudiando durante mucho tiempo. Y este es el primer gran error que le veo cometer. Es mi amigo, aunque, por desgracia, no lo es de mi patria. Amenazó a la república de Florencia, estuvo a punto de invadirla y suerte tuvimos de que el rey francés le detuviese. No puedo ayudarle, lo siento.

—Pienso advertir a Miquel Corella. —Joan fruncía el ceño.

—Hacedlo, aunque de nada servirá. No evitaréis el fin de los *catalani*. —Y le puso una mano en el hombro—. Yo me quedaré aquí para presenciarlo. Pero a vos no os conviene estar en Roma cuando eso ocurra. Reuníos en Nápoles con vuestra bella esposa cuanto antes.

Niccolò le ocultaba a Joan que había negociado con el futuro papa beneficios para Florencia a cambio de participar en la trampa en la que él mismo haría caer a César.

Cada vez más convencido, Joan anotó en su libro: «Mi gran obra no es la librería, sino mi familia. Innico, Antonello, Pedro, mi esposa, el propio Paolo e incluso Niccolò insisten en ello. Mi terquedad, mi tozudez no hará cambiar los hechos, y mi incapacidad para aceptarlos puede causar una tragedia. Anna y los míos no pueden regresar a Roma, me necesitan en Nápoles. Este es el fin del sueño».

93

Aquella misma tarde, Joan se apresuró a acudir al Vaticano y exigió a la guardia que avisara a don Michelotto de inmediato.

—Miquel —le dijo tan pronto como este le recibió—, sé que existe un pacto entre Della Rovere, los cardenales españoles y César.

—Es verdad. —El valenciano le miró severo, con su expresión de toro a punto de embestir—. Aunque es un secreto. ¿Cómo lo sabes?

—Eso es lo que menos importa ahora. Sabed que cuando Della Rovere sea papa os traicionará.

Don Michelotto le miró pensativo unos instantes y después se encogió de hombros.

—Puede ser —repuso melancólico—. Sin embargo, la suerte ya está echada. Sabemos de los riesgos que el pacto comporta, pero ya no hay vuelta atrás, mañana debemos abandonar Roma con nuestras tropas para que empiece el cónclave.

—He decidido irme, Miquel —le dijo Joan entristecido—. Dejo Roma. Dejo la librería. Mi familia me necesita en Nápoles.

El valenciano se quedó mirándole fijamente.

—No me gusta que te vayas.

—Os he ayudado en lo que he podido y mi librería ha sufrido varios asaltos —repuso Joan—. Si Della Rovere cumple con su pacto, no me necesitaréis y si os traiciona, no habrá nada que yo pueda hacer.

—Y ¿abandonarás tu sueño?

—Mi sueño ahora es ver crecer a mis hijos junto a mi esposa.

Miquel Corella meneó la cabeza disgustado.

—¡Menuda ñoñez! —repuso con un bufido—. Ya no eres el muchacho al que conocí; te estás volviendo flojo. Has dejado de ser un soldado y te has convertido en un librero de mierda.

—Nunca quise ser un soldado; la vida me obligó —respondió Joan elevando su barbilla con orgullo—. Ahora soy lo que siempre quise ser: un librero. Tan digno o más que cualquier soldado.

—Vale, de acuerdo. —El valenciano sacudió el aire con las manos como limpiándolo de las palabras dichas—. No eres un soldado, solo un amigo, y te agradezco lo que has hecho. Sin embargo, te pido que esperes a la elección del próximo papa y a mi regreso. Esta vez el cónclave decidirá muy rápido. Quizá entonces cambies de opinión.

—Más tengo yo que agradeceros —contestó Joan con suavidad. El reconocimiento de su amigo le tocaba el corazón—. Nada menos que la librería. Solo esperaré hasta conocer quién es el próximo papa. He cumplido hasta donde debía y más, ahora debo pasar página y ocuparme de mi familia.

—Como quieras —dijo Miquel Corella, y le estrechó en un larguísimo abrazo—. Quizá no nos veamos más. Y si esta ha de ser nuestra despedida, no quiero que te vayas sin antes decirte cuánto he apreciado tu amistad. Ha sido un privilegio.

—Lo mismo digo, don Michelotto.

Miquel sonrió al oír su apelativo italiano en boca de Joan.

—Te recordaré —añadió el valenciano emocionado—. Tú ve con tu familia, que yo me quedaré con la mía. Hasta el final.

A la mañana siguiente, Joan acudió al palacio de Francisco de Rojas escoltado por su cuñado Pedro y por Paolo. El embajador había logrado, con la ayuda del Gran Capitán, que la familia de los Colonna, que luchaba a favor de España, acordara una tregua con los Orsini, la familia más poderosa en la zona de Roma y del Lacio. Gracias a ello y a distintas concesiones y prebendas dadas en nombre de los reyes de España, el jefe del clan Orsini, Bartolomeo d'Alviano, enemigo encarnizado de César Borgia, había cambiado de bando y se había unido a las tropas del Gran Capitán para combatir a los franceses.

El embajador, a cambio de otra contribución monetaria al esfuerzo bélico español, había obtenido una entrevista para Joan con el jefe de los Orsini. El librero sabía que aquel hombre había autorizado, o incluso ordenado, los ataques a su establecimiento, y cuando se encontró a solas con él, en una sala cedida por el embajador, le dijo:

—He vendido mi librería a Paolo Ercole, un ciudadano de Roma al que sin duda conocéis. Me voy a Nápoles con mi cuñado Pedro y jamás regresaré. Todos los empleados de la librería son italianos. Os pido que la pongáis bajo vuestra protección y evitéis nuevos asaltos.

Bartolomeo d'Alviano le miró ponderando sus palabras.

—Me alegro de que esa librería, la mejor de Roma, se haga italiana de una vez —dijo al fin entornando los ojos—. Pero tiene un pasado ignominioso. Si queréis nuestra protección y que se libre del fuego, tendréis que pagar quinientos ducados.

Aquello era una fortuna, pero Joan logró regatear hasta que D'Alviano aceptó trescientos ducados.

—Paolo Ercole os pagará cincuenta ahora, cincuenta a principios de año y cien más los dos siguientes.

D'Alviano sonrió.

—De acuerdo, aunque los primeros cien se pagarán de inmediato. Con los pagos diferidos os queréis asegurar de que protejamos la librería, ¿verdad?

—Si esta desaparece, también desaparece el dinero —repuso Joan—. Abandonaré Roma en pocos días y a partir de hoy mismo trataréis con Paolo. Yo ya no tengo ninguna autoridad en la librería.

Después, Paolo Ercole, que aguardaba en una sala contigua junto a Pedro, hizo el pago al Orsini, y ambos firmaron un pliego de acuerdo, con el embajador español de testigo. Joan contempló el acto con una mezcla de tristeza y alivio.

Cuando se quedó a solas con Francisco de Rojas, este le firmó otro rimbombante documento en el que destacaba sus heroicos servicios a los reyes de España en la guerra de Nápoles bajo el mando del Gran Capitán. A cambio, Joan le pagó la aportación acordada de doscientos ducados que irían a sufragar gastos de la guerra.

—La librería está ya a salvo —le dijo a Paolo cuando, ya en su casa, firmó la escritura de venta—. Y es vuestra. Dadme un par de días para recoger mis cosas y partiré con Pedro hacia Nápoles.

—Disponéis de todo el tiempo que queráis, Joan —repuso el romano estrechándole la mano.

Aquella tarde abandonó la librería para pasear por Roma a caballo con Pedro, ambos bien armados. Las tropas de César ya habían abandonado la ciudad; las demás facciones hacían lo propio y reinaba una calma tensa. Al día siguiente, los cardenales se encerrarían en el consistorio que elegiría al nuevo papa.

—Siento a la vez alivio y un gran desgarro, Pedro —le dijo a su cuñado—. He dejado de sufrir por la librería y a la vez añoro el tiempo que gocé de ella.

—Todas las cosas de este mundo tienen un principio y un fin, Joan. Aceptadlo.

—Esta librería era nuestro sueño, el de Anna y el mío. Era el símbolo de nuestra libertad y fuimos muy felices en ella. Siento que emprendo un doloroso destierro.

El aragonés rio.

—¿Libertad? ¿No comprendéis que la dichosa librería se había convertido en la cadena que os hacía esclavo? Ahora es cuando sois libre de verdad. Libre para ir a Nápoles y abrazar a vuestra familia.

—Quizá tengáis razón, Pedro.

—Son nuestras ansias las que nos encadenan, Joan —repuso su cuñado—. Eso de la libertad es muy complejo. Somos libres para desear y luchar por esos deseos; pero es precisamente la consecución de esos deseos lo que nos impone obligaciones.

Joan continuó el resto del paseo en silencio. Tenía mucho en que pensar.

Aquella noche levantó la pluma de su libro para mirar a través de la puerta abierta el comedor de su casa, que ya no era suya. Antes lo llenaban las mujeres y los niños de su familia y ahora estaba tristemente vacío. Se dijo que pronto volverían las voces femeninas y los gritos infantiles, cuando en unos días la familia de Paolo lo ocupara. Escribió: «Me iré tranquilo porque mi sueño continuará vivo, aun sin mí. Será el sueño de Paolo».

94

El día 31 de octubre de 1503 por la mañana, los treinta y ocho cardenales entraron en el cónclave en el Vaticano y salieron al día siguiente a medianoche después de entregar el documento con su decisión. Della Rovere había sido elegido papa con treinta y siete de los votos, y tomó el nombre de Julio II.

Joan salió de la librería con Pedro al oír el repique de campanas y supo de la noticia camino del Vaticano. Della Rovere era papa; se cumplía el primer pronóstico de Niccolò, y se dijo, con tristeza, que seguramente también se haría realidad el resto.

—Pedro, ya he visto y oído demasiado, es el momento de irnos.

—Hace tiempo que lo es —contestó su cuñado sonriendo.

Cuando regresó a la que había sido su casa, vio que el rótulo de «Librería» había sido sustituido por «Librería italiana». Joan se quedó un tiempo contemplándolo a la vez que se sentía más extranjero que nunca en Roma. Cuando entró, Paolo y los empleados le saludaron amables, aunque sintió que lo hacían de forma distinta; incluso los pocos clientes que había en la zona de ventas eran desconocidos para él. Aquella ya no era su casa, sobraba; él ya no pertenecía a aquel lugar. Subió a las que habían sido las habitaciones de su familia y el sentimiento de extrañeza se hizo más intenso. Contemplaba las paredes, los muebles, el suelo, y todo aquello le parecía vacío, ajeno, lejano a los recuerdos de felicidad que atesoraba junto a Anna y los suyos.

Revisó los bultos que las criadas le habían ayudado a preparar con ropa y distintos objetos que se llevaría a Nápoles, y al entrar a su habitación vio sujeta en el muro de al lado de la puerta la azcona, la lanza corta de su padre, que su hermano le había enviado desde Barcelona cuando recuperó la libertad después de servir en la galera. Como primogénito de la familia, le correspondía tenerla a él. Con ella en las manos murió Ramón defendiendo a los suyos y su libertad. Y era el símbolo de la promesa que él le había hecho en su agonía. La de ser un hombre libre.

«Libertad», qué extraña palabra. En aquel momento dudaba incluso de su significado real. Cuando le hizo la promesa a su padre sabía muy bien de qué se trataba: rescatar a su familia de la esclavitud y no tener un señor que le sujetara con cadenas. Poder ir de un lado a otro, decidir sobre qué hacer en la vida. Aquello era ser libre. Sin embargo, «libertad» era un término cambiante que parecía escurrirse entre las manos como un puñado de arena fina. Durante un tiempo, mantener la librería representó para él ser libre, y después había tenido que renunciar a ella para serlo. El significado de «libertad» iba mucho más allá de lo físico. En realidad era un sentimiento, una percepción vaga y mudable.

Se sentó por última vez en la mesa de su habitación, frente a su libro, y escribió: «Trato de hacerlo lo mejor que puedo, padre». Levantó la pluma del papel, su mirada se perdió en la calle que veía desde la ventana de su alcoba y suspiró antes de seguir escribiendo: «Adiós, mi librería. Adiós, Roma». Después anotó en el encabezamiento de la siguiente página: «Nápoles».

Al día siguiente, cuando hubieron cargado el carro con sus pertenencias y libros para Antonello, Joan y Pedro se despidieron de aprendices, oficiales y maestros, deseándoles suerte y felicidad. Después, Joan lanzó una mirada melancólica a aquel lugar donde había sido tan feliz y, embargado por la emoción, abrazó a Paolo diciéndole:

—Sé que dejo mi librería en buenas manos.

Se unieron a una caravana organizada por el embajador español que se dirigía a Nápoles. Viajaban con otros soldados que De Rojas había reclutado para reforzar el ejército del Gran Capitán.

—Yo no voy a Nápoles —le dijo Pedro en el segundo día de viaje en un momento en que el camino les permitía cabalgar juntos.

Joan miró a su cuñado con extrañeza. Este le devolvió la mirada de forma tranquila, había determinación en sus ojos.

—En Nápoles os espera vuestra familia. ¿Es que no queréis verlos?

—Sí, claro que quiero. Pero ¿veis a esos muchachos que van a unirse al ejército español?

—Sí.

—Debo ir con ellos siguiendo la orden del rey.

—Esa orden era solo para los españoles en activo en el ejército vaticano. Vos lo dejasteis hace tiempo. Ved que a mí no me incumbe.

—No os incumbe porque no queréis que os incumba y porque guardáis en vuestro bolsillo documentos que acreditan que habéis servido al rey de España con esfuerzo y honor. Tenéis vuestra conciencia tranquila. Yo no tengo nada de eso, solo he servido en el ejército vaticano y ahora debo cumplir con mi monarca.

—Esa obligación os la imponéis vos mismo. Venid conmigo a Nápoles, nadie os llamará la atención.

Pedro Juglar rio.

—Eso es lo que os decía Anna y el resto de la familia cuando os jugabais la vida en la librería.

—Y ¿vuestra herida?

—Está curando muy rápido. Ya no duele.

Joan quedó un tiempo pensativo. Y comprendió que Pedro no era libre de regresar a Nápoles tal como él tampoco lo era unos días antes. ¿Qué hacía que un hombre sacrificara su libertad imponiéndose obligaciones? Se le podía poner muchos nombres: honor, dignidad, miedo, amor, codicia…

—Os deseo mucha suerte, Pedro —le dijo al rato—. Yo cuidaré de la familia. —Y con esa frase supo que sus obligaciones aumentaban y su libertad disminuía.

Sin embargo, miró el camino que en aquella soleada tarde de noviembre le llevaba a Nápoles, contempló los campos, los olivos, las amarillas hojas de las vides y un cielo azul salpicado de nubes blancas. Respiró hondo y se sintió libre.

«Quizá la libertad no sea más que un sentimiento», escribió en su libro cuando la caravana se detuvo para hacer noche.

95

Joan llegó a Nápoles a mediados de noviembre y se dirigió al hogar de los padres de Anna, los Roig. Muy cerca de allí estaba la casa alquilada que habitaban su madre, su hermana y sus sobrinos. Nápoles poseía la alegría y el colorido que Joan recordaba, la gente llenaba las calles, compraba y vendía, reía y lloraba, nacía y moría en apariencia indiferente a la guerra y a la gran batalla que, por la posesión del reino, se preparaba en el norte.

—¡Por fin! —exclamó Anna al verle, y sus ojos se humedecieron de alegría.

Después vinieron los abrazos, los besos y las exclamaciones de júbilo. Joan era consciente de que portaba una mala noticia: la marcha de Pedro al frente de batalla.

—No pude disuadirlo, María —se excusó con su hermana—. Hay cosas que, aunque parezcan absurdas, los seres humanos nos vemos obligados a hacer. Esas son las decisiones que nos hacen libres y esclavos a la vez.

María dejó escapar un sollozo.

—Le enviamos para que te sacara del peligro y ahora es él quien quizá no vuelva. —Le miraba acusadora—. ¿Por qué no se lo impediste?

—Lo siento, no supe convencerle —se disculpó Joan sintiéndose culpable—. Quizá porque, por desgracia, le comprendo. No te preocupes, volverá sano y salvo. Sabe cuidar de sí mismo.

Ramón y Tomás crecían saludables y fuertes y Caterina tenía ya cuatro meses. Joan la veía cada vez más graciosa y parecida a Anna. Joan y Anna buscaron intimidad en la casa de los Roig para disfrutar de su amor. Encima de la mesilla de noche se encontraba el mismo libro que siempre descansaba en la del dormitorio en Roma. El que años antes Joan había confeccionado y escrito para Anna: *El libro del amor*.

—Lamento que sufrierais por mí —le dijo él abrazado a ella en el lecho—. Pero debía luchar por lo que entre ambos construimos y cumplir con mis amigos según mi conciencia.

—Demasiado hicisteis. ¿Os sentís bien ahora? ¿Os podéis mirar en el espejo?

—Sí.

—Pues yo creo que, al perder Roma y la librería, habéis ganado. Sois un terco, aunque quizá os ame tanto por defectos como ese. Estoy orgullosa de vos.

Joan estrechó un poco más su abrazo para gozar del calor de ella y cerró los ojos.

Al día siguiente acudió a saludar a su amigo Antonello. Este se mostró tan efusivo como siempre y de inmediato propuso organizar para aquel domingo una celebración con los miembros de ambas familias. El rollizo librero y su esposa conservaban su aspecto orondo y feliz, eran unos extraordinarios huéspedes y, después de una excelente comida acompañada de buen vino, le dijo a Joan:

—Este jueves tendremos a Innico d'Avalos en Nápoles. Imagino que querrás verle.

Joan aceptó, aunque sus sentimientos hacia el gobernador de Ischia eran contrapuestos. Sabía que tenía mucho que agradecerle, pero sus advertencias con respecto al abandono de su librería, a pesar de resultar acertadas, le habían incomodado. Quizá por su tono perentorio; le parecieron órdenes. Sin embargo, apreciaba su relación con el marqués y sentía un enorme respeto por sus conocimientos.

Cuando se lo dijo a Anna, esta se mostró, por el contrario, ilusionada con la idea de encontrarse con el viejo gobernador, y Joan tuvo la impresión de que ella sabía algo que él ignoraba. Al preguntarle, su esposa repuso con una sonrisa feliz:

—Él y su hermana son las personas adecuadas para ayudarnos a decidir nuestro futuro.

—¿Habéis hablado con el marqués mientras yo estaba en Roma?

—Con él no, pero con su hermana Constanza sí. —Ella continuaba sonriente.

—Nuestro futuro lo debemos decidir nosotros —dijo él con contundencia.

—No nos vendrá mal algo de ayuda.

—Hace ocho años erais un muchacho lleno de ilusiones que compartía nuestro pensamiento en cuanto a libertad y libros —dijo Innico d'Avalos—. Tuvisteis mi aval y préstamo para abrir vuestra librería en Roma y lo prestado lo devolvisteis con creces. Y no hablo solo del dinero, sino de la satisfacción de ver cómo la libertad, a través de la lectura, llegaba a Roma e incluso a Florencia. Quiero felicitaros a vos y a vuestra esposa por vuestro trabajo.

—Os lo agradecemos, marqués —repuso Joan—. Nos hemos sentido muy honrados con vuestro apoyo.

—Es el mismo que les damos a los artistas que se refugian de la guerra en Ischia —contestó Constanza d'Avalos sonriente.

El marqués había aparecido con su hermana, una mujer de unos cuarenta años que cubría su oscuro cabello con una toca. Compartía con Innico una mirada penetrante de ojos castaños y una sonrisa fácil. Cenaban junto con Anna, Antonello y la esposa de este en casa de los libreros napolitanos.

—¿Habéis decidido qué hacer a partir de ahora? —preguntó Innico.

—Acabo de llegar de Roma, marqués —contestó Joan—. Esperaba tomar un tiempo de descanso y hablarlo con mi esposa.

Joan pudo ver cómo Constanza y Anna intercambiaban una mirada de complicidad.

—Os sugiero Barcelona. Sería muy importante que continuarais allí la brillante labor realizada en Roma.

—España no es la Roma que nosotros conocimos.

—Nápoles será español y los reinos de los Reyes Católicos se convertirán en un gran imperio que comprenderá territorios más allá del Atlántico —continuó el marqués del Vasto—. Sin embargo, la Inquisición y su intolerancia, la falta de libertad del individuo empañan su brillo.

Joan sintió un escalofrío de temor al oír la palabra «Inquisición», lanzó una mirada a Anna y ella afirmó con la cabeza, sonriente. No dijo nada y escuchó en silencio.

—Con la muerte de los Corró en la hoguera se perdió la única librería libre que conocíamos en España y, aunque allí sigue vuestro amigo Bartomeu, este solo desea mantener su actividad como tratante de libros, sin tienda ni imprenta. En realidad se dedica a su rentable negocio de paños y se ocupa poco del de los libros, que conserva solo por el cariño que siente hacia ellos.

—Aún tiene con él a Abdalá, mi viejo maestro, que le ayuda.

—Sí. Dijisteis bien: viejo —repuso el marqués—. El musulmán tiene ya mucha edad, y vos lo conocéis bien; no es un comerciante. Y aun si quisiera serlo, su condición de esclavo le impediría tener una librería.

—Y ¿qué ocurre con Joan Ramón Corró, el hijo de mis antiguos amos? Me consta que él sí es un librero activo que tiene como clientes nada menos que al Consejo de Ciento de la ciudad y al Consulado del Mar, dos de las instituciones más importantes de Barcelona.

—Como os podéis imaginar, el joven Corró, después de ver morir a sus padres en la hoguera y pasar un año en la cárcel de la Inquisición, no tiene deseo alguno de tratar con libros prohibidos —intervino Antonello con una sonrisa. Joan pensó que el asunto no tenía ninguna gracia—. Es de familia conversa y con sus antecedentes está bajo continua observación.

—También Anna tiene antepasados conversos y por nada del mundo quiero exponerla a la Inquisición.

—Hay muchos conversos en España a los que la Inquisición no molesta —intervino Anna.

—Pero los vigila —dijo Joan observándola preocupado.

Su esposa parecía decidida a regresar a España y él recordaba aquella horrible pesadilla en la que ambos eran condenados a la hoguera. Cuando la sufría se consolaba pensando que estaba en Roma, lejos de la Inquisición, que se trataba de un sueño sin sentido. Pero ahora de pronto se hacía posible. Sentía que el temor le atenazaba.

—No me importa que me vigilen —repuso ella—. Cumplo mis deberes religiosos como cualquier buen católico.

—Sin embargo, vuestros padres huyeron de Barcelona por alguna razón —insistió él—. No lo hicieron por gusto.

—De aquello hace ya mucho tiempo —intervino Innico—. Entonces, el Santo Oficio imponía su ley de forma virulenta para demostrar su poder a la ciudad. Ahora se ha relajado, y además hemos comprobado que los padres de Anna jamás fueron ni encausados ni requeridos por la Inquisición. Como bien sabéis, esta juzga y condena a los huidos en ausencia. Nada de esto ocurrió en el caso de la familia Roig.

—Además, tú eres un cristiano viejo y puedes demostrarlo sin lugar a dudas —le recordó Antonello—. Y me consta que los frailes de Santa Anna salieron en tu defensa cuando te interrogó la Inquisición. No creo que corráis peligro.

A Joan le traía sin cuidado lo que dijeran Innico y Antonello; lo que en realidad le importaba era lo que pensase su esposa, y a ella se dirigió sin responderles:

—No creáis, Anna, que Barcelona va a ser como Roma. Allí hicimos lo que quisimos. No solo copiábamos libros prohibidos, sino que imprimíamos sin preocuparnos de la censura previa. Estábamos protegidos. Sabíamos que nuestros amigos en el Vaticano nos perdonarían. De hecho, jamás nos molestaron. Si en España nos descubren con libros prohibidos, lo pasaremos muy mal, por muy cristiano viejo que yo sea.

—Olvidáis que también sufrimos, Joan —contestó Anna, que no deseaba entrar en detalles delante de los napolitanos—. No todo fue un camino de rosas.

—No hace falta que toméis grandes riesgos en Barcelona, Joan —dijo Innico—. Solo mantened viva la llama de la libertad de lectura y reclutad a otros para nuestra causa, como hicisteis con Giorgio en Florencia y con Paolo en Roma. Copiar libros a mano es relativamente seguro y no tenéis por qué imprimir libros prohibidos si os veis en peligro. También podéis trabajar en lecturas que sin estar expresamente prohibidas expandan el conocimiento, la comprensión y la tolerancia.

—Bien sabemos cuánto amáis la libertad —intervino Constanza d'Avalos—. Y os animamos a que continuéis ayudando a que la lectura y el conocimiento hagan a más hombres y mujeres libres.

Joan observó a uno y a otro sin responder y después detuvo su mirada en Anna. Sin duda, ella y Constanza habían hablado antes y estaban de acuerdo. Anna extendió su mano para tomar la de su esposo y exclamó:

—¡Si supierais lo ilusionadas que están vuestra madre y vuestra hermana con la idea de volver a España!

—¿Saben ellas algo que yo no sepa?

—Nada, no saben nada. —Anna sonreía dulce y tranquila

y su mano desprendía un calor agradable—. Aunque juntas hemos barajado todo tipo de posibilidades desde que salimos de Roma. Les encantaría volver a Barcelona y que la familia Serra se juntara de nuevo.

Joan resopló; a él también le haría feliz reunirse con su hermano Gabriel y reencontrarse con Bartomeu, Abdalá y el resto de los amigos a los que hacía casi diez años no veía. Pero pensaba que no debía dejar que las emociones mandasen cuando se trataba de calibrar riesgos. Y él no quería arriesgar a su familia.

—Me siento orgullosa de lo que hicimos en Roma —murmuró Anna—. Y en España hay una necesidad mucho mayor.

—¡En España queman a la gente en hogueras!

—Aunque menos, aquí también, y nunca sentimos temor.

—Pero no es lo mismo... —dijo él, casi hablando para sí mismo.

Ambos quedaron mirándose en silencio y Joan comprendió que ya nada tenían que ver en aquello Innico, Constanza y Antonello, era entre él y su esposa. La conocía; si él era testarudo, ella lo era más. Soltó una tosecilla nerviosa y se dirigió a los napolitanos.

—Gracias, damas y caballeros —dijo solemne, tratando de recuperar el control de la situación—. Mi esposa y yo terminaremos de tratar el asunto en privado y os comunicaremos nuestra decisión.

—Gracias a ambos por considerarlo —repuso, cortés, el gobernador de Ischia moviendo ligeramente la cabeza hacia delante como en una pequeña reverencia, primero hacia Anna y después hacia Joan—. Haríais un gran servicio a la libertad.

«Barcelona, reto y amenaza —escribió Joan aquella noche—. Me tienta y me preocupa».

Al levantar la vista de su libro vio que Anna, amamantando a Caterina, le miraba con sus bellos ojos verdes. Le sonrió con ternura y él se dijo que la amaba tanto como el primer día que supo que la amaba, y suspiró al comprender que deseaba complacerla incluso en aquello. Hizo un esfuerzo por controlar sus sentimientos, pero no pudo. «¿Qué hubiera hecho mi padre?», anotó. Cerró los ojos y su interior se iluminó con el cielo y el mar brillantes y azules de su aldea veinte años antes. Y vio y escuchó a Ramón en sus últimos momentos.

CUARTA PARTE

96

Un marino gritó «tierra» y Joan acudió, arrebujado en su capa, a la proa de la carraca. Habían llegado, al fin, a la costa catalana, que se dibujaba como una línea oscura en el horizonte. Era un amanecer gris, frío y desapacible de febrero. El viento silbaba en las jarcias del buque levantando espuma en el oleaje, y el cielo y el mar mostraban colores azules sombríos y grises plúmbeos. La travesía desde Nápoles se había demorado más de un mes y había sido dura, como lo eran por lo común las invernales. Al poco de cruzar el estrecho de Bonifacio, que separa la isla de Córcega y Cerdeña, la carraca se había encontrado con una violenta tempestad que a punto estuvo de hacerla zozobrar. Viendo aquellas olas gigantes que parecía iban a tragarse la nave, Joan invocaba a los santos, al tiempo que agradecía el fuerte casco de calado profundo de la embarcación, que esperaba pudiera resistir aquel mar. Pocas naves eran capaces de soportar una tormenta de tal magnitud.

Iba a Barcelona a preparar la llegada de los suyos, que viajarían a finales de primavera, cuando las condiciones del mar permitiesen navegar a las galeras que proporcionaban un viaje más rápido, cómodo y seguro. Aquel mes embarcado había sido severo para Joan, en lo físico y en lo emocional. No era solo la añoranza de su familia y la inquietud por un destino incierto que debería labrar en Barcelona junto a los suyos, sino que había algo más. Y se manifestaba en un amargo gusto a bilis que a veces notaba de improviso en la boca: el sabor de la traición.

Niccolò dei Machiavelli estaba en lo cierto en cuanto al nuevo papa. Julio II se había librado de su «queridísimo hijo» César enviándole a recuperar las plazas perdidas en la Romaña, a la que viajaría embarcándose en Ostia para llegar a la Toscana y cruzarla con un salvoconducto que el pontífice había solicitado a Florencia. Y lo había hecho a través de su embajador, el propio Niccolò dei Machiavelli.

Don Michelotto y sus capitanes viajaron como avanzadilla a Florencia, y César se quedó en Ostia con el grueso de su ejército esperando la autorización. Sin embargo, fue prendido a traición y enviado a Roma cargado de cadenas por orden del papa.

Mientras, don Michelotto y sus hombres eran encarcelados en Florencia, y cuando el antiguo cardenal Della Rovere, ahora Julio II, recibió la noticia declaró que la detención del valenciano le producía una alegría inexplicable, mayor incluso que la de César. Añadió que con la confesión de don Michelotto quedarían desvelados ante el mundo entero los asesinatos, robos, sacrilegios y crueldades sin número y sin nombre cometidos por los Borgia en los últimos once años.

Miquel Corella fue sometido a tortura para hacerle confesar los crímenes ordenados por César Borgia; el nuevo papa quería su declaración para poder juzgar y ejecutar al hijo de su antecesor y presentarse limpio frente a la opinión pública romana e internacional. Quería justificar su traición. Julio II fomentó entonces todos los relatos y rumores sobre el comportamiento impúdico del anterior papa y de su familia. No le bastaba con acabar con ellos físicamente, quería destruir su reputación y convertirlos en monstruos para la historia.

—Odiaba a Alejandro VI ya en el tiempo en el que ambos eran cardenales y Vannozza dei Cattanei le despreció porque estaba enamorada del Borgia —le había comentado indignado Joan a Anna cuando conoció la noticia en Nápoles—. Su odio creció al perder frente a su rival en su competencia por el papado y después al no lograr que el rey francés le depusiera cuando invadió Italia. Y sin embargo, fingió arrepentimiento y el papa Borgia le perdonó.

—Ya nos advirtió Niccolò de que el perdón no disminuiría su rencor. Y que, al contrario, los Borgia debían haber acabado con él cuando tuvieron la ocasión.

—Niccolò —murmuró Joan—. Él es el mayor traidor en esta historia.

—Defiende los intereses de su patria.

—Sí, pero usando la traición como arma —repuso Joan ceñudo—. Miquel Corella le amparó a él, a su primo y a sus amigos en los tiempos de Savonarola. Y si en un principio le acogí en la librería, fue a instancias del valenciano. Después, ya como embajador de Florencia, se esforzó en cultivar la amistad de César durante sus campañas en la Romaña e incluso llegó a ser su confidente. Y ahora no solo ha planeado esta traición junto al papa, sino que ha sido su brazo ejecutor. ¿Os creéis que Miquel Corella hubiera viajado a Florencia y César a Ostia sin que su amigo Niccolò dei Machiavelli, embajador de la república, les hubiera dado la seguridad de que les concederían el salvoconducto? Ha sido el propio Niccolò quien ha recomendado a la Señoría de Florencia no concederlo y apresar a Miquel Corella y a los suyos. ¡Qué sucia traición!

—No debería extrañaros —dijo Anna—. Él repetía que quien quiere engañar siempre encontrará a alguien que se deje engañar. Y ¿no engañó César a sus condotieros en Senigallia y todo el mundo, Niccolò el primero, lo aplaudió?

—Aquello fue distinto. Él era su señor, ellos le habían traicionado y le preparaban una trampa.

Anna se encogió de hombros.

—Me es difícil diferenciar entre unos traidores y otros. Para mí todos lo son. En cualquier caso, este es el fin de los *catalani*, se lo merecen y me alegro. Y ante todo me alegro de que estéis aquí en Nápoles a salvo, conmigo. Y en parte debo agradecérselo a Niccolò, que os advirtió de lo que ocurría y os instó a dejar Roma.

—Cierto es que se comportó conmigo como un amigo —reflexionó Joan—. Sin embargo, tampoco obtenía beneficio traicionándome. Aunque ¿por qué debería ser yo distinto de Miquel o César?

Estudió a su esposa. Había perdido la confianza en Niccolò y Anna podría haber sido un buen motivo de traición. Recordaba cómo la miraba a veces. Ella adivinó sus pensamientos y se sintió turbada. No tenía nada que reprocharse, pero se censuraba haberle ocultado a su esposo las insinuaciones de Niccolò. Temió enrojecer y se dijo que no era su culpa si los hombres se interesaban por ella.

—¿Os propuso algo? —Ahora él la miraba con recelo.

—Podéis sospechar de la fidelidad de Niccolò, pero no admito que dudéis de la mía —le contestó devolviéndole una mirada ceñuda.

—No os pregunto sobre vuestra fidelidad. Sino sobre la de él.

Ella dudó un instante; casi con toda seguridad Joan no volvería a ver a Niccolò en su vida y, sin embargo, no se atrevió a contarle la verdad.

—Os fue fiel —dijo.

—Aunque en aquel momento me arrepintiera por impulsivo, me alegro ahora de haberle dado un aviso con respecto a vos —comentó él pensativo—. Me ha decepcionado con su traición a César Borgia y Miquel Corella, pero entiendo que no podía esperar otra cosa. El mundo es así y aún considero a Niccolò mi amigo.

Anna calló.

La tristeza que le causó a Joan la desgracia de sus amigos vino a ser aliviada por la alegría del regreso de Pedro sano y salvo. A finales de diciembre, los ejércitos español y francés se encontraban en el norte del reino de Nápoles separados por el río Garellano, que bajaba crecido por las continuas lluvias que empantanaban los campos. Los intentos franceses de cruzarlo y acometer a las tropas del Gran Capitán habían sido rechazados; consideraron que guerrear en aquellas condiciones era imposible y decidieron levantar su campo.

Sin embargo, en un genial movimiento estratégico, el 28 de diciembre, el Gran Capitán cruzaba el Garellano por un puente de barcas construido a toda prisa la noche anterior. La caballería ligera de Bartolomeo d'Alviano, el Orsini protector de la librería, cayó por sorpresa sobre los franceses, que se retiraban a Gaeta a pasar el invierno. Le seguían el resto de las tropas españolas. Los franceses trataron de reorganizarse, pero se vieron superados y se produjo una huida en desbandada. El descalabro fue tal que Gaeta, a pesar de sus excelentes fortificaciones, se vio obligada a capitular el 1 de enero de 1504, y su fortaleza lo hizo dos días después. Al Gran Capitán le restaba solo eliminar algunos focos de resistencia y el reino de Nápoles sería español por completo.

Pedro Juglar entró en la ciudad de Nápoles desfilando triunfal junto a las tropas de Gonzalo Fernández de Córdoba, y toda la familia lo festejó con entusiasmo. Joan esperó impaciente su turno para abrazarle; apreciaba al aragonés, era un hombre noble, incapaz de traición, y su retorno sano y salvo le llenaba de felicidad. Era Pedro quien cuidaba de la familia ahora en Italia, hasta que, junto a ella, viajara a Barcelona en primavera.

Aun así, el sabor amargo de la traición regresaba a su boca. Imaginaba a Miquel siendo torturado y notaba un nudo en la garganta. Era un sicario, un verdugo, un asesino, pero a su manera era también un hombre decente. Lamentaba aquella situación y más aún el protagonismo de Niccolò en ella.

La carraca siguió paralela a la costa y al poco Joan pudo distinguir en el horizonte la silueta verde oscura de la montaña de Montjuic, los campanarios de Santa María del Mar y la catedral y las torres de la muralla, tras la cual se apiñaban las casas de la ciudad. Barcelona tenía el mismo aspecto que cuando, hacía más de veinte años, la vio por primera vez. Entonces era un niño andrajoso, un huérfano de doce años que acudía a la urbe en busca de amparo para él y su hermano pequeño.

Recordaba aquello con una mezcla de nostalgia y pena. Al contemplar los intimidantes muros y torres de la ciudad, Gabriel, encogido y temeroso, le agarró con fuerza la mano, y él le prometió que todo iría bien y que nunca le dejaría solo. Únicamente pudo cumplir su palabra durante algún tiempo, y ahora, transcurridos ocho años desde su último encuentro, se emocionaba pensando en que le volvería a ver. Juntos tuvieron que enfrentarse al mundo y superar momentos difíciles y dolorosos, pero ahora eran los más dulces de aquellos recuerdos los únicos que acudían a su memoria. Quería a su hermano con devoción. Había sido su compañero de juegos, su única familia, y había tratado de protegerle y sustituir a sus padres desaparecidos. Los fuertes lazos que los unieron entonces jamás desaparecerían, y solo pensar que pronto vería a Gabriel le producía un cosquilleo de placer anticipado en el estómago. ¡Deseaba tanto abrazarle!

Al aproximarse la nave a la ciudad vio que la muralla del mar continuaba derruida en el tramo cercano a la isla de Mayans, tras cuya protección y la del muelle de la Santa Creu, que unía la isla con la playa, fondeaban las naves. Recordó que cuando lo vio por primera vez sintió tanto temor como esperanza, y se dijo que sus sentimientos ahora no eran muy distintos. Tenía amigos y familia en Barcelona y era un hombre de treinta y dos años que vestía con cierto lujo, portaba en su cinto daga y espada y ambas las manejaba con soltura. Sin embargo, a pesar de su madurez, sentía tanta desconfianza como entonces; notaba una oscura prevención, un profundo temor. Aquella era la ciudad de sus pesadillas y encerraba un monstruo llamado «Inquisición». Y allí debía labrar su futuro y el de los suyos.

97

Una chalupa le llevó a la playa con su equipaje, y allí contrató a unos mozos de cuerda para que cargaran con sus pertenencias. Entraron en la ciudad por el tramo de muralla derruida que había frente a la plaza del Vi y Joan no pudo evitar la comparación con Nápoles, que mantenía unas murallas del mar poderosas y en perfecto estado. Su hermano le contó en una carta que tres años después de que la ciudad fuera capaz, con grandes esfuerzos, de reconstruir aquellos muros una tormenta los destrozó de nuevo. Daba impresión de miseria y Joan recordó la opulencia de las ciudades italianas a pesar de las guerras que las azotaban.

Los porteadores se dirigieron, pasando frente a la iglesia de San Sebastián y la Lonja, a la plaza de les Falsies. Allí la horca aún daba la bienvenida en forma de advertencia siniestra a los marinos, y Joan consideró de buen augurio que no hubiese ningún cadáver colgando de ella. La primera imagen que guardaba de la ciudad al entrar en ella de niño era el cuerpo de un ajusticiado que se balanceaba en aquel patíbulo mientras unos cuervos lo picoteaban.

Cumplidos los trámites de la aduana del General, que fueron fáciles, ya que solo transportaba su equipaje, les pidió a los mozos que continuaran hasta la calle Tallers, donde vivía su hermano, siguiendo el mismo trayecto que recorrió a su llegada de niño a Barcelona. Estaba impaciente por ver a Gabriel y sentía un cosquilleo anticipado en el estómago, pero quería recordar.

Los porteadores tomaron la calle de Cambis Vells y Joan se detuvo en las bancas de los cambistas que se alineaban frente a las casas. Después de negociar con un par de ellos, cambió sus florines y ducados italianos por moneda barcelonesa; libras, dineros de vellón y sueldos. Continuaron hacia Santa María del Mar, donde los mozos se santiguaron frente a la iglesia de su patrona para seguir después por la calle Argentería. Allí, los orfebres y plateros mostraban sus trabajos en mesas adornadas con coloridos toldos. A las conversaciones de los transeúntes se unía el suave repicar de las herramientas en el metal de los artesanos, que, cuando no proclamaban el mérito de una joya o regateaban con un cliente, trabajaban en la pieza que tenían entre manos.

Se adentró en la calle siguiendo a los porteadores y sus ojos fueron hacia aquella banca situada frente a una casa que le era muy familiar; observó al hombre que trabajaba en una bandeja de plata y a la mujer que bruñía una copa del mismo metal. Esperaba ver en sus facciones las de los Roig, y que de pronto saliera de la casa una hermosa niña de ojos verdes y cabello azabache. Allí fue donde, recién llegado a Barcelona, vio por primera vez a su amada. Aún recordaba su gracia, su sonrisa, los hoyuelos que se le formaban en las mejillas, y una dulce nostalgia le invadió. Sin embargo, aquellos no eran los Roig, ni Anna apareció en forma de niña. Al despertar de su ensoñación, Joan vio que los mozos habían desaparecido entre la multitud. La mujer le sonreía.

—¿Necesita algo?

—No, gracias —repuso devolviéndole la sonrisa. Y al alejarse murmuró sin que la platera le oyese—: Lo que necesito se encuentra muy lejos. En Nápoles.

Apretó el paso y alcanzó a los porteadores frente a la cárcel, cuando entraban en la ciudad vieja cruzando las murallas por el arco que separaba la plaza del Blat de la calle Especiers. El colorido, el bullicio de aquella vía, más concurrida que cualquier otra, y la agradable mezcla de olores de las especias le recibieron como la primera vez. Husmeaba insaciable, degustaba los aromas del aire, contemplando los tenderetes con tarros, cestas y cajones repletos de hierbas, granos y polvos de distintos colores. Entre las mesas de especias vio una con libros, plumas y material de escritura, y supuso, por las cartas recibidas de Bartomeu, que se trataba de la del hijo de sus antiguos patronos, Joan Ramón Corró. Solo pudo echarle una ojeada y continuó su camino diciéndose que tan pronto como tuviera ocasión saludaría al librero.

Hacia el final de la calle, a la izquierda, Joan contempló, triste, unas ruinas. En aquel edificio había estado la librería de los Corró, donde él empezó a trabajar de mozo, y en la que, cuando iba a ser nombrado maestro, la Inquisición truncó su destino y el de sus amos, asaltándola para después quemarlos a ellos en la hoguera. La puerta estaba aún tapiada y los pisos superiores se habían hundido. Recordó el luminoso *scriptorium* en la segunda planta, donde Abdalá le había enseñado no solo a escribir, sino también idiomas y sobre la vida. No podía detenerse ni tampoco quería; era muy penoso. La calle terminaba en la plaza de Sant Jaume; los mozos torcieron a la derecha para tomar la calle del Bisbe, pero antes Joan observó una librería nueva que se encontraba en la esquina con la calle Paradís. Antonello le había hablado de ella y Joan tuvo que reprimir su curiosidad para seguir a los porteadores, que de nuevo se perdían entre la gente.

Joan vio casas nuevas en lugares donde recordaba solares abandonados y pensó que la ciudad había prosperado desde que él la abandonó. También había más tiendas, puestos en las calles y actividad. Siguieron por la alargada plaza de Santa Anna y al final de esta, antes de llegar al Portal de l'Àngel, que se abría al noroeste de la ciudad, torcieron a la izquierda en la calle Santa Anna. Joan se detuvo un momento frente a un portón abierto en la línea de casas que bordeaban la calle. Era la entrada del convento de Santa Anna, y recordó el aspecto siniestro que les ofreció a él y a su hermano cuando veinte años antes tuvieron que cruzarla hacia un destino que los atemorizaba. Tuvo que apresurarse para alcanzar a los porteadores y lo hizo a la altura de la casa de Bartomeu, situada poco antes de que la calle terminara en las Ramblas. La casa tenía un aspecto próspero y se dijo que sería a su amigo a quien visitase primero. Cruzaron unas Ramblas bulliciosas llenas de viandantes con carros y caballerías y un rebaño de cabras que entraba en la ciudad, camino del mercado de la Bocharia, por la Porta de Sant Sever.

Barcelona había progresado durante aquellos años, aunque distaba mucho de Roma o Nápoles, y Joan pensó que su librería, cuando pudiera abrirla, jamás alcanzaría el brillo de la de Roma, ni siquiera el de la de Antonello, en Nápoles. Sacudió la cabeza para disipar aquellos pensamientos.

—Será la mejor de la ciudad —afirmó para darse ánimos.

Los mozos enfilaron la calle Tallers, que, acorde a su nombre, acogía distintos talleres donde se trabajaba el metal y en los que el golpeteo de los martillos producía una estrepitosa sinfonía. Al ver la entrada de la fundición de Eloi sintió un nudo de emoción en las tripas. Expectante, se presentó a un aprendiz al que no conocía, pero no pudo esperar a que este avisara al amo y entró al taller. Al abandonar Barcelona, él trabajaba como maestro en aquel lugar, era miembro del gremio de los cañoneros y pertenecía a la cofradía de los Elois, que bajo la advocación de san Eloy acogía a la mayoría de los gremios metalúrgicos. Encontró a varios operarios que, protegidos con su mandil de cuero duro, pulían un cañón de bronce, y al saludarlos uno de ellos pronunció su nombre.

Joan se quedó mirando unos instantes a aquel hombretón

algo más alto que él. Trataba de descubrir en sus facciones adultas rasgos que le recordaran a aquel niño al que estuvo tan unido. Al fin se dijo que el metalúrgico que le había reconocido de inmediato era, efectivamente, su hermano Gabriel. A su abundante pelo oscuro se unía ahora una barba ensortijada y en ella destacaba la sonrisa divertida de siempre, que mostraba sus dientes blancos. Sin pronunciar palabra, emocionados, se acercaron con pasos indecisos, como para terminar de cerciorarse, y se fundieron en un sentido abrazo.

—Cuánto tiempo, hermano —le dijo Gabriel sin dejar de abrazarle—. Ya era hora de que regresaras a casa.

El acalorado cuerpo de Gabriel olía a sudor y polvo de metal, y abrazado a él Joan sintió que las lágrimas acudían a sus ojos y que, ciertamente, retornaba al hogar.

—¡Juntos de nuevo! —exclamó separándose un poco para cogerle la cara con las manos y besarle en la mejilla como cuando eran niños, solo que ahora topaba con la barba.

No podían dejar de mirarse, aún incrédulos después de tantos años; se separaban y al momento volvían a abrazarse, sonreían felices y, como para asegurarse de que aquello era real, se palmeaban cariñosamente la espalda y la nuca.

Por encima del hombro de su hermano, Joan fue reconociendo a sus antiguos colegas, que esperaban sonrientes para abrazarle. Al poco apareció también el viejo Eloi, el maestro cañonero, patriarca de la familia cuya hija, Águeda, era la esposa de Gabriel. Después de los abrazos y bienvenidas, el anciano le dijo delante de todo el mundo:

—Eres familia por varios motivos. Aún perteneces al gremio, eres el hermano de Gabriel y no he olvidado que gracias a ti pudimos salvar a mi hijo y a los demás cuando aquella gran campana se soltó, atrapándolos. Tendrás habitación y comida en mi casa, que es la de tu hermano, todo el tiempo que lo desees.

—Gracias, Eloi —repuso Joan conmovido.

Terminados los saludos a los viejos conocidos, Gabriel, sonriente y emocionado, le abrazó de nuevo.

—¡Cuánto me alegro! —dijo.

—¡Y yo también! —afirmó Joan con un nudo en la garganta, y al soltarle le palpó los brazos—. ¡Menudo hombretón estás hecho!

—Eso es lo que lleva trabajar el metal —repuso su hermano—. Ven, que tienes que conocer a mi familia.

Gabriel y su esposa le presentaron a sus cuatro sobrinos, dos varones y dos niñas de ocho a tres años, y después cenaron juntos.

A pesar de mantener durante los años de Italia una correspondencia regular, tenían mucho de que hablar. A Gabriel le encantaba oír lo feliz que era su madre en su nueva vida y le llenaba de placer que su hermana María hubiera rehecho la suya junto a un buen hombre. Ardía en deseos de abrazarlas a ellas, a sus sobrinos y a su cuñado. Se quedaron charlando y tomando vino al calor del hogar después de que todos se acostaran, y hablaron de Italia y también de Barcelona.

—Ese malnacido de Felip Girgós continúa destrozando familias —le dijo Gabriel en un momento de la conversación—. Se ha convertido en la mano derecha de los inquisidores. Es despiadado y la gente le teme. —Su voz mostraba preocupación—. Deberás cuidarte de él. Te odiaba.

—Ha pasado mucho tiempo. —Joan hizo un gesto que le quitaba importancia al asunto—. Se habrá olvidado de mí. En su oficio ya tienen muchas víctimas sobre las que descargar su maldad.

Aquella noche, en la intimidad de su habitación, Joan escribió en su libro: «Quizá Gabriel esté en lo cierto y haya regresado, al fin, a casa». Sin embargo, el recuerdo de Felip, su poderoso enemigo, le llenaba de inquietud.

98

A la mañana siguiente, Joan desayunó con Eloi, su barbudo hermano y sus no menos barbudos colegas. Rio sus bromas y por un momento sintió que aquellos años no habían transcurrido.

—Aún perteneces al gremio y eres un maestro cañonero —le dijo Eloi cuando los demás se incorporaron al trabajo—. Ha corrido la voz en la cofradía de que eres un gran artillero y que estuviste en la toma de Ostia y en la batalla de Ceriñola al mando de unidades de nuestro ejército. El gremio se siente orgulloso de ti y será un honor si te reincorporas a tu trabajo en mi taller. La fabricación de cañones ha aumentado mucho en los últimos años no solo por las guerras de Italia, sino también a causa de los turcos y de la guerra con Francia en los Pirineos. Se habla de una campaña en el norte de África y de una flota que ha de proteger la nueva ruta a las Indias. No nos faltará trabajo.

—Vuestra propuesta me honra, maestro Eloi —repuso Joan—. Pero tenía una librería en Italia y regreso a Barcelona con intención de abrir otra.

—Lo lamento —dijo el viejo—. Ya sabes que no se puede pertenecer a dos gremios a la vez. Si abres librería, dejarás de ser uno de los nuestros.

—Lo seré de corazón y siempre estaré con los Elois para lo que sea preciso.

Cuando el viejo Eloi regresó a su trabajo, Gabriel le dijo:

—Aunque no te quedes en el gremio sigues siendo mi hermano. —Su sonrisa brillaba entre su poblada barba—. Cuenta conmigo para lo que sea menester.

—Gracias, Gabriel —repuso abrazándole—. Lo mismo digo.

Recordaba el tiempo en el que veía en su hermano a un niñito al que cuidar y le emocionaba comprender que ahora era él quien le ofrecía su protección.

La casa de Bartomeu era la de un burgués acomodado. Un criado hizo aguardar a Joan en una salita mientras anunciaba su presencia y Bartomeu acudió de inmediato a recibirle. Tendría ya cincuenta años y mostraba su aspecto cuidado de siempre, con su melena corta, aunque canosa, una cara bien afeitada en la que destacaba su penetrante mirada de ojos oscuros y su sonrisa franca. Joan no había olvidado cuando los recogió a él y a su hermano, dos huérfanos asustados, supervivientes de la gran tragedia en la que perdieron a sus padres, para conducirlos a una Barcelona que los recibió con hostilidad. Aquel hombre alto y bien parecido, extraño para los chiquillos por sus modales ciudadanos y su forma de vestir, se había apiadado de ellos, y por un tiempo fue el único recurso, la única protección que tuvieron. Joan le estaba inmensamente agradecido y se sintió muy feliz al verle de nuevo, sonriente. El mercader le dio un gran abrazo, tal como habría hecho con un hijo al que no veía en diez años, que Joan prolongó largo rato. ¡Qué placer sentía! Después, Bartomeu le presentó a su nueva esposa, que ya le había dado dos hijos, y se acomodaron en la intimidad del salón del primer piso de la casa para charlar.

—El negocio de paños va muy bien —le comentó a Joan—. El rey Fernando ha concedido a los territorios de la

Corona de Aragón la exclusividad de venta de telas en Cerdeña, Sicilia y Nápoles. Esto ayuda a levantar nuestra renqueante economía.

—Y ¿qué tal el negocio de los libros?

Bartomeu sonrió triste.

—Hace tiempo que los libros dejaron de ser negocio para mí —suspiró—. Mantengo su comercio y una cartera de clientes, la mayoría de fuera de Barcelona. No pierdo dinero, aunque no me compensa el riesgo al que me expongo al traficar con obras prohibidas. Trato de mantener, gracias a los libros, una pequeña luz en medio de esta gran oscuridad, y lo hago en memoria de mis amigos Corró y por un sueño que compartía con ellos llamado «libertad». Confieso que su muerte en la hoguera me llenó de temor y tuve que esforzarme para reemprender la actividad. De hecho, mi nueva esposa desconoce el peligro y me he sentido muy solo todos estos años.

Ambos se miraron en silencio y Joan se dijo que aquel era el riesgo al que iba a someter a su propia familia. Al menos él disponía del apoyo de Anna, de Pedro y de su hermana; no estaría solo.

—En abril de 1498, poco antes de que Savonarola fuese ejecutado en Florencia, en Barcelona la Inquisición ordenó quemar, en una gran pira en la plaza del Rey, miles de biblias —recordaba Bartomeu, que había presenciado consternado los hechos—. No quieren que el pueblo pueda inspirarse directamente en la palabra de Dios, sino que siempre haya un clérigo interpretándola. Fue un espectáculo horrible. Muchos ciudadanos quemaron sus biblias en la hoguera por temor a ser denunciados.

—Vi algo semejante en la Florencia de Savonarola —repuso Joan—. Se crea un clima de terror y las gentes enloquecen.

—Imagínate lo que sentí al verlo, después de arriesgar la vida tantas veces por algunos libros —continuó el mercader—. Y no solo fueron biblias, sino que la gente, temerosa, quemó cualquier otro libro. Desaparecieron ejemplares únicos de obras valiosísimas que nada tenían que ver con la religión. Cualquier libro era sospechoso. Algunos ciudadanos encontraron en sus sótanos y desvanes obras de sus antepasados escritas con caracteres hebraicos y, aterrorizados, corrieron a echarlas al fuego.

—Sin embargo, estoy seguro de que muchos de vuestros clientes conservan sus libros, Bartomeu —le consoló Joan—. Nuestro esfuerzo no es vano. Me mantengo fiel a mi compromiso contra la oscuridad de Savonarola, que es la misma que la de la Inquisición.

—Solo que en España la oscuridad de la Inquisición es más persistente —respondió Bartomeu.

Joan afirmó con la cabeza y acto seguido le preguntó:

—¿No os ayuda Abdalá? ¿Cómo se encuentra el viejo maestro?

—Abdalá tiene ya años, es muy mayor. Aún traduce y copia, con dificultad a causa de su vista. Además, su condición de esclavo y musulmán le exime de cualquier culpa; jurídicamente, soy yo el responsable de sus actos.

—Estoy deseando verle; él fue mi gran maestro.

—Le harás feliz, habla con frecuencia de ti —repuso Bartomeu con una sonrisa que abandonó su rostro al cambiar de tema—. ¿Viste la librería que te mencioné en mis cartas?

—La vi de paso, aunque no pude detenerme.

—Te recomiendo que la compres —le dijo Bartomeu enfático—. Pertenece ahora a un napolitano de orígenes angevinos que quiere venderla. Estoy deseando que empieces. Pondré a mis vendedores ambulantes a trabajar contigo y si lo deseas, también a Abdalá.

Joan comprendió, con preocupación, que Bartomeu quería delegar una responsabilidad que le abrumaba y que él se sentía obligado a aceptar. Le pidió ver a Abdalá y el mercader le acompañó al ático del edificio, donde el musulmán tenía su taller y vivienda. Una trampilla daba acceso a la estancia y Bartomeu la abrió después de anunciarse con unos golpes de nudillos. Joan sentía una emoción que se traducía físicamente en un nudo en su estómago, amaba al viejo y ansiaba verle. Y el momento había llegado.

99

Para Joan, aquella fue como una repetición de la primera vez que subió al *scriptorium* donde Abdalá trabajaba para los Corró. La habitación estaba fría y el anciano se encontraba sentado en un escritorio que comprendía mesa, silla y un gran panel trasero con alacenas en las que guardaba material de escritura. Estaba muy cerca de una gran ventana acristalada que le suministraba buena luz, y se protegía de las corrientes de aire y del frío con el panel a sus espaldas, unas cortinillas laterales y un brasero a los pies de la mesa.

El musulmán lucía un turbante del mismo color que su blanca barba, y después de quitarse las gafas y alzar la vista hacia sus visitantes los miró con sus ojos azules. Se quedó con la pluma con la que escribía en alto hasta que reconoció a su antiguo aprendiz, que avanzaba hacia él sonriente y con el corazón alborotado.

—¡Joan! —exclamó—. ¡Alabado sea el nombre del Señor! ¡Qué alegría!

Y con una agilidad sorprendente para sus años, dejó las gafas sobre la mesa, depositó la pluma en el tintero, descorrió una de las cortinillas laterales y fue a su encuentro.

—¡Maestro! —dijo Joan abrazándole con ternura.

Bartomeu conocía el cariño que ambos se profesaban y después de intercambiar algunas frases con ellos los dejó solos alegando que debía resolver otros asuntos. Se sentaron uno enfrente del otro y Abdalá, tras contemplarle en silencio con una feliz sonrisa, adoptó una expresión seria y le dijo, escueto, tal como hacía cuando Joan era su aprendiz:

—Cuéntame.

Antes de hablar, Joan le contempló unos instantes, con ternura, mientras recordaba agradecido las muchas cosas que le había enseñado. Abdalá estaba más delgado, las arrugas de su cara se habían acentuado, aunque su mirada, algo entelada por la edad, era aún firme. Joan se sintió como cuando él era un niño y el musulmán, su maestro. No pudo evitar tomar entre las suyas las huesudas manos del viejo y, acariciándolas, empezó a relatarle sus aventuras en Italia, sus ilusiones y esperanzas. El maestro le interrumpía al término de alguno de los episodios para preguntarle qué había aprendido, y Joan se veía obligado a revisar sus experiencias y a profundizar en ellas buscándoles un sentido. Al final de la mañana, a pesar de que quedaba aún mucho de que hablar, Joan quiso compartir con él sus sentimientos.

—Me inquieta mi regreso a Barcelona y la misión que tengo encomendada. No sé si estaré a su altura.

—¿Crees en ello? —inquirió el viejo—. ¿Valoras realmente la libertad de pensamiento, la libertad de lectura?

—Sí —repuso Joan con determinación—. Mi padre quiso que yo fuera un hombre libre. Y pienso cumplir su voluntad, que es también la mía, a través de los libros.

—Libertad —dijo Abdalá pensativo—. ¡Qué palabra tan bella! Pero qué concepto tan etéreo, tan escurridizo. —Y después sonrió—. No te preocupes. Si haces lo que tu corazón te dicta, harás lo correcto y lo harás bien. Serás libre y ayudarás a que otros lo sean.

Joan le miró agradecido. El pensamiento de su viejo maestro continuaba confortándole, al igual que cuando era un niño.

Aquella tarde, Joan visitó la librería. Era un amplio establecimiento situado en un lugar inmejorable. Observó que tenía oportunidades en cuanto a su disposición interior y que su surtido era limitado, y se dijo que él y su familia podrían hacerla excelente. Compró un hermoso libro de horas miniado para regalárselo a su cuñada Águeda; sabía que no solo la haría feliz a ella, sino también al maestro Eloi y a su hermano Gabriel.

Salió del establecimiento esperanzado y se dirigió a casa de su hermano imaginando las mejoras que emprendería en la librería si conseguía adquirirla. Pensaba en la ilusión que le haría a su esposa. Pero de repente un fuerte grito le despertó de su sueño:

—¡Aparta, villano!

Oyó los cascos de un caballo, vio que la gente corría y tuvo el tiempo justo de apartarse para no ser arrollado.

—¡Maldito! —masculló Joan con ánimo de ver quién era aquel individuo brutal al que no le importaba pisotear a los viandantes.

Era un hombre alto y grueso que vestía de terciopelo carmesí, con una gran capa negra y espada al cinto. En su cuello lucía una cadena de oro y cubría su cabello rojizo con un amplio sombrero también negro. Joan reconoció de inmediato aquellos ojos oscuros con tonos rojos de sangre: era Felip Girgós. Le seguían dos hombres armados, también a caballo. El grupo se abría paso entre la gente sin consideración alguna ni siquiera para ancianos, mujeres o niños. Sus miradas se cruzaron solo un instante y los jinetes prosiguieron su apresurada marcha sin detenerse.

Joan se estremeció. Aquel hombre, cercano ya a los cuarenta años, era el peor de los matones y el peor de sus enemigos. Un asesino que gozaba matando en la guerra y que había sido el responsable de la muerte en la hoguera de sus patrones, los libreros Corró. Había querido borrarle de su memoria en

Italia, pero a veces aparecía en aquella pesadilla de la Inquisición que, después de tanto tiempo, continuaba inquietándole. Regresó a la fragua de Eloi preocupado; quizá creyó que olvidándolo iba a desaparecer. Pero no lo hizo y acababa de verle arrogante y poderoso.

Aquella noche escribió: «Mis pesadillas de Roma pueden hacerse realidad en Barcelona».

100

—Ayer vi a Felip Girgós, arrogante sobre su montura —le comentó al día siguiente a Bartomeu—. Iba atropellando a la gente en la calle. Nuestras miradas se cruzaron y no sé si me reconoció. No he querido saber de él durante estos años, sospecho que aún me odia y os ruego que me informéis. Un hombre debe conocer a sus enemigos.

Bartomeu le miró pensativo antes de responder.

—Me temo que sí, que continuará siendo tu enemigo —dijo al final pausado—. Es de los que ni olvidan ni perdonan. Se libró de la denuncia de robo en casa de los Corró porque era un familiar de la Inquisición, un delator secreto, y ellos no están sometidos a la justicia civil. Consiguió además vengarse enviando a la hoguera a sus patrones, que le habían acogido en su taller desde muy joven y le habían enseñado el oficio. El padre de Felip fue nuestro camarada en la guerra civil y, al morir en combate, Antoni Corró tomó a su hijo bajo su protección. Pero no pudo evitar que saliera torcido. Criaron al cuervo que les sacó los ojos.

—Sí, lo recuerdo demasiado bien. —Se le hacía un nudo en la garganta al rememorar al matrimonio Corró vestido con los infamantes sambenitos y coronados con los capirotes de los condenados por la Inquisición.

—Felip no se conformó con quedarse como simple familiar de la Inquisición o alguacil, y su ambición le ha llevado, a través de un camino pavimentado de cadáveres, a alcanzar el puesto de fiscal —continuó el mercader—. Solo los inquisidores están por encima de él en la pirámide del Santo Oficio en Cataluña. Además, el perfil de los inquisidores ha cambiado en los últimos años. En los tiempos de Torquemada, al inicio, eran combativos y extremadamente agresivos con los intentos de oposición de las autoridades locales. Pronto se cumplirán ya dieciocho años desde que la Inquisición logró entrar en Barcelona, han arrollado a todos sus enemigos y nadie se atreve a oponerse a sus dictámenes.

»Los inquisidores de ahora ya no son profesionales del Santo Oficio venidos de fuera, sino clérigos del reino de Aragón, algunos provenientes de conventos alejados del mundo, que sirven en el cargo durante un tiempo y que después regresan a su ocupación de origen. Los inquisidores cambian, pero Felip sigue, y sin ser un teólogo ha aprendido lo suficiente para poder discutir con los inquisidores en igualdad de condiciones. Usa aquel oscuro poder de liderazgo que mostró cuando de muchacho y su conocimiento de todos los entresijos de la institución para controlarla. Así que termina mandando más que el propio inquisidor. Felip es ahora la Inquisición en Barcelona.

Joan se quedó mirando a Bartomeu consternado.

—¡Qué malas noticias! —dijo.

Aquella noche apenas pudo conciliar el sueño y se levantó inquieto de la cama para escribir en su libro: «Quiera Dios que nuestro regreso a Barcelona no sea un trágico error».

Desde su llegada, Joan aguardaba ansioso noticias de Italia no solo de su familia, sino también de sus amigos. Y en busca de esas noticias empezó a frecuentar, como había hecho de muchacho, las tabernas del puerto para charlar con los marinos recién llegados de Italia. En una de sus primeras salidas fue a parar a una tasca que conocía de los viejos tiempos y nada más entrar comprobó que el ambiente había cambiado. Sentadas en una mesa había un par de mujeres que por sus escotes y pinturas no podían ser sino prostitutas, y un par más aguardaba de pie al lado de una puerta que se cubría con una cortina y que debía de dar acceso a los cuartuchos donde despachaban su negocio. Joan no tenía intención de usar sus servicios y se disponía a abandonar el garito cuando oyó hablar en napolitano a unos marinos que jugaban a los dados. Se acercó al tabernero y le pidió una jarra de vino.

—¿Sois nuevo en la ciudad? —quiso saber el hombre.

Joan le miró atentamente; no era nadie a quien él hubiera conocido diez años antes. Le sonrió al responder:

—Digamos que sí, soy un forastero recién llegado.

Cogió la jarra de vino y un vaso y se sentó en una mesa cercana a los napolitanos con la intención de entablar conversación con ellos en una pausa del juego. El tabernero esperó a que se girase para hacerles una seña a dos personajes en los que Joan no había reparado y que pronto se hicieron notar.

—¡Eh, hermano! —le gritó uno de ellos—. ¿Quieres probar un buen pedazo de hembra? Tengo unas corderas que andan calientes.

Joan acusó el tono chulesco que empleaba aquel hombre, la forma en que vendía a las mujeres, su lenguaje zafio, y pensó que era muy desconsiderado al tutearle. Se giró para mirarle, era un tipo malcarado de unos treinta años cuyo aspecto denotaba su baja ralea. Se limitó a mover la cabeza en una breve negación y puso su atención en los marinos.

—¿Has visto? —le dijo el otro—. Ese puto no te contesta.

Joan comprendió que además de proxenetas aquellos tipos eran unos matones acostumbrados a intimidar a aquellos a quienes veían débiles. No dijo nada y fingió que continuaba interesado en el juego de dados.

—Es que es sordo y judío —dijo el primero.

Joan no consideraba un insulto la palabra «judío», pero para aquellos hombres era la peor ofensa posible. Comprendió que aquel era el paso previo a la agresión y que solo se libraría de una paliza si se mostraba sumiso y acababa comprando los fáciles favores de una de aquellas mujeres, los usase o no.

Aquello era culpa de la Inquisición, se dijo con rabia; hacía que unos individuos de baja estofa, presumiendo de cristianos viejos, creyeran que su supuesta limpieza de sangre les daba título de nobleza. Un ciudadano honrado que tuviera un ancestro judío era sospechoso y temía caer en las garras de los inquisidores, mientras que miserables como aquellos parecían inmunes a las autoridades. Aquellas gentes pertenecían a la escoria que coreaba al Santo Oficio y se divertía insultando y echándoles piedras e inmundicias a los condenados que desfilaban por las calles descalzos, vestidos con los sambenitos y capirotes infamantes, con una soga al cuello y un cirio apagado en sus manos camino de la hoguera. Eran de aquellos que vitoreaban cuando las llamas quemaban el cuerpo de los infelices reos y fingían con grandes aspavientos, arrodillándose y alzando los brazos al cielo, una piedad de la que carecían. Notó cómo el temor y el asco que la Inquisición y Felip le producían se convertía en furia hacia aquella gentuza y sintió que la cólera se concentraba en sus tripas, haciéndose un nudo.

—¡¿Es que no me oyes, marrano circuncidado?! —le gritó uno de los matones.

Se hizo el silencio en la taberna, los napolitanos dejaron de jugar a los dados y todos le miraron. Joan no dijo nada y se quedó encogido en su asiento, observando el vino de su vaso. Fue entonces cuando aquel individuo, envalentonado por la pasividad de Joan, llegó por atrás, le puso la mano en el hombro y, apretándola como una garra, quiso forzarle a que se volviese.

Joan había visto muchas peleas de taberna y había participado en varias. Las más brutales que recordaba eran las de Barletta, donde una mezcla de aventureros italianos, españoles y alemanes, irritados a causa del hambre y las malas condiciones, se enfrentaban con frecuencia en batallas campales en las que todo parecía estar permitido menos las armas. Usar daga o espada implicaba intención de matar, y mientras que los golpes, por duros que fueran, se toleraban, el Gran Capitán mandaba ahorcar al que acuchillase a otro.

Joan aún practicaba con la azcona de su padre, tenía los brazos fuertes y se sentía en forma. Se dijo que un soldado que había luchado a las órdenes del Gran Capitán, del almirante Vilamarí y de César Borgia no podía consentir que aquella escoria le intimidara.

Tenía los movimientos estudiados y su rabia le ayudó a ser rápido y feroz. De repente se giró, librándose de la zarpa del tipo que tenía a su espalda al tiempo que le estrellaba en la cara la jarra de vino que había cogido de la mesa. Y sin preocuparse del resultado del golpe, tomó el taburete sobre el que se sentaba y despachó al otro de un par de leñazos. No le sirvió al rufián tratar de cubrirse con las manos; el primer golpe le alcanzó en la cabeza y el segundo, en la espalda mientras caía tratando de huir. Quedó tendido en el suelo. Las putas chillaban y un par de ellas se abalanzaron sobre Joan con intención de clavarle las uñas en el rostro. A la primera la tumbó de un puñetazo y a la segunda la lanzó de un empujón al fuego que ardía en la chimenea. El posadero y las mancebas que no participaban en la trifulca corrieron a socorrerla dando grandes gritos.

—*Santa Madonna!* —exclamó uno de los marinos napolitanos ante aquella violencia inesperada.

Joan se revolvió rápido para machacar al hombre al que había tumbado con la jarra antes de que se recuperase, pero se detuvo al verlo arrodillado en el suelo sobre un charco de vino y sangre, aturdido. Tenía una gran brecha en la frente. Amenazante, Joan levantó el taburete, pero las mujeres le suplicaron que lo dejara.

—¡Que hable él! —gruñó Joan—. ¡Que me pida perdón!

El hombre le miró y, aun sin recuperar plenamente sus sentidos, supo que Joan estaba a punto de partirle la cabeza.

—Perdonadme, señor —dijo.

Joan vio que el otro aún tardaría en levantarse y tiró el taburete con rabia contra una mesa vacía. Su furia no había cesado y se quedó con las ganas de descargarle un último golpe a aquella escoria. Respiró hondo y después gritó para que todos le oyeran:

—¡Para que aprendáis a respetar a un soldado veterano de Italia!

Y salió de la tasca haciendo caso omiso al tabernero, que le amenazaba, sin convicción, con denunciarle al alguacil.

Aquella noche escribió en su libro: «Tenía razón Innico. España se convertirá en un imperio, pero un cáncer corroe sus entrañas: la Inquisición. ¿Podrá nuestra débil luz vencer una oscuridad tan grande?».

101

—En muchas ocasiones la violencia no es más que el producto de tu propio miedo —le dijo Abdalá cuando Joan le contó lo ocurrido en la taberna—. Quizá creas que mostraste fuerza, pero fue debilidad. ¿Por qué no trataste de razonar?

Y se quedó mirándole con sus ojos azules algo opacos a causa de la edad. Sonreía comprensivo; no había reproche en su tono. Joan agachó la cabeza; al salir de la taberna se creía bravo y poderoso, pero ahora ya no. Se sentía como cuando de aprendiz Abdalá le golpeaba con una varilla en la mano izquierda si no copiaba con su mejor caligrafía. El toque apenas le dolía físicamente; sin embargo, le punzaba muy adentro. El viejo maestro tenía el poder de desarmarle, de hacerle mirar en su interior; con él no podía haber disimulos ni excusas, le invitaba a abrir el corazón.

—Es cierto, maestro. Temo. Y aún más por mi familia. —Hizo una pausa—. Pero no me asustan los matones de taberna. A esos les daría de nuevo la misma lección. Mi temor proviene del compromiso que he asumido y de la Inquisición. Estoy aquí para preparar la llegada de los míos y continuar la labor que un día hicisteis los Corró, Bartomeu y vos. No quise saber sobre Felip Girgós durante muchos años, traté de olvidarle, y ahora le veo poderoso y amenazante, él es la Inquisición. El choque con ese matón será inevitable. Quizá debiera rechazar mi misión, regresar a Italia, huir.

—Escapar puede ser una opción digna. Tanto si lo haces por salvar tu vida o por tu familia. Aun así, podrás huir de Felip, pero nunca de ti mismo. Hazlo si te crees capaz de vivir con ese pensamiento.

Joan se quedó en silencio rumiando las palabras de Abdalá.

—Mi padre me pidió que fuera libre y he escogido el camino de los libros para conseguirlo. Si abandono ahora, si huyo, sentiré que traiciono a los Corró, a mi padre y a mí mismo. Incluso a Anna, que me empujó a regresar. No lo puedo hacer, Abdalá, no lo puedo hacer.

—Piensa que el miedo también esclaviza, Joan. Prepárate para sentirlo aquí en Barcelona.

—¿Cuál es la solución?

—Creo que la conoces. —El viejo volvía a sonreír—. La única forma de vencer tu miedo es...

—¡Aceptarlo y enfrentarme a él! —exclamó Joan cortándole—. Ya lo sé, es una vieja lección, aunque demasiado fácil de olvidar y demasiado difícil de seguir.

El viejo se encogió de hombros.

—Huye.

—Sabéis que no puedo.

Se quedaron mirándose y Joan cogió las manos del anciano, acariciándolas. En su piel casi translúcida se marcaban unas venas azules que se notaban al tacto.

—Ayudadme, maestro, como lo hicisteis cuando era un muchacho. Entonces, aunque Felip era mayor y más fuerte, le derroté gracias a vos. Recuerdo bien vuestro consejo: voluntad de vencer, acción de conjunto y sorpresa.

—La mejor guerra es la que no se inicia, hijo. Quizá Felip se haya olvidado de ti, quizá tenga mayores preocupaciones. Mantente alerta y trata de evitar un conflicto que no te conviene.

—Tarde o temprano nos volveremos a enfrentar —dijo Joan con convicción—. Debo estar preparado.

—Prepárate, aunque piensa que él lo está mucho más que tú. Porque se encuentra en una situación de poder y controla su entorno a la perfección. Estúdiale bien y si, como creo, es superior a ti, te aconsejo que evites el combate tantas veces como haga falta, aunque él te provoque. Llegará el momento en que puedas sorprenderle, como ocurrió cuando erais chicos. Y si ese momento no llega, mejor será que no pelees.

Joan reflexionó unos instantes bajo la atenta mirada de Abdalá.

—No me ayudáis mucho con eso —dijo al rato.

—Lo siento. No tengo ninguna fórmula mágica que ofrecerte.

—Lo sé, maestro —repuso el librero con ternura—. Lo sé.

—Sin embargo, no renuncies ni a tu voluntad de vencer ni a preparar con cuidado una posible acción. Aunque nunca te llegue la oportunidad de sorprenderle. Tu enemigo es muy poderoso, pero su poder tiene sus límites. La última palabra la tiene el inquisidor general y ahora los inquisidores no son tan fieros y arrogantes como al principio. A veces incluso escuchan. Te animo a que te presentes al gobernador y al obispo con las cartas de recomendación que traes de Italia y les hagas partícipes de tu ilusión por la librería. Trata de tenerlos de tu lado. Quién sabe si algún día te pueden ayudar.

En los siguientes días, siguiendo los consejos de su maestro, Joan visitó a Jaime de Luna, el gobernador de Cataluña, para presentarle sus respetos y las cartas que ensalzaban sus servicios en la guerra de Nápoles firmadas por el embajador español y el Gran Capitán. El gobernador quiso conocer los detalles de la batalla de Ceriñola y Joan se la relató con entusiasmo, hablándole también de los fascinantes personajes a los que había conocido en Italia. El oficial, impresionado, le brindó su apoyo al tiempo que aceptaba complacido la invitación de visitar la librería en cuanto esta abriera. Al obispo le mostró sendos documentos firmados por dos cardenales del clan *catalano* en los que se certificaba el cristiano e irreprochable comportamiento de la familia Serra, y el eclesiástico también prometió visitar la librería. Al término de estas entrevistas, Joan estaba más tranquilo. Tenía las simpatías de dos de los grandes poderes de la ciudad.

Se dijo que el viejo Abdalá continuaba lúcido.

Joan mantenía correspondencia no solo con su familia, sino también con Paolo, en Roma, Antonello, en Nápoles, y Niccolò, en Florencia, para saber de las vidas de sus amigos.

> Vuestro amigo Miquel Corella nos ha sorprendido a todos —escribía Niccolò—. El papa se alegró muchísimo cuando le capturamos. Quería hacerle confesar los crímenes de César para poder juzgar al hijo de su antecesor y así terminar definitivamente con él. Sin embargo, don Michelotto soportó estoicamente sin delatar a su señor las mismas torturas que doblegaron a Savonarola. Decía que a ningún soldado se le puede juzgar por los muertos en combate y que en tiempo de paz solo mató por orden directa del papa. Y por más suplicios que le aplicaron, jamás inculpó a César. Julio II se enfurecía cada vez que los verdugos le comunicaban su fracaso y ordenaba más torturas. Es precisamente la lealtad, esa virtud, o defecto, tan poco frecuente en nuestro tiempo, lo que le ha salvado. Todos, incluso el papa, se admiraron de su comportamiento heroico y, cansados de torturarle, le encerraron en un calabozo en Roma para que se pudra en él. Machacaron su cuerpo, pero no su voluntad.

Joan se sintió orgulloso de su amigo Miquel. A pesar de ser un asesino, poseía una ética muy peculiar. Despreciaba la traición, era el perro fiel de los Borgia y acababa de dar una lección de lealtad. Le hacía feliz pensar que, aun tullido por las torturas y en prisión, continuaba vivo. Le envió una carta para que Paolo se la hiciese llegar a su cárcel en Roma, dándole ánimos y renovando su amistad. Jamás recibió respuesta.

«Miquel está vivo y César recuperará la libertad —escribió en su libro—. Quizá aún quede esperanza para los *catalani*. Quizá este no sea su fin».

102

Joan aguardaba impaciente la llegada de su familia y acudía con frecuencia al puerto para contemplar el mar imaginando que descendían de una galera llegada de Nápoles. Oía sus voces, veía sus rostros y notaba el calor de sus abrazos. Sin embargo, era consciente de que aquello no ocurriría hasta principios de mayo, cuando la navegación fuera más segura.

En aquellos meses de espera compartió mucho tiempo con su hermano. De niños, durante muchos años, solo se tenían el uno al otro. Joan trataba de protegerle entonces como mejor podía y le admiraba verle ahora con aquel aspecto fornido y confiado. Jugaba con sus sobrinos añorando a sus propios hijos y estaba presente en las comidas familiares, en las que Águeda y Gabriel le pedían que les contara historias de Italia que todos escuchaban atentos. Junto a su barbudo hermano practicaba con la azcona del padre, que Joan había llevado consigo, en el descampado de detrás de la fundición, y Joan se sorprendía de la fuerza y acierto con que manejaba el arma Gabriel, al que recordaba como poco más que un muchacho, pero que ahora le superaba en altura y corpulencia.

—Lanzar nuestra azcona es mucho más que un ejercicio —decía Gabriel emocionado—. Es un homenaje a nuestro padre y a la libertad.

A pesar de ser reconocido como un experto maestro cañonero, el prestigio de Gabriel como fundidor de campanas trascendía las fronteras del principado de Cataluña, y le llegaban encargos desde Valencia y Aragón. Continuaba fascinado con aquel instrumento y se aplicaba con entusiasmo en fabricarlo e incluso en tañerlo. Había alcanzado tal maestría haciendo sonar las campanas que el obispo le había concedido el honor de dirigir los toques principales de la catedral en los días festivos. Gabriel Serra era todo un personaje no solo en la cofradía de los Elois, sino en la ciudad entera, y Joan se sentía orgulloso de su hermano.

Su primera visita al convento de Santa Anna, que los había acogido a él y a Gabriel de niños, le llenó de emoción. Cruzó el umbral que separaba la calle del patio del recinto recordando el temor experimentado la primera vez que lo hizo, veinte años antes. Aquel portón les pareció a los pequeños unas fauces hambrientas dispuestas a devorarlos. En el interior observó, con cierta melancolía, cada edificio y cada objeto comparándolo con sus recuerdos. Su aspecto no había cambiado, incluso los huertos se mantenían igual, y el piso superior del claustro continuaba con unas obras que mostraban un escaso avance. Joan se dijo que las estrecheces económicas, y con ellas las discusiones entre prior y suprior, debían de seguir tal como su hermano y él las habían conocido de niños a su llegada al convento.

Era la hora en la que los fieles acudían a misa y después de oírla saludó a los frailes. Varios habían muerto y Pere, el antiguo novicio, hacía años que era ya fraile y había sustituido al bibliotecario. Joan experimentó un gran placer abrazándole y también a Jaume, el encargado de cocinas, que con tanto cariño los había cuidado a Gabriel y a él.

—Las disputas entre el suprior y el prior por las cantidades que el segundo debe abonar para el mantenimiento de los frailes continúan —le ratificaron mientras paseaban por el huerto—. El obispo y el consejo ciudadano tuvieron que intervenir de nuevo, porque llegaban a las manos, y se firmó un segundo documento de concordia.

—Parece que no hayan pasado los años —dijo Joan con una risita.

Recordaba el temor que le produjo de niño presenciar uno de los estrepitosos choques entre ambos personajes. Sin embargo, ahora le divertía la persistencia de aquella trifulca que parecía inmune al paso del tiempo.

—El prior Gualbes sigue empeñado en terminar la construcción del piso superior del claustro; es una cuestión de prestigio para él —explicaba Pere—. Aunque verás que no ha avanzado demasiado. Mientras, el suprior Miralles clama que nos escatima la comida.

Después de departir largo rato con los frailes, Joan visitó al suprior. Miralles continuaba enérgico y vivaz. Su mirada no había perdido su dureza y su delgadez se había acentuado como si él mismo fuera prueba de cargo contra el prior en su acusación de escatimar comida. Joan no había olvidado cómo, a pesar de su apariencia antipática, el fraile, valiente, salió en su defensa cuando, siendo un muchacho, sufrió el acoso de la Inquisición a raíz de la detención de sus patronos.

—¿Cumples bien con tus deberes religiosos? —le interrogó severo como si aún le viera como un niño, sin que pareciesen importarle lo más mínimo las aventuras italianas de Joan, papa incluido—. ¿Te confiesas con frecuencia?

—Sí, padre, aunque no lo he hecho desde que partí de Italia —repuso Joan adoptando la actitud de un novicio, pero sin poder disimular la sonrisa—. Precisamente quisiera que aceptarais ser de nuevo mi confesor, tal como lo fuisteis antes.

—Acepto —dijo el hombre—. Espero que tu estancia en Italia no te haya desviado demasiado y que no me cueste reconducirte al buen camino.

—Gracias, padre —murmuró Joan diciéndose que bajo ningún concepto le iba a contar al suprior su aventura como falso fraile en Florencia. Imaginaba el escándalo que aquello le produciría. No había necesidad de ello, pues cualquier pecado cometido allí ya le había sido perdonado con creces en Roma.

Joan también visitó al prior Gualbes. Mientras que el suprior le recordaba a los dominicos de Savonarola, identificaba al prior con los elegantes prelados de la curia romana. El eclesiástico pertenecía a la nobleza ciudadana, y a pesar de estar cercano a los setenta años, vestía un elegante hábito de seda negra y de su cuello colgaba un crucifijo de plata. Joan usó con él las cartas del Gran Capitán, del embajador y de los cardenales que traía de Italia; sabía que, al contrario que al suprior, a Gualbes le impresionarían, tal como en efecto ocurrió.

—Contad con todo mi apoyo en lo que pueda ayudaros —le dijo después de escuchar con atención la benévola descripción de Roma y del papado que Joan le hizo—. Visitaré encantado vuestra librería. Me enorgullece que un niño al que generosamente acogimos en Santa Anna hace tantos años haya progresado como vos lo habéis hecho.

—Gracias, padre —repuso Joan con una inclinación de cabeza y, sin poder evitarlo, una amplia sonrisa irónica.

Recordaba bien cuando, encogido de temor junto a su hermano, compareció frente a aquel individuo. El prior no quería aceptarlos en el convento e incluso los intimidó mencionando la horca. La memoria era muy frágil para algunos.

También visitó a distintos libreros de la ciudad, que le recibieron amablemente. No habían olvidado su tiempo de aprendiz con la familia Corró, y el hecho de que desease comprar una librería ya establecida les agradaba, pues la competencia no iba a aumentar. El primero al que visitó fue Joan Ramón Corró, en su establecimiento de la calle Especiers. Había tenido poco trato con el hijo de sus patronos, puesto que en su época de aprendiz él estudiaba en la Universidad de

Lleida; sin embargo, quiso saludarle en primer lugar en recuerdo a sus padres.

El siguiente fue su amigo Lluís, su colega aprendiz en la librería Corró. Él había tenido la fortuna de poder continuar en el oficio de encuadernador después del asalto de la Inquisición a la librería gracias a que poseía parientes libreros.

—Como sabes, aún no se ha constituido el gremio de libreros —le explicó—. Aunque nos agrupamos en la cofradía de la Trinitat, que aún tiene su sede en la iglesia del mismo nombre. Tan pronto como tengas tu librería, yo mismo te propondré para que te admitan.

—Gracias, Lluís.

—¡No sabes cuánto me alegro de volver a verte! —dijo después de abrazarle de nuevo. Y, más serio, añadió a continuación—: ¿Recuerdas nuestro tiempo de aprendices? Y ¿las batallas a pedradas?

—Claro que lo recuerdo —repuso Joan—. ¿Cómo iba a olvidarlo? Y también recuerdo nuestras correrías por la ciudad, al matón de Felip y la forma en que pude derrotarle gracias a tu ayuda.

—¿Sabes que ahora es quien controla en la práctica la Inquisición en Barcelona?

—Me he encontrado con él, aunque no pareció reconocerme. Igual se ha olvidado de mí. ¿Te ha molestado alguna vez?

—Estoy seguro de que no me ha perdonado por ayudarte y de que tratará de vengarse en cuanto tenga ocasión. —Joan le notaba preocupado—. Sin embargo, soy cristiano viejo, trato de no cruzarme en su camino y creo estar a salvo de la Inquisición. Aunque me mantengo siempre alerta. Cuando nos vemos, me ignora, como si no existiera. Y yo, como es natural, no le saludo. Es una mala persona en todos los aspectos y puede golpear cuando menos te lo esperas. Se cuenta que él y los secuaces que siempre le acompañan, después de haber bebido, secuestran a indigentes y buscan un lugar apartado para golpearlos por el simple placer de ver correr la sangre y contemplar su sufrimiento. No dejan a ninguno vivo. La ciudad le teme y los testigos se esconden y callan. No quieren correr la misma suerte.

Joan se estremeció. Recordaba ver al pelirrojo golpeando con una piedra a un fraile, frente a su pandilla, hasta que lo creyó muerto. Estaba seguro de que su sed de sangre no se había saciado en aquellos años y que era cierto lo que de él se contaba.

—No creas que te ha olvidado o perdonado —insistió Lluís—. Ni pienses que no te ha reconocido después de diez años. Solo te ignora para que te confíes. Ándate con cuidado, amigo.

«Otra advertencia», anotó Joan aquella noche en su libro.

103

Fue un muchacho quien, a la hora de la comida, jadeante, trajo la noticia de la llegada de la galera de Nápoles. Los hermanos se miraron con una sonrisa emocionada y salieron a toda prisa hacia el puerto. Era un luminoso día de finales de abril y a través de la brecha en la muralla del mar, Joan vio aquella galera, tantas veces soñada, balancearse suavemente junto a otras naves y después al grupo de personas que esperaba en la playa a que las chalupas descargaran el barco.

Allí estaba Anna, con unos bucles de sus cabellos azabache escapándose bajo su toca. Al verle, sonrió y en sus mejillas se formaron aquellos hoyuelos que él tanto amaba. Tenía en brazos a la pequeña Caterina, a punto de cumplir los diez meses, y que le miró con aquellos ojos verdes que tanto le recordaban a la madre, sonriéndole. A Joan el corazón le dio un vuelco, era un encanto.

—¡Mirad a papá! —advirtió Anna a los niños, que jugaban en la arena.

Los pequeños Ramón, ya con ocho años, y Tomás, de casi seis, chillaron al verle y corrieron a abrazarle mientras ella aguardaba feliz a que Joan repartiera besos y caricias. Después, los esposos se fundieron en el cálido y tierno abrazo tanto tiempo ansiado, que incluía a la niña, y en silencio se transmitieron el inexplicable placer del reencuentro. Mientras, Gabriel abrazaba a María y a Eulalia con gestos y palabras que expresaban su alegría. Hacía ocho años, desde un breve encuentro en Génova cuando ellas recuperaron su libertad, que no se veían. Cuando se calmaron, María presentó a Gabriel a su esposo. Pedro le tendió la mano a su cuñado y este se la dio para abrazarle a continuación. Después les llegó el turno de abrazos a los hijos de María, Andreu, de diecinueve años, ya oficial impresor, y Martí, de diecisiete, aprendiz encuadernador. Ambos trabajarían en la nueva librería, tal como lo hicieron en la de Roma. Y finalmente, Gabriel conoció a Isabel, la hija de Pedro y María, que contaba con cinco años, y a Ramón y Tomás.

—¡Qué grande se ha hecho la familia en un solo día! —exclamó, encantado, contemplando el grupo.

Los trámites de aduana se demoraron bastante, pero no importaba, tenían mucho de que hablar, y después la comitiva formada por toda la familia y los mozos que cargaban el equipaje se dirigió a la calle Tallers. Allí, el gremio de los cañoneros dispuso para los recién llegados alojamiento en distintos hogares, y aquella noche, Eloi, el patriarca de la casa, ofreció una espléndida cena a sus invitados. Hubo risas y la guitarra de Pedro Juglar hizo cantar a grandes y chicos. Cuando mayor era el jolgorio, Joan tomó a Anna de la mano y, apartándola del bullicio, la llevó a la calle, solitaria a aquellas horas, y abrazándola murmuró:

—Soy muy feliz.

Ella se apretó contra su cuerpo musitando que también lo era. Mucho.

Al día siguiente, pronto por la mañana, Joan condujo a Anna a la librería. La observaron un largo tiempo desde el exterior y, tras saludar a los empleados, a los que Joan ya conocía de sus frecuentes visitas, la vieron por dentro.

—Tiene una situación inmejorable —repetía Joan poco después mientras paseaban por unas calles que olían a azahar, de los naranjos que abundaban en plazas y jardines, y a primavera—. Es la mayor de las librerías de Barcelona, aunque le falta un salón al estilo de la nuestra de Roma y una imprenta, pero en un mes podemos rehabilitarla a nuestro gusto. ¿Qué os parece?

—Es estupenda —repuso ella con una sonrisa—. No esperéis más, cerrad el trato.

Sin embargo, Joan percibió algo en la voz de su esposa que le decía lo contrario; era decepción.

—Aunque nunca será como la que tuvimos en Roma —dijo él melancólico. Compartía el sentimiento de Anna.

—Nunca ninguna librería podrá ser como la de Roma —contestó ella animosa—. Será distinta, carecerá de algunas cosas de aquella, pero tendrá otras a cambio. Haremos de esta nuestra casa y nuestro hogar. Aquí crecerán nuestros hijos y seremos felices. Eso es lo que importa.

—No habrá princesas, generales, embajadores, altos nobles y cardenales que frecuenten nuestro establecimiento —continuó Joan—. No será lo mismo.

—No puede serlo, Joan —dijo ella acariciándole la mejilla para consolarle—. Roma es única; el centro del mundo. Barcelona no tiene ni siquiera corte real; seamos razonables. Roma está ya lejos en nuestras vidas, y aunque luchasteis con todas vuestras fuerzas fue imposible permanecer allí. Por tanto, olvidaos de una vez de embajadores, altos nobles y cardenales.

—Tiene razón Innico d'Avalos. España se ha convertido en un imperio. No solo por Nápoles, sino también por las posesiones de las Indias. Y Barcelona, hace años corte real, es ahora una ciudad de segundo orden.

—Sin embargo, tenemos mucho que aportar aquí. Y Constanza d'Avalos piensa que nuestro trabajo en Barcelona tendrá mayor mérito y valor que el de Roma.

—¿Constanza d'Avalos? Y ¿qué piensa su hermano?

—Innico d'Avalos falleció de la peste sitiando, a las órdenes del Gran Capitán, un reducto de nobles angevinos poco después de que vos embarcarais para España.

—No sabía nada. —La noticia provocaba en Joan tristeza al tiempo que un sentimiento de orfandad. Había llegado a sentir un gran aprecio por el noble napolitano y veía en su isla mediterránea un posible refugio frente a la adversidad—. Lo lamento mucho. No he conocido a nadie capaz de anticipar los acontecimientos políticos como él. No solo acertó la caída de Savonarola y la del reino de Nápoles, sino también la victoria española y la desaparición de los *catalani*. Era un personaje singular que siempre nos apoyó y admiraba su labor en pro de la protección del arte y de la libertad.

—Constanza continúa su obra —explicó Anna—. Antes de entregar las islas a España, Innico negoció con el almirante Vilamarí que el título de gobernador de Ischia y Procida fuera hereditario. El rey Fernando aceptó y ahora su hermana Constanza es la gobernadora y rinde cuentas directamente al rey sin pasar por el Gran Capitán, que gobierna Nápoles.

—No es frecuente que una mujer goce de tanto poder —murmuró Joan—. Me alegro por ella, pero siento mucho la muerte de su hermano. Apenas conozco a Constanza y mi relación con ella no es ni por asomo lo cercana que era con Innico d'Avalos.

—No os preocupéis por eso. A mí me ocurre lo contrario y continuaremos teniendo un amigo poderoso en Ischia, que nos apoyará en caso de necesidad.

Conversando habían llegado hasta la parte final de las Ramblas y después siguieron la muralla del mar hasta que llegaron a uno de los tramos derruidos donde esta se abría a la playa.

—He visto a Felip —le dijo él entonces.

Ella recordaba bien a aquel matón que incluso llegó a toquetearla y a amenazarla cuando eran adolescentes. No se había olvidado ni de su corpachón, ni de su pelo rojizo, ni de su desagradable olor a sudor, ni de sus ojillos crueles.

—Lo leí en vuestra carta.

—Ahora es el fiscal de la Inquisición y eso le convierte en un hombre muy poderoso. Creo que debiéramos considerar instalarnos en otra ciudad.

—Si somos cuidadosos, nada nos tiene que ocurrir —repuso ella—. También hablamos de eso con Constanza, Pedro y María. Bien sabéis que acordamos con vuestra hermana y Pedro que nos ayudarían a poner en marcha la librería en Barcelona y que después ellos instalarían la suya, con sus hijos, seguramente en otra ciudad. Nosotros los apoyaremos y también lo hará Constanza desde Ischia si es preciso. Así, si surgen dificultades en Barcelona, podremos imprimir los libros más comprometidos en otras ciudades y distribuirlos desde ellas.

—Creo en nuestra misión, Anna —le dijo él tomándola de las manos a la orilla del mar y mirándola a los ojos—, pero vos y nuestra familia sois lo primero. No quiero veros en peligro; de nada me sirve la libertad si no os tengo.

Ella le abrazó cariñosa y estuvieron un tiempo escuchando el rumor de las olas.

—En la vida estamos siempre a merced de la Providencia —murmuró ella al rato—. Desconocemos nuestro destino y es imposible vivir sin riesgo. Sin embargo, sí que podemos vivir conforme a nuestras convicciones. Comprad esa librería. Aquí tenemos amigos y familia y estoy segura de que seremos tan felices en Barcelona como lo fuimos en Roma.

—Que el Señor os escuche.

Joan deshizo el abrazo para mirarse en los ojos de su esposa. Ella le sonreía y él la besó.

104

Al día siguiente se cerró definitivamente el trato y la librería pasó a ser propiedad de los Serra. Joan, que había trabajado en el proyecto mientras esperaba a los suyos, mostró a la familia sobre una mesa del taller de Eloi el plano de su distribución:

—Esta será la nueva librería Serra —dijo hinchando el pecho con orgullo.

Anna ya conocía alguno de los detalles por las cartas enviadas por Joan, los había tratado con Pedro y María y cada uno había propuesto sus ideas. Llevó un par de días obtener el acuerdo definitivo, y una vez contratados los operarios, se cerró la librería para su remodelación, que incluía la casa adyacente, alquilada por los Serra. La tienda mantendría sus dos accesos, uno por la calle Especiers y el otro por la calle Paradís, y dispondría de un salón interior semejante a los del establecimiento romano. En la planta baja también estaría el taller de encuadernación e imprenta, y se reservaba el sótano como almacén. El primer piso estaría a disposición de las familias, repartiéndose las habitaciones como en Roma. En el segundo y último piso se preparó un *scriptorium* con dos mesas de copista, destinándose el resto del espacio a almacén.

Joan le pidió a Abdalá que fuese a vivir con ellos y que trabajara en el *scriptorium* copiando y traduciendo.

—Ya soy muy viejo, Joan —repuso el musulmán—. Mi vista falla y mi pulso es inseguro. Te sería de poca ayuda.

—Opino lo contrario, maestro. Quizá vuestra vista y vuestro pulso no sean los de antes. Pero vos sois el mismo. Enseñad a nuestros hijos como hicisteis conmigo.

—Los viejos nos volvemos gruñones; quizá carezca de la paciencia necesaria.

—Solo os pido que trabajéis en mi *scriptorium* como lo hacéis en el de Bartomeu. Tendréis un aprendiz que os ayude. El resto de los jóvenes de la familia pasarán el día trabajando en otras actividades en la librería o en la escuela, y antes de la cena acudirán al *scriptorium* a que les enseñéis.

—Y ¿qué queréis que les enseñe?

—Habladles de libros, de la libertad, de otros países, de otros idiomas, de la vida... Enseñadles vuestra hermosa caligrafía. Contadles lo que habéis vivido. Como hicisteis conmigo.

El anciano quedó pensativo.

—Tú eras especial. El mejor de mis aprendices.

—¿Os acordáis de cuando me dijisteis que los libros, como las personas, tenían cuerpo y alma?

Abdalá asintió con la cabeza.

—Y aún lo afirmo. Y en el alma incluyo tanto las emociones como el intelecto.

—Pues los niños son libros en blanco, libros por escribir. Escribid con vuestra bella caligrafía en los libros de nuestros hijos. Ayudadlos a formar un carácter firme y virtuoso, dadles vuestro saber.

El musulmán juntó sus manos como para orar, cerró los ojos y mantuvo un largo silencio que Joan respetó. Le conocía.

—Como bien sabéis, soy esclavo de Bartomeu. No soy dueño de mis decisiones.

Joan sonrió.

—Ya he hablado con él y hemos llegado a un acuerdo. Bartomeu os daría hoy mismo la libertad si la quisierais.

—No la quiero. Es una falsa libertad, deseo continuar siendo esclavo.

—¿No es extraño? —inquirió Joan—. Yo he luchado toda mi vida por la libertad y vos la rechazáis.

—Hay muchas formas de esclavitud y muchas formas de libertad. Como esclavo puedo practicar mi religión. Si fuera un hombre libre, me obligarían a convertirme y pasaría a ser vulnerable frente a la Inquisición, que persigue a los falsos conversos. Contradictorio, ¿verdad? Además debería preocuparme por mi sustento, mi posada y mi alimento. Ahora lo hace mi amo. Las preocupaciones y los miedos también esclavizan al hombre. Con un buen amo soy más feliz que con una falsa libertad.

—Y ¿no os gustaría ser libre para retornar a vuestra Granada?

—Si existiera la Granada de mi juventud, quizá desease esa libertad para gozar de su belleza antes de morir. Pero aquella Granada desapareció, ahora está sometida a los invasores, al igual que los musulmanes que en ella habitan. Y creo que los Reyes Católicos no cumplirán las promesas que hicieron para lograr su rendición. Presiento la tragedia. Prefiero visitar Granada en sueños. Cada noche antes de dormirme, después de orar, pienso en ella: en los tiempos en los que la gozaba junto a mi esposa y mi hijo. Y por unos momentos me siento completamente libre y soy feliz.

—Venid a mi casa, Abdalá, aunque sea en condición de esclavo —insistió Joan—. Bartomeu está de acuerdo con ello; viviréis de nuevo en una librería y haremos todo lo posible para que seáis feliz.

Anna se alegró mucho cuando Joan le dijo que el granadino aceptaba su propuesta, ilusionado por trabajar de nuevo en una librería, y que Bartomeu firmaría un documento por el que le transfería su propiedad. Sabía la admiración y el cariño que su esposo le profesaba.

—Ya os dije que nuestra librería en Barcelona tendría lo que le faltaba a la de Roma —le dijo a su esposo sonriente—. Y ese es Abdalá. Aunque prefiera continuar siendo esclavo.

Anna trajo también novedades en cuanto a los *catalani*.

—El papa tenía a César cautivo en Ostia, bajo la vigilancia de un cardenal que debía concederle la libertad cuando los comandantes *catalani* entregaran las plazas fuertes de la Romaña a sus tropas —le explicó—. Sin embargo, Julio II pretendía mantenerle preso incluso después de que le entregara la Romaña. Pero el Borgia se escabulló de las garras de sus captores sin que todas las fortalezas se hubieran sometido.

—Me alegro, me alegro mucho —repuso Joan vehemente—. Julio II es un traidor.

—Como tantos de los personajes que conocemos…

—Y ¿dónde está ahora César?

—El Gran Capitán le concedió un salvoconducto para que se instalase con libertad en Nápoles y prepara un ejército para recuperar su ducado de la Romaña.

—Eso no debe de gustarle al papa.

—Cuentan que sufrió uno de sus ataques de cólera cuando supo que César había huido en una galera española.

—César libre le incomoda al papa, y más si España le protege —se dijo Joan pensativo—. ¿Qué planes tendrá el rey Fernando?

Anna se encogió de hombros.

—No lo sé. El caso es que Sancha, su esposo Jofré, los cardenales Borgia y los *catalani* exiliados en Nápoles acudieron al puerto, donde recibieron con honores a César, y el Gran Capitán le honró con una gran recepción en el Castel Nuovo de Nápoles.

—¿Sancha y Jofré están juntos?

—No, no lo están. Viven separados, aunque continúan casados.

—¿Es ella aún la amante de Próspero Colonna? —Había ironía en el tono de Joan.

—Mi amiga Sancha de Aragón vive la vida a su manera —repuso Anna mirándole severa—. Su principado de Esquilache le proporciona rentas sustanciosas. Es bella y sensual, ama los libros, escribe buena poesía y goza de los vestidos, los bailes y los hombres. Es una mujer mundana que, no obstante, cumple bien sus obligaciones. Se ha convertido en una tía modélica; ampara y cuida a los niños de la familia Borgia.

—¿No vais a responder a mi pregunta? —inquirió Joan con una sonrisa.

—No, ya no lo es —contestó ella con cierto disgusto—. Ahora su amante es Gonzalo Fernández de Córdoba.

—¿¡La amante del Gran Capitán!? —exclamó Joan estupefacto.

—No. Ella no es la amante de él. El Gran Capitán es el amante de ella. Sancha de Aragón es una mujer libre, vive como quiere y elige a quien ella quiere.

Joan soltó un bufido.

—Es fácil siendo princesa.

—No, os equivocáis. Sancha de Aragón es libre no por ser princesa, sino porque ha decidido serlo. Su familia la forzó a un matrimonio sin amor, como les ocurre a tantas mujeres; sin embargo, decidió buscar la felicidad por su cuenta. Ese deseo suyo de libertad hizo que incluso se enfrentara al papa. ¿No os acordáis del tiempo que pasó en prisión por ese motivo?

—Sancha de Aragón es vuestra amiga y la defenderéis a ultranza. Admito su valor, pero su poder procede tanto de sus títulos como de su capacidad de seducción. Le gustan los hombres poderosos y los consigue sin dificultad. Eso la ayuda a ser libre.

—No hay un único camino a la libertad. Y cada uno trata de andar el suyo como quiere o puede. Lo importante es atreverse a luchar para alcanzarla, ¿no creéis?

Joan se quedó pensativo mirando a su esposa, que le contemplaba a la espera de su respuesta. Amaba a aquella mujer y respetaba su pensamiento.

—Sí, lo admito —dijo al fin—. Y ¿cuál es nuestro camino a la libertad?

—Los libros —contestó ella sin vacilar.

Aquella noche, Joan anotó en su libro una de las frases de su maestro: «Hay muchas formas de esclavitud y muchas formas de libertad». Y después añadió: «¿No son acaso los libros mi libertad y mi esclavitud?».

105

Fue a principios de junio cuando la remodelación estuvo terminada y la librería se abrió al público. Los Serra acordaron inaugurarla oficialmente la víspera de San Juan con una celebración que, coincidiendo con las fiestas populares, se prolongaría durante la noche. Asistieron clientes y vecinos, Gabriel y su familia y aquellos que sabían leer de la cofradía de los Elois. También Lluís, con una representación de la cofradía de los libreros. Hubo comida, bebida, música y baile en la plaza de Sant Jaume, donde se hizo arder una gran hoguera, y allí, entre otras cosas, quemaron muebles y maderos viejos de la anterior librería. Era el fuego renovador que celebraba los días más largos del año y la noche más corta. Bartomeu movió sus influencias y muchos de los representantes del Consejo de Ciento y otras instituciones ciudadanas estuvieron presentes. También el gobernador, el obispo y el prior de Santa Anna acudieron a comprar un libro, tal como le habían prometido a Joan.

Este contemplaba junto a Anna la celebración y no pudo evitar comentarle:

—¡Qué distinto a Roma! ¿Recordáis aquella fiesta?

—Olvidaos de Roma —repuso ella—. Allí contábamos con el apoyo del poder papal. Esta es otra aventura. Vividla como se merece, no miréis atrás. Quemad ya esos recuerdos como los maderos viejos en las hogueras.

—Hasta hace poco mantuve la ilusión de recuperar todo aquello —confesó Joan.

—César Borgia fue un ingenuo confiando en el salvoconducto que le dio el Gran Capitán en nombre del rey Fernando de España.

—Otra traición —repuso Joan arrastrando las palabras.

A su llegada a Barcelona Anna le contó que César había acudido a Nápoles confiando en la palabra del Gran Capitán. Sin embargo, un mes después, cuando el hijo de Alejandro VI preparaba un ejército en Nápoles para reconquistar la Romaña, el propio Gran Capitán ordenó apresarle y lo encerró cargado de cadenas en el Castel dell'Ovo. Eran órdenes del rey de España, que con César conseguía un triunfo definitivo para negociar con un papa que era contrario a su coronación como rey de Nápoles. El rey hacía pender una espada sobre la cabeza del papa.

Aquellas noticias habían truncado definitivamente los sueños de Joan y le dieron mucho que pensar. Sospechaba cómo se sentiría Gonzalo Fernández de Córdoba, glorioso en tantas batallas, frente a una orden que le deshonraba, haciéndole incumplir su palabra. Le imaginaba paseando furioso y angustiado en su cámara, sin que nadie le viera, apretando los puños y mordiéndose los labios con rabia. Daba zancadas al tiempo que maldecía al rey. Sin embargo, era ante todo un soldado acostumbrado a las miserias del poder, había hecho ejecutar a cientos de soldados sublevados, sabía cuál era su obligación y obedeció. Ni siquiera el hombre más poderoso de Italia era libre.

Joan recordaba su pena frente al cadáver del duque de Nemours, modelo de caballero. El duque poseía una nobleza quizá ingenua y romántica en exceso, pero que el Gran Capitán admiraba aun siendo consciente de que jamás podría imitarla. Quizá por ello el andaluz estaba vivo y el francés, muerto.

El librero escribió en su libro: «¿Quién se deshonra más: el que obedece una orden deshonrosa de su rey o el rey que da órdenes deshonrosas? Pienso que ambos». Y después de reflexionar concluyó: «El papa, el rey, caudillos, héroes y generales. Todos mienten, todos engañan, todos traicionan. ¿Dónde está el honor de los caballeros de antaño? Quizá resida en un asesino cuyo cuerpo la tortura destrozó, que se pudre en una cárcel de Roma y que es fiel a su señor hasta el fin. Se llama don Michelotto».

Los Serra se aplicaron con entusiasmo en su librería. Anna se encargaba de la tienda, Pedro se ocupaba de supervisar el taller de encuadernación y la imprenta y Joan ayudaba a Anna con los clientes y llevaba la gestión económica. Entre los tres, junto a Abdalá, decidían qué libros traducir y cuáles había que copiar manualmente. Los clientes de la antigua librería continuaron acudiendo al establecimiento, se ganaron muchos nuevos y Anna, Joan, Pedro y María pronto vieron asegurado el futuro del negocio. Entonces, los Serra empezaron a diseñar con Bartomeu la forma de distribuir, a través de los agentes de este, los libros que imprimían y los importados procedentes de sus amigos libreros italianos.

La librería se encontraba a poca distancia de donde los Corró tuvieron su establecimiento, en la misma calle. Demasiado cerca, se decía Joan al ver cada día la casa que había albergado el lugar donde aprendió a escribir, a leer furtivamente y donde descubrió el maravilloso mundo de los libros.

El edificio continuaba clausurado desde el trágico día, quince años antes, en que la Inquisición irrumpió a dentelladas en la librería, como jauría de lobos dando caza y muerte a un hermoso ciervo. Y de muerte era el aspecto de la casa, que poco a poco se había ido viniendo abajo sin que nadie hiciera nada. Conservaba el estigma de la herejía, el tufo a carne quemada en la hoguera, y muchos aún se santiguaban al cruzar frente a su puerta. El terreno pertenecía al obispado, pero el edificio había sido confiscado por la Inquisición y nadie quiso habitarlo; todos parecían esperar a que las lluvias y la carcoma hicieran su trabajo y se desmoronase para que el obispo pudiera alquilar el terreno a alguien que fuese un buen cristiano y construyera de nuevo. No había prisa, los edificios en ruinas aún abundaban en Barcelona a pesar de que la guerra civil había terminado hacía más de treinta años.

Joan tenía muy presente a Felip por las advertencias de sus amigos y porque se habían cruzado varias veces en la calle. El fiscal de la Inquisición iba siempre a caballo, escoltado por dos matones también montados. En ningún caso dio muestras de reconocerle, aunque Joan sospechaba que le ignoraba a propósito y a él ni se le ocurrió saludarle. Sospechaba que, aun en el caso de que Felip estuviera ciego, la noticia de su regreso no habría pasado desapercibida para la extensa red de chivatos con la que contaba el Santo Oficio. Comprendió que no se equivocaba un par de días después de inaugurar la librería.

Lo vio venir a caballo, vestido de negro y con el jubón abotonado hasta el cuello. Llevaba espada al cinto y un ancho gorro al estilo italiano, con dos plumas también negras. Sus ojillos oscuros de brillo rojizo se clavaron en él al acercarse y Joan no desvió la mirada.

—Me he enterado de que has abierto una librería —le dijo al llegar a su altura tuteándolo como cuando eran muchachos.

Joan afirmó con la cabeza. Al ir a pie se veía obligado a mirar hacia arriba.

—Vete con cuidado —le amenazó—. Ya conoces la historia de los Corró.

—Yo no soy ningún converso, sino cristiano viejo —repuso Joan manteniéndole firme la mirada.

—Los Corró trataban con libros prohibidos y tú los ayudabas —contestó acusador. Después añadió con una sonrisa—: Fue tu confesión la que los llevó a la hoguera.

Felip sabía que aquella pulla iba a doler y acertó.

—¡No es cierto! —exclamó Joan sintiendo que una herida profunda se abría en su pecho—. Yo hice lo que se me ordenó y desconocía que aquellos libros estaban prohibidos. Ignoraba que mi testimonio fuera a perjudicarles.

—Sé que has estado viendo al gobernador y al obispo. Y que tienes amigos en el Consejo de Ciento y en otras instituciones —continuó Felip sin hacer caso a sus protestas. Parecía contentarse con lanzar el dardo tratando de herir sin que le importaran las alegaciones del librero—. Sin embargo, no me viniste a ver. Pues bien, quiero que sepas que nosotros somos más poderosos que todos ellos juntos.

—¿Quiénes sois vosotros? —inquirió Joan a pesar de conocer la respuesta.

—La Santa Inquisición.

—De haberlo hecho, no te hubiera visto a ti. Tú no eres el inquisidor.

—Para el caso, es lo mismo.

—No tengo nada que ver con la Inquisición ni nada que temer. Soy un buen cristiano.

—Eso ya lo veremos, *remença*.

Joan se estremeció al oír la amenaza, que venía acompañada por el viejo insulto que el pelirrojo le escupía cuando ambos eran aprendices en la librería de los Corró. *Remença*: el nombre de los esclavos de la tierra. Sin despedirse y satisfecho, sabiendo la inquietud que causaba en Joan, Felip azuzó a su caballo para continuar su paseo.

Aquel encuentro le produjo a Joan un profundo desasosiego. Felip Girgós le había reconocido desde el primer momento y había sabido de inmediato de su intención de abrir una librería. Sin embargo, había disimulado, ignorándole a la espera de que invirtiese sus ahorros en la compra para entonces amenazarle. Ahora, cuando los Serra ya no podían rectificar e instalarse en otra ciudad.

Escribió en su libro: «Felip me tiende una trampa. Una trampa que no tiene prisa en cerrar; quiere que le tema porque goza con el miedo que produce en la gente. Me odia y quiere que el temor me haga esclavo. Como los antiguos *remenças*. Pero he de vencer el miedo y cumplir con mi misión. Una misión que hace de Felip, con mayor motivo, mi enemigo».

106

> Las fortalezas de Cesena y Bertinoro se entregaron al papa siguiendo las órdenes emitidas por César Borgia desde prisión —leyó Joan en la carta que Niccolò le había escrito desde Florencia—. En toda la Romaña ya solo quedaba Forlì fiel al hijo de Alejandro VI. No se rendía alegando que el duque no era hombre libre y que daba aquellas instrucciones en contra de su voluntad.

Joan notaba en aquellas líneas una mezcla de desencanto y reflexión. Niccolò había admirado profundamente a César, había sido su amigo, mantuvieron largas charlas cuando este conquistaba la Romaña y se percibía en su escrito lo mucho que le apreciaba a pesar de haberle traicionado. Joan se preguntaba si Niccolò se sentía culpable por su traición o consideraba sus actos parte de su oficio.

> Los últimos *catalani* resistieron a pesar de la prisión de su señor el duque y, solo una vez perdida toda esperanza de que este recuperara la libertad, acataron sus órdenes, aun sabiendo que las daba con todo el dolor de su corazón. No les quedaba otra salida. Aprovecharon la incapacidad de sus sitiadores para tomar el castillo y negociaron una entrega honorable que incluía un buen dinero que compensaría de forma generosa tanto a los oficiales como a la tropa.

Nadie duda de que si César no hubiera caído primero en la trampa del papa y después en la de España, habría reconquistado, apoyado por sus fieles, lo perdido en el ducado de la Romaña para continuar después luchando por su sueño de unificar Italia bajo su poder.

Joan no pudo menos que sonreír al leer esa frase. ¿Realmente quería hacerle creer que él no había tenido nada que ver? ¿Le consideraba tan ingenuo? ¿O le avergonzaba la realidad?

El día 11 de agosto, el capitán Gonzalo de Miramonte salió de la fortaleza de Forlì desfilando al frente de doscientos ballesteros y el resto de sus unidades de tropa italianas y españolas —continuaba la carta—. Lo hizo luciendo su armadura y sus armas, y levantando la barbilla orgulloso. Los soldados, vestidos de gala, marchaban al son de sus tambores y pífanos no como derrotados, sino como vencedores, enarbolando las enseñas de los Borgia y de César. Al frente del desfile, un heraldo iba gritando vivas a César Borgia, duque de la Romaña. La población de Forlì, a la que los *catalani* habían tratado con una benevolencia y justicia desconocidas en sus anteriores amos, los aclamó a los gritos de «duque, duque».

Aquel fue el acto final de los *catalani* y con aquella marcha el telón de la historia cayó definitivamente sobre ellos.

A los pocos días, Joan recibió desde Nápoles una carta de Antonello que completaba la noticia.

El rey Fernando ordenó trasladar a César Borgia desde su cómoda prisión del Castel dell'Ovo a la de la fortaleza de la isla de Ischia, de la que Constanza d'Avalos, a la que bien conoces, es gobernadora. Allí le hizo encerrar en una celda llamada Il Forno, ya te puedes imaginar por qué. El rey evitaba una nueva fuga de César al tiempo que endurecía su prisión para obligarle a ceder la plaza de Forlì al papa. Cuando al fin llegó la noticia de la rendición de aquella, la última de sus fortalezas, César fue embarcado en una galera hacia España acusado de la muerte de su hermano Juan Borgia y de su cuñado Alfonso de Aragón. No hay pruebas de que César ordenara directamente ninguno de esos asesinatos, aunque eso no le importa al rey Fernando, que le hace el trabajo sucio al papa a cambio de que le corone como rey de Nápoles.

Aquellos hechos, a pesar de no sorprender a Joan, le entristecieron. Aquel era el final definitivo de muchas ilusiones.

La vida para los Serra continuó sin más incidentes que los frecuentes encuentros con Felip. El fiscal de la Inquisición, si bien antes aparentaba no reconocerlos, ahora se mostraba con frecuencia, altanero, amenazante. Incluso llegó a interceptar a Anna un día que acompañaba a Eulalia y a una criada al mercado.

—Vos sois la librera, ¿verdad? —inquirió cruzando su caballo en el camino de las mujeres—. ¿Me recordáis?

Anna le recordaba demasiado bien y después de dudar entre responder o no, decidió hacerlo.

—Lo soy y os recuerdo —dijo con la mayor firmeza posible y mirándole a la cara.

—Pues no me olvidéis, porque yo tampoco lo haré, y mis ojos y los de mis informadores os estarán vigilando. —Sonreía y una chispa de maldad brillaba en su mirada.

—Me trae sin cuidado lo que hagáis —repuso Anna levantando la barbilla. Y sorteando su caballo y el de los dos soldados que lo escoltaban, Anna continuó su camino junto a Eulalia y la criada.

—Pienso que nos equivocamos eligiendo Barcelona para regresar a España —murmuró Joan cabizbajo cuando después de cenar Anna y él se reunieron con Pedro Juglar y María para comentar el incidente—. Tendremos que vivir bajo el acoso permanente de ese matón, que me odia y representa el mayor poder de la ciudad.

—Pues si tan poderoso es, burlarle nos producirá más placer —contestó Anna decidida—. No nos detendrá.

—Habrá que tomar tantas precauciones que no podremos imprimir los libros que deseamos —insistió Joan.

—Yo no creo que haya sido una equivocación —intervino Pedro—. En nuestras conversaciones con Constanza d'Avalos quedó claro que nuestro objetivo principal era restablecernos en España. En Barcelona tenemos apoyo familiar y vos, Joan, sois una persona respetada, tanto entre los libreros como en el poderoso gremio de los Elois, que os considera como a uno de los suyos. Estáis lejos de ser un forastero a pesar de vuestra ausencia de diez años. Vuestro amigo Bartomeu pertenece al Consejo de Ciento de la ciudad y nos ofrece su red de distribución comercial, habituada a tratar con libros, muchos de ellos prohibidos. Si no podemos imprimir los libros que deseamos en Barcelona, al menos facilitaremos la apertura de otras librerías en distintas ciudades.

—Cuando la librería de Barcelona esté consolidada estableceremos la nuestra en Valencia o Zaragoza, tal como acordamos —dijo María—. Allí no sufriremos ese acoso y actuaremos con mayor libertad.

Joan miró a Anna, que le sonreía, y a su vez sonrió a su hermana y a su cuñado.

—Y tal como acordamos, tendréis todo nuestro apoyo —les dijo.

—Ayer murió en el hospital de la Santa Creu un marino...

Joan miró expectante a Bartomeu. Nada más verle entrar

en la librería aquella mañana de mediados de septiembre había percibido en su amigo un gesto preocupado. Después de intercambiar saludos, el mercader, tomando del codo al librero, le empujó suavemente a la intimidad del salón, vacío en aquel momento, para que nadie oyera su conversación.

—Y ¿bien? —inquirió Joan intrigado.

—Acababa de desembarcar de una nave procedente de Valencia, donde había llegado en galera desde Nápoles.

—¿Nápoles? —preguntó Joan sin terminar de entender adónde iba a parar Bartomeu.

—Sí. Y adivina qué galera era.

Joan se encogió de hombros mostrando su ignorancia.

—Pues la misma que transportaba prisionero a César Borgia.

—¿Dónde está César?

—Encerrado en la fortaleza de Chinchilla, en el interior, lejos de Valencia.

—¿Ha sido juzgado?

—No. Solo ha sido acusado y condenado a prisión. Dónde y cuánto durará su pena depende de la voluntad del rey.

—César continúa siendo una amenaza para el papa. —Joan sonreía triste a la vez que pensativo—. Si el rey Fernando creyera en los crímenes que le imputa al duque, le habría hecho ejecutar. Creo que en realidad no le importa lo más mínimo a quién haya podido matar César Borgia. Se limita a mantenerlo en prisión en España, lejos del pontífice pero a la vez amenazándole. Es una garantía que conserva para hacerle cumplir al papa sus promesas.

—Tendrás razón en tus conjeturas —le interrumpió Bartomeu—. Pero lo cierto es que ese tipo, el marino que fue carcelero de César durante el viaje, se creía víctima de una maldición.

—¿Una maldición?

—Sí, la maldición que César, duque de la Romaña, traicionado por España, lanzó sobre Isabel y Fernando y sobre los habitantes de sus reinos.

—¡Qué absurdo! Y ¿vos creéis en esa maldición?

—No sé si será maldición o no, pero el caso es que ese pobre diablo está muerto.

—Y los médicos del hospital de la Santa Creu ¿dicen que murió de una maldición? —inquirió Joan con una sonrisa escéptica.

—No, no dicen eso. En realidad, oficialmente no dicen nada, aún es secreto. Yo lo sé porque el hospital depende del Consejo de Ciento, del que soy miembro.

—Y ¿qué dicen? ¿De qué murió?

—De la peste negra.

La sonrisa desapareció del rostro de Joan y sus ojos se abrieron con espanto.

—¡La peste negra! —balbució cuando pudo reponerse—. ¡Que el Señor nos ampare!

107

Pronto la noticia se extendió por la ciudad al tiempo que lo hacía la plaga. Había temor en las miradas y las gentes trataban de evitar los lugares malolientes. Aunque eran muchos los rincones e incluso calles enteras que despedían olores nauseabundos procedentes de letrinas y fosas sépticas. Sin embargo, estas no abundaban; las inmundicias se amontonaban en la calle y, a pesar de los esfuerzos del Consejo de Ciento, que ordenaba su limpieza periódica, hedían. El tufo era aún más insoportable donde los vecinos criaban animales, sobre todo cerdos, cuyo consumo era un antídoto, aunque no seguro, para otra peste: la Inquisición. A ello había que añadir las actividades malolientes, como los curtidores, que usaban en su industria orines y excrementos para tratar las pieles, que dejaban macerar al aire libre. Y aunque estaban en zonas poco habitadas, contribuían al tufo, a las miasmas, a la peste que flotaba en el ambiente a finales de aquel verano.

—La tradición hipocrática dice que la peste viene de los humores que despide la tierra —le explicaba Abdalá a Joan—. Pueden provenir de gases sulfurosos, de agua estancada o de corrupción vegetal o animal, ya sean excrementos o podredumbre de cadáveres. Esa relación que se establece entre tufo y enfermedad es el motivo por el que se la denomina «peste».

—Y ¿la peste negra?

—Se llama así porque bajo la piel de los afectados se aprecian manchas negras —aclaró el musulmán—. Y bubónica porque se forman en los cuerpos de los enfermos bubas, que son tumores pequeños llenos de pus que a veces se abren al exterior y otras no. Las bubas y las manchas oscuras en la piel, las petequias, acostumbran a aparecer juntas.

—Cuando huelo algo nauseabundo intento no respirar —dijo Joan moviendo la cabeza con una mueca de asco—. Siento que ese aire me hará enfermar.

—Eso es lo que nos pide el cuerpo. Sin embargo, muchas veces respiramos efluvios asquerosos sin enfermar.

—¿Qué queréis decir?

—Que quizá la enfermedad no venga de los malos olores, sino de otra cosa.

—¿Qué cosa?

—No lo sé, hijo. —Abdalá sonreía—. Soy muy viejo y desde que dejé Granada siempre he sido mi propio médico. No me fío de los matasanos cristianos. Lo cierto es que la gente contrae la peste hasta en lugares relativamente limpios, donde corre el aire y no huele mal. Además, si estuvieran en lo cierto, ¿cómo es que en mil años no se han encontrado perfumes que remedien la peste?

Joan afirmó con la cabeza. Pensaba que como casi siempre su maestro tenía razón. No había nada tan maloliente como una galera, bien lo sabía por experiencia. ¿Por qué los marinos, soldados y galeotes que vivían en ellas no enfermaban más que el resto de la gente?

Las campanas de la catedral doblaban a muerte, como lo habían hecho con frecuencia en los últimos días. Solo que esta vez tenían un espaciado ligeramente distinto, conmovedor a la vez que trágico, y que parecía advertir de la brevedad del momento y de la vida. Eran toques patéticos que encogían el corazón. Joan sabía que era su hermano, el maestro campanero, el que las hacía tañer con su singular don.

La procesión, en silencio solo roto por los cánticos de los frailes y de los monaguillos, avanzaba lenta por las calles. El pendón de santa Eulalia, la gran banderola vertical con la imagen de la patrona de Barcelona, la que los ciudadanos enarbolaban en la guerra y a la que acudían en tiempos de angustia, presidía la marcha, en la que participaban las personas más relevantes de la ciudad. Era la súplica colectiva al Señor para que librase a la población del terrible mal que la acechaba.

El obispo desfilaba detrás de la custodia que guardaba la sagrada forma e iba bendiciendo a las gentes, que se arrodillaban a su paso santiguándose. Le rodeaban multitud de clérigos, muchos de los cuales portaban incensarios que esparcían su humo perfumado a la multitud. Hombres y mujeres absorbían aquellos aromas sagrados llenando sus pulmones con ellos. Eran lo opuesto a la peste y sentían que al inspirarlos se llenaban de bendiciones y protección. Joan, Anna, Pedro, María y su madre Eulalia asistían a la procesión, entre el gentío, en la plaza de Sant Jaume, arrodillándose con los demás, rogando al Señor y pidiéndole auxilio contra aquel enemigo invisible que traía la muerte.

—¡Mi hijo se muere! —gritó con desgarro una mujer con la cabeza cubierta con una toca, situada en la plaza poco más allá de la familia Serra. Sus vestidos eran humildes, estaba arrodillada como los demás, aunque se la veía sola, y tendió sus brazos hacia el obispo al pasar este a su altura—. ¡Tened piedad! ¡Ayudadme! —Y estalló en lágrimas—. ¡Tiene solo cinco años!

Joan se preguntó si realmente le suplicaba al obispo o era una invocación al Señor en voz alta. La muerte de niños en época de epidemia era tan habitual que los médicos no los contabilizaban en los registros ciudadanos. Solo sumaban a los adultos.

El obispo la miró con gesto piadoso y sin detener la pausada marcha de la comitiva le dedicó una bendición trazando en el aire el símbolo de la cruz; uno de los canónigos lanzó en su dirección varias nubes de incienso.

—¡Solo tiene cinco años y es el único que me queda! —sollozaba la mujer encogida sobre sí misma.

La procesión continuó su camino mientras la muchedumbre que rodeaba a la desdichada se apresuró a separarse de ella, formándose un círculo de soledad y tragedia a su alrededor.

—Esa es la peste —murmuró Joan al oído de Anna—. La gente huye de los apestados. Algunos abandonan incluso a sus padres e hijos.

—Yo nunca os abandonaré —dijo Anna—. Con peste o sin ella. Con miedo o sin él. No os abandonaré ni a vos ni a los niños. Si viene el miedo, habrá que superarlo.

—Yo tampoco os abandonaré. A ninguno —repuso Joan emocionado—. Nunca.

Se miraron a los ojos y se tomaron de las manos para transmitirse fuerza y amor.

Tras la jerarquía de la Iglesia desfilaba en silencio una larga comitiva de ciudadanos encabezados por el gobernador y los oficiales del rey, seguidos por los miembros de la Generalitat y del Consejo de Ciento. Entre ellos se encontraba Bartomeu, cabizbajo, que portaba, al igual que el resto, un cirio encendido en su mano derecha. En contra de su habitual expresión risueña, el mercader se mostraba grave, y cuando su mirada se encontró con la de Joan, su único gesto de reconocimiento fue una leve inclinación de cabeza.

A las autoridades las seguían los penitentes, que con su sacrificio pretendían motivar la piedad de Dios. Entre ellos se encontraban los flagelantes, que se escobaban las espaldas desnudas azotándose con látigos cortos de siete puntas. Algunos se flagelaban mutuamente. La sangre resbalaba por sus espaldas empapando los calzones, y dejaban ya rastros sangrientos en el suelo.

Tras estos desfilaban ciudadanos de distintos estamentos, rezando, y que se unían a la cola de la procesión haciéndola interminable. La comitiva salió de la plaza y continuó por las estrechas calles. Los Serra se miraron.

—¿Regresamos a casa? —inquirió Pedro, casi en un susurro, ante el silencio respetuoso que aún mantenía la multitud.

Pero en aquel momento, desde una de las callejas que desembocaban en la plaza, a pesar del continuo tañer fúnebre de las campanas, se dejó oír el sonido de un tambor, y las miradas de las gentes se dirigieron hacia aquel lugar. Los Serra observaron expectantes y, unos pasos más adelante, un hombre exclamó:

—¡Es la cofradía de la Muerte!

—¿La cofradía de la Muerte? —quiso saber Pedro, que no estaba familiarizado con Barcelona.

—¿Qué es? —preguntó Eulalia santiguándose.

—Es un grupo seglar que acompaña a los condenados a muerte para darles consuelo antes de la ejecución —explicó Joan—. Y después se encarga de dar un entierro cristiano al cuerpo de los ajusticiados que no poseen recursos. También recibe el nombre de la cofradía de la Sangre.

El sonido del tambor, destemplado, que recordaba a Joan el que acompañaba a los ahorcamientos y empalamientos del Gran Capitán, se fue acercando. Al poco, entre la multitud, distinguieron una comitiva de hombres vestidos de negro y con cirios encendidos en las manos, presidida por un crucifijo cubierto por un negro paño de luto y un pendón del mismo color.

—Y ¿qué hacen ahora esos cuervos aquí, en plena calle? —inquirió Anna.

—Nos recuerdan que todos estamos condenados a muerte —dijo Joan arrastrando las palabras.

—Tarde o temprano —repuso ella enfadada—. Pero aún no. ¡Malditos agoreros predicadores del Apocalipsis!

Los cofrades de la Muerte se detuvieron a pocos pasos de los Serra y del final de la comitiva avanzaron varios personajes, también de negro y con ropas ajustadas. Sobre ellas habían pintado en blanco los principales huesos del cuerpo humano, correspondientes a piernas, brazos, columna vertebral, costillas y pelvis. Llevaban la cabeza encapuchada y una máscara que representaba una calavera cubría sus rostros. En conjunto era un disfraz de esqueleto convincente. El que parecía el cofrade mayor, de negro pero sin disfraz, un hombre de unos sesenta años y barba blanca, gritó para que la muchedumbre que llenaba la plaza, extrañamente silenciosa, le oyera:

—¡Arrepentíos de vuestros pecados! ¡Haced penitencia, que llega la muerte!

Y repitió su proclama tres veces girándose para que todos pudieran oírle bien. Al terminar, el tambor destemplado, que golpeaba un tamborilero ataviado también de esqueleto, volvió a sonar, y el resto de los cofrades disfrazados empezaron a danzar en silencio a su ritmo.

Uno llevaba una guadaña, el símbolo de la muerte que siega las vidas; otro, un reloj de arena que representaba el fin de los días; el tercero, una caja llena de cenizas en alusión al destino del cuerpo y de las cosas terrenales, y otro más agitaba una banderola con las palabras *Nemini Parco*, «a nadie perdono». El esqueleto de la guadaña, mientras bailaba, acometía a la multitud con su arma, y esta huía entre gritos de espanto, aunque un morbo lleno de terror la hacía acercarse de nuevo. Varios de los disfrazados danzaban sin cargar con ningún objeto y se acercaban a los espectadores invitándolos a bailar, en especial a las mujeres más atractivas. Ellas escapaban despavoridas y los hombres se retiraban llenos de aprensión.

Cuando uno de los esqueletos invitó a Anna, esta no dio un solo paso atrás, miró por un instante a Joan, después a los ojos de la calavera y levantando la barbilla desafiante tomó la mano de aquel individuo, aceptando. Un murmullo sorprendido se elevó del gentío y Anna empezó a danzar grácil al tiempo que miraba a unos y otros mostrando una sonrisa serena en su rostro. Joan la recordaba danzando con la misma gracia en las fiestas de los Borgia en Roma, y le trajo a la mente, con nostalgia, el poder y la gloria de los *catalani.* Sintió que, tal como representaban los cofrades de la Muerte, el tiempo transformaba todos los oropeles y vanidades en cenizas como las que iba esparciendo el esqueleto de la urna. Su esposa aún era, al menos a sus ojos, bellísima; así la recordaba en los tiempos de Roma, solo que en lugar de bailar con un refinado caballero, como entonces, ahora lo hacía con un patán disfrazado de muerte. Se estremeció. Era una mujer valiente, pero muy pocos osarían desafiar de aquella manera a la peste y a la muerte; era una audacia que, en la opinión de la inmensa mayoría de los ciudadanos, le acarrearía el infortunio.

Anna continuaba bailando rodeada de esqueletos, nadie quería unirse a la danza, pero cuando Joan vio a un cofrade que se acercaba, le cogió de la mano para entrar en el corro. Le acababa de prometer que no la abandonaría. Anna le miró a los ojos y, sin perder el compás, amplió su sonrisa. Parecía feliz. Joan también sonreía. Al poco, Pedro tomó a María de la mano y se unieron a los danzantes, y después lo hicieron un par de muchachas y varios hombres. Se había roto el tabú, las gentes vencían el miedo. Joan observó al maestre de la cofradía de la Muerte, que observaba aquello sorprendido y con semblante agrio. Al librero le alegró el disgusto del hombre.

Aquella noche escribió en su libro: «Quizá sea por poco tiempo, pero, al menos hoy, la vida ha triunfado sobre la muerte».

108

En el transcurso de los días siguientes, a pesar de los esfuerzos del Consejo de Ciento por mejorar la limpieza de Barcelona, la peste se fue extendiendo. Y con ella, el pánico. Los toques de las campanas a difunto dominaban los sonidos de la ciudad, que se fueron amortiguando conforme la actividad decaía. Los comerciantes ya no abrían sus puertas y los tenderetes no daban colorido a las calles. Las gentes solo salían en busca de agua a las fuentes y lo hacían de forma apresurada y furtiva, cubriendo sus bocas con pañuelos para no inhalar las miasmas que transmitían el mal. Los ciudadanos pudientes habían almacenado víveres, y así lo hicieron los Serra gracias al consejo de Abdalá y Bartomeu; pronto la ciudad quedó desabastecida. El hambre, que nunca abandonaba los barrios pobres, se sumó a la plaga aumentando sus efectos.

Los Serra cerraron la librería amparando a todos los empleados que normalmente vivían en ella. Algunos, sin embargo, prefirieron unirse a sus familiares en la ciudad o fuera de ella. Para evitar el contagio, decidieron que las familias de Joan y María permanecerían en el primer piso, cada una en su parte de la casa, junto con las criadas, mientras que los operarios se quedarían en la planta baja.

Al día siguiente del cierre del establecimiento, alguien llamó a su puerta.

—¡Gabriel! —exclamó Joan, sorprendido, al verle. Y de inmediato, preguntó alarmado—: ¿Ocurre algo?

Rara era la semana que la familia de Gabriel y las de la librería no se reunían el domingo para celebrar que estaban de nuevo juntos. Sin embargo, desde que las muertes habían empezado a hacerse frecuentes habían dejado de hacerlo para evitar riesgos.

—No, no pasa nada malo, gracias a Dios —contestó él con una sonrisa tímida—. Solo quería veros y saber que estáis bien. Si la peste se recrudece, pasará tiempo antes de que podamos juntarnos de nuevo.

Joan adivinó el temor de su hermano. Quizá no sobrevivieran y acudía a despedirse. Gabriel abrazó y besó a su madre, a su hermana y a sus sobrinos y estuvo charlando y bromeando con su cuñado Pedro, pero Joan percibía que se esforzaba por reír, estaba muy preocupado. Cuando se despidió, Joan quiso acompañarlo para hacer lo mismo con la familia de su hermano, que había sido la suya más cercana el tiempo que vivió con ellos antes de la llegada de los suyos. Sentía un gran afecto por sus sobrinos y por su cuñada Águeda. Por el camino, Gabriel le explicó que el gremio ya tenía muertos, y al llegar a la fragua de la calle Tallers, Águeda los informó de que eran cinco los agremiados fallecidos y que un oficial del taller de Eloi tenía fiebre. Con rapidez, Joan se despidió de los hijos de Gabriel y de su cuñada, dio un fuerte abrazo a su hermano y dejó que se encerraran en la casa.

A pesar del temor a la peste, Joan decidió, antes de volver a la librería, visitar las tabernas del puerto en busca de noticias; quería saber qué ocurría fuera de Barcelona. Esperaba encontrar los locales casi vacíos, pero presenció todo lo contrario. Una multitud de hombres y mujeres festejaba la vida con desesperación, convencidos de que aquellos eran sus últimos días.

—¡Antes de morirnos bebamos todo el vino! —gritaba un hombre con una jarra en la mano.

—¡Y tomemos a todas las mujeres! —decía otro mirando con descaro a las que se sentaban en su mesa.

—Suerte tendrás si alguna te deja, bribón —le respondió una de las muchachas, que mostraba, como todas en el local, sus cabellos descubiertos, un generoso escote y tenía los carrillos sonrosados por el maquillaje y la bebida. El hombre rio.

—¡Disfrutad de la carne, hermanos! —chillaba otro—. ¡Que lo que no gocen los humanos se lo han de comer los gusanos!

Las parejas esperaban de pie en la puerta que daba a los cuartuchos de los que disponía la taberna, y Joan se dijo que estos debían de encontrarse llenos.

—Entrégate, amada, a la pasión, goza conmigo, que quizá pronto muramos —cantaba un grupo levantando sus jarras de vino.

Las únicas noticias ciertas que Joan pudo recabar fueron que la peste había aparecido en otras ciudades y que el tráfico marítimo era muy escaso. Cuando el librero comprendió que aquella era toda la información que obtendría, se puso a observar el espectáculo frenético que ofrecían aquellos hombres y mujeres pretendiendo apurar los placeres terrenales. Muchos estarían muertos en cuestión de días, reflexionó. Abdalá le había dicho que la última peste que asoló Barcelona, la del año 1498, había matado a uno de cada cinco habitantes, y que esta haría otro tanto.

El pensamiento de que su familia también estaba sometida a la tiranía de aquellos números le hizo estremecer. El miedo volvía. Observaba a aquellas gentes comiendo, bebiendo, cantando, besándose y acariciándose, prescindiendo de los recatos habituales, y se preguntó qué deseaba él de la vida, fuese esta larga o corta. Comprendió que ni el vino ni la comida de la taberna ni ninguna de aquellas mujeres figuraban entre sus apetitos, sino que su anhelo era estar junto a su esposa y su familia.

—Que Dios nos ampare —murmuró levantando su vaso a modo de brindis hacia aquella humanidad a la vez hambrienta de placer y temerosa, y apuró lo que de él quedaba de un trago.

Emprendió el regreso a la librería a paso rápido cubriéndose la boca con un pañuelo; apenas había viandantes en aquellas calles, que por lo general estaban llenas, y observó con aprensión un bulto en un pasaje cercano a Santa María del Mar. Era un hombre tendido boca arriba, una manta cubría su cuerpo dejando a la vista su rostro, los brazos y las piernas. Su piel estaba marcada por las manchas azuladas y negruzcas y en sus extremidades se podían distinguir los bultos de las bubas. Era un cadáver abandonado, víctima de la peste negra. Joan tragó saliva y, presionando el pañuelo contra la nariz y la boca, apretó el paso. Cruzó la plaza frente a la iglesia para adentrarse en la calle Argentería, y no había andado más que unos pasos cuando vio otro bulto en el suelo de un callejón sin salida que partía de la calle principal. Se apresuró tratando de alejarse cuando aquel cuerpo se movió suplicando:

—Agua. Por el amor de Dios, agua.

Era la voz de una mujer y en la distancia Joan pudo ver las bubas de sus brazos. Un nudo de temor y asco se hizo en su estómago y reemprendió la marcha casi corriendo.

—Agua. Por favor, agua —oyó cuando se alejaba.

Se detuvo sin girarse, era un cálido atardecer y el sudor perlaba su frente. No era el esfuerzo de la caminata, sino la angustia. Si atendía a aquella apestada, iba a exponerse a las miasmas que desprendía y con ello pondría en peligro a su familia. Sin embargo, sus piernas se negaban a obedecerle. Era incapaz de dejar morir de sed a aquella mujer. Había una fuente frente a la fachada principal de Santa María del Mar, aunque no tenía nada con que llevarle el agua a la desdichada. Se dijo que debía continuar su ruta y evitar el peligro; a fin de cuentas, no la conocía, pero se encontró desandando el camino en dirección a la taberna. Allí consiguió un vaso y una jarra que llenó en la fuente y se acercó a la moribunda. Superaba los cincuenta años y descansaba sobre un jergón de paja. Las bubas abultaban la parte superior de sus brazos descubiertos, que mostraban, al igual que el rostro, zonas azuladas y negruzcas. Abría los labios, febril, y, a pesar de tener los ojos entrecerrados, le vio y de nuevo suplicó agua. Joan llenó el vaso y, arrodillándose a su lado, usó su pañuelo para evitar tocarla directamente mientras la ayudaba a incorporar la cabeza de forma que pudiese beber. Sentía temor y repugnancia y trataba de no respirar para así evitar que las miasmas penetraran en su cuerpo.

—¡Que Dios os bendiga, caballero! —musitó ella al saciar su sed.

—¿Quién os ha dejado aquí en la calle?

—Mis hijos.

—¿Vuestros hijos os echaron de la casa? —inquirió escandalizado después de girarse para respirar lejos de la mujer.

—La casa está vacía —repuso ella con esfuerzo, tenía los ojos cerrados—. Tienen miedo y han huido de la ciudad. Les dije que lo hicieran, ellos son jóvenes y tienen familia. Que se salven. Yo soy vieja y ya no tengo a nadie.

Joan dejó su pañuelo, el vaso lleno de agua y la jarra al lado de la moribunda, se lavó las manos y la cara en la fuente, respiró hondo lejos de la apestada y emprendió el camino. Al ver más cuerpos tendidos en la calle, la mayoría de niños, Joan comprendió que la peste avanzaba irremediablemente y sin piedad.

—No pude evitarlo, Anna —le confesó a su esposa al llegar a casa después de relatarle lo visto en la taberna—. Tuve que dar de beber a esa mujer, fui incapaz de seguir mi camino sin atender su súplica. Y ahora temo haber absorbido sus miasmas y contaminar a mi familia.

—Estamos en manos de Dios, Joan —repuso ella—. Los hijos de esa mujer no escaparán a la muerte por mucho que corran si esta va a por ellos. Quizá estén ya infectados y viajen junto al mal. Las miasmas de la tierra nos alcanzan a todos, incluso en el mar. Se cuenta de barcos fantasmas que navegan por los mares e incluso arriban a la costa con todos sus tripulantes muertos.

—Aun estando en manos de Dios debemos hacer lo posible para evitar la peste, y yo no lo hice, Anna. Me siento culpable.

Ella le miró con cariño, sus ojos brillaron de forma muy especial y su sonrisa de blancos dientes, flanqueada de hoyuelos, alivió la angustia que oprimía el pecho de Joan.

—Sois un buen hombre —le dijo ella tomándole de las manos—. No importa lo que la vida os haya obligado a hacer. Por encima de todo, sois buena persona. Lo que hicisteis por esa mujer lo prueba. Y Dios no puede castigar un acto de valor y de amor al prójimo como el vuestro. —Y le besó en la boca para abrazarle después.

Más tranquilo, Joan fue a ver a Ramón, a Tomás y a Caterina, que ya daba sus primeros pasos y balbuceaba «papá». Suspiró aliviado al verlos bien. Ellos también permanecerían aislados, incluso de la familia de su hermana, para evitar la peste.

Joan escribió aquella noche en su libro: «Dios quiera que vuestras palabras sean ciertas, esposa. La peste avanza inexorable».

109

Las procesiones penitenciales continuaban esparciendo su aroma de incienso, aunque habían dejado de ser multitudinarias y solo unos pocos fieles las acompañaban. En la casa de los Serra, el primero en enfermar fue un aprendiz de quince años; cuando esto ocurrió varios de los muchachos que habían decidido quedarse en la librería la abandonaron para refugiarse en los hogares de parientes o amigos limpios, por el momento, de la enfermedad.

—Soy el único maestro aparte de ti y de tu cuñado que queda en la librería —le dijo Abdalá a Joan—. Déjame que me encargue yo de los chicos del taller. Por mucho que vuestros médicos hablen de miasmas y pestilencias, yo opino que la peste se contagia, aunque no por el aire. Así que vosotros debéis cuidar de vuestras familias y yo tomaré las provisiones que correspondan tanto con el aprendiz enfermo como con los sanos.

—Tenéis casi ochenta años, Abdalá —repuso Joan preocupado—. Vuestras fuerzas están mermadas, el mal es contagioso y os exponéis a un gran peligro.

El anciano rio y su mirada de un azul diluido brilló de forma especial.

—He sobrevivido a muchas pestes, Joan —dijo—. Y he vivido ya más de dos veces lo que un hombre común vive. A mi edad será un honor serte útil, y si alguien debe infectarse, quiero ser yo, que soy viejo y no tengo familia. No puedo imaginar un mejor final del libro de mi vida que morir ayudando a los demás.

Joan le miró notando que sus ojos se humedecían.

—Gracias, maestro, gracias —musitó emocionado. Y abrazó al viejo.

A partir de aquel momento, para proteger a la familia y evitar que el aprendiz los contagiara, los Serra se refugiaron en el primer piso y dejaron de comunicarse con el taller.

Anna y Joan vivieron aquellos días en contacto permanente con sus hijos Ramón, Tomás y Caterina. Les contaban cuentos e historias, y dejaban que los mayores jugaran a las batallas, con sus espadas de madera, caballos de escoba y sombreros de papel, cuando no leían o perfeccionaban su caligrafía en los distintos estilos que les había enseñado Abdalá. Sin embargo, la gran atracción era Caterina, que a sus quince meses andaba a veces segura y otras acelerada, pero siempre divertida. Activa y risueña, era el juguete de mayores y chicos, que en ocasiones se reunían a su alrededor para reírle las gracias. Joan veía en ella una versión reducida de Anna, observaba fascinado sus gestos y sus andares y se deleitaba con sus primeras palabras. Se la imaginaba de mayor, tan bella y elegante como su madre.

—¿Qué tienes, cariño? —le preguntó un día Anna cuando la niña empezó a llorar.

Caterina se señalaba la cabeza y la madre, preocupada, se lo hizo notar a Joan, que avisó a Eulalia.

—No tiene fiebre —constató su madre después de besar la frente de la niña.

Pero su nieta lloraba cada vez con más desespero, y cuando volvieron a preguntarle qué le ocurría se empezó a golpear la cabeza con la mano dando muestras de dolor. Joan le levantó los bracitos para observar las axilas y en la izquierda apreció un bulto.

—¡Dios mío! —exclamó con el corazón encogido. Él había visto aquello antes en la vieja moribunda—. Creo que es un bubón.

Los esposos se miraron consternados y Anna abrió los ojos con espanto.

—No hay aún que preocuparse —dijo Joan para tranquilizarla—. No tiene fiebre. Salgo de inmediato a la busca de un médico.

Aunque los médicos que no habían huido de la peste solo atendían a una pequeña parte de la población, a los que podían pagar, a Joan le costó localizar a uno de los de mayor prestigio. Tanto el facultativo como sus dos ayudantes vestían de negro, se cubrían la cabeza con un sombrero del mismo color y tapaban su cara con una máscara blanca, semejante a las de carnaval, terminada en un grueso y alargado pico que cubría la nariz y la boca. El aspecto de aquellos hombres era siniestro y sus máscaras le recordaban al librero a Roma y a Juan Borgia.

—Salvad a nuestra hija —le suplicó Anna al médico, que hizo un gesto con la cabeza que a nada le comprometía.

La niña, tendida en su camita, tenía fiebre y se agitaba con escalofríos. El facultativo le apartó el cabello y vio que detrás de las orejas le habían aparecido nuevas bubas.

—Es la peste negra —corroboró el hombre con una voz hueca que surgía del pico de ave de su máscara.

Aquel pico contenía en su interior un filtro de hierbas aromáticas que supuestamente limpiaba de miasmas el aire que respiraba.

—La vamos a sangrar —informó.

Y su ayudante destapó un gran tarro de cristal que había mantenido cubierto con un paño negro; contenía agua y unos gusanos negros de cuatro a cinco pulgares de largo que nadaban en ella o se agarraban a las paredes. Eran sanguijuelas. Capturó una y la depositó sobre el cuerpecito de Caterina, que estaba desnuda de cintura para arriba. El animal clavó su boca en la niña, que se estremeció con un quejido, y sujetándose con fuerza empezó a succionar. Anna soltó un lamento, Joan apretó los puños y Eulalia se puso a rezar a media voz. El ayudante le fue colocando aquellos bichos hasta que al tercero el médico le hizo un gesto para que se detuviera. Joan y Anna se miraron consternados y él tomó la manita de su hija tratando de reconfortarla. Era angustioso ver que aquellos parásitos se cebaban como serpientes negras en el cuerpecillo de su bebé.

Mientras, el segundo ayudante se aseguraba de que las ventanas estuviesen abiertas y en un hornillo que portaba se puso a quemar madera de pino y enebro. Después, con unas ramas de romero fue esparciendo el humo aromático por la estancia.

—¿Qué hacéis? —quiso saber Joan.

—Fumigamos el aposento para limpiarlo de miasmas —repuso el facultativo con su extraña voz nasal.

Cuando los gusanos estuvieron ahítos soltaron a su pequeña presa y el ayudante los devolvió a su tarro. Caterina se había quedado como dormida y su abuela la cubrió con una sabanita.

—¿Se salvará, doctor? —inquirió Anna angustiada.

—Está en manos de Dios, señora —repuso desde el interior de su máscara de pájaro—. Tiene fiebre alta y muchos bubones. No es buena señal. Dadle solo agua, que ayune y rezad. Mañana regresaremos para sangrarla de nuevo y ver si abrimos los bubones.

—¿Sangrarla otra vez? —cuestionó Joan—. ¿Tan pequeña?

—Eso es lo que hay que hacer —repuso el galeno con su voz gutural—. ¿Tenéis más hijos?

—Sí.

—Mantenedlos lejos de la niña.

—Ya lo hemos hecho, están con sus tíos. Y nos mantenemos aislados de ellos.

—Bien —dijo el médico observando a través de su máscara de pájaro a Eulalia, que estaba junto a su nieta, a Anna y a Joan—. Es raro ver a tanta gente al lado de un enfermo de peste.

—¿Qué tiene de extraño?

—Se ven muchas cosas —murmuró el hombre—. Hijos que abandonan a sus padres y padres que abandonan a sus hijos. Hay mucho miedo.

El hombre les recetó algo a lo que llamó «triaca», que era una mezcla de sustancias vegetales, para colocarlas como emplastos sobre los bubones. Les dijo que se cubrieran boca y nariz con pañuelos y, después de cobrar sus honorarios, se despidió, con los otros dos siniestros pájaros, hasta el día siguiente. Anna aguardó a que se fueran y después de comprobar que la niña dormía vigilada por Eulalia, dirigió su mirada a Joan; sus ojos estaban llenos de lágrimas. Él la abrazó mientras ella se deshacía en llanto.

—Recemos, Anna, recemos —le dijo Joan al oído, tragándose sus propias lágrimas.

El pensamiento de que su pequeña podía morir, de que podía perder a aquella deliciosa criatura, le producía un desgarro inmenso que trataba de disimular frente a su esposa. Se concentró en rezar para aliviar su angustia y, sin que Anna le viera, se puso el cilicio que guardaba como recuerdo de su aventura en Florencia para hacerlo con dolor. Tenía la esperanza de que, de esta forma, el Señor se apiadase antes de él y de su familia.

La fiebre no abandonaba a la pequeña, y al segundo día algunas bubas se abrieron y empezaron a supurar. A pesar de las sanguijuelas, las cataplasmas, las fumigaciones, los paños de agua fría y todo el amor de sus padres y de su abuela, la fiebre seguía subiendo. Cada vez que Eulalia le tomaba la temperatura besando a la pequeña en la frente, su mirada se entristecía más.

—La fiebre no baja —decía. Y se ponía a rezar sentada al lado de la cuna.

Aparecieron manchas azules y negruzcas bajo la fina piel de la pequeña y en la madrugada del cuarto día Caterina murió.

No por temido aquel final fue menos devastador y, ya sin lágrimas, los tres adultos se quedaron contemplando el cuerpecillo casi en los huesos y repleto de manchones azulados que yacía en la cuna. Joan movía la cabeza incrédulo. Se decía que no podía ser, que por qué el Señor, a pesar de sus rezos, se llevaba a aquel ser inocente. Era incomprensible, injusto, demoledor. Miró a su esposa y la vio tan devastada como él mismo.

—La vida sigue —le dijo tratando de consolarla—. Tenemos dos hijos más.

Ella tenía la mirada perdida, estaba ojerosa y sus ojos, enrojecidos por las lágrimas y la falta de sueño. Cuando él la abrazó, tuvo que sujetarla para que no se desplomase.

110

El Consejo de Ciento prohibía el entierro de los apestados dentro del recinto de la ciudad. Como alternativa había establecido un servicio de un carro que avisaba de su presencia con una campanilla y recogía los cuerpos que los familiares les bajaban de las casas o que hallaban abandonados en la calle. Anna y Joan se negaron a entregar el cuerpecito de la niña a aquellos hombres que se protegían con máscaras semejantes a los médicos para que lo apilaran en el montón de cadáveres que transportaban. Desde las ventanas, aquel carromato descubierto ofrecía el tétrico espectáculo de los cuerpos semidesnudos, algunos con los ojos aún abiertos, manchados de azul y negro y amontonados de forma que era difícil diferenciar qué extremidades, llenas de bubas, correspondían a qué cuerpo.

Los ataúdes eran un lujo solo para ricos agotado ya en la ciudad, y Joan buscó una caja de madera en el taller, le puso una tapa y la forró con la mejor tela que había. Joan, Anna y Eulalia, portando la caja, siguieron por su cuenta el camino al que el Consejo de Ciento obligaba; el mismo que el del carro de los cadáveres de los apestados. Tomaron la calle del Call, cruzaron las Ramblas por la plaza de la Bocharia y siguieron por la calle del Espital para salir de la ciudad por el Portal de Sant Antoni. Al cruzar frente al hospital de la Santa Creu vieron un enorme montón de cadáveres apilados a la espera del carro. La peste causaba estragos.

Ya fuera de las murallas, antes de llegar a las fosas comunes que el Consejo de Ciento había hecho abrir, se encontraron con un sacerdote y un monaguillo que oficiaban una breve ceremonia de despedida a los cadáveres que iban saliendo de la ciudad. Allí depositaron la cajita en el suelo y rezaron un largo rato. Después, Joan cargó de nuevo la caja en sus brazos y siguieron el camino, alejándose de las fosas hacia la montaña de Montjuic. Anna sollozó, Eulalia no pudo contener el llanto y los tres, llorando, continuaron el camino monte arriba. Aquel era un peso insoportable para Joan.

A los pies de una encina, en un lugar del monte desde el que se distinguía, abajo, la ciudad enferma, Joan se puso a cavar una pequeña tumba con las herramientas que había llevado. Era una soleada mañana de octubre. Una vez que cubrieron de tierra el féretro, rezaron de nuevo, Joan miró a su alrededor y llenó sus pulmones de aire. Veía a través de sus ojos empañados por las lágrimas los árboles, las rocas, alguna florecilla entre las hierbas y los pájaros volando. Vio que Anna le miraba, ella también respiraba profundamente el aire de la mañana.

—Hemos perdido mucho —dijo ella abatida—. Mucho, mucho.

—Muchísimo. Sin embargo, debemos mirar hacia delante, Anna —repuso Joan para darle ánimos, aunque notaba un hueco en su corazón que sabía jamás iba a llenar—. Nos tenemos el uno al otro, a nuestros hijos y al resto de la familia.

Marcaron la encina con una cruz para recuperar el cuerpecillo cuando pasara la epidemia y enterrarlo en un lugar sagrado. Después emprendieron el regreso a la ciudad.

Al llegar a la casa decidieron que hasta que no transcurriera un tiempo prudencial, sus hijos Ramón y Tomás continuarían con sus tíos en el hogar de estos.

—Les pediré a María y a Pedro que no les digan nada a los niños —les dijo Joan a Anna y a Eulalia—. Somos nosotros quienes debemos hacerlo cuando podamos. Será terrible para ellos.

—¡Lamento tanto no poder verlos! —sollozó Anna—. Pero este mal es muy contagioso y hay que evitar el peligro.

—Sentiré mucho no verlos más —dijo Eulalia mirándolos de forma extraña.

—¿No verlos más? —inquirió Joan.

Eulalia le sostuvo la mirada un momento, después corrió en busca de una jofaina y vomitó en ella.

—¿Qué os ocurre, Eulalia? —se preocupó Anna.

La abuela se palpó las axilas.

—Me duele la cabeza, me salen bultos en las axilas y empiezo a notar fiebre. Tengo la peste.

Joan y Anna se miraron consternados.

—Me voy —dijo yendo a la cocina para coger una cesta—. No os expondré al peligro. Solo quiero un poco de comida y agua.

—De ninguna manera. —Anna la detuvo—. Os quedáis aquí y os atenderemos. Saldremos de esta juntos.

La mujer miró a su nuera y con una sonrisa amarga preguntó:

—Y ¿si no?

—Entonces moriremos juntos —dijo Anna con decisión.

111

Joan reclamó a los médicos más prestigiosos, que acudieron con su disfraz de pájaro y sangraron a Eulalia varias veces. Todos los doctores usaban el mismo método. También le aplicaron emplastos para hacer madurar las bubas, las abrieron con lancetas y las cauterizaron con fuego.

Joan olió la carne quemada de su madre y oyó sus gritos sintiendo que la angustia y el horror le superaban. A pesar de todo aquel sufrimiento, veía cómo ella se apagaba por momentos, y permanecía a su lado todo el tiempo posible. Solo la cuidaban Anna y él, pues desde que Caterina se infectó, las criadas vivían con la familia de Pedro y María, que velaban por los chicos. La única tarea que las domésticas aún hacían por ellos era ir a buscar agua a la fuente, y dejaban los cántaros en la librería, donde ellos los recogían.

—Gracias por estos años que me diste de libertad y familia, Joan —le dijo Eulalia a su hijo en un momento en el que la fiebre bajó—. Llegué a creer que nunca más os vería a Gabriel y a ti. He sido muy feliz.

Joan la miró con cariño mientras estrechaba su mano. Sabía que su madre había perdido toda esperanza de sobrevivir y se estaba despidiendo. Y recordó su cuidado amoroso cuando él era niño. Ella era, con su padre, el personaje central del paraíso perdido de su infancia. Había sido su refugio cuando jugando se hería, o cuando tenía hambre, frío o enfermaba. Recordaba las terribles escenas ocurridas veinte años antes cuando aquella galera pirata asaltó su aldea destruyendo su paraíso junto al mar. No solo el padre luchó por defender a la familia, sino que ella también peleó con desesperación para facilitar su huida y la de su hermano Gabriel. Después acudieron a su memoria las imágenes gozosas de aquel día soleado de otoño en aquel empinado monte de viñas sobre el mar de la preciosa aldea de Vernazza, en Liguria, cuando se encontraron después de diez años de esclavitud y separación. Acarició la huesuda mano de su madre, irreconocible por su delgadez, por sus manchas oscuras y sus bubas, recordando aquel abrazo y el llanto incontenible de alegría infantil, a pesar de haber superado ya la veintena, de aquel reencuentro.

—Gracias a vos, madre —repuso él tratando de evitar las lágrimas que acudían a sus ojos—. Por el paraíso que hicisteis de mi infancia. Y porque siempre nos habéis cuidado y protegido. Fueron el amor y el desvelo por Caterina lo que os trajo esta enfermedad.

—No ha sido la pobrecita Caterina —contestó mirándole con aquellos ojos oscuros que tanta vida habían tenido antaño y que ahora se apagaban—, sino la voluntad del Señor. Búscame un confesor, te lo suplico.

Joan acudió a la iglesia de la Trinitat, donde se reunía la cofradía de libreros, y supo que sus sacerdotes habían muerto de la peste. Después buscó en las iglesias cercanas. Si los médicos eran escasos, los confesores lo eran más. Los que no habían huido estaban enfermos, muertos o demasiado ocupados. Al final decidió recurrir al convento de Santa Anna. La peste también causaba estragos en su recinto; dos frailes habían muerto y otros sufrían la enfermedad; sin embargo, Joan sabía que si continuaba sano, el suprior acudiría a consolar a un moribundo aunque estuviera apestado. Y lo hizo.

Después fue a buscar a Gabriel cruzando una ciudad sembrada de cadáveres, y se detuvo consternado al ver que en una ventana de la casa había un paño negro. Estuvo a punto de regresar sin llamar a la puerta, pero se armó de valor y lo hizo.

—Mi hijo mayor murió ayer —le dijo su hermano. Su sonrisa ya no se mostraba entre su frondosa barba y tenía los ojos enrojecidos—. Y tengo a mi hija mediana con fiebre.

Joan se olvidó de cualquier precaución con respecto a la enfermedad y abrazó a su hermano con todas sus fuerzas.

—Mi pequeña Caterina ha muerto —le dijo con un sollozo que no pudo contener—. Y madre se está muriendo también.

Ambos se sostuvieron el uno al otro durante un largo abrazo sin hablar, notando la fuerza y el calor del hermano; no había palabras para describir tanta desgracia.

La despedida de Gabriel a la madre fue corta, ella apenas podía hablar y la angustia por su esposa e hijos le atenazaba. Se arrodilló junto al lecho, le cogió la mano y estuvo hablándole y rezando, pues apenas contestaba. Al fin, la mujer cerró los ojos agotada y se sumió en un sueño febril. Gabriel se despidió de Joan con otro abrazo que ambos sabían podía ser el último y salió corriendo para llegar cuanto antes con los suyos.

Eulalia Serra murió diez días después que su nieta. María y Pedro acudieron a verla cada día durante su enfermedad, pero Joan insistió en que se mantuvieran alejados del lecho y con la boca y la nariz cubiertas. La protección de los niños dependía de ellos. Joan tenía intención de enterrar a su madre igual que había hecho con Caterina; rechazó con toda energía el ofrecimiento de su cuñado y decidió cargar el cuerpo hasta Montjuic con la ayuda de Anna. Sin embargo, percibió en la mirada de su esposa un brillo distinto al de las lágrimas.

—¿Os encontráis bien? —inquirió.

—Sí —balbució ella—. Solo es un dolor de cabeza.

Joan sintió que su cuerpo se estremecía con un escalofrío y besó a su esposa en la frente.

—¡Tenéis fiebre!

—No será nada —dijo ella—. Solo es el cansancio.

Joan no la creyó y, aterrorizado, le palpó las axilas. Encontró unas pequeñas durezas, pero fue incapaz de determinar si se estaban formando las terribles bubas en el cuerpo de su esposa. «¡No! ¡No, Dios mío!», se dijo tratando de contener el pánico que le embargaba.

—Estáis en lo cierto —le dijo sonriendo para tranquilizarla—. No hay nada, descansad en nuestro lecho, os recuperaréis.

La besó y después de acompañarla a la cama corrió a avisar a María y a Pedro.

—Creo que Anna está infectada —les dijo—. Debo estar con ella. No podré enterrar a nuestra madre.

—Lo haremos nosotros —dijo Pedro.

—¡Ni pensarlo! —repuso Joan—. La peste es muy contagiosa. Primero murió Caterina, después, nuestra madre y ahora, quizá…

El llanto le impidió continuar. A la terrible tristeza por la pérdida de su hija y de su madre se sumaba ahora un terror que le atenazaba la garganta cual mano de hierro. «No —se repetía rezando—, Anna no».

—Y ¿qué vas a hacer con nuestra madre? —le preguntó María cuando se serenó.

—La bajaré al carro de los muertos —repuso él mirando a su hermana a los ojos—. Lo siento mucho, pero no tengo otra opción.

Ella agachó la cabeza en señal de asentimiento.

—Lo entiendo —dijo.

Cuando oyó la campanilla, Joan, con el corazón encogido, la bajó en brazos, amortajada con unas sábanas. Estaba roto, jamás en la vida había sentido tanto pesar. Ni siquiera cuando de niño vio cómo los piratas asesinaban a su padre. Su duelo se acumulaba sin darle tregua alguna; primero había sido su niñita de ojos verdes, después su sobrino, ahora su querida madre, y suplicaba a Dios para que Anna no se les uniera.

El cuerpo de Eulalia pesaba poco; al igual que Caterina, se había quedado en los huesos, y Joan la llevó acunándola mientras rezaba por ella. Se la entregó con delicadeza a uno de aquellos siniestros individuos del carro, cubiertos con máscaras de pájaro. El hombre la tomó con cuidado y esperó a que acudiera su compañero, que sujetó el cuerpo amortajado por los pies. Entonces el primer hombre la cogió de los hombros, hicieron bascular el cuerpo y, sin ningún miramiento, la lanzaron por encima del lateral del carro. Con un ruido blando, el cuerpo de Eulalia cayó sobre la pila de cadáveres.

Joan sintió que su duelo se convertía en odio. Trataban a su madre como a un saco de estiércol.

—¡Miserable! —gritó, y el enterrador le miró asombrado a través de su máscara de pájaro.

Joan le sujetó del jubón con la mano izquierda y levantó su puño derecho para hundirle el maldito pico en la cara. Aquel tipo se puso a chillar y su voz sonaba amortiguada por la máscara.

—¡No, Joan! —oyó que le gritaban—. ¡Por el amor de Dios, déjalo!

Era su hermana María, que con Pedro observaba desde la ventana.

—Déjalo, Joan. —Era Pedro, con voz calma—. Suficientes problemas tenemos ya. Recuerda a tu esposa.

Tenían razón. ¿Qué sería de Anna si a él le encarcelaban? Se limitó a zarandear al hombre con rabia para después enviarle contra el carro de un empujón.

Cuando regresó a su habitación, Anna estaba durmiendo, y la dejó descansar mientras se ocupaba de echar por las ventanas la cama y los enseres de su madre, que cayeron a la calle rompiéndose con estrépito. Después los acarreó hasta la plaza de Sant Jaume y allí le prendió fuego a todo. Eran las órdenes del Consejo de Ciento con respecto a las pertenencias de los apestados, y sintió que ocuparse en algo físico y destructivo amortiguaba su miedo y su dolor. Contemplando las llamas a través de sus lágrimas rezó despidiéndose de su madre y sintió que parte de su vida se consumía en aquel fuego. Tenía razón Girolamo Savonarola. La existencia no era más que un juego de vanidades, y aquella hoguera y sus cenizas eran el fin de todas ellas.

Después se dijo que no deberían haber desafiado a la muerte bailando con los cofrades de negro. El esqueleto de la guadaña había entrado en su casa para cobrar venganza.

112

Joan regresó a la habitación donde descansaba Anna; aún dormía, las desdichas de los últimos días la habían dejado agotada. Abrió las ventanas para fumigar la habitación y quemó pino y enebro, cuyo humo esparció con ramas de romero.

Era otoño, Anna se cubría con una sábana y una manta fina. Cuando Joan terminó su trabajo, se introdujo en el lecho. Sin que ella se despertara la besó en la frente, la notó febril, y con cuidado deslizó su mano hasta las axilas. Allí estaban aquellas duricias que habían crecido desde solo unas horas antes. Joan empezó a sudar de angustia. El tiempo era cálido y ella, en el lecho, iba ligera de ropa, con lo que él podía tentarle el muslo en la zona de la entrepierna sin despertarla. Lo hizo y de repente separó la mano con un sobresalto. ¡Anna no tenía un bubón, sino dos en el mismo muslo!

Horrorizado, se levantó del lecho. No podía permanecer quieto y empezó a pasear por la habitación retorciéndose las manos, desesperado. ¿Qué podía hacer? ¿Avisar a aquellos trágicos fantoches disfrazados que se llamaban «médicos» y que eran incapaces de ahuyentar a la muerte? Más bien parecía que la atraían. ¿Empezar de nuevo aquel rito macabro? Las sangrías, el ayuno del paciente, las cataplasmas sobre las bubas, las incisiones en ellas con lancetas, la cauterización con hierros candentes. Tenía aún en sus fosas nasales el olor de la carne asada y en su oído los gritos de su madre cuando quemaban las heridas que ellos mismos le habían provocado. No podría resistir de nuevo aquel sufrimiento, esta vez en Anna. Sin embargo, debía hacerlo. La duda le atormentaba. No quería traspasar su angustia a su hermana, que querría ayudar y se expondría al contagio, ni visitar a su hermano, que sufría su propio calvario. Además, no iba a dejar sola a Anna.

En su propia casa, abajo, en el taller, se encontraba Abdalá cuidando de los aprendices que quedaban en la casa. No sabía de él. Se habían aislado para evitar el contagio desde que el aprendiz enfermó, pero esa precaución era ya inútil, pues ambos estaban en contacto con la plaga.

Esperaba que continuara vivo y decidió hablar con él. Ese pensamiento le trajo un momento de extraña alegría; lo haría aunque solo fuese para desahogar su pena. No estaba solo. Y sin demorarse bajó al taller en busca de consuelo en su maestro, tal como hacía cuando era un aprendiz.

—No sé qué hacer —le confesó con lágrimas en los ojos—. No puedo ver sufrir a Anna como ha sufrido mi madre, y pensar que pueda morir me paraliza. Soy incapaz de asimilarlo. Siento miedo, un terror como jamás antes he sentido.

—No te avergüences por sentir miedo, Joan —repuso el viejo con calma—. Quien ama teme. Cuando amas, temes perder el objeto de tu amor. Por el contrario, el odio produce coraje, valor, pero hasta el más valiente siente miedo cuando ama.

—Temo, y mucho. Solo pensar en esos médicos con sus afiladas lancetas y el hierro al rojo para cauterizar las heridas que causan e imaginarlos con sus picos de aves carroñeras me estremece.

—Ya te dije que no creo en ellos.

—Son los más reputados de la ciudad. Todo el mundo reconoce su saber.

—Quizá sean buenos sanando brazos rotos u otro tipo de enfermedades. Pero creo que en cuanto a la peste no saben nada, y fingen saberlo para mantener su reputación. Pienso que empeoran al enfermo.

—¿Qué puedo hacer?

—Haz lo que yo. Manel, el aprendiz que se infectó, aún vive. Está débil, pero mejora día a día, lo tengo separado del resto y nadie más se ha contagiado.

—¿Qué es lo que habéis hecho?

—Será mejor que te lo cuente esa mujer a la que tú conoces y que vive al final de la calle Peu de la Creu.

—¡La bruja del Raval!

—No es una bruja, sino un tipo distinto de médico que sabe más que estos sobre la peste —repuso el anciano pausado—. Y no la llames «bruja», que con ello la pones en peligro. Usa su nombre: Francina.

Joan recordó a aquella mujer a la que él acudió lleno de odio cuando aún era casi un niño. Iba atraído por su fama de bruja, ahogado en su propia rabia, dispuesto a cualquier trato a cambio de venganza. Francina le engañó haciéndole creer que veía al diablo y le enseñó cuánto daño le hacía su propio odio. Después, se acostumbró a verla con frecuencia e incluso llegó a escribirle desde Italia, aunque nunca obtuvo respuesta a sus cartas. A su regreso a Barcelona, quizá debido a la fama de bruja de la mujer y a su nueva posición social, no había ido a verla.

—Procede de una dinastía de herbolarias que durante generaciones transmitieron sus conocimientos de madres a hijas —continuó Abdalá—. Su esposo y ella fueron los especieros más prestigiosos de Barcelona. Él por fabricar la mejor de las pólvoras y ella por sus conocimientos de herboristería.

—Hasta que la peste mató a toda su familia —recordó Joan—. Me lo contó. Con el cadáver del último de sus hijos en brazos, trastornada, sumida en la locura, recorrió las calles de Barcelona renegando de Dios y maldiciendo a la Iglesia. Con Dios se reconcilió, pero no con la Iglesia; el gremio de especieros la expulsó y desde entonces es una proscrita que vive apartada en los campos del Raval.

—Ve a verla.

—No puedo dejar a Anna.

—Ve tranquilo, yo cuidaré de ella.

La casa de aquella mujer, al final de la calle Peu de la Creu, estaba semioculta entre árboles y rodeada de unos campos llenos de maleza donde ella cultivaba sus plantas. Encaramada en un montículo por encima de una riera, no había cambiado mucho en los últimos diez años. Continuaba igual de destartalada y Joan recordó el temor que tuvo que vencer la primera vez que llamó a aquella puerta. De nuevo se vio obligado a insistir antes de obtener respuesta.

—¿Quién eres?

—Joan Serra.

—Vuelve otro día, que tengo trabajo.

—Soy Joan Serra de Llafranc. ¿No me recordáis?

Hubo silencio del otro lado.

—Abrid, Francina, por el amor de Dios —suplicó Joan, angustiado, golpeando de nuevo—. Os necesito.

Hubo más silencio.

—¡Por favor, abrid! —gritó al rato aporreando la puerta.

Se oyó el ruido del descorrer de cerrojos y, poco después, la mujer abrió.

—Sí que debes de ser tú —le dijo a guisa de saludo mirándole de cabeza a pies—. Nadie es tan insistente. ¿Qué quieres? Tengo trabajo.

Su aspecto era aún más desaliñado de lo que Joan recordaba. En su cabello, el blanco vencía al gris, estaba despeinada y no se cubría con la toca preceptiva de las mujeres de su edad.

Su cara mostraba múltiples arrugas en su fina y clara piel, algunas profundas, y Joan se dijo que estaría cercana a los sesenta años. Sin embargo, sus ojos, que entornaba molesta por el sol poniente que la iluminaba, mostraban belleza en su color verde. Del interior de la casa salía un vaho de cocción de hierbas que el librero respiró con aprensión. Sin dejarse intimidar por las hostiles palabras de la mujer, Joan la tomó de las manos y las acarició. Eran huesudas pero cálidas.

—Por el amor de Dios, ayudadme, Francina —suplicó—. La peste ha matado a mi hija y a mi madre y ahora ha enfermado mi esposa. Morirá si no me ayudáis.

Joan notó cómo la mujer se ponía rígida ante aquella confianza inesperada, hizo un gesto de desagrado y apartó las manos. Sus ojos se agrandaron un poco para después entornarse de nuevo y le miró sin decir nada. Joan se mantuvo también en silencio diciéndose que se había equivocado al acariciarle las manos. Hacía más de diez años que no la veía y la mujer se había ofendido ante tal libertad.

—Lo siento si os he molestado —musitó. Necesitaba desesperadamente su ayuda y estaba dispuesto a pedir todos los perdones que hicieran falta.

Ella continuó mirándole en silencio y él vio cómo se humedecían sus ojos y una lágrima iniciaba su camino mejilla abajo. La secó con el dorso de su mano y le dijo:

—Pasa adentro.

Joan la siguió al interior de aquel antro húmedo y ella le hizo sentar frente a una mesa que el sol del ocaso, a través de un ventanuco, atravesando los vapores que provenían de la cocción que tenía en el fuego, iluminaba. En la mesa había varios montones de hierbas, raíces, hojas y otras cosas que Joan no supo identificar. Ella se sentó en el extremo opuesto.

—No quería molestaros —insistió Joan.

—No me has molestado —repuso ella con una extraña ternura—. Solo que hacía más de diez años que nadie acariciaba mis manos. Y el último que lo hizo fuiste tú. Soy yo quien lo siente, no estoy acostumbrada.

Joan se quedó mirándola sin saber qué decir.

—Cuéntame qué te ocurre —le pidió ella.

Sin poder evitar las lágrimas, Joan le relató la angustia, el dolor, el miedo, la muerte y la pena.

—Pienso que fui yo el causante de la desgracia de los míos al socorrer a aquella apestada —dijo para terminar—. La culpa me mata.

—¿Aquella mujer tosía?

—No.

—¿La tocaste?

—Me protegí con el pañuelo la mano con la que la incorporé. Pero respiré sus humores y miasmas, la corrupción del aire a su alrededor…

—¡No fuiste tú! —La mujer le cortó con violencia—. Todo eso de la corrupción del aire, de las miasmas y humores que se respiran son tonterías. Y más aún que una conjunción maligna de astros haga que el mismo tufo que respiramos cada día se convierta en venenoso de pronto. La peste no se contagia por el aire a no ser que un apestado te tosa saliva encima.

—Y ¿cómo podéis estar tan segura?

—Mi abuela, mi bisabuela y sus bisabuelas ya curaban con hierbas y otros remedios —explicó—. Yo no supe salvar a los míos de la peste a pesar de esos conocimientos. Sus muertes arruinaron mi vida y desde entonces la he dedicado a combatir esa plaga. Cuando aparece y todos la temen, yo me alegro. No por el sufrimiento de la gente, sino porque puedo volver a luchar contra ella. La de 1475, cuando yo tenía veintiocho años, mató a los míos. Y después ha habido pestes importantes en Barcelona en el año 1483, en 1488 y en 1494, y no sufríamos una de esta magnitud desde 1496. En todas he ido a visitar a enfermos sin importarme el contagio, pues la muerte pondría fin a mis penas. He visto a muchos apestados y jamás he enfermado. Solo me cubro la boca y la nariz cuando tosen y siempre me lavo las manos. He visto morir a muchos, he ayudado a vivir a bastantes y sé bien cómo funciona el mal. Cada vez que uno de mis pacientes cura, siento que he vencido a esa maldita plaga y soy feliz. No soy médico de ricos. Pero sí lo soy de pobres y veo lo que los médicos de los ricos no ven. Veo que antes de que las personas enfermen, enferman los gatos, y que donde hay más ratas y pulgas hay más peste. Esa enfermedad no viene del aire viciado, sino de algo que traen las pulgas.

—Es muy difícil librarse de ellas —observó Joan—. Por muy rica que sea la casa.

—Por eso los ricos también enferman. Pero menos.

—Venid a ver a mi esposa —le suplicó Joan.

—Ya es tarde. Veré si puedo mañana.

—Os lo suplico. —Joan se levantó para tomarle de nuevo las manos.

Ella se quedó mirándole y suspiró. Mantenía unidas sus manos con las de Joan y esta vez aceptaba la caricia.

—Por favor —insistió él—. Venid ahora.

—Nunca he conocido a nadie más terco —mascculló ella con voz ronca.

113

Francina cogió una cesta, rebuscó entre frascos y cajones, y fue llenándola. Después se cubrió la cabeza con una toca y le dijo a Joan:

—Vamos.

Anduvieron por las calles desiertas y oscuras con la ayuda de un farol de aceite. A pesar del continuo deambular del carro de los muertos, continuaban tropezando con cadáveres tendidos en las calles.

—Deben de ser cuerpos frescos —murmuró Joan—. No da tiempo a recogerlos a todos.

En la habitación del matrimonio, presidida por el vacío que dejaba la cuna de Caterina, encontraron a Anna tendida en el lecho, dormida, y a Abdalá velándola a la luz de un candil.

—Le ha subido la fiebre y le he dado agua cuando me la ha pedido —dijo.

—¿Tose? —quiso saber la mujer.

—No.

—Eso es bueno, el mal no le ha llegado a los pulmones y el aire no es contagioso.

Sin ni siquiera despojarse de su toca, Francina le tomó la temperatura besándole la frente.

—La fiebre es alta —informó—. ¿La ha visto algún médico?

—Aún no —repuso Joan.

—Bien. Nada de sangrías y dieta —ordenó—. Lo único que consiguen es debilitar al enfermo y llevarlo a la tumba. Hay que prepararle algún caldo con sustancia para que lo tome tan pronto como le hagamos bajar la fiebre. Abdalá, ¿hicisteis lo que os dije en el taller?

—Sí, hace ya bastantes días. Puse cebos envenenados para las ratas y rocié las ropas con ese líquido apestoso.

—Es apestoso, pero revuelve el estómago a las pulgas, les quita el apetito —repuso ella resuelta—. Joan, pondrás cebos para ratas también aquí y rociarás la ropa de cama y vestir con el líquido que prepararé en la cocina.

—Y ¿las fumigaciones?

—No hacen ningún daño, y si abrís ventanas y ventiláis, el aire fresco es bueno para el enfermo.

—Y ¿qué hay que hacer con las bubas?

—Las trataremos con cataplasmas de hierbas para que maduren más rápido. Nada de abrirlas. Los cortes de las lancetas y las cauterizaciones al hierro candente debilitan más y matan antes. Dejaremos que se abran solas y suelten sus líquidos por ellas mismas. Quítale la ropa a tu mujer, que voy a observarla.

Abdalá se ausentó por pudor y Joan obedeció. Anna despertó al ser desvestida y preguntó:

—¿Qué ocurre, Joan?

—Os curaremos, Anna. Descansad.

Tenía bubas en los brazos y las piernas.

—Si no le salen en la cabeza y el tronco, curará —murmuró la mujer.

Y ordenó a Joan que aplicara paños fríos para bajarle la fiebre mientras ella y Abdalá preparaban distintos cocidos. Uno era un simple caldo de verduras con una gallina que sacrificaron y otros ingredientes que encontró en la cocina; y otro, preparado con hierbas de las que llevaba en su cesta, contenía la fiebre al tiempo que tonificaba. Con paciencia y cuidado para evitar que vomitase, Joan le fue administrando el caldo y el tónico a Anna.

La mujer continuó trasteando en la cocina y al poco salía de ella un tufo desagradable. Preparaba el líquido que ahuyentaría a las pulgas, y Joan notó que le producía arcadas. Terminó devolviendo en una jofaina.

—¿Qué te ocurre? —inquirió Francina.

—Es el tufo ese…

Ella le acercó un candil y le observó el blanco de los ojos.

—¿Te duele la cabeza? —quiso saber—. Y ¿el cuerpo? ¿Estás cansado?

—Un poco…

—No es el tufo de mi preparado —sentenció categórica—. ¡Estás infectado! Dentro de poco te saldrán bubas, que dolerán, y te subirá la fiebre.

Joan la miró consternado y vio la imagen del esqueleto con la guadaña bailando en los verdes ojos de la mujer. Anna y él habían desafiado a la muerte y ahora los acechaba a ambos.

—No puedo tener la peste —dijo angustiado—. Tengo que cuidar a Anna.

—No te preocupes por eso —le consoló Abdalá—. Francina y yo cuidaremos de vosotros.

Francina, pensó Joan. La conocía desde hacía tantos años y ni siquiera supo su nombre hasta que Abdalá se lo dijo; para él siempre había sido la bruja del Raval. Y ahora, su vida y la de Anna dependían de ella. Notaba que la cabeza le dolía más y que sus pensamientos se hacían confusos.

—Métete en la cama con tu esposa —le ordenó la mujer—. La fiebre sube.

Joan se acurrucó junto a Anna y notó su cuerpo cálido en exceso. Dormía. Aun así mantuvo el contacto.

—Señor —rezó—, retornadnos la salud para cuidar de nuestros hijos. Y si uno sobrevive, que sea ella. Pero si ella muere, también quiero morir yo.

Joan retuvo memorias confusas de aquellos días febriles: los caldos, el tónico de Francina, el tufo del preparado contra las pulgas, la presencia continua de Abdalá, el dolor de las bubas y el alivio de las cataplasmas. También el campanilleo del carro de los muertos cuando cruzaba bajo su ventana y la pregunta que le asaltaba cada vez que lo oía. ¿Sería aquel su último transporte? Sin embargo, guardaba un recuerdo placentero; el contacto cálido del cuerpo de su esposa en la semiinconsciencia de la fiebre. Le daba paz y tranquilidad.

El momento más feliz fue aquel en el que, al abrir los ojos, la vio sentada a su lado, vestida de calle y acariciándole la frente. Sonreía y en sus ojos ya no había muerte, sino brillo de vida.

—Tu mujer está fuera de peligro. —Francina apareció detrás de ella y le miraba severa—. Ahora te toca a ti. Y date prisa, que tengo mucho trabajo. Llevas ya diez días tumbado. A ver si te levantas, perezoso.

Anna sonrió y la alegría llenó el pecho de Joan.

—Ya voy, ya voy —repuso fingiendo incorporarse, y mirándola la increpó con cariño—: No me agobiéis, no seáis bruja.

En la faz generalmente adusta de Francina apareció algo semejante a una sonrisa.

Habían superado el peligro, aunque Joan tardó unos días en poder levantarse, y otros más hasta que fue capaz de salir a la calle. Sin embargo, no lograba superar la pérdida de Caterina, su juguete, y de su madre; su recuerdo le pesaba en el corazón. Con frecuencia sorprendía a Anna sentada en la cama mirando el vacío que dejaba la cuna de Caterina, llorando. Trataba de consolarla, aunque en ocasiones no podía evitar unirse a su llanto.

La peste persistía, aunque el campanilleo del carro de los

muertos se oía cada vez más espaciado. Estaban a principios de noviembre y la plaga parecía remitir conforme bajaban las temperaturas. A finales de mes, las procesiones penitenciales volvieron a recorrer las calles, los cadáveres de apestados tirados en ellas fueron desapareciendo y a mediados de diciembre los mercados empezaron a funcionar y los tenderetes de artesanos y vendedores afloraron a las puertas de las casas.

Los Serra decidieron entonces abrir la librería. La peste, quizá por la desratización y el rociado con el antipulgas que habían llevado a cabo los aprendices bajo las órdenes de Abdalá, no llegó al hogar de Pedro y María, y los hijos de Anna y Joan pudieron retornar con sus padres días después de que estos estuvieran restablecidos del todo. La noticia de las muertes de Caterina y la abuela los sumió en un llanto desconsolado que la alegría de sobrevivir fue mitigando poco a poco. Era una extraña mezcla de tristeza y alivio. Gabriel, en la fragua de la calle Tallers, había perdido a su hijo mayor, pero el resto de la familia había sobrevivido. A finales de diciembre lo que quedaba de la familia Serra volvió a reunirse los domingos, aunque las risas tardaron en regresar. Por su parte, Bartomeu tuvo la fortuna de que nadie en su familia falleciera.

Seis miembros del personal de la librería habían muerto. Todos en sus casas, porque los aprendices y oficiales a cargo de Abdalá, incluido el infectado, habían sobrevivido. El musulmán contaba ya antes de la peste con una reputación de sabio que sobrepasaba los límites de la librería y con el reconocimiento de la intelectualidad de la ciudad. Sin embargo, a partir de aquel momento se convirtió en un héroe para los muchachos. Había vencido a la peste. El respeto habitual por su saber se multiplicó, y el anciano pasó a vivir una segunda época de esplendor que apreciaba más que el de los tiempos en los que era un noble granadino embajador de su patria frente al rey de Francia. Los chicos le rodeaban pendientes de sus palabras.

Las pérdidas sufridas anticipaban unas Navidades tristes, pero un hecho vino a enturbiar aún más la celebración. La familia Serra salía de la misa de Navidad en la iglesia de la Trinitat cuando la gruesa figura del fiscal de la Inquisición, flanqueado como de costumbre por los matones habituales, apareció a caballo. Felip había reaparecido después de la peste y cada día cruzaba al menos un par de veces frente a la librería mirando desafiante a su interior. Joan se había llevado una decepción cuando le vio la primera vez; había abrigado la esperanza de que el carro de la muerte hubiera cargado su pesado cuerpo hasta la fosa común.

Sin importarle los niños, que se encontraban en aquel momento en la plaza de la Trinitat, les cortó bruscamente el paso con su montura.

—He oído que dices que una tal Francina os salvó de la peste —los increpó.

Joan se irguió tan alto como era mirándole, desafiante, sin contestar.

—La vieron entrar y salir de tu casa —insistió.

Anna y Joan, como si lo hubieran acordado previamente, se mantuvieron en silencio.

—Pues está en mi cárcel. —Observaba atentamente el semblante del matrimonio—. Será juzgada por bruja. —Y al no recibir respuesta continuó—: Y condenada a la hoguera.

—¡Miserable! —le espetó Joan sin poder contenerse.

El pelirrojo sonrió divertido y, azuzando a su montura, dio media vuelta para alejarse con aire satisfecho.

114

El espectáculo protagonizado por Felip y sus matones al increparlos desde su caballo a la salida de misa consiguió lo que a todas luces era su propósito: alterar a los Serra en un día tan significado como el de Navidad. Joan y Anna trataron de ocultar su preocupación durante la comida que la familia celebró junto a todos los empleados y las familias de estos que quisieron asistir. La ausencia de Caterina y de Eulalia, la gran organizadora de las celebraciones familiares, pesaba como una losa. Anna y Joan compartían la misma sensación: iban a comentar algo con Eulalia o a jugar con la pequeña cuando de pronto, sintiendo como una punzada en el pecho, recordaban su ausencia.

A pesar del duelo, al ser Navidad, Pedro Juglar sacó su guitarra y cantaron unos villancicos en honor a los ausentes. Anna y Joan trataron de mostrarse afables y serenos, aunque no resultaba fácil. A la pena que soportaban se unía ahora la terrible noticia sobre Francina y la actitud cada vez más insoportable de Felip Girgós.

—Ese individuo nos acosa —dijo Anna—. Ya no son solo sus paseos desafiantes y chulescos frente a la librería, sino que trata de ponernos en evidencia ante la cofradía de libreros. Y ha escogido el día de Navidad para amargarnos la fiesta.

—Si por él fuera, nos enviaría también a nosotros a la hoguera —repuso Joan recordando su pesadilla de Roma—. Sin embargo, por muy fiscal de la Inquisición que sea, tiene por encima a los propios inquisidores y sabe que no obtendría una condena.

—¡No podemos abandonar a Francina! —exclamó Anna con un sollozo—. Le debemos la vida.

—Haremos todo aquello que esté en nuestra mano y más. La aprecio mucho. Detrás de una fachada desaliñada y arisca, que produce temor, se esconde un gran ser humano.

—Razón de más —insistió Anna—. Hagamos lo que sea preciso, busquemos procuradores, abogados, sobornemos...

Joan movió la cabeza con tristeza.

—Esta Inquisición no admite abogados. El reo no sabe ni siquiera de qué se le acusa. Tampoco se sabe quién testifica en su contra y qué pruebas aporta.

—¡Qué injusto! —exclamó ella con rabia.

Él hizo una pausa, observó apenado los húmedos ojos de su esposa y afirmó con la cabeza antes de continuar.

—Conozco bien a Felip Girgós y sé que es un corrupto, aunque jamás aceptaría un soborno nuestro. Lo usaría para condenarnos.

—¿Qué podemos hacer?

—No lo sé. Le pediré a Bartomeu que me ayude.

—Temo que el proceso de brujería contra Francina tenga como objeto herirme a través de ella —le explicaba Joan, acalorado, a Bartomeu.

Se encontraban en la casa del mercader en la calle Santa Anna. Este había recabado toda la información disponible sobre el asunto aprovechando su pertenencia al Consejo de Ciento, y después había invitado a Joan a comer.

—Lo creo —repuso el mercader—. Lo conozco bien desde que era un niño. Siempre ha sido un matón y un miserable.

—Comentamos en la librería que mientras que los médicos resultaron inútiles con mi madre y mi hija, Francina nos salvó la vida. La Inquisición tiene espías en todos lados y usa eso en su contra.

—Quizá estés en lo cierto y quiera herirte a través de esa mujer. El caso es que esta Inquisición no había encausado a nadie por brujería.

—Entonces ¿por qué ahora?

—Se trata de la peste. La gente quiere chivos expiatorios. En pestes anteriores se acusó a los judíos, pero como fueron expulsados, hay que buscar a alguien distinto a quien culpar. Y no me extrañaría que si habéis dicho que esa mujer cura y los médicos no, alguno la haya denunciado como bruja. Lo único que he podido averiguar es que aparte de Francina hay tres mujeres más acusadas de brujería.

—Haré todo lo que esté en mi mano por salvarla.

—Tienes muy poco que hacer —repuso el mercader negando con la cabeza—. Los inquisidores actúan como les place y nadie los detiene. La única posibilidad sería tener amigos entre ellos, y ni tú ni yo los tenemos. Ya sabes que el consejo ciudadano siempre se les opuso; a los inquisidores los nombra el rey y él los protege. Tienen sus propias tropas y se incautan de las propiedades de los infelices condenados y se reparten el dinero con el monarca. Tenemos un largo contencioso con ellos; ya está mal que los inquisidores no paguen impuestos a la ciudad por ser religiosos, pero es que los familiares de la Inquisición, que, como Felip Girgós, son seglares, tampoco los pagan. Y como son intocables, no nos queda otra que reclamar justicia al rey Fernando, una y otra vez. Y ¿sabes qué responde nuestro monarca?

—No.

—Nada. Ignora a la ciudad de Barcelona y les consiente a ellos. El rey goza pisoteando nuestros fueros y derechos usando el nombre de Dios como única razón y a la Inquisición como instrumento.

—Entonces ¿qué podemos hacer?

—Reza por ella.

Al disgusto que a Anna y a Joan les producía no poder ayudar a Francina se unió la presencia más frecuente de Felip, que paseaba a caballo frente a su casa sonriendo desafiante. En una ocasión se detuvo y uno de sus guardaespaldas entró en la librería con un documento en la mano.

—Quiero hablar con mosén Joan Serra —le dijo a Anna.

Esta, preocupada, hizo que un aprendiz fuera a por él al taller de imprenta.

—Por orden de la Santa Inquisición se os cita el próximo jueves al mediodía para que os presentéis frente al inquisidor Francisco Pays de Sotomayor —proclamó el soldado entregándole a Joan el pergamino con la orden.

—¿Para qué se le requiere? —quiso saber Anna.

—El inquisidor se lo dirá en persona. —Y sin añadir palabra, el soldado fue a reunirse con Felip, que, altivo, aguardaba en la puerta.

Anna y Pedro miraron a Joan preocupados. No podían ser buenas noticias.

—No creo que sea contra mí —les dijo él para tranquilizarlos—. Tiene que ser relativo a Francina. Y si es así, al menos sabremos algo de ella.

115

Joan recordaba demasiado bien aquella enorme y fría estancia donde seis gigantescos arcos de piedra soportaban unas enormes vigas de madera. Se encontraba en el palacio real de Barcelona, que se había convertido, por voluntad del rey Fernando, en el cubil de la Inquisición, y aquel era el salón del Tinell. Dieciséis años antes se había visto obligado a testificar allí en el juicio que condenó a la hoguera a sus patronos, los Corró, a los que tanto quería. Fue una de las experiencias más dolorosas de su vida y aún guardaba aquellas terribles imágenes en su memoria. A ellas se sumaban las pesadillas, como las sufridas en Roma, que tenían aquel lugar como escenario. Para tranquilizarse se decía que él no acudía como encausado, solo como testigo, y que aquello nada tenía que ver con los terribles sueños que le habían atormentado.

Cuando el soldado abrió la puerta, Joan se enfrentó a un gran vacío que unos ventanales a su izquierda iluminaban con la luz gris de aquella desapacible y nublada mañana de enero. Siguió al soldado hacia el fondo de la estancia, y allí se encontró con un estrado elevado tres escalones donde se sentaba el inquisidor. Estaba detrás de una mesa, protegido de las corrientes de aire y del frío de la sala por un dosel cuya tela colgaba cubriéndole la espalda y los costados. Seguramente un brasero bajo la mesa le mantenía caliente. A su derecha, elevados sobre un estrado más amplio y tras sus mesas, se situaban los distintos oficiales de la Inquisición: secretarios, escribanos, notarios y alguaciles. Entre ellos destacaba, de pie, el corpachón bien abrigado de Felip Girgós, fiscal de la Inquisición, que le observaba con gesto satisfecho.

A la izquierda, custodiadas por unos soldados, se sentaban cuatro mujeres. Vestían los infamantes sambenitos, aquellas batas amarillas con cruces rojas que distinguían a los reos de la Inquisición, y llevaban encasquetados unos capirotes del mismo color y con las mismas cruces. Joan solo pudo identificar a Francina, que destacaba entre aquellas figuras abatidas, seguramente por la tortura, como la única que se mantenía erguida.

El secretario que recibió a Joan le pidió su nombre, le hizo jurar y, terminado el procedimiento, proclamó en voz alta la fórmula acostumbrada:

—¡Joan Serra de Llafranc ha jurado decir verdad!

El librero se quedó mirando al inquisidor, que le contemplaba sin decir nada, y fue Felip quien inició el interrogatorio.

—¿Reconocéis entre las acusadas a una tal Francina Viladamor?

—Sí, la reconozco —dijo, y su mirada se cruzó con la de ella. Se mostraba serena.

—Gentes honradas afirman haberos oído decir que esa mujer se valió de malas artes para curaros de la peste —clamó el pelirrojo.

—Dije que nos curó a mí y a mi esposa, pero nunca dije que lo hiciera con malas artes.

—Si no fueron malas artes, ¿cómo se explica que tuviera un poder que unos sabios doctos como los médicos no poseen?

—Porque sabe más que ellos sobre la peste.

—¡Eso es absurdo! —profirió Felip.

Joan miró al inquisidor; los observaba sin que, al parecer, tuviera intención de intervenir.

—No, no lo es —repuso irguiéndose desafiante hacia su enemigo—. Francina pertenece a una larga estirpe de herboristas y boticarios. Hace años fue la especiera más reconocida de la ciudad. Sus curaciones son fruto del saber, no de las malas artes.

—¡Tonterías! —Felip enrojecía—. Se sabe que invoca al diablo para conseguir lo que no logran los médicos.

—¡No! —le contestó Joan—. Nunca la he visto hacer tal cosa.

—Tenemos testigos que afirman que hace años renegó de Dios y de la Santa Madre Iglesia. Y ahora trata con el diablo y tiene comercio carnal con él. De ahí viene su poder de curación; de sus invocaciones diabólicas.

—¡Miente quien diga eso! —gritó Francina levantándose de su silla. Joan pudo ver que estaba maniatada—. ¡No tengo relación alguna con el diablo! Aunque estoy segura de que vosotros, que torturáis y mentís, sí la tenéis. El diablo no existe, pero vosotros, con vuestro fanatismo y maldad, ocupáis su lugar.

—¡Nadie os ha preguntado! —le espetó Felip—. ¡Callaos!

—Es cierto que renegué de Dios y de la Iglesia cuando la peste se llevó a toda mi familia —continuó Francina. Los mechones de su pelo gris se escapaban por debajo del capirote—. Me arrepentí y le pedí perdón a Dios hace ya mucho tiempo. Pero no lo hice con la Inquisición, ni pienso hacerlo.

La sala se quedó en silencio. Todos miraban sorprendidos a Francina, que jadeaba y que se irguió más aún para continuar:

—He conocido a eclesiásticos honestos, pero también a muchos entregados a los vicios de la cólera, la lujuria, la gula, la avaricia, la soberbia, la envidia y la pereza. Y los peores entre todos ellos sois vosotros, los inquisidores, que torturáis, robáis y matáis a gentes inocentes...

—¡Que se calle! —dijo el inquisidor.

—¡Callaos! —le ordenó Felip.

—¡Renegué de esa Iglesia y lo vuelvo a hacer! —continuó la mujer haciendo caso omiso.

Los soldados la sujetaron de los brazos y ella se debatió sin dejar de gritar.

—¡Estoy con Dios, pero en vuestra contra!

Uno le tapó la boca con la mano, pero de inmediato soltó un alarido de dolor.

—¡Me ha mordido!

—¡Mientras viva no callaré! —chilló Francina.

El otro soldado la golpeó con el revés de su mano y la hizo caer al suelo.

—¡Yo os maldigo! —continuó gritando mientras se incorporaba.

—Lleváosla —ordenó el inquisidor—. Ya he oído bastante.

—Yo quería ayudarla, pero no me dejó —explicaba Joan apenado al terminar el relato de lo ocurrido.

Estaba de vuelta en la librería, en la intimidad del salón, y le rodeaban Anna, María, Pedro y Abdalá.

—¿Cómo se le ocurrió decir esas cosas? —inquirió María—. Ella misma se condena.

—Sin embargo, niega los cargos de brujería —observó Anna—. No solo refuta haber tenido trato con el diablo, sino que afirma que no existe.

—Negar la existencia del diablo la hace rea de herejía —dijo Joan.

—Sí, y además reniega de la Iglesia —añadió Pedro—. Esos son cargos suficientes para que la condenen.

—Más que contra la Iglesia, clama contra la Inquisición —dijo Anna.

—Precisamente es la Inquisición quien la juzga —puntualizó Pedro con una sonrisa triste.

—Una mayoría de los habitantes de esta ciudad pensamos lo mismo en cuanto a la Inquisición —comentó Joan—. Solo que carecemos del valor de decirlo en público.

—Tenemos buenas razones para callar —repuso Pedro—. ¿No creéis?

—Miedo —dijo Anna—. Tenemos miedo. Son unos asesinos, nos tienen atemorizados, y ese Felip es el peor de todos ellos.

—No comprendo por qué me citó a testificar cuando sabía que lo haría a favor de Francina.

—No te necesitaba como testigo —intervino Abdalá, que se había mantenido callado hasta el momento—. Solo quería mostrarte su poder, que vieras a nuestra amiga maniatada, vestida con el sambenito y con el capirote en la cabeza. Quería que la contemplaras humillada y temerosa. Quería hacerte sentir responsable de su destino.

—Lo último es cierto. Fueron mis palabras, de agradecimiento y elogio, las que le sirvieron a Felip para encausarla.

—No te sientas culpable, eso es lo que él quiere —continuó el musulmán—. Francina sabía el riesgo que asumía al enfrentarse a los médicos. Es una mujer valiente que ha vivido como ha querido y que va a morir de la misma forma.

—En la hoguera —dijo Anna sombría—. Nadie quiere morir en la hoguera.

—Ella escogió ese destino desafiando a los inquisidores —dijo Abdalá—. Si se hubiera mostrado sumisa, temerosa y arrepentida, quizá hubiera escapado con una pena menor. Hasta ahora, los inquisidores no se habían preocupado de la brujería, solo de los conversos que practican el judaísmo de forma clandestina. Pienso que incluso dudan de la existencia de brujas reales y de pactos con el diablo. Si no hubiera sido por Felip, no se habrían fijado en ella.

—Felip es un miserable —dijo Joan con rabia—. No imagino a Francina sumisa y temerosa. Me alegro de que no pueda con ella.

—Francina no teme a la muerte, Joan —continuó Abdalá—. No deja nada atrás. Nos conocimos cuando tú tuviste dificultades en Italia y congeniamos de inmediato; ambos somos marginados sin lugar en esta sociedad intolerante. Prefiere morir con dignidad antes que vivir miserablemente, y quizá la quemen viva en la hoguera.

—¿¡Quemada viva!? —exclamó María—. ¿Por qué iba a ser quemada viva? A los condenados se les da la opción de ser estrangulados antes de que sus cuerpos ardan.

—Solo se les concede ese privilegio a los que se arrepienten públicamente y son aceptados de nuevo en la Iglesia —explicó Abdalá—. Conozco a Francina. Se confesará, dispondrá su alma para la muerte, pero no cederá ante los inquisidores. No les dará ese placer.

—¿Por qué iba a preferir ese horrible sufrimiento? —insistió María.

—Por dignidad —repuso Abdalá.

—Y porque es libre —añadió Joan.

Se miraron unos a otros en silencio. Anna se encargó de romperlo.

—¿Sabéis? Francina me parece admirable. Si morir es la única opción, hay que hacerlo con dignidad, aunque comporte un mayor sufrimiento.

Afligido, Joan escribió aquella noche: «Gracias, Francina, por salvarnos. Admiramos vuestro valor y dignidad».

116

Joan y Anna no podían quedarse cruzados de brazos mientras Francina era condenada y ejecutada por la Inquisición.

—Removeré cielo y tierra —le prometió el librero a su esposa.

Al primero que acudió fue a Bartomeu, que de inmediato le desanimó.

—Ya sabes que el poder de la Inquisición es total; el gobernador, al que nombra el rey, los obedece sin rechistar —le dijo—. El obispo, por su parte, ha delegado todos sus poderes en ella, nada puede hacer tampoco. Y las entidades ciudadanas, como el Consejo de Ciento, que siempre se han opuesto a la Inquisición han sido derrotadas repetidamente, pues el rey las hace callar o ignora sus quejas. Así que nada se puede hacer.

—Eso es desde fuera —dijo Joan—. ¿Hay algo que hacer desde dentro de la propia Inquisición?

—Quizá tengas un resquicio por el que penetrar —repuso Bartomeu después de pensarlo—. Aunque creo que Francina es un caso perdido.

—¿A qué os referís?

—El prior de Santa Anna, Cristòfol de Gualbes, es amigo del valenciano fray Joan Enguera, el segundo inquisidor. Sé que tienes buena relación con él. Inténtalo.

El prior acogió a Joan con amabilidad, pero al conocer el asunto dijo que era muy difícil salvar a Francina. Joan le insistió en su saber y en la pérdida irreparable que representaría que muriese alguien que sabía cómo luchar contra la peste.

—El cometido de la Inquisición es salvar el alma, no el cuerpo —repuso el prior enfático—. Lo segundo no importa frente a lo primero. Sin embargo, en deferencia a ti, hablaré con fray Joan Enguera por si algo se puede hacer.

Unos días después, cuando Joan regresó a Santa Anna, el prior le dijo:

—Habla de mi parte con mosén Pere Maull.

—¿Quién es?

—El maestre de la cofradía de la Muerte.

—¿Qué puede hacer él para salvar a Francina? —Joan recordaba a aquel siniestro personaje que junto a sus cofrades desfilaba en las ejecuciones y que había comandado el grupo de esqueletos danzantes que bailaron en la plaza de Sant Jaume.

El prior le contempló como si Joan tuviera dificultades de comprensión.

—Él no puede hacer nada para que viva, pero sí para que tenga una mejor muerte.

—Olvídate de Francina, lo suyo no tiene remedio —le dijo Bartomeu cuando acudió a contarle su decepción con respecto al prior Gualbes—. Y ocúpate de Abdalá.

—¿Qué ocurre con Abdalá?

—Ya sabes que Felip le odia tanto como a ti —explicó el mercader—. Y desde que está en tu casa, el maestro no vive en el *scriptorium* del último piso como hacía en la mía y en la de los Corró, sino que frecuenta la librería, conversa con tus clientes y sale a la calle. De repente se ha convertido en un anciano venerable y sabio al que la intelectualidad de la ciudad respeta y admira. Y no solo eso, sino que tus aprendices y oficiales, después de que los salvara de la peste, le veneran. Ya no solo influye en los jóvenes de tu casa, sino que a través de estos lo hace en muchos otros de la ciudad, que acuden a escucharle.

—Cierto. Abdalá tiene ochenta años y sin embargo goza de buena salud y de un intelecto privilegiado; no recuerdo haberle visto nunca tan feliz. El contacto con los jóvenes le da vida.

Bartomeu sonrió afirmando con la cabeza.

—Es cierto que se le ve muy feliz, más que cuando estaba conmigo. Pero me preocupa lo que se oye en la ciudad.

—¿Qué es?

—Como sabes, la Iglesia acepta la esclavitud cuando los cautivos pertenecen a otras religiones. Y el deber del amo es evangelizarlos para que renuncien a sus creencias, acepten el bautismo y pasen a formar parte de la comunidad cristiana. Entonces, una vez que el amo ha recuperado el dinero invertido con el trabajo del esclavo y este ha sido bautizado, debe darle la libertad.

—Sí, pero ese no es el caso de Abdalá —objetó Joan—. Aceptó la esclavitud para poder trabajar con los libros de los Corró a condición de que se respetase su religión. No es un falso converso, sino un musulmán declarado, y la Inquisición no puede hacer nada contra él. Es inmune a Felip.

—Precisamente eso es lo que los irrita. Dicen que es un mal ejemplo.

—Pues lo ha sido por muchos años —replicó Joan.

—Sí, pero ahora ejerce de maestro y los clérigos temen que conduzca a los jóvenes a la herejía.

—Eso es absurdo —dijo Joan indignado—. Nada más lejos de la intención de Abdalá que convertirse en un predicador. Admite el cristianismo y evita denunciar sus contradicciones. Les enseña a los jóvenes, entre otras muchas cosas, a ser tolerantes.

—¿Tolerancia? —rio Bartomeu—. La tolerancia es peligrosa, es herética para los inquisidores. —Y cambiando a un gesto serio, continuó—: Si hablo ahora contigo, no es para debatir lo que es o no absurdo, sino porque temo por Abdalá.

—Repito que nada puede hacer la Inquisición contra él.

—Habla con Abdalá, Joan —insistió Bartomeu—. Conoces a Felip, es un asesino. Mata por placer. Temo que esté planeando su muerte. Y no necesita de la Inquisición para matarle.

Aquella misma tarde, Joan tuvo una conversación con Abdalá en el *scriptorium*, y le relató lo tratado con Bartomeu y las preocupaciones del mercader. El anciano rio.

—¿Tú crees que voy a alterar mi forma de vida solo por temor?

—No, pero os pido que toméis precauciones. Evitad salir a la calle, que no os vean tanto. Antes apenas salíais.

—Mi vida es ahora distinta, Joan. —Una sonrisa dulce iluminaba su cara—. Me relaciono mucho con los jóvenes. A ellos les gusta y a mí también. Ellos salen a la calle y yo también.

—Y ¿si os lo ordena vuestro amo?

El musulmán clavó su mirada en los ojos de Joan y su expresión cambió de jocosa a seria.

—¿Me lo ordenas? —dijo al rato.

—No, claro que no, maestro —balbució el librero avergonzado—. Solo os lo recomiendo.

La sonrisa de Abdalá regresó, sus manos buscaron las de Joan y las tomó con ternura.

—Gracias por tu preocupación y cariño, Joan —murmuró—. Sé que tus palabras surgen del corazón. ¿Recuerdas cuando te dije, hace muchos años, que los libros tenían cuerpo y alma como las personas?

—No lo he olvidado. —El contacto huesudo y cálido de las manos del granadino y el tono cariñoso y suave de sus palabras le emocionaban. Presentía que quería decirle algo importante.

—Pues bien, las personas son como los libros —continuó el anciano—. Sus vidas son relatos que tienen un principio y un final. Y es fundamental que la historia termine bien.

»Estoy escribiendo las últimas páginas del libro de mi vida. Y trato de hacerlo con mi mejor caligrafía. Tengo muchos años, Joan. ¿Crees que voy a dejar que el miedo, el temor por mi vida, cuando ya vale tan poco, emborrone mi final? ¿Qué ejemplo les daría a los muchachos jóvenes si me viesen temblar por un matón? Pronto llegaré a la última página y quiero que sea un final digno. No me esconderé.

El librero mantuvo sus manos entre las de su maestro y cerró los ojos para retener cada una de sus palabras. Aquel hombre le hacía retornar a la infancia. Notaba que su corazón se encogía y que sus párpados contenían una lágrima. Presentía que el anciano estaba en lo cierto. Su fin estaba próximo y tendría una muerte digna.

117

En su camino hacia la plaza del Rey, la procesión del auto de fe iba a pasar frente a la librería. La familia Serra y sus empleados la aguardaban en un silencio compungido. Transcurrió un largo rato hasta que divisaron la cabeza del desfile.

—¡Ya vienen! —gritó uno de los aprendices, que llegaba corriendo de la plaza de Sant Jaume—. ¡Ya vienen!

La calle era estrecha y los empleados se situaron apretados contra las paredes de las casas para dejar paso a la comitiva. Anna, Joan, María y Pedro se asomaron a las ventanas del primer piso. Un fraile dominico ataviado con el hábito blanco y la capa negra característica de su orden abría la marcha. A pesar del frío invernal, iba descalzo y con la capucha baja, mostrando la amplia tonsura de su cabeza. Joan recordó el tiempo en que él fingía ser un dominico en Florencia. ¡Habían ocurrido tantas cosas desde entonces!

El fraile portaba el estandarte de la Inquisición, que lucía en el centro una cruz verde de madera espinada con una espada a su derecha y una rama de olivo a la izquierda. La espada representaba el castigo para el pecador y la rama de olivo, la reconciliación y el perdón para el arrepentido. El pendón mostraba también una inscripción en latín que decía: «¡Álzate, oh, Señor, a defender tu causa!».

—¿La causa del Señor? —inquirió Joan—. ¡Qué burla!

—La Inquisición presume de conjugar la espada y el olivo, castigo y perdón —murmuró Anna—. A los arrepentidos los perdonan para ajusticiarlos acto seguido. ¡Vaya un perdón!

—El perdón no quita la pena —repuso Joan.

—Me da a la vez coraje y asco —concluyó ella.

Al portaestandarte le seguían un grupo de monaguillos cantando y otro fraile dominico también con la capucha baja y descalzo que portaba una gran cruz. Después, a pie, llegaba la comitiva de los notables, formada por el gobernador y un numeroso grupo de nobles y magistrados, la mayoría al servicio del rey. Y a continuación desfilaban los oficiales del Santo Oficio presididos por el inquisidor, al que acompañaban sus alguaciles, notarios, escribanos y tropa. Entre ellos destacaba el corpachón del fiscal, que, ufano y conocedor de su poder, se pavoneaba como si fuera el amo de la ciudad.

—¡Mirad al fanfarrón! —murmuró Pedro desde la ventana al verle.

—¡El fiscal es un indigno! —dijo Joan lo suficientemente alto para que le oyeran en la calle.

Y desde abajo, los aprendices que rodeaban a Abdalá abuchearon al grueso pelirrojo.

—¡Fuera mosén Girgós! —gritaban—. ¡Indigno!

Felip miró desafiante a las ventanas, sonriendo desdeñoso ante la desaprobación que causaba en la librería. Su mirada y la de Joan se enlazaron largo tiempo hasta que el fiscal la desvió para fijarse en Abdalá, que destacaba en la calle por su indumentaria morisca y su turbante.

—¡Moro de mierda! —le dijo con rabia—. Haré que tú y esos libreros aprendáis a respetarme.

Y sin detener el paso recuperó su porte altanero y orgulloso. Le seguía un grupo de frailes dominicos en silencio y encapuchados que cerraban esa parte de la procesión. Después de un amplio espacio, desfilaba otro fraile que portaba una cruz en alto.

—¡Mirad! —dijo Anna en un susurro.

Detrás del fraile, una mujer de unos cincuenta años arrastraba los pies vestida con el sambenito amarillo con cruces rojas y el cucurucho. Llevaba un cirio apagado en sus manos y una soga al cuello que la unía a la siguiente, que no era otra que Francina. Mientras que la primera no apartaba la vista del suelo, Francina mantenía la cabeza alta y miraba a la gente a los ojos, aunque la mayoría insultaba a «las brujas» y les lanzaba objetos. Los soldados que las acompañaban no trataban de impedir el escarnio del populacho. Sus únicas órdenes eran que aquellas mujeres llegaran vivas a la muerte. El aspecto de Francina era, a pesar de sus esfuerzos por aparentar firmeza, de agotamiento, y sus ojeras mostraban los estragos de la prisión y la tortura.

—¡Francina nos salvó de la peste! —dijo Anna desde la ventana—. ¡Gracias!

—¡Gracias, Francina! —secundó Joan. Hubiera querido poder darle un último abrazo y hablar con ella para expresarle su cariño y admiración, pero era imposible. Se limitó a repetir—. Gracias.

—¡Francina es inocente! —dijo Abdalá a media voz, y los aprendices lo repitieron a gritos.

No solo Joan y Anna se sentían en deuda con Francina, también los muchachos que habían pasado lo peor de la peste en la librería al cuidado de Abdalá. Muchos vecinos que conocían lo ocurrido en la librería vitorearon también a Francina, que cuando levantó su mirada hacia Joan y Anna mostraba lágrimas en los ojos y una breve sonrisa de agradecimiento en los labios. Anna no pudo contener el llanto.

A Francina, unida a ella por la soga, la seguía otra mujer con su sambenito y capirote correspondientes, cabizbaja y con una vela apagada. Tras ella, había una cuarta bruja que en todo vestía como las anteriores, solo que montaba un borrico guiado por un soldado y estaba atada a unos palos sujetos a la silla que la mantenían erguida. Había muerto durante su prisión, quizá torturada. Su desagradable aspecto y olor mostraban que era un cadáver de días.

—Ni a los muertos perdonan —murmuró Anna.

—Bien sabéis que algunos han sido juzgados incluso años después de su fallecimiento —corroboró Joan—. Y desentierran sus cuerpos para quemarlos.

Detrás del borrico y su macabro jinete venía otra cruz portada por otro fraile y a continuación desfilaba, a cierta distancia, un destacamento de soldados de la Inquisición que marchaban al son de un tambor. A los militares los seguía otra cruz al frente de una comitiva de frailes con la capucha calada recitando salmos y cerraba la procesión un grupo de hombres vestidos de negro y rezando. Eran los miembros de la cofradía de la Muerte, que siempre acompañaban a los reos en las ejecuciones. Los seguía una multitud de curiosos expectante y festiva, ansiosa por presenciar el espectáculo.

Joan miró a su esposa, que, con los ojos húmedos, contemplaba el alegre gentío desde la ventana, y le tomó las manos. Ella dejó ir un sollozo y se abrazaron.

—Vamos —dijo Anna al rato—. Será penoso, pero estaremos con ella.

118

Joan, Anna, María y Pedro se unieron a la multitud que se apretujaba detrás de la procesión camino de la cercana plaza del Rey, donde se representaría el auto de fe.

Como en ocasiones anteriores, la Inquisición había hecho erigir en aquella plaza, la más prestigiosa de la ciudad, tres tribunas apoyadas en el muro de la capilla de Santa Águeda, la iglesia del palacio real. La plaza estaba abarrotada, la gente continuaba llegando, risueña, expectante y festiva, y los soldados establecieron un cinturón que separaba el gentío de las tribunas. Los Serra avanzaron decididos hacia el frente, a pesar de las protestas de algunos, donde los aprendices y oficiales de la librería, entre los que se encontraban Andreu y Martí, los hijos de María, les guardaban espacio. Joan y Anna, cogidos de la mano, se situaron junto a Abdalá.

—¿Cómo estáis, maestro? —le preguntó Joan.

—Muy apenado —repuso el musulmán—. Nunca antes estuve en un auto de fe y busco fuerzas para asistir a este espectáculo de miseria humana. Bien sabe el Señor que no critico el cristianismo, sino a aquellos que, escudándose en la religión, cualquiera que sea esta, satisfacen sus instintos más bajos.

—Se han cometido tantos crímenes en el nombre de Dios… —murmuró Anna.

Y quedaron en silencio observando el escenario en el que se desarrollaría aquel teatro macabro. Las dos tarimas de la derecha estaban cubiertas por un dosel decorado con telas de calidad que colgaban protegiendo del frío la parte trasera y los laterales. En el que ocupaba la posición central se habían instalado el inquisidor y sus funcionarios, y en el de la derecha, las personalidades y sus criados. La tribuna de la izquierda, por el contrario, era apenas un tinglado de madera con bancos en los que se sentaban las condenadas, custodiadas por los soldados, vestidas con sus sacos benditos y capirotes de amarillo con cruces rojas. Allí, en una silla especial que mantenía su cuerpo erguido, colocaron a la muerta.

Los frailes y los cofrades de la Muerte que no gozaban del rango suficiente para sentarse con las autoridades lo hicieron en unos bancos situados a nivel del suelo. La ceremonia sería larga. En el centro de la plaza, frente a la tribuna de los inquisidores, había un púlpito, al que subió, después de una breve conversación con su superior, el fraile dominico Joan Enguera, segundo inquisidor y amigo del prior Gualbes.

—*Christi nomine invocato* —pronunció con voz firme santiguándose.

En la plaza se hizo el silencio y la gente le imitó trazando cruces desde la frente al pecho y desde el hombro izquierdo al derecho.

—En el nombre de Nuestro Señor Dios Jesucristo y de su humilde madre la Virgen María, a los cuales invocamos —continuó.

Y después desgranó un largo sermón aludiendo a la reciente peste, asimilándola a las plagas bíblicas, castigo a los pecados del hombre. Llevaba ya un largo rato de sermón cuando su voz se hizo más atronadora y amenazante al hablar del diablo como corruptor de almas, y empezó a lanzar anatemas contra los que con él supuestamente trataban.

—Está preparando la sentencia para esas pobres mujeres —murmuró Anna.

La prédica superaba ya las dos horas cuando el fraile terminó elogiando a la Inquisición y su labor purificadora, que libraba al mundo de herejes, corruptos y nigromantes.

—Toda esa gente no aguantaría semejante sermón si no fuera por el espectáculo de ejecuciones que le sigue —le dijo Joan a Anna.

—Igual que las corridas de toros que daban los Borgia en Roma —repuso ella.

—Sí, solo que allí sacrificaban animales, no a gente, y en ellas los hombres se jugaban la vida.

—¡Dios mío, qué impotencia y qué asco siento!

A continuación se celebró una misa y, al terminar, Felip, que hasta el momento se había mantenido sentado en la grada junto al primer inquisidor, subió al púlpito con su habitual pavoneo. Con voz tronante fue nombrando a cada una de las mujeres y los crímenes que se les imputaban: nigromancia, envenenamiento, adoración al diablo y trato carnal con este que les confería poderes para dañar a los buenos cristianos causando plagas y sequías en los campos, granizos, lluvias devastadoras y pestes. Al final anunciaba la pena para cada una de ellas: el fuego de la hoguera y la incautación de todos sus bienes. Las dos primeras escucharon su sentencia cabizbajas y en llanto. Entonces le tocó el turno a Francina, que se había mantenido en silencio durante la procesión y los sermones. Para sorpresa de todos, se levantó del banco y, con una energía insospechada, gritó superando la voz de Felip:

—Esto es una farsa, una crueldad contraria a las enseñanzas de Cristo, a quien invocáis.

—¡Hacedla callar! —ordenó el fiscal.

—Soy inocente, no tengo nada que ver con el diablo —continuó Francina al tiempo que los soldados se abalanzaban sobre ella—. Curo la peste porque sé más que los médicos…

—¡Ponedle el bozal! —gritó Felip.

Acallaron a Francina a golpes y, mientras le ponían un bozal a la fuerza, Anna gritó:

—¡Francina es inocente! —Se sentía llena de rabia y dolor—. ¡Esto es una farsa!

Joan se estremeció ante la audacia de su esposa, pero se unió a sus gritos:

—¡Francina, inocente!

De inmediato, el personal de la librería, vecinos y, para sorpresa de los libreros, una parte importante del público secundaron los gritos. Algunos, sin conocer a Francina, aprovechaban para clamar contra la Inquisición. La masa empezó a moverse de la misma manera en la que el viento agita la mies y tomó un aspecto amenazante.

—¡Hacedlos callar! —chilló Felip.

Y los soldados, lanza en ristre, hicieron retroceder a los de la primera fila, donde se encontraba el personal de la librería, mientras otros, armados con bastones y dispuestos a aporrear a los revoltosos, avanzaban hacia la gente.

—¡Callad ya! —ordenó Joan a los suyos. Quería evitar sangre inútil.

Los libreros obedecieron y los gritos se fueron apagando conforme los soldados, garrota en mano, se abrían paso hacia los que voceaban.

—¡Se condena a Francina Viladamor a ser quemada viva en la hoguera del Canyet por brujería! —sentenció Felip cuando se hizo el silencio—. Pero si suplica clemencia y se reconcilia con la fe cristiana, se le concederá, como a las demás, la caridad de ser estrangulada por el verdugo antes de que las llamas consuman su cuerpo.

Se oyeron algunos abucheos, aunque los espectadores, en su mayoría, se sentían satisfechos. Habría espectáculo. Joan miró a Francina. Estaba sentada entre dos soldados y tenía la boca cubierta con el bozal de cuero que la Inquisición usaba para los reos que, como ella, no se sometían.

—¡Fijaos! —exclamó Joan—. Se mantiene tan erguida como puede. Observad con qué desafío mira a sus verdugos.

—Me siento orgullosa de conocerla —dijo Anna con un sollozo.

Pronunciadas las sentencias, con toda solemnidad, Felip hizo entrega de las brujas al representante del gobernador. A partir de este momento serían las tropas reales las encargadas de la custodia de las mujeres y de su ejecución. Los inquisidores condenaban, pero no se manchaban las manos de sangre; ejecutar no era un trabajo propio de un religioso. La procesión, con el mismo orden anterior, salió de la plaza camino del patíbulo, solo que ahora los soldados que desfilaban al final cargaban leña para la hoguera. Seguirían el llamado «camino de la infamia», que tomaba la calle Especiers, cruzaba bajo el arco de Santa Eulalia para salir a la plaza del Blat y la calle Boría, después seguía entre otras por Montcada, la plaza del Born y el Pla d'en Llull y abandonaba la ciudad por el Portal de Sant Daniel, que cruzaba las murallas, camino del Canyet.

El estandarte de la Inquisición abría el camino, los frailes portaban los grandes crucifijos y cantaban sus letanías mientras los inquisidores y las autoridades desfilaban satisfechos al paso lento y solemne que marcaban los tambores. Ahora, sin que los Serra y sus empleados pudieran hacer nada por evitarlo y ante la indiferencia de los soldados, las mujeres eran insultadas, zarandeadas, escupidas y recibían el impacto de todo tipo de porquerías que les arrojaban.

—¡Brujas! —gritaba el gentío—. ¡Traéis la peste! ¡Copuláis con el diablo!

El Canyet era un lugar de muerte y nadie llevaba la cuenta de cuántos habían sido ejecutados allí. Era una zona pantanosa, fétida, llena de cañaverales, cercana al mar. Con frecuencia, aquellas aguas estancadas despedían fumarolas y una neblina de olores putrefactos, de descomposición. En verano, los mosquitos plagaban el lugar y por las noches, entre fuegos fatuos, vagaban perros abandonados e incluso lobos en busca de cadáveres. Era el lugar adonde se arrojaban los cuerpos de los animales muertos y cualquier otro desperdicio que la ciudad quería mantener lejos de sus muros. En su parte central, en un lugar seco, se alzaba una cruz de piedra, llamada de la Llacuna, y allí era donde la Inquisición quemaba a sus víctimas.

Al lado de la cruz había una gradería de madera preparada y frente a ella una pila de maderos rodeada por varios postes. Allí se detuvo la procesión, los curiosos circundaron el lugar y los soldados descargaron la leña que portaban mientras los frailes continuaban con sus cánticos. Se bajó a la muerta de su silla y se la dejó junto a las otras brujas, que se derrumbaron agotadas, con excepción de Francina, aún amordazada, que se mantuvo de pie mirando a los espectadores. En primera fila se colocaron Anna, Joan y el resto del personal de la librería, que animaron a su amiga hasta que los soldados los obligaron a callar. Entonces se acercó el inquisidor Sotomayor junto a Felip para ofrecerles a las mujeres su última oportunidad de reconciliarse con la Iglesia, librándose así de morir en las llamas. Cuando le quitaron el bozal a Francina, dijo serena:

—Deseo confesarme para quedar en paz con el Señor. Pero nada quiero con el poder corrupto de la Inquisición.

—¡Te quemaremos viva! —la amenazó Felip.

—¡No me das miedo, fantoche! —repuso ella levantando la voz para que el público la oyera—. Solo temo a Dios.

—¡Que le pongan el bozal hasta que llegue el confesor! —ordenó Felip.

Francisco Pays de Sotomayor se dirigió a la multitud para

informarlos de que dos de las brujas se arrepentían y serían perdonadas, pero que la tercera no.

Llegaron los confesores y el verdugo esperó a que cada una de las reconciliadas recibiera la bendición para estrangularla con una soga. Mientras, Pere Maull, el maestre de la cofradía de la Muerte, con quien Joan se había entrevistado a instancias del prior de Santa Anna, hablaba con fray Joan Enguera. Cuando Francina terminó de confesarse y volvieron a ponerle el bozal se acercó a ella y le musitó algo al oído. Francina miró a Anna, a Joan y al resto de sus amigos y afirmó varias veces con la cabeza. Era su forma de dar las gracias y despedirse. De inmediato, sin quitarle el bozal, la ataron a un poste. Entonces, uno de los cofrades de la Muerte la embadurnó, con una brocha, de una mezcla de brea y resina inflamable. Las llamas la quemarían antes, su agonía sería más corta; Joan le había prometido al maestre de la cofradía de la Muerte una buena suma a cambio del permiso del inquisidor. Era lo único que Anna y Joan podían hacer por ella.

Francina estuvo mirándoles, como si quisiera hablarles con los ojos, mientras las llamas prendían en la leña y buscaban su cuerpo cubierto de brea como los dedos brillantes de una mano gigantesca. Al poco, la mujer ardía como una antorcha retorciéndose entre las llamas con un gemido que su mordaza no pudo reprimir. Joan y Anna se estremecieron de horror y ella, con un sollozo, soltó la mano de su marido para cubrirse la cara con las suyas. No podía ver aquello.

—Muere por habernos salvado —murmuró angustiada. Las lágrimas y un nudo en la garganta le impidieron continuar.

Joan la cogió del hombro, pasándole el brazo por la espalda, para consolarla, aunque sentía la misma pena y dolor.

Después, cuando la hoguera alcanzaba su apogeo, los verdugos fueron lanzando desde la gradería los cuerpos, uno muerto desde hacía tiempo y los otros recientes, de las otras tres condenadas. Los impactos levantaban columnas de pavesas.

Los frailes siguieron cantando y, como de costumbre, aparecieron de entre la multitud penitentes que se azotaban las espaldas o que andaban de rodillas hasta el fuego y que gritaban sus pecados pidiendo perdón.

—¡Qué horrible y qué injusto! —dijo Joan, sobrecogido, cuando el poste que sujetaba el cuerpo de Francina se derrumbó sobre las brasas.

—Pero qué lección de valor y decencia —repuso Anna.

119

La tristeza por la trágica muerte de Francina flotó sobre la librería los días siguientes. Era como si aquel olor a carne humana quemada se mantuviera en el olfato de todos aquellos que habían presenciado la horrible escena. Anna, en especial, no podía superar la frustración que le producía pensar que alguien capaz de desafiar a la peste para ayudar a los demás, superando en conocimientos a los propios médicos, terminase de aquella forma tan horrible. Y que la causa de su muerte fuera precisamente su saber, su valor y su entrega.

—La Inquisición se ha incautado de todo lo que tenía, su casa, sus campos..., todo —lamentaba.

—Lo peor es que su saber murió con ella en la hoguera —dijo Joan—. ¿Cuánta gente se habría salvado de la próxima peste si hubiera compartido sus conocimientos?

—La Inquisición venderá los campos y la casa, se repartirá el dinero con el rey y quemará todo lo demás, libros incluidos —intervino Abdalá—. Con ello pretenden limpiar los restos de la herejía de Francina y sus supuestas artes diabólicas. Pero no será más que otro estúpido acto de ignorancia.

—Me preocupa Abdalá —le insistió Bartomeu a Joan en su siguiente visita a la librería.

—Hablé con él, le advertí.

—Sin embargo, no ha modificado su conducta.

—Ya os comenté lo que me dijo. Será legalmente mi esclavo, pero aún es mi maestro, y no soy capaz de dictarle su forma de vivir. Al contrario, trato de aprender de él.

—En el Consejo de Ciento se oyen muchas cosas —continuó el mercader—. Felip ya le odiaba antes, pero desde que en la procesión, camino del auto de fe, los muchachos que rodeaban a Abdalá gritaron a favor de Francina abucheándole a él le aborrece mucho más. Después, en la plaza del Rey, durante el auto de fe, hubo un conato de motín y las voces se originaron donde destacaba el turbante blanco de Abdalá.

—Yo soy el responsable, no Abdalá.

—No importa. —La expresión ceñuda de Bartomeu mostraba su preocupación—. Te costará creer lo que te voy a decir, pero Felip empieza a temer a Abdalá. Y eso le pone en mayor peligro. Dile que se ande con cuidado.

—Se lo diré, Bartomeu. Aunque conozco su respuesta.

—Por favor, maestro, quedaos unas semanas en el *scriptorium*, no salgáis a la calle ni bajéis a la librería.

—Me queda ya poca vida, Joan —repuso él con su dulce sonrisa—. ¿Es que quieres encerrarme en mis últimos días?

—No quiero encerraros, solo que os protejáis por vuestro bien. —Joan se sentía angustiado, pero a la vez incapaz de darle una orden al maestro.

—Mi bien es la libertad que tú me concedes. Déjame que la goce. Y será lo que Dios quiera, nada ocurrirá fuera de su voluntad.

Felip Girgós y sus dos matones, siempre a caballo, aumentaron su presencia en la calle Especiers, la plaza de Sant Jaume y la calle Paradís. El fiscal de la Inquisición, que nunca antes había entrado en la librería, ahora lo hacía a diario. Se hacía acompañar por uno de sus hombres y sus modales eran altaneros y bruscos, a lo que los Serra respondían tratándole con firmeza. Con frecuencia, Anna le llamaba la atención sobre su comportamiento y él respondía desdeñoso. El pelirrojo quería intimidar y los libreros se negaban a dejar translucir el menor indicio de temor. Revisaba algunos libros, los dejaba desordenados y se iba. Y aunque los Serra fingían lo contrario, la presión del matón iba, poco a poco, minándolos.

Un día, después de almorzar, Joan oyó un alboroto en la calle. Al asomarse vio a Abdalá, que había salido a pasear con un par de aprendices, encarándose con Felip, que, secundado por sus matones, le increpaba desde la altura de su caballo.

—¡Sucio infiel! —le decía—. Das asco, arderás en el infierno.

—El infierno es para quienes hacen el mal —repuso Abdalá irguiéndose y mirándole sereno a los ojos con una sonrisa en los labios. Su actitud tranquila, su porte estilizado, su turbante, túnica y barba blancos, y su mirada azul le conferían un aspecto principesco—. Y tú lo haces enviando a inocentes a la muerte. Yo nunca maté a un inocente. Por mucho que te rodees de eclesiásticos, por mucho que te bendigan, tus obras te arrastrarán al averno.

—Te libras de la hoguera porque eres un esclavo —replicó Felip con irritación. La serenidad y confianza con que le respondía el musulmán le sacaban de quicio—. Suerte tienes.

—Y tú tienes suerte de que la Inquisición te ampare —contestó Abdalá sin inmutarse. Mantenía su sonrisa—. De lo contrario, te hubieran paseado por toda la ciudad dándote azotes como a un vulgar ladrón cuando de aprendiz robaste a tus patrones, los Corró. Y no te importó traicionarlos a pesar de que te habían recogido y cuidado en tu orfandad. ¡No se puede ser más ingrato!

—¡Cómo te atreves! —rugió Felip con el semblante rojo de rabia. Y encabritó a su montura, que se puso sobre las patas traseras elevando las delanteras contra el musulmán.

—¡Detente! —aulló Joan, que abandonó la ventana y bajó la escalera a saltos para acudir en ayuda de su maestro—. ¡Detente! —gritó de nuevo mientras corría, ya en la calle, con la intención de frenar al caballo.

La gente de la librería, alertada por los gritos, empezó a salir para ver qué pasaba. Abdalá apenas retrocedió un par de pasos y, sin inmutarse, continuó reprochándole a Felip su conducta.

—Y sigues igual —le dijo—. Tú y los tuyos quemáis a inocentes para robarles sus pertenencias.

Felip espoleó su caballo contra Abdalá, que esta vez se mantuvo firme. Joan se lanzó a sujetar las riendas del animal, pero llegó tarde. Los cascos de las patas delanteras del caballo golpearon la cabeza de Abdalá, que perdió el turbante y cayó al suelo. Felip, rojo de rabia, espoleó de nuevo su caballo, que pisoteó al caído, y fue entonces cuando Joan, de un gran salto, se abalanzó sobre él y agarrándole, le derribó de su montura. El grueso pelirrojo fue a dar con sus huesos en el suelo con Joan encima, que empezó a golpearle con una furia ciega mientras le gritaba todo tipo de insultos.

Los guardaespaldas desmontaron de un salto para defender a su jefe; sin embargo, no pudieron acercarse porque varios de los aprendices los apartaron a empujones y golpes. Desenvainaron sus espadas, pero entonces se encontraron de frente a Pedro, con la suya en posición de guardia, y a los hombres de la librería armados con dagas, garrotes y barras de hierro.

—¡Dejad paso en nombre de la Inquisición! —gritó uno de ellos.

—¡Al diablo con la Inquisición! —dijo Pedro—. Largaos si queréis seguir vivos. A ese os lo devolveremos en un rato.

Los soldados quisieron recuperar sus caballos, pero se enfrentaron a una multitud hostil que se lo impidió y, ante la lluvia de golpes que empezaron a recibir, decidieron huir a pie hacia la plaza del Rey. Cuando Pedro vio que se iban se apresuró a detener a Joan, que machacaba con puños y pies el cuerpo inmóvil del fiscal de la Inquisición.

—¡Dejadlo! —le dijo mientras le apartaba ayudado por uno de los oficiales de la imprenta—. Si lo matáis, os vais a perder.

Joan lo soltó y, sin mirar el corpachón que quedaba tendido en el suelo ensangrentado, corrió a la puerta de la librería. Habían despejado uno de los bancos de venta para colocar el cuerpo de Abdalá. Sangraba abundantemente de la cabeza y tenía el pecho hundido. Respiraba con dificultad.

—¡Maestro! —sollozó Joan—. ¡Maestro! —Se sentía aturdido, la rabia dejaba paso a un inmenso desconsuelo.

El viejo tardó en responder.

—Hijo —dijo con dificultad—, te dije que mi libro terminaba y esta es su última página.

—No, no moriréis, os curaremos —murmuró Joan a pesar del nudo que le oprimía la garganta.

—Es la última página, Joan —repitió—, y, ¿sabes?, me gusta cómo termina.

Joan calló. La emoción le atenazaba, no podía hablar y levantó la mirada hacia Anna, que al otro lado del banco, llorosa, trataba de detener con un pañuelo la hemorragia de la cabeza del viejo. Pedro, María, sus hijos, los aprendices; todos estaban allí, atentos a Abdalá.

—Me voy rodeado de amigos —continuó este levantando levemente la mano, que Joan se apresuró a tomarle—. Jamás imaginé que un esclavo que perdió Granada, su patria, tuviera tan bello fin.

Se quedó en un silencio que nadie se atrevió a romper. Sabían que se moría y escuchaban sus palabras con un profundo dolor.

—¿Sabes? Confieso que ese matón me atemorizaba. —Joan notó cómo apretaba su mano y le devolvió el apretón—. Vencí el miedo, me enfrenté a él. Muero libre.

—¡Claro que sí! —exclamó Joan—. Os doy la libertad ahora mismo.

El viejo sonrió, parecía incapaz de hablar, pero lo hizo.

—No, no me entiendes. Tú no me das la libertad, la gano yo.

—Sí, claro, perdonad, maestro —se apresuró a responder Joan lamentando su torpeza—. Sois libre al vencer el miedo.

El librero notó otro leve apretón en sus manos; al viejo le costaba trabajo continuar hablando.

—Sí. Ya sé que lo entiendes —dijo—. Siempre fuiste el mejor de mis aprendices.

Anna dejó ir un sollozo, Joan vio que lloraba y que también lo hacían en silencio María y muchos de los hombres. Las lágrimas acudieron a sus ojos.

—Gracias, maestro. —La pena y la admiración le embargaban. Se sentía orgulloso de Abdalá, de haber sido su aprendiz. Aquella era su última lección.

—¡Que el Señor me acoja y que os bendiga a todos! —suspiró—. Mi libro se ha cerrado.

Expulsó el poco aire que quedaba en su pecho y quedó en silencio para siempre. Joan notó que su corazón se encogía y que un extraño sonido se formaba en sus pulmones y salía por su garganta. Era un desgarrado aullido de rabia y desconsuelo.

120

—Huid de inmediato. —Pedro zarandeó a Joan, al que el desconsuelo mantenía inmovilizado frente al cuerpo de su maestro—. Los soldados de la Inquisición caerán sobre nosotros de un momento a otro.

—Por favor, Joan, corred —le suplicó Anna.

El librero despertó como de un sueño. El cuerpo inerte de Abdalá estaba sobre el banco y más allá, en el suelo, inmóvil y tendido con los brazos en cruz, se encontraba Felip sangrando.

—¿Está muerto? —quiso saber señalando al fiscal de la Inquisición.

—No lo parece —repuso Pedro—. Pero si os demoráis, vos seréis el muerto. Los soldados están al llegar.

—Tomad este caballo —le ofreció uno de los aprendices.

—¡No! —dijo Pedro—. Es de la Inquisición, no queremos que se os acuse además de robo. El robo de una propiedad de la Inquisición puede penarse más incluso que la paliza, si ese individuo sobrevive a ella. ¡Huid a pie, mezclaos con la gente! La Inquisición apenas tiene caballos y haré que tarden en recuperar estos.

—¡Mi espada! —pidió Joan.

Un oficial dijo que iba a por ella, mientras Anna le componía con rapidez las ropas y le cubría con su sombrero. Después le besó, aún estaba llorosa y Joan contempló aquellos ojos suyos, tan dulces para él. No sabían cuándo podrían verse de nuevo, ni siquiera si tendrían la fortuna de volver a encontrarse. En unos instantes su mundo se había trastocado.

—Os amo —le dijo Joan. Y ella afirmó con la cabeza tratando de sonreírle.

—Yo también —murmuró—. Pero huid, por el amor de Dios.

Cogió al vuelo la espada enfundada que le lanzó el oficial, miró por última vez el cuerpo de su maestro y, a paso rápido, apartando a los curiosos, se dirigió a la plaza de Sant Jaume. Mientras se sujetaba el arma al cinto se decía que la usaría antes de dejarse prender. Si le cogían los soldados de la Inquisición, podía pasarse la vida en prisión sin que ni siquiera le juzgaran. Le encerrarían en una mazmorra durante años solo para escarmentar a la ciudadanía y recordar que los inquisidores y sus secuaces eran intocables. El gobernador y los soldados del rey, como siempre, apoyarían a los inquisidores, y los de la ciudad nada podrían hacer.

Los guardaespaldas de Felip llegaron a todo correr a la sede de la Inquisición, en la plaza del Rey, situada a escasa distancia de la librería, y de inmediato dieron la alarma.

—¡Ayuda! —gritaban—. ¡El librero Serra ha agredido al fiscal y una multitud hostil nos ha impedido auxiliarle cuando descabalgamos! ¡Nos golpearon y robaron los caballos!

Fueron llevados ante el inquisidor.

—¡Eso es inadmisible! —rugió el fraile—. Enviad un destacamento completo a la librería y un mensajero al gobernador para que saque sus tropas a la calle. No dejaremos que el populacho crea que se puede atacar impunemente a uno de los nuestros. ¿Dónde se encuentra el fiscal?

—Quedó en el suelo tendido frente a la librería y no pudimos ayudarle. Ni siquiera sabemos si está vivo.

—Sargento, rescatad al fiscal y traed aquí a ese librero —ordenó el fraile—. Debe recibir castigo. Actuad, sin embargo, con prudencia; la masa amotinada es peligrosa. Salid al menos con veinte hombres y bien armados. Esperad a los soldados del rey si es menester.

El trabajo de la tropa de la Inquisición consistía en detener a los sospechosos y custodiar a los presos y condenados. Por lo tanto, solo la componían destacamentos de infantería. Uno de ellos, armado con lanzas, escudos y espadas, acompañado de alguaciles y notarios, se dirigió con los dos jinetes descabalgados al lugar del suceso. Cuando llegaron encontraron a Felip Girgós aún tumbado; Pedro, que le vigilaba desde la librería, se dijo que se hacía el muerto para que no le golpearan más. Aun así, precisó la ayuda de sus hombres para levantar su corpachón del suelo, tenía un labio partido, distintas contusiones en la cara, sangraba por una brecha de la cabeza y se lamentaba de dolor en el pecho y la espalda. Miró en la dirección por donde Joan había escapado y les dijo a sus guardaespaldas:

—¡Deprisa! —Su voz sonaba a lamento—. Montad y perseguid al librero. Debe de haber cruzado la plaza.

—¡Vaya, qué mala suerte! —dijo Pedro—. Los caballos no están aquí.

—¿Qué hicisteis con ellos? —chilló el sargento—. ¿Quién se ha atrevido a robar los caballos de la Inquisición?

—Al ver que los jinetes se habían ido —repuso Pedro— y que el señor fiscal no los podía usar, les pedí a unos aprendices que los tomaran de las riendas y los llevaran a vuestro cuartel en el palacio real. Quise evitar que alguien los robara.

—¿Cómo es eso? Deberíamos haberlos visto.

—Bueno —repuso Pedro disimulando una sonrisa—, quizá tomaron un camino más largo.

—¡Maldita sea! —gruñó Felip—. ¡Mandad a los soldados a por el librero! —Después dejó ir un lamento y tuvo que sentarse en el suelo con ayuda de uno de sus guardaespaldas.

—Un momento —dijo Pedro señalando a Felip—. Ese hombre ha asesinado a otro, él es quien debe ser detenido.

—No digáis bobadas —le espetó el sargento que comandaba la tropa—. ¡Era un esclavo infiel!

Y cuando trató de salir en persecución de Joan, su hombro chocó con Andreu, el hijo mayor de María, ya oficial de imprenta, que a punto estuvo de derribarle.

—Era un ser humano —le espetó el joven Andreu al sargento—. Y mil veces mejor que ese asesino pelirrojo.

—¡Abrid paso a la Inquisición! —gritó el sargento.

Pero un grupo de gente que cortaba la salida de la calle Especiers a la plaza de Sant Jaume se lo impedía.

—¡Un paso atrás! —ordenó el sargento—. ¡Lanzas al ristre!

Y avanzaron con sus lanzas amenazando a los empleados de la librería y vecinos, que al fin se vieron obligados a abrir el paso.

—¡Por allí va! —les indicó un hombre señalando con el dedo el extremo opuesto de la plaza.

Y los soldados salieron en persecución de Joan mientras Felip se incorporaba de nuevo ayudado por sus guardaespaldas. Cuando estuvo en pie levantó su puño contra la librería.

—¡Os acordaréis! —dijo—. ¡Juro que os habéis de acordar!

—¡Asesino! —le increpó Anna. El personal de la librería coreó la palabra y Andreu y sus amigos se acercaron amenazándolos.

—Vayámonos de aquí —le aconsejó al fiscal uno de sus hombres.

Y renqueante y con una mueca de dolor en la cara, apoyándose en sus dos matones, Felip Girgós emprendió el camino hacia el palacio real.

Joan oía gritos a sus espaldas, pero se esforzó en andar de forma pausada hasta cruzar la plaza y entrar en la calle del Call. Volvió entonces la cabeza y vio un gentío discutiendo y forcejando frente a la librería. Había recorrido un buen tramo de la calle cuando, al girarse de nuevo, vio que varios soldados lograban acceder a la plaza y se ponían a correr en su dirección.

—¡Detened a ese hombre! —dijo el que iba delante.

Dobló un recodo de la calle que impedía que le vieran desde la plaza y empezó a correr hacia la calle de la Bochia.

Mientras, pensaba dónde se podría refugiar. Estaba muy cerca de la plaza de la Trinitat y allí se encontraba la iglesia del mismo nombre, sede de la cofradía de libreros. Sin embargo, aquel lugar sagrado no le serviría de amparo contra la Inquisición, ni nada podían hacer los libreros de querer ayudarle. Aunque en ningún caso, por mucho que lo desearan, le auxiliarían. Muchos descendían de conversos y solo el nombre del Santo Oficio les producía temblores de pánico. Su amigo librero Lluís, aun siendo cristiano viejo, tampoco podría ocultarle. Felip Girgós conocía su amistad y la casa de Lluís sería una de las primeras en ser registrada, igual que la de su hermano Gabriel. Por el mismo motivo tampoco podía acudir a Bartomeu, que aun perteneciendo al Consejo de Ciento no tenía autoridad para frenar a los inquisidores. Ni siquiera podía refugiarse en el convento de Santa Anna, nada podrían hacer tampoco los frailes. ¿Adónde iría?

121

La calle de la Bochia era recta y, al llegar a su término, en el Portal de la Bocharia, Joan vio que los soldados corrían hacia él desde el otro extremo.

—¡Detengan a ese hombre! —gritó de nuevo el que mandaba.

Sin dejar de correr, el librero desenfundó su daga con la mano izquierda mientras mantenía su derecha cerca del pomo de su espada. No se dejaría coger. Suspiró aliviado al ver que no había guardias en la puerta que comunicaba la ciudad vieja con el Raval, y la cruzó para encontrarse en el mercado de la Bocharia, que ocupaba todo aquel tramo de las Ramblas. Guardó su daga y se introdujo, andando, en el laberinto de tenderetes que vendían carne, de cabra en su mayoría, aunque también hortalizas y otros alimentos. Trataba de pensar. Si seguía por la calle del Espital, podría llegar al Portal de Sant Antoni y salir de la ciudad. Pero al contrario que el Portal de la Bocharia, que era interior, el que cruzaba la muralla exterior estaba bien vigilado y quizá ya alerta. Si trataba de salir de la ciudad, se arriesgaba a que le prendieran. Siguió la Rambla dirección montaña callejeando entre los puestos con la esperanza de que los soldados hubieran perdido su rastro.

—¡Allí está! —oyó que gritaba uno de los de la Inquisición.

Joan reinició su carrera, había llegado ya a la altura de la Porta Ferrissa y giró a su izquierda en la calle del Carme. Los soldados le seguían, aunque les costó salir del mercado y reagruparse y eso le dio ventaja a Joan, que continuó sin detenerse hasta el convento del Carme, donde se encontraba la capilla de San Eloy. Allí tenía su sede la cofradía de los Elois. Quizá el santo le inspirara, pues entonces supo exactamente qué hacer y se puso a correr en dirección oeste.

No pudo despistar a los soldados, que, una vez doblada la esquina del convento, le vieron y aceleraron su carrera tratando de alcanzarle. Antes de llegar a la calle Tallers, Joan se tranquilizó al oír el martilleo metálico de los artesanos que trabajaban en sus tenderetes y bancos. Miró atrás y observó satisfecho que los soldados que le perseguían parecían aún más fatigados que él mismo. Moderó su paso y se introdujo en un gran edificio de amplio portalón. Era la casa de Eloi, el suegro de su hermano, la gran fundición de cañones y campanas. No importaba que la Inquisición supiera que se refugiaba allí.

—¡Ayuda! —gritó.

Y de inmediato se asomó su cuñada Águeda.

—¿Dónde está mi hermano? —inquirió jadeando—. ¡Me persiguen!

—Fuera, en el patio.

Entró corriendo y vio a Gabriel con su poblada barba y vestido con el mandil de cuero duro de los metalúrgicos, que trabajaba en un cañón con sus colegas.

—¡Ayúdame, Gabriel! Le di una paliza a Felip y la Inquisición quiere apresarme.

—Hace mucho que ese cabrón lo merecía —gruñó su hermano.

En aquel momento, una docena de soldados penetraron en el patio. Águeda salió a la calle gritando:

—¡Socorro, Elois!

El sargento se acercó a Joan y le dijo:

—Quedas detenido en el nombre del Santo Oficio.

El librero desenvainó su espada.

—Cógeme si puedes.

—¡Prendedle! —ordenó el sargento.

Pero no pudo decir más; de un empujón, Gabriel le hizo trastabillar varios pasos. Los operarios se habían armado con martillos y barras de hierro y avanzaban amenazantes hacia los soldados, que sabían que difícilmente sus lanzas serían capaces de traspasar los mandiles de cuero duro de los herreros.

—¿Quién mierda te crees que eres? —interrogó Gabriel avanzando hacia el sargento, que dio un paso atrás. El cañonero volvió a empujarle.

—Tengo la autoridad de la Santa Inquisición y os ordeno…

—Tú aquí no ordenas nada, estúpido. —Y mostrándole la barra de hierro que blandía en su mano, añadió—: Lárgate antes de que te meta esto por el culo.

Los artesanos que habían acudido desde la calle a la llamada de Águeda se agrupaban ya en el patio, muchos de ellos armados. Una gran risotada acogió las palabras de Gabriel. A Joan aún le costaba identificar a aquel hombretón con su dulce hermanito que se extasiaba con el sonido de las campanas y a quien él se había sentido obligado a proteger.

Los soldados, sin lograr reponerse de su asombro, fueron expulsados a golpes y varios recibieron una patada en el trasero al salir por la puerta.

—Aquí manda san Eloy y cuando el santo no está, manda el maestre del gremio —le informó Gabriel al sargento al darle el último empujón—. Ya se lo puedes decir a Felip o al fraile ese que es su jefe.

—Os pido vuestro amparo, Eloi —le dijo Joan al padre de Águeda una vez que le contó lo ocurrido.

El hombre lucía barba blanca, pero sus ojos negros aún brillaban intensos. No solo era el amo de la fragua y maestre del gremio de los cañoneros, sino cofrade mayor de los Elois.

—Ya nos vimos en otra de esas contigo hace muchos años —repuso Eloi entornando los ojos—. En esa ocasión era con la flota real y el almirante Vilamarí, ¿verdad?

Joan afirmó con la cabeza como un chiquillo pillado en culpa.

—Eres incorregible —le regañó el viejo—. Y encima, en lugar de unirte al gremio, te hiciste librero. ¡Maldita sea, con lo bueno que eras en nuestro oficio! Ya sabes…

—Sí, ya sé —le cortó Joan, que conocía bien el refrán que su antiguo maestro le iba a recitar—. Para las letras, un niño de baba, para forjar hierro, un hombre con barba.

—Así que cuando tienes problemas no te vas con los niños de baba, sino que vienes a que te ayuden los hombres con barba.

—Así es, maestro —admitió Joan.

—Tienes suerte de que el corazón nos diga que eres de los nuestros —continuó Eloi—. Además, tu crimen no tiene que ver con la religión. Solo le has dado una paliza a un matón que se lo merecía. Y eso te hace más Eloi aún. Aquí estarás a salvo. Ya sabes que los Elois contribuimos con el mayor número y con los mejores hombres tanto cuando hay que defender la ciudad en las murallas como en la tropa de campo. Estamos bien armados y organizados militarmente. La Inquisición no se atreverá a entrar en esta calle y ni siquiera lo harán los soldados del rey, que siempre ayudan a los inquisidores.

—Gracias, maestro.

—Te protegeremos mientras traten de aplicar en tu contra los privilegios injustos de los que goza la Inquisición. Sin embargo, no sería honrado hacerlo si se tratara de un juicio civil donde se aplicara el derecho.

—Lo entiendo.

—Nosotros solo te podemos amparar en nuestro barrio. Si cruzas la Rambla, estás perdido. Aunque puedes quedarte aquí el tiempo que quieras.

—Gracias, Eloi, será el menor tiempo posible. —Joan hizo una pausa y suspiró—. ¿Puedo pediros otro favor?

—¿Cuál?

—Necesito ver a mi familia. ¿Podéis enviar a alguien para decirle a mi esposa que estoy bien?

122

Cuando el aprendiz enviado por Gabriel dio la noticia de que Joan estaba bajo la protección de los Elois y a salvo, hubo un estallido de júbilo en la librería. Habían introducido el cadáver de Abdalá en el taller de encuadernación, donde habían instalado el velatorio y rezaban por su alma, aunque no sabían exactamente qué hacer con él, puesto que no podía ser enterrado en un cementerio cristiano. Anna decidió ir personalmente a casa de Bartomeu y pedirle ayuda para Joan. Sabía que su seguridad era temporal y limitada. Lo hizo acompañada de Pedro y al mercader le afectó tanto la noticia de la muerte de Abdalá que rompió en llanto.

—No puedo imaginar a alguien que representara tan bien nuestros ideales —dijo Bartomeu—. Supo vivir y morir de acuerdo con ellos. Siento un gran dolor al tiempo que un gran orgullo por haber sido su amigo.

—Dijo que el libro de su vida no podía tener mejor final —le explicó Anna también llorosa—. Y así lo creemos quienes le conocimos y admiramos. Los jóvenes de la casa están más consternados aún que nosotros. Fue un gran maestro.

—Conozco una zona en Montjuic que se dice fue un antiguo cementerio musulmán. Allí se entierra a los cautivos de esa religión. Trataremos de sepultarle cumpliendo en lo posible con sus creencias.

—Hablemos ahora de Joan —dijo Pedro—. Está a salvo, aunque solo de momento; si cae en manos de la Inquisición, Dios sabe lo que puede ocurrir.

—En manos de la Inquisición o del rey —especificó Bartomeu—. El gobernador tiene orden del monarca de apoyar en todo a los inquisidores.

—¡Tiene que hacerse justicia! —exclamó Anna—. Su reacción fue lógica, quería a Abdalá como a un padre y vio cómo ese miserable le asesinaba.

—Ese Felip es un canalla —afirmó Bartomeu con rabia—. Pero es un protegido de la Inquisición. Gracias a ella siempre se ha librado de pagar por sus crímenes.

—La Inquisición no debiera intervenir —repuso Anna—. Lo sucedido no tiene nada que ver con la religión, no estamos hablando de herejía o brujería.

—¿Creéis que los inquisidores le van a reprochar a su matón que le quitara la vida a un musulmán? —dijo Bartomeu con una sonrisa triste.

Anna y Pedro se quedaron mirándole en silencio sin responder a su pregunta.

—Sin embargo, la mayor parte de la ciudad odia a la Inquisición —añadió el mercader—. Nos favorecen tres cosas en este asunto. La primera es que los esbirros de los inquisidores no pudieran prenderle. La segunda es que tiene el apoyo de los Elois. Y la tercera es que este es un asunto civil que nada tiene que ver con la religión. —Después sonrió—. Tenemos por delante un buen pleito. Barcelona ayudará a vuestro esposo, Anna. Estamos deseando pararles los pies como sea a esos fanáticos del Santo Oficio. Con suerte, lo haremos en el caso de Joan.

A continuación fueron a la calle Tallers a visitar a Joan, que abrazó con ternura a Anna y con gran afecto a Pedro y a Bartomeu. Se quedaron a cenar con Gabriel y Águeda y en la mesa recordaron con nostalgia anécdotas y dichos de Abdalá.

El maestro había dejado una profunda huella y todos coincidían en la fortuna que habían tenido al conocerle.

—Cuando llegue el momento, me gustaría escribir la última hoja de mi libro con la hermosa caligrafía con la que Abdalá terminó el suyo —murmuró Joan.

Los demás estuvieron de acuerdo.

Bartomeu llevó el caso de Joan al Consejo de Ciento en nombre de los Serra y de la cofradía de los Elois, y Barcelona asumió como propio el pleito de Joan. Los conflictos entre la ciudad y la Inquisición no habían cesado en los dieciocho años que esta llevaba operando dentro de sus murallas, y cuando Bartomeu se entrevistó con el gobernador en nombre del Consejo de Ciento, este hizo un gesto de cansancio.

—Fue un asesinato a sangre fría —le dijo Bartomeu—. Abdalá era una persona muy querida y su muerte nada tiene que ver con la religión, es un crimen civil. La ciudad pide que el fiscal de la Inquisición sea castigado.

—Pero ¿qué decís? —repuso el gobernador—. ¡Solo era un esclavo musulmán!

El pleito se prolongó durante semanas, en las que el gobernador, que no deseaba que el Consejo de Ciento elevara el asunto al rey Fernando, presionó a ambas partes para encontrar una solución. Coincidió con que el inquisidor Sotomayor estaba en Castilla y Bartomeu hizo intervenir al prior Gualbes de Santa Anna. El religioso se implicó de inmediato en la defensa de Joan, al que consideraba un huérfano criado gracias a la caridad de su convento. Y fue él quien personalmente obtuvo, para alivio de todos, un acuerdo con su amigo el segundo inquisidor, fray Joan Enguera.

—Vos, Joan, pagaréis una multa de veinte libras por agredir a Felip a causa de un asunto que se ha reconocido como personal y que nada tiene que ver con las funciones de este en la Inquisición —le comunicó el mercader.

—¿Pagar veinte libras? —repuso el librero—. Pagaría con gusto doscientas por darle otra paliza. Sin embargo, no es justo. ¿Se va a librar de castigo por el asesinato de Abdalá?

—Tendrá que pagarte veinte libras, el precio en el que se ha tasado el valor de Abdalá.

—¿Veinte libras? —se escandalizó Joan—. ¿Veinte libras y se le perdona semejante crimen?

—Tenía ochenta años, Joan. Nosotros lo vemos desde el cariño que le teníamos, pero la ciudad lo debe tasar a precio de mercado. Y son muy generosos. Nadie compraría un esclavo de esa edad.

Joan se cubrió la cara con las manos y negó con la cabeza.

—Entiendo cómo te sientes, Joan —le dijo Bartomeu—, pero piensa que Felip tampoco está conforme, ya lo verás. Está rabioso. Sin embargo, en ausencia del primer inquisidor, fray Joan Enguera, influido por Gualbes, ha tomado la decisión de considerar el asunto fuera del ámbito de la Inquisición. Puedes irte a tu casa. Somos muy afortunados. Eres hombre libre.

«¿Hombre libre yo? —anotó Joan en su libro aquella misma noche en el dormitorio de su casa—. ¡Cuánto me gustaría! Abdalá, el esclavo, sí que lo era».

Felip regresó a sus antiguos hábitos, entre los que figuraba el acoso a la librería. Aunque ahora se le notaba aún más la rabia y el despecho. Entraba con malos modales, miraba de forma descarada a Anna y se movía por el local como si fuera su casa. En las primeras ocasiones no coincidió con Joan, que apretaba los puños airado cuando le informaban de sus visitas.

Cuando Felip entró aquella tarde a la librería y vio a Joan, vaciló un momento en el umbral y le hizo un gesto a uno de sus hombres para que le acompañara. Miró al librero de la cabeza a los pies y sin saludar empezó a remover distintos libros inspeccionándolos y dejándolos después en desorden.

—Este lugar huele a libros herejes —dijo.

Y continuó tomando libros de los estantes para dejarlos después en cualquier sitio. Iba hacia el salón. Joan le hizo una seña a Pedro, que se dirigió al guardaespaldas para mostrarle las coloridas páginas de un hermoso volumen miniado.

—¿Habíais visto antes algo tan bello? —le dijo enseñándole una imagen de la Creación pintada a doble página.

El hombre observó la obra admirado mientras Joan seguía a Felip al salón. El pelirrojo, confiado, cogió otro libro y después de hojearlo lo dejó en una mesa. Y cuando iba a tomar el siguiente se apercibió de la presencia de Joan, que le sonreía mostrándole los dientes. No le dio tiempo a reaccionar; sin mediar palabra, el librero se abalanzó sobre él y agarrándole del jubón con la mano derecha le empujó contra un estante de libros al tiempo que con su izquierda desenfundaba la daga y se la colocaba en el cuello.

—Como te vuelva a ver en mi librería, te degüello —le dijo arrastrando las palabras.

—¿Cómo te atreves a amenazarme? —repuso Felip entrecortado. Sentía el filo del arma pinchándole la garganta—. ¡Soy el fiscal de la Inquisición!

—¡Me es igual quién seas! Esta es mi casa y no volverás a entrar.

—¡Te denunciaré por amenazarme!

—Este es un asunto civil y no religioso. Necesitas testigos. ¿Los tienes? Solo te digo que si vuelves a entrar aquí, no saldrás con vida. No me importa lo que me ocurra después.

Se estuvieron retando con la mirada un largo rato y Joan sintió la satisfacción de ver el miedo en los oscuros ojos de su enemigo.

—Está bien —dijo al fin Felip—. No volveré a entrar en tu librería. En realidad no lo necesito, tengo quien lo haga por mí.

El pelirrojo apartó con la mano el filo del arma, aunque Joan la situó de nuevo en su garganta. A pesar de lo intimidante de la situación, Felip continuó en tono amenazante:

—Pero ten por seguro que seguirás siendo mi presa y tarde o temprano caerás en mi red. —Ahora era el fiscal quien sonreía siniestro—. Aunque no entre personalmente en tu librería, no te dejaré tranquilo. Buscaré el argumento preciso para poder acusarte al inquisidor; quién sabe, herejía, brujería, sodomía, bigamia…, cualquier motivo será bueno. Pero no ahora…, pasará tiempo. Cada noche, al acostarte, pensarás si vendré a buscarte a la mañana siguiente para llevarte al inquisidor. No tengo ninguna prisa, será lento pero seguro.

—Ah, ¿sí? —Joan apretaba los dientes. Sabía que su enemigo trataría por todos los medios de cumplir con su amenaza.

Volvió a presionar el filo de su daga contra el cuello del fiscal y su mano derecha soltó el jubón, del que le sujetaba, para de inmediato agarrarle los testículos retorciéndoselos con todas sus fuerzas. Felip soltó un aullido de dolor.

El soldado apartó la vista del libro e hizo ademán de ir hacia el salón.

—¿Qué ha sido eso?

—Nada, es una exclamación de sorpresa. En el salón tenemos libros maravillosos —le explicó Pedro dispuesto a detenerle por la fuerza si hacía falta.

—Ahora sí que tienes motivo para denunciarme al inquisidor —le dijo Joan a su enemigo cuando este recuperó el aliento—. Anda, ve a tu jefe y dile si te atreves que el librero te ha retorcido los huevos.

—Lamentarás el día en que me conociste.

—Hace mucho que lo lamento —repuso Joan—. Ahora te toca a ti lamentar haberme conocido a mí.

Al poco salía Felip, pálido, y su guarda quiso saber el motivo del grito.

—No era nada —dijo.

El fiscal de la Inquisición no iba a contar aquello; no quería ser el hazmerreír de la tropa y sabía que fray Joan Enguera no le apreciaba tanto como el inquisidor Sotomayor, que continuaba en Castilla. Decidió callar de momento, pero nunca se olvidaría de aquello. Se apresuró a salir a la calle. Desde allí se giró e, irguiendo su corpachón, le dijo a Joan, que le había seguido hasta la puerta de la librería:

—Juro que te acordarás de mí.

QUINTA PARTE

123

—No imprimiremos ese panfleto —dijo Joan después de revisar el documento.

Enfrente tenía a Ramón, que, con dieciocho años, ya era oficial impresor. Había heredado el cabello azabache de su madre y, a veces, como en aquel momento, le lanzaba a Joan aquella mirada acusadora con sus oscuros ojos que a él le recordaba al primer esposo de Anna, Ricardo Lucca. Junto a él estaba Tomás, de dieciséis años, que pronto presentaría su obra maestra a la cofradía y sería oficial encuadernador. Tenía los ojos color miel clara de su abuelo, el cabello castaño de Joan y era tan alto como su hermano y su padre.

—¿Por qué? —quiso saber Ramón.

—¿Cómo me preguntas eso? —se enfadó Joan—. Ese panfleto critica la venta de bulas, que perdonan pecados y eximen de obligaciones cristianas a cambio de dinero, por parte de la Iglesia de Roma. Y también el despilfarro del nuevo papa, León X, y la tiranía de la Inquisición. ¿Te parece poco?

—Pero es la verdad —replicó Ramón—. Y la gente debe saberlo. Si hemos traducido y publicado en secreto libros como el *Discurso sobre la dignidad del hombre* de Pico della Mirandola, el *Manual del caballero cristiano* de Erasmo de Róterdam y un montón de biblias en lengua vulgar, ¿por qué no íbamos a hacer lo mismo con esas verdades?

Joan los miró incrédulo. Anna y él los habían educado en el amor a los libros y a la libertad y en el odio a la Inquisición. Y los chicos habían sido partícipes entusiastas de la impresión y encuadernación secretas de aquellas obras. Pero le asombraba su imprudencia.

Se encontraban en abril de 1514, habían transcurrido ya diez años desde el regreso de los Serra a Barcelona y nueve desde la trágica muerte de Abdalá, y tal como habían hecho en Roma, aunque de forma mucho más discreta, imprimían libros sin la autorización de la Inquisición, en la que los Reyes Católicos habían delegado la censura previa según su edicto del 8 de julio de 1502.

Imprimir en secreto era relativamente fácil si la producción era espaciada y se contaba con un grupo reducido de personas de toda confianza. Joan lo tenía en sus hijos y algunos de sus operarios que con el tiempo habían demostrado sus firmes convicciones y fidelidad. Entre ellos destacaba Lluís, el viejo amigo de Joan de sus tiempos de aprendiz con los Corró, que había dejado su trabajo con sus parientes para unirse al negocio como maestro encuadernador. Cuando María y su esposo Pedro Juglar partieron con sus hijos para fundar su librería en Valencia, Lluís tomó también la responsabilidad sobre la imprenta. En el sótano escondían una segunda imprenta y unos tipos de letra distintos de los que se usaban en la imprenta legal. Nadie desde el exterior podía controlar el papel, pergamino y cuero que entraba en la librería en relación con la salida de libros legales, pues la mayor parte de los libros que se encuadernaban eran en blanco, para escribir en ellos. Lo difícil y peligroso era la distribución, ya que aquellos libros no se podían vender en el establecimiento, ni siquiera a los clientes habituales, aunque fueran de toda confianza. Joan, junto con Bartomeu y otros tratantes asociados, había diseñado un sistema por el que los libros prohibidos se depositaban en un lugar acordado y el dinero en otro, y ambos se recogían sin que los responsables se vieran. Así, y a través de vendedores ambulantes, que en general distribuían obras legales, hacían llegar las biblias en catalán y castellano, u otros textos prohibidos, a los compradores que los solicitaban.

—Ya sois mayores y debéis usar más el seso. Una cosa es fabricar libros sin autorización o incluso prohibidos y otra es imprimir un libelo contra la Iglesia y la Inquisición. ¿Es que no entendéis que es un pasaporte directo a la cárcel y a la hoguera?

—No pasará nada —insistió Tomás—. Hagamos como de costumbre y nadie se enterará.

—No, hijo. Ya es demasiado el riesgo que corremos —le cortó Joan—. Los tiempos han cambiado. Felip Girgós está esperando que demos un paso en falso para caer sobre nosotros. Hasta el año pasado pudimos actuar con una cierta libertad, pues Joan Enguera, el amigo del abad de Santa Anna, era el inquisidor general de los reinos de Aragón y frenaba al fiscal. Pero con ambos muertos, hemos perdido esa protección y estamos en peligro.

»Hasta que la situación no cambie cancelaré las impresiones prohibidas en Barcelona. Las continuarán vuestros tíos y primos desde otras ciudades más seguras. Y desde luego, nada de libelos.

—La Inquisición os está venciendo, padre —le espetó Ramón—. Siempre nos dijisteis que su gran arma es el temor.

Joan acusó un golpe tan directo, en especial frente a Tomás. Tragó saliva, quizá fuera cierto.

—No confundáis el valor con la imprudencia —respondió—. El fuego de la Inquisición es de verdad, quema como el del hogar. Probad a tocarlo. Ese fuego consumió a mis patronos, los libreros Corró, por mucho menos que esto.

—Alguien tiene que hacer algo para cambiar las cosas —alegó Tomás—. Lo contrario es resignarse a vivir atemorizados bajo la sombra de los inquisidores.

—He dicho que no haremos esos panfletos —cortó Joan enérgico—. Se cancela cualquier impresión clandestina hasta nueva orden.

Los chicos le miraron disgustados y se retiraron murmurando.

Joan se quedó pensativo. No era la primera vez que mantenían una discusión semejante; no lograba que los muchachos compartieran sus temores y sentía que le miraban con desdén. Se preguntaba si realmente sentía miedo, si este desprendía tufo, y si ellos lo olían y le detestaban por ello.

—Son jóvenes y la sangre les hierve con las injusticias —comentó Anna después de que Joan le contara lo ocurrido—. Igual que a vos a su edad.

Le miraba con aquellos ojos suyos que continuaban intensos y dulces para él a pesar del transcurso de los años. Joan había cumplido en enero los cuarenta y dos, y ella lo haría en pocos meses. Su cabello azabache mostraba alguna cana que ella teñía coqueta, y él se dijo que su esposa conservaba el estilo de gran dama adquirido en Italia aun manteniendo aquella gracia que le había cautivado al conocerla, treinta años antes, atendiendo la mesa en la calle Argentería donde su padre vendía joyas. Sus labios se abrieron en una de aquellas sonrisas que mostraban sus graciosos hoyuelos y una dentadura que conservaba intacta y blanca.

—Yo cometí muchas equivocaciones, Anna —dijo él—. Y quiero evitar que sufran las consecuencias de sus impulsos.

Anna observó a su esposo antes de responder. Joan mantenía su apostura y su mirada felina de ojos castaños. Con el tiempo, el aspecto de león que le confería su nariz fuerte y algo aplastada, su frente ancha de cejas poderosas y su media melena había aumentado al dejarse una barba que siempre mantenía bien cuidada, según la moda italiana. Se dijo que su esposo había cumplido su promesa de cuidar y querer a Ramón, el hijo de su primer marido, al que trataba con el mismo cariño que a sus tres hijos en común que habían sobrevivido. El mayor de ellos, Tomás, se parecía mucho a Joan, en especial en su mirada; le seguían Eulalia, una niña de ocho años, y Gaspar, de siete. Además de la pobrecita Caterina habían tenido dos hijos más, que, como ella, habían muerto a causa de las pestes y enfermedades infantiles.

A pesar de su terquedad y su naturaleza impulsiva, moderada con los años, Joan era un buen padre y un buen marido, y siempre se habían mantenido unidos, fuera de sus discusiones sobre don Michelotto y del terrible tiempo vivido en Roma por culpa de Juan Borgia, que hizo que ella se encerrara en sí misma distanciándose de él.

—Quizá también ellos deban cometer sus propias equivocaciones —dijo ella pensativa—. Forma parte del crecimiento y del aprendizaje.

—Sí, pero no en algo tan serio como esto —replicó Joan—. No puedo permitir que su ardor juvenil los exponga, a ellos y al resto de la familia, a semejante peligro. Estamos hablando de la Inquisición, no de hacer una pirueta y caerse del caballo. Además, bien sabéis que, con el nuevo inquisidor, Felip ha ganado mucho poder y vuelve a insolentarse en la calle. Es más peligroso que nunca.

—Hablaré con ellos. —Anna sonreía sin que pareciera inquietarle el asunto—. No os preocupéis. Entrarán en razón.

124

Aquel domingo, cuando la familia Serra acudía a la misa de la hora tercia en Santa Anna con varios de sus empleados, vieron que la gente se apiñaba frente a algo clavado en el portalón que daba acceso a la plazoleta interior del recinto monacal. Joan sorprendió una mirada extraña entre sus hijos y se acercó a ver qué era. Se trataba de un cartel impreso del tamaño de dos hojas, y Joan reconoció de inmediato los tipos: eran los de su imprenta clandestina, aquellos que cuando no usaba mantenía en una caja enterrada bajo el suelo del sótano. Sintió que sus piernas flojeaban. El texto era una proclama contra la Inquisición y el papa cuidadosamente razonada y escrita por alguien que sabía más que sus hijos. La gente comentaba en voz alta y alguien gritó un «muera la Inquisición» y muchos le corearon; la mayor parte de la ciudadanía, incluidos los órganos de gobierno de la ciudad y del principado, continuaban odiando al Santo Oficio. Joan agarró del brazo a Ramón para llevarlo a un lugar discreto.

—¿Habéis colgado vosotros esos carteles? —le interrogó.

El muchacho afirmó con la cabeza.

—La noche pasada, nadie nos vio.

—¿En cuántas iglesias?

—En todas —repuso Tomás, que los había seguido.

—Pero ¿es que estáis locos? —inquirió Joan—. Aún no sabéis a lo que nos enfrentamos.

—Alguien debe hacerlo, padre —afirmó Ramón con mirada acusadora—. Si vos no os atrevéis, lo haremos nosotros.

Joan le propinó un sonoro bofetón.

—No me desafíes —le dijo—. No vuelvas a hacerlo.

Ramón le miró con rencor.

—Conmigo sí que os atrevéis, ¿verdad? —le dijo apretando las mandíbulas—. Pero con ellos no.

Joan tragó saliva y le sostuvo el desafío de su mirada.

—Cobarde —oyó que Tomás murmuraba a sus espaldas, muy bajo, entre dientes.

Joan sintió que las lágrimas acudían a sus ojos y fingió no haberle oído.

Por un tiempo, después de instalarse en Barcelona, Joan se había sentido inmune al arma más terrible de la Inquisición: el miedo. Él había participado en batallas por tierra y mar, y les había dado su merecido al canalla de Juan Borgia, a los proxenetas de la taberna del puerto, e incluso al propio fiscal de la Inquisición. No se consideraba un hombre temeroso.

Pero poco a poco empezó a notar que el miedo calaba en su corazón, a pesar de la relativa protección que el prior de Santa Anna le proporcionaba con su influencia sobre fray Joan Enguera, al que el rey nombró inquisidor general de los reinos de Aragón en 1507. Felip no cejaba en su acoso. Durante aquellos años le llamó a declarar tres veces sobre los libros prohibidos que circulaban por el principado y él negó cualquier implicación. También la librería sufrió un par de registros, pero la fortuna y lo acertado del escondite donde guardaban los tipos usados en las impresiones clandestinas los mantuvo a salvo.

Felip, aunque evitaba entrar en la librería, le interceptaba en la calle, siempre con sus matones presentes, en los momentos más inesperados y con las preguntas más incómodas. Le vigilaba y quería que él supiera que lo hacía. Gozaba acosándole; era el juego del gato con el ratón. Y Joan lo sabía.

Ante esa situación, los Serra habían decidido espaciar en el tiempo las impresiones prohibidas en Barcelona y que las más comprometidas se hicieran en ciudades con mayor seguridad. María y Pedro, con el apoyo incondicional de Joan y Anna, que les suministraban recursos económicos y materiales, abrieron su primera librería en Valencia, la ciudad más activa económica y culturalmente de los reinos de Aragón. El éxito acompañó su empresa y de allí partió en 1511 el hijo mayor de María, Andreu, hacia Sevilla, donde con su esposa valenciana abrió su librería. Sevilla era el puerto de las Indias y vivía una gran expansión económica y cultural, y como gran parte de los libros que se vendían eran en latín, se pudo nutrir ampliamente de las imprentas de Valencia y Barcelona y del comercio internacional que Joan coordinaba con sus amigos libreros de Italia. Así, la imprenta sevillana se centró en la producción de textos en castellano. Andreu, que contaba ya con veintisiete años, demostró que había aprovechado bien su tiempo de aprendiz en Roma, de oficial en Barcelona y maestro en Valencia cosechando, para orgullo de los Serra y de su padre adoptivo, Pedro Juglar, un sonado éxito como librero en Sevilla.

Al año siguiente, Pedro y María se mudaron a Zaragoza, ciudad natal del esposo, para abrir otra librería en la capital del reino de Aragón. Junto a ellos viajaban sus cinco hijos en común, la mayor de los cuales, Isabel, contaba ya con catorce años. Por aquel entonces, la librería de Valencia era tan potente como la de Barcelona y quedó a cargo del segundo de los hijos de María, Martí.

—Hemos hecho un buen trabajo durante estos diez años —le comentaba Anna satisfecha.

Sin embargo, Joan se despertaba sobresaltado por la noche soñando con que la Inquisición asaltaba su librería como había hecho con la de los Corró y que él y su familia eran conducidos a la hoguera. Y la pesadilla de Roma se repetía. En ella veía a Felip riéndose, gozando de su victoria final, mientras ellos eran atados a la pira. Y cada día contemplaba el edificio de la vieja librería de sus antiguos patronos en la acera contraria de su calle, tétrico, carcomido por la lepra del abandono, hundiéndose un poco más. Y él notaba que iba derrumbándose lentamente como aquella casa.

Una mañana se miró en el espejo y vio a un cobarde en él. Aquella impresión terrible le hizo reflexionar; temía por su vida, pero aquel era el menor de sus temores. Estaba arriesgando a Anna y a sus hijos; si Felip encontrara pruebas, la Inquisición caería también sobre ellos sin piedad.

Escribió en su libro: «¿Estoy sacrificando a mi familia por culpa de mis quimeras platónicas? O ¿simplemente me he convertido en un cobarde?».

Al día siguiente de la aparición de los carteles en las puertas de las iglesias, Felip, montado sobre su caballo y protegido por sus matones, le cortó el paso a Joan.

—Sé que has sido tú, *remença* —le dijo bruscamente—. No sé dónde imprimes las biblias y todo lo demás, pero con esa proclama has traspasado todos los límites. Ya me he cansado de jugar contigo. Ahora iré en serio.

Joan le miró erguido y altivo. Disimulaba su temor.

—Vete al diablo —le contestó.

Empezó a sentir un miedo que le calaba hasta los huesos, que no le permitía vivir. Y al fin decidió confesárselo a su esposa y contarle la última amenaza del fiscal.

—No es la primera vez que os quiere intimidar —le respondió ella con respecto a Felip—. Lo ha hecho desde que llegamos.

—Siento que esta vez va en serio —repuso él—. Ya no

contamos con la protección del prior y de fray Joan Enguera y el asunto de los carteles es muy grave.

—Es la vida que elegimos vivir —le respondió ella acariciándole el pelo—. La vida de los libros y de la libertad. Comporta riesgos, pero nos llena y nos hace felices. Vivimos conforme a lo que creemos.

—He vivido una vida plena gracias a vos y a la librería —reconoció Joan—. Pero desde nuestro regreso mi temor por la Inquisición ha ido creciendo. Sé cuánto me odia ese Felip, que aguardaba una equivocación, y creo que esos carteles tendrán consecuencias terribles. Temo en especial por vos y por nuestros hijos; no tengo derecho a arrastraros a semejante peligro a causa de mis quimeras. Vivo intranquilo y he dejado de ser feliz.

Anna le acunó en sus brazos, con ternura, y poco a poco él fue sintiendo que su cuerpo agarrotado se distendía, que el amor fundía el miedo.

—Es la vida que elegimos vivir —insistió después de un largo silencio durante el que le estuvo dando su calor—. No fuisteis solo vos, la decisión fue conjunta. Recordad que fui yo quien os convenció para regresar a Barcelona. No carguéis sobre vuestras espaldas con mi responsabilidad. Es injusto para vos y para mí. Busquemos de nuevo la felicidad, hemos de encontrarla. Estamos juntos en la vida, unidos por propia voluntad, y lo estaremos en la muerte si así lo quiere Dios.

Joan escribió en su libro la última frase de Anna: «Estamos juntos en la vida, unidos por propia voluntad, y lo estaremos en la muerte si así lo quiere Dios».

La leía una y otra vez, y se sentía confortado por su amor; estaban juntos. Pero pronto comprendió que sus temores no se disiparían por mucho que leyera aquella frase. Era muy hermosa, pero en su final contenía una trágica profecía.

125

La Inquisición apareció de improviso tan pronto como la librería abrió sus puertas. El matrimonio Serra estaba aún en el primer piso y supo lo que ocurría por los gritos de «paso a la Santa Inquisición» y los golpes. Hacía solo unos días que Joan, imponiéndose a los muchachos, había hecho una limpieza completa de cualquier elemento de la imprenta del sótano, que por lo común se mantenía desmontada, como si se tratara de piezas de repuesto de la oficial, situada en la planta. Se había asegurado de que no quedara almacenado ningún libro prohibido, se quemaron todas las pruebas de imprenta y lo más comprometedor, los tipos, había sido enterrado en un lugar seguro en una de las rutas comerciales de los agentes de Bartomeu. La Inquisición no tendría pruebas, pero tampoco las necesitaba; Felip Girgós se había cansado de su juego. El hermoso sueño de los Serra había llegado a su fin, la pesadilla llamaba a su puerta y en esta ocasión no podrían escapar a ella. Anna y Joan se abrazaron para sentir por última vez el placer del contacto de sus cuerpos; intuían lo que ocurriría.

—Os amo, Anna —le dijo él—. Me habéis hecho muy feliz.

—Y yo os amo a vos —contestó ella—. ¡Qué tiempos tan hermosos hemos vivido juntos!

Joan la apretó un poco más contra su pecho y no dijo nada, pero la vio, esplendorosa con su traje español, bailando «la alta y la baja» en la calle, en la fiesta de la inauguración de la librería en Roma.

Se oían ya las botas de los soldados golpeando la escalera cuando él respondió:

—Lo recuerdo todo, cada detalle. Nunca lo olvidaré.

—Yo tampoco —dijo ella.

Aquellos hombres los separaron a la fuerza y entonces Joan vio que no solo el alguacil violaba la intimidad de su hogar, sino también el propio fiscal, Felip.

—Anna Roig de Serra —gritó el alguacil—. ¡Sois presa de la Santa Inquisición!

Y los soldados la asieron para llevársela escaleras abajo.

—Y ¿yo? —preguntó, asombrado, Joan.

—No tengo causa contra vos —le respondió el alguacil.

—Pero ¿por qué ella?

El alguacil descendió por las escaleras sin responder y Joan se encontró cara a cara con Felip.

—¿Por qué ella? —le interrogó buscando su mirada.

—Por hereje —contestó él sonriendo—. Y por tu culpa.

Joan, confuso, siguió a la comitiva con sus hijos, Lluís y el personal de la librería hasta la plaza del Rey, donde las puertas del palacio real, sede de la Inquisición, se cerraron tragándose a Anna.

Joan esperaba ser él el detenido, quizá también sus hijos mayores y alguno de sus empleados, pero nunca Anna. ¿Qué estaba ocurriendo?

—No debía de tener pruebas contra la librería —dijo su viejo amigo Bartomeu cuando acudió a verle. Joan le recibió en el primer piso de la casa, el mismo lugar del que se habían llevado a Anna.

—No necesitaba pruebas —replicó Joan—. Hubiera podido obtener confesiones con la tortura.

—No estaría seguro de que fuerais a confesar ni con tortura —continuó Bartomeu—. Además, la acusación de herejía es peor que la de traficar con libros prohibidos. Y tú eres difícil de encausar como hereje; sabe que eres cristiano viejo y que a pesar de la muerte de Gualbes, el suprior y los frailes de Santa Anna te hubieran defendido como a uno de los suyos. En cambio, Anna es hija de conversos.

Los días transcurrieron sin saber de Anna ni en qué situación se encontraba su caso. Los procedimientos eran secretos y los testigos de la acusación, anónimos. Lo único que Joan sabía era lo que Felip le había dicho; pasaban los días sin noticias y desesperaba. Intentó sobornar a los carceleros, pero estos se embolsaban el dinero y solo le decían que la prisionera se encontraba bien sin dar más detalles. Bartomeu tampoco obtuvo información alguna a pesar de entrevistarse con el gobernador y el obispo; ni siquiera ellos podían hacer nada, ya que el obispo había delegado sus poderes en la Inquisición. Y esta se mostraba opaca, siniestramente silenciosa.

Joan enloquecía. No sabía qué más podía hacer y ni siquiera el consuelo de su hermano Gabriel, que acudía a visitarle y le invitaba a comer a su casa, de Lluís y de otros amigos le ayudaba. Tampoco quería hablar con sus hijos Ramón y Tomás, que aun sin comprender por completo la tragedia que se avecinaba habían tratado de disculparse. Ver sus semblantes contritos aumentaba la rabia de Joan. Apenas se ocupaba de sus dos hijos menores, que quedaron al cuidado de las criadas, de la esposa de Gabriel y de la de Lluís, cuya familia vivía también en la librería.

Se desentendió del negocio por completo, frecuentaba las tabernas del puerto para evitar que sus hijos le vieran beber en casa y desahogaba su angustia en riñas en las que, a pesar de sus cuarenta y dos años, batía a muchachos corpulentos. Era aquella rabia antigua que, espoleada por la impotencia, surgía de nuevo de su interior. Amaba a Anna con desesperación.

En ocasiones, derrumbado sobre una mesa frente a un vaso de vino, notaba la fuerte mano de su hermano Gabriel, que acudía a buscarle. Joan había abandonado su aspecto y su antes cuidada barba se asemejaba ahora a la ensortijada de su hermano, al estilo de los Elois. Otras veces eran Bartomeu y Lluís quienes iban en su busca, y pronto hubo que recogerle de la cárcel de la ciudad, en la plaza del Blat. El alguacil y la milicia ciudadana conocían su caso, se sentían enternecidos y, ayudados por pequeños sobornos, le trataban con cariño. Después de varios de aquellos incidentes se acostumbraron a llevarle a casa de Bartomeu para que se le pasara la embriaguez y se adecentase. Así, sus hijos y sobrinos no le veían en aquel estado.

—Algún día matarás a alguien y te ahorcarán —le decía Bartomeu.

—No me importa que me ahorquen —contestaba Joan, aún bajo los efectos del alcohol—. Solo me importa Anna.

—¿No comprendes que estás cayendo en la trampa de Felip? —insistía el mercader—. Él goza al verte en este estado de degradación, mucho más que si te tuviera en la cárcel o incluso muerto. Tu antiguo enemigo te está venciendo.

—No —repuso Joan—. No me está venciendo: ya me ha vencido. No me queda ni la dignidad.

Felip recibió a Joan en su lujoso despacho, situado en el primer piso de la sede de la Inquisición, que disfrutaba de ventanales sobre la calle. Le esperaba sentado detrás de una mesa y no le ofreció asiento. Joan permaneció de pie.

—Tu esposa ya ha sido juzgada y condenada por judaizante, es una conversa relapsa —le dijo Felip—. Esperaremos unas semanas para tener a más herejes y entonces montaremos un auto de fe. Después, arderá en la hoguera.

A pesar de que Joan esperaba algo parecido, la noticia le golpeó como un puñetazo.

—¡No, no es cierto! —exclamó—. No profesa la religión judía. ¿Qué os ha hecho creer eso?

—Lo de siempre —explicó el fiscal—. Se cocina con aceite de oliva en lugar de grasa de cerdo, se cambian los manteles de las mesas o la ropa de cama el viernes en lugar del sábado... Apenas coméis cerdo y...

Joan se preguntó cómo podía conocer Felip sus hábitos caseros, pues sus criadas les eran fieles. Sin embargo, se dijo que aquello no tenía importancia. Aquel individuo sabía cómo obtener información. Quizá lo había hecho con amenazas o usando a alguna criada de otra casa para hacer que las suyas hablaran ingenuamente.

—Esas son costumbres inocentes que se han mantenido por generaciones, no tienen que ver con la religión que se profesa —repuso Joan—. Ella no cree en el judaísmo.

—Tienes razón —convino Felip sonriente—. Lo hemos comprobado. Nuestro teólogo calificador nos dice que lo suyo se aproxima más a la herejía deísta. Cree en Dios, pero duda de las profecías y de los milagros. Eso la podría hacer desconfiar de las Sagradas Escrituras. Ese es uno de los males que le ha traído tanto mirar hacia la antigüedad y las lecturas prohibidas. La culpa es tuya por dejarla participar en esos debates libertinos que las señoras organizaban en vuestra librería. Arrogancia intelectual; excesiva libertad.

—Entonces, lo del aceite, los manteles y las sábanas no tiene nada que ver con su religión —afirmó Joan.

—Es cierto. Pero continúa siendo una hereje y por ello irá a la hoguera. Y nos conviene decir que se la condena por conversa relapsa; el pueblo entiende lo que es el judaísmo, no el deísmo.

—Quémame a mí en lugar de a ella —le propuso Joan—. El auto de fe aún no ha tenido lugar. Puedes cambiar la sentencia. Imponle un castigo leve a ella y condéname a mí. Confesaré lo que quieras. ¿No es a mí a quien buscas?

Felip lo miró sorprendido, pero de inmediato su expresión cambió a pensativa.

—Y ¿de qué te puedo acusar?

Joan vaciló unos instantes, sabía que se estaba metiendo en la boca del lobo. Pero quería salvar a Anna a toda costa; aquel individuo la haría ejecutar solo porque le odiaba a él. Quizá su muerte le aplacara; él no deseaba vivir sin ella. Decidió arriesgarse.

—Tú me interrogaste frente a la Inquisición sobre libros prohibidos. Y ¿si confesara que os mentí?

—Serías un perjuro y te enviaría a la hoguera.

Joan calló.

—Te puedo arrancar esa confesión con la tortura —dijo el fiscal.

—Sí, pero para torturar precisarás el permiso de los inquisidores y si no confieso, quedarás en ridículo.

—Ya había pensado en eso —reconoció Felip—. Eres un ciudadano respetado, las relaciones del Santo Oficio con la ciudad son malas y los consejeros enviarían otra queja al rey. A mí no me importa, pero a Lluís Mercader, el nuevo inquisidor, sí. Además, para terminar contigo hay aún mucho tiempo. —Sonrió de nuevo—. Prefiero ver tu cara cuando tu querida esposa hereje se queme en la hoguera. Viva.

—¿Viva? —exclamó Joan horrorizado—. ¿No aplicaréis la caridad del garrote antes de echar su cuerpo al fuego?

—No. Condenaremos a Anna Roig de Serra a ser quemada viva. La ataremos a un poste y la verás retorcerse y chillar cuando las llamas prendan en sus ropas, en su pelo, en su carne… Ni siquiera dejaré que embadurnen su cuerpo con brea. Morirá lentamente.

—Pero ¿por qué esa crueldad? —inquirió Joan con un hilo de voz.

—Porque ella se mostró arrogante frente al tribunal —repuso Felip solemne—. Y se niega a retractarse de su error. Solo a los que se arrepienten se les quema muertos.

Aquello era muy propio de Anna, se dijo Joan. Siempre había sido firme en sus ideas e incluso más testaruda que él. No le extrañaba que, sabiendo que iba a ser ejecutada sin remedio, se sometiera a la tortura del fuego antes que inclinar la cabeza frente a los inquisidores. Joan recordaba cuánto había admirado Anna la actitud firme y valiente de Francina cuando la condenaron por bruja. Entonces dijo que, de encontrarse en su caso, ella haría lo mismo.

Joan había visto cómo quemaban a herejes vivos. Aún se estremecía al recordar los gritos y cómo se sacudían entre las llamas, atados al poste. Era horrible y no podía soportar las tremendas imágenes que le venían a la mente. Veía a Anna agonizando en la pira.

—Tú puedes hacer que la estrangulen antes del fuego —musitó Joan.

—Sí puedo.

—Hazlo, te lo suplico. —Y Joan se arrodilló frente a su enemigo—. Te daré lo que quieras.

Felip dio una palmada sobre la mesa y se echó a reír.

—Ya tengo lo que quiero —dijo contemplándole con desprecio—. No la miraré a ella cuando arda viva, sino a ti.

Con aquel último golpe, Joan se quedó sin fuerzas, arrodillado y abatido. Y Felip, después de observarle atentamente, de guardar aquel momento de triunfo en su memoria, le dijo desdeñoso:

—Levántate y sal de aquí, infeliz. Ya no eres rival para mí.

126

—El vino le va a matar —se lamentó Bartomeu cuando la milicia ciudadana le llevó a Joan aquella noche.

—Sí —repuso el alguacil—. Aunque yo también me hartaría de vino si la Inquisición fuera a quemar viva a mi mujer.

—¿Que quemarán a Anna Serra viva? —Bartomeu se estremeció.

—Sí, es la venganza del fiscal de la Inquisición —continuó el militar indignado—. Es una vergüenza. No sé hasta dónde llegarán los abusos de los inquisidores.

Joan no recuperó la conciencia hasta el día siguiente. Se lavó lo mejor que pudo y le pidió ropa limpia a su amigo.

—No volverá a ocurrir —le dijo a Bartomeu mirándole sereno a los ojos—. No puedo caer más bajo; he tocado fondo. No me veréis más borracho.

Al llegar a casa abrazó a sus hijos mayores por primera vez desde que la Inquisición se llevó a Anna. No les había hablado desde entonces.

—Lo sentimos mucho, padre —le dijo Ramón arrasado en lágrimas—. Jamás quisimos poner en peligro a nuestra madre. Nunca pensamos que ella sufriría las consecuencias de nuestros actos.

—Nosotros estábamos equivocados y vos, en lo cierto —sollozó Tomás—. Ojalá pudiéramos volver atrás. Os obedeceríamos en todo. ¡Perdonadnos!

—Yo también era impetuoso a vuestra edad —repuso Joan—. Y creía saberlo todo. Aprended. Lástima que la lección sea tan trágica.

Después revisó con Lluís los asuntos de la librería, de los que se había desentendido desde que la Inquisición se llevó a Anna. Sentía que la cabeza le iba a estallar, pero se esforzó para poder llegar hasta la noche.

Entonces, después de cenar con sus hijos, escribió en su libro: «He sido cobarde, por amor. Me he comportado como un miserable, por amor. Me he humillado lo indecible, por amor. Solo la muerte acabará con ese amor, pero la cobardía, la miseria y la humillación han terminado».

Dos días después, decidió enviar a sus dos hijos menores a Zaragoza, para que quedaran al cuidado de sus tíos, con el suficiente dinero para que la niña tuviese una buena dote cuando se casara. Los mayores, que esta vez obedecieron sin rechistar, partirían en una galera hacia Nápoles, donde se encontraba su tío, el hermano de Anna. Llevaban consigo varios lotes de libros y el suficiente dinero para establecerse en Italia. Viajaban con una carta en la que Joan ponía a sus hijos bajo la protección de su amigo el librero Antonello. Los muchachos conocían el oficio y gozaban de una excelente formación. También llevaban una carta para Constanza d'Avalos. Antonello les había escrito anteriormente contándoles que la gobernadora de Ischia continuaba involucrada por completo en la labor de su fallecido hermano en pro de la libertad, el arte y los libros, a pesar de haber delegado su liderazgo en un personaje cuya identidad Antonello no quiso facilitar. Joan debía escribir una tercera carta, aunque le costaba tanto que dudaba si hacerlo. Era para el almirante Bernat de Vilamarí.

Recordaba la conversación con Anna cuando recibieron la noticia de que, sustituyendo a su cuñado Ramón de Cardona, que comandaba las tropas españolas y aliadas en una nueva guerra contra los franceses en el norte de Italia, Vilamarí había sido nombrado gobernador de Nápoles. Por su parte, el almirante le había entregado su flota a su sobrino Lluís Galzará de Vilamarí, que nombró lugarteniente al capitán Genís Solsona. El librero se había alegrado mucho por el nombramiento de su amigo, aunque no celebró el de Vilamarí.

—Es un pirata —murmuró sombrío.

—Sin duda se comportó como tal en ocasiones —repuso Anna—. Pero ahora es uno de los hombres más respetados de Italia.

—Hay que ver lo que consiguen la victoria y el dinero —contestó Joan meneando la cabeza con gesto disgustado—. La gente tiene una memoria corta cuando trata con los poderosos.

—Pienso que el almirante goza de una buena reputación. Y la tiene bien ganada.

—Una reputación ¿de qué? —quiso saber Joan ceñudo—. Al terminar la segunda guerra de Italia, Vilamarí se buscó de nuevo la vida como mercenario. Y ya sabéis lo que eso quiere decir.

—¿Qué?

—Que cuando no encontraba patrón trabajaba por cuenta propia como pirata.

—Porque no tenía con qué darles de comer a sus hombres —repuso Anna enfática—. Eso no le quita merecimientos para ostentar ese cargo. El rey le debía mucho y siempre se olvidaba de los servicios prestados por el almirante, al que abandonaba a su suerte cuando no le necesitaba. Vilamarí ha luchado a lo largo y ancho del Mediterráneo por Aragón, España y la cristiandad, antes y después de las guerras de Italia. Ha logrado grandes victorias contra los turcos, sarracenos y piratas. Y también contra franceses y venecianos en defensa del reino de Nápoles. Sé que no os gusta, pero sabed que a mí me cae simpático. En especial desde que logró, junto a su cuñado, que el rey desistiera de imponer la Inquisición en Nápoles.

—No es fácil hacer cambiar de opinión al rey Fernando —gruñó Joan—. Reconozco que eso tiene mérito.

Al fin se decidió a escribir aquella carta en la que pedía al gobernador amparo para sus hijos. Continuaba sintiendo rencor hacia aquel hombre, pero se dijo que debía sacrificar su orgullo por el bien de los muchachos. Era lo que Anna hubiera deseado.

Joan se despidió de sus hijos en el puerto con abrazos, besos y lágrimas. Nadie lo mencionó, pero todos tenían la certeza de que era la última vez que se verían. Era el adiós definitivo.

—Perdonadnos, padre —repitió Ramón—. Estabais en lo cierto, fuimos unos locos. Lo sentimos mucho.

Se miraron a los ojos y Joan no encontró en ellos la mirada acusadora de Ricardo Lucca que le había perseguido en los últimos años. Era a su hijo a quien veía. Le abrazó con todas sus fuerzas deseándole felicidad y encomendándole el cuidado de su hermano menor, tal como su propio padre, Ramón Serra, le había encomendado a él el de Gabriel treinta años antes.

En las siguientes semanas, Joan envió más libros y dinero a Nápoles y Zaragoza. Lo hizo con discreción y prudencia, puesto que la Inquisición castigaba con la muerte a los que compraban objetos a los reos de herejía, incluso si lo hacían antes de que se dictase sentencia. En el caso de Anna, la condena no sería efectiva hasta el auto de fe, por lo que aún no habían requisado sus propiedades.

Joan quería que los buitres carroñeros de la Inquisición se llevaran lo menos posible y mantenía apariencia de actividad normal en la librería para que no se notara que en parte la estaba desmantelando. Por suerte, Joan y Anna habían sido cautos y discretos y la Inquisición desconocía sus conexiones con las restantes librerías Serra en Valencia, Sevilla y Zaragoza, y si alguna vez llegaba a sospechar, jamás podría probar vínculos económicos.

—Estás loco —le dijo su hermano cuando le contó su plan—. Nadie ha escapado de la cárcel de la Inquisición.

—Esta será la primera vez —repuso Joan tranquilo.

—Te cogerán y te quemarán también en la hoguera.

—No me importa, prefiero terminar en la pira con ella que vivir sin tratar de rescatarla.

—Nadie te ayudará.

—Lo haré solo. Tú dime cómo llegar hasta el puente del Rey Martí.

Nadie se explicaba cómo Gabriel, un rudo metalúrgico, lograba sacar sonidos insospechados de las campanas, sonidos que llegaban al corazón, que alegraban, que enternecían, que producían melancolía e incluso llanto. Por aquel motivo gozaba del privilegio de ser el campanero mayor de la catedral y guardaba unas llaves para acceder al campanario. Una vez en el edificio, se podía llegar a la puerta que daba al puente del Rey Martí, construido cien años antes. Aquel rey, por motivos de seguridad y comodidad, hizo tender un puente que, cruzando por encima de la calle, unía sus habitaciones del palacio real con la catedral, donde asistía a misa desde la altura del primer piso. El puente había caído en desuso al dejar Barcelona de ser sede real, pues los Reyes Católicos se alojaban en las mansiones de distintos nobles cuando residían en la ciudad y el rey Fernando había cedido el palacio real a la Inquisición para que se estableciera en él. Allí, en los sótanos del palacio, tenía el Santo Oficio su cárcel y en ella esperaba Anna su ejecución.

Gabriel le contó a su hermano la rutina de la catedral, su disposición interior y cómo llegar a la entrada de aquel viejo puente tapiado.

—Si sale bien, será un milagro increíble —le dijo—. Estoy orgulloso de ti, hermano. Se necesita amar mucho a alguien, y tenerlos más que bien puestos, para intentar eso. Los Elois se admirarán cuando se enteren y dirán que aunque te empeñes en hacerte pasar por librero, continúas siendo uno de los nuestros.

—Gracias, hermano. Al caer la tarde recogeré las llaves.

—Y nos despediremos para siempre. —Gabriel tenía lágrimas en los ojos y le abrazó como si aquel fuera su adiós definitivo.

Aquella tarde, Joan embarcó hacia Nápoles los últimos objetos de valor y firmó un documento frente a un notario con Lluís, su amigo de la infancia, por el cual le vendía la librería, que continuaría funcionando. El precio era bastante inferior al valor real y los pagos se iniciarían un año después. Se incluyó en el documento la salvedad de que si alguien reclamaba unos derechos mayores que los de Joan y los demostraba, los pagos se harían a esa persona o entidad. Como testigos del acuerdo y de que aún no se había efectuado desembolso alguno firmaban Bartomeu y el resto de los empleados que tenían el título de maestro. Cuando la Inquisición se lanzara, como el depredador que era, sobre la librería, esa cláusula salvaguardaría la vida de Lluís y del establecimiento. Los inquisidores preferirían que la librería siguiera operativa, quedándose con el dinero que le correspondía a Joan, aunque fuera por debajo del valor real del negocio, antes que tener un edificio en ruinas y sin provecho alguno, como la antigua casa de los Corró.

Joan escribió en su libro: «El puente del Rey Martí. Hoy será el día del fin, o de un nuevo comienzo». Después de cerrarlo con cuidado, depositó un beso en su cubierta y lo lanzó al fuego de la chimenea. Antes había quemado todos los libros con sus anotaciones que conservaba desde que en su infancia escribió sus primeras letras; la Inquisición no se apoderaría de ellos. Cayó abierto y Joan contempló melancólico cómo el calor lo combaba antes de arder en un destello de luz efímera. Aquellas hojas guardaban su vida desde los doce años, su aprendizaje, sus sentimientos. El amor, la alegría, la tristeza y la sabiduría de sus maestros. Eran el reflejo de su alma. Y todo ello se convertía en un fuego que después sería ceniza.

—*Vanitas vanitatum et omnia vanitas* —recitó recordando la frase que pronunciaba Savonarola cuando ardían sus hogueras—. Vanidad de vanidades y siempre vanidad.

Las llamas se reflejaban en sus pupilas mientras murmuraba:

—El puente del Rey Martí.

Y después musitó una oración.

127

La noche había caído ya sobre Barcelona, Joan se encontraba en la catedral, oscura y silenciosa, y su corazón batía acelerado. Solo la tenue luz de una candela iluminaba el altar mayor, y desde donde él se hallaba, en el primer piso, vislumbraba entre las sombras las enormes columnas y los estilizados arcos góticos que elevaban el templo hacia un cielo tenebroso. Aquella tarde, sin que nadie le viera, había usado las llaves de su hermano para abrir la puerta de acceso al primer piso, y allí, donde los sacristanes no sospechaban que alguien pudiera ocultarse, había aguardado hasta que cerraron la catedral por la noche. Esperó a que terminase de oscurecer frente a la puerta por la que se accedía al puente del Rey Martí. Llevaba espada, daga y las llaves de su hermano en una bolsa de cuero al cinto, y un capazo de esparto en el que acarreaba un juego de llaves maestras, otro de palancas, una piqueta y un candil. Cuando supuso que la calle estaría también desierta inició su trabajo. La cerradura estaba oxidada de años, de nada le sirvieron los juegos de llaves maestras, y se puso a descerrajar la puerta con las palancas, iluminado por la luz del candil. Sudaba, la tensión le presionaba en las sienes y notaba un nudo en el estómago. ¡Tenía que salvar a Anna! Sabía que aquello era una locura, era una fuga imposible, pero no tenía más opción que salvarla a ella o condenarse él.

Trataba de trabajar en silencio, pero los inevitables crujidos se le antojaban como estampidos de arcabuz que las paredes del monumental edificio le devolvían en eco. A medianoche un grupo de frailes acudiría a rezar los maitines y, aunque se encontraba un piso por encima, le descubrirían al menor ruido. Tenía poco tiempo y con cada chasquido notaba su corazón encogerse.

—Todo saldrá bien —se repetía una y otra vez para animarse—. La rescataré.

Pensaba en el momento en que la volvería a abrazar. Aunque fuera por un instante, sentiría de nuevo el placer de su calor y la tibia humedad de sus besos. Sabía que el fracaso era mucho más probable que el éxito y que si caía prisionero, irían juntos a la muerte. En ese caso, la persuadiría para que fingiera arrepentimiento y evitar así que la quemaran viva. No se hacía ilusiones, conocía bien a Anna y quizá no fuera capaz de convencerla. Si no lo lograba, aguardaría al último momento, a que estuvieran frente a la pira, y entonces la estrangularía con sus propias manos, o con un trozo de cuerda. No iba a dejar que su amada sufriera aquel terrible tormento.

Al fin la puerta cedió abriéndose con un siniestro chirrido justo cuando Joan oía que los frailes entraban en la catedral. Esperó unos momentos con el corazón en un puño preguntándose si el ruido los habría alertado. Pero al ver que continuaban con su rutina e iniciaban los rezos resopló aliviado. Cruzó al otro extremo del puente, eran unos pocos pasos, en realidad el ancho de una calle estrecha, acarreando sus bártulos, y después cerró la puerta del lado de la catedral para evitar que oyeran ruidos. Se encontraba sobre el puente y se preguntaba si aquella estructura de piedra en desuso durante casi cien años aguantaría su peso; el aspecto exterior no era muy sólido y en cualquier momento podía precipitarse al vacío. Debía darse prisa.

Topó con una pared que le cortaba el paso. Como había

supuesto, los inquisidores, al remodelar el palacio, habían hecho tapiar el acceso desde la catedral. Joan ignoraba con qué se encontraría al otro lado de aquel muro, pero debía trabajar en silencio. Pensaba que si era capaz de evitar ruidos, sorprendería a los vigilantes, confiados. Nadie había tratado de asaltar la cárcel de la Inquisición desde que esta había empezado a operar veintisiete años antes. En todo caso, los guardias vigilarían los accesos desde la calle, pues todos se habían olvidado, a pesar de verlo cada día, del puente del Rey Martí.

La pared estaba hecha de ladrillos unidos con argamasa de poca calidad, y Joan, hurgando en sus bordes, trabajosamente, consiguió sacar primero un ladrillo y luego otro. Cada pequeño ruido parecía, en el silencio de la noche, un estruendo. El librero trabajaba jadeante, ansioso, ignorando si, alertados por los sonidos, los guardias le esperarían al otro lado. Al poco, mientras se afanaba en ampliar el agujero, cayó el yeso del otro lado y Joan contuvo el aliento. Había traspasado la pared. Tomó el candil que mantenía en una esquina, lo introdujo por el orificio y solo vio oscuridad a través del muro. Suspiró aliviado y fue ampliando el hueco cuidadosamente.

Cuando pudo pasar la cabeza y un brazo, introdujo el candil de nuevo y vio una habitación tipo despacho semejante a aquella en la que se había entrevistado con Felip. Quizá fuera la contigua. Al fin la abertura fue lo suficientemente grande para que pasara su cuerpo y entró en la estancia. La puerta no tenía la llave echada y al abrirla pudo ver que daba al pasillo que ya conocía y este, a las escaleras que descendían hacia el patio central porticado del edificio. Dejó en la habitación el candil y el capazo con las herramientas, pero se llevó el manojo de llaves maestras y una de las palanquetas de hierro. La tenue luz de la noche iluminaba lo suficiente a través del patio y bajó a la planta baja sigilosamente, palpando las paredes.

En un extremo, al final del pasillo que comunicaba la calle con el patio, se encontraba el cuerpo de guardia; dos soldados adormilados custodiaban desde el interior del edificio, a la luz mortecina de un candil, el portón de entrada, que estaba cerrado. Joan se deslizó entre las tinieblas hacia la puerta que daba a las escaleras de las mazmorras, cuidando de que no sonaran las llaves que llevaba colgadas en una bolsa de cuero. Abrió la puerta sin problemas, pues tampoco tenía la llave echada, y se detuvo al producir un leve chirrido. Aguardó unos instantes con el corazón encogido, vio una luz tenue que provenía del sótano y bajó las escaleras en silencio. Un candil iluminaba la sala y el carcelero estaba sentado en un banco, dormitando, apoyado en la pared. El casco le debía de incomodar, pues estaba sobre el asiento, y Joan no perdió tiempo. Se abalanzó sobre él, le propinó un par de golpes en la cabeza con la palanqueta de hierro y el hombre se desplomó lanzando un suave gemido. El librero se detuvo a escuchar, no oyó nada, desenfundó su daga, sabía que debía rematar al soldado, pero en lugar de eso le tanteó con el pie. No se movió. Quizá estuviera ya muerto o malherido; en todo caso estaba inconsciente y, por el momento, no representaba peligro.

Las mazmorras se cerraban con unos portones con rejas en la parte central por las que pasaban la comida y se hablaba a los presos. Joan dudó si llamar a su esposa a través de las rejas, pero al ver las llaves colgadas de unos ganchos en la pared decidió abrir las mazmorras una tras otra.

—Anna Serra —llamó al abrir la primera.

Nada salió de aquel agujero oscuro, ni siquiera una voz, ni un gemido.

—¡Anna Serra! —insistió entrando en la mazmorra.

—¿Quién es? —respondió la voz adormilada de un hombre.

—¡Salid! —le dijo Joan—. Estáis libres. ¡Huid a la calle! ¡Escapad de la muerte!

Y se apresuró a abrir el calabozo contiguo. Anna no podía encontrarse en el anterior. La Inquisición encerraba a varios presos por celda, pero nunca juntaba hombres con mujeres. Llamó de nuevo a su esposa en el siguiente calabozo con idéntico resultado. Aun así, volvió a animar a los prisioneros para que huyeran.

Cuando en la tercera celda unas mujeres le dijeron que tampoco se encontraba allí, su tensión se convirtió en angustia. ¿Dónde estaba su mujer? Solo quedaban dos calabozos por abrir. ¿La tendrían encerrada en otro lugar? Nervioso, buscó la llave que correspondía a la cerradura. Le temblaban las manos, los prisioneros estarían subiendo ya a la planta baja y los guardias descubrirían la fuga. En la siguiente celda había otro grupo de mujeres y ninguna era ella. Animó de nuevo a la huida, quería provocar la confusión. Al fin, al abrir el último de los calabozos, una voz femenina respondió a su pregunta desde la oscuridad.

128

El ruido del cerrojo y las exclamaciones en voz baja de sus compañeras de infortunio, preguntándose qué ocurría, despertaron a Anna, que dormitaba tumbada en un jergón de paja en el suelo.

«¿Qué querrán ahora?», se preguntó.

Era difícil saber la hora. A aquella mazmorra no llegaba la luz del día, ni siquiera el sonido de las campanas, y su única referencia de tiempo eran las dos comidas diarias que recibían. Suponía que era de noche porque la última había sido la cena. Entonces oyó que una voz masculina pronunciaba su nombre. ¿La requerían los inquisidores en plena noche? Era muy extraño. ¿Qué pretendían? Se incorporó, aunque se mantuvo cautelosa a distancia. No quería alejarse del resto de las prisioneras.

—¿Qué queréis? —quiso saber inquieta.

Aquel individuo avanzó un paso iluminando la entrada de la celda y repitió su nombre. Al identificar la voz, Anna se dijo que sus sentidos la engañaban y con el corazón en un puño se dio a conocer. El hombre expuso su rostro a la luz y, sin apenas creer lo que sus ojos veían, Anna reconoció a su esposo. Se aproximó a él despacio, aún no se hacía a la idea de que Joan estuviera allí, y pudo ver una sonrisa feliz en el rostro de su marido cuando la vio. Él le abrió los brazos y ella le correspondió acogiéndose tiernamente en ellos.

—¿Qué hacéis aquí? —le murmuró al oído—. ¿Estáis loco?

—Os he venido a buscar —le dijo Joan—. ¡Vámonos aprisa! ¡No hay tiempo! ¡Nos espera una barca en el puerto!

Sintió que la esperanza iluminaba la oscuridad en la que había vivido sumida las últimas semanas y, emocionada al tiempo que sorprendida, con el corazón encogido pero feliz, se aferró a la mano que su esposo le tendió cuando deshicieron su abrazo.

Agarrotada por su largo cautiverio, Anna se movía con lentitud. Cuando empezaron a subir las escaleras, Joan observó, con un sobresalto, que el carcelero había desaparecido. Comprendió el trágico error cometido al no rematarlo. Aunque había matado a varios hombres antes, jamás lo había hecho a sangre fría ni a nadie indefenso. No podía ni quería.

—¡Salid todos! —gritó—. ¡Ahora podéis escapar, las puertas de la calle están abiertas!

Mentía para aumentar la confusión y empezó a empujar a algunos indecisos que habían salido de las mazmorras y titubeaban, escaleras arriba. Pero había mujeres y hombres de edad entre los prisioneros y algunos se desplazaban con parsimonia. Cuando Anna y Joan alcanzaron el patio, los soldados de guardia trataban de acorralar a los prisioneros evitando que se acercaran a la puerta y gritaban. Joan se dijo que todos los habitantes del palacio despertarían y en unos instantes caerían sobre ellos.

Los prisioneros se dirigían al portón de entrada y Joan, tirando de Anna, cruzó el patio, aún oscuro, en dirección opuesta, hacia la escalera que subía al primer piso. Al llegar a esta vio alarmado que varios hombres bajaban por ella para unirse a los soldados, y Joan cubrió con su cuerpo a Anna, arrimándola contra la pared, al tiempo que desenvainaba la espada. La escalera también estaba oscura y los hombres se cruzaron con ellos sin detenerse.

—Hay que ir al piso de arriba; si nos quedamos aquí, nos cogerán —le susurró a su esposa, y empezaron a ascender por la escalera.

Había luz en el primer piso, alguien llevaba un candil, y Joan se apresuró a subir los escalones que faltaban. Dos hombres más se precipitaban escaleras abajo justo cuando a ellos les faltaban un par de escalones para alcanzar el piso. El primero de ellos se detuvo y poniendo su mano en el pecho de Joan, le interrogó:

—Y vos ¿quién sois?

—Joan Serra —repuso el librero cogiéndole del brazo y lanzándolo escaleras abajo.

Sin mediar palabra hirió con su espada al segundo hombre en la pierna. Este lanzó un aullido de dolor mientras se desplomaba por las escaleras y Joan aprovechó para tirar de Anna y alcanzar, al fin, el primer piso. Allí se encontraba un fraile dominico que sujetaba un candil. Le acompañaba un hombre armado.

—¡Seguidme! —le gritó a Anna.

Y se abalanzó blandiendo su espada contra ambos. El fraile chilló dejando caer su linterna mientras el otro reculaba al tiempo que desenfundaba su espada.

—¡A ellos! —gritaba el hombre de armas—. ¡Aquí hay fugitivos!

Llegaban soldados con luces y brillos de acero. La habitación de la entrada al puente se encontraba en el pasillo que aquel hombre bloqueaba y Joan comprendió que los rodearían en cuestión de instantes.

—¡Abrid paso! —le gritó al soldado dando un salto hacia delante y lanzándole una estocada.

El hombre pudo detener el espadazo con su arma, aunque se vio obligado a retroceder. Joan aprovechó para continuar golpeándole.

—¡Seguidme! —le dijo a Anna.

Vio a los hombres que subían por las escaleras por detrás de su esposa y acosó con toda su rabia y desesperación a su rival, que continuó retrocediendo, y así llegaron frente al despacho que se comunicaba con el puente del Rey Martí. Empujó la puerta, esta se abrió con un leve chirrido y, viendo su candil aún con luz sobre la mesa, suspiró aliviado; nadie había entrado allí. Con un rápido movimiento hizo pasar a Anna y se apresuró a atrancar la puerta con una barra de madera.

Aprovechó aquel instante para volver a abrazarla y susurrarle:

—¡Sois libre! Pero tendremos que darnos prisa.

Ella le miró con una sonrisa tierna.

—¡Gracias, Joan! —Y añadió preocupada—: Aunque no creo que pueda correr mucho.

—¡Venid! —Y Joan tomó el candil para conducirla al boquete que se abría en la pared.

Los soldados golpeaban la puerta gritando:

—¡Abrid en nombre del Santo Oficio!

Pero ellos ya cruzaban el puente sobre la calle que los llevaba a la catedral. Joan pensó que los soldados se habrían olvidado de la existencia del puente, les creerían atrapados en la habitación y hasta que no derribaran la puerta no comprenderían que habían escapado. Aunque escasa, tenían ventaja.

Después de cruzar el puente, sus apresurados pasos sobre las losas de la catedral resonaron en las paredes y bóvedas del enorme templo silencioso, iluminado solo por su candil. Joan tiraba de Anna con toda la delicadeza que podía, pero ella jadeaba. Las semanas de encierro le habían entumecido los músculos. Bajaron las escaleras del primer piso para encontrarse con una puerta cerrada. Joan, iluminándose con el candil, buscó en su bolsa la llave correspondiente. Había estudiado la forma de cada una de las llaves de la catedral por si por un accidente se quedaban sin luz. Le temblaban las manos y Anna tuvo que sujetar el candil. Al fin halló la llave correcta, accedieron a la planta baja del templo y a paso rápido alcanzaron la puerta del claustro. Allí Joan tuvo que buscar de nuevo entre las llaves que llevaba en la bolsa. Al cruzar la puerta volvió a cerrarla con cuidado, pero no habían dado ni dos pasos en el gran claustro, cuyos arcos góticos se recortaban a la luz de las estrellas junto a la silueta de las palmeras, cuando un gran estrépito los sobresaltó.

—¿Qué pasa? —inquirió Anna alarmada.

—Son las ocas de la catedral —contestó Joan—. Viven en el estanque y el jardín del centro del claustro. Son agresivas como perros y alertan de cualquier intruso.

Joan desenfundó su espada, pero las aves no se acercaron y pudieron cruzar sin incidentes la distancia que los separaba de la puerta de la Pasión.

Se oían los gritos de los sacristanes, que, alertados por las ocas, buscaban a los intrusos. Joan usó otra de sus llaves en aquella última puerta y, al cruzarla, se encontraron en el exterior. Estaban en la parte trasera de la catedral, al lado de la curva que formaba el deambulatorio del ábside. Un hermoso cielo estrellado con una luna menguante los cubría y Anna reconoció de inmediato el lugar y la calle que tenían al frente.

—¡La calle Paradís!

En efecto, cruzando un corto tramo se encontraba la calle que, después de zigzaguear en dos ángulos casi rectos, desembocaba justo en la esquina que formaba su librería con la calle Especiers. Dos calles más allá se oían gritos y ellos se apresuraron a esconderse en la acogedora oscuridad de la calleja.

—Despídete de ella —le dijo Joan a Anna al llegar a la librería.

Ella acarició la pared y el portón mientras él introducía por la gatera su bolsa de cuero con las llaves de la catedral. Lluís se las devolvería a su hermano Gabriel en la primera ocasión segura que tuviese.

—Ya me despedí, de la librería y de todo, el día que me prendieron —murmuró ella.

—Hay que apresurarse —insistió Joan—. Nos espera una barca en la playa que ha de llevarnos a Valencia, y allí embarcaremos hacia Nápoles. Partirá antes del amanecer.

—¡Que Dios nos ayude! —exclamó Anna, que parecía recuperar fuerzas por momentos.

Cruzaron la plaza de Sant Jaume hasta la calle de la Ciutat y allí, protegidos por las sombras, empezaron a andar y correr a tramos, según la visibilidad y las fuerzas de Anna. Siguieron hasta el final de Regomir, doblaron a la izquierda por la calle de la Mercè, entraron en la plaza de Vi y al fin alcanzaron la de les Falsies. En aquella zona, la muralla del mar estaba rota y la arena cubría casi toda la plaza, en cuyo centro se perfilaba la silueta de la horca con la siniestra sombra de un cuerpo colgando de ella. Aquel era el primer lugar de Barcelona que Joan había visto al llegar de niño y sería el último que viera al huir de adulto.

Al fondo, la oscura masa del mar, que estrellas y luna iluminaban tenues, se movía lanzando olas rumorosas a la playa. Una barca se balanceaba muy cerca de la orilla con un farol que describía círculos de luz conforme el movimiento de las aguas.

—¡Es esa barca! —exclamó Joan.

Y corrieron hacia la orilla felices. Jadeaban, pero pronto estarían a salvo, y en unas semanas abrazarían a sus hijos en Nápoles.

—¡Gracias a Dios! —dijo ella.

Anduvieron por la playa cogidos de la mano, la arena los frenaba, y al poco pisaban la parte que mojaba el mar.

—¡La libertad! —exclamó Joan al notar el chapoteo de sus pies en una larga ola que retrocedía.

Anna sintió una felicidad indescriptible al sentir el frío del agua en los pies. Allí, a poca distancia, casi al alcance de la mano se balanceaba entre olas oscuras con reflejos de plata la chalupa, su salvación. Pero en aquel momento el sonido mortecino de cascos de caballos en la arena se impuso sobre el de las olas del mar y Anna lanzó un grito sobresaltado.

—¡Corred! —gritó Joan.

Y cogidos de la mano, chapotearon desesperadamente, con el agua por las rodillas, hacia la embarcación.

—¡Alto en nombre del Santo Oficio! —gritó alguien muy cerca.

Un caballo se interpuso entre ellos y la libertad levantando agua y espuma de las olas. Y después otro. Joan soltó la mano de Anna y desenfundó su espada.

—¡Abrid paso! —les gritó a aquellos jinetes que le ocultaban la vista de la nave en la que flotaba su salvación.

Un golpe de mar le empujó hacia atrás cubriéndole de agua hasta el cuello y oyó un grito a sus espaldas. La ola había derribado a Anna y la arrastraba hacia la orilla. Entonces Joan vio entre los bloques de piedra esparcidos por la playa, restos de la muralla del mar, las sombras de varios soldados que, blandiendo lanzas y protegidos por escudos, corrían hacia ellos. Sin soltar su espada retrocedió para ayudar a Anna, que, impedida por su vestido mojado, trataba de incorporarse.

—¡Tirad el arma! —le ordenó uno de los jinetes.

Los caballos avanzaban sobre ellos desde el mar y los soldados corrían por la playa apuntándoles con sus lanzas. Joan pudo levantar a Anna, que dejó ir un suave lamento, y la abrazó mientras las olas golpeaban sus rodillas.

—Os amo —le dijo él. Notaba las puntas de las lanzas clavándose en su carne.

—Y yo a vos. —Ella se apretaba contra el cuerpo de su marido con todas sus fuerzas.

—¡Tirad el arma!

Todo era ya inútil, se dijo Joan. Y lanzó su espada lo más lejos que pudo en el mar. Aquel mar que, por unos instantes, había sido la libertad. Los soldados le arrancaron a Anna de sus brazos y le obligaron a andar hacia la playa a punta de lanza.

De la oscuridad salió un jinete y detrás de él un hombre con un farol. A su luz, Joan vio que el jinete era Felip Girgós. Se le notaba satisfecho.

—Sabía que intentarías escapar por mar, *remença* —le dijo con voz engolada—. Y que lo harías por aquí, donde el muro está roto. Te he cazado como a un pato. Para cazar a un pato macho, se pone como señuelo a un pato hembra. ¿Lo sabías?

Joan lanzó una última mirada a la barca que los tenía que salvar y que huía, izando velas. Con ella iba su esperanza. Después se giró hacia Anna, vio que desfallecía por el cansancio y la emoción, y trató de sostenerla en sus brazos. Luchó desesperadamente, gruñendo de coraje, pero los soldados se lo impidieron a golpes. Y no pudo volver a tocarla.

129

En la cárcel de la Inquisición aguardaban los reos cuyos casos estaban en proceso de juicio o que, habiendo sido juzgados, esperaban el auto de fe que daría inicio a la fiesta en la que serían expuestos a vergüenza y penitencia pública y en la que, en su mayoría, terminarían ardiendo en la hoguera.

Los muros exteriores y la estructura del palacio real mayor de Barcelona eran sólidos, aunque las divisiones interiores con las que la Inquisición había adaptado el edificio a sus necesidades, al igual que el acceso tapiado al puente del Rey Martí, se habían hecho con premura y de forma descuidada. Quizá a causa de una construcción zafia o porque el albañil se había apiadado de los reos, entre las mazmorras principales de hombres y mujeres existía una grieta que los reclusos habían ensanchado en lo posible. El muro era aún sólido y no permitía el paso de otra cosa que no fuera la voz, pero representaba un gran alivio para los frecuentes casos de familias con presos de ambos sexos. Los reclusos llamaban la grieta «el confesionario» y mantenían a sus carceleros en la ignorancia sobre su existencia.

Joan era usuario destacado de aquel confesionario, no se cansaba de hablar con Anna tratando de persuadirla de que pidiera perdón público.

—Me matarán igualmente —argumentaba ella—. ¿Qué más da que me quemen viva o muerta?

—Es horrible, Anna —le decía Joan—. Los que mueren en las llamas se retuercen de una forma terrible y lanzan aullidos espeluznantes. Incluso los que con anterioridad mostraron gran entereza.

—Son solo unos momentos. Sé de qué se trata, vi morir a Francina.

—Son momentos eternos, Anna —replicaba él—. Para el que se consume en la pira duran una vida.

—Es igual, Joan, será un instante. No puedo creer distinto de lo que creo y no me arrepiento. Sé que Dios premia a los buenos y no mentiré antes de morir. No me doblegarán, no les daré esa victoria, andaré hasta la pira con la cabeza bien alta.

Joan callaba recordando la forma en la que se había humillado frente a Felip. Nunca se lo confesaría a Anna. ¿Qué pensaría ella, que mostraba tanta entereza? La admiraba, la amaba tal como era, y comprendió que no podría cambiarla. Entonces se resignó a lo inevitable.

—Os acompañaré a la hoguera y mantendré la cabeza tan alta como la vuestra. Quiero ser digno de vos.

Pero se dijo que no dejaría que la quemaran viva; aún pensaba estrangularla en el último momento, sería su postrera ofrenda de amor. Una vez que él aceptó los hechos, sintió una extraña paz en su interior, dejó de hablar del futuro y, resignándose, empezó a recordar con su esposa el pasado. Trataban de ser felices reviviendo sus momentos de dicha.

Los pasos de Joan, acompañado de dos soldados, volvieron a sonar sobre las losas del majestuoso salón del Tinell, igual que cuando fue requerido para declarar contra sus amos veinticinco años antes, después, en el juicio de Francina y demasiadas veces en sus pesadillas. Sin embargo, al contrario que en otras ocasiones, en esta estaba preparado y andaba erguido y desafiante. Todo se repetía tal como había experimentado en aquellos sueños premonitorios de los que creyó poder escapar, pero que inexorablemente se estaban cumpliendo.

Al final del recorrido se encontró con el escenario habitual; una mesa montada sobre una tarima elevada tres escalones y protegida por un dosel de tela negra. Solo que tras la mesa se sentaba un inquisidor distinto: fray Lluís Mercader, monje cartujo y además obispo de Tortosa. En las mesas laterales, con tarimas elevadas a solo un escalón del suelo, se sentaban los funcionarios de la Inquisición. Joan reconoció de inmediato el corpachón del fiscal, Felip Girgós. Y allí, a su lado, igual que en su pesadilla, se encontraba Anna, de pie entre dos soldados, con argollas de hierro en las muñecas.

A Joan le dio un vuelco el corazón al verla. Tenía los ojos húmedos y los hoyuelos se le marcaron en las mejillas cuando le sonrió con una dulce tristeza. Joan le devolvió la sonrisa con ternura mientras pensaba que la presencia de Anna allí no tenía otro objeto que el disfrute cruel de Felip haciéndoles sufrir más. Sin embargo, se dijo que su enemigo se equivocaba, acariciar a su mujer con la mirada y sentir la de ella le producía un placer infinito.

Anna notó que su corazón se aceleraba al ver a su esposo y la embargó un inmenso deseo de abrazarlo, de oler su cuerpo y de besar su piel. Joan cumplía su promesa de no abandonarla, la iba a acompañar hasta el final. Anna lamentaba profundamente que su esposo se encontrara en aquella situación y sabía que era por ella, por su amor. ¡Qué lástima no poder gozarlo en paz y plenitud! Al contemplarlo, admiraba aquella pose suya de león desafiante que la hacía sentir orgullosa y trataba de consolarse pensando que quizá, en lugar de separarlos, la muerte los uniría para siempre.

Un escribano rompió aquella unión de miradas que hablaban sin palabras interponiéndose entre los esposos para pedirle a Joan nombre, vecindad y ocupación.

—Soy Joan Serra de Llafranc —contestó—. Vecino de Barcelona, librero e impresor.

Y buscó la mirada del inquisidor, que, como en su sueño, estaba absorto en su libro de oraciones. Observó que al igual que en su pesadilla el fraile vestía de blanco, aunque su hábito no era dominico, sino cartujo.

Los notarios le exigieron los juramentos de rigor y después el alguacil proclamó:

—¡El reo ha jurado decir verdad!

Entonces Felip se levantó de su asiento y, después de proponer un rezo para que Dios inspirase al tribunal y de que todos oraran en voz alta, pidió permiso al inquisidor para empezar. Felip acusó a Joan de no cumplir su obligación como esposo cristiano dejando que su mujer leyera libros prohibidos e inadecuados, permitiendo que se hiciese hereje. Dijo que las mujeres poseían instintos peligrosos que el varón debía controlar y que la herejía de Anna y su negativa a reconciliarse con la Iglesia eran responsabilidad de Joan por no ejercer sobre ella la tutoría adecuada.

—¡Mi esposa podía leer lo que quisiera! —repuso Joan—. Somos iguales como personas, tanto ante Dios como ante los hombres.

—Luego os declaráis culpable de no vigilarla... —insistió Felip.

—No tenía por qué vigilarla. Ella es libre.

Joan y Anna volvieron a mirarse y él vio que su esposa le sonreía afirmando con la cabeza. Eso le hizo erguirse aún más y el inquisidor observó que en los ojos felinos del reo brillaba una extraña fuerza. El fraile se movió incómodo en su silla. Llevaba un año en su cargo y fuera de la propia Anna no se había encontrado con un acusado que le mirase a los ojos de aquella manera. Todos mostraban temor; sin embargo, Joan expresaba lo contrario, su actitud era incluso desafiante.

—Además se os acusa de querer burlar a la Santa Inquisición ayudándola a escapar —continuó el fiscal.

—Eso es cierto —dijo Joan con tranquilidad.

—Y finalmente os acuso de fabricar y distribuir libros prohibidos por el Santo Oficio.

—Y ¿qué derecho tiene el Santo Oficio para prohibir libros? —inquirió Joan elevando la voz por encima de la de Felip.

Se hizo un silencio estupefacto. Los escribanos dejaron sus plumas suspendidas en el aire y miraron a Joan boquiabiertos. Los alguaciles, los notarios, los soldados, ninguno de los presentes daba crédito a lo que oían y sus miradas buscaban alternativamente a Joan, que parecía cada vez más arrogante, al inquisidor y a Felip.

—¡Cómo te atreves! —balbució al rato Felip, que empezaba a enrojecer de cólera.

—La Inquisición no tiene derecho alguno a prohibir el pensamiento humano. El hombre es creación de Dios y este le dio la facultad de pensar, luego es voluntad del Señor que el hombre piense —proclamó Joan, que, haciendo caso omiso a Felip, miraba directamente al inquisidor y le apuntaba con el dedo—. El poder de la Inquisición no viene de Dios, sino del rey, que es mortal y tan pecador como el que más. ¡Cristo nunca prohibió un libro!

—¿Quién os creéis que sois para hablar de ese modo? —exclamó al fin el inquisidor—. ¡Sois un necio, un orate!

—¿Que quién soy? —interrogó Joan. Su recia voz hacía que sus palabras retumbaran en la enorme cavidad que formaban los arcos del salón del Tinell—. ¡Ya os lo dije! Soy librero, edito libros y los imprimo. Y hay cientos como yo a los que no podréis atemorizar, ni prender, ni mandarlos a la pira. ¡Por cada libro que la Inquisición queme, nosotros imprimiremos diez! La Inquisición morirá y los libros continuarán vivos. El saber y la razón os vencerán.

Cuando Joan calló, fray Lluís Mercader se quedó mirándolo incrédulo mientras asimilaba sus palabras. Nadie se había atrevido a hablarle de aquella forma antes. Y vislumbró un futuro en el que su Inquisición, y otras inquisiciones, perecerían enterradas, cual ataúd en un hoyo, cubiertas por un libro tras otro. El inquisidor sintió miedo al tiempo que cólera e incorporándose barrió de un manotazo rabioso los papeles de encima de su mesa, que cayeron al suelo planeando junto con el candil, que les prendió fuego. Igual que en las pesadillas de Roma.

—¡Os condeno a ser quemado en la hoguera! —gritó.

—¡Quemado vivo! —bramó Felip—. ¡No se arrepiente!

—¡Sí, quemado vivo! —rectificó el inquisidor.

Mientras los soldados corrían a apagar el incendio que ya prendía en la tela del dosel y los notarios se disponían a escribir la sentencia, el inquisidor continuó mirando a Joan. Y vio cómo se erguía aún un poco más y una sonrisa aparecía en su rostro. El fraile se estremeció. El reo percibía el miedo de sus verdugos.

Después, Joan se volvió hacia Anna, que le observaba amorosa, y se dedicaron una triste sonrisa. No dejaron de mirarse hasta que, cumpliendo las órdenes que Felip daba a gritos, los soldados se llevaron a Joan a empellones.

130

Felip pidió permiso al inquisidor Lluís Mercader para someter a Joan a tortura.

—No hace falta —respondió el fraile—. Ya ha confesado y ha sido condenado.

—Sin embargo, quiero saber quiénes son sus cómplices —insistió Felip.

—No tiene cómplices.

—Sí los tiene. Dijo que hay muchos como él y que imprimen libros prohibidos.

El inquisidor miró al fiscal arrugando el ceño.

—Se refería a los de su gremio; ese no tiene más cómplice que su mujer. —Y añadió, desdeñoso y tajante—: ¿No os parece suficiente tortura morir quemado vivo en la hoguera? Olvidaos del asunto y no insistáis más.

Felip comprendió perplejo que el inquisidor respetaba a Joan y que quizá incluso le admirara. Apretó los puños impotente.

Seis semanas después se escenificó el auto de fe. Fray Lluís Mercader había exigido al Consejo de Ciento, órgano rector de la ciudad, que se declarase fiesta, para que todos pudieran asistir. Como de costumbre, se montaron tres tribunas en la plaza del Rey contra el muro de la capilla de Santa Águeda. Una de ellas era para la Inquisición y los suyos y otra para las autoridades, ambas bien acondicionadas con telas de calidad. Los consejeros de la ciudad y los miembros de la Diputación del General excusaron una vez más su asistencia, sus relaciones con la Inquisición continuaban siendo hostiles. En cambio, allí estaba el nuevo gobernador, Alonso de Aragón, arzobispo de Zaragoza, y todos los representantes de la monarquía y autoridades religiosas. Entre ambos había un pequeño altar. La tercera tribuna estaba construida solo con maderos y allí se sentaban, custodiados por soldados, media docena de reos que vestían sus sambenitos amarillos con cruces latinas rojas y cucuruchos apuntados en las cabezas. Los acompañaban cuatro monigotes de cáñamo ataviados con las mismas vestimentas que ostentaban sobre el pecho pergaminos con los nombres de los huidos a los que la Inquisición había juzgado en ausencia.

Joan se sentaba en un extremo del banco y se inclinó hacia delante para ver a Anna, que se encontraba en el opuesto. Ella le devolvió la mirada tratando de esbozar una sonrisa que no logró mostrar. Estaba pálida y delgada. A él le partía el corazón verla vestida de aquella guisa.

—Ponedlos juntos —le dijo el inquisidor a Felip.

—¿Qué? —se sorprendió este.

—Habéis sentado al matrimonio Serra separado. Quiero que los pongáis uno al lado del otro.

—Pero son hombre y mujer…

—¡Claro que lo son, por eso están casados! —exclamó despectivo el obispo de Tortosa—. ¡Obedeced!

Disgustado y enfurruñado, Felip le dio las órdenes al alguacil; cuando se produjo el cambio, buena parte de la gente que ocupaba la plaza aplaudió. Eso alarmó al fiscal, que se puso a escrutar a la concurrencia. Al fondo de la plaza se alzaba el estandarte de San Eloy; lucía un crespón en señal de luto y pudo ver a varios de los miembros de la cofradía con sus inconfundibles delantales de cuero casi tan duros como una coraza de hierro. Con toda seguridad, los martillos colgaban de sus cintos. Si estaban allí de aquella guisa, era porque consideraban que uno de los suyos era juzgado injustamente. Y no podía ser otro que Joan.

—¿Qué está pasando? —le preguntó inquieto al alguacil.

—La historia de ese Joan Serra, al que el populacho considera héroe de las guerras de Italia, ha corrido por la ciudad —le dijo el hombre lanzando vistazos temerosos a la multitud—. Dicen que es buena persona y valiente, que consiguió entrar y salir de nuestra cárcel rescatando a su mujer y que le vamos condenar y quemar por eso.

—A la chusma le gusta contar historias —murmuró Felip.

—Será mejor que le pidamos refuerzos al gobernador —sugirió el alguacil.

Joan y Anna se cogieron de la mano y se dedicaron una sonrisa.

—Os amaré siempre —le dijo él feliz de estar a su lado.

—Y yo también. —El calor de su esposo la reconfortaba.

Los soldados los hicieron callar y ordenaron que se soltasen. Joan obedeció, no quería que los separaran de nuevo.

Un monje subió al púlpito y desgranó un largo y tedioso discurso. La única distracción de la multitud fue la aparición de varios pelotones de soldados del rey que llegaban siguiendo las órdenes del gobernador. Se colocaron tras los soldados de la Inquisición; los lanceros formaban dos líneas y detrás se situaron otras dos de ballesteros. Joan buscó de nuevo la mano de su esposa.

—Recordad lo felices que fuimos, Anna.

—Lo recuerdo —dijo ella acariciándole la mano—. Y no os extrañe si os digo que aún lo soy.

El sargento de la Inquisición los hizo callar y ambos evocaron en silencio aquellos hermosos tiempos pasados. Joan observaba a la multitud, que a su vez los observaba a ellos. Vio a Bartomeu, a su amigo Lluís y a sus empleados, y distinguió perfectamente la enseña de San Eloy y a los Elois, los barbudos cofrades del metal, entre los que destacaba su hermano Gabriel. Se decía que nada podrían hacer contra el ejército del rey, pero verlos allí mitigaba su angustia. Ni siquiera se preocupó de escuchar las sentencias condenatorias de sus compañeros de infortunio. Pero cuando Felip empezó a leer la última, la suya, se hizo un silencio expectante en la plaza.

—Se condena a Joan Serra de Llafranc y a su esposa, Anna Roig de Serra… —Felip hizo una pausa y tragó saliva. El silencio de la plaza era amenazante— ¡a ser quemados vivos en la hoguera del Canyet por herejes, por desprecio a la Santa Inquisición y por fabricar y vender libros prohibidos!

Anna y Joan se abrazaron, un murmullo se levantó en la multitud y hubo unos tímidos aplausos ahogados de inmediato por gritos coléricos y abucheos. Unas piedras chocaron contra la tarima de la Inquisición y, a una orden del capitán, los lanceros pusieron sus picas al ristre blandiéndolas hacia la multitud amenazante. Los ballesteros cargaron sus armas y un par de arcabuceros dispararon al aire. Un buen número de espectadores salieron de la plaza corriendo atemorizados, pero los Elois ni se movieron.

Felip, como fiscal de la Inquisición, le hizo entrega de los reos a un capitán de la tropa del rey, de semblante pálido, para que fueran ejecutados. Este hizo una seña y varios pelotones más de soldados entraron en la plaza para reforzar a sus compañeros. A la orden del capitán, los lanceros fueron empujando con sus picas a los Elois, que se resistían a moverse de la plaza, y cuando esta estuvo desalojada se ordenó la comitiva.

Formaron los pendones, los frailes descalzos, la cruz de la Inquisición, los tambores, los reos atados con las sogas al cuello, los inquisidores, las autoridades, los soldados con la leña para la hoguera, los siniestros cofrades de la Muerte y prácticamente un ejército preparado para reprimir a la muchedumbre. Los soldados abrían paso apartando a la multitud, rodeaban a los reos y cerraban la comitiva; los tambores empezaron a sonar destemplados a muerte y la procesión se puso en marcha hacia el Portal de Sant Daniel. De allí irían al Canyet, el lugar de la muerte más infamante.

Joan andaba descalzo, con un cirio en la mano y una soga al cuello que le unía a Anna, que le precedía, y otra que le ataba al hombre que iba detrás. Las campanas de la catedral empezaron a sonar con un toque de funeral triste, pausado, conmovedor. Joan supo que era Gabriel, que había abandonado la plaza para despedirle de la mejor forma que sabía, y las lágrimas acudieron a sus ojos. Aunque no era el único emocionado, el sentimiento que su hermano era capaz de conferir al sonido de aquellos bronces llegaba al corazón de la gente. Alguien gritó «muera la Inquisición», muchos le corearon y después hubo más gritos, empujones y algunas piedras cayeron sobre los frailes. Algo fundamental había cambiado, no se insultaba a los sentenciados como de costumbre, sino a los clérigos.

La comitiva siguió el camino de la infamia por la calle Boría, pero lo hacía de forma atropellada, casi corriendo. Los soldados apresuraron a empellones a los condenados y los frailes inquisidores y autoridades apretaron el paso cuanto pudieron. Ya nadie seguía el ritmo de los tambores y los dominicos, con la capucha calada y descalzos, como los reos, dejaron de cantar para correr. Los soldados apenas podían apartar a la gente con sus lanzas.

—¡Aprisa! —obligaba el capitán.

—¡Joan Serra! —gritaban desde la multitud.

Cuando llegaron al Portal de Sant Daniel este se encontraba cerrado y custodiado por un poderoso destacamento. No se iba a permitir salir a los ciudadanos; el gobernador había ordenado cerrar todas las puertas de la ciudad. Las tropas rodearon el portal protegiendo a la comitiva de la multitud y los vigilantes lo abrieron solo para que pasasen los integrantes de la procesión y los soldados que portaban la leña. Al cruzar la puerta, Joan contempló melancólico, por última vez, el pendón de San Eloy, que quedaba detrás del muro de soldados. Por un momento había abrigado la esperanza, ilógica por completo, de que sus antiguos cofrades le rescataran. Y observó el camino que tenía por delante. El de la hoguera.

El resto de la tropa se quedó en el interior de las murallas para controlar una masa de gente que rugía, enfureciéndose progresivamente.

—¡Frailes asesinos! —gritaban—. ¡Muera la Inquisición!

Hubo más empellones y golpes, pero los soldados, que casi llegaban al millar, lograron apartar con sus lanzas al gentío, que no obstante continuaba increpándolos furioso. Uno de los barbudos golpeó con su barra de hierro a un soldado que le había herido con su lanza y este cayó fulminado a pesar de su casco. El maestro Eloi gritó a los suyos que se contuvieran, pero la lucha frente a la puerta se generalizó.

—¡La caballería del rey! —gritó el oficial al mando—. ¡Necesitamos la caballería!

131

El fiscal de la Inquisición se sintió aliviado en el momento en el que las sólidas hojas de madera claveteadas de hierro del Portal de Sant Daniel se cerraron a las espaldas de la comitiva. Sin desmontar de su caballo reordenó la procesión. Ahora podrían marchar con el paso solemne que correspondía al acto; los tambores y las letanías volvieron a oírse y se reanudó el desfile hacia el Canyet.

Sabía que todas las puertas de Barcelona estaban custodiadas por destacamentos armados, en especial el Portal de Sant Daniel, donde se concentraba casi la totalidad del ejército real, que en aquellos momentos contenía a la turba enfurecida. No se abrirían hasta su regreso, una vez terminada la ejecución. Podían estar tranquilos. Por unos momentos había temido que el gentío, en especial los Elois, se abalanzaran sobre ellos para rescatar a Joan y su mujer. La cofradía del metal era tan poderosa y poseía tanto orgullo gremial que la veía capaz de atacarlos a ellos, a los intocables, a la Inquisición.

Odiaba a Joan desde que se le enfrentó, siendo solo un mocoso, cuando ambos eran aprendices de encuadernador en la librería de los Corró. Poca gente se había atrevido a desafiarle en su vida, y menos desde que ostentaba cargos en el Santo Oficio. Todos sus enemigos habían terminado mal; Joan era aquel a quien más detestaba y el único que faltaba en su colección.

Cuando le condenaron a galeras, Felip creyó que estaba acabado, pero al verlo regresar como héroe de Italia y en una buena posición social, sintió un gran coraje. Y más cuando le plantó cara de nuevo. Había decidido ir presionando lentamente sobre él y su familia, quería que le temiera. Mucho. Jugar con él al gato y al ratón. Y gozó al ver que, con el tiempo, su enemigo había ido perdiendo poco a poco su arrogancia. La Inquisición aterrorizaba y Joan, si era humano, tenía que sentir miedo. Sin embargo, todo juego tenía un final, el gato debía acabar con el ratón, y la trampa fue Anna. Debía reconocer que Joan le había sorprendido, incluso admirado, al rescatar a su esposa de forma tan audaz.

Desde lo alto de su caballo veía los tristes andares del librero y de su mujer vestidos con sus sambenitos y sus altos capirotes, unidos por sogas al cuello, descalzos y con una vela apagada en la mano. Disfrutaría al ver morir a su enemigo retorciéndose entre las llamas mientras oía los chillidos agónicos de su esposa, a los que sin duda se unirían los suyos. Después se haría el silencio y Felip respiraría gozoso la fragancia de la carne asada.

Joan caminaba contemplando la espalda de Anna, acariciándola con la mirada. A pesar de que en la cárcel le habían cortado su larga cabellera, el capirote aún permitía ver los mechones de su antaño frondosa melena azabache. Bajo el burdo sambenito amarillo con sus cruces rojas adivinaba el movimiento de las caderas de su esposa. Estaba más delgada, pero él aún la deseaba y se imaginó la dicha, que nunca más sentiría, de poder amarla otra vez como mujer.

Al rato llegaron al inhóspito paraje del Canyet, donde se alzaba la cruz de piedra llamada «de la Llacuna» que marcaba el lugar de las ejecuciones. El lugar estaba cercano al mar, rodeado de grandes charcas llenas de cañaverales, lo sobrevolaban nubes de mosquitos y despedía un olor nauseabundo por la descomposición de las basuras que la ciudad arrojaba allí. Al lado de la cruz habían montado, como de costumbre, una gradería desde la que se lanzarían los cuerpos de los ejecutados al fuego. La pira consistía en un entarimado rodeado de leña donde se alzaban dos postes en los que atarían a Joan y Anna; los soldados amontonaron allí la madera que transportaban.

La comitiva se situó en la parte seca del pantano, del lado opuesto al mar. Los frailes dominicos se colocaron a la izquierda cantando sus letanías con las capuchas caladas, los eclesiásticos y autoridades al centro y la tropa formó a la derecha. Por primera vez desde que la nueva Inquisición entró en Barcelona, la ejecución en la hoguera se haría sin otro público que algún campesino de las cercanías y los pocos soldados que habían transportado la leña. El gobernador había logrado encerrar en la ciudad tanto a los habituales de aquellos espectáculos como a los que, como los Elois, se mostraban contrarios a la ejecución.

—Anna —le dijo Joan a su esposa tan pronto como la comitiva se detuvo—, no puedo soportar la idea de que sufráis el fuego en vuestras carnes. Os suplico por última vez que aceptéis la confesión y os reconciliéis con la Iglesia. Quizá nos concedan el garrote antes del fuego.

Ella le miró con intensidad.

—Prefiero morir con dignidad, Joan. Lo siento, conocéis bien mi parecer. Además, nos condenaron a ser quemados vivos. Pienso que aunque nos humilláramos no nos concederían la gracia del garrote. ¿Queréis darle ese último triunfo a Felip?

Joan suspiró para abrazarla después. Había tratado de persuadirla infinidad de veces en sus conversaciones en la cárcel a través de la grieta de la pared. Aquel había sido su intento postrero. Lo que les esperaba era atroz y sin embargo él tampoco quería suplicarle a su enemigo.

Cuando todo estuvo dispuesto, el inquisidor se acercó junto con Felip a los prisioneros para ofrecerles la última oportunidad de reconciliarse con la Iglesia. Uno a uno fueron aceptando.

—No pecamos por lo que hicimos, ni contra Dios ni contra los hombres —les dijo Anna cuando llegó su turno incluso antes de que el inquisidor pudiera ofrecerle la gracia—. Tenemos la conciencia tranquila.

—Así es —ratificó Joan—. Aceptaremos la confesión, pero no queremos reconciliarnos.

El obispo de Tortosa miró a Joan a los ojos, después a Anna, no dijo nada y fue a darle instrucciones al alguacil. Tampoco Felip habló, aunque observaba a Joan con una sonrisa insolente. El librero no se inmutó; había dejado de importarle aquel individuo.

Los reos se quedaron de pie delante de la pira y uno a uno se apartaron para reconciliarse con la Iglesia junto a dos soldados, un cura, el verdugo y su ayudante, vestidos los últimos de negro y con antifaz. El sacerdote les tomaba su última confesión, pedían perdón y quedaban en paz con la Inquisición. Acto seguido se arrodillaban y el verdugo les quitaba la soga que llevaban al cuello para ponerles una cuerda más fina, hacía un torniquete con ella y los agarrotaba con todas sus fuerzas. El reo se desplomaba y el verdugo continuaba con su labor hasta asegurarse de la muerte de su víctima. Entonces, el cuerpo inerte estaba listo para la hoguera y los soldados lo subían a la grada, donde los dejarían junto a los monigotes de cáñamo que representaban a los condenados ausentes a la espera de que la pira ardiera con plenitud para arrojarlos al fuego.

Después de la confesión, Joan y Anna quedaron frente a frente mirándose a los ojos. Él sujetó la cuerda que ella aún llevaba en el cuello; debía matarla antes de que los ataran al poste y fuese demasiado tarde.

—No permitiré que muráis quemada, Anna —le dijo, y

sus ojos se llenaron de lágrimas—. Tengo que evitarlo, debo quitaros la vida ahora mismo.

—No lo hagáis, Joan. —Ella le miraba dulce y contenía el llanto.

—Morid en mis manos y os ahorraré un sufrimiento horrible.

—No, Joan. Quiero estar con vos hasta el último instante. No quiero dejaros solo.

Joan la contempló con ternura. Por mucho que le horrorizase lo que le esperaba a su esposa, no iba a hacer nada contra su voluntad, y supo que aun si ella le hubiera suplicado que pusiese fin a su vida, él habría sido incapaz. Estaban condenados a las llamas.

—¡Dios mío, no puedo! —dijo él, y soltó la soga para abrazarla con un sollozo—. Me falta el valor. Perdonadme.

—Os amo, Joan —dijo ella gozando intensamente del calor del cuerpo de su esposo.

Aquel era su último abrazo.

Los frailes empezaron a cantar el *Miserere mei, Deus* mientras los esposos deseaban que aquel placentero abrazo se hiciera eterno. Sin embargo, fue trágicamente corto. Los soldados lo deshicieron a la fuerza para conducirlos a la pira. Se separaron después de oponer una leve resistencia y ambos anduvieron erguidos y con la cabeza alta hacia su destino. Los soldados los entregaron al verdugo y a su ayudante, quienes se encargaron de hacerles subir a la tarima.

—Atadnos en el mismo poste, os lo suplico —le pidió Joan, a media voz, al que mandaba.

El hombre se quedó mirándole sin responder y el librero notó el brillo de sus ojos bajo el antifaz. En ellos vio la muerte. Aquel individuo acababa de ejecutar con sus propias manos a tres hombres y a cuatro mujeres y, aunque Joan sabía que gozaba de cierta autonomía al disponer la ejecución, dudaba que fuera a mostrar misericordia.

—Y dejad que nuestras manos se toquen —insistió—. Por favor.

El verdugo hizo un imperceptible gesto de afirmación y Joan suspiró aliviado.

—Gracias —le dijo—. Que Dios os bendiga.

Estarían unidos hasta el último segundo. Había temido que los colocaran en postes enfrentados y ver cómo las llamas consumían a su esposa.

Anna le dirigió una última mirada cuando los separaron. A pesar de los años de matrimonio y de aquellas últimas semanas de cautiverio, lo veía aún hermoso. Su barba y cabellos, bien cuidados por lo general, estaban desaliñados, y su tez, pálida a causa del encierro en la oscuridad, pero sus ojos mantenían aquella mirada de gran felino, firme y segura, que sus fuertes cejas y su nariz algo aplastada remarcaban. Después de treinta años continuaba amándole intensamente. El verdugo la ató de cara al mar, cuya línea azul y perfecta podía ver entre los cañaverales aquella tarde de principios de verano. Sentía la dureza del poste en su espalda, pero una vez que terminaron de atarla, comprobó que las cuerdas le permitían una movilidad que aprovechó para buscar las manos de su esposo. Cuando las encontró, primero una y después otra, a los lados del grueso poste, notó un placentero alivio. Sentía el calor de Joan y la caricia de sus manos.

¡Tenía tanto que decirle! Nada nuevo, lo mismo que se habían dicho tantas veces a través del confesionario, la grieta que les había permitido comunicarse los días de cautiverio a través de la pared. Deseaba darle otra vez las gracias, por sus hijos, por aquellos años de felicidad, por su amor. Y por encima de todo, por su valor al tratar de rescatarla. Sabía que Joan moría por ella y aquello la llenaba de una tristeza agridulce. ¡Se había sentido tan feliz en aquellos instantes en los que, corriendo por las oscuras calles de Barcelona y viendo el mar en la noche, habían creído que escaparían de la Inquisición! Joan guardaba silencio y ella tampoco deseaba hablar. ¡Se habían dicho todo aquello tantas veces! Y dejó que sus manos dialogaran con las de Joan acariciándose; aquel delicioso contacto era más elocuente que cualquier palabra.

Desde arriba del entarimado, atado al poste de espaldas a su esposa, Joan contempló a los que esperaban verlos arder y recordó las terribles escenas de la muerte de los Corró. La suya sería peor. Sería como la de Francina, solo que ellos no llevaban bozal. Esta vez no había público; solo los verían morir los eclesiásticos, los soldados y las autoridades.

Sabía que Felip había evitado ponerles bozal porque le traía sin cuidado lo que pudieran gritar. Al contrario, estaba deseando oírlos, y Joan rezó para tener fuerza suficiente y poder reprimir los gritos de dolor. El pelirrojo estaba montado en su caballo a cierta distancia, mirándole sonriente, gozando de su victoria final. Joan le sostuvo la mirada unos instantes y luego la desvió. No desperdiciaría sus últimos momentos con aquel matón. Observó los cuerpos de los ejecutados y los cuatro monigotes de cáñamo apilados en la gradería para ser arrojados a la hoguera y pensó que para ese entonces su propio cuerpo estaría ya envuelto en llamas. Cerró los ojos y se concentró en el contacto suave de las manos de su esposa.

Desde la distancia, el inquisidor dio la orden, el ayudante le pasó al verdugo la antorcha y este recorrió los bordes de la gran pila de leña encendiendo los montones de paja junto a pequeñas ramas secas situadas en lugares estratégicos para que la hoguera prendiese pronto. Los frailes reiniciaron sus cantos lúgubres. Los Serra empezaron a oler el humo y a notar, aún distante, el calor del fuego.

132

Anna olía la madera que se quemaba, oía el crepitar del fuego y notó una gota que resbalaba por sus sienes.

—Será un momento corto —le dijo a su esposo—. Iremos juntos a la otra vida.

—Os amo —murmuró Joan, y ella respondió, con el corazón encogido, que también.

Joan sujetó con fuerza las manos de su mujer y se puso a rezar el padrenuestro a media voz. Anna le acompañó en la oración. No sabía si el sudor era provocado por el creciente calor o por su zozobra. Pedía en silencio que el humo los asfixiara antes de ser alcanzados por las llamas. Sus manos también sudaban y apretaron un poco más las de su esposo, que le correspondió. Pronto las llamas los alcanzarían, solo unos instantes los separaban de la muerte. El calor crecía y costaba respirar. Trató de recordar las caras de sus hijos, de llenar su mente con los momentos felices vividos, pero no lo lograba, una gran angustia la atenazaba. En unos momentos sentiría el fuego en su carne, se acercaba por instantes, y el fin llegaría con un terrible dolor. Se dijo que no gritaría, que iba a aguantar como pudiera, no quería que Joan la oyese.

En aquel momento sonó un gran estampido y Anna vio una multitud aullante que surgía de los cañaverales del lado del mar. Aquellos hombres se cubrían con turbantes, blandían lanzas y espadas y corrían hacia ellos chapoteando en las charcas. Anna comprendió que el ruido procedía de un disparo de arcabuz, pues varios portaban aquellas armas.

Joan escuchó sorprendido la detonación y los aullidos a su espalda al tiempo que notaba que la presión de la mano de Anna disminuía. No podía ver quiénes gritaban. Su extrañeza le hizo detener el rezo y su mirada fue a la expresión estupefacta del verdugo, que se encontraba a pocos pasos. El hombre dejó caer al suelo la antorcha encendida que aún sostenía.

—¡Sarracenos! —exclamó el sicario—. ¡Que Dios nos proteja!

Y dándose la vuelta se puso a correr en dirección opuesta al mar, hacia los que presenciaban la ejecución. De inmediato, su ayudante le imitó y lo mismo hicieron los que aguardaban en la gradería para arrojar los cadáveres a las llamas. Los frailes dejaron de cantar mientras los soldados se agrupaban alrededor del capitán, que los situó cubriendo al gobernador y al resto de las autoridades y funcionarios del Santo Oficio. Sin embargo, su número era menor que de costumbre, solo un pelotón de una veintena de lanceros a pie y seis jinetes, contando al capitán, a dos alguaciles, a Felip y a sus guardaespaldas. Los arcabuceros, los ballesteros y el resto de la tropa se habían quedado en la ciudad para contener a la multitud.

Joan veía las espaldas de los sarracenos, que una vez rebasada la pira detuvieron su carrera para continuar avanzando, al paso, hacia los soldados; vestían al estilo musulmán e iban armados con espadas, lanzas, un buen número de arcabuces con mechas encendidas y ballestas.

Las llamas prendían ya en la leña a sus pies y se dijo que aquel insólito suceso no cambiaría su destino, aquellos hombres buscaban saquear y les era indiferente que ellos muriesen en la hoguera. Sin embargo, de pronto el corazón le dio un vuelco. La escena le era extrañamente familiar. ¿A qué le recordaba? Le vinieron a la mente las trágicas imágenes del asalto a su aldea en el que su padre murió y los piratas secuestraron a su madre y su hermana. Y después rememoró cuando el almirante Vilamarí le obligaba a él, años después, a vestirse de sarraceno y participar en ataques y saqueos a villorrios semejantes al suyo en la costa de Sicilia. ¿Serían aquellos verdaderos sarracenos o…? No se atrevía a concebir tan absurda esperanza.

Podía ver las llamas elevándose frente a él y cómo una cortina de aire ardiente y humo borraba las imágenes de los soldados, que se habían situado en posición de guardia para defenderse de los sarracenos. Entonces notó la madera moviéndose y el crujir de la tarima del lado de Anna.

—¡Miquel! —exclamó su esposa.

—Buenas tardes, *signora* Anna —respondió una voz familiar.

Un instante después, Joan vio al sarraceno que se había encaramado a la pira a sus espaldas y que, con unos hábiles tajos de daga, los libraba de sus ataduras. Llevaba turbante, tendría unos sesenta años, una gran cicatriz cruzaba su cara, cojeaba y se movía con dificultad.

—¿Don Michelotto? —inquirió Joan.

—No es momento de saludos —repuso el hombre—. ¡Salgamos de aquí!

Las llamas y el humo los rodeaban, faltaba el aire y el calor sofocaba. Anna empezó a toser. Joan vio un extremo donde el fuego no había prendido aún del todo y, cogiendo a Anna del brazo, la encaminó en aquella dirección. Ella saltó primero y cayó entre unas ramas que empezaban a arder y de inmediato la siguieron Joan y el sarraceno. Los maderos estaban en llamas, la caída los llenó de magulladuras y el fuego prendió en los extremos de los largos sambenitos que el matrimonio vestía.

—¡Corred! —le dijo Joan a su esposa mientras las llamas devoraban su vestido con rapidez.

Y tirando de ella la condujo hasta una de las charcas, a la que se lanzaron. Las fétidas aguas les proporcionaron un alivio indecible y, libres del fuego, los Serra se abrazaron sin poder creer aún lo que estaba ocurriendo.

El fiscal de la Inquisición maldijo al ver que los piratas superaban en número a sus soldados al tiempo que trataba de comprender qué ocurría. Aquello era muy extraño. ¿Qué buscaban aquellos hombres en aquel descampado? No había nada que robar y le parecía absurdo que en lugar de caer sobre civiles indefensos, tal como acostumbraban, los piratas, aun superándoles en número, atacaran a un grupo armado.

Los sarracenos, una vez sobrepasada la hoguera, dejaron de correr para continuar acercándose al paso. Felip maldijo de nuevo. ¿Qué ocurría en realidad? Las llamas crecían y sin embargo pudo ver desde su montura cómo uno de aquellos individuos se encaramaba a la pira.

—¡Los están liberando! —rugió.

La rabia hizo enrojecer su carnosa cara mientras sus ojos inyectados en sangre contemplaban incrédulos cómo Joan y Anna saltaban entre las llamas escapando a la muerte.

—¡Los condenados escapan! —gritó a la tropa—. ¡Al ataque!

Pero los soldados continuaron protegiéndose con las lanzas y escudos sin moverse. Entonces, Felip, lleno de coraje, desenvainó la espada, la alzó con gesto de mando, miró a los ojos a sus dos guardaespaldas y a los alguaciles de la Inquisición, que también iban montados, y les dijo:

—Van a pie. Será fácil capturar de nuevo a esos herejes. —Y sin esperar respuesta ordenó—: ¡Seguidme! ¡Por la Santa Inquisición!

Felip espoleó a su caballo contra los supuestos moros y cargó gritando. Solo había avanzado unos cuantos pasos cuando oyó tronar un nuevo estampido al tiempo que notaba un impacto ardiente en sus tripas que le derribó de su montura y le hizo caer de espaldas, con los brazos abiertos. Nadie le había seguido y, al verle abatido, los lanceros retrocedieron varios pasos, lo que provocó pánico entre los que se refugiaban a sus espaldas, y todos, frailes, autoridades y soldados, terminaron huyendo a todo correr hacia la ciudad.

El inquisidor Mercader vio cómo caía el fiscal, se encogió de hombros y murmuró:

—Será la voluntad del Señor. —Y corriendo para alejarse de allí lo antes posible, añadió—: Bendito sea Su nombre.

Joan observó al muchacho que había disparado; estaba pálido y se dijo que sería su primera acción de guerra. Aquello le traía recuerdos antiguos. Se veía a sí mismo, muchos años antes, en un asalto similar disparando sobre un hombre. Solo que aquel defendía a su familia y no merecía morir, mientras que el miserable fiscal de la Inquisición sí.

Entonces Miquel Corella sopló un silbato ordenando a los suyos que se replegaran.

—Un momento —le dijo Joan.

No podía irse sin más y se dirigió al lugar donde había caído Felip.

—Todos a la galera —ordenó Miquel—. Vos también, señora —le dijo a Anna poniéndola bajo la protección de uno de sus hombres—. Yo me encargo de que vuestro marido regrese sano y salvo.

El fiscal de la Inquisición estaba tumbado en el suelo boca arriba y a través de un agujero en su abultado vientre, de donde brotaba sangre en abundancia, se veían sus vísceras. Aquel tipo de herida era mortal de necesidad y muy dolorosa.

—Mátame, *remença*, mátame —le dijo a Joan al verle. Estaba lleno de odio—. Maldito seas. Ahora puedes vengarte.

Joan le miró con indiferencia, disimulando la alegría que sentía. Le complacía ver a su enemigo en aquel estado, pero aquella satisfacción no se podía comparar con la increíble dicha que experimentaba por su liberación y la de su esposa. Sabía que no había esperanza para Felip y se decía que la Providencia había intervenido de forma milagrosa para hacer justicia.

—No —dijo.

Prefería que el matón muriera víctima de sus propios actos, no quería cargar con su muerte, aunque fuera un acto de piedad. Si el Señor había decidido que aquel malvado muriese con grandes sufrimientos, él no iba a cambiar su designio.

—¡Mátame, hijo de puta! —insistió con un rugido de dolor.

—No.

Miquel Corella apareció por detrás y sin ningún reparo le quitó a Felip una cadena de oro, un anillo del mismo metal y la bolsa. El herido sufría a cada movimiento.

—¡Humm! —exclamó Miquel cuando contó las monedas—. ¡Cuatro libras de oro y varios sueldos! Te pagaba bien la Inquisición.

Felip le contemplaba con mirada vidriosa.

—Me quedo todo esto a cambio del servicio que te voy a hacer —le dijo con aquella mirada que hacía estremecer a la gente.

Y con la habilidad natural que le caracterizaba, don Michelotto sacó una soga fina que llevaba en el cinto, se la puso a Felip en el cuello cuidando de no mancharse de sangre y, usando su daga enfundada como pomo, empezó a agarrotar al fiscal de la Inquisición. A este se le hincharon las venas de las sienes, sus ojos se abrieron desorbitados y boqueó en busca de aire antes de morir.

—¡Ya está! —le dijo a Joan cuando terminó—. Ya nos podemos ir. Ha sido más trabajoso que apuñalarle, pero más elegante.

Tuvo que tirar del librero, que no podía apartar su vista del abultado cuerpo tendido con los ojos abiertos sobre un charco de sangre. ¡Cómo había cambiado la fortuna de ambos en solo unos instantes! Miquel cogió el caballo de Felip, montaron ambos y se dirigieron al trote hacia la playa a través de los cañaverales.

—¿Por qué le matasteis? —le increpó Joan al valenciano de camino al mar—. ¿Por qué no dejasteis que muriera sufriendo, tal como merecía?

—Fue un acto de piedad bien cobrado. —La voz de Miquel sonaba risueña—. Además, robar a un muerto no es pecado.

El librero se dijo que aquel hombre nunca dejaría de sorprenderle.

Una galera con los estandartes verdes del islam se mantenía a corta distancia de la costa con la popa mirando a la arena. Los soldados cargaron los mosquetes y ballestas en la chalupa y Miquel embarcó en ella junto a los marinos, que remaron hasta el costado de la nave. Estaba tan cerca de la playa que Joan y Anna prefirieron chapotear, como la mayoría de los soldados, hasta las escalas de cuerda que colgaban de las bordas cercanas a popa.

—El mar, la libertad —repetía Anna como tratando de convencerse de que todo aquello era real.

—¡Aprisa! —los azuzaba el capitán desde la nave.

Se sumergieron para librarse del agua de la charca y treparon con rapidez a la galera por las escalas. Una vez a bordo, Joan reconoció al capitán: era su amigo Genís Solsona.

—¿Habéis venido desde Nápoles solo para rescatarme? —preguntó incrédulo Joan mientras se abrazaban.

—Sí —le dijo sonriente.

Cuando la caballería del rey, alertada por los huidos, llegó a la playa del Canyet, vieron que la nave sarracena se encontraba ya a distancia de la costa. Se sobresaltaron al oír el cañonazo que esta les lanzaba y se encogieron de temor a la espera de que la bala impactara. Pero no llegó a hacerlo; solo era una salva de despedida disparada por Joan.

133

Joan y Anna contemplaron la puesta de sol sobre el horizonte de España desde la carroza de la galera.

El día se despedía con nubes rosas, blancas y azulonas entre las que jugaba la luz dorada del atardecer. Y después, cuando el astro se escondió en la lejana cadena de montes, el ocaso se tiñó de rojos.

—Fuego —murmuró Joan, a pesar de la belleza del crepúsculo—. O quizá sangre.

El chapuzón que se habían dado en el mar los había librado del olor a agua fétida de la charca del Canyet y del humo de la hoguera.

Genís les dio ropas limpias y se sentían nuevos, como si acabaran de nacer. Se cogían de la mano con ternura y en ocasiones Joan asía la de su esposa con fuerza, para convencerse de que no soñaba. No tenían palabras para describir aquella felicidad y se refugiaban en el silencio.

—En estos momentos seríamos apenas un montón de cenizas —dijo Anna al rato—. Prometedme que viviremos esta nueva vida que el Señor nos concede siendo felices y haciendo que nuestros hijos lo sean.

Joan miró a su esposa sopesando aquellas palabras. Le recordaban demasiado a una promesa que le había hecho a su padre muchos años antes.

—Eso no se puede prometer —objetó él. Una sonrisa bailaba en sus labios—. La felicidad no depende plenamente de uno mismo.

—Y ¿la libertad sí?

Él quedó en silencio. La respuesta para ambas era no, y también sí.

—Es lo mismo —insistió ella—. Si un día prometisteis que seríais libre, hoy me tenéis que prometer que seréis feliz.

Joan se resistió juguetón, aplazando, con diversas objeciones, aquella promesa que sabía iba a hacer.

Durante aquella travesía, Joan y Genís tuvieron tiempo sobrado de renovar su amistad con largas conversaciones.

—Bartomeu se convirtió en nuestro contacto en Barcelona y tu hermano Gabriel y los Elois fueron los responsables del motín que obligó a que las tropas se quedaran en la ciudad —le explicó Genís—. Por eso no encontramos resistencia en el Canyet y nos resultó fácil rescataros. Eres un hombre afortunado no solo por tu familia, sino por tus amigos.

—Te estaré eternamente agradecido —repuso Joan—. Eres uno de esos amigos por los que soy tan afortunado. Sin embargo, es muy costoso traer una galera de Nápoles y llevarla de vuelta. A pesar de tu nueva posición como segundo en la flota del sobrino de Vilamarí, no pudiste tomar la decisión solo. ¿Quiénes te apoyan y financian? ¿Son mis amigos de Nápoles, Constanza d'Avalos y Antonello?

—Antonello nos advirtió de lo que ocurría. —Genís sonreía—. Pero no hizo falta su dinero.

—No será…

—Sí, es el gobernador de Nápoles, el antiguo almirante Vilamarí. Ya te dije que nunca abandona a los suyos.

—Así que me considera uno de los suyos… —musitó Joan pensativo mientras trataba de reponerse de la sorpresa.

—Sí, y por más de un motivo.

Genís no quiso aclarar su misteriosa afirmación.

Mientras Joan mantenía sus largas conversaciones con Genís, Anna acostumbraba contemplar el mar desde la proa de la nave. En aquel lugar evitaba en buena medida el tufo intenso de la embarcación y podía deslizar su mirada por el inmenso horizonte azul. Respirar profundamente el aire del mar le producía un placer indescriptible. ¡Había pasado tanto tiempo confinada en aquella lúgubre mazmorra!

—Es hermosa la libertad —oyó que le decía una voz áspera—. ¿No es cierto, señora?

—La libertad y también la vida, don Miquel —repuso ella después de superar el sobresalto que la inesperada aparición del valenciano le produjo.

Su aspecto avejentado, su cojeo y sus cicatrices eran testimonio de una vida azarosa de mil combates, prisión y tortura. Ella solo había soportado la cárcel unos meses y Miquel había resistido largos años en condiciones mucho peores que las suyas. Se precisaba un extraordinario tesón y voluntad para sobrevivir en semejantes circunstancias.

Anna había considerado a aquel hombre como un amigo, su protector en Roma, hasta su violación, de la que le hizo en parte responsable. Después había sido testigo de cómo asesinaba al hermano de Sancha, al que Lucrecia tanto amaba, y aquel día sintió pánico cuando estuvo a punto de morir a sus manos. Era un monstruo detestable al que a partir de entonces trató con distante frialdad y solo cuando se veía obligada a hacerlo. Sin embargo, su aspecto ahora la movía a la compasión y se dijo que se le podía coger cariño incluso a un monstruo. Miquel Corella era como era, pero ella nunca olvidaría aquel instante en el que apareció entre las llamas para salvarles la vida.

Anna mencionó intencionadamente la vida al responder a don Michelotto y con ello quería hacerle un velado reproche a él, que tantas vidas había extinguido. El valenciano no se dio por enterado.

—Es cierto, es hermosa la vida —repitió.

Y se quedó apoyado en la borda contemplando pensativo el horizonte. Quizá recordara algunas de tantas veces en las que le rondó la muerte.

—Gracias por salvar la nuestra —dijo Anna sonriéndole al tiempo que apoyaba su mano en su brazo para dar un mayor énfasis a sus palabras.

Era la primera vez que le tocaba y él le devolvió una sonrisa que mostraba varios huecos en su boca. Sorprendida, Anna creyó ver que los ojos de don Michelotto se humedecían por la emoción.

Joan también charló con Miquel Corella largo y tendido.

—Después de la muerte de César, nuestro amigo Niccolò dei Machiavelli me reclamó. Fui el primer sorprendido cuando el papa me concedió la libertad; pienso que algo debió de obtener de Florencia a cambio.

Joan afirmó con la cabeza. El propio Niccolò le había escrito contándoselo y se dijo que quizá al florentino le remordieran la conciencia las traiciones y que rescató a su amigo para acallarla.

—Estuve adiestrando a las milicias populares florentinas —continuó Miquel—. Trabajé junto a Niccolò hasta que cayó la república. Y ahora tengo un nuevo señor. Un hombre de honor que cuida de los suyos.

—¿No será el mismo que os envía?

—Sí. Lo es —afirmó con su sonrisa mellada.

134

Cuando Joan entró en el Castel Nuovo para la cita concedida por el gobernador, se sorprendió al encontrarse con que Antonello le esperaba. El napolitano había organizado el emotivo encuentro de Anna y Joan con sus hijos, que trabajaban en su librería, y el hermano de ella, el día anterior, en su casa.

—¿Qué hacéis aquí?

—Vilamarí me ha encargado que te conduzca a su presencia.

—Y ¿qué tenéis que ver vos con el gobernador?

—Ahora lo sabrás.

Vilamarí aguardaba sentado detrás de una mesa y les ofreció asiento.

—Os agradezco, señor, mi rescate y el de mi esposa —le dijo Joan después de los saludos de rigor.

—Te agradezco el agradecimiento, pero no hace falta —repuso el gobernador—. Ahora estamos en paz.

—¿En paz?

—Te debía dos vidas; la de tu padre y la mía, que salvaste en batalla.

Joan quedó pensativo.

—Así que fuisteis consciente de la muerte de mi padre y del daño que nos causasteis… —dijo al fin mirándole a los ojos.

—Conocí tu caso cuando mataste a uno de mis hombres y negocié tu castigo con mosén Bartomeu Sastre. Él me lo contó todo.

—Y ¿no os pesó en vuestra conciencia?

Bernat de Vilamarí se removió incómodo en su asiento y se tomó un tiempo antes de responder.

—Yo te arranqué las raíces, pero te di alas. —Hablaba con solemnidad—. El desarraigo duele, pero es necesario para el verdadero desarrollo del ser humano. Por eso las mujeres paren con dolor y sus hijos nacen llorando. La raíz es el cordón umbilical que hay que cortar para poder crecer, para poder volar, para desarrollar el potencial que cada uno tenemos. De haber continuado en Llafranc, serías un pobre pescador analfabeto atado a tus raíces. Te arranqué de tu aldea, pero te di el mundo.

Joan reflexionó; guardaba la imagen de su aldea como la de un paraíso del que aquel hombre, cual ángel punitivo con espada de fuego, le había desterrado sin tener culpa. Negó con la cabeza.

—Lamento lo ocurrido en tu aldea —continuó Vilamarí—, pero mis hombres pasaban hambre y no había otra forma de alimentarlos.

El gobernador movió su brazo derecho dando énfasis a sus palabras, su chaquetilla se abrió y Joan pudo ver el medallón que colgaba sobre su camisa. Un círculo de oro que enmarcaba un triángulo isósceles. Era el medallón de Innico d'Avalos.

—¡El medallón del gobernador de Ischia! —exclamó Joan atónito.

—Cuando el almirante fue nombrado gobernador de Nápoles, Constanza d'Avalos consideró que serviría mejor a nuestra causa cediéndole el liderazgo a alguien más poderoso que es también de los nuestros —le informó Antonello.

Aquella era la respuesta a la presencia de Antonello allí y a la misteriosa afirmación de Genís al decir que el viejo almirante tenía más de un motivo para rescatarle. Sin embargo, no podía entender que aquel hombre ocupara el lugar de Innico.

—¿De los nuestros? —repuso Joan—. ¡Pero si es un esclavista!

—Hace mucho del asalto de tu aldea —intervino Vilamarí—. En la larga negociación con Bartomeu, tu protector en Barcelona, llegamos a congeniar, y comprendí que nuestras ideas no estaban tan lejanas. Por otra parte, Innico d'Avalos fue mi amigo por muchos años, tomamos la isla de Ischia juntos, juntos negociamos su entrega a España y en su puerto tuve que refugiarme muchas veces. De tanto conversar llegamos a coincidir.

—Sin embargo, ¡continuasteis pirateando! —exclamó Joan.

—Pirata es el que actúa en beneficio propio —repuso Vilamarí tranquilo, aunque sin rebatir la afirmación—. Yo siempre hice lo que tenía que hacer por el bien de mis hombres y el poder de mis naves. Y, por lo tanto, a favor del rey de España.

—¿Sabía el rey que pirateabais?

—El rey atendía las reclamaciones de los afectados en tiempos de paz, cuando las había, y me amenazaba. En más de una ocasión tuve que devolver una captura —respondió Vilamarí después de sonreír—. Pero enviaba poco dinero para la flota y exigía su parte en nuestros botines. En la paz, si no encontrábamos trabajo de mercenarios, nos moríamos de hambre. Y en la guerra nos quería listos para el combate.

—Hasta para hacer el bien es preciso tener antes poder —intervino Antonello.

—Y ¿aprobáis esos medios para obtenerlo? —inquirió Joan.

—Niccolò dei Machiavelli, vuestro amigo florentino, dice en sus escritos que un buen fin justifica los medios —dijo Vilamarí, y miró a Antonello, que afirmó con la cabeza.

—¡No estoy de acuerdo! —exclamó Joan—. Un buen fin no puede justificar actos criminales.

A su mente acudían las terribles imágenes de aquella mañana que supuso el fin de su paraíso en Llafranc. Oyó de nuevo el arcabuzazo y vio caer a su padre herido de muerte.

—Aún te seduce Platón, ¿verdad? —le preguntó Antonello.

Vilamarí intervino sin darle a Joan tiempo a responder.

—Nuestro amigo Joan Serra de Llafranc mantiene una postura firme sobre el asunto —le dijo a Antonello mientras se arrellanaba en su sillón con una sonrisa que anticipaba el placer de una larga charla—. Creo que debemos debatir ese tema.

APÉNDICE HISTÓRICO

En esta sección, el lector encontrará una relación de los principales personajes históricos que aparecen en *Tiempo de cenizas* y otros datos de interés documental. La información —en especial, la relativa a los personajes más conocidos, sobre quienes se han escrito libros y libros— se limita a lo que concierne a la historia relatada en la novela.

Se recomienda no leer esta sección hasta terminar la novela para evitar anticipar elementos de la intriga.

PERSONAJES HISTÓRICOS

Personajes del clan de los *catalani*

Los Borgia

El apellido original de la familia, que conservó en España, era Borja. Su forma italianizada, Borgia, es la que se hizo popular en Italia y la que se ha usado en la novela.

Papa Calixto III

Alfonso de Borja tomó el nombre de Calixto III al ser elegido papa en 1455. Nacido en Valencia, obtuvo su nombramiento en parte por el apoyo del rey Alfonso V de Aragón, que había conquistado Nápoles, y en parte por su edad y estado de salud.

En efecto, a la muerte de su predecesor, Nicolás V, Alfonso de Borja contaba con setenta y cinco años, edad muy avanzada para la época, y parecía muy enfermo. Todos creían que duraría pocos meses y que sería un papa de transición mientras las grandes familias italianas, que monopolizaban el papado, ganaban tiempo y acumulaban fuerzas para imponer a su candidato.

Prueba de ese monopolio es el hecho de que en los quinientos veinte años transcurridos desde la muerte de Calixto III —en 1458— al nombramiento de Juan Pablo II —en 1978—, de cincuenta y cinco papas, solo hubo otros dos no italianos: Adriano VI, tutor del emperador Carlos I y cuyo pontificado duró menos de dos años, y Alejandro VI, el segundo papa Borgia.

Votar a candidatos que se preveía breves cuando no se tenía la suficiente fuerza para imponer a un favorito era una práctica habitual en los cardenales a la hora de elegir un nuevo papa. Un buen número de pontífices sobrevivió a su nombramiento apenas unos días. El récord lo ostenta Urbano VII, que duró doce días.

La posible cercana muerte del Borja parece ser la razón por la que se consintió en la elección de un papa no italiano. Sin embargo, una vez elegido, Calixto III recuperó la salud de forma milagrosa y dedicó todas sus energías y sus tres años de pontificado a la lucha contra los turcos, que amenazaban la cristiandad. En ella obtuvo algún éxito notable, como la victoria cristiana en el sitio de Belgrado, que detuvo el avance musulmán. También procuró encumbrar a su familia para protegerse del mundo de intrigas que era el Vaticano en aquella época. A su amparo crecieron sus sobrinos Pedro Luis Borja y Rodrigo de Borja, futuro papa Alejandro VI.

Calixto III fue acusado de nepotismo, aunque esa —igual que la de que los eclesiásticos disimularan a sus hijos haciéndolos pasar por sobrinos— era una práctica corriente en la época. Solo como ejemplo: su sucesor, Pío II, era tío de Pío III. El sucesor de aquel, Pablo II, era sobrino del papa Eugenio IV. Y el sucesor de aquel, Sixto IV, era tío de Julio II.

Alejandro VI

Nació el 1 de enero de 1431 en Játiva, Valencia, y estudió en Bolonia. Viajó a Italia junto con su hermano mayor, que tomó responsabilidades políticas y militares bajo el papado de su tío Calixto III, mientras que él, como segundo hijo varón, fue destinado a la Iglesia.

Su tío le nombró cardenal a los veinticinco años, título al que siguieron el de vicecanciller de la Iglesia y el de obispo de Valencia, entre otros. Fue sin duda un hombre de grandes habilidades, pues mantuvo su poder e incluso lo aumentó durante los siguientes cuatro papados, desde el año 1458 hasta 1492. Durante este tiempo acumuló un gran conocimiento de la política vaticana, convirtiéndose en un producto típico de ella.

Acusado, entre otras cosas, de mantener relaciones incestuosas con su hija, de envenenador y de participar en fiestas orgiásticas (aunque los historiadores modernos han descartado todo ello), Alejandro VI ha pasado a la historia como un papa depravado. Sin embargo, si estudiamos a los papas de su siglo y el siguiente, veremos que la gran mayoría seguía las mismas prácticas. El nepotismo era tan común como el engaño; la compra de voluntades con sobornos y promesas de beneficios también, así como el incumplimiento del voto de castidad. La carrera eclesiástica en la época era un oficio que no dependía de la vocación, sino de la ambición y el deseo de poder.

Entonces, si el comportamiento de Alejandro VI fue semejante al de sus contemporáneos, ¿por qué ese ensañamiento con él? ¿Por qué alcanzó semejante fama de depravación?

Uno de los motivos era que, siendo extranjero, copó el máximo poder en Italia. Al contrario que su tío y que Adriano VI, el tercer papa no italiano en quinientos veinte años, Alejandro VI alcanzó la máxima posición de la Iglesia a la relativamente temprana edad de sesenta y un años, con buena salud y larga esperanza de vida. No contaba con el apoyo militar de los reyes de su país, como en siglos anteriores lo tuvieron papas franceses o los italianos con sus familias y aliados. Sin embargo, el nuevo papa tuvo el buen tino de rodearse de familiares y de un amplio ejército de eclesiásticos y militares procedentes no solo de Valencia, sino del resto de la península ibérica y el sur de Italia, a los que los romanos llamaban despectivamente *catalani*. El control militar de Roma y alrededores por sus fieles garantizó su supervivencia frente a las poderosas familias italianas, que deseaban el papado para uno de los suyos. A su poder militar, Alejandro VI sumaba un extraordinario carisma y unas dotes diplomáticas excepcionales, que le permitieron resistir las invasiones francesas, la primera de las cuales estuvo a punto de deponerle. Impotentes, sus enemigos recurrieron a la calumnia como forma de minar el poder de Alejandro VI, organizando una verdadera campaña mediática que fue uno de los orígenes de la leyenda negra española.

Otra razón fue el carácter extraordinariamente tolerante de aquel papa, que no perseguía a quienes proclamaban su perversión real o ficticia. Más bien se reía de ello, y llegó a explicar al embajador de Ferrara que Roma era una ciudad libre y que cada uno podía pensar y escribir lo que se le acomodara; que sabía que de él se decían muchas cosas malas, pero que le traían sin cuidado. Por lo tanto, las calumnias proliferaron cuanto quisieron. Distinta fue la actitud de su hijo César, que hizo ejecutar y mutilar cuando él fue blanco de semejantes ataques.

Y por fin, la razón fundamental fue que le sucedió el cardenal Della Rovere (que tomó el nombre de Julio II), el mayor de sus enemigos. Alejandro VI había vencido a Della Rovere en varios frentes. El primero fue el amoroso, pues Della Rovere había pretendido también a la que fue amante del cardenal Rodrigo de Borgia, Vannozza dei Cattanei. El segundo fue el eclesiástico, ya que ambos compitieron por el papado y ganó el valenciano. Más adelante, Della Rovere instó sin éxito al rey francés a que depusiera a Alejandro VI cuando tomó Roma. A pesar de que Alejandro VI perdonó a su enemigo, este no lo hizo en absoluto, y cuando alcanzó el papado se vengó en César Borgia, al que engañó para que le apoyara en su elección, según se cuenta en la novela. No se contentó con eso, sino que ese papa, apodado «el Terrible», llevó más allá su venganza, invitando y recompensando a quienes denunciaran y proclamasen los pecados y villanías de su antecesor y su familia. En este menester se destacó John Burchard, el maestro de ceremonias de la curia bajo distintos papas, que para congraciarse con el nuevo papa difundió todo tipo de historias que perjudicaban la memoria del Borgia.

Alejandro VI tuvo tres hijos antes de conocer a Vannozza dei Cattanei, cuatro más con ella —los más famosos: César, Juan, Lucrecia y Jofré— y una hija con Julia Farnesio, Giulia la Bella, cuando ya era papa. Demostró ser un excelente padre de familia, pues en lugar de abandonarlos, ignorarlos, o considerarlos sobrinos, como hicieron otros papas con sus hijos e hijas, él los reconoció, se preocupó de su educación y de que tuvieran títulos y buenos casamientos.

Fue también un hombre visceral y de grandes arrepentimientos, como el que se relata en la novela a raíz de la muerte de su hijo Juan. Todo hace pensar que era profundamente creyente y religioso a pesar de no observar la castidad y de gozar del poder, como tantos eclesiásticos en su tiempo.

Gustaba de la pompa, el boato, el lujo y las comidas fastuosas cuando se trataba de impresionar a embajadores y altos nobles. Sin embargo, cuando comía en privado tomaba un único plato sencillo, aunque abundante. Se dice que sus cardenales temían que los invitara a comer.

Por otra parte, fue un hombre muy tolerante para la época no solo consigo mismo, sino también con los demás. Protegió a los conversos y judíos perseguidos en España y Portugal, lo que desagradó profundamente a los Reyes Católicos, que se vieron desautorizados. Permitió que Copérnico enseñara en la Universidad de la Sapienza que la Tierra gira alrededor del Sol, contradiciendo la Biblia (años después, la Iglesia persiguió con saña a quienes sostenían esa teoría). Perdonó a filósofos y teólogos, como Pico della Mirandola, que habían sido declarados herejes y perseguidos por papas anteriores por proclamar el derecho a la discrepancia y el respeto a otras religiones y culturas.

En la novela se relatan, con la mayor fidelidad posible, muchos de los hechos del final de su vida. Su muerte, posiblemente por envenenamiento, ocurrió tal como en ella se describe.

Maquiavelo, que tanto elogió a César Borgia, se muestra en *El príncipe* duro con Alejandro VI. Dice: «Alejandro VI nunca pensó en otra cosa que no fuera engañar a los hombres y siempre encontró material para poder hacerlo. No ha habido otro hombre que prometiera con más eficacia y emplease mayores juramentos para prometer una cosa y luego la observara menos». Napoleón objetó a ese comentario: «Si no honró la tiara, al menos extendió sus estados. La Santa Sede le debe sumos favores».

César Borgia

Nacido el 13 de septiembre de 1475, César fue el primero de los hijos que Vannozza dei Cattanei tuvo con el entonces cardenal Rodrigo de Borgia. Algunos autores consideran mayor a su hermano Juan por las fechas de unas bulas en las que el cardenal reconocía su paternidad y porque César fue destinado a la carrera religiosa como segundón entre los hijos varones. Sin embargo, el primogénito era Pedro Luis Borja, nacido de una mujer cuya identidad se desconoce que quizá fuera también madre de otras dos hijas de Rodrigo de Borgia.

El futuro Alejandro VI actuó solícito adquiriendo tierras y títulos para su primogénito. Así, compró el ducado de Gandía, extensas tierras con plantaciones de caña de azúcar en la zona, y comprometió a Pedro Luis con María Enríquez, prima del rey Fernando de Aragón, con lo que convirtió a su hijo mayor en uno de los más altos nobles de España. Los Reyes Católicos aceptaron complacidos al nuevo duque, pues se había distinguido por su valor en las guerras de Granada. Cuando Pedro Luis murió antes de tener descendencia, el papa decidió que Juan heredara sus títulos, sus bienes y se casase con la prima del rey.

César no tenía vocación religiosa, destacaba en el manejo de las armas y se apasionaba con los caballos y la estrategia militar. Sin embargo, estudió teología y leyes y su padre le fue concediendo títulos eclesiásticos, tales como protonotario del Vaticano, obispo de Pamplona y arzobispo de Valencia entre otros. Parecía que César se resignaba a su destino, pero a raíz de la muerte de su hermano Juan, exigió a su padre que le liberara de sus compromisos y títulos eclesiásticos y que le concediese el cargo de portaestandarte papal, que ostentaba el mando de los ejércitos vaticanos.

El papa Alejandro cedió y ocurrió tal como se cuenta en la novela. Las corridas de toros, con la sorprendente decapitación de uno de ellos de un solo tajo, los hechos de Senigallia, la enfermedad de César al tiempo que la de su padre, la cura del toro y los engaños urdidos por parte del nuevo papa y del Gran Capitán se relatan tal como los describen las crónicas de su tiempo.

En cuanto a la muerte de su hermano Juan, muchos culparon a César. No pudo asesinarle personalmente, pues se recogió en el Vaticano mientras Juan se dirigía junto al enmascarado a la plaza Judaica, pero si fue el instigador, sin duda el ejecutor habría sido su fiel Miquel Corella, tal como se cuenta en la novela.

César Borgia desarrolló una brillante carrera militar y política que admiró a sus contemporáneos y que se truncó con su enfermedad, la pérdida del apoyo papal y las traiciones sufridas.

Enviado a España, sufrió prisión en Chinchilla y después en el castillo de La Mota, en Medina del Campo, de donde protagonizó una rocambolesca escapada para refugiarse en las tierras de su cuñado, el rey de Navarra. Murió en Viana en marzo de 1507 luchando por dicho rey.

Maquiavelo pone a César como ejemplo de actuación de un príncipe y lo colma de elogios. Puntualiza: «Solo se le puede acusar del nombramiento del papa Julio II, donde llevó a cabo una mala elección. Quien crea que para los grandes personajes los beneficios recientes hacen olvidar antiguas ofensas se engaña. El duque se equivocó, pues, y esa fue la razón de su caída final».

Juan Borgia

Nacido en 1476, heredó de su hermano Pedro Luis el ducado de Gandía y el compromiso matrimonial con su viuda, María Enríquez, prima del rey Fernando el Católico. En la novela, se ha tratado de describir al personaje con la mayor fidelidad posible a lo que de él reflejan las crónicas. Así, tanto los incidentes en Barcelona como su actitud frente a las mujeres en Roma, su participación en la batalla de Soriano, la toma de Ostia, la cena en el palacio del cardenal Sforza y la muerte del secretario de este, la cena en la casa de su madre, Vannozza dei Cattanei, las circunstancias de su propia muerte, la recuperación de su cadáver y el entierro responden a hechos reales ocurridos en las fechas indicadas. También la desesperación y propósitos de enmienda de su padre Alejandro VI, cuyo favorito se dice que era Juan. Nunca se supo quién lo mató.

Sus herederos continuaron su linaje como duques de Gandía con el apellido original de la familia: Borja. Entre ellos, destaca su nieto Francisco de Borja y Aragón, que fue canonizado en 1671 y aparece en el santoral católico como san Francisco de Borja.

Lucrecia Borgia

Fue la tercera de los hijos del cardenal Rodrigo de Borgia con Vannozza dei Cattanei, y nació en 1480. Los historiadores modernos descartan las acusaciones de incestuosa y envenenadora que los enemigos de la familia Borgia se complacían en propagar. En la novela se han descrito los hechos de su vida de la forma más fidedigna posible, en especial el asesinato de su segundo esposo, Alfonso de Aragón y Nápoles, duque de Bisceglie.

Mientras que su primer y su segundo matrimonio fueron impuestos por la política familiar, fue ella quien decidió que Alfonso d'Este, heredero del ducado de Ferrara, fuese su esposo. En 1505 se convirtió en duquesa a la muerte de su suegro y ayudó activamente a su marido en las tareas de gobierno, en las que se distinguió. Fue impulsora de las artes y mantuvo una corte literaria al estilo de la que se menciona en la novela. Le dio seis hijos al duque y murió en 1519 por complicaciones en un parto. Su vida y sus actos en Ferrara fueron elogiados por sus contemporáneos.

Su relación de cariño con su hermano César se rompió a raíz del asesinato de Alfonso de Aragón, pero aquel hizo todo lo posible para obtener su perdón, descuidando incluso sus compromisos y ambiciones para acudir a Ferrara a visitarla cuando Lucrecia estuvo al borde de la muerte. Al parecer, ella al fin le perdonó y al recibir en 1507 la noticia de la muerte de su hermano se recluyó temporalmente en un convento en señal de luto y de dolor. Antes, como gobernante responsable, dejó resueltos los asuntos pendientes del ducado de Ferrara.

Sancha de Aragón

Nació en 1478 y era hija de Alfonso II de Nápoles y de una amante del rey. En 1494, como consecuencia de una alianza política entre Nápoles y el papado, se casó con Jofré Borgia; ella contaba con dieciséis años y él, con trece. Se ha descrito al personaje tal cual reflejan las crónicas más fidedignas de su tiempo. Amaba las artes, era poetisa y tenía un gran poder de seducción. El rey de España le mantuvo su título de princesa de Esquilache al conquistar Nápoles. A la muerte de Alejandro VI, Sancha amparó en Nápoles a sus sobrinos y otros niños de la familia Borgia, aunque no convivía con su marido Jofré. A pesar de los múltiples amantes que se le atribuyen, no tuvo hijos y murió en Nápoles en 1506 a la edad de veintiocho años.

Jofré Borgia

Fue el último de los hijos del cardenal Rodrigo de Borgia con Vannozza dei Cattanei. A pesar de que parece que Alejandro VI tenía dudas sobre su paternidad, también buscó para él títulos y un matrimonio ventajoso. Débil de carácter, no se destacó como sus hermanos ni política ni militarmente. A la muerte de su esposa Sancha, princesa de Esquilache, heredó el título, se casó con María de Milá y tuvo cuatro hijos. Murió en 1516, a los treinta y cinco años. Fue el tatarabuelo de otro papa: Inocencio X.

Vanozza Dei Cattanei

Hija del conde de Cattanei, esta singular dama, de gran belleza, fue exponente de su tiempo. Nació en 1442 y en 1470 comenzó su relación con el entonces cardenal Rodrigo de Borgia. Tuvo cuatro maridos y fue hábil en cuanto a los negocios; adquirió distintas propiedades inmobiliarias y fue dueña de varias posadas, alguna en el Campo de' Fiori, que supo conservar a pesar de la caída de los Borgia. Sobrevivió a todos sus hijos y murió con setenta y seis años después de una época de penitencia, de rezo y de donar todos sus bienes a la Iglesia.

Miquel Corella

Era hijo ilegítimo del segundo conde de Cocentaina. Su hermano mayor, Joan Rois de Corella, heredó el condado y él y su hermano Rodrigo viajaron a Roma para servir al papa Alejandro VI. Rodrigo fue muy respetado en la corte vaticana, en especial después de proteger al papa de un león escapado del zoológico de Belvedere. A la muerte de Joan Rois, Rodrigo heredó el condado y regresó a España.

Miquel se destacó en el campo militar y se convirtió en uno de los principales capitanes del ejército papal. Compañero de César Borgia, demostró hacia él una lealtad inquebrantable. Ha pasado a la historia como sicario y se le atribuyen diversos crímenes y ejecuciones, aunque fue hombre de cultura. Los italianos le llamaban don Michelotto y era muy temido. En cambio, el papa le distinguía con el diminutivo cariñoso de Micalet.

Los episodios históricos en los que interviene en la novela son ciertos. Desde la ejecución del secretario del cardenal Sforza hasta el asesinato de Alfonso de Aragón o su destacada participación en la conquista de la Romaña y la ejecución de los condotieros en Senigallia. También destaca su brava defensa de los Borgia en su caída, con la apropiación del tesoro papal, su detención en Florencia y su resistencia a las torturas y la prisión, durante las que jamás acusó a su señor César Borgia. Tal como se cuenta en la novela, Niccolò dei Machiavelli le reclamó al papa Julio II para que adiestrara a la milicia florentina y lo puso en libertad.

No se ha podido encontrar una biografía de tan singular personaje, pero sí un buen número de referencias que permiten reconstruir su interesante vida. Al parecer, sus aventuras terminaron a manos de unos campesinos de los alrededores de Milán.

Personajes ajenos al clan *catalano*

Niccolò dei Machiavelli, Maquiavelo

El adjetivo «maquiavélico», sinónimo de astucia, doblez y perfidia, no es directamente aplicable al verdadero personaje de Maquiavelo, sino a sus escritos oficiales. En ellos, y en particular en *El príncipe*, Niccolò dei Machiavelli hace un compendio de prácticas no inventadas por él, sino observadas en los políticos de su tiempo, y que, en buena parte, continúan vigentes en la actualidad. Comenta cuáles son más eficaces para la consecución y mantenimiento del poder, al tiempo que trata de prescindir de consideraciones morales. Casi tres siglos después, Napoleón tacharía algunos de los pasajes de *El príncipe* como demasiado moralistas, demostrando que la práctica del poder es más maquiavélica que los escritos del propio Maquiavelo.

Esta novela presenta al Niccolò dei Machiavelli, Il Machio para sus amigos, que encontramos buceando en las páginas de la historia. El personaje histórico fue un gran pensador y filósofo, pero sus cartas personales nos ofrecen además la imagen de un individuo vivaz, amante de las mujeres y de los placeres de la vida y que gozaba de un destacado sentido del humor que le permitía reírse de sí mismo y de las situaciones a las que le conducían sus aventuras amorosas.

Tal como se narra en la novela, Niccolò fue educado para la política y las armas y pertenecía a la pequeña nobleza toscana. Al poco de entrar a formar parte de la administración de Florencia, los fieles a Savonarola tomaron el poder y lo despidieron de su trabajo. Niccolò fue un opositor del fraile, y en 1498, cinco días después de la ejecución de este, fue nombrado jefe de la segunda cancillería de Florencia. Fue embajador en Francia, España y en la Santa Sede, ante César Borgia. Acompañó al hijo del papa con Leonardo da Vinci en sus campañas por la Toscana, donde se convirtió en su amigo y confidente. Tal como se cuenta en la novela, le regaló el libro de las *Vidas paralelas* de Plutarco.

Aun así, fue el propio Niccolò quien recomendó a la Señoría de Florencia no conceder a César el salvoconducto que se menciona en el relato y cerrar la trampa que terminó con los *catalani* de Alejandro VI. Como consecuencia se apresó en Florencia a Miquel Corella y a otros capitanes de César que se encontraban ya en el territorio de la república. Florencia se libraba así de un posible enemigo y le prestaba un gran favor al nuevo papa. Sin embargo, fue Niccolò quien más tarde, una vez muerto César, reclamó a don Michelotto, rescatándolo de las cárceles del papa, para que le ayudara a crear un ejército de patriotas florentinos, pues desconfiaba de los condotieros y los mercenarios.

En 1512, los Medici recuperaron el poder y derrocaron la república de Florencia. Niccolò perdió sus cargos en el gobierno y posteriormente sufrió prisión y tortura. Después se retiró a una pequeña posesión familiar en la Toscana, donde subsistía talando árboles para conseguir madera. El que otrora trataba con papas y reyes pasó a relacionarse solo con toscos leñadores. Fue en esa etapa de su vida en la que, añorando sus tiempos de gloria, escribió su famosísima obra *El príncipe*, fruto de sus recuerdos y observaciones. Se la dedicó a los Medici en un intento de lograr su favor para regresar a la actividad política, sin conseguirlo. Murió en 1527, a los cincuenta y ocho años.

Muchas de las frases que el personaje pronuncia en esta novela son originales de Maquiavelo.

Fray Girolamo Savonarola

Savonarola nació en Ferrara, en el seno de una familia de mercaderes de origen noble. Aunque su padre quería orientarle a la medicina, el joven Girolamo pronto manifestó su interés por la teología, la predicación y la vida religiosa. Al contrario que muchos de los eclesiásticos de la época, para los que el sacerdocio era un oficio impuesto por sus familias y una forma de subsistencia, cuando no de medrar y obtener poder, Savonarola vivía la religión de forma apasionada.

Se hizo fraile dominico, profundizó en el estudio teológico y empezó a predicar. Clamaba contra los papas renacentistas, mecenas del arte, contra la corrupción de la Iglesia, recordaba las infinitas penas del infierno y profetizaba catástrofes como castigo a los pecados de las gentes.

En 1482, su orden le envió a Florencia, pero sus prédicas, en las que anunciaba desgracias, y su violenta censura de cualquier tipo de placer desagradaron a muchos creyentes florentinos y los dominicos creyeron conveniente trasladarle a Bolonia. Allí se dedicó a la docencia y perfeccionó sus artes oratorias.

Años después regresó a Florencia y en 1491 se le concedió la titularidad del convento de San Marco. Allí continuó sus prédicas contra la corrupción de los poderosos, de la Iglesia y en especial del papa Inocencio VIII. Censuraba cualquier tipo de lujo y se escandalizaba por el apoyo que los mecenas daban a los artistas, habiendo pobres que pasaban hambre. Esta vez, los desastres que presagiaba parecían cumplirse. Las muertes del papa y Lorenzo de Medici, seguidas de hambrunas, pestes, la invasión francesa y la derrota de Florencia sucedieron tal como Savonarola predijo. Así, muchos empezaron a considerarle como el profeta de los últimos tiempos, precursor del Apocalipsis.

A raíz de las duras condiciones impuestas por los franceses después de su victoria sobre los florentinos, estos se sublevaron contra su gobierno y expulsaron a los Medici. A continuación se proclamó una república que Savonarola pasó a controlar por medio de sus fieles. Convencido de que era un enviado divino con misión purificadora, persiguió con ferocidad a los homosexuales, el juego, la bebida y cualquier tipo de vestimenta atractiva. Su policía, tanto la perteneciente a la república como la formada por sus fanáticos seguidores —los llamados *piagnoni* o «llorones» y los niños de las compañías blancas—, atacaba cualquier cosa que considerara relacionada con su idea de pecado, o fruto del mundo material y, por lo tanto, «vana». Así, se requisaban espejos, peines, maquillajes, ropas, tableros de juegos, pinturas y libros —en especial de escritores de la antigüedad— y todo ello se quemaba en las llamadas «hogueras de las vanidades».

Hartos de semejante represión, los florentinos contrarios a ese estado teocrático radical —los llamados *arrabbiati* o «indignados»— se enfrentaron a los seguidores del fraile en las calles, pero fueron derrotados. Tampoco lograron gran cosa los franciscanos del convento de la Santa Croce de Florencia, que se opusieron con sus prédicas al radicalismo de Savonarola.

El nuevo papa Alejandro VI pasó a ser objeto de las violentas censuras del fraile y, aunque en un principio trató de apaciguarlo y llegar a un acuerdo, finalmente decidió actuar contra él.

Tal como se cuenta en la novela, el suprior fray Domenico de Pescia y fray Silvestro Maruffi eran los compañeros más cercanos del prior de San Marco. El segundo era sonámbulo, parecía tener dones proféticos y se dice era el origen de las profecías de Savonarola. Cuando estas dejaron de cumplirse, fue el principio del fin del fraile. El resto ocurrió tal y como se relata en la novela.

Innico y Costanza d'Avalos

Innico y Constanza eran descendientes de Íñigo d'Avalos, que participó en la conquista de Nápoles junto a Alfonso V de Aragón. Los D'Avalos fueron fieles a la dinastía aragonesa de Nápoles e Innico obtuvo el gobierno de las islas de Ischia y Procida a raíz de la primera invasión francesa de Nápoles, en un episodio relatado en *Prométeme que serás libre*.

Durante la segunda invasión francesa, Federico, el último de los reyes de la dinastía de Aragón napolitana, se refugió en Ischia y desde allí pactó con el rey francés la entrega de lo que quedaba de su reino a cambio de un título y sustanciosas rentas en Francia. A Innico d'Avalos, cuya familia había luchado por los reyes de Aragón contra Francia y sus aliados los nobles napolitanos angevinos, le desagradó semejante trato y dio largas al cumplimiento de la orden de entrega de las islas a Francia. El rey francés le fue presionando hasta declararle rebelde. Mientras, Innico negociaba con su amigo Bernat de Vilamarí su fidelidad al rey de Aragón, Fernando II. Obtuvo del rey que se le concediera como propio y hereditario el gobierno de las islas de Ischia y Procida, e importantes suministros de dinero y armas. Alzó las banderas de España en la pascua de Resurrección de 1503 y resistió con éxito los ataques de la flota francesa.

Junto con su hermana Constanza mantuvo en la isla una corte de artistas que vivieron protegidos de las guerras y el hambre. Murió sitiando una fortaleza angevina bajo las órdenes del Gran Capitán, y su hermana le sustituyó en el gobierno de Ischia, bajo las órdenes directas del rey Fernando de España. Los D'Avalos continuaron dando grandes militares a España y a su imperio.

Gonzalo Fernández de Córdoba, el Gran Capitán

Era hijo segundo de un noble andaluz de Montilla, Córdoba. Se distinguió en la guerra civil castellana en el bando de la reina Isabel y en la de Granada con innumerables hechos de armas que le proporcionaron un gran prestigio.

En 1495 partió hacia Italia con un ejército para hacer frente a la invasión francesa en apoyo del rey de Nápoles, pariente del rey Fernando de España. Fernández de Córdoba demostró de nuevo unas habilidades militares y políticas excepcionales y el reino volvió a manos de los reyes de la dinastía aragonesa de Nápoles. Antes de regresar a España, el rey Fernando le pidió que acudiese en auxilio del papa Alejandro VI y recuperara Ostia. La toma de la ciudad y su fortaleza por el Gran Capitán tuvo lugar en marzo de 1497 y los hechos acontecieron tal como se relata en la novela.

En el año 1500, en ayuda de los venecianos contra los turcos recupera Cefalonia como capitán general de las fuerzas cristianas. En 1501, el rey Fernando le nombra capitán general de Sicilia y Calabria e inicia la ocupación del reino de Nápoles según el acuerdo de repartición de aquel con Francia, tal como se explica en la novela. El rey Fernando, sabiendo que sus tropas eran inferiores, le ordena no entrar en conflicto con los franceses, pero el choque se produce porque los territorios de frontera no estaban asignados en el tratado. El rey Fernando le reprochó haberle metido en una guerra que no podía pagar. La batalla de Ceriñola, que ocurrió como se cuenta en la novela, fue determinante para la conquista española del reino en su totalidad. Y también lo fue en la historia militar, pues la estrategia innovadora del Gran Capitán cambió las técnicas de combate y fue la base de los famosos tercios españoles, que conquistaron media Europa. También son hechos históricos los motines de las tropas porque no recibían las pagas y las ejecuciones mediante horca y empalamiento. La anécdota del Gran Capitán, sus hijas y el capitán Iciar también ocurrió como se cuenta en la novela, aunque no en Barletta.

El 28 de diciembre de 1502 venció a los franceses en la batalla del Garellano, y el 3 de enero de 1503 rinde Gaeta, el último bastión francés de importancia en Nápoles.

Como gobernador de Nápoles en nombre de Fernando el Católico, el Gran Capitán concedió un salvoconducto a César Borgia. Este llegó a Nápoles el 28 de abril y fue recibido con todos los honores por Fernández de Córdoba en el Castel Nuovo. El 26 de mayo se le encarceló por orden del rey de España. Se ha especulado mucho sobre esa traición y si fue voluntaria por parte del Gran Capitán o forzada por el rey. Parece lo segundo, pues Gonzalo trató de recuperar por todos los medios el documento por él firmado y que le llenaba de oprobio en el que ofrecía asilo a César.

No fue esa la primera vez en la que ocurría algo semejante. En 1501, durante la ocupación de Nápoles, el Gran Capitán sitió Tarento, donde se encontraba el heredero de la corona napolitana. Para lograr su rendición, el Gran Capitán le ofreció otro salvoconducto al príncipe, que este aceptó. Sin embargo, Alfonso de Aragón no pudo reunirse con su padre, pues fue enviado a España como rehén, aunque tratado con todos los honores, también por orden de Fernando el Católico.

Quizá por esa razón, las relaciones entre el general y su rey se deterioraron. La situación empeoró a la muerte de Isabel la Católica, acaecida en noviembre de 1504. Fernando se vio expulsado de Castilla por la nobleza castellana mientras Felipe el Hermoso, esposo de su hija Juana la Loca, nueva reina de Castilla, conspiraba en su contra.

Gonzalo Fernández de Córdoba debía lealtad a Castilla, y el reino de Nápoles, aunque incorporado por derechos dinásticos a la Corona de Aragón, había sido conquistado por tropas mayoritariamente castellanas.

Fernando, presionado entonces por Francia, su secular enemigo, y frente a la eventualidad de que Castilla se pusiera también en su contra, cambió de estrategia y se casó con la princesa francesa Germana de Foix, cerrando un pacto con Francia.

Esa situación debió de llevar al Gran Capitán a cuestionarse su lealtad a Fernando el Católico. La prueba es que cuando el Gran Capitán supo que el rey viajaba a Nápoles para tomar posesión del reino, se encontraba preparando la invasión de Ischia, gobernada por Constanza d'Avalos, que no rendía cuentas al Gran Capitán como virrey de Nápoles, sino directamente al rey Fernando. Dada la situación estratégica de Ischia y Procida, ese debía de ser el primer paso para apoderarse del reino. Unos meses después de su llegada a Nápoles, en 1507, Fernando el Católico destituyó al Gran Capitán como gobernador y este regresó a España, a su posesión de Loja, donde murió en 1515.

Durante su retiro quiso regresar a la acción y fue reclamado desde Italia para que dirigiera los ejércitos de las alianzas que España, el papa y otros estados habían formado para combatir de nuevo a los franceses. Pero Fernando el Católico, por temor o por venganza, impidió siempre su regreso.

Bernat II de Vilamarí

En Barcelona hay una calle dedicada a Bernat II de Vilamarí, quien además cuenta con un espectacular mausoleo renacentista de mármol blanco en la abadía de Montserrat.

Pertenecía a una ilustre estirpe de marinos. Era sobrino del almirante Bernat I de Vilamarí, fallecido en 1463, y sucedió a su primo Joan de Vilamarí en el almirantazgo a la muerte de este. Obtuvo una amplia experiencia en el combate marítimo, en especial en oriente, contra los turcos, bajo las órdenes de sus antecesores, y heredó de estos los títulos de señor de Palau Sabardera en el Ampurdán y Bosa en Cerdeña.

Se distinguió en numerosas empresas militares y fue decisivo en la victoria del rey en la guerra civil catalana al bloquear el puerto de Barcelona. Siempre con permiso del rey, combatió en distintas épocas a sueldo de Florencia, de Nápoles y del papa. Luchó contra los turcos, venecianos, genoveses y franceses, y contra corsarios y piratas. Sin embargo, hay pruebas evidentes de que, tal como hicieron sus antecesores, practicó el corso y la piratería cuando le resultó necesario.

En 1489, el rey Fernando ordenó expresamente el cese del corso, actividad en la que los Vilamarí se habían distinguido. El almirante no debió de ser demasiado obediente, pues el rey ordenó en 1492 el desguace de su flota por asaltos a naves genovesas en tiempo de paz y por reclutar tripulaciones y galeotes a la fuerza. En cualquier caso, el rey Fernando revocó la orden unos meses después cuando precisó de su flota para pacificar el Rosellón.

Tal como se relata en esta novela y en *Prométeme que serás libre*, en 1495, a raíz de la invasión francesa, transportó con su flota al rey de Nápoles junto con su familia y a Innico d'Avalos a la isla de Ischia. Allí, Innico fue nombrado gobernador en sustitución del anterior, al que el rey ejecutó por traición.

Participó en las guerras de Nápoles y se convirtió en un personaje determinante en las victorias españolas. Cuando el último rey napolitano cedió su reino a Francia, Vilamarí negoció con Innico d'Avalos la entrega de sus islas a España, como se refleja en la novela, y tuvo que refugiar su flota varias veces en Ischia ante la superioridad francesa.

En 1504, a raíz de la conquista española del reino, fue nombrado conde de Capacio, lo cual no le impidió continuar batallando contra turcos, venecianos, franceses y otros, bajo las banderas de España o como mercenario cuando el rey no necesitaba sus servicios.

Se casó con Isabel de Cardona, hermana de Joan de Cardona, gobernador de Nápoles, al que el almirante sustituyó en el cargo en 1513. A su vez, su sobrino Lluís Galzará de Vilamarí le sustituyó a él al mando de la flota. Presidió las primeras cortes de Nápoles y, junto a su cuñado, consiguió evitar la implantación de la Inquisición en Nápoles, persuadiendo (algo nada fácil de hacer) al rey Fernando de España.

A la muerte del rey, su sucesor, Carlos I, le confirmó en cargos y honores, aunque el viejo almirante solo sobrevivió al rey Fernando dos meses. Murió en marzo de 1516.

Los reyes de España

Isabel de Castilla y Fernando II de Aragón no solo sentaron las bases de la España moderna, sino que construyeron el imperio español que heredó Carlos I.

Isabel y Fernando eran primos, por lo que precisaban de dispensa papal para casarse. Lo habían hecho con una bula falsa, y fue Alejandro VI, cuando aún era el cardenal Rodrigo de Borgia, quien les entregó la bula papal que legalizaba su unión. También fue Alejandro VI quien les concedió el título de Católicos y empezó a llamarlos «reyes de España». Lo último comportó una airada protesta del rey de Portugal, puesto que el término «España» hasta aquel momento se había usado como el antiguo de «Hispania» o el actual «península ibérica». Aun así, la relación de los Reyes Católicos con Alejandro VI fue en muchos momentos de franca enemistad…

Fernando ayudó a su esposa en la guerra civil castellana hasta que esta, después de proclamarse reina, venció toda oposición. Sus reinos también contribuyeron, en la medida de sus posibilidades, en la guerra de Granada. Una vez conquistada, pasó a incorporarse a Castilla. Por su parte, Castilla, que era demográfica y económicamente mucho más potente que los territorios de la Corona de Aragón, aportó sus ejércitos y al Gran Capitán a la conquista de Nápoles, que se incorporó a Aragón.

En la novela se menciona casi exclusivamente al rey Fernando porque la acción ocurre en sus territorios y porque su esposa había delegado la mayor parte de la política internacional en él. En especial, después del quebranto que la reina sufrió con la muerte de su primogénito Juan en 1497 y de su hija Isabel al año siguiente. La reina Isabel falleció en 1504, antes del final de la acción de la novela, y Fernando lo hizo en 1516.

Los episodios del rey con Vilamarí y el Gran Capitán relatados en la novela, en especial la falta de envío de fondos para las campañas bélicas, son ciertos. También su uso de la Inquisición como instrumento político y como fuente de ingresos.

Fue sin duda un habilísimo político y ejemplo para *El príncipe* de Maquiavelo. Entre otras cosas, Niccolò dei Machiavelli dice de Fernando II de Aragón que es un modelo porque partió de muy poco y se convirtió en un gran príncipe que supo mantener sus conquistas. También dijo de él que «predica continuamente la paz y la lealtad siendo en realidad enemigo de ambas; de hecho, si hubiera observado la una y la otra, habría perdido repetidamente el prestigio y el estado» y «es un hombre que consigue grandes conquistas bajo el manto protector de la religión, pero que en realidad desconoce los principios de la piedad y la humanidad». A pesar de lo anterior, Maquiavelo expresa su admiración por el rey al escribir: «Al actual rey de España Fernando de Aragón se le puede considerar un príncipe nuevo porque de ser un rey débil, se ha convertido por fama y por gloria en el rey más grande de la cristiandad, y si consideráis sus acciones, veréis que todas ellas han sido grandísimas y algunas, extraordinarias».

UBICACIONES DE LA NOVELA

Calles de Barcelona

Se ha usado un plano de la ciudad del año 1492, conservado en el Archivo Histórico de la Ciudad de Barcelona y que aparece reproducido en el libro. Durante el tiempo que transcurre desde el año 1484 —en el que se inicia la acción de *Prométeme que serás libre*— a 1514 —en que termina la de *Tiempo de cenizas*—, la estructura urbana de la ciudad, dada la penuria económica existente, no varió, por lo que dicho plano refleja exactamente la Barcelona en la que se desarrollan ambos relatos. Los nombres de las calles y su ortografía se han mantenido según aparecen en el mapa. Así, las calles que hoy son Canvis Vells y Canvis Nous aparecen como Cambis Vells y Cambis Nous. Boquería aparece como puerta de la Bocharia, donde se extendía el mercado y la calle de la Bochia.

La librería de Joan y Anna

En la época de la novela, existía efectivamente una librería en la calle Especiería, hoy Llibreteria, esquina con la calle Paradís. Tenía dos entradas, una por la calle Paradís y otra por Especiers, que daba a la plaza de Sant Jaume. Fue inaugurada en el año 1495 por Hans, el sobrino de Anton Koberger, el gran editor de Nuremberg. Podemos afirmar así que Koberger era una multinacional del libro que editaba en latín. En 1497, la librería se traspasó a un librero napolitano, Antoni Gontier, que pagaba un alquiler de siete libras y quince sueldos. La librería fue vendida de nuevo en el año 1504, fecha en que la compra, en la ficción, el matrimonio Serra.

El puente del Rey Martí

El puente del Rey Martí unía el palacio real con la catedral, cruzando por encima de la calle dels Comtes, y conducía a una tribuna construida en tiempos del rey Martín el Humano desde donde el monarca podía asistir a la misa sin mezclarse con el pueblo. Hoy aún puede verse al acceso a dicho puente en la parte izquierda de la portada de San Ivo de la catedral a la altura del primer piso. El puente debió de desaparecer al construirse el palacio del Lloctinent en 1549 o en la reconstrucción de la catedral del siglo XIX.

El Canyet

No aparece en el mapa antes referido, pero se encontraba en la zona del actual cementerio de Poblenou. La calle de la Llacuna recuerda aún la zona pantanosa y de lagunas que en su momento existía en el lugar y que describe la novela.

AGRADECIMIENTOS

Mi agradecimiento para mi esposa Paloma y mi hijo David, por revisar los manuscritos de la novela y aportar críticas y sugerencias que sin duda la han hecho mejor.

También al equipo de edición de Temas de hoy, responsable del primer lanzamiento que aportó sus sugerencias y a mis editores actuales de Grijalbo.

Y, por fin, mi agradecimiento a los libreros, eslabón final e indispensable de esta cadena. Los Serra, protagonistas de *Tiempo de cenizas*, son libreros, y con el relato de sus vivencias quiero rendir un homenaje a esta profesión que admiro. Es vocacional, sacrificada y muy exigente, más aún en tiempos de crisis como los que vivimos. Esta novela, así como la anterior, *Prométeme que serás libre*, está dedicada a ellos.

ÍNDICE